LES TÉNÈBRES

L'IMPOSTURE ET LA JOIE

GEORGES BERNANOS

ALICIA EDITIONS

TABLE DES MATIÈRES

L'IMPOSTURE

Partie I	3
Partie II	70
Partie III	124
Partie IV	162

LA JOIE

PARTIE I

1	213
2	231
3	253
4	273
5	293

PARTIE II

1	305
2	313
3	326
4	351
5	380

L'IMPOSTURE

1927

PARTIE I

— Mon cher enfant, dit l'abbé Cénabre, de sa belle voix lente et grave, un certain attachement aux biens de ce monde est légitime, et leur défense contre les entreprises d'autrui, dans les limites de la justice, me semble un devoir autant qu'un droit. Néanmoins, il convient d'agir avec prudence, discrétion, discernement... La vie chrétienne dans le siècle est toute proportion, toute mesure : un équilibre... On ne résiste guère à ces violences selon la nature, mais nous pouvons en régler le cours avec beaucoup de patience et d'application... Ne défendons que l'indispensable, sans prévention contre personne. À ce prix notre cœur gardera la paix, ou la retrouvera s'il l'a perdue.

— Je vous remercie, dit alors M. Pernichon, avec l'accent d'une émotion sincère. La lutte pour les idées nous échauffe parfois, je l'avoue. Mais l'exemple de votre vie et de votre pensée est un grand réconfort pour moi.

(Il parlait ainsi la bouche encore tirée par une grimace convulsive, qui faisait trembler sa barbe.)

— J'accorde, reprit-il, que le rapport annuel eût pu être confié à un autre que moi. Il y a des confrères plus qualifiés. Par exemple, j'aurais cédé volontiers la place au vénérable doyen de la presse catholique, s'il n'avait décliné dès le premier jour un honneur qui lui revenait de droit... Pouvions-nous réellement supposer que l'effacement volontaire du vieux lutteur aurait cette conséquence d'élever un Larnaudin sur le pavois ?

Son regard exprimait une véritable détresse, l'anxiété d'une douleur physique, comme si le malheureux eût vainement cherché à suer sa haine.

– Je n'ai aucune prévention contre M. Larnaudin, fit de nouveau la belle voix lente et grave. Je l'estimerais plutôt. De ses critiques même injustes, j'ai toujours tiré quelque profit. Hé quoi ! mon ami : les doctrinaires ont cela de bon qu'ils réveillent, par contraste, certaines facultés que l'usage et l'expérience de la vie affaiblissent en nous. Ils nous fournissent de repères utiles.

Puis il se mit à rire, d'un rire dur.

– Je vous admire ! s'écria passionnément Pernichon. Vous restez, dans ce vain tumulte, un calme observateur d'autrui – à l'autel et partout ailleurs sacerdotal. Néanmoins le tort fait aux intérêts les plus respectables par les polémiques de M. Larnaudin, son parti pris, son entêtement, votre bienveillance même ne peut l'oublier ! « Donner des gages et encore des gages ! » disait hier devant moi votre éminent ami Mgr Cimier, « le salut est là ! » Or, nous les avons donnés tous, à un seul près : le désaveu formel, nominal – oui, nominal ! – de quelques exaltés sans mandat, que suivent une poignée de naïfs. Est-ce trop demander ?

(La sueur ruisselait enfin sur le front du petit homme qui semblait en éprouver un soulagement infini.)

M. Pernichon rédige la chronique religieuse d'une feuille radicale, subventionnée par un financier conservateur, à des fins socialistes. Ce qu'il a d'âme s'épanouit dans cette triple équivoque, et il en épuise la honte substantielle, avec la patience et l'industrie de l'insecte. Presque inconnue aux bureaux de *l'Aurore nouvelle*, sa silhouette déjà usée, maléfique, encore déformée par une boiterie, est la plus familière à ce public si particulier d'écrivains sans livres, de journalistes sans journaux, de prélats sans diocèses, qui vit en marge de l'Église, de la Politique, du Monde et de l'Académie, d'ailleurs si pressé de se vendre que l'offre restant trop souvent supérieure à la demande, l'âpre commerce est sans cesse menacé d'un avilissement des prix. Telle crise, une fois dénouée, quand on l'a vue se multiplier jusqu'au pullulement, la denrée périssable, désormais sans valeur, achève de pourrir dans les antichambres.

Ancien élève du petit séminaire de Notre-Dame-des-Champs, jouant jusqu'au dernier jour la comédie à demi consciente d'une vocation sacerdotale, sitôt le cap franchi d'un baccalauréat hasardeux, on perdit sa trace un long temps, jusqu'à ce moment décisif où il obtint de signer chaque semaine, dans un Bulletin paroissial, des nouvelles édifiantes, puis des « Lettres de Rome » rédigées chez un petit traiteur de la rue Jacob. Quel autre que lui eût semblablement tiré parti de ce rôle obscur ? Mais il sait épargner sou par sou sa future renommée, pareil à ses ancêtres auvergnats qui, l'été, graissant de leur sueur une terre ingrate, viennent l'hiver vendre à Paris les châtaignes dont les cochons se rebutent, amassent lentement leur trésor pour finir inassouvis, seulement déliés par la mort de leur rêve absurde, et hâtivement décrassés, pour la première fois, par l'ensevelisseuse, avant la visite du médecin de l'état civil.

Ces lettres de Rome ne sont d'ailleurs point sans mérite. Elles en valent d'autres, moins connues, mais rédigées dans le même esprit par des vaniteux déçus pour y décharger, à petits coups, leurs âcretés. Le tour peut en varier sans doute, avec chaque auteur, non pas le sens profond et secret, la rancune vivace, la claire cupidité du pire, et, sous couleur de paix civique, une rage d'infirme contre tout ce qui dans l'Église garde le sens de l'honneur.

Ayant considéré un moment, avec respect, le visage du maître, souriant de ses mille rides précoces :

– Je renonce, dit Pernichon, à vous faire ressentir de l'indignation contre qui que ce soit... Le nonce, cependant, exprimait hier...

– Ne parlons pas du nonce, voulez-vous ? pria l'abbé Cénabre. Le zèle de Sa Sainteté à ne pas déplaire finira par paraître injurieux à nos ministres républicains... La démocratie aime le faste : on lui envoie de petits prélats intrigants, d'une bassesse à écœurer. Tenez ! celui-ci, je vous jure, n'entend pas le grec !... Chez M. le sénateur Hubert...

Il passa ses mains sur ses joues, rêva une seconde, et dit tranquillement :

– À quoi bon ? Vous ne l'entendez pas non plus.

– Vous oubliez, s'écria Pernichon avec une gaieté forcée (les vanités, même touchées à l'improviste, ont toujours un réflexe adroit), vous oubliez que j'ai remporté le prix de version grecque, en 1903, au séminaire de Paris ! Hélas ! j'aurais voulu plutôt me consacrer aux Lettres... Mais les tristes événements dont nous sommes les témoins...

— Le secret de la paix, dit Tagore, est de n'attendre rien d'heureux... Sainte Thérèse l'avait écrit avant lui... Ces rencontres, mon ami, ont quelque chose de singulier, d'amer...

Sa main, sur le drap rouge du bureau Louis XVI, battit un rappel énervé. L'horloge sonna onze coups.

— Je crains de vous fatiguer, dit M. Pernichon : je sais que vous veillez rarement. Mais ces haltes trop rares dans votre solitude, à deux pas du plus bruyant Paris, me font tant de bien ! Je vous quitte chaque fois en pleine certitude, en pleine foi. Le regard que vous posez sur l'événement et sur l'homme est si calme, votre malice même d'une indulgence si raffinée ! Je suis fier (laissez-moi le répéter, mon éminent maître !), je suis fier de voir en vous non seulement un protecteur selon le monde, mais aussi le père de ma pauvre âme...

L'abbé Cénabre regarda la pendule, se tassa dans son fauteuil et fermant à demi les yeux, exigeant le silence de sa main droite levée, il laissa tomber ces mots sur un ton de singulière autorité :

— J'apprécie, mon ami, votre patience et votre soumission à l'égard d'un prêtre qui ne vous ménage ni les avertissements, ni les reproches, parfois un peu sévères. C'est à contrecœur, cependant, que je vous entends presque chaque semaine : vous n'ignorez pas que l'exercice du ministère m'est rendu difficile, que mon modeste travail d'historien absorbe le plus clair de mon temps. Ce n'est pas, d'ailleurs, à un critique aussi discuté qu'un pieux jeune homme devrait demander l'absolution... Je ne vous refuse certes pas mes conseils si vous y trouvez quelque profit, mais je désire que vous recouriez désormais, au moins pour la matière du sacrement, à un autre prêtre que moi. Le choix vous est aisé... Vous ne manquez pas de relations avantageuses, s'il vous déplaît trop de vous adresser à quelque vicaire de paroisse, trop simple... Je vous écoute donc aujourd'hui pour la dernière fois.

Ils gagnèrent une extrémité de l'immense pièce où le chanoine s'assit sur une simple chaise de paille, du modèle le plus vulgaire, auprès d'un prie-Dieu de même aspect, sur lequel s'agenouilla son pénitent. Pour agrandir son bureau – sa librairie, disait-il – l'abbé Cénabre avait fait abattre la cloison, et découvert à cette place un cabinet de débarras, aux murs blanchis à la chaux, pavé de grands carreaux rouges. C'était comme si la Pauvreté, tant haïe, eût tout à coup fait irruption, la frêle muraille éventrée, dans la célèbre bibliothèque dont le luxe sévère a pour l'amateur seulement des détails exquis. Le contraste parut précieux au génie de l'abbé Cénabre. Il meubla sommairement ce coin désolé d'une mauvaise table, de chaises à la paille dorée par l'usage, et d'une simple étagère, mais où l'homme de goût peut admirer la plus jolie collection, et la plus rare, de ces missels aux reliures naïves, reliques à travers les âges de la piété paysanne. Au mur nu pend une Croix. Et par un raffinement suprême, c'est la seule dans la maison.

Déjà le murmure de M. Pernichon récitant le *Confiteor* s'élevait et s'abaissait dans le silence, car il affecte d'accentuer irréprochablement son latin. La tête penchée, les yeux clos, ses minces lèvres un peu serrées par un douloureux sourire, l'abbé Cénabre semblait attentif au murmure familier, bien qu'il n'en perçût encore que l'odeur. Une odeur fade et comme fanée, moins atroce qu'écœurante, flotte en effet autour de cet homme chétif, dévoré d'une austère envie. Mais sa conscience est d'une fétidité plus douce encore.

La piété du jeune rédacteur de *la Vie moderne* n'est pas hypocrisie pure : peut-être pourrait-on la dire sincère, car elle a sa source au plus secret de lui-même, dans la crainte obscure du mal, le goût sournois de l'atteindre par un biais, avec le moindre risque. Le peu qu'il a de doctrine politique ou sociale est commandé par ce même besoin pathétique de se livrer à l'ennemi, de livrer son âme. Ce que les niais qui l'entourent appellent indépendance, hardiesse, n'est que le signe visible, bien que méconnu, de sa morose nostalgie de l'abandon total, d'une définitive liquidation de lui-même. Tout ennemi de la cause qu'il prétend servir a déjà son cœur ; toute objection venue de l'adversaire trouve en lui une pensée complice. L'injustice commise envers les siens suscite aussitôt non la révolte, pas même une lâche complaisance, mais dans le double recès de son âme femelle, la haine de l'opprimé, l'ignoble amour du vainqueur.

Sa vie intérieure est mêmement trouble, équivoque, jamais aérée, malsaine. S'il prend des libertés avec la doctrine, il affecte un respect scrupuleux du précepte moral. Sans doute obéit-il ainsi à certaines règles capitales de son jeu, mais il craint aussi l'enfer, enviant si secrètement ceux qui le bravent qu'il croit seulement les mépriser. Soucieux d'éviter tout éclat en ce monde ou dans l'autre, il administre sa conscience avec dégoût, tel un boutiquier renié par sa clientèle à son comptoir désert. Il sent lui-même l'effrayante immobilité, la flétrissure d'une adolescence se survivant à elle-même dans l'âge mûr. Une seule fois, en danger de mort, il a tenté l'épreuve d'une confession générale, et d'avoir remué ce passé sans histoire, cette fiente aigrie, il a connu avec effroi que toutes ces fautes ensemble ne faisaient pas la matière d'un vrai remords.

À l'oreille de l'abbé Cénabre les ordinaires aveux se succédaient dans leur ordre accoutumé. Car c'est la coquetterie de M. Pernichon que cette confession rapide, méthodique, qu'il aborde avec une autorité risible et mène jusqu'au terme ainsi qu'un clinicien sa leçon... Des prêtres naïfs en demeurèrent quinauds : à peine osèrent-ils absoudre un pénitent si bien informé. Néanmoins, jamais jusqu'à ce jour le célèbre auteur des *Mystiques florentins* n'a daigné rompre le fil du discours avant le soupir final, qui s'achève même parfois en toux discrète d'une irréprochable candeur... Cette fois encore le petit homme fut écouté en silence. Mais quand il eut fini, surpris de ne rien entendre, il leva les yeux et rencontra le regard du prêtre rivé au sien dans une immobilité sinistre.

La curiosité n'a pas ce feu sombre, le mépris cette tristesse, la haine une telle amertume. Le blême Pernichon, comme pris dans l'étau, se sentit soudain ouvert, sondé jusqu'aux reins. Incapable de surmonter et fixer ce regard incompréhensible, il y chercha une seconde, il désira de toute son âme glacée, y découvrir l'imperceptible déviation de la démence, sa flamme oblique. Mais ce regard tombait d'aplomb sur ses épaules. Littéralement, il en sentit la forme et le poids comme si, dédaigneux de traverser la misérable conscience, le regard la modelait, la pétrissait avec dégoût, faisait jouer dessus la lumière. De ressentir l'effraction d'une clairvoyance supérieure est déjà une humiliation trop vive, mais la honte atteint son point de perfection quand la lucidité d'autrui nous découvre en plein notre propre avilissement. D'ailleurs, ce regard si dépouillé de toute cupidité vaine exprimait une sorte d'attention plus outrageante encore, bien que concertée, celle qu'on porte sur les choses dont la bassesse purement matérielle reste au-dessous d'un jugement particulier, n'est qu'un point de comparaison, une mesure commune aux formes supérieures et spirituelles de la honte.

Mais à quoi donc l'abbé Cénabre comparait-il intérieurement le petit homme ? Car on ne considère ainsi que la part déshonorée de soi-même.

– Mon ami, dit-il tout à coup (le feu de son regard, au même instant, tomba), *comment vous voyez-vous ?*...

— Comment je me vois ? soupira M. Pernichon. Je ne comprends pas, vraiment... Je ne saisis pas très bien...

— Écoutez-moi, reprit l'abbé Cénabre avec douceur, cette question vous peut surprendre dans sa simplicité. Chacun porte un jugement sur sa propre personne, mais il y entre peu de sincérité, qu'on le veuille ou non : c'est une image retouchée cent fois, un compromis. Car observer est une opération double ou triple de l'esprit, au lieu que voir est un acte simple. Je vous demande d'ouvrir les yeux avec ingénuité, de vous saisir du regard entre les hommes, de vous surprendre tel que vous êtes, dans l'accomplissement de la vie.

— Je comprends votre pensée, s'écria Pernichon, délivré de sa première angoisse... J'avoue que... Je suis un homme plein de contradictions.

L'abbé Cénabre réfléchit un long moment, et de moins sots que le rédacteur de *la Vie moderne* eussent pu croire qu'il priait.

— J'avoue d'ailleurs — permettez-moi de vous faire cette objection, reprit aussitôt Pernichon — que l'examen que vous me proposez... n'est pas de ceux-là... enfin sort un peu de l'ordinaire... Je pensais qu'on n'apportait jamais, en ces matières, trop de méthode... d'attention... J'aurais craint même...

— Ne craignez rien, répondit le prêtre d'une voix glacée. Mais ne répondez pas si cela vous plaît.

— J'obéis, au contraire, poursuivit le petit homme, avec un zèle furieux, misérablement. Certes, je ne vous apprendrai rien que vous ne sachiez déjà. Quelque effort que je fasse, en dépit du petit nombre de mes fautes réelles, la sensualité m'éprouve sans cesse. Cela aussi, vous le savez. Mais il est peut-être bon que vous me le fassiez redire, et que j'en sente la confusion.

D'abord, l'abbé Cénabre se tut. La mèche de la simple lampe posée sur la table à portée de sa main (car il craignait tout autre éclairage) grésilla, cracha dans le verre une mince ligne de fumée noire. Comme il se penchait en étendant le bras, Pernichon vit le tremblement de ses longs doigts. Presque aussitôt, la flamme ranimée fit sortir de l'ombre la tête osseuse, léonine, le front et les joues d'une pâleur extrême, presque livide. Et la soudaine apparition de ce visage contracté, découvert tout à coup à l'improviste, par surprise, serait le cœur d'un remords obscur, comme d'une indiscrétion intolérable.

— Ainsi, dit-il enfin, la sensualité vous éprouve ? Cela est peut-être une vue de l'esprit. Vous vous croyez des passions fortes. Et cependant vous n'accusez que des fautes, en apparence du moins, légères ?

– Je n'attendais pas de vous ce reproche, murmura Pernichon. Et il regretta aussitôt ce mot imprudent.

Car déjà, sans daigner y répondre directement, la même voix glacée – si glacée que l'imperceptible accent meusien s'en trouvait stérilisé, ne s'entendait plus – prononça :

– Ne craignez rien de la sensualité. Vous ne me faites pas illusion, à moi, ni peut-être à vous-même. Ah ! c'est là sans doute un sujet de petit intérêt, une vérité à ramasser peu précieuse ! Les prêtres de quelque expérience, en dépit d'un préjugé constant, n'accordent à la vie sexuelle qu'une valeur de symptôme. Qui en fait l'objet unique de son investigation est sûr de se tromper lourdement. D'ailleurs, elle n'a d'intérêt, n'apporte d'utiles données, enfin ne révèle que les hautes cimes, quand elle est le miroir trouble, l'image difficile à interpréter, le signe matériel des contradictions d'un grand cœur. Encore faut-il qu'elle existe par elle-même, qu'elle ait son histoire, son caractère propre et singulier.

– Devrait-on accumuler les faiblesses pour mériter d'être réputé une âme haute, un grand cœur ! dit timidement Pernichon, que le sens de ces paroles assez obscures irritait moins que leur accent. Je vous écoute dans un esprit de soumission, mais si sévèrement que je me juge, il ne m'est pas défendu d'avoir conscience des efforts que j'ai faits, des tentations que j'ai surmontées ! Si je n'ai pu, hélas ! avancer bien loin dans la voie de la perfection, au moins ai-je maintenu ma ligne de résistance morale, suis-je resté sur place. La blessure est encore ouverte, j'en conviens ; grâce à Dieu, le mal ne m'a pas dévoré.

Il ronflait d'émotion entre ses mains, et son front, de nouveau, se couvrit de sueur.

– Ce dernier entretien sera poussé jusqu'au bout, reprit la voix, dans votre intérêt, mon ami, et encore pour ma délivrance. Je devrais me reprocher d'avoir tardé si longtemps. Observez comme ce premier coup de sonde a porté juste, et quel cri révélateur il tire de vous. J'ai vu éclater l'abcès, mon enfant.

– Mon Père, dit Pernichon, étouffé de surprise et de colère, je ne m'explique pas votre dureté.

– En vous écoutant, déjà bien des fois, à cette même place, j'avais ce mot sur les lèvres : *Vous croyez-vous donc vivant ?*

– Je ne pense pas, répéta l'autre, qu'un véritable zèle apostolique s'exprime avec cette sorte de haine.

À ces paroles, et comme si le seul mot de haine l'eût touché, l'abbé Cénabre faillit perdre son habituelle maîtrise de soi. Il rougit, frappa vivement la table de sa main ouverte, rougit plus fort, et reprit enfin, d'une voix apaisée :

– Pardonnez-moi ce mouvement d'humeur : je ne suis pas un apôtre, je ne saurais l'être. L'esprit critique l'emporte chez moi, ou plutôt il absorbe toutes les autres facultés. Une extrême attention finit par consumer la pitié.

Il prit la main du petit homme dans les siennes.

– Mon ami, je m'étonne du parti pris de ces prêtres un peu sots et bornés qui, par leur zèle indiscret, entretiennent tant de bonnes gens dans l'illusion qu'ils donnent à faire à tous les démons de la luxure. Les termes de l'art militaire ajoutent à ces fadeurs un ridicule de plus. Il n'est parlé que de combats, d'assauts livrés ou repoussés, de défaites et de victoires... Hélas ! mon enfant, moi qui vis – je puis dire – dans la familiarité des saints, et parmi eux des plus subtils, que voulez-vous que je pense de cette guerre illusoire où les malheureux se mesurent avec leurs ombres ? Bien plus...

Il lui pressait plus affectueusement les mains.

– Il n'y a pas là, continua-t-il, qu'une erreur de jugement : une duplicité fort perverse. À vous prendre simplement (si vous voulez bien), j'estime, je tiens pour avéré que, loin d'opposer une résistance aux tentations extérieures, vous entretenez avec beaucoup de peine et d'application, une concupiscence dont chaque jour affadit le venin. De la source désormais tarie, vous remuez la boue, pour en respirer au moins l'odeur. Par économie de vos forces, il vous plaît de vivre dans ce mensonge d'un nom prodigué à des séductions imaginaires, lorsque votre sensualité suffit à peine à exercer utilement votre malice. Que me parlez-vous de lutte intérieure ? Je vois trop clairement les pensées suspectes, les désirs refroidis, l'acte avorté. Qui réaliserait ces fantômes vous ferait un tort bien cruel. C'est justement cette ombre que votre appétit veut consumer, non pas une chose vivante. Je vous parle ici plutôt en savant qu'en prêtre : le débauché va se jeter comme un dément sur les voluptés qu'il presse et, dans l'excès de sa folie, il offre du moins au regard le spectacle d'un homme qui ne se ménage pas...

Mais vous !... Mais vous... Votre vie intérieure, mon enfant, porte le signe moins.

Volontairement ou non, l'air siffla entre les lèvres de Pernichon, comme d'un baigneur surpris par le froid.

— L'idée que vous avez de vous-même, reprit la voix avec une sorte d'affreuse tendresse, n'est pas fausse : il en est d'elle comme de ces formules mathématiques, dont il faut seulement intervertir les signes. Votre médiocrité tend naturellement vers le néant, l'état d'indifférence entre le mal et le bien. Le pénible entretien de quelques vices vous donne seul l'illusion de la vie.

À ces mots, M. Pernichon se leva, mais il resta debout et muet devant son bourreau.

— L'expérience de la vie — et plus encore mes modestes travaux historiques — reprit l'abbé Cénabre, m'ont enseigné le petit nombre de vies positives...

— Je respecte assez votre caractère et votre personne, dit tout à coup le publiciste avec une espèce de dignité, pour vous laisser achever. Mais vos injustes paroles sont de celles auxquelles on ne répond pas.

— Je n'en terminerai avec vous que plus commodément, répondit le prêtre. Votre présence a été l'occasion de tout ceci, non sa cause. Votre disgrâce n'est que de vous trouver devant moi, à cette heure, aujourd'hui.

Il respira bruyamment, et quand il eut ainsi gonflé sa poitrine, le sang parut de nouveau se retirer de ses joues et de son front. Il resta d'une pâleur livide.

— Telle heure sonne, mon enfant, poursuivit-il, où la vie pèse lourd sur l'épaule. On voudrait mettre à terre le fardeau, l'examiner, choisir, garder l'indispensable, jeter le reste. Retenez cette confidence, puisque je la fais tout haut, devant vous. Je tenterai ce choix. Il le faut. Je suis prêt.

Il se tut brusquement, laissa tomber la tête. Puis soudain :

— Allez-vous-en ! Allez-vous-en ! s'écria-t-il par deux fois, avec une extraordinaire violence.

Tout autre que Pernichon eût sans doute obéi, mais sa maladresse porte le tragique en puissance. D'ailleurs un sort navrant le place toujours là où il ne doit pas être, et l'y tient jusqu'au complet épuisement, utilisation parfaite du ridicule ou de l'odieux.

— Je regrette d'avoir été la cause involontaire... commença-t-il.

– Cause de quoi ? pria doucement l'abbé Cénabre. Je vous le dis : vous n'êtes cause de rien. Pourquoi vous humilierais-je gratuitement ? Entendez néanmoins cette parole : le monde est plein de gens qui vous ressemblent, qui étouffent les meilleurs sous leur nombre. Qu'êtes-vous venu faire dans notre bataille d'idées ? Vous la quitterez sans regret, avec un petit profit.

Le visage de Pernichon, en dépit de sa vulgarité, eut une expression vraiment humaine, presque noble :

– Je n'ai pourtant pas choisi le parti des vainqueurs, dit-il.

– C'est que le parti des vainqueurs est le parti des maîtres, et vous sentez cruellement que vous n'êtes pas né un maître. Mais vous vivez dans leur ombre, et leur caresse vous fait du bien.

Et il ajouta, après un silence, posément :

– Il vous fallait, d'ailleurs, quelque chose à marchander.

– Jamais, monsieur le chanoine, s'écria Pernichon, jamais, dis-je, mes ennemis ne m'ont tenu pour un homme à vendre !

– Mon enfant, dit l'abbé Cénabre, ne vous fâchez pas si, dans cet entretien tout intime, j'utilise une connaissance particulière de vos ressources, de votre capacité morale. Vous êtes un intermédiaire-né. D'où vient que le parti – ou pour parler leur langage – le milieu catholique est si favorable à la multiplication de cette espèce ? Parce que dans une société politique de plus en plus étroitement solidaire, si fortement constituée en groupes dont la discipline est exacte et l'individualisme exclu, il est le suprême refuge d'un opportunisme démodé. Du radicalisme au socialisme, théoriquement, le passage semble aisé. Pratiquement, il n'en est pas de même, car c'est proprement changer de clientèle. Mais croire en Dieu, et vivre dans l'indulgente obéissance de l'Église est une position si commode ! On est d'un parti sans en être. En cette matière, rien de moins étroit que le dogme : il semble même à certains proposer l'indifférence politique comme une règle. Aussi que de distinctions, de nuances, que de choix pour l'amateur, quel éventaire ! De concession en concession, de surenchère en surenchère, un jeune ambitieux qui n'aime pas le bruit et travaille avec méthode, peut aller aussi loin qu'il lui plaît, sans perdre le précieux avantage d'être moins un partisan qu'un allié, – un ami du dehors, toujours à contrôler, jamais sûr, – comme ces pauvres dames qui gardent dans le saint état du mariage pour quoi elles n'étaient pas faites, l'odeur et le ragoût du passé.

– Vous jouez un jeu cruel, dit Pernichon d'une voix tremblante, un jeu bien cruel. Et même si ces paroles ne devaient rester secrètes...

– Je vous les abandonne, dit l'abbé Cénabre. Faites-en ce qu'il vous plaira.

Puis, tout à coup, un mouvement intérieur, irrésistible, bouleversa de nouveau ses traits. Le sourire s'arrêta sur ses lèvres, son regard durcit, le tremblement de ses mains redevint visible. Et sa colère même parut comme dévorée par un sentiment plus violent et plus mystérieux.

Il baissa lentement les paupières. Le silence qui suivit fut difficile à surmonter.

Dès le premier moment de cette soudaine, imprévisible attaque, M. Pernichon s'était trouvé désarmé. Habile à certaine escrime du langage, au jeu de l'allusion, la violence directe le paralyse, agit littéralement comme un poison de sa volonté. Mais que dire de cette violence si cruellement calculée, passant de l'invective à un accent d'amertume douloureuse, puis de sollicitude incompréhensible ? Néanmoins la stupeur finit par laisser tout à fait la place à la crainte, puis à une confusion pire... Pour la première fois peut-être, sa pauvre âme creva son enveloppe et parut blême et hagarde aux propres yeux de Pernichon pour disparaître aussitôt, ainsi qu'un rêve égaré dans le matin... Et ce n'était point tant les paroles de l'abbé Cénabre que la transfiguration de ce prêtre subtil et la contagion d'un rêve que trahissaient son attitude et sa voix – non ! ce n'était point de telles paroles restées si vagues dans la colère ou le mépris, qui eussent à elles seules arraché un instant le malheureux hors de sa gaine, ainsi qu'un muscle qui, sous les doigts du chirurgien, jaillit tout à coup de la peau. D'être réputé habile, ambitieux, profond calculateur de ses chances, ami douteux, prudent ennemi, n'était pas pour l'offenser ; mais ces dernières violences l'atteignaient à un lieu plus sensible, profond, secret, comme au point d'équilibre de son humble destin : l'habitude, devenue consubstantielle à sa pensée, d'une lutte intime, une opinion de lui-même soudain déracinée, le besoin de se classer, une certaine stabilité. La seule hypothèse – soudain vraisemblable – d'une vie sans réalité spirituelle introduite comme par effraction dans une conscience d'ordinaire si ménagée, en découvrait brutalement le désordre absolu. Que d'autres, qui tiennent de leurs actes un compte plus ou moins sévère (comme on observerait les étoiles sans lire les indications du compas), négligent dans leur calcul l'orientation de la volonté, la perversion de l'instinct !... Le terrible n'est pas de ces étrangers dont les routes croisent nos routes, mais dans ce propre visage que l'âme arrachée verra soudain face à face, et ne reconnaîtra pas.

– Monsieur le chanoine... voulut dire Pernichon, dans un dernier effort de politesse et de respect pour le dangereux personnage. Mais il n'acheva point. Ce que l'humiliation n'avait pu faire, la crainte l'obtint, plus urgente que la honte. Il s'écarta de quelques pas, chercha gauchement son pardessus, jeté derrière lui sur une chaise, en passa les manches avec une peine infinie, soufflant par le nez d'affreux sanglots sans larmes, ramassé sur lui-même, contracté ainsi que d'une énorme grimace non du visage seul, mais de tout son corps chétif. Puis ce désespoir grotesque disparut dans le vestibule ténébreux. On entendit le grincement de la porte, refermée néanmoins avec prudence.

L'abbé Cénabre avait suivi des yeux le petit homme, et il resta debout un long moment, à la même place, en apparence frappé de stupeur à son tour, et tellement immobile que l'ombre même sur le mur n'avait pas un tressaillement. Quiconque l'eût observé à ce moment solennel, eût été frappé de la netteté de son regard qui n'était point celui d'un homme entraîné par un rêve, mais plutôt d'un discuteur hardi et tenace qui donne tout son effort contre un rival à demi vaincu, et cherche à s'emparer de sa pensée. De cet angle droit de la pièce on eût pu croire que les yeux fixaient simplement la porte par où Pernichon s'était enfui. Toutefois leur direction était différente. M. Pernichon, ni aucun autre à sa ressemblance, n'eût entretenu tel feu dans la prunelle assombrie... Elles avaient trouvé ailleurs quelque chose. Et plus d'un sceptique eût été bien embarrassé de convenir que l'interlocuteur invisible, au moins selon toute vraisemblance, c'était la croix nue pendue au mur. D'ailleurs le temps lui eût manqué d'un examen décisif. Car s'étant avancé brusquement, par un geste aussi prompt et aussi précis qu'une parade, l'abbé Cénabre empoigna la lampe et la brisa sur les dalles.

Le clair de lune entra aussitôt dans la chambre.

La violence du choc fut telle que la mèche s'éteignit sans doute avant d'avoir touché le sol. Du réservoir de cristal on entendit un moment l'huile de pétrole couler à petits coups. Puis ce dernier bruit s'effaça. Et il semblait que se fût effacé avec lui le souvenir du geste extraordinaire de ce prêtre célèbre dans les deux mondes pour son scepticisme élégant.

Une des singularités de l'abbé Cénabre est de n'accepter de soins domestiques que d'une vieille femme de ménage – sa nourrice, dit-on – qui tôt levée finit sa besogne dès midi, et ne reparaît plus. Autour de la courte et épaisse silhouette à peine visible dans le recueillement de la nuit, la solitude resta parfaite, le silence absolu. Puis cette silhouette se déplaça lentement, posément ; une porte claqua. Le clair de lune s'endormit dans la pièce vide. M. l'abbé Cénabre avait regagné sa chambre.

L'auteur des *Mystiques florentins* a longtemps dérouté la critique. Habile à s'emparer de l'attention, par surprise, son ambition ne va pas plus loin que séduire ; il disparaît avant de convaincre, laissant amis et adversaires dos à dos. Un parti s'est emparé de lui, comme il s'embarrasse de tout élément douteux, moins encore par goût du scandale, que par un besoin furieux de se masquer, de prendre un masque, de masquer son indigence. Dans la forte société spirituelle de Rome, ce demi-monde de la pensée ressemble à l'autre, même vanité, même envie, même accueil aux haines complices, même rage à dénigrer les hauts exemples qui le condamnent, même naïveté dans le mensonge et la feinte, même candeur de croire faire illusion à quiconque le regarde en face. Certes, la prostitution de l'hôtel particulier méprise celle de la rue, mais dans les cas urgents l'acte professionnel s'accomplit de lui-même et sous un certain regard, c'est toujours le même geste de dénouer la ceinture. Qui ne sait qu'on rencontre aux entresols de la rue des Martyrs des filles deux fois soumises, ou de bonnes mères ? Ainsi le parti compte d'honnêtes jeunes gens, des vieillards austères, des écrivains pleins de talent, et des prêtres, pour le grand nombre, de mœurs irréprochables. Rien ne semble permettre de les confondre avec des avares adolescents, ces patriarches dévorés d'ambition comme d'une lèpre, et ces ruffians en jupon noir, chassés de tous les diocèses, à face de croupiers marrons... Quel trait leur est donc commun ? Le goût de biaiser, une pensée lâche.

L'abbé Cénabre a souvent tiré profit de leur enthousiasme affecté, sans laisser toutefois annexer son sourire. De lui, les malheureux n'entendent et n'approuvent que son impuissance à conclure, la dissipation de la pensée, l'effort en sens contraire et pour un résultat de néant, d'une curiosité presque sensuelle et d'une critique énervée. Son

Histoire de l'arianisme les a déçus, justement par ce qu'elle contient de positif, de défini. Mais ils se délectent au bavardage et à l'allusion des *Mystiques florentins*.

L'illustre écrivain connaît ce public, et il le mépriserait, s'il était capable de mépris. Il l'exècre seulement. Son jugement court, mais exquis, l'a renseigné depuis longtemps. Ils l'honorent d'être suspect. Cette sympathie équivoque, cette admiration protectrice exaspèrent son orgueil, et il leur fait payer cher une reconnaissance toute formelle. De les louer tarit sa veine : il n'est jamais las de les railler, il doit à cette raillerie ses meilleures pages, les mieux venues, ses pages ailées. Comment ne l'ont-ils pas reconnu à ce signe éclatant ? Ils reçoivent de lui la plus cruelle ironie. C'est peut-être que leur vanité met à haut prix la louange difficile, arrachée à un homme fort et seul, par la coalition des faibles.

Ils le croient fort, mais il est seul, sûrement.

Les fenêtres de la chambre s'ouvrent sur une rue du Paris provincial. À cette heure de la nuit, la lointaine et triple rumeur de la place de Rennes, comme égarée, y est, à force de solitude et de silence, pathétique. Qu'à travers les ténèbres, les villes appellent, d'une voix profonde ! Que leur joie respire avec peine, comme elle râle !... Chaque rue, traversée dans le tumulte et l'éblouissement, sitôt quittée, vous poursuit dans l'ombre d'une plainte affreuse, peu à peu assourdie, jusqu'à la limite d'un autre tumulte et d'un autre éblouissement qui joint bientôt à l'autre voix sa voix déchirante. Et encore, ce n'est pas ce mot de « voix » que j'écrirai, car la forêt, la colline, le feu et l'eau ont seuls des voix, parlent un langage. Nous en avons perdu le secret, bien que le souvenir d'un accord auguste, de l'alliance ineffable de l'intelligence et des choses ne puisse être oublié du plus vil. La voix que nous ne comprenons plus est encore amie, fraternelle, faiseuse de paix, sereine. L'homme lyrique, au dernier rang de l'espèce, que le monde moderne a honoré comme un dieu, croyait risiblement l'avoir restituée, n'ayant délivré la nature des sylvains, des dryades et des nymphes démodées que pour y lâcher le troupeau de ses mornes sensualités. Le plus fort d'eux tous, déjà pris à la gorge par la vieillesse, remplissait les rues et les bois de son infatigable lubricité. Derrière lui, la foule des disciples s'est ruée, comme on mange, à la solitude sacrée, dans le rêve abject de l'associer à ses ventrées, à sa mélancolie, à sa déception charnelle. La contagion, gagnant de proche en proche, s'est étendue aux antipodes : l'île déserte a reçu leurs confidences, témoigné de leurs amours, retenti de leurs grotesques sanglots devant la vieillesse et la mort. Nulle prairie, ruisselante de lumière et de rosée dans la candeur de l'aube, où vous ne trouverez leurs traces, comme des papiers sordides, sur les pelouses, un lundi matin.

Toutefois, s'il est dans l'homme d'imposer sa présence, et les signes de sa bassesse à la nature, il ne s'empare pas de son rythme intérieur, de sa profonde rumination. Il couvre la voix, mais il l'interroge en vain : elle continue son chant sublime ainsi qu'une corde en vibration choisit entre mille ses harmoniques et ne répond qu'à elles seules... Il n'en va pas ainsi des paysages de poutres, de fer et de moellons – les villes.

Pourquoi voudriez-vous qu'elles annoncent la joie, bâties dans la peine et la sueur ? La liberté, puisqu'elles sont les forteresses où s'est réfugié, devant la rébellion des choses et des éléments, Adam vaincu ? La vie – ces demeures transitoires, gardiennes seulement de nos os ?

L'abbé Cénabre s'était insensiblement rapproché de la fenêtre, comme si dans cette chambre obscure, le reflet douteux de la rue à travers les vitres lui eût été un asile. Immobile dans la haute embrasure, les bras croisés sur la poitrine, on l'eût cru volontiers absorbé, quand toute son attention n'était tendue au contraire qu'à la rumeur triste du dehors. Sa dernière violence n'avait certes pas été un geste d'emportement : nul moins que lui n'était capable de ces distractions. La lumière l'avait offensé cruellement, tout à coup, comme le signe sensible, sur le mur et sur la croix, d'une illumination intérieure qu'il eût voulu étouffer, repousser dans la nuit, avec une énergie désespérée. L'une des marques des grandes convulsions de l'âme est de se retrouver dans les choses, de sorte que telle déception capitale, par exemple, reste inséparable du lieu et de l'heure – non pas seulement par une association matérielle, mais par une sorte de compénétration – comme si un certain accord de la vie profonde avait été faussé par le coup de bélier de la passion. D'ailleurs la brusque révolte du prêtre n'était qu'un geste de défense, tardif seulement. Et il était vrai que cette cellule, pavée de grès, ces murs, ces livres, cette croix nue étaient ennemis. Les témoins muets jusqu'alors, allaient sans doute poser la question à laquelle il ne voulait pas répondre... C'est pourquoi il les avait replongés dans l'ombre.

Méprise fatale ! Ce geste posait un autre problème, non moins urgent. Il marquait le terme d'une étape et plus encore le point de départ d'une autre route, terrible à suivre, inconnue. Un fou couve tranquillement son délire jusqu'à ce qu'un cri – ou toute autre manifestation – le convainque de sa folie. Depuis des semaines, l'abbé Cénabre fermait sa conscience à un ordre de sentiments dont il soupçonnait à peine encore la violence. Et il venait inconsidérément de se trahir, de tout remettre en question. L'analyste délicat, dont l'ironie n'épargna jamais personne, pas même le tragique saint d'Assise, a horreur de l'examen particulier. Il sent d'instinct ce que sa critique tant admirée des badauds, a de dangereux pour lui-même, car on ne joue pas son propre destin sur le coup de dés d'une hypothèse, et l'hypothèse est la seule ressource de son analyse, son ressort. Toutefois la pensée née en lui depuis quelque temps déjà, plus forte chaque jour, s'imposait par elle-même, déjouait sa ruse. Il l'écartait pour la retrouver tout à coup, à sa stupeur, mêlée à la trame de la vie quotidienne, partout présente. Et dans le soudain accès de sa colère contre Pernichon, il l'avait encore reconnue.

L'érudition de l'auteur des *Mystiques florentins* est solide, comme est viril son visage épais et dur. L'étendue de la documentation, la puissance de travail qu'elle suppose peuvent faire illusion : heureux dans le choix de ses sujets, non pas même sans audace, il semble cependant n'oser les affronter qu'à demi, il les aborde de biais. Il en va de même dans le gouvernement de sa propre vie : ce professeur d'analyse morale répugne à se voir en face. Longtemps le scrupule ténébreux qu'une force irrésistible amène ce soir à la surface de sa conscience a été, avec effort, maintenu dans la région basse de la sensibilité pure. Sans doute, il lui devait faire sa part : c'était un malaise, une gêne, une diminution de l'activité, ou sa déviation morbide. C'était tout cela, et bien autre chose encore. Mais en évitant de cerner le point douloureux, la souffrance reste vague, diffuse, plus aisément supportée. Ce qui n'était que mélancolie devient promptement remords, pourvu que l'on en discute avec soi-même. Et qui peut faire au remords une part équitable ? Ce fils maudit de la divine charité n'est pas moins avide : il n'a rien, s'il n'a tout.

Par malheur, et pour le scandale de la Bête matérialiste, il n'est pas bon, ni sûr, de se croire tout à fait à l'abri, dans son sac de peau, des entreprises de l'âme. Éviter de scruter les intentions, se contraindre à ne connaître de l'événement moral que son contrecoup sur le système vaso-dilatateur, mène à une déception très amère. L'homme peut bien se contredire, mais il ne peut entièrement se renier. L'examen de conscience est un exercice favorable, même aux professeurs d'amoralisme. Il définit nos remords, les nomme, et par ainsi les retient dans l'âme, comme en vase clos, sous la lumière de l'esprit. À les refouler sans cesse, craignez de leur donner une consistance et un poids charnel. On préfère telle souffrance obscure à la nécessité de rougir de soi, mais vous avez introduit le péché dans l'épaisseur de votre chair, et le monstre n'y meurt pas, car sa nature est double. Il s'engraissera merveilleusement de votre sang, profitera comme un cancer, tenace, assidu, vous laissant vivre à votre guise, aller et venir, aussi sain en apparence, inquiet seulement. Vous irez ainsi de plus en plus secrètement séparé des autres et de vous-même, l'âme et le corps désunis par un divorce essentiel, dans cette demi-torpeur que dissipera soudain le coup de tonnerre de l'angoisse, l'angoisse, forme hideuse et corporelle du remords. Vous vous réveillerez dans le désespoir qu'aucun repentir ne rédime, car à cet instant même expire votre âme. C'est alors qu'un malheureux écrase d'une balle un cerveau qui ne lui sert plus qu'à souffrir.

Quelques-uns des lecteurs de l'abbé Cénabre parmi ceux qu'il irrite, que sa gentillesse, son goût de plaire n'ont point désarmés, recherchent dans ses derniers livres, avec clairvoyance, cet accent singulier, douloureux qui semble marquer une blessure de l'orgueil, un doute de soi. L'ironie, toujours un peu pédante, grince maintenant. Peut-être échappe-t-elle au contrôle de l'auteur ? Jadis asservie au texte, alignée, elle le déborde parfois, pousse au-dehors un coup furieux, reprend sa place avec contrainte... L'art, ou plutôt la formule heureuse de l'auteur, exploitée à fond, peut se définir ainsi : écrire de la sainteté comme si la charité n'était pas. L'homme Renan, de qui le blasphème est toujours un peu scolaire, s'est contenté d'une simple transposition d'un ordre à l'autre, insérant l'être miraculeux dans un univers sans miracles, charge facile, dont sa vanité n'a jamais perçu le comique énorme. Pour celui qui sait lire, *la Vie de Jésus* est un vaudeville, a tous les éléments d'un bon vaudeville, moins le naturel et la facilité. L'abbé Cénabre, lui, n'a jamais nié le miracle, et même il a le goût du miraculeux. Il n'approche les grandes âmes que dans un sentiment de vénération, et sa curiosité même a un tel élan qu'on la prendrait pour l'amour. Il lui est simplement donné d'imaginer un ordre spirituel découronné de la charité.

Sans doute, on ne le lit pas sans malaise, mais seul un de ces saints qu'il a mutilés saurait lui arracher son secret. L'analyse qu'il en a fait satisfait le goût, n'offense aucune pudeur de l'esprit. Il a même eu cette prudence – qui est un aveu naïf et pathétique – de laisser hors de jeu les héros dont la haute figure historique paraît fixée à jamais : il a tiré de l'oubli des petits saints presque anonymes, dont l'obscurité le rassurait, qu'il espérait plus dociles. Il n'a pu cependant les contraindre. Si simple et caressant que fût son art, si enveloppant, si pressant, ils se refusaient toujours. La préface de son dernier livre compte à elle seule cinquante pages, pleines de réticences, de réserves, d'allusions, comme si le malheureux craignait, reculait le plus possible l'inévitable confrontation. Car sitôt que paraît le témoin rebelle, l'équilibre est rompu. La petite part accordée aux faits est encore trop grande : un acte, une parole, même étouffée par un texte laborieux, suffit à rompre le charme : l'importance du commentaire ne fait qu'accuser plus durement la douloureuse impuissance. C'est une espèce de lutte risible et tragique à la fois, trop inégale. Tantôt la pensée, subtilisée à l'excès, s'évapore, s'efface comme une buée, découvrant la face irréductible. Tantôt elle se traîne dans les fonds, laissant surgir le héros vainqueur. La recherche vaine succède à la vaine étreinte. Les pages se multiplient, le livre s'allonge démesurément, ainsi qu'un rêve cruel, coupé de sursauts. Et tout à coup l'auteur, qu'on eût cru bercé par son ronron monotone, s'éveille, perd brusquement contenance, rentre dans le débat, avec une espèce de rage. Le lecteur n'en sent que du malaise et s'étonne. D'où vient cette colère subite ? C'est que de la vérité violentée, comme l'odeur dénonce un cadavre, à travers les mots menteurs sourd une atroce ironie, pour tout autre indiscernable, mais dont l'orgueil de l'abbé Cénabre connaît cependant la morsure. Anxieux de se fuir, d'ailleurs épris au fond de ces personnages imaginaires qu'il substitue presque inconsciemment aux vrais, qu'il s'efforce de croire vrais, au terme de sa route oblique, hélas ! il ne rencontre que lui, toujours lui. Ce qui manque à ses saints lui a été, justement, refusé. Chaque effort pour le masquer découvre un peu mieux sa propre déficience. Que dire ?... Pour donner quelque réalité à ses fantômes, il s'est dépouillé de son bien, des précieux mensonges qui l'eussent déguisé, qui en déguisèrent tant d'autres, jusqu'à la fin... Il se voit nu.

Il s'approche encore de la fenêtre, appuie sur les vitres son front têtu. Le vent souffle au carrefour. La rue est vide et sonore. Il s'écarte avec dégoût.

~

Alors... Cela vint lentement, posément, gagna lentement son niveau. Jamais les choses de rien ne le retinrent avec plus de douceur qu'en cet instant solennel. Il ferma les rideaux, alluma sa lampe de chevet, disposa minutieusement ses vêtements pour la nuit. Il jouissait de ce délai avec un cœur étranger, une joie grave, silencieuse. Son pas sur le tapis, le choc d'un verre sur le marbre de la cheminée, son souffle même un peu précipité par l'effort retinrent son attention, délicieusement, étroitement. Il se contemplait une dernière fois dans le décor des apparences familières, il s'attachait à ce lambeau de vie ainsi qu'un équipage à la dérive fixe la rive immobile et décroissante, et déjà la pensée chassait sur ses ancres.

Il s'agenouilla, pria comme à l'ordinaire. Jamais jusqu'alors ce prêtre notoirement suspect n'avait manqué de remplir à la lettre certains devoirs de son état et la prière est un de ces devoirs, car il se plie aisément à une discipline extérieure, à une contrainte matérielle : il y trouve un indispensable appui, une sûreté contre un désordre profond qui l'entraînerait au-delà de l'équivoque où sa nature se plaît. Ce soir encore il prononce avec lenteur, il récite tout au long la prière habituelle, correctement. Puis il se glissa dans ses draps, et ferma les yeux.

Aussitôt, la pensée lui vint d'en finir une fois pour toutes avec le doute anxieux qu'il étouffait depuis des semaines, et il essaya de le formuler. D'ailleurs, sa nature fut plus forte, et il se travaillait encore inconsciemment pour rentrer dans une de ces catégories familières où il avait accoutumé de classer les esprits. À son sens, la parfaite dignité de sa vie rendait improbable, invraisemblable même, une crise morale : « Je me suis simplement engagé dans une impasse, songeait-il... Mon œuvre est à peine abordée : on ne se passe pas éternellement de doctrine. Il y a une doctrine à tirer de mes livres. J'éprouve seulement, jusqu'à la douleur, le besoin de me rassembler. »

Il expliquait ainsi son dégoût grandissant des derniers mois, le travail irrégulier, le sentiment si vif d'un effort gâché, d'une pensée qui tourne court, et aussi sa rancune obscure, chaque jour plus forte, contre l'objet même de son étude, les hommes simples, dont la simplicité l'avait trahi.

Dans le silence, il entendait sonner son cœur dans sa poitrine, et l'irrégularité des pulsations le frappa. « Je ne voudrais pas vieillir, pensait-il, sans avoir donné ma mesure, m'être imposé. » Car il en était à n'avoir plus qu'indifférence pour le public dont l'aveugle adulation l'avait poussé si haut – public à l'affût d'un déclassement inédit, d'un nouvel aspect du déclassement – race étrange qui se satisfait seulement des formes les plus fugitives, les plus instables de l'erreur, pour ainsi dire à l'état naissant, et qui la délaisse sitôt formée, passionnée pour le suspect, indifférente ou cruelle au renégat.

Il en était à ce point de la rêverie où certains mots se formulent parfois d'eux-mêmes, rompent violemment le cours de la pensée, comme issus des profondeurs de l'être... Renégat fut un de ces mots. Et le choc en fut si rude que les lèvres de l'abbé Cénabre le prononcèrent à son insu.

Il essaya de sourire ; il sourit même. Pour lui ce mot démodé n'exprimait encore, à cet instant, rien de clair. Comment s'est-il trouvé dans sa bouche ? Sans doute peu de livres ont été plus sévèrement critiqués que les siens, passés au crible... mais il est sauf. Les pires censeurs n'incriminent plus que les tendances d'une œuvre où leur malignité n'a rien dénoncé de condamnable. Qui peut le troubler lui-même ? Au regard du plus exigeant, il est sans reproche. Non content de rester fidèle aux grands devoirs, il s'est attaché à respecter scrupuleusement les petits, soucieux de rien innover, de ne troubler en rien l'ordonnance, le règlement de ses journées, et aussi par dédain des abandons faciles, par dignité. S'il célèbre rarement la messe, c'est d'accord avec ses supérieurs, et parce que le temps lui manque, réellement. Mais il n'omet pas le bréviaire. Le Père Domange l'entend chaque mois en confession. Que ce regard jeté en arrière le rassérène pour un moment ! L'exaltation de la jeunesse n'est plus, ni son espérance avide, mais la pente a été une fois donnée, la vie coule dans le même sens, comme entraînée par son poids... Il ferme les yeux, il serre étroitement les paupières, avec un entêtement puéril... Il veut voir ce cheminement monotone à travers le temps : il le voit... Vers quel but ?

Malgré lui, ainsi qu'une bête échappée, sa pensée court déjà sur la route enfin ouverte. C'est peu dire qu'il n'en est plus maître, elle est maintenant hors de lui, une chose étrangère, une pierre qui tombe... Oui, son œuvre a un sens, et il l'ignorait ! On en est encore à épier les textes, pour y découvrir une proposition hétérodoxe ! Lui-même s'est prêté à ce jeu enfantin. À ce moment même, comme par un suprême effort, les arguments familiers surgissent de toutes parts, dans un désordre affreux. Mais il sent trop, il sent avec terreur que cette confusion n'est qu'un remous, à la surface d'une eau profonde. Déjà la pensée, l'unique, la précieuse, la dangereuse pensée jaillie de lui est descendue bien plus avant, hors de toute atteinte, glisse à travers les ténèbres ainsi que le poids d'une sonde. Elle ne s'arrêtera qu'au but, s'il existe. L'homme suspendu par ses mains défaillantes, à demi ouvertes, au-dessus du gouffre, n'écoute pas avec plus d'angoisse la chute vaine et bondissante des pierres. Le vide qui s'ouvre, la vertigineuse plongée arrache enfin une parole à l'abbé Cénabre :

– Dieu ! dit-il.

Mais alors... un coup asséné n'arrive pas plus prompt... à peine effacée dans l'air la parole inconstante, un silence inouï, formidable, tomba sur lui comme une masse de plomb. Telle fut la brusquerie de l'attaque, et si totale cette soudaine défaillance de l'âme, qu'il se jeta hors de son lit, s'échappa... La chambre rivait encore alentour sa pâle vie lumineuse, chaque objet à sa place ordinaire, et il voyait dans la glace son regard béant... mais il semblait que les choses eussent perdu chacune leur sens particulier, ne répondissent plus à leur nom, fussent muettes. Le regard lui-même exprimait à présent moins la terreur qu'une surprise absolue...

« Je ne crois plus », s'écria-t-il d'une voix sinistre.

La tentation nous exerce, le doute est un supplice sagace, mais l'abbé Cénabre ne doutait point, et il n'était pas tenté. De ces épreuves à la morne évidence exprimée par son dernier cri, il y avait justement ce qui distingue l'absence du néant. La place n'est pas vide, il n'y a pas de place du tout ; il n'y a rien.

À la lettre, il ne sentait ni regret ni remords. Seul, l'étonnement d'un homme qui, croyant marcher dans une direction, connaîtrait qu'il a piétiné, que l'espace franchi n'est qu'un rêve. L'eût-il désiré (mais il ne le désirait point), sa raison se fût encore refusé d'admettre qu'il eût jamais différé de ce qu'il était, à ce moment même. Par la brèche mystérieuse, le passé tout entier avait glissé comme une eau, et il ne demeurait, sous le regard inaltérable de la conscience, que des gestes plus vains que des songes, une vie ordonnée, réglée, constituée en fonction d'un monde imaginaire. Ce qui semblait à d'autres son existence, sa personnalité véritable, était né des circonstances, éphémères, *inconsistantes* comme elles : à peine si la répétition des mêmes actes avait pu au cours des ans, à la longue, former quelque ombre, prêter une certaine réalité au fantôme. Il l'imaginait ainsi du moins. Car lentement désagrégée par la délectation du doute volontaire, par le sacrilège d'une curiosité sans amour, la croyance s'était évanouie, totalement, comme une fonction qui ne survivrait pas à l'organe détruit, dont il ne subsisterait même pas le besoin.

Et pourtant, la glace lui renvoyait l'image intolérable d'un visage transformé par la peur, d'un misérable corps en déroute. Sous son léger vêtement de nuit, un frisson le secouait, la sueur ruisselait sur ses reins et sur ses jambes, et par l'échancrure de la chemise, il pouvait voir trembler son scapulaire sur sa poitrine velue à chaque battement affolé de son cœur. Le regard dérobé en dedans, la mâchoire relâchée par l'angoisse, mais encore têtue, la bouche au pli amer étaient d'une singulière vulgarité... Chose étrange ! Cette vision détestable le retint, l'absorba même dans une complaisance secrète, presque inavouable. L'humiliation de la chair lui fut douce, si ce mot peut s'entendre d'une jouissance aussi trouble, car dans le désordre où il était comme englouti, le féroce mépris de lui-même donnait au moins l'illusion d'un reste de lucidité. Son désir fut d'ailleurs si vif de voir jusqu'au fond de sa honte qu'il fixa la glace à la hauteur de ses yeux, chercha son regard.

Il le vit, et en même temps cessa de se défendre, se livra. Le regard, dans le visage convulsé, demeurait clair, attentif, et même – il l'eût juré – railleur. « Tu mens, disait-il, tu mens, tu mens ! » Il ne disait que cela, mais l'âme soulevée, comme tirée hors d'elle-même (ainsi que l'orchestre un moment suspendu à la première note répétée du thème, plonge tout à coup sur elle dans le déchaînement de ses cuivres), l'âme reprenait avec une force accrue : « Il a raison : tu mens ! Tu te joues une comédie sacrilège. Il n'est pas vrai que tu aies perdu Dieu. Et d'ailleurs tu n'en sentirais pas plus la perte que tu n'en as senti le besoin. Tu es aujourd'hui ce que tu étais hier. Si ta chair tremble, c'est de froid. Seulement tu voudrais bien croire qu'un homme tel que toi ne cède qu'à des épreuves faites pour lui, à sa mesure. Il n'est pas possible que Dieu meure en toi sans cérémonie, sans éclairs et sans tonnerre. »

De connaître avec certitude l'inanité, la simulation de sa détresse portait le dernier coup, tranchait le dernier lien du présent au passé, le laissait dans le vide. La foi s'était évanouie comme si elle n'avait jamais été. Il se retrouvait à cet instant comme s'il n'avait jamais vécu. Que n'eût-il donné pour sentir une résistance, un déchirement, fût-il le plus douloureux, n'importe quoi d'autre que la dissipation silencieuse de l'être qu'il avait cru réel, maintenant évanoui, et remplacé par rien !... Mais le silence surnaturel semblait scellé sur lui, pour toujours.

Il regagna misérablement son lit, tête basse, avec une sorte d'humilité vile qui marquait bien la profondeur de sa chute, son caractère irréparable, pareil moins à un menteur confondu qu'à un animal dressé qui aurait raté son tour. Bien qu'il s'abandonnât désormais, cet abandon ne lui apportait aucun soulagement certain : une issue semblait ouverte, au contraire, aux eaux dormantes et pourries de l'âme. Des sentiments nouveaux, et pourtant familiers à sa nature profonde, impossibles à renier, bien qu'il fût encore incapable de leur donner un nom, sourdaient ensemble d'un sol saturé. À sa grande surprise, le plus fort d'entre eux ressemblait singulièrement à la haine.

Il se leva presque aussitôt pour rallumer sa lampe. Il ne tremblait plus. Sa chemise trempée de sueur collait à son dos et à ses cuisses, mais il n'en sentait pas le contact glacé : son cœur battait de nouveau à coups réguliers, pesants... Et déjà la résolution se formait en lui d'en finir une fois pour toutes, d'éclaircir à tout prix ce débat obscur. De cela seul il avait conscience, car il se croyait rendu au calme qu'il en était à ce paroxysme où l'anxiété réclame, exige, postule une présence amie – n'importe quelle présence – un témoin. Il ne pouvait pas, il ne pouvait plus être seul.

Pourquoi l'image s'imposa-t-elle aussitôt à son esprit d'un homme si différent de lui, si peu fait pour l'entendre, l'abbé Chevance, ancien curé de Costerel-sur-Meuse, actuellement prêtre habitué à l'église de Notre-Dame-des-Victoires ? Fut-ce le seul nom qui se présenta, car le nombre est petit des amis fidèles qu'on réveille à deux heures du matin... Fut-ce pour une autre raison plus profonde et plus urgente ? Il n'eût su le dire, et ne s'en soucia jamais plus. Il vivait déjà dans son rêve, et de ce rêve il ne devait attendre nulle merci.

C'est avec un calme apparent qu'il décrocha le récepteur du téléphone. L'abbé Chevance habitait une petite chambre au dernier étage de l'hôtel Saint-Étienne, rue Vide-Gousset. Il chercha le numéro sur l'annuaire. Le veilleur, tiré de son somme, d'ailleurs ahuri par une démarche aussi tardive, se fit répéter trois fois la consigne : – « Veuillez prier l'abbé Chevance de venir ici d'urgence, chez moi, pour une affaire grave. » – « Un malade ? » demandait l'autre... – « Un mourant », répondit l'abbé Cénabre, posément.

L'auteur de la *Vie de Tauler* a connu l'abbé Chevance au petit séminaire de Nancy. De quinze ans plus âgé que l'illustre historien, il était alors second surveillant à la division des petits. Leurs relations furent banales, mais elles ne devaient jamais être tout à fait rompues. En 19..., le curé de Costerel dut quitter le diocèse de Verdun après une manière de scandale dont les journaux radicaux tirèrent habilement parti. L'innocent s'était avisé de réciter les prières de l'exorcisme sur la tête d'une fille devenue démente, et la terreur de deux villages. On doit dire néanmoins à sa décharge qu'il avait été procédé à la cérémonie le plus discrètement possible, sur la demande d'un oncle de la pauvrette, le seul parent qui lui restât, ancien bedeau de Notre-Dame-de-Grâce, à Lérouville. Malheureusement pour le desservant de Costerel, trois longs séjours à l'asile d'aliénés du département n'avaient eu d'autre résultat que d'exaspérer la folle, dont le médecin chef avait prédit la mort imminente. Sa guérison inattendue fut considérée par tous les gens de bon sens comme une provocation imbécile, capable de faire le plus grand tort à la paix religieuse dans le diocèse. Car ce fut à la paix religieuse que l'abbé Chevance se sacrifia.

En dépit des consolations et des encouragements de l'évêque qui, « ne condamnant que l'imprudence et rendant justice aux intentions », offrait une autre paroisse au prêtre repentant, l'infortuné crut sa réputation perdue, son honneur sacerdotal en péril. L'idée ne lui vint même pas du tort injuste qu'il avait subi, mais l'indulgence de ses supérieurs, – leurs bontés, disait-il, – achevèrent de le réduire au désespoir. Il se crut désormais indigne du ministère, ou du moins de toute autorité. Dans son âme d'enfant, certaines contradictions qui paraîtraient, à d'autres, intolérables, sont acceptées telles quelles, subsistent sans débat. Ainsi ne doutait-il pas d'avoir agi envers sa folle selon le précepte de la charité, accompli son devoir. Mais il ne doutait pas non plus que l'irritation de ses chefs fût légitime. Le bruit fait à propos d'un acte si simple était une preuve assez forte de son impardonnable maladresse, bien qu'il n'eût su dire comment. Car tant d'années passées n'ont pas encore affaibli le scrupule de sa divine simplicité. On l'entend raconter l'humble tragédie de sa vie sur le même ton que jadis, celui d'un remords qui resplendira dans le ciel.

L'intervention de l'abbé Cénabre lui valut l'hospitalité du diocèse de Paris et un modeste emploi à Notre-Dame-des-Victoires. Il lui en sut un gré infini. Dans ce rôle obscur, ce qui avait été le curé de Costerel-sur-Meuse acheva de se défaire aux yeux des hommes, disparut. La timidité extraordinaire, un moment réprimée par les responsabilités d'un petit état, s'accrut de jour en jour, devint une infirmité touchante et ridicule, dont le monde s'amusa. Elle était sa croix sans doute, mais toute croix est un refuge. Ce travers ridicule masquait aux yeux de tous une hardiesse dans les voies spirituelles, un sens extraordinaire de la grâce de Dieu. Timidité non point seulement physique, comme il arrive, mais terreur véritable du jugement d'autrui, de son attention même. Si soigneusement qu'il s'efforçât de passer inaperçu, d'effacer derrière lui sa trace, les rencontres inattendues de la vie parisienne le jetaient dans la consternation : que de confrères de son ancien diocèse, où il avait laissé la réputation d'un brave homme inoffensif, le mirent ainsi à la torture ! Car il n'était pas loin d'imaginer ne devoir qu'à la protection de l'abbé Cénabre d'être toléré à la dernière place, dans les rangs de ce clergé parisien, si instruit, si raffiné, dont il ne parlait jamais qu'avec une réserve comique.

Cette réserve, à la longue, parut suspecte. Les uns la tinrent pour un signe d'indigence intellectuelle, les autres y virent une réprobation déguisée. C'est que d'année en année, le rayonnement de son âme singulière allait s'élargissant : il était moins facile de l'ignorer. L'excès de sa prudence, même, avait fini par créer autour de lui une légende, qu'entretinrent ses ruses innocentes. Ainsi, maintenu hors de la hiérarchie paroissiale régulière, familier des besognes les plus serviles, en toute occasion maître-Jacques et bon à toutes fins, le pauvre curé de Costerel-sur-Meuse avait néanmoins obtenu de suppléer au confessionnal quelques-uns de ses brillants collègues, puis peu à peu, suppléant toujours, il en était venu à y passer le plus clair de son temps. Sa crainte avait d'abord été grande de paraître ainsi léser des droits établis, car comment ne pas courir le risque d'attirer par devers soi une pieuse clientèle, les pénitents de conséquence, infidèlement détournés de leurs directeurs légitimes ? Jamais prédicateur à la mode, enragé de succès mondains, ne témoigna d'autant de persévérance et de zèle à séduire ses belles pécheresses que l'ancien desservant à trouver et retenir les plus délaissées, les moins enviables brebis, les plus diffamées du troupeau. Cuisinières matinales, le panier au bras, petites modistes à midi croquant les noix du dessert, deux sous à la main pour le tronc de saint Antoine de Padoue, dévotes à profil de jument, vieillards humbles et calamiteux, collégiens, transfuges de M. l'aumônier, il recueillit tout le cœur plein de joie, rassuré par la médiocrité du butin. Hélas ! si les pénitents d'occasion ne furent pas autrement remarqués, les malicieux vicaires eurent vite fait de reconnaître, parmi les habitués de l'abbé Chevance, quelques-unes de ces maniaques, amusement et terreur des paroisses, démangées de fautes imaginaires, affamées d'un humble ragoût sacrilège, et qu'on voit rechercher avec mélancolie le confesseur sévère, comme leurs sœurs méconnues l'amant qui les rosse. On en sourit d'abord. Puis, les plus folles écartées, le curé de Costerel-sur-Meuse, parmi ses infirmes et ses déchus, s'éclaira d'une lumière étrange et surnaturelle, difficile à pardonner. Le scandale qu'il avait fui si loin, mais pour quoi il était né sans doute, le venait chercher de nouveau jusque dans sa mansarde. Un bel esprit lui donna même un nom : il l'appela le « confesseur de bonnes ». Le mot fit fortune ; il courut les salons bien pensants. L'historien Aynard de Clergerie pensa même s'intéresser un moment à ce vieil original, et se le fit envoyer, sous un prétexte subtil, par un vicaire général de ses amis auquel l'infortuné prêtre n'aurait certes rien osé refuser. Puis la timidité, la politesse un peu basse du bonhomme finit par décourager sa bienveillance. La disgrâce eût même été complète, sans la protection, jugée indiscrète, de Mlle Chantal, fille de l'éminent auteur de *l'Église du douzième siècle*.

L'abbé Cénabre alla ouvrir la porte à tâtons, posa la main sur le bras du visiteur, et l'introduisit dans sa chambre, en silence. Ce silence acheva de déconcerter le confesseur des bonnes. N'ayant pas osé prendre la parole le premier, redoutant d'avoir ainsi manqué à un devoir élémentaire, plus anxieux encore d'une entrevue si mystérieuse, à une telle heure de la nuit, il osait à peine lever les yeux sur son protecteur, dont la tenue singulière lui était un tourment de plus. Le chanoine, en effet, avait jeté sur ses épaules un manteau fourré, mais ayant négligé de passer dessous sa soutane, il offrait au regard effaré du curé de Costerel-sur-Meuse ses fortes jambes gainées d'une culotte noire, les pieds nus dans des pantoufles. Le manteau ouvert découvrait aussi le torse massif, sous la chemise.

— Asseyez-vous, dit l'abbé Cénabre, avec une certaine douceur, asseyez-vous, et pardonnez-moi d'abord de vous avoir dérangé... Pardonnez-moi cette fantaisie ridicule.

L'abbé Chevance debout près du lit, s'assit dessus. Le sommier grinça terriblement. Il se releva aussitôt.

— Monsieur le chanoine — mon cher et illustre ami — je vous demanderai... j'aurais à vous demander premièrement des nouvelles de votre santé... et aussi du cher malade... pour lequel...

— Il n'y a pas de malade, répondit sèchement l'abbé Cénabre. Il n'y a pas de moribond. Je regrette même un mensonge dont le sens exact, je le crains, vous échappera. Toutefois, je n'ai pas le droit de prétendre l'avoir fait à la légère, inconsidérément. J'avais à vous parler, à vous parler sans retard, voilà tout.

— Je suis à votre disposition, murmura l'abbé Chevance, de plus en plus inquiet... Je puis avoir commis quelque faute involontaire. L'indulgence qu'on a pour moi ne va pas non plus sans péril. Je voudrais pouvoir rompre, sans indélicatesse, avec beaucoup de ces gens dont l'amitié m'honore pourtant grandement... Il est ridicule à un pauvre prêtre de se laisser voir, par exemple, chez l'excellent M. le comte de Clergerie, à S. E. le nonce ! Mais laissons cela, reprit-il (car la figure de son interlocuteur s'assombrissait à mesure). Je suis prêt à vous écouter...

— Mon ami, dit l'abbé Cénabre, j'ai pensé à vous aujourd'hui parce que votre simplicité m'a toujours été une assistance réelle à certaines heures de ma vie. Le monde... je dis celui que je vois de plus près, est plein de menteurs effrontés.

Les mains de l'abbé Chevance élevèrent au ciel une protestation désespérée, mais il se reprit presque aussitôt, et baissa les yeux sans répondre. À ce double geste, l'abbé Cénabre répondit en dessous par un regard dur.

– J'ai besoin que vous consentiez à être cette nuit mon témoin, fit-il brusquement.

L'étonnement fit trembler la voix du pauvre prêtre.

– Je ne comprends pas... Je ne saisis pas... dans quelle mesure je puis vous être nécessaire... ou seulement utile... et qui pourrait prendre au sérieux... en faveur d'un homme tel que vous... une caution si misérable. Au moins, je puis parler franchement à un confrère, lui ouvrir mon cœur... Cette conversation... aujourd'hui... cette nuit... Je souhaite ne pas vous offenser en la qualifiant d'un peu extraordinaire... surprenante même... Cet entretien, quelle qu'en soit la conclusion, vient après... à la suite d'autres circonstances... non moins inattendues... qui peuvent paraître, en quelque sorte... un piège... oh ! du diable ! s'écria-t-il avec une étonnante naïveté.

Il réfléchit un moment, sous le regard toujours dur.

– J'aurai tout à l'heure à vous entretenir sans doute de la confiance dont m'honore une personne admirable... exceptionnelle... faite pour m'édifier, dont je n'aurais plutôt à recevoir que des leçons... Mlle Chantal de Clergerie (sa voix ne tremblait plus). J'assiste avec une espèce d'épouvante – véritablement avec terreur – à l'ascension vers Dieu, vers les plus hautes cimes de la contemplation, d'une âme assurément visitée par le Saint-Esprit, déjà hors de nous... Ah ! je sais à qui je m'adresse ! Je n'ai pas beaucoup le temps de lire – je lis peu – mais je n'ignore pas que vous avez l'expérience, une grande expérience des âmes saintes, des âmes choisies... Il est vrai que Mlle Chantal reste, grâce à Dieu, inconnue, mais comment ne pas craindre pour elle...

– Voulez-vous que nous laissions là Mlle de Clergerie ? dit simplement l'abbé Cénabre.

Il parut hésiter encore ; il jeta sur l'abbé Chevance, resté court, un regard de pitié. Qui n'eût dédaigné ce vieillard, dans son enfantine confusion, avec son sourire forcé, servile, et ses mains tremblantes ?

– Je traverse, mon ami, dit enfin l'auteur des *Mystiques florentins*, revenant à son insu au langage élégant, la crise la plus soudaine, la plus aiguë qu'on puisse imaginer. Si j'ai retrouvé mon sang-froid, je l'avais assurément perdu tout à l'heure. On n'est pas maître du soulèvement de toutes les puissances de l'âme, d'une pareille lame de fond : un cri de détresse vient aux lèvres ; je ne l'ai pas retenu. Je n'en ai pas honte... Vous saurez, vous serez seul à savoir quelle cruelle détresse, explique, excuse certaines résolutions, certains actes que la méchanceté calomnie. On m'accuse déjà de sécheresse, d'insensibilité. Vous voyez, hélas ! que ni la réputation ni peut-être le talent (je le compte pour rien !) ne mettent à l'abri des assauts les plus humiliants. Dieu me garde de vous en demander, pour le présent, témoignage ! Mais si je m'ouvrais de ces choses à quelqu'un de ceux qui m'admirent et croient m'aimer, je ne serais pas compris... Votre cœur simple et sincère en jugera mieux. Ne vous en défendez pas, mon ami ! À travers les épreuves qui m'attendent, je mets très haut la consolation de savoir que dans le silence et le secret, un prêtre aussi surnaturel que vous m'assiste de sa compassion. Et j'ajoute encore que si la Providence en disposait ainsi, vous garderiez ma mémoire.

À mesure que ces paroles tombaient dans le silence, il en démêlait, avec une sourde irritation contre son naïf auditeur, le vrai sens, et ce sens était vil. Contraint de donner un prétexte plausible, à ce qui eût volontiers paru un geste inexplicable, il allait tout droit à la vérité, la dénonçait malgré lui. Ce qu'il n'eût peut-être osé s'avouer à lui-même, se lisait en clair dans ses phrases embarrassées : en dépit de la comédie de terreur, à demi consciente, qu'il s'était jouée, tout s'ordonnait peu à peu comme si, dès la première minute, l'esprit demeuré lucide s'était tracé son plan. Le cri de détresse n'était que feinte. Il avait toujours obéi, d'instinct et d'abord, puis délibérément, à la nécessité capitale de prendre ses sûretés, de se trouver un alibi. Une hypocrisie profonde organise ainsi du dedans son mensonge, et ne se sépare de lui que par un effort de la raison, après avoir été sa première dupe.

– Dois-je comprendre, dit l'abbé Chevance avec désespoir, que vous pensez vous en remettre à moi dans une conjoncture aussi grave ?... Il me semble... permettez-moi... excusez-moi... que ceci n'est qu'un mauvais rêve... Ou si vous voulez seulement m'éprouver, à quoi bon ? J'ai la plus grande estime – je veux dire la plus respectueuse admiration – pour vos talents, votre gloire... les services que vous rendez à l'Église... Il vous serait si facile de me prendre au piège ! Quand j'aurai montré ma sottise, vous rirez de moi, vous aurez bien raison... Mais... (sa voix se fit réellement suppliante) on saura cette misérable histoire, le rôle que j'aurai tenu, on parlera de moi de nouveau – qui sait ? – on finira par se lasser de mes folies, du scandale... J'ai payé si cher, monsieur le chanoine, une erreur de ma jeunesse, une faute de tact !...

Je ne reviendrai pas sur ce malheureux sujet, je vous dirai simplement : ne me mettez pas en cause par jeu ! N'ajoutez pas à mes peines !... si je perds la situation si honorable... si avantageuse... qu'on a bien voulu m'accorder dans un diocèse qui n'est pas le mien, où l'on compte tant de valeurs... que deviendrai-je ? Ah ! mon respectable ami, je le sens, je l'avoue ! Depuis quelques mois je commets des imprudences, je me laisse mettre en avant, je tente sottise sur sottise... Ne me les faites pas payer trop cher !

Rien ne saurait rendre l'expression du regard dont l'abbé Cénabre enveloppa le vieillard suppliant. Puis il haussa violemment les épaules.

– Vous me croyez capable d'étranges petitesses, dit-il. Je regrette de vous avoir tellement bouleversé. Convenez cependant que je me suis bien avancé pour pouvoir, maintenant, reculer ? D'ailleurs je me tiens toujours à un premier choix que j'ai fait. Oui – si étrange que cela vous paraisse – j'ai besoin de vous dans une des circonstances les plus graves, je puis dire les plus tragiques de ma vie... Une terrible, décisive épreuve, un trouble...

Mais il s'interrompit brusquement comme pour mieux voir, à son inexprimable surprise, l'ancien curé de Costerel-sur-Meuse qui, poussant discrètement vers lui le prie-Dieu (de l'air d'un homme qui ne se dérobera plus), disait avec un calme apparent, bien que de grosses gouttes de sueur perlassent à son front :

– S'il en est ainsi, monsieur le chanoine, je vous écoute.

Puis il fit le signe de la croix.

Une colère à peine contenue gronda dans la voix de l'abbé Cénabre.

– Je ne vous demandais pas de m'entendre en confession, mon ami. Ne vous pressez pas tant !

Il appuya sur les derniers mots avec intention, et un sourire si cruel que le pauvre prêtre rougit jusqu'à la racine de ses cheveux blancs. Et néanmoins son humble regard brilla tout à coup, d'une assurance sacrée.

– Je ne puis que cela pour vous, fit-il de sa voix toujours tremblante. Par moi-même je ne suis rien : laissez-moi céder la place à Dieu. Je ne ferai pas la folie de me fier à mes propres lumières. Non ! je ne commettrai pas cette folie !

Il tira de sa poche son gros mouchoir de coton, et s'essuya fébrilement le front et les joues.

La forte main de l'abbé Cénabre pressait son épaule et il parut fléchir sous l'étreinte.

– Monsieur, dit le prêtre, si vous craignez pour votre repos, et de vous compromettre, allez-vous-en !

– Oh ! monsieur le chanoine, s'écria l'abbé Chevance les yeux pleins de larmes, je n'ai pas mérité cela.

Pour la première fois peut-être, depuis tant d'années, le pauvre homme sentit quelque chose qui ressemblait au mouvement d'un juste orgueil offensé. Une seconde, il eut conscience de sa force, il en sentit l'élan irrésistible. Toutefois, dans l'innocence de son cœur, il s'attendait plutôt à la confidence de quelque faute grave, dont l'aveu eût été trop difficile fait à un autre que lui. Et quelle faute l'eût trouvé rétif ? Quelle boue l'eût rebuté ? Déjà sa main se levait pour bénir, et la miséricorde divine dont il était plein frémissait dans sa paume, confondue à l'effusion de sa propre vie.

D'ailleurs, l'humble supplication de son regard était telle, que l'abbé Cénabre y répondit malgré lui.

– J'ai perdu la foi ! dit-il.

Et il ajouta aussitôt d'un accent beaucoup plus calme :

– Je me suis débattu cette nuit dans des ténèbres exceptionnelles. J'en suis à ne pouvoir remettre une décision irrévocable, que la simple honnêteté intellectuelle impose... À la question qui m'est faite, esquivée si longtemps, je dois répondre loyalement par oui ou par non.

Il parlait ainsi en marchant de long en large, tête basse. Au dernier mot, il s'arrêta face à son interlocuteur. Le visage candide de l'abbé Chevance exprimait un soulagement infini. Fut-ce la déception d'un coup manqué ?... Fut-ce la confusion de s'être ainsi découvert pour rien ?... L'abbé Cénabre pâlit :

– Que n'avez-vous parlé plus tôt ? disait l'autre de sa voix douce. Qui peut se croire à l'abri de cette sorte de tribulation ? Moi-même... Mais une intelligence comme la vôtre l'éprouve sans doute plus vivement. Dans une pareille conjoncture, se débattre est vain : on ne peut pas grand-chose pour soi-même. Laissez-vous apaiser, mon cher, mon bien-aimé maître et ami. Laissez Dieu revenir de lui-même : je m'en vais prier pour vous.

Et il chercha son chapeau sur le lit, se tourna vers la porte, l'ancien curé de Costerel ! prêt à faire comme il avait dit...

— C'est donc là tout ! s'écria l'abbé Cénabre avec un rire forcé. La chose vous paraît si simple ? Vous me trouvez bouleversé, hors de moi (ma seule démarche auprès de vous le prouve assez !), mais vous n'en êtes pas autrement ému. Ou peut-être vous me jugez capable d'être à ce point torturé par des imaginations de petite fille ? Hélas, sachez-le, mon ami. La croyance n'est pas arrachée d'un homme tel que moi sans un atroce débat. Les circonstances, plutôt que ma volonté, font de vous l'unique spectateur de cette tragique aventure. Encore un coup, allez-vous-en !

De nouveau, les larmes vinrent aux yeux de l'abbé Chevance...

— Ce n'est pas cela... pas du tout cela... murmura-t-il désespéré. J'aurais prié... j'aurais demandé des lumières pour vous et pour moi. Mais vous abandonner, mon protecteur, un fidèle ami ! Mon Dieu ! vous m'auriez bientôt revu !

— En êtes-vous sûr ? s'écria furieusement l'abbé Cénabre : *J'ai songé sérieusement à me tuer cette nuit.*

Comment cette parole vint-elle ? D'où vint-elle ? Lui-même n'eût su le dire. Il n'eût su dire non plus si elle était un mensonge. À peine proférée, à supposer qu'elle ne fût qu'une provocation vaine, l'attitude du vieux prêtre, sa terreur silencieuse, bien différente de son habituelle agitation, lui donna sur-le-champ une réalité sinistre. Sans doute il n'était pas vrai que l'abbé Cénabre eût réellement délibéré de se tuer : la pensée ne lui en était même pas venue ; il avait jeté cela comme une injure. Et néanmoins, il sentit une fois de plus avec une rage absurde que la parole imprudente le liait autant qu'un aveu. Dans quel rêve, dans quel cauchemar frénétique s'agite-t-on ainsi pour voir se rétrécir autour de soi l'espace libre, se fermer toutes les issues ? Il avait voulu un témoin favorable, bien qu'imprudemment appelé, dont le moins habile eût su tirer parti, et il n'aboutissait stupidement qu'à se trahir... Contre qui, contre quel obstacle invisible, la haine dont il se découvrait plein ?...

Cette fois l'abbé Chevance le regardait bien en face, de ses yeux tristes. D'ailleurs il ne fit aucune plainte, ne formula aucun reproche. Il dit seulement avec une extraordinaire dignité :

— Je ne puis plus désormais vous entendre hors du sacrement de Pénitence.

Il fit à nouveau le geste de se retirer : l'abbé Cénabre le devança :

— Me croyez-vous capable... commença-t-il d'une voix tonnante...

– Nous sommes capables de tout, répondit le vieux prêtre humblement...

Mais aussitôt son regard se durcit, et l'historien de Gerson reçut ce coup en pleine poitrine :

– Je voudrais plutôt vous croire victime d'une telle pensée que capable de vous l'attribuer faussement.

Il hésita encore une seconde, et avec une poignante tristesse :

– Je ne puis vous permettre de vous servir de moi pour offenser Dieu, dit-il.

L'abbé Cénabre sourit amèrement :

– Je renonce à me défendre. Vous êtes libre. Qui vous retient ?

Il le vit glisser plutôt que marcher vers la porte, son chapeau sous le bras, si pâle, si las, d'un air de soumission si basse qu'une rage le prit de laisser échapper ce prêtre ridicule, avec son secret. Mais au fond du cœur sa déception était plus forte encore du silence qu'il ne pouvait rompre, de la solitude incompréhensible où depuis quelques heures il était tombé. Prières, menaces, mensonges, cris de fureur ou de désespoir, il semblait que rien ne pût dépasser le cercle enchanté. Il était comme un homme qui crie au bord de la mer.

La fureur l'emporta pourtant. La même haine mystérieuse cherchant toujours son objet, et qui l'avait déjà soulevé de colère contre le blême Pernichon, le jeta tout tremblant, face à un nouvel adversaire. Il ne mesura point son élan. Il étendit seulement le bras, et le frêle vieux prêtre pirouetta sur lui-même, cherchant vainement un appui de ses mains ouvertes. Les semelles cloutées glissèrent sur le parquet ciré. Il tomba à genoux, son chapeau à côté de lui, lamentable.

La honte, plutôt que la pitié, tira de l'abbé Cénabre une espèce de gémissement. Il restait muet devant sa grotesque victime, la discernant à peine, toute son attention tendue vers l'événement intérieur, le jaillissement irrésistible, la force inconnue, surnaturelle... Qu'était, qu'était cette passion soudaine, frappant de tels coups dans sa poitrine ?

Il ne vit pas l'abbé Chevance se lever, il ne vit pas la vieille main s'emparer de la sienne, il n'entendit pas la voix pourtant si douce, encore frémissante d'une terreur enfantine, et soudain elle sonna terriblement à son oreille. Tout son corps, d'un imperceptible écart, sitôt retenu, esquissa le bond d'une bête traquée. Puis le regard surgit de nouveau dans ses yeux.

– J'aurais désiré que vous me bénissiez, disait tristement l'abbé

Chevance... J'aurais voulu vous demander cette grâce, avant de vous quitter pour jamais.

Sa voix était tendre, et pleine d'une pitié si divine que l'orgueil le plus sourcilleux s'en fût trouvé ému. Il n'évitait pas, il cherchait maintenant les yeux sombres, tandis que s'abattait sur le prêtre célèbre, ainsi qu'un aigle sur sa proie, la compassion d'une âme de feu.

– Oui, disait le confesseur des bonnes, dans l'affreuse épreuve où je vous vois, tout autre acte de notre ministère vous serait, certes, impossible. Mais lequel d'entre nous, sous les pieds mêmes du diable, ne pourrait valablement bénir, au nom du Père, du Fils, et du Saint-Esprit ? Ah ! mon ami, cela est vrai, cela est sûr ! Vous pouvez sans sacrilège, appeler sur un frère à peine moins misérable que vous, cette grâce dont vous êtes à présent vide. Écoutez-moi. Faites ce signe au moins – même avec indifférence – même dans la perversion de la volonté ! Qu'importe si vous croyez ou non à cette minute, et quand chaque battement de votre cœur serait un blasphème et un défi ! Si vous ne pouvez implorer la miséricorde pour vous – ah ! faites, faites au moins le signe qui la dispense au pécheur ! Souhaitez-moi, souhaitez-moi seulement d'être heureux !

C'est ainsi que ce prêtre extraordinaire, avec une ténacité sublime, tentait sa chance suprême, lançait le dernier appel susceptible d'être entendu. Il voyait, il tenait sous son regard, il touchait presque l'âme forcenée, frappée à mort ; il n'espérait plus rien d'elle qu'un signe, un seul signe, à peine volontaire, à peine lucide, quelque chose comme le clin d'œil qui consent, sur la face pétrifiée de l'agonie, un rien, la brèche où pût peser de tout son poids immense la formidable pitié divine, qu'il entendait rugir autour du réprouvé encore vivant. La révélation lui en venait d'être faite, en un éclair, il n'eût su dire comment, et il allait l'oublier aussi vite, il était tout entier dans son effort, il ne mesurait pas son coup. Bien au-delà de sa propre raison, à mille lieues de son corps chétif, qui même alors gardait son attitude humiliée, craintive, sa charité, elle seule, discernait, jugeait, agissait. Qui peut voir, avec les yeux de l'ange ? L'homme qu'il disputait aux ténèbres était toujours là, devant lui, dans sa forte carrure, son front pâle sans une ride, les yeux baissés. Mais ils s'étreignaient dans le ciel.

Par degrés, la conscience revenait à l'abbé Cénabre, bien qu'il ne s'arrachât qu'au prix d'un grand effort à sa contemplation intérieure. Ce qui se formait en lui échappait à toute prise de l'intelligence, ne ressemblait à rien, restait distinct de sa vie, bien que sa vie en fût ébranlée à une profondeur inouïe. C'était comme la jubilation d'un autre être, son *accomplissement* mystérieux. De ce travail, il ne savait ni le sens ni le but, mais la passivité de toutes ses facultés supérieures au centre d'un ébranlement si prodigieux, était justement une volupté, dont son corps vibrait jusqu'aux racines. Il acceptait, il recevait dans sa propre nature la force mystérieuse, il la subissait avec une joie terrible. À ce degré d'abandon de soi-même, à ce déliement total, aucune raison si péremptoire, aucune menace, aucune injure n'eût obtenu de lui-même un soupir. La prise était d'autant plus forte qu'elle s'était refermée à l'improviste. La résistance avait été brisée d'un coup.

Il contemplait encore l'abbé Chevance avec hébétement. La voix, tour à tour impérieuse et suppliante, avait frappé parfois son oreille, sans émouvoir son cœur, mais il en avait retenu les mots prononcés. Sa mémoire les ayant enregistrés, les réformait mécaniquement. Dans l'effusion de son affreux bonheur, cette plainte, ce dernier appel n'avait pas de sens, ou du moins pour le saisir, il devait remonter peu à peu des profondeurs de sa joie. La lenteur du retour lui fit mesurer l'énormité de sa chute. Car si étroitement qu'il nous presse, l'ange obscur, maître de la volonté, sent tressaillir sous lui, au moment suprême, la chair qu'il a trompée – la chair qui flaire la mort. D'ailleurs tout se passa dans le temps d'un éclair.

Enfin, il put voir. Il put fixer clairement le vieux prêtre, tremblant non plus de crainte, mais de pitié. L'élan pour fuir, dont l'abbé Cénabre était incapable, son désir même, dont la source était tarie, il les retrouvait, sans les reconnaître, dans le regard du dernier ami. La grâce divine (depuis des mois, il n'en sentait même plus l'absence) se montrait encore une fois : c'était comme la face d'un cadavre au fond des eaux, c'était comme un cri plaintif dans la brume. La clairvoyance de l'apôtre, ou plutôt sa sublime charité, l'avait inspiré de solliciter du malheureux cela seul dont il était encore capable : une muette imploration, pas même : un effort de sympathie, moins peut-être : un mouvement de compassion pour sa propre déchéance.

Rien n'en parut au visage contracté de l'abbé Cénabre. Sa récente fureur s'y marquait encore, car le vertige l'avait saisi brusquement, traîtreusement. Aucun signe n'avait témoigné au-dehors de la joie suspecte dont il avait connu la première et définitive possession, ou peut-être la figure humaine ne saurait-elle l'exprimer. Aucun signe ne témoigna non plus de sa suprême hésitation, du dernier faux pas sur la route implacable, et pourtant la miséricorde l'assaillait à son tour, se ruait sur lui. Si forte en fut l'étreinte, qu'il sembla que son corps même y répondît. Le regard ne s'adoucit point, mais il s'y forma, pour se dissiper aussitôt, une lueur hagarde, ainsi que d'un homme assommé. Son bras, sur la prière de l'abbé Chevance, se leva pour bénir. Il s'en fallut d'une imperceptible fraction de temps. La raison gagna de vitesse ; l'angoisse se fondit en un moment ; le rêve hideux s'ouvrit ainsi qu'une nuée, découvrant cette part stérile de l'âme que l'ironie avait dès longtemps consumée. Le sens critique, si vanté, de l'éminent écrivain, l'emporta. Quelque chose, qu'il ne nommait déjà plus, s'écarta de lui, d'une fuite oblique. La scène tragique, dont il avait instantanément perdu le sens, la clef, ne lui parut plus que l'insupportable parodie d'un vrai drame, et il crut en découvrir la ridicule affectation. Sa pâleur, surprise de nouveau dans la glace, le tremblement de ses mains, tous les signes persistants d'une angoisse dont venait de se délivrer sa raison, lui firent honte. Il eût voulu les effacer sur-le-champ, ainsi qu'un acteur fourvoyé dans un mauvais rôle, jette avec rage sa défroque.

Si le dégrisement n'avait pas été si brusque, si total, peut-être eût-il encore passé sur l'abbé Chevance sa colère et sa déception, mais il avait trop hâte d'en finir, de reprendre après le délire incompréhensible, le fil de sa vie quotidienne, de se retrouver enfin. À son insu, il était d'ailleurs à bout de forces. Il dit seulement, avec un profond soupir :

— Je renonce à comprendre quoi que ce soit à la crise que je viens de traverser. Il me semble que j'ai retrouvé mon bon sens, lorsque je vous ai vu prêt, mon pauvre ami, à vous laisser gagner vous-même à la contagion de ma folie.

Le cri désespéré du prêtre retentissait encore dans la chambre close, mais la parole glacée de l'abbé Cénabre, aussitôt, l'abolit. Et d'ailleurs l'ancien curé de Costerel-sur-Meuse parut comprendre, inclina sa tête, et ne fut plus au moment qu'un pauvre homme.

— Comme on nous connaît peu, nous autres prêtres, continuait la voix devenue lente et grave, comme nous sommes séparés du monde ! Beaucoup voient en ma modeste personne un écrivain dressé aux disciplines de l'intelligence, attentif, méfiant par nature et vocation, familier jusqu'au désenchantement des cas de conscience les plus délicats... Et pour avoir une fois goûté cette tentation du doute, analysée tant de fois dans mes livres, je perds tout contrôle sur moi-même, je parle et j'agis comme un dément. Ah ! qu'il faut peu gratter le prêtre d'expérience et d'âge pour retrouver le séminariste, sa foi un peu farouche, ses scrupules, ses terreurs ! Vous le savez, mon ami, nous le savons tous. Aussi m'avez-vous déjà pardonné.

– Ah ! mon Dieu... sans doute... il est vrai... monsieur le chanoine, répondit l'autre avec un extraordinaire bégaiement, je n'ai pas... je ne puis véritablement... Comment pouvez-vous penser que je garde le souvenir de ces... enfin d'un...

Il ne put jamais achever. Le calme de son interlocuteur semblait agir sur lui comme un charme : il était visiblement à la merci de l'homme supérieur qui le fixait d'un regard dur.

– J'aurais moins sottement agi en suivant d'abord vos conseils, continua Cénabre sans élever le ton, mais avec une force écrasante. Oui, dans une pareille conjoncture, se débattre est vain : se détourner d'une tentation vaut mieux que lui résister en face, et si j'avais présumé de mes forces, j'en suis bien assez puni. Il n'y a pas de meilleur remède, ni plus simple que la paisible observation de nos devoirs, dans un esprit de confiance et d'abandon. Mais il me reste néanmoins quelque chose à faire : il est bon, il est juste, que je répare en quelque mesure, non pas l'offense (votre charité y a pourvu) mais le scandale. Mon vénérable ami, je désire que vous m'entendiez en confession...

– Non, dit l'abbé Chevance.

La riposte partit comme une balle. Que le malheureux homme eût souhaité de la rattraper !

– J'estime à cette heure, balbutia-t-il... j'ai lieu de supposer... Bien loin d'émettre un jugement définitif...

Puis comme si le courage lui eût décidément manqué, le reste de ses paroles se reperdit dans un bredouillement confus. Sa misérable tête s'inclina encore un peu plus sur l'épaule ; il fit sans doute pour ne pas fuir, un effort douloureux ; son corps, si étrangement humilié, parut comme tassé par une crainte aveugle... Et tout à coup, au plein de sa ridicule détresse, ce cri lui fut encore arraché :

– Non ! je ne puis me prêter à cette illusion sacrilège !

Aussitôt, il mendia du regard un impossible appui, mais rencontrant les yeux de l'abbé Cénabre fixés sur lui avec une sollicitude presque tendre, il eut un mouvement de recul si spontané, si farouche, que le rouge monta au front du chanoine.

– Avez-vous peur de moi ? dit-il doucement.

Son sang-froid retrouvé, il ne doutait plus de l'imprudence inouïe qu'il avait commise en affolant, comme à plaisir, ce prêtre dont il connaissait pourtant l'âme. L'auteur de la *Vie de Tauler* n'est point homme à subir aisément la duperie d'une force matérielle, et la plus violente colère l'eût à ce moment moins effrayé que les signes de cette panique où son expérience subtile discernait la révolte absolue, irrésistible, d'un cœur impossible à soumettre. Le mépris peut être soutenu, on fait sa part à la haine, on peut prendre à revers, par un détour, une indignation qui fonce, mais ce bonhomme irréductible allait lui échapper à jamais.

Un mot de plus, et c'en était fait : il avait pour toujours ce juge obscur, confident d'une heure, reperdu dans la foule, mille fois plus dangereux dans son obscurité même, désormais insaisissable. Sans doute, la naissante réputation du confesseur des bonnes ne lui conférait encore qu'une autorité assez mince et sur un petit nombre d'esprits, mais ce n'était pas ses entreprises que redoutait surtout l'abbé Cénabre : sa volonté, dès ce soir tendue à abolir jusqu'au souvenir de la crise qui avait failli l'abattre, au moins détruire son repos, son œuvre, sa renommée, rencontrait l'obstacle de ce témoin fatal. Le secret – le secret de la nouvelle vie – allait dans un instant passer son seuil, cheminer à travers le monde, certitude trop dure à son orgueil déjà si sauvagement éprouvé. Il sentit que la ruse manquerait le but, ou qu'elle serait gagnée de vitesse. Non pas avec emportement, mais avec une audace délibérée :

– *Qu'allez-vous raconter de moi ?* dit-il.

– Mon Dieu ! s'écria le pauvre prêtre, monsieur le chanoine... je n'ai rien à raconter.

– Si fait, répondit l'abbé Cénabre, après un silence. Que vous ayez vu clair ou non (le sais-je, moi-même ?) et quand ce que vous prévoyez devrait être, je demande : lorsque vous m'avez trouvé tout à l'heure, en plein désordre, en pleine angoisse, m'avez-vous cru ? M'avez-vous plaint ? Était-ce là l'épreuve d'une âme fausse et basse ? Ne me suis-je point défendu ? N'ai-je point souffert ?

L'abbé Chevance l'arrêta d'un regard indéfinissable.

– Et après, continua l'abbé Cénabre, car je n'attends pas une réponse aux questions que je viens de poser, ne pensez-vous point qu'il faille un peu de temps pour que votre simple honnêteté s'arrange des faiblesses et des contradictions particulières à un homme dont la vie intellectuelle vous est si peu connue ? Et d'ailleurs, à quel prix obtiendrais-je de vous contenter tout à fait ?

Le vieux prêtre répondit aussitôt à voix très basse, redoublant de déférence et de respect, avec une douceur déchirante, par ces paroles impitoyables :

— Monsieur le chanoine, il vous faut *seulement* tout quitter, tout rendre.

L'abbé Cénabre, sans cesser de sourire, fit un geste qui pouvait signifier tour à tour l'incompréhension et la stupeur. Le miracle fut que l'autre reçut ce sourire, s'en empara, le rendit avec joie, ainsi qu'un docile élève au maître indulgent.

— Comprenez-moi, monsieur le chanoine, poursuivit-il en agitant ses longues mains maigres, nous sommes si malheureux... qu'il arrive que notre vie tout entière soit – à notre insu – comme... dérivée, en quelque sorte, de Dieu au diable. Je m'exprime mal : imaginons plutôt une source perdue dans une terre aride et souillée. Ce que le Seigneur nous octroie, je dis de plus précieux : les souffrances du corps et de l'esprit, l'usage que nous en faisons, à la longue, peut les avoir corrompues. Oui ! l'homme a souillé jusqu'à la substance même du cœur divin : la douleur. Le sang qui coule de la Croix peut nous tuer.

Il respira fortement :

— Vous avez trop attendu, reprit-il. Vraiment... Véritablement, monsieur le chanoine... vous vous êtes trop refusé... Il n'y a plus rien à faire de l'angoisse dont vous parlez : elle vient trop tard, et malgré vous. Vous ne l'utiliserez pas. Elle vous détruira plutôt. Elle vous jettera dans la haine. N'accusez pas Dieu, monsieur le chanoine ! Cette angoisse, il vous l'a, pour ainsi dire proposée, comme on fait boire gorgée par gorgée, un remède au petit enfant. Vous n'avez pas seulement voulu y goûter. Il vous faut maintenant la vider. Videz-la vite ! Au fond du verre, vous ne trouverez rien qu'un dernier jet plus âpre et plus brûlant... Mon Dieu ! je suis si maladroit, si peu habile à convaincre ! Je voudrais exprimer ceci que votre épreuve est stérile, ne commence rien, qu'elle appartient tout entière à la part de votre vie que vous devez rejeter. Ne gardez rien, non ! ne gardez rien de cette part-là ! Elle est pourrie. Elle est pourrie jusqu'au cœur de l'aubier ! Je vois... Je vois *votre œuvre* elle-même...

– La connaissez-vous ? demanda froidement l'abbé Cénabre, mais d'un ton sans malveillance.

– Non, sans doute ! riposta vivement l'abbé Chevance. Puis il s'arrêta sur cet aveu, dont il comprenait tout à coup l'invraisemblance. Un véritable désespoir se peignit dans son regard, le désespoir de la certitude éblouissante que la parole venait de trahir, n'exprimait plus, n'exprimerait jamais plus.

Un instant, il fut sur le point d'en appeler de son apparent mensonge à la clairvoyance surhumaine qui le justifiait. Il n'en eut pas la force. Une deuxième fois l'abbé Cénabre, d'un mot, l'avait rejoint dans le ciel, rattrapé, instantanément rendu à son état de pauvre homme.

– Je suppose, dit-il honteusement, je ne fais qu'une supposition. Enfin j'aurais voulu. *Je sais* qu'il est nécessaire, reprit-il, que vous anéantissiez le passé...

Sa voix s'étrangla, les larmes montèrent à ses yeux, et désormais incapable d'achever, comme étouffé par l'effusion de sa terreur et de sa pitié, il répéta plusieurs fois cette supplication naïve, dont le sens véritable ne fut connu que des anges :

– Allez-vous-en ! Allez-vous-en !...

L'abbé Cénabre ne répondit qu'après un long silence :

– À peine ceci pourrait-il s'entendre, fit-il enfin, d'un homme qui aurait manqué à tous ses devoirs. Par bonheur, il n'est rien ici de pareil. J'ai rempli tous les miens avec exactitude, sinon avec enthousiasme. Je les ai respectés, sinon aimés. Sans doute, je n'espère pas de me justifier entièrement. Dites-moi toutefois, si vous ne trouvez point, à la réflexion, enfantin de prétendre quitter son passé, comme on quitte le gîte d'une nuit ? Ce n'est pas nous qui disposons du passé, ce n'est pas nous qui le tenons ; c'est le passé plutôt qui nous tient.

L'abbé Chevance se taisait.

– Je retiendrai néanmoins quelque chose de ces paroles sévères : il est vrai que mes travaux absorbent toute ma vie, qu'un prêtre aussi humble et zélé que vous êtes peut se scandaliser de me voir trop attaché, *en apparence*, aux vanités mondaines et, *réellement* trop passionné des choses de l'esprit, enfin si peu sacerdotal. N'ayant à me reprocher aucun manquement capital, ni même grave, j'ai cru trop aisément qu'on se peut dispenser de cette surveillance de l'âme, en un mot de ce contrôle fort et subtil que nos vieux maîtres appellent du beau nom de l'oraison. La critique n'y supplée point. La familiarité pour ainsi dire professionnelle dans laquelle je vis depuis longtemps auprès de ces hommes d'une spiritualité si haute et si parfaite, m'a fait illusion : je reportais inconsciemment sur moi leur ressemblance. Hélas ! la charité nous peut unir et confondre en un même cœur, mais l'univers intellectuel est une solitude claire et glacée... Oui, l'intelligence peut tout traverser, ainsi que la lumière l'épaisseur du cristal, mais elle est incapable de toucher, ni d'étreindre. Elle est une contemplation stérile.

Sa voix eut ici un léger frémissement d'impatience, et sur les derniers mots, perdit tout à fait son aplomb.

– D'ailleurs, pourquoi ce discours ? Vous devez le trouver sot. Il l'est, puisqu'il est vain. De ce moment, je ne raisonne plus. Je veux que ma vie soit simple, régulière, quotidienne. J'entends que nul ne sache, pour sa propre inquiétude ou son scandale, la tentation où vous m'avez vu près de disparaître si lâchement. Nul ne saura ce que je souffre : je tâcherai de l'oublier moi-même. Je ne renierai point le passé, sinon secrètement, car les actes n'en furent pas répréhensibles, mais peut-être les mobiles ou les intentions... Pourquoi risquerais-je de troubler le prochain ? Je reprends ma vie au point où je l'ai laissée, à la dernière étape, tranquillement (si je puis !), fermement, ainsi qu'on redresse un sillon... Non ! je n'ai pas perdu la foi ! Cela n'est point ! J'étais fou ! J'allais seulement oublier que l'abstention n'est pas vertu, qu'il y faut encore l'élan de l'âme, la recherche passionnée, le grand cri vers le Père, le cri de douleur et d'appel, une espérance indomptable... Que parlez-vous encore de tout bouleverser ? Si je suis ici ou là, qu'importe ? Notre attitude est de peu, et d'ailleurs vous tomberez d'accord avec moi qu'à cette place où l'on me voit, il y a des convenances à garder... C'est du dedans (votre expérience des âmes en sait assez là-dessus), c'est du dedans qu'il faut reprendre et réformer. La tâche n'est pas aisée, mon ami, mais je ne la crois pas au-dessus de mes forces. J'étais, si vous voulez, inerte, insensible, non point mort : cette crise l'a prouvé. La recherche intellectuelle m'a détourné un temps de ma voie : néanmoins, je n'ai pas cessé d'aimer Dieu...

À ces mots, le prêtre qui avait écouté humblement ce discours embarrassé chancela comme d'une blessure reçue à la face. Une anxiété surhumaine éclata dans ses yeux, tandis que tout son vieux corps jeté en avant, toujours gauche même dans la terreur ou la colère, semblait protéger derrière lui une présence sacrée.

– Ne dites pas !... Ne dites pas, cria-t-il avec une violence sauvage... Non ! vous *ne l'aimez pas !*

Ce cri fut tel que l'abbé Cénabre s'écarta brusquement, leva le bras, ainsi qu'on pare un coup.

– Monsieur... mon cher ami... monsieur le chanoine, reprit-il, et cette fois d'une voix déchirante, ayez pitié de moi, ayez pitié d'un misérable auquel Dieu vous a remis aujourd'hui... Et je ne puis rien pour vous ! Je vous vois vous enfoncer comme un plomb. Mon Dieu ! j'aurai ce compte à rendre ! Il me sera demandé compte de vous ! Voulez-vous donc me perdre ? Je n'ai aucun pouvoir, aucune éloquence, je suis un prêtre stupide ! On ne me méprise pas assez. Il n'y a pas de cœur si lâche ! Pourquoi ai-je été choisi cette nuit ! Ce sont des raisons qu'il vous faudrait donner, une image vraie de vous-même, et je n'ai de votre malheur qu'une vision incommunicable ! Mon Dieu ! je vous vois terriblement, et tout me manque ! Comment veut-il que je me fasse connaître de vous ? Il le sait : j'eusse tout préféré, tout, le sacrifice même de ma pauvre vie à l'aveu que je dois vous faire, à l'humiliation de proférer devant vous une parole si incroyable ! Regardez-moi. Il faut que je ne perde rien de cette honte, il faut que je la donne pour vous tout entière... Je ne puis vous fournir aucune preuve de ma mission, rien que ma parole, rien que mon misérable serment. Je jure ! Je vous jure que l'Esprit m'inspire ceci ! Je jure que vous m'êtes ouvert ainsi qu'à une mère le regard de son enfant. Je vous vois ! Je vois périr votre âme ! Cette révélation est faite à un vieux sot, incapable d'en tirer parti. Mon Dieu ! je ne puis qu'en témoigner, et en témoigner encore, avec la certitude de mon impuissance, avec une rage désespérée !

Aucune fermeté n'eût pu soutenir le spectacle que l'abbé Cénabre avait en ce moment sous son regard. Certes, la fureur sacrée de son débile adversaire lui était devenue incompréhensible, et le moindre secours venu du dehors lui eût rendu assez de force ou de sang-froid pour en sourire. Mais quelque chose remuait en lui à l'écho d'une voix familière, la dernière qui lui parlait ce langage, et c'était comme un pressentiment, d'une amertume ineffable, que jamais, plus jamais – jamais ! – il ne connaîtrait cette surnaturelle pitié, car il ne la désirerait jamais plus.

Et peut-être déjà même, au plus secret de son cœur, il la haïssait.

— Mieux, mille fois mieux vaudrait pour vous la révolte et le blasphème, poursuivait l'ancien desservant, les mains croisées sur sa poitrine... Ah ! monsieur le chanoine, dans le blasphème, il y a quelque amour de Dieu, mais l'enfer que vous habitez est le plus froid.

Il décroisa les mains, laissa tomber ses bras, et demeura un moment, face à son redoutable adversaire. L'étonnement qu'exprimait le visage de l'abbé Cénabre ne paraissait pas feint, ni feinte l'amertume de sa bouche abaissée. Plutôt qu'un cri de colère, ou l'éclat d'un mauvais rire, son fort et solennel silence réduisait à rien les paroles qui venaient d'être dites ou les frappait de stérilité. Une minute encore, l'abbé Chevance essaya de soutenir ce silence, puis ses lèvres formèrent une espèce de gémissement, et il disparut.

∽

— Ce sympathique nigaud m'a tout de bon réveillé, dit à voix haute l'abbé Cénabre, je ne me coucherai donc pas cette nuit.

La fuite de l'ancien curé de Costerel le laissait rempli d'une joie tranquille où l'ironie ajoutait à peine une pointe d'amertume. Bien loin de le troubler, le souvenir du suprême, de l'inutile effort de son fragile ennemi semblait devoir lui être un secours contre toute nouvelle épreuve pareille à celle qu'il avait subie. C'était comme s'il eût fait sur le vieux prêtre inutile l'expérience de sa propre folie, ainsi qu'on inocule la tuberculose ou la peste à un animal de laboratoire.

— Ai-je donc été si loin dans le délire, se disait-il en souriant, ai-je donc été pour un moment le digne interlocuteur de ce maniaque ? Comment n'aurais-je point tourné la tête du bonhomme en l'honorant de ma confidence, en sollicitant ses conseils ? D'un chanoine il ne pouvait évidemment attendre qu'une prodigieuse aventure : il l'eût plutôt suscitée... Ainsi l'ai-je renvoyé désespéré, non pas déçu.

Il prononçait vraiment de telles paroles, et d'autres encore, du même sens. Car à son profond étonnement, il pensait tout haut, faiblesse assez commune aux solitaires, mais dont ce silencieux avait eu, jusque-là, horreur. À présent, il recherchait d'instinct ce murmure, il écoutait avidement sa propre voix, il y trouvait un soulagement infini. Jusqu'à ce qu'il eût achevé, allant et venant à travers la chambre de son pas pesant, il ne cessa ainsi de s'entretenir avec lui-même, et parfois il riait d'un rire étrange.

Néanmoins, il fit sa toilette dans le plus grand calme, décidé à passer dans sa bibliothèque le reste de la nuit. Sa hâte était grande de s'y retrouver devant la feuille de papier blanc, assisté de ses livres chéris, mais c'était surtout cette feuille de papier blanc qui luisait dans sa pensée comme un phare. Il voyait la page écrite la veille, il brûlait du désir de l'achever, il l'achevait déjà. Sa mémoire, comme exaspérée, lui retraçait ligne par ligne l'article pour la *Revue de la semaine*, commencé depuis huit jours, réfutation fort subtile et pertinente d'un livre récemment paru du P. Berthier (d'ailleurs assez médiocre) sur la Bienheureuse Thérèse de l'Enfant-Jésus, dont le sourire céleste, tentation des niais faciles, restera toujours la rose la plus sanglante et la mieux défendue des jardins du paradis. Continuant à parler à voix basse, entrecoupée du même rire incompréhensible, il déclamait pour lui seul les pages mieux venues. Son goût avait toujours été grand de surprendre quelques-uns de ces prêtres édifiants dont le pâle zèle s'écoule intarissablement à travers d'illisibles livres. Était-ce le goût de les surprendre, eux, ou l'inaccessible sainteté ? Mais il ne pensait pas avoir ressenti jusqu'alors une si avide impatience, une possession si parfaite, une lucidité plus aiguë.

Qui l'eût vu, au rouge reflet de la lampe posée loin, le blême clair de lune dans les vitres, d'un pas calme et lourd, ses fortes épaules roulant imperceptiblement sous l'étoffe tendue de la soutane, et les puissantes racines de sa mâchoire jusqu'à la nuque impavide, eût envié cette puissance tranquille, pourtant déjà détruite au-dedans, frappée de mort... « Mais qu'ai-je à rire ? » se dit-il tout à coup. Et à cette minute, bien qu'encore obscurément, l'accent de son rire l'étonna.

Ce fut alors qu'il se dirigea obliquement vers la porte, et en passant souffla la lampe. Le faux jour livide hésita d'abord, rampa le long des hauts rideaux, puis ainsi qu'une bête sournoise, se couchant sur le sol au pied de la fenêtre froide et blafarde, refusa d'aller plus loin. Le regard de l'abbé Cénabre, en s'abaissant, rencontra quelque chose à terre qu'il ne reconnut pas d'abord. Il ramassa cette chose, et la tint au bout de ses doigts, à la hauteur de ses yeux, avec une grande surprise et un peu de dégoût. C'était le rabat de l'abbé Chevance.

Que dire ? Cela n'était rien. Et en effet, le chanoine ne vit qu'un moment le carré de drap noir. Un problème venait de se poser, qui semblait tout remettre en question, du même coup... Problème est un gros mot sans doute : une objection plutôt fut élevée d'abord timide, puis pressante de plus en plus, puis dans la conscience encore troublée, d'une redoutable immobilité. Bien qu'il l'ignorât, l'abbé Cénabre en était à ce point où l'équilibre intérieur serait un miracle de coïncidences heureuses, d'accords imprévus, où le moindre obstacle lève une vague immense, ainsi qu'un écueil dans la giration de l'eau. Qu'il l'eût voulu ou non, il ne pouvait plus avoir raison d'une pensée ennemie, et il était d'ailleurs impuissant à la fuir.

Sans aucun doute ce rabat s'était détaché au moment où le vieux prêtre avait perdu pied sous la poussée de son formidable adversaire... Il revoyait le corps étendu, la soutane troussée sur le gros bas noir, le gigotement puéril... « Pourquoi l'ai-je frappé ? »

Une violence si subite, une si extraordinaire dépossession de soi (la mystérieuse fureur disparue) demeurait forcément inexplicable. Quel que fût son désir de retrouver l'état d'indifférence habituel, ou se persuader l'avoir retrouvé, il restait ce petit fait singulier, ce petit fait irréductible. Impossible de ramener les événements de la nuit aux proportions ordinaires, tant que le doute subsisterait. Le calme, l'ironie un peu hautaine, imperturbable de l'abbé Cénabre est connue de tous, et presque déjà légendaire. À ce point de vue la brutale exécution du plaintif Pernichon ne s'expliquait pas aisément. Mais que dire de ce qui l'avait suivie ?

– Pourquoi l'ai-je frappé ? répétait-il, parlant toujours à voix basse. Il fallait que je fusse hors de moi ! Sa pensée choppait à ce seul obstacle. Il n'était attentif qu'à la recherche de ce qui l'avait porté en avant contre un ennemi désormais disparu, effacé, anéanti, et avec une telle haine au cœur toute vive... Contre qui ? Contre quoi ?

Alors, il entendit de nouveau son rire, et sursauta.

C'était moins un rire qu'un ricanement convulsif, involontaire, déclenché bizarrement, méconnaissable. Depuis quelque temps déjà il accompagnait sa réflexion ainsi qu'une ponctuation mystérieuse, et il ne s'en serait pas avisé, tant cette chose inconnue se liait étroitement aux plus intimes, aux moins avouées ou avouables, de ses pensées. Ce qui avait soudain retenu son attention était une certaine disproportion essentielle de ce rire, non pas à la rumination intérieure, mais à l'attitude, à la tenue, à chacun de ses gestes, toujours graves et mesurés, enfin à tout ce qui paraissait de lui au-dehors. Sa surprise fut vive, mais elle se dissipa aussi rapidement que ce qui l'avait fait naître, et il ne subsista d'elle qu'une inquiétude obscure, une espèce d'attention secrète. Mot à mot il guettait, il épiait le retour de ce témoin étranger, tandis qu'il reprenait ses allées et venues à travers la chambre, avec une indifférence affectée.

C'est ainsi qu'il reposa sur la table le rabat chiffonné, maculé de taches et puant le tabac (car l'ancien curé de Costerel prisait beaucoup), puis revint vers la fenêtre, dont il ouvrit tout grands les rideaux. Mais en vain. La solitude de la rue, le ronflement du vent ramenèrent sa pensée au vieux prêtre, et il imagina son retour, à travers la ville déserte jusqu'à la chambre d'hôtel, dont il avait connu un soir la misère. D'ailleurs, ce n'était pas au souvenir de l'abbé Chevance qu'il venait d'arrêter son esprit mais à sa parfaite, sa définitive, son impitoyable solitude. Il lui sembla qu'il comprenait seulement à l'instant combien cet homme était seul – isolé – seul entre les autres hommes, plus séparé d'eux par la singularité de sa nature que par l'espace ou le temps. Il en ressentit une vive joie. Qu'importe un tel fantôme, ami ou ennemi ? Que peut, pour ou contre, ce vieillard sale et craintif ?... Il était dans la foule ainsi qu'un étranger impuissant à se faire entendre, et s'il y eût songé par impossible, chaque effort fait dans ce sens (comme il arrive lorsque la différence est absolue, irrémédiable) eût aggravé le malentendu originel, tourné à la confusion de l'homme seul.

– Pauvre vieux ! fit-il avec tristesse.

Et aussitôt, pour la troisième fois, il entendit son rire.

Si bref, si étouffé qu'il fût, son attention sur ses gardes l'avait saisi d'emblée, happé au passage. De nouveau, mais bien plus nettement, la même disproportion l'avait frappé de ce rire à son attitude, à l'expression même de son visage qui, sur les derniers mots, s'était pourtant attendri de pitié. Oui, le sentiment de cette disproportion était autrement clair et pressant. Il n'en saisissait pas encore la cause, mais une seconde lui avait suffi pour découvrir le point douloureux, au plus profond de son orgueil. Celui que Mgr Dutoit, dans un discours célèbre, avait appelé « *l'esprit le plus subtil et le plus fin de son temps* » se découvrait un rire ignoble.

La froideur de l'auteur de *Tauler* est célèbre, et son sourire contraint. Qui n'a remarqué que ce sourire même est rarement donné ? La mobilité du regard, sa vivacité, parfois sa fixité brusque, sur laquelle se clôt presque aussi rapidement la paupière, suppléent à tout. Peu de gens l'ont entendu rire, bien que le lucide et charmant Toulet ait écrit qu'un soir, à un dîner chez Mme de Salverte, la joie inattendue de ce prêtre avait failli le faire crier d'angoisse. Peut-être n'ignore-t-il point cette bizarre anomalie, ou cette dangereuse faiblesse ? Mais l'eût-il sue ou non, ce qu'il venait de surprendre était beaucoup plus singulier. Cette espèce de ricanement sortait de lui, à n'en pouvoir douter, et il ne le reconnaissait pas ; ou du moins, il n'avait sur lui aucun contrôle. Il l'avait écouté avec dégoût, pris sur le fait, ainsi qu'une soudaine clarté découvre à nos pieds une bête immonde, et tout de suite elle est replongée dans la nuit. Il ne le reconnaissait pas, et il lui était pourtant impossible de l'attribuer à une cause purement physique, de le séparer d'une part secrète et réservée de sa pensée, peut-être, de toute autre manière, inexprimable. Ce claquement gras de l'air dans la gorge, si surprenant qu'il fût, n'avait pas d'existence propre, était dans une dépendance étroite... De quoi ? Non pas un bruit seulement, mais un écho... Quel écho ?

Il n'eût su le dire, et cependant son inquiétude était assez forte pour qu'il ne songeât plus qu'à cette nouvelle conjecture. Il eut même l'enfantillage de chercher à provoquer ce qu'il n'avait reconnu que fortuitement, s'encourageant de son mieux à trouver grotesque ce jeu de cache-cache avec lui-même, mais, ce qu'il tira ainsi de sa bouche, timidement d'abord, puis avec colère, ne ressemblait pas à l'autre rire, n'avait pas du tout le même accent. Il s'arrêta.

Que n'eût-il donné, bien qu'il craignît toujours la folie, pour douter de lui en cet instant, de ses sens, pour croire à une hallucination de l'ouïe, par exemple, les hallucinations dont les critiques hagiographes font la part si large ! Mais on ne connaîtrait rien à la crainte dont il était alors torturé, si l'on supposait un moment qu'une telle équivoque fût possible. Il savait déjà que ce rire humiliant manifestait simplement au-dehors une réalité certaine, copieuse, une vie concrète, à laquelle il avait toujours souhaité de rester étranger. Incapable de nier l'évidence, il en était à retarder seulement l'inévitable éclat.

Certaines formes particulières du renoncement échappent à toute analyse parce que la sainteté tire d'elle-même à tout moment ce que l'artiste emprunte au monde des formes. Elle s'intériorise de plus en plus, elle finit par se perdre dans les profondeurs de l'être. Des actes aux mobiles, nous ne saisissons plus les rapports, et le contact une fois perdu ne se retrouvant point, à mesure que les faits observés rentrent plus étroitement dans l'ordre logique qui leur est particulier, ils nous paraissent au contraire se délier ou comme se dissoudre dans l'absurde. Pour renouer le fil rompu il faudrait nous élever nous-mêmes, et par impossible, comme d'un bond, au but sublime entrevu par le héros dès le premier pas de son ascension, but que son âpre et patient désir a par avance possédé, qui est l'unité profonde de sa vie.

La vie de l'abbé Cénabre a aussi sa clef : une hypocrisie presque absolue.

Qu'on n'entende point par là simplement la constante recherche à l'égard d'autrui, d'un alibi moral, ni rien qui se puisse confondre avec les seuls calculs de l'ambition, mais quelque chose de plus. Le goût, l'ardeur, la frénésie du mensonge et son exercice perpétuel, aboutissant à un véritable dédoublement, à un dédoublement véritablement monstrueux, de l'être. L'origine de ce mal affreux doit être recherchée très loin, sans doute jusqu'à la première enfance, alors que le petit paysan rongé d'orgueil, jouait presque innocemment, d'instinct, au foyer familial, la lugubre comédie de la vocation. Et c'est vrai qu'il la jouait déjà tristement, lugubrement, le jeune avare ! Certains hypocrites, même assidus, ponctuels, ont parfois leurs défaillances, composent leur rôle avec une sorte de fantaisie, une exagération dans la feinte qui les délivre d'eux-mêmes pour un temps. Peu d'hommes ont la sinistre application de façonner du dedans leur mensonge. Mais il fut donné à l'homme extraordinaire qu'on voit à ce moment chanceler pour la première fois, d'opposer une résistance victorieuse, pendant des années, à toutes les révoltes de l'âme. Jadis, au petit séminaire de Nancy, ce singulier abbé de Saint-Genest, qui mourut missionnaire à Hué, s'accusait d'éprouver pour son élève, pourtant parmi les plus assidus, une répulsion invincible. Et comme on lui en demandait la cause :

– Je crois qu'il n'aime pas, disait-il. Il ne s'aime même pas...

Ce fut pourtant un petit élève studieux, docile, âpre au travail comme on est âpre au gain, irréprochable. Seulement, dès le premier pas franchi, son cœur s'était fermé, ne s'ouvrirait jamais plus. Il n'est pas si rare de rencontrer dans les séminaires de ces enfants précoces et volontaires qui, dirigés vers le sacerdoce par l'illusion ou parfois l'aveugle vanité de leurs proches, n'ont plus le courage de se dégager, finissent par en accepter les obligations comme on se résigne à celles d'une carrière ordinaire. Au moins sont-ils des prêtres médiocres, presque tous aisément reconnaissables, l'équivoque de leur triste vie rachetée par les inquiétudes, les soupçons, tout le pathétique des vocations manquées... Mais celui-ci ne ment pas à demi, n'a jamais menti à demi.

D'ailleurs, n'était ce mensonge absolu, sans réserves, totalement accepté, le courage lui eût fait défaut de tenir bon, car il a des passions fortes. Sans doute eût-il été chassé des abords, s'il ne s'était retiré au centre même de la forteresse. Trop fier pour se contenter des seules apparences, trop fin pour n'en pas reconnaître la fragilité, il avait contraint jusqu'à son âme. En le voyant jadis suivre avec assiduité, ferveur même, les exercices de la double retraite annuelle, qui eût osé l'accuser de duplicité, l'étrange enfant y mettant la conscience, le scrupule d'un ouvrier passionné pour sa besogne, qui travaille pour son propre contentement ? Lorsque l'abbé de Saint-Genest l'observait, au cours de la méditation quotidienne par exemple, grave, les sourcils froncés, le regard braqué, pris d'un doute s'il le priait parfois brusquement de vouloir bien retracer pour lui les grandes lignes de la réflexion qui l'avait ainsi absorbé, il répondait sans hésitation, avec une évidente sincérité. C'est qu'en effet son attention ne s'était pas détournée une minute du sujet proposé, qu'il l'avait épuisé honnêtement. Son intelligence rapide, d'ailleurs merveilleusement tournée vers l'observation intérieure, s'était assimilé non seulement le langage, mais l'esprit même de la vie spirituelle, et il témoignait déjà en ces matières, d'un tact exquis. Pareillement ses confessions eussent trompé le plus fin (il y eût fallu la foudroyante ellipse du jugement d'un curé d'Ars), car elles étaient également sincères, n'y omettant rien que ce refus pervers, diabolique, qui peu à peu le pétrifiait. Il ne celait même point celles de ses tribulations les plus voisines, les doutes sur la foi par exemple, ou ce signe plus troublant encore, plus mystérieux : sa répugnance, son horreur invincible de la Passion de Notre-Seigneur, dont la pensée fut toujours si douloureuse à ses nerfs qu'il détournait involontairement le regard du crucifix... Mais un trait paraîtra plus incroyable encore. Après lui avoir imposé des mortifications assez rudes dont il n'omit jamais aucune, le P. Brou, son confesseur, lui ordonna de ne s'endormir jamais sans avoir repassé dans son esprit chacun des épisodes principaux du Sacrifice du Calvaire. Ce qu'il fit, et avec tant de peine que la sueur lui coulait parfois du visage, et que son voisin entendit certaines nuits, à travers la mince cloison de bois, son sourd gémissement.

Ainsi accomplissait-il ponctuellement chacun de ses devoirs, apportant à l'œuvre de sa perte une puissance de volonté inouïe. Fut-il vraiment, dès lors, possédé ? Faut-il chercher dans son enfance la plus secrète une de ces fautes-mères dont la germination est si lente, mais tenace, capable de pourrir une race ? Qui le saura jamais ? Peut-être aussi une autre hypothèse sera-t-elle mieux acceptée. Tel acteur entre assez dans son jeu pour mener un temps une existence bizarrement calquée sur celle de son personnage imaginaire, poussant ce scrupule de la ressemblance jusque dans la vie quotidienne.

La puissante nature de l'abbé Cénabre, sur laquelle tant de gens se sont mépris, égarés par une apparente facilité, répugne à la besogne inachevée, va jusqu'au bout de l'effort. Le petit orphelin abandonné de tous (un de ses grands-pères compromis dans l'affaire des chauffeurs de Metz, et mourant au bagne, son père alcoolique, sa mère tôt veuve, lavant et ravaudant le linge des commères dans sa pauvre chaumine de Sarselat, puis décédée à l'hospice de Bar-le-Duc) n'était point de ceux qui peuvent choisir : ambitieux de s'élever, affamé de réputation, réduit à grandir sur place, risquant de tout perdre par une imprudence, et non seulement condamné au sacerdoce, mais encore à s'y distinguer de ses rivaux plus heureux, plus favorisés. Un précoce bon sens, dont la fermeté, hélas ! ne se démentit jamais, lui faisait déjà sentir que la supériorité de son intelligence, à elle seule, l'eût plutôt compromis, qu'il devait moins chercher à s'imposer qu'à se justifier d'abord de son origine et de son passé par une conduite irréprochable, une irréprochable tenue. La crainte d'être joué dans son mensonge, alors que la trame en était encore si nouvelle, si ténue, l'amena peu à peu, après une série de timides expériences, d'inutiles tentatives de libération, à l'observance la plus étroite, la plus stricte – même loin de tout regard, même dans le secret de son cœur – et capable de le tromper lui-même, s'il n'eût assez promptement perdu le désir – ou le courage – de se voir en face.

Cette dissimulation peut surprendre d'un garçon à peine sorti de l'enfance. À ne vouloir rien dramatiser, il est permis de croire que le malheureux ne connut qu'à la longue la perfide et pleine possession de son mensonge. Courtes délices, vite dévorées ! Car lorsque ce mensonge est total, embrasse toute la vie, règle chaque pensée, aucun repos n'est à prévoir sur la route aride et fatale. L'œuvre chaque jour défaite est à commencer chaque jour. Jusqu'au moment où l'être double atteint son point de perfection, son horrible maturité, connaît qu'il n'y a plus de place pour lui sur la terre, et va se dissoudre dans la haine surnaturelle dont il est né.

Car si désireux qu'on soit de trouver une cause naturelle à ces tragiques aberrations, comment justifier leur raffinement, ce je ne sais quoi d'inutile, de superflu, qui révèle un goût lucide, une lucide délectation ? Comment imaginer, par exemple, que l'élève du séminaire de Nancy qui s'astreignait, non pas en apparence, mais réellement, aux pratiques les plus élevées de la vie spirituelle, n'en tira jamais profit ? Sans doute il refusait son consentement intérieur, ne livrant que cette part superficielle de l'âme qui s'appelle l'intelligence, l'attention. Mais comment ne fut-il pas tenté d'aller plus loin, d'accorder à Dieu quelque chose de plus – un seul acte d'amour, au moins de bonne volonté – lorsque le champ remué n'attendait plus que la semence, un seul grain ! Il est vrai que sa nature est d'une étonnante sécheresse, et qu'on comprend à demi pourquoi son orgueil s'effrayait d'abandonner son dernier, son suprême réduit, ayant ouvert tout le reste. Peut-être encore ne connut-il à aucun moment ce besoin, irrésistible chez tant d'autres, d'inspirer l'amitié, d'en rendre, d'aimer et d'être aimé, comme s'il comprenait que son mensonge serait alors trop lourd à porter ? Mais surtout son intelligence extraordinairement volontaire fut toujours contre la grâce sa meilleure arme. Animée par une espèce de curiosité dont une certaine cruauté semble le ressort, elle s'enivra vite de ses mystérieuses conquêtes, si adroitement celées. Et déjà naissait dans ce cerveau enfantin l'œuvre sournoise, têtue, les livres brillants et stériles, au cœur empoisonné, modèles d'analyse perfide, sagace, impitoyable, d'un travail et d'une inspiration si compliqués qu'ils trouveront toujours des dupes. C'est qu'ils plongent dans la propre vie de l'auteur beaucoup plus profondément qu'on ne pense, à une telle profondeur qu'ils expriment parfois quelque chose de lui qu'il avait lui-même oublié, humiliations dont la brûlure survit au souvenir même de ce qui les a causées, ruses devenues inutiles, mais qui l'ont marqué comme d'un pli... « J'ai toujours été attiré par la sainteté, disait-il un jour à M. de Colombières, et curieux de ses formes les plus singulières, les plus réservées. » Le vrai est que sa rude nature concevait difficilement cet état exceptionnel de l'âme dont son intelligence cherchait à pénétrer les causes.

Après être demeuré immobile un instant, l'abbé Cénabre, quittant brusquement la chambre, entra dans la bibliothèque et referma la porte avec soin. Au premier pas, son pied heurta la lampe jetée à terre : il dut chercher avec ennui, à tâtons, une deuxième lampe, inutilisée depuis longtemps, et qu'à sa légèreté, il reconnut vide aussitôt. Enfin il atteignit sur la cheminée un de ses flambeaux à huit branches, d'argent massif, présent de la princesse de Salm, et il en alluma les bougies avec une hâte fébrile. En le reposant sur le drap de son bureau, il s'aperçut que sa main tremblait.

Elle était là, devant lui, la feuille de papier blanc, si désirée ! Elle l'attendait. Il la repoussa. Debout, il feuilletait d'un doigt distrait, le regard errant, sans les lire, les pages couvertes de sa petite écriture hardie, soigneusement ponctuée, terriblement nette. Parfois son attention se fixait sur un mot plus heureux, un paragraphe familier, puis s'en détournait aussi vite. Il eût voulu, il désirait presque inconsciemment n'importe quoi qui romprait le silence, un prétexte plausible, ou l'aube même. Et jamais la nuit ne fut autour de lui si dense et si muette, à peine repoussée au-delà du cercle lumineux, embusquée, attentive dans tous les coins sombres, aux plis obscurs des rideaux, maîtresse absolue du dehors, de la rue tout à fait déserte, de la ville, à cette heure où la débauche même s'endort.

... Non point tout à fait déserte, ni muette, car tout à coup, un pas sonore, sur le pavé, s'approcha vite, avec une sorte de régularité mécanique, et subitement cessa. Le vide silencieux s'en accrut, ou parut s'en accroître avec une telle promptitude que le chanoine le sentit au fond de sa propre poitrine, eut un bref mouvement de défense... D'une main furieuse, il saisit la page blanche et la jeta rageusement dans la corbeille.

Que dire de sa confusion, de sa honte ? Que dire de sa déception plus aiguë encore, bien que moins pressante ? Ainsi le calme retrouvé n'était qu'un leurre, son illusion un piège de plus ? Vraiment, cette nuit ne s'oublierait pas, était vraiment irréparable ? Le fléchissement ne venait pas d'un obstacle imprévu, extérieur, c'était bien sa force même qui avait fléchi ? Un grondement de colère roula dans sa gorge, et ses doigts rapides éparpillèrent ce qui restait du manuscrit. Son regard se leva. Et il aperçut, à l'extrémité de la pièce, dans le réduit plus sombre, contre la paroi blanchie à la chaux, la Croix.

Aussitôt il entendit son rire.

Cette fois, il ne songea point à l'éluder, l'étouffer : il l'écouta courageusement. Puis il le voulut tel qu'il était, non moins glapissant, non moins vil. De tout son être il l'accepta, le fit sien... Un soulagement immense, un immense allégement furent aussitôt sa récompense, et rien ne donnerait mieux l'idée de cette délivrance inattendue que l'éclatement d'un abcès. Il sentit, il sentit avec étonnement, puis avec certitude, enfin avec ivresse que cela qui remuait en lui qu'il ne pouvait plus porter, avait trouvé une issue, se déchargeait. L'enfant qui s'approchant avec terreur, la nuit, d'un fantôme, touche de ses petites mains un objet familier, inoffensif, ressent quelque chose de cette joie, quelque chose seulement, car il cesse simplement de craindre, il ne méprise pas ce qu'il a craint, il ne peut se venger de sa crainte... Au lieu que l'abbé Cénabre s'ouvrait tout entier à ces délices amères, à peine connues.

Il baissa les yeux, retrouva sur la table le livre innocent du P. Berthier, rit de nouveau, maintenant à pleine gorge. Le retentissement de ce rire dans le silence devenait extraordinaire. La présence d'un seul témoin, la contagion de sa peur eût suffi sans doute à précipiter le dénouement de cette scène insupportable, mais ainsi déroulée secrètement elle n'y glissait qu'avec lenteur, passait lentement du réel au cauchemar, et du cauchemar à une espèce de surnaturelle ignominie. Hélas ! que de fois, dans les débats de l'âme, éclate au-dedans cette joie atroce ! Mais nous ne l'entendons pas. Et sans doute faut-il de ces circonstances rares et singulières pour que le mal force ainsi les frontières de son solennel empire, et se livre à nos sens, tel quel, dans un regard ou dans une voix.

Qui eût entrevu à cet instant, par le trou de la serrure, l'homme encore imposant de vigueur et de santé, si calme par la taille, les massives épaules, le maintien fort et hardi, secoué par un ricanement démentiel, n'en aurait pu croire le témoignage de ses yeux. Quelque chose, dont l'enfer est ordinairement jaloux, se donnait ici sans réserves, avec une brutalité, une insolence inouïes. Était-ce là le cynisme d'une âme déjà perdue ? N'était-ce point plutôt, pour une dernière et miséricordieuse tentative, l'écluse levée aux secrets hideux de l'âme, aux pensées venimeuses étouffées vingt ans, trente ans, l'aveu forcé, involontaire, matériel, pourtant encore libérateur, la miraculeuse déviation vers l'extérieur par le geste et la voix d'une hypocrisie parvenue au dernier point de concentration, au dernier degré de la malfaisance, désormais incompatible avec la vie, comme le ventre se délivre parfois lui-même d'un poison dont il est, d'un seul coup, saturé ?

Néanmoins, au milieu du délire grandissant, le témoin qui toujours veille garde encore sa lucidité. Si forte, si pressante que soit l'étreinte de l'ennemi, le pouvoir ne lui est pas donné de se substituer entièrement à nous : dans l'excès de sa joie, comme dans la perfection même de son désespoir ineffable, il reste le doute, comme un ver. Le sentiment de la fragilité, de la précarité d'une volupté qui ne peut vivre en nous, s'y fondre, introduite par effraction, maintenue par violence. Car aucune expérience ici-bas ne saurait nous donner une idée satisfaisante de l'enfer.

Certes, ce qui fut l'abbé Cénabre n'avait alors, de ce qui l'agitait si furieusement qu'une notion vague et confuse. S'il s'était vu et entendu clairement, l'horreur l'eût jeté aussitôt à l'acte qu'il ne fut tenté de commettre qu'un moment plus tard, et il l'eût alors commis. Sans doute la surnaturelle pitié lui fit cette grâce de l'aveugler quelque temps, ou peut-être ne permit-elle jamais qu'il vît le fond de sa misère. Bien des témoignages le prouvent qui découvrent dans cet homme sinistre une dernière illusion très tenace, presque niaise, puérile. L'écrivain dont la curiosité s'intéressa si fortement à toutes les épreuves des saints, et particulièrement aux plus étranges, fut ici dupe involontaire des manies critiques de sa propre pensée : l'idée de possession ne l'effleura même pas.

Ce qu'il sentait peu à peu était une fatigue immense. La nuit n'était pas loin de s'achever : son regard lourd se détachait de moins en moins de l'étroit cercle de lumière à ses pieds. L'engourdissement du sommeil le gagnait d'instant en instant. Encore incapable de mesurer la violence qui l'avait soulevé si haut pour le laisser retomber comme une pierre, il avait obscurément conscience d'une déperdition inouïe de ses forces, d'une dissipation de sa vie. Sitôt sur la pente, la volonté s'abandonna, l'être fléchit tout d'une pièce. De nouveau, il connut avec terreur que son équilibre était rompu, que les transitions habituelles qui donnent à la vie intérieure sa mesure et son rythme, n'existaient plus pour lui, qu'il ne connaissait de la joie ou de la douleur, au cours de l'exécrable nuit, que la fureur dont le double excès finit par se confondre dans la même et commune angoisse.

La cause de ce brutal dessaisissement fut simple, presque comique. Mais elle s'enfla aussitôt. « Me voilà libre ! » s'était-il écrié un moment plus tôt, et il répétait depuis ce mot à mi-voix, sans le comprendre... « Libre de quoi ? » demanda soudain une voix ironique, presque insaisissable encore au fond de la conscience. Puis, en un moment, elle grossit démesurément, couvrit tout le reste. « Libre de quoi ? Libre de quoi ? »

Son rire éclata, et le retentissement lui en fut rapidement intolérable. Il sentait bien que ce rire s'était à présent retourné contre lui, qu'il le déchirait. La parole involontaire sortie de sa bouche était une chose de peu, mais elle l'avait touché au point qu'il faut. Le passé qu'il avait renié, dont il s'était senti sauvé – décidément aboli – le laissait en présence d'un avenir non moins creux, non moins vide, d'un nouveau mensonge à assumer, aussi fastidieux... Libre de quoi ?

C'est en vain qu'il cherchait à échapper, chaque fois il se trouvait repris. D'ailleurs, cette lutte poursuivie plus longtemps eût achevé de le mettre hors de lui. Il aimait mieux contempler en face le nouveau désastre. Hélas ! il en pénétrait les causes, il l'analysait dans son demi-délire, avec une certaine lucidité. De cette liberté reconquise, qu'eût-il fait ? Elle venait trop tard, à supposer qu'il en eût jamais été digne. Après son enfance pauvre et sévère, la forte discipline à laquelle il s'était laissé soumettre restait encore la seule part solide, positive, de sa vie. Hors d'elle, hors de sa contrainte, à laquelle s'ajoute l'autre contrainte ineffable du mensonge, quel sens aurait-elle ? Quel but ? Quelle application de chaque jour ? Aucune autre règle ne l'eût entièrement contenté, et il était aussi trop vieux pour recommencer un nouveau mensonge. Il n'avait aucun vice à satisfaire, et il tenait d'ailleurs la plupart d'entre eux pour de folles, de stupides dissipations : il avait un mépris d'avare pour ces prodigalités... Alors, quoi ? Ne pouvait-il simplement tenir pour nulle une crise sans issue, reprendre sa tâche où il l'avait laissée la veille ? Cela resterait son secret, nul n'en aurait rien appris qu'un prêtre trop scrupuleux pour parler, ou qui ne rencontrerait que des incrédules. Ne pouvait-il... Hé bien, non ! il ne pouvait plus.

Sans qu'il essayât d'expliquer pourquoi, toute nouveauté le rebute, et cependant la coupure entre le présent et le passé semble bien nette, décisive. Il serait vain de prétendre que l'ancien, le laborieux mensonge de sa vie ait été inconscient, mais d'être seulement apparu évident, nu, dans la pleine lumière de l'âme, lui a retiré je ne sais quoi d'essentiel, un rien de trouble, d'équivoque indispensable, telles ces substances qui deviennent de violents poisons sitôt que leur équilibre chimique est rompu, en présence d'un autre corps privilégié. L'épreuve qu'il vient de subir ne peut décidément être oubliée : son souvenir rend toute paix instable, précaire. S'il peut encore tromper autrui, il ne se trompera plus. Comme lui paraissent claires désormais, explicables certaines attitudes involontaires, par exemple la sourde colère sentie tant de fois, la défiance amère, la curiosité passionnée, douloureuse, insatiable qui l'animait contre les héros de ses livres ! Il croyait les aimer ! Ainsi que tel historien chérit comme les familiers de son entourage, comme ses amis de jeunesse, les contemporains de Louis XII ou de Charlemagne, il croyait les aimer ! Il ne doute presque plus de les haïr. Pourquoi s'intéresserait-il à présent aux fastidieuses poursuites de biens imaginaires, au vide affreux de leur destinée ? Sans qu'il s'en doutât, n'était-il pas, tout au fond, animé par l'espérance d'arracher d'eux un secret, mais il sait qu'ils n'ont pas de secret, qu'il n'y a rien. Ah ! l'insolente pensée !

Les succès, la réputation, l'autorité ne lui sont plus de rien : dans le métier d'homme célèbre, qui n'avance point recule, et il a la certitude qu'il n'avancera plus, que la confiance lui manque, que le ressort de son œuvre est brisé. Les hardiesses mêmes, qui ont fait le scandale des sots, n'étaient telles que par rapport à l'ordre relatif de sa vie, à un certain accord maintenant détruit. Elles lui paraissent frivoles... Enfin, que veut-il ? Il ne veut rien.

Voilà le même vertige qui l'emporte dans sa giration diabolique : le même creux dans sa poitrine, la même chaleur au front, et les épaules glacées. Rien ne pourrait mieux exprimer la violence aveugle et le désordre de sa pensée qu'un cri sauvage, et pourtant le silence est solennel. De seconde en seconde, ce silence se fait plus compact, plus immobile, autour de son désespoir. Par toutes ses fibres – car à de tels moments, le corps entier conçoit la douleur et la mort, – il sent qu'il a dépassé le point critique, que sa chute doit s'accélérer d'elle-même. Il n'espère pas, il ne peut même plus imaginer un retour en arrière, un arrêt dans la descente verticale. Mais quoi ! il est encore trop vivant pour la subir, tomber comme un bloc ! Il se tâte, il tâte d'un geste presque ingénu, pathétique, sa tête ronde et têtue, ses bras musclés, sa poitrine. Qui peut saisir au vol l'idée meurtrière, quand elle fonce sur l'âme, ainsi qu'un aigle ?... Elle est en lui. Avant qu'il l'ait seulement nommée, elle lui a sauté dans le cœur. S'il ne peut arrêter la chute inévitable, ah ! qu'au moins il l'accélère, qu'il en finisse !... Et il en était là de cette pensée, lorsqu'il vit son propre revolver, dans sa main droite.

On ne peut pas dire qu'il approcha le canon de sa tempe, il se jeta dessus. C'était la minute effrayante où l'enfer n'est qu'une haine, une flamme unique sur l'âme en péril, perce tout, consumerait l'ange même, ne rebrousse qu'au pied de la Croix. La précision, la netteté, la force imparable du geste furent horribles. Rien ne pouvait l'arrêter, à moins d'un miracle, et cette espèce de miracle s'accomplit : la queue de la détente se coinça. La main s'était serrée si convulsivement que le doigt se meurtrit et saigna sur l'arête d'acier. L'abbé Cénabre crut son arme au cran d'arrêt. À sa grande stupéfaction, il constata qu'il n'en était rien.

Posément, il prit le revolver dans la main gauche, et pressa doucement. Une seconde la petite tige résista puis elle glissa dans la rainure. Le canon était dirigé au hasard, vers la muraille. La balle claqua sur la paroi de briques, ricocha dans la portière, qui n'eut qu'un léger frémissement. Un brouillard bleu, à l'odeur métallique, monta lentement vers le plafond, disparut.

Toujours posément, l'abbé Cénabre reprit l'objet dans la main droite, appliqua derrière l'oreille la froide petite bouche. Il était sûr de lui. Si sûr qu'il s'accorda encore une minute, non de réflexion, mais de répit...Chose étrange ! Le meurtre qu'il allait accomplir lui paraissait clairement stupide, monstrueux même, monstrueux dans sa stupidité, et c'était là justement sa dernière et âpre joie. Tout ce qui s'était passé cette nuit, – chaque acte, chaque pensée, – quelle succession d'événements bizarres, incohérents ! Il allait volontairement ajouter au cauchemar douloureux un épisode de plus, aussi incompréhensible, aussi délirant – plus incompréhensible, plus délirant – ainsi qu'une folle revanche. Ce fut un éclair de haine qui l'éclaira. Il ne revit point son passé, il n'eut pas le temps de supputer l'avenir. Il ne pensa qu'à la vengeance qu'il allait ainsi tirer de lui-même. Oui, cette illumination n'eut que la durée d'un éclair... Que l'attente fut courte !

Mais alors ses yeux se posèrent par hasard sur le cadran de l'horloge. Son cou était roide. La pression de la petite bouche d'acier était devenue extraordinairement douloureuse. Ses épaules lui faisaient mal, comme après une pose longtemps tenue. Et il était là, interrogeant toujours les aiguilles noires avec une insistance stupide, il n'en pouvait croire ses yeux. Car dans le moment qu'il avait saisi l'arme pour la deuxième fois, l'horloge marquait trois heures cinq, il l'avait involontairement noté. Or, elle marquait à présent quatre heures moins dix. L'hésitation, qu'il avait crue si courte, avait duré quarante-cinq minutes !

Il aurait pu douter : il ne douta pas. Au penser du long rêve poursuivi le doigt sur la détente, il eut un sursaut de terreur moins de la mort que du risque couru de glisser ainsi, d'un coup, du songe au néant. Une crampe du doigt, une pression inconsciente, et c'en était fait pour jamais. Le meurtre était accompli, mais il l'avait commis en aveugle... Ainsi eût-il été dupe jusqu'au bout d'un incompréhensible délire. La même affreuse nuit, tour à tour, lui eût volé sa vie, puis sa mort... Cette pensée l'exaspéra.

Encore un coup il serra la crosse, tâcha de concentrer son attention, dompter ses nerfs. À quiconque eût douté devant lui, encore à cet instant, de sa décision irrévocable, il eût de bonne foi répondu par un éclat de rire. Il était certain de ne pas voir l'aube. Et pourtant sa pensée, déjà rebelle, opposait une résistance sournoise, biaisait vers les images délirantes. Il entendait le coup sourd, étouffé. L'ogive de métal forait l'os frontal, faisait éclater la paroi. L'œil sautait de l'orbite sur la table, et il voyait sur le drap le globe blanc dans une glaire écarlate... L'horloge sonna quatre coups.

Le cri qu'il entendit n'était pas un cri d'agonie, mais un véritable rugissement de rage impuissante. La main relâcha son étreinte. Bien pis ! Son cerveau travaillait déjà plus librement ; les forces qu'il avait concentrées à grand-peine se déliaient, trouvaient leur issue dans une méditation vaine... Il commençait d'observer, il redevenait spectateur.

Il jeta l'arme devant lui avec une telle violence qu'elle tourna sur elle-même et rebondit deux fois jusqu'au mur. Et presque aussitôt il courut la reprendre, la replaça sur son bureau, à sa portée, la considérant d'un regard tantôt furieux, tantôt morne, et parfois si curieusement trouble et servile... Réellement, sa pensée ne se fixait à rien de précis, quêtait d'une idée à l'autre. Puis les traits du visage s'immobilisèrent, la peau de ses joues blêmit, son grand corps se dressa tout à coup et par une détente si brusque qu'il parut bondir. La chose brune et brillante étincela de nouveau dans sa main, se rapprocha vivement de son front. Chacun de ses gestes fut vraiment celui d'un homme qui prend son élan, qui s'élance, car le dernier accès de la tentation, après un répit perfide, est toujours le plus violent et le plus court. Jamais encore le terrible prêtre n'avait été si près de sa fin. Et pourtant, même alors, quelque chose se brisa dans son cœur. L'élan frénétique, en apparence irrésistible, se replia, se défit : l'ombre oscilla sur le mur. Et sans perdre conscience un instant, non point atteint dans sa chair, mais comme au point le plus délicat de son vouloir, au point vital, il tomba la face en avant, les bras en croix, sur le tapis, et s'y roula en sanglotant, avec un abandon, un hideux déliement de tout l'être.

Il avait le nez dans la laine épaisse, bientôt trempée de larmes, il y enfonçait sa face, il serrait dessus ses mâchoires. Un mouvement convulsif le mit un instant sur le dos, et pour échapper aussitôt à la lumière intolérable il roula sur lui-même, en rugissant.

Il semblait que les forces ennemies qui se le disputaient ainsi qu'une proie cessassent dans le moment toute feinte, s'étreignissent à travers lui comme deux combattants qui se prennent à la gorge au-dessus d'un cadavre. Il en était à cet excès d'angoisse où tout lien se trouve relâché, lorsque le corps participe, dans son ignominieuse détresse, au désastre même de l'âme, quand il n'exprime plus la douleur par aucun signe abstrait, qu'il la sue par tous les pores. Spectacle abominable et magnifique à faire cabrer la pitié ! La tentation peut bien prendre tous les masques, et c'est l'illusion de beaucoup de naïfs qu'un Satan seulement logicien. Tel vieillard sournois l'imagine assez sous les traits d'un contradicteur académique, mais c'est que l'observateur s'arrête aux jeux et bagatelles. Parfois, bien que rarement, la noire cupidité de nuire l'emporte sur d'autres délices moins promptes et moins âpres. Alors le mal se dénonce lui-même, s'avoue tel quel, non pas un mode de vivre, mais un attentat contre la vie. Ainsi cette fureur de haine qu'avait exercé jusqu'alors l'abbé Cénabre avec une si grande sagacité jaillissait enfin tout à fait hors du sanctuaire de la conscience. L'abandon du corps supplicié exprimait avec une effrayante vérité l'âme violentée, profanée. Car l'horreur fut à son comble lorsque ce corps robuste parut cesser d'opposer aucune résistance, subit la souffrance, la dévora comme on dévore la honte… Oui, un instant, l'humiliation fut parfaite.

Il ne bougeait plus, étendu de son long, la tête au creux de son bras replié. La vague de douleur avait passé sur lui sans le tuer. Sa misère était totale. De reprendre conscience dans cette posture d'animal supplicié ne l'humiliait même plus, ou c'était cette humiliation qui suit la volupté : un sinistre détachement de soi-même. Il se sentait vaguement non plus témoin, mais sujet passif d'on ne sait quelle cruelle et double expérience, enjeu d'une lutte inexpiable. La haine en crevant dans son cœur l'avait d'abord investi d'une si douloureuse brûlure qu'il n'avait porté attention qu'à elle seule, mais cela ne s'attachait à rien : c'était une haine impersonnelle, un jet de haine pure, essentielle. Il en ignorait encore l'objet. Le mépris immense qui le tenait ainsi la face écrasée sur le sol ne procédait pas de cette haine, mais d'une autre force en lui beaucoup plus mystérieuse, éclipsée un moment par le spasme fulgurant, bien qu'il sentît confusément que cessant d'être contenue, l'expansion de cette force eût tout emporté, jusqu'à faire éclater l'armure de l'âme. Oui, les deux forces avaient paru se confondre un instant, mais il devenait clair qu'elles agissaient à contresens. La haine, si cruelle qu'elle fût, le mettait en état de défense, le roidissait. L'humiliation déliait cette résistance, la réduisait lentement, obstinément, avec une sagacité terrible. Si l'une des deux forces avait retardé, puis empêché le meurtre, c'était celle-ci.

L'abbé Cénabre en eut conscience. Il comprit qu'elle exigeait, en retour de la vie qu'elle avait sauvée au moment suprême, un bien plus précieux que la vie, son orgueil. Elle attaquait du dedans cet orgueil, elle le dissociait. Ce n'était pas le rire ou l'insulte : l'un ou l'autre eussent plutôt redressé le misérable. C'était une tristesse pleine d'amertume, mais aussi d'une douceur inconnue, à laquelle on ne saurait rien comparer qu'une espèce de plainte tendre et déchirante, un appel venu de très loin, mais dont à travers l'espace l'oreille devine la puissance et l'ampleur, au seul accent. Et certes, il retentissait dans le cœur, il eût ébranlé le cœur le plus dur. La chair même y répondait par une sorte d'alanguissement, qui ressemblait à l'amour, qui était comme l'ombre de l'amour. Les larmes vinrent aux yeux de l'abbé Cénabre, ainsi qu'une eau qui perce à travers la pierre, et il en sentait l'humidité sur son visage, avec une extraordinaire angoisse. Il ne voulait pas de ces larmes, elles n'avaient pour lui aucun sens. Elles étaient le signe purement sensible, indéchiffrable, d'une présence contre laquelle il se sentait soulevé d'horreur. C'étaient comme des larmes versées en vain. La simple acceptation, l'abandon de la lutte inutile, le geste qui avoue la défaite, s'offre au vainqueur, cela seul eût ouvert la vraie source des pleurs, et il redoutait plus cette délivrance qu'aucun supplice. Il se méprisait, se haïssait dans sa détresse et dans sa honte, mais il ne pouvait, non ! il ne pouvait se prendre en pitié.

À ce mépris de lui-même, il se rattachait comme au seul point fixe dans l'universel naufrage. L'orgueil, dont la stratégie ténébreuse est la plus subtile et la plus forte, un moment menacé, faisait ainsi la part du feu, semblait abandonner quelque chose de lui-même, alors qu'il n'offrait à la misérable âme à l'agonie qu'une fausse et sacrilège image de la divine humilité. Car une puissante nature, jetée hors de la grâce, cherche son équilibre bien au-delà de ce contentement de soi qui est la seule sérénité du sol. Et dans la rage en apparence insensée, qui la tourne ainsi contre elle-même, il ne faut sans doute voir que le premier vertige de la redoutable ivresse dont la perfection même est l'enfer, dans son silence absolu.

Une fois de plus, d'ailleurs, l'abbé Cénabre ne retenait de l'angoisse qui l'avait à trois reprises si dangereusement assailli qu'un souvenir limité aux actes et aux gestes, désormais difficilement explicables. Le revolver sur le drap du bureau, ou ces larmes dont il ne pouvait encore tarir la source, étaient pareillement témoins de sa folie, mais quelle folie ? Le bouleversement soudain d'une vie si ordonnée, si bien close, le fléchissement, plus encore la disparition, l'évanouissement total, pour un moment, de ce sens critique justement célèbre dans le monde, pouvaient-ils avoir d'autre cause qu'un mal physique, encore ignoré ? Et si l'on en jugeait à la violence des symptômes, ce mal était assurément grave. Il interrogea dans la glace le corps athlétique, le regard toujours jeune, la mine haute et sombre, leva les épaules avec dédain et souhaita un moment de mourir, mais d'un tel élan de tout l'être qu'il crut sentir de nouveau chanceler sa raison. Quoi ! le mauvais rêve était donc encore vivant ? (Il se frappa fortement la poitrine de ses deux poings fermés.) « Je suis calme, j'ai retrouvé mon calme, j'ai la pleine possession de moi-même », répétait-il avec une colère froide, et sur un certain ton oratoire dont l'emphase donnait déjà le frisson, appelait dans la chambre close la mort ou la démence. Car de toutes ses forces il travaillait à rejeter de lui entièrement, à rejeter dans le vide du passé, dans le vide du rêve, ce qu'il appelait déjà sa crise mystique. Il pensait : Une défaillance aussi brusque, sans aucun travail intérieur de préparation, sans aucun débat préliminaire, peut à peine se rattacher aux obsessions du scrupule dont l'histoire des âmes m'a fourni tant d'exemples. Si j'ai perdu la foi, c'est par une pente insensible, et sauf la peur ridicule que je sens, je ne puis me connaître différent de ce que j'étais hier. D'ailleurs, cette crainte n'est plus. Ce qui le prouve assez, c'est que pour rien au monde je n'appellerais à cette heure Chevance, le pauvre vieux sot ! Je ne puis même imaginer comment et pourquoi je l'ai appelé... Mais... Mais...

Il quitta la pièce, regagna sa chambre, s'assit sur son lit. Devant la souffrance, l'homme reste enfant : aussi longtemps qu'il n'est pas tout à fait terrassé, tant qu'il a préservé le centre même de sa résistance, le point vital qui est comme le joint de l'âme au corps, et le défaut de l'armure, l'homme, ainsi que l'enfant, ne voit d'autre remède à son mal que la fuite naïve et vaine. L'abbé Cénabre eut, lui aussi, cette humble pensée... La Société internationale des Études psychiques que présidait encore Fraü Eberlein avant qu'elle eût sombré dans la folie, une nuit d'hiver, au fond de son affreuse résidence de Schlestadt pleine de bêtes hallucinées, avait obtenu de l'illustre historien la promesse de prendre part à son congrès, tenu à Francfort, ou du moins d'assister à la séance solennelle de clôture pour y donner une conférence sur « la Mystique dans l'Église luthérienne ». La date de cette clôture avait été fixée au 20 janvier, c'est-à-dire neuf jours plus tard, mais le Congrès était ouvert depuis deux semaines déjà. Il résolut de partir pour l'Allemagne le jour même. L'idée d'une disparition si soudaine, si peu attendue surtout d'un homme connu pour son exactitude à remplir ses obligations professionnelles, par sa fidélité aux rendez-vous pris et donnés, l'ordre scrupuleux de sa correspondance, cette idée seule soulageait un peu son cœur. N'était-ce point comme un essai, le timide essai d'une fuite plus sûre ?... Il ferma les yeux.

Il se retrouva dans la rue, presque suffoqué par la fraîcheur du matin. L'humide haleine de la ville encore ténébreuse se dissipait lentement, baissait comme une eau morte jusqu'au sol d'où l'air neuf la repoussait mystérieusement, sans doute jusqu'au fond des caves de fer et de ciment que n'échauffe jamais la générosité d'aucun vin. Il marchait d'un pas rapide, son sac de voyage à la main, gêné dans le complet de voyage en hideux tissu anglais devenu trop étroit depuis les dernières vacances et qu'il avait tiré un moment plus tôt de sa malle, sans prendre garde aux taches et aux faux plis. Il est vrai que le visage de l'illustre écrivain ne prêtait point à rire.

Son ignorance des rues de Paris était extrême. Leur solitude à cette heure le déroutait. Incapable de prêter la moindre attention aux repères les plus simples, et par exemple de lire les noms aux plaques d'émail bleu, il se guidait plutôt vaguement sur des signes connus de lui seul, une boutique d'angle, l'étalage d'un bouquiniste, telle maison familière, ou même tel souvenir rencontré par hasard, et reconnu tout à coup à travers la perpétuelle méditation. Mais les volets de fer des devantures, les milliers de persiennes closes, les trottoirs vides, étaient comme une autre ville inconnue. Il atteignit ainsi le boulevard de Sébastopol.

Ce fut seulement à la hauteur de la rue de Rambuteau qu'il s'avisa de l'imprudence d'un départ si prompt à la pensée d'avoir laissé sans nouvelles et sans instructions sa femme de ménage, et sa concierge même. Que n'imaginerait-on pas ?

Alors il résolut de jeter à la poste, avant l'heure du train, une lettre à l'adresse du jeune Desvignes, secrétaire bénévole qu'il utilisait parfois.

– L'heure du train. Mais quelle heure ? Il était venu jusque-là sans la connaître, sans l'avoir même cherchée... Une telle distraction peut sembler vénielle à quelques étourdis incorrigibles, mais il en saisissait à ce moment tout le sens, il ne pouvait se faire illusion : il était là en contradiction avec lui-même, il ne se reconnaissait pas. Minutieux et casanier, l'horaire de chacun de ses voyages avait toujours été jusqu'alors dressé par lui avec un scrupule dont souriaient ses rares intimes. Qu'il rompît aussi brutalement avec ces habitudes, ou ces manies mêmes qui tenaient pourtant à une part essentielle de sa vie, cela seul ne l'eût pas troublé, mais il devait reconnaître à l'instant que cette rupture était involontaire. L'oubli était flagrant, indéniable, et il portait humblement témoignage, bien que d'une manière irréfutable, du profond désordre intérieur. La désillusion en fut si cruelle que le malheureux prêtre, écœuré d'une lutte inutile, baissa la tête, médita de tourner les talons, de rentrer chez lui en vaincu. L'image passa devant son regard de la pièce qu'il venait de quitter, jadis bonne et familière, à présent marquée à jamais d'un souvenir atroce... Soudain, il cessa de respirer, retint sa salive. En un éclair de raison, il s'avisa tout à coup qu'il avait laissé son bureau tel quel, le revolver sur la table, la lampe brisée – toutes les traces de la lutte obscure, sa soutane jetée dans un coin – mise en scène que rendrait plus inexplicable encore sans doute la clarté même du jour. Cette dernière preuve de son impuissance l'accabla. Et déjà il remontait à petits pas le boulevard, retournait à sa destinée.

À mesure qu'il avançait, un peu détendu par l'effort, la honte de céder à la crainte d'un péril imaginaire l'emportait de nouveau sur sa crainte même. À la hauteur de la rue de Rivoli, pâle de rage, il résolut de s'en tenir, coûte que coûte, à son premier projet, dût-il courir le risque d'un scandale. Il irait en Allemagne, et puisqu'il était contraint de fuir, il fuirait jusque-là, plus loin encore, si possible, remettant à plus tard les explications et les excuses. Ce départ marquait sa défaite, mais une défaite acceptée, non pas tout à fait subie, n'est jamais un désastre irréparable. Il cédait le terrain, gardant l'espoir d'une revanche. Au lieu qu'affronter encore, sans délai, sans un décisif examen de conscience, l'ennemi bizarre qui l'avait déjà terrassé, c'était proprement courir à sa perte, ou du moins à de nouvelles et plus humiliantes divagations. « J'ai besoin de changer d'air », dit-il entre ses dents... La simplicité, la banalité de ce conseil donné à lui-même, lui fut douce.

Quand il atteignit le parvis de l'église Saint-Laurent, le jour était levé, l'horloge de la gare de l'Est, peinte en rose par l'aube, marquait cinq heures du matin. Sur la gauche, à grand bruit de ferrailles, un garçon de café somnolent, blême sous la crasse, levait la devanture de sa boutique. Il contempla ce passant matinal d'un regard indéfinissable. L'abbé Cénabre passa le seuil presque humblement et s'assit.

Sa solitude était telle qu'il entra là d'instinct comme on vient mourir près d'un inconnu, sur un champ de bataille désert. Il s'installa sur l'étroite banquette avec un profond soupir, suivant les allées et venues de son unique compagnon d'un œil presque égaré, vide de toute pensée, plein d'une tendresse obscure. Déjà pénétré de respect pour ce client mystérieux où il flairait quelque ivrogne pacifique, après une nuit d'enviables délices, le garçon poussa fraternellement sur la table, sans rien dire, un bol de café brûlant, et un grand verre d'eau-de-vie, puis avec une discrétion professionnelle où se marquait une commençante amitié, se reprit à frotter frénétiquement les tables d'un torchon gras, marchant sur le talon de ses savates.

Alors, pour la deuxième fois, une espèce de pitié cria dans le cœur de l'abbé Cénabre et il sentit monter à ses yeux les mêmes larmes inexplicables déjà offertes, déjà différées, suprême invention de la miséricorde, universelle rançon ! Que d'hommes qui crurent aussi en avoir fini pour toujours des entreprises de l'âme, s'éveillèrent entre les bras de leur ange, ayant reçu au seuil de l'enfer ce don sacré des larmes, ainsi qu'une nouvelle enfance ! Il laissa tomber la tête entre ses mains, il s'abandonna. Toute sa défense fut seulement de détourner son attention, de la laisser dans le vide, de s'attacher à pleurer sans cause, ainsi qu'on s'étend pour dormir ou mourir... « J'ai pleuré longtemps de fatigue, et de dégoût », a-t-il écrit depuis. Mais, en l'écrivant, il savait bien qu'il mentait. Car à mesure que ruisselait entre ses doigts, jusqu'à l'ignoble marbre, cette eau solennelle, toute fatigue coulait avec elle, et il sentait frémir en lui une force immense, contre laquelle sa volonté déchue se roidissait à grand-peine. Qui donc l'avait conduit là, si loin de ce petit univers où il avait vécu, dont il tirait sa substance, où s'épanouissait son orgueil, où il eût nourri son remords, pour le jeter seul, dans son déguisement dérisoire, si parfaitement à la merci de lui-même ? Qu'un regret eût jailli à la surface de ces ténèbres intérieures, qu'un souvenir eût seulement passé dans le champ de la conscience, d'une jeunesse tôt détruite par le calcul et la fraude, mais qui à un moment du moins eut sa candeur et sa foi, c'en était assez pour rompre le silence qu'il maintenait désespérément, qu'il opposait de toutes ses forces au Dieu vainqueur. Et certes, pour autant qu'on puisse se faire juge en une telle cause, ici même, sans doute se consomma son destin. Nul n'est jeté à l'abîme, sans avoir repoussé, sans avoir dégagé son cœur de la main terrible et douce, sans avoir senti son étreinte. Nul n'est abandonné qui n'ait d'abord commis le sacrilège essentiel, renié Dieu non pas dans sa justice mais dans son amour. Car la terrible croix de bois peut se dresser d'abord au premier croisement des routes, pour un rappel grave et sévère, mais la dernière image qui nous apparaisse, avant de nous éloigner à jamais, c'est cette autre croix de chair, les deux bras étendus de l'ami lamentable, lorsque le plus haut des anges se détourne avec terreur de la Face d'un Dieu déçu.

Sur ces décisives imprégnations du mal, le moraliste reste coi. Sa thèse, d'une pauvreté si sordide que tel esprit né pour être libre s'est jeté dans l'indifférence absolue plutôt que d'accepter cette grossière vision de l'univers spirituel, est que la perfection de la vie intérieure résulte d'une espèce d'équilibre des instincts. Le secondaire est pris ainsi pour l'essentiel, et il naît de cette erreur fondamentale une construction théorique comparable, par sa fausse évidence, sa logique sauvage, à l'explication mécanique des phénomènes de la vie. Certes, on peut dire que l'homme sinistre sur lequel pesaient en ce moment trente années de mensonge, si parfaitement consommé qu'il était devenu comme sa substance même, sa nature profonde et fatale, venait de loin et par degrés presque insensibles, se remettre aux mains de Celui qui, même au temps de sa splendeur, a pu tout vouloir saisir et absorber dans sa formidable clarté, mais n'a jamais béni, intelligence monstrueuse que l'amour un instant entrevu dans l'abîme divin a fait tout à coup s'effondrer dans la nuit. Néanmoins, si subtil que soit l'ennemi, sa plus ingénieuse malice ne saurait atteindre l'âme que par un détour, ainsi qu'on force une ville en empoisonnant les sources. Il trompe le jugement, souille l'imagination, émeut la chair et le sang, use avec un art infini de nos propres contradictions, égare nos joies, approfondit nos tristesses, fausse les actes et les intentions dans leurs rapports secrets, mais quand il a ainsi tout bouleversé, il n'a encore rien détruit. C'est de nous qu'il lui faut tirer le suprême consentement, et il ne l'aura point que Dieu n'ait parlé à son tour. Si longtemps qu'il ait cru retarder la grâce divine, elle doit jaillir, et il en attend le jaillissement nécessaire, inéluctable dans une terreur immense, car son patient travail peut être détruit en un instant. Où portera la foudre ? Il l'ignore.

Lorsque l'abbé Cénabre releva la tête, il vit en face de lui l'humble témoin de cette scène, et qui l'observait avec une pitié singulière, stupide, aussi émouvante que certaines de ces lueurs qui passent dans le regard des bêtes. Il s'enfuit.

PARTIE II

Au silence méprisant de M. Guérou, le pauvre Pernichon répondit de son mieux, par un courageux sourire.

– L'œuvre de M. Cénabre est bienfaisante, déclara Mgr Espelette. Je n'en veux pour preuve que la malédiction des sots.

Sa voix frêle se força si drôlement sur la dernière syllabe qu'il crut devoir achever par une petite toux aiguë de coquette. Et il secouait ses deux mains fines comme pour supplier qu'on l'oubliât.

Alors, M. Guérou se retourna dans son fauteuil, faisant péniblement virer sur ses épaules sa tête énorme et molle, où resplendissait pourtant un regard inoubliable. Il le fixa sur l'évêque à la mode avec une curiosité inouïe. Une minute même, son visage déformé par la graisse exprima quelque chose de ce regard, mais les muscles cédèrent aussitôt, et une espèce de sourire crispa la bouche encore belle pour se perdre dans le repli des joues, la cascade de chair qui descendait jusqu'à sa poitrine serrée dans un gilet de velours grenat.

– Je ne sais qui l'accuse, ni de quoi, fit-il de sa voix grave. Jadis la théologie m'a souvent consolé de la politique, mais est-il encore un homme au monde capable de mener au terme ces controverses d'une si émouvante subtilité que nos bavardages les plus vifs semblent grossiers par comparaison...

(Il fit signe de la main à un petit homme chauve.)

– J'ai entendu conter que les familiers de M. Combes, et le ministre lui-même...

– C'est un renseignement inexact, répondit l'inconnu, d'une voix sans timbre. L'éminent homme d'État dont je m'honore d'avoir été dix ans l'humble collaborateur, n'a jamais pris part devant moi à de telles discussions, et il avait trop le respect des consciences pour courir volontairement le risque d'y jeter le trouble, par simple curiosité. Son indifférence, en matière de métaphysique, m'a toujours paru, d'ailleurs, absolue.

– Que de bêtises n'a-t-on pas dites ou écrites sur un tel sujet ! s'écria de son coin sombre le vicomte Lavoine de Duras. (Il fit suivre cette exclamation d'une gamme de sourires discrets.) Nos persécuteurs étaient, au fond, assez bons diables. Convenons-en ! La diplomatie romaine a multiplié les gaffes...

(Pour faire excuser ce mot hasardeux, il le prononça sur un ton suraigu.)

– Que Votre Grandeur me pardonne : l'Église n'a-t-elle pas eu, à un moment décisif, dans la personne de Pie X, son Chambord ?

Un discret murmure souligna cette allusion à la période héroïque de la vie du niais stérile, jadis pourvu d'un emploi de sous-préfet par la grâce de son cousin Doudeauville, et qui jouait depuis le rôle de grand seigneur démocrate et voltairien, bien que le vieux cœur puéril redoutât presque également la Révolution et l'enfer.

Par-dessus la table à thé, l'évêque de Paumiers lança vers son naïf interlocuteur une œillade assassine, puis caressant sa joue du bout des doigts, ainsi qu'une fille met son rouge, il souffla entre ses dents :

– La gaffe n'est-elle pas un des instruments du Pêcheur ?

De nouveau, le regard de M. Guérou brilla d'une lueur furtive, et le même sourire glissa sur sa face, sans parvenir à s'y fixer.

L'ancien collaborateur de M. Combes fit un pas en avant, et tendit deux doigts pétrifiés.

– Permettez-moi d'applaudir... commença-t-il.

Mais déjà M. Guérou venait au secours de l'éminent prélat :

– Faites comme moi, Jumilhac, dit-il. Apprenez donc à savourer paisiblement votre part d'un mot délicat, sans nous annoncer si bruyamment votre plaisir.

– Permettez, fit l'orateur, permettez ! Je n'entendais pas souligner...

Je voulais seulement dire que c'est l'honneur de l'Église romaine, et que ce sera peut-être son salut de conserver dans son sein...

– Monseigneur agréera volontiers le témoignage évidemment impartial d'un ancien membre du Consistoire de Paris, s'écria généreusement Pernichon. L'évêque de Paumiers salua.

– J'ajoute que depuis des années, je suis dégagé de toute préoccupation doctrinale, ajouta l'ancien chef de cabinet d'un ton sec, en laissant tomber sur l'auteur des *Lettres de Rome* un regard maléfique.

– Laissez-moi tirer la conclusion, supplia Monseigneur. Il enveloppa son auditoire d'un sourire irrésistible.

– Nous sommes ici entre amis. Le cœur se délivre (il appuya l'index sur un des boutons de sa soutane). Toutefois ne donnez pas à ma boutade un autre sens que moi. C'était une malice sans la moindre amertume, quelque chose comme une plaisanterie filiale... Nos prêtres, dans notre diocèse, s'en permettent sans doute sur nous de plus dures, conclut-il avec un sourire paternel.

Mais à l'autre extrémité du salon célèbre, le vicomte Lavoine de Duras, dressé sur les ergots, criait à l'oreille d'un grand garçon calamiteux, vert de rage :

– Nous ne voulons pas !... Nous n'admettons pas !... Il ne saurait être toléré !...

– Quoi donc ? demanda M. Guérou.

– M. Jérôme me rapporte à l'instant une conversation inqualifiable, entendue à Florence, chez le prince Ruggieri. On parle de faire échouer la candidature de M. Cénabre à l'Institut par une nouvelle condamnation arrachée par surprise à la Congrégation de l'Index.

– Je n'approuve pas la mesure ! protestait M. Jérôme, livide.

– Vous n'approuvez pas, hurlait l'imbécile déchaîné, mais néanmoins vous la jugez fatale. C'est déjà là, si je ne m'abuse, une manière d'approbation.

– Je prends mes sûretés en vue du pire, monsieur le vicomte, dit Jérôme, décidément hors de lui. D'ailleurs le chanoine Cénabre est de taille à se défendre seul. Toutefois, si pareil abus est inévitable, une mesure compensatoire s'impose, et nous l'obtiendrons aisément, j'en ai reçu l'assurance, de la haute équité des mêmes juges.

– Je sais à quelle mesure vous faites allusion, fit doucement l'évêque de Paumiers, mais ne craignez-vous pas qu'une parole indiscrète...

Il tira de sa poche un minuscule étui de nacre, et goba deux pastilles, coup sur coup.

— Sa Grandeur a raison, dit Mme Jérôme, jusqu'alors muette. Ces controverses, entre nous, ne mènent à rien.

Elle prit dans son sac, pour la dixième fois, une mince plaquette, et parut s'absorber dans la contemplation de la couverture rose. Depuis la veille, elle méditait de l'offrir à Mgr Espelette, et cherchait à ce moment une occasion favorable. C'étaient là ses dernières poésies, éditées grâce à la générosité d'un amant. Elles s'intitulaient *À mon Vainqueur* et étaient dédiées à son mari.

— Je vois entre les mains de notre gracieux confrère, remarqua M. Guérou avec son habituelle perfidie, un livre tout neuf. Je sens d'ici — pauvre infirme ! — la page fraîche. Si mon vieux nez ne ment pas, je flaire en même temps une odeur bucolique, et parie pour de nouveaux vers.

— Vous avez gagné, maître ! fit douloureusement la pauvre fille dont un flot de bile inonda les joues, car elle ne doutait pas d'être encore prise au piège de son vice familier, mais sa vanité toujours béante ne redoute que le vide, et trompe d'abord sa faim.

Elle avança d'un pas.

— Puis-je offrir à Votre Grandeur, dit-elle, ces menus essais où son indulgence ne voudra sans doute retenir que l'intention. Je n'ai rien à donner au public, sinon les humbles joies de ma vie domestique, et leur seule sincérité fait le prix de ces simples poèmes.

— J'attendais leur publication avec impatience, dit aimablement le prélat, reposant le livre sur ses genoux. On me l'avait d'ailleurs annoncée.

— J'ai écrit à ce sujet quelques lignes dans les *Annales chrétiennes*, soupira le lamentable Pernichon. Il est réconfortant pour nous tous, alors que la religion sert de prétexte à tant d'œuvres confuses, d'une qualité d'émotion si trouble, parfois impure...

Mais de nouveau l'impétueux vicomte jetait le gant :

— J'avoue mon incompétence, fit-il. Cependant qu'il me soit permis de dire que nous sommes submergés par une vague de mysticisme dont l'excès, sa démesure, outre qu'elle est susceptible de décourager les bons esprits, surexcite le fanatisme antireligieux. Ce qu'on n'ose ouvertement reprocher à mon éminent ami Cénabre, c'est d'avoir écrit sur la sainteté des livres sages, accessibles aisément à tout homme cultivé, d'un intérêt passionnant, mais faits néanmoins pour contenter le philosophe et l'historien.

– Peut-être l'historien l'emporte-t-il parfois sur le philosophe, ou du moins sur le strict théologien, concéda Mgr Espelette, mais il faut tenir compte aussi de l'importance des positions prises par la critique rationaliste, et de la nécessité où nous nous sommes trouvés de nous mettre au pas, coûte que coûte. Car l'Église, là comme ailleurs, ne se doit laisser devancer par personne.

Il posa délicatement sur le guéridon son petit poing fermé, sans doute dans l'illusion de marquer ainsi son indomptable résolution de vivre et mourir à l'avant-garde de son siècle.

La hardiesse de ce prêtre ingénieux n'abuse toutefois personne que lui. Sa lâcheté intellectuelle est immense. Impuissant à la concevoir, car son être tout entier défaillant échappe à n'importe quelle méthode loyale de mesure, ne présente aucun point fixe, il n'en a pas moins la conscience obscure de ce qui lui manque et il ressent ce manque au plus creux et au plus chaud de son âme chétive et caressante : sa vanité. Le choix qu'on a jadis fait de lui a pu surprendre, mais n'a pas néanmoins fait scandale, car on le savait actif, instruit, gracieux jusqu'à l'importunité, empressé de plaire, et de mœurs irréprochables. Nul autre de ses prédécesseurs n'empoigna la crosse avec un plus vif désir de bien faire, de se donner sans réserve. Comme toutes les fortes passions de l'homme, l'ambition nous entretient dans un singulier état d'indifférence à l'égard d'autrui qui ressemble chez les plus vils à une sorte de candeur, comparable à la sinistre image, dans la corruption de l'âge mûr, des illusions de l'enfance. Comme l'enfant qui jette les bras au sein maternel, et croit donner le monde avec le baiser de sa bouche blonde, l'ambitieux n'apprend que tard, et par une cruelle expérience, à haïr ceux qu'il dépouille, car d'abord il les aime, trop heureux de commander pour n'espérer pas d'être obéi avec transport. « Désormais, je vous appartiens », disait Mgr Espelette à ses diocésains dans son premier mandement. Et tandis qu'il écrivait ces mots, son secrétaire particulier, déjà tout enflammé d'un saint zèle, et avide d'admirer son maître, le vit ruisseler de larmes, et pensa défaillir lui-même.

Hélas ! nul n'est moins digne d'amour que celui-là qui vit seulement pour être aimé. De telles âmes, si habiles à se transformer au goût de chacun, ne sont que des miroirs où le faible apprend vite à haïr sa faiblesse, et le fort à douter de sa force, également méprisées par tous.

Son désappointement fut tel que le malheureux put le sentir, à travers la triple épaisseur de son orgueil ingénu. Il s'offrait, que demandait-on de plus ? Sa bonne volonté n'allait pas au-delà, et ce malentendu fut sa ruine.

On ne pense qu'à l'infortune des fous, et tel sot connaît pourtant une pire solitude. Certaine médiocrité d'âme, partout vénielle, peut faire de la vie d'un prêtre une aventure absurde et tragique. Les idées de l'évêque de Paumiers, ou du moins ce que sa suffisance nomme ainsi, sont celles du plus pauvre universitaire. Incapable d'une trahison délibérée, avec une foi d'enfant qui résiste à tous les caprices de sa cervelle légère, il a fait ce rêve insensé d'être seulement prêtre dans le temps, et il l'est dans l'éternité. « Je suis de mon temps », répète-t-il, et de l'air d'un homme qui rend témoignage de lui-même... Mais il n'a jamais pris garde qu'il reniait ainsi chaque fois le signe éternel dont il est marqué.

Comment s'en aviserait-il ? La conscience se tait. Pas une fois le danseur n'a touché terre, n'a repris contact avec un sol ferme et sûr. Il s'agite dans un élément sans consistance, plus ténu que l'air, et l'observateur qui regarde d'en bas ne saurait prêter aucun sens à ses détours imprévus. « Je tourne l'obstacle », dit-il encore. Mais dans le vide où il trace ainsi sa route illusoire, effacée à mesure, le pauvre homme ne recherche que lui, il est l'objet de sa poursuite, il est à lui-même la proie convoitée. Car prêtre par état, et peut-être par vocation, une part de lui-même n'en conspire pas moins sans cesse contre l'ordre dont il est le gardien. Là est le tragique de sa misérable destinée.

Aussi l'évêque de Paumiers croit-il au Progrès, et il s'est fait de ce Progrès une image à sa mesure. Cet agrégé, et qui porte son titre avec tant de fierté, a pu s'enrichir de notions sans délivrer son intelligence de la tyrannie de ses entrailles.

Il pense avec les haines, les amours, les envies et les rancunes de son adolescence, et telle phrase de lui qu'on cite pour sa hardiesse ou sa nouveauté, n'est réellement que l'expression abstraite d'une humiliation subie dans sa jeunesse, mais toujours brûlante. Une telle bassesse fait la risée des gens au pouvoir, dont l'infortuné brigue l'amitié bien qu'ils ne lui dispensent, à son insu, qu'un cordial mépris, car les partis triomphants haïssent ordinairement leurs flatteurs. C'est en vain qu'il prodigue les gages, écrit des lettres retentissantes, se montre à chaque occasion entre un pasteur et un rabbin, dispute humblement leur place à ces fonctionnaires officiels. Jamais son orgueil n'a connu tant d'amertume, mais il est à cet âge où les erreurs et les vices de la jeunesse deviennent la chair et le sang, finissent par être aimés pour eux-mêmes, à proportion de ce qu'ils coûtent de déceptions et de larmes.

∾

– M. l'abbé Cénabre nous a confirmés dans notre foi, reprit M. Jérôme que les premières paroles de l'auteur des *Poèmes à mon Vainqueur* avaient paru tirer brusquement de sa réserve habituelle, à en juger au moins par une rougeur furtive, d'ailleurs à peine visible sur le grain épais de sa peau.

Il glissa son regard entre les paupières mi-closes, vers le plaintif Pernichon, car s'il n'entend louer personne sans un serrement de cœur, sa propre femme plus qu'aucun être au monde exerce sa douloureuse envie, et il n'était pas près de pardonner au jeune Auvergnat malchanceux son admiration indiscrète pour une intolérable rivale.

Ayant ainsi tourné vers lui tous les regards, il inclina par un mouvement familier, sur l'épaule droite, sa petite tête triangulaire et de sa meilleure voix diplomatique, dont le son grêle et fêlé surprend toujours, ainsi qu'un pernicieux présage :

– Au profit du critique et de l'historien, on oublie trop le prêtre, dit-il. Pour être sans ostentation, son zèle est néanmoins connu de quelques-uns qui pourraient rendre témoignage de lui, si un scrupule honorable ne leur fermait probablement la bouche. Sans doute, je n'ai pas l'honneur d'être l'un de ces favorisés, mais j'en sais assez cependant pour sourire de certaines médisances perfides, ou même d'un certain silence qui n'est pas toujours désintéressé. Je ne surprendrai pas tout le monde ici en disant que M. l'abbé Cénabre, pour quelques privilégiés, est un conseiller – disons le mot : un confesseur incomparable.

Il passa doucement les doigts sur ses favoris au poil rare et triste, parut savourer en connaisseur le silence qui suivit. Tous les regards se tournèrent vers M. Pernichon.

– Je suis de ces privilégiés dont vous parlez, dit-il. Du moins, j'en étais encore il y a peu de temps. Mais je ne suis désormais plus rien pour M. l'abbé Cénabre qu'un admirateur respectueux de ses lumières et de son talent.

– Pourquoi donc ? s'écria Mme Jérôme avec une étourderie affectée.

L'imperceptible murmure qui s'éleva de toutes parts la fit rougir à son tour, et elle reprit d'une voix étranglée, qui se raffermit peu à peu :

– Je parais sans doute bien audacieuse ! Mais n'est-il pas vrai, Monseigneur, qu'un homme tel que M. l'abbé Cénabre échappe en quelque mesure à la loi commune, et qu'en sa faveur il est permis d'être indiscrète ? La décision de M. Pernichon peut avoir été prise fort naturellement, sans qu'il soit nécessaire de supposer... Faites-moi taire ! s'écria-t-elle en riant de toutes ses dents blanches. Je ne me tirerai pas toute seule de ce pas difficile ! Je suis une abominable curieuse, voilà tout !

Elle enveloppa son mélancolique adversaire d'un regard indéfinissable, où le simple mépris le disputait à une sorte de compassion maternelle, car elle ne désespère pas encore de joindre un jour à son riche butin cette petite proie, et elle le plaint sincèrement de ne savoir oser.

Mais, à l'extrême surprise de tous, M. Pernichon répondit avec une extraordinaire vivacité :

– Je n'ai plus revu M. l'abbé Cénabre depuis son retour d'Allemagne.

Il prit son temps, et comme malgré lui, terrifié de sa propre audace, d'une voix dont il s'efforçait en vain de dissimuler le chevrotement anxieux, il ajouta :

– Je ne le reverrai d'ailleurs jamais plus.

Cette parole étonnante tomba dans un silence glacé. Puis on entendit une sorte de grincement bizarre et sinistre qui s'acheva sur une note aiguë : M. le vicomte Lavoine de Duras exprimait son mécontentement par un petit rire.

– Je suis désespérée d'avoir été la cause involontaire... commença Mme Jérôme.

– Ne vous désespérez pas, charmante madame, interrompit Mgr Espelette, serrant entre ses deux paumes une main imaginaire. Notre jeune ami s'est fait mal comprendre : il est trop sage et trop réservé pour engager si imprudemment l'avenir. Grâce à Dieu, nous le voyons encore à cet âge heureux où le mot jamais n'a pas de sens et ne saurait en avoir.

– Disons, du moins, que c'est un mot bien imprudent, bien peu sage, remarqua M. Guérou, paternel. Mais nous sommes ici en famille, bien que dans un heureux état d'indépendance absolue à l'égard des uns et des autres. Et si – aux dieux ne plaise ! – notre liberté n'était entière, il conviendrait d'abord de respecter celle du plus jeune, et par conséquent du plus vivant d'entre nous.

Nul autant que cet homme étrange ne sait tirer d'un incident banal, d'une parole, d'un regard même ce qu'il recèle de vérité douloureuse, de tragique en puissance. Le moindre frémissement, les plus petites ondes de souffrance sont ainsi perçues par cette espèce de sens infaillible, et son extraordinaire sensibilité les capte aussitôt, ainsi qu'un récepteur délicat. Toute volonté qui fléchit, ou que travaille une imperceptible fissure, toute âme inquiète et défaillante est immédiatement discernée, comme aperçue du haut des airs, et sa curiosité plonge dessus. Curiosité si pénétrante, si avide que le malheureux qu'elle éprouve en subit malgré lui la contagion, comme ces femmes dont la sensualité s'émeut, dès qu'elles approchent, sans le savoir, d'un désir fixe et secret.

À ses indulgentes paroles, le trouble de M. Pernichon s'accrut, et le cercle parut se resserrer autour de lui, dans une espèce d'agitation silencieuse.

– J'ai pris à regret cette décision, et j'aurais voulu... il eût été préférable de garder le silence... si je n'avais eu des raisons de craindre que mon changement... mon changement d'attitude... à l'égard d'un maître toujours vénéré ne risquât d'être interprété maladroitement... défavorablement... une certaine médisance... peut-être...

– De tels scrupules perdent la jeunesse, dit à l'autre bout du salon une voix très douce. La vie est indulgente, elle arrange tout, il suffit de se servir d'elle avec ménagement, ainsi qu'on utilise un explosif dangereux, non pour creuser d'un coup la mine, mais pour détruire un par un les obstacles qu'on ne peut réduire par le pic ou la pioche... Permettez-moi de vous le dire avec la simplicité d'un homme de mon âge, qui n'a que de la sympathie pour un jeune confrère bien doué, ardent au bien, et d'une ambition légitime. Depuis quelque temps, mon cher Pernichon, je déplore certaines imprudences, d'ailleurs vénielles – disons certaines démarches imprudentes – qui s'accordent mal avec ce que nous savions de vous, de votre modération, de votre tenue, de votre précoce maturité.

Soyons francs ! Votre article de *l'Aurore nouvelle*, par exemple, a fait trop de bruit pour être loué.

Ayant ainsi parlé, M. Catani reposa lentement, prudemment, dans les coussins sa tête exsangue. Le féroce vieillard dont personne au monde ne pourrait probablement citer une ligne, car il n'a jamais écrit depuis plus d'un demi-siècle que sous des pseudonymes impénétrables et dans des feuilles obscures et éphémères où il ne fait que paraître, ainsi qu'un voleur dépiste les gendarmes de garni en garni, n'en a pas moins la réputation, auprès d'habiles naïfs plus lâches que lui (et pour parler leur étonnant langage), d'un informateur religieux de très grande classe, dont les arrêts sont sans appel.

Le coup, sans doute inattendu, fit de nouveau trébucher Pernichon, qui depuis un moment s'efforçait de retrouver son calme, pareil au duelliste qui après une première bousculade a perdu toute notion de la distance, et prend timidement ses mesures du bout de l'épée devenue aveugle.

– Je ne comprends pas, dit-il. Je croyais au contraire avoir été agréable à M. Dufour en effaçant la mauvaise impression produite par un éloge, peut-être imprudent, de « l'Œuvre de l'Assistance dominicale », dont il juge le programme dangereux.

– Permettez, fit l'ancien membre du Consistoire d'un air de dignité politique, je crains que vous ne commettiez ici une erreur involontaire.

M. Pernichon rougit de colère.

– Je l'ai – de mes propres oreilles – entendu dire...

– C'est une question de date, remarqua M. Jérôme, les yeux étincelants dans un visage immobile. Mon cher Pernichon, vous avez tort de négliger les dates : avant d'agir, prenez conseil du calendrier.

– J'ai dû parer au plus pressé, déclara M. Catani, sans daigner regarder sa victime, par une note insérée en dernière heure aux...

Il murmura le nom d'une feuille inconnue.

– Plutôt que d'accabler notre jeune ami, vous seriez plus sage de l'instruire, dit Mgr Espelette, auquel l'embarras du malheureux faisait visiblement pitié. Sa faute – si faute il y a – me paraît, à moi, bien légère !

Il se retourna vers Pernichon :

– Ces messieurs ne veulent que vous rendre service, mon cher enfant, ne vous échauffez donc pas. Depuis que M. le président du Conseil, par un geste qui l'honore, a fait choix de M. le baron Dufour en l'élevant au rang de sous-secrétaire d'État au ministère du Travail, il est possible, il est probable même que notre éminent ami se trouve tenu d'observer une certaine réserve à l'égard d'une œuvre d'ailleurs d'inspiration toute chrétienne, puisqu'elle a la bienfaisance pour objet...

— Et d'ailleurs subventionnée par le ministre en personne, nota M. Jumilhac.

— Je le savais ! cria Pernichon. Mais l'œuvre italienne que patronne Mgr le nonce...

— Qu'il n'en soit pas question, trancha M. Catani. Chaque chose en son temps, mon cher confrère.

Il haussa les épaules avec dépit.

— L'œuvre à laquelle vous faites allusion, ou pour parler plus exactement la section française de cette œuvre, doit faire prochainement l'objet d'un rapport considérable à l'Académie des Sciences morales, dont M. Petit-Tamponnet est l'auteur. Le fait est connu de tous. Néanmoins, M. Lavoine de Duras...

— Parfaitement exact, fit le comte. J'ajoute que l'initiative de mon collègue M. Petit-Tamponnet est extrêmement ingénieuse et hardie. Je n'ai pas l'honneur d'être précisément ce qu'on appelle un homme politique : outre la jeunesse, il y faudrait encore une ambition que je ne connais plus. Mais je note, j'observe, je marque les coups avec intérêt... Vous souriez, mon cher maître, dit-il à M. Guérou.

— De plaisir ! répondit presque tendrement l'infirme, en déplaçant avec peine son buste énorme. Il y a toujours profit à vous entendre, car vous avez le secret d'un art que je croyais perdu, d'être frivole dans les choses sérieuses, et sérieux dans les frivoles.

Le regard de M. Lavoine de Duras exprima quelque inquiétude, mais ce ne fut qu'un éclair. Résigné à ne trouver que trop tard une réponse impertinente, il se contenta d'agiter sa petite tête vide et sonore, comme pour chasser un insecte invisible, et l'inclina vers le gros homme, à tout hasard, d'un air d'ironie complice.

— Je n'ai aucun mérite à résoudre un problème aussi simple. Cette bagatelle est à la portée d'un enfant. Il s'agit de donner à M. Le Doudon une pure satisfaction d'amour-propre, ce que j'appellerai, si vous le voulez bien, une satisfaction académique. M. Le Doudon s'est beaucoup dépensé en faveur de l'œuvre franco-italienne dans l'espoir légitime de voir appuyée par Mgr le nonce sa candidature au siège sénatorial de feu mon ami de la Béconnière. Cette candidature est devenue indésirable depuis que la « Concentration républicaine » a obtenu dans le nouveau ministère un portefeuille de sous-secrétaire d'État.

– Et pour une autre raison encore, remarqua mystérieusement M. Jérôme. L'échec de M. l'abbé Hochegourde dans la Creuse a été dû à l'opposition du *Semeur chrétien*. Or, M. Hochegourde appartient au groupe le plus avancé de la « Fédération démocratique laïque », dont le programme a sans doute des parties excellentes, mais risquait de nous compromettre un peu vis-à-vis de l'aile droite du parti catholique, dont l'évolution est très lente et qui s'en tient prudemment à la tradition radicale-socialiste, au chauvinisme près.

Mgr Espelette éleva vers le ciel ses petites mains blondes, où l'améthyste jeta son double éclair.

– Épargnez-moi, cher ami ! Épargnez la faiblesse de l'âge ! Je sais les nécessités de l'heure, j'envie la hardiesse de vos jeunes militants qui rêvent de devancer l'évolution au lieu de la suivre, je les vois prendre la tête de ces grandes masses démocratiques, avec leurs idéaux si divers et leurs innombrables drapeaux, pour les amener un jour, frémissantes et domptées, aux pieds du siège romain, je vois...

– Nous ne voyons rien, nous, Monseigneur, interrompit sèchement l'ancien membre du Consistoire. L'avenir sera ce qu'il sera : nous le servons tel quel. L'évolution démocratique est une des lois de la nature, et non pas seulement un fait politique que chacun peut se croire libre d'interpréter ou de solliciter à sa guise, dans un sens ou dans l'autre. En serions-nous donc encore là ! L'immense mouvement de libération sorti de la Réforme...

– De grâce, calmez-vous, cher et vieil ami, supplia Mgr Espelette. Ne parlons pas de ce qui divise, ne portons intérêt qu'à ce qui nous unit. Gloire aux hommes de bonne volonté ! J'ai été passionnément démocrate dès ma jeunesse, en un temps où il y avait encore quelque péril à l'avouer ; aucune réforme sociale ne me fait peur, et je crois néanmoins n'avoir jamais cessé d'être, selon mes forces et mes lumières, un prêtre irréprochable... Il est si simple et si doux de vivre en paix avec les hommes ! Et que faut-il ? Croire à la sincérité de tous, inébranlablement. Sans doute on s'expose ainsi à souffrir de quelques déceptions inévitables, mais le nombre en est bien petit ! J'arrive à la fin de ma carrière, du moins de ma carrière active. Eh bien ! je dois ce témoignage à mes semblables : j'ai connu très peu d'insincères.

Il baissa un moment les paupières pour mieux entendre le discret frémissement de sympathie qui fait chaque fois chanceler son cœur, et les yeux mouillés de vraies larmes :

— Mon cher monsieur Jérôme, ne prenez donc pas au sérieux un mouvement de révolte involontaire. Je sais quel sens exact, concret, le terme de chauvinisme peut avoir dans votre vocabulaire de technicien, que vous l'utilisez objectivement, sans haine ni mépris. Au sens élevé, humanitaire, universel du mot, vous n'êtes pas moins bon patriote que moi-même. Je vous fais néanmoins cet aveu, pour n'y plus revenir : l'excellent abbé Hochegourde m'effraye un peu.

M. Jérôme, furieux d'avoir été interrompu, fit un geste vague et courtois, tandis que le comte Lavoine de Duras et M. Catani prenaient ensemble la parole. Mais le chevrotement de l'ancien préfet fut d'ailleurs bientôt couvert par une voix patiente et douce.

— C'est aborder, il me semble, beaucoup de problèmes, et des plus vastes, à propos du seul M. Pernichon, qui ne m'en voudra pas de voir avec regret renaître des discussions que nous avions abandonnées jadis d'un commun accord...

— Je m'excuse, déclara Mgr Espelette avec beaucoup de dignité, d'un petit accès d'emportement...

M. Jumilhac l'interrompit :

— Pour rien au monde, fit-il, je ne voudrais moi-même risquer de compromettre une bonne et cordiale entente de plusieurs années sous le premier prétexte venu. C'est notre honneur à tous de rechercher ensemble, loyalement, dans de libres entretiens, à nous éclairer les uns les autres. En ce qui me regarde, j'ai conscience de n'avoir rien abdiqué, même par simple courtoisie à l'égard d'adversaires que je respecte (il salua l'évêque de Paumiers), des droits sacrés...

— Tous les droits sont sacrés pour quiconque prétend à leur usage, mon cher monsieur Jumilhac, reprit M. Catani sans élever le ton. Je me permettrai de féliciter plutôt M. Guérou, l'hôte éminent qui nous rassemble, de savoir esquiver, avec un tact exquis, des discussions de principes qui nous auraient bientôt séparés. Dieu sait quels services son aimable scepticisme nous a ainsi rendus ! J'avoue qu'en dépit de mes préférences il m'arrive bien souvent de m'en inspirer, dans les limites de ma modeste action. Puissent des jeunes gens comme notre ami ne pas compromettre par un excès de zèle involontaire les résultats péniblement acquis !

– Je ne sais à quoi vous faites allusion, dit Pernichon qui sentait sur lui le regard apitoyé de M. Guérou, et croyait déjà y lire son destin. J'ai agi au contraire avec la dernière prudence. Je ne vois pas encore comment mon initiative pourrait compromettre l'effet attendu d'un rapport de M. Petit-Tamponnet qui doit toucher un public bien différent. Et d'ailleurs, en ce qui concerne l'opposition de M. l'abbé Hochegourde à la candidature de M. Le Doudon...

– Il n'y a pas d'opposition, remarqua M. Jérôme plus sèchement que jamais. Dans une affaire de cette importance, je m'étonne que vous puissiez employer ce mot ridicule.

– Permettez ! je ne suis pas un enfant ! s'écria Pernichon. Je n'ignore pas l'importance de la mission dont est chargé M. Hochegourde.

– Encore une imprudence ! mon cher confrère, commença M. Catani.

– Je parle ainsi en toute franchise et pour vous seuls, supplia M. Pernichon. En vérité, depuis deux mois, il m'est impossible de faire un pas, de prononcer une syllabe, d'écrire une ligne sans rencontrer une sorte d'hostilité...

– Hostilité ! glapit M. Lavoine de Duras.

– Je maintiens le mot, cria l'infortuné journaliste. Il y a là autre chose qu'une simple sollicitude...

– Vous êtes injuste envers ceux qui vous veulent du bien, dit M. Catani.

Sur son visage glacé, où les yeux font deux taches sans aucun éclat, une rougeur solennelle parut.

– Je ne parlais pas ainsi pour vous, monsieur, balbutia M. Pernichon.

Le regard de M. Guérou, l'espèce de compassion qu'il y croyait lire, et dont il ne pouvait comprendre la véritable nature, loin de lui rendre le calme, ne lui inspirait plus qu'une obstination désespérée.

– Je vous en prie, mon ami, mon cher enfant, suppliait Mgr Espelette qui ne comprenait pas. Vous vous exaltez terriblement !

– Depuis deux mois, je ne puis rien faire qui ne soit aussitôt blâmé, du moins critiqué amèrement. Hier encore, Mme de Pontaudemer se jugeait gravement offensée par le silence que j'ai gardé sur la campagne menée contre son frère par certains journaux réactionnaires.

Or, j'avais pris conseil. On avait cru plus prudent de laisser les médisances tomber d'elles-mêmes. Qu'ai-je fait ? J'ai sacrifié deux articles déjà prêts, promis à mon journal. J'ai dû les remplacer au dernier moment par un compte rendu des fêtes de Sienne.

– C'était un bon sujet, brillamment traité, dit doucement M. Catani. Cela vous convient à merveille. Pourquoi n'êtes-vous pas resté dans la veine de vos premières *Lettres de Rome* ?

– Je ne demandais pas mieux, gémit Pernichon. On exploite contre moi des fautes imaginaires, ou de simples étourderies que tout le monde peut commettre. Mon directeur est excédé. Je le sens prêt à supprimer par dépit sa chronique religieuse. Il ne s'est décidé qu'à contrecœur, sur mes instances, à faire une place dans son journal à nos informations. Je ne sollicite pas de louanges, mais enfin *l'Aurore nouvelle* a un tirage plus élevé que n'importe quelle autre feuille de sa nuance, et l'influence politique de M. Têtard est considérable, surtout depuis la formation d'un ministère Mongenot. D'où vient cet acharnement à me perdre dans l'esprit d'un directeur qui, bien que communiste, israélite et franc-maçon, a sur le problème religieux les vues les plus larges, les plus pénétrantes ?

– Nous savons que votre responsabilité est fort grande... dit mélodieusement M. Catani.

– Je le sais aussi ! s'écria Pernichon, avec une émouvante sincérité, l'expression d'un immense espoir. Car il venait d'interpréter tout à coup dans un sens favorable les paroles du puissant augure.

– Elle pèse trop lourd sur vos épaules, continua l'autre, imperturbable. De l'avoir acceptée – que dis-je ? – sollicitée même est une première faute. Vous en avez commis une plus grave encore en cédant à l'entraînement du jeu, en déployant une activité – pardonnez-moi – hors de proportion avec vos mérites, avec votre expérience surtout.

Il s'interrompit une seconde, passa un petit mouchoir sur son front blême. On entendit, dans le silence, la respiration courte de ses poumons rongés de phtisie, comparable au froissement d'un papier de soie.

Pernichon le regardait, fasciné. Jusqu'à ce moment, et tout au long des interminables semaines, où il avait senti peu à peu – lentement, mystérieusement – tourner sa chance, il avait compté sur ce dernier appui, contre toute évidence, avec le superstitieux entêtement du joueur. Sans doute nul ne fut jamais si sot, ni si chimérique d'espérer gagner l'amitié d'un tel homme, car on sait sa patience et sa douceur inaccessibles, impitoyables, aussi fermes qu'un mur d'airain. Mais il n'est pas impossible de tirer quelque avantage de son indifférence, ou même de son mépris, car on l'a vu parfois utiliser de ces sots inoffensifs et les associer pour un temps à ses entreprises, ou du moins aux obscures machinations et méditations qui les préparent, sa haine étant terriblement lente à s'échauffer.

— Je ne croyais pas... Je ne pensais pas... balbutia le jeune Auvergnat frappé au cœur, avoir mérité autre chose de vous que des critiques, des observations... dont j'étais prêt d'ailleurs à tenir compte... respectueusement... filialement, permettez moi de le dire... Tandis que ce jugement d'ensemble... cette espèce de condamnation de mon passé, de mon œuvre...

Il tourna de tous côtés son pauvre visage enflé de larmes, et se leva brusquement, tenant toujours serré le dossier de sa chaise d'une de ses mains tremblantes.

— Hahahaââ... ah ! ah ! fit M. Guérou dans un bâillement.

On entendit le petit rire étouffé de Mme Jérôme que l'assistance reprit aussitôt en chœur, mais sur le ton d'une taquinerie respectueuse.

— Vous étiez assoupi, cher maître, ne le niez pas ! s'écria Mgr Espelette.

— Il est bien possible, répondit M. Guérou, en promenant sur son visage sa main énorme et molle, toute rose. Mon infirmité n'était que laide, elle va devenir discourtoise, repoussante. Je sens couler dans mes veines un sang épaissi par la graisse, ma pauvre cervelle n'en peut plus. Je m'assoupis ainsi, comme on meurt.

Il se retourna en gémissant, prit sur le guéridon un verre d'eau glacée, le vida d'un trait, et à l'unanime surprise, essayant de jeter en avant son corps inerte, et le regard plus aigu que jamais :

— Cher Pernichon, fit-il, comme s'il n'avait rien perdu de ce qui venait d'être dit, vous êtes plein de science, de talent, de bon vouloir, et vos relations sont nombreuses et belles. Mais il faut vous guérir, s'il en est temps encore, d'un vice qui menace de réduire à rien toutes ces précieuses qualités. Je vois que vous voulez de la sympathie. Vous êtes altéré de sympathie. Cette sorte d'obsession maladive est plus dangereuse qu'aucun vice. Elle a mené au désespoir, et même au tombeau, des gens mieux armés que vous n'êtes...

À l'exception de l'évêque de Paumiers, dont le sourire ne s'altère pas aisément, et qui approuva doucement de la tête, chacun reçut ces paroles ambiguës avec un certain frémissement. M. Catani pâlit.

– J'admire, au contraire, ce grand désir d'être loué, dit-il. Pour moi, je ne l'ai jamais connu. Les circonstances de la vie, mon goût de l'histoire, une certaine connaissance des hommes – et ma médiocre santé aussi en est cause – ne m'ont inspiré qu'un grand éloignement pour le bruit, les vaines disputes, les grandes entreprises téméraires, voilà tout. Je n'ai voulu être qu'un simple publiciste qui met au service d'une Église, tournée désormais vers l'avenir, plutôt son expérience que son talent.

– C'est ce que je disais, répondit M. Guérou insolemment. Voyez-vous, cher Pernichon...

– Permettez, fit M. Catani sans cesser de sourire. Laissez-moi poser une question à M. Lavoine de Duras : est-il vrai que M. Noualhac ait été reçu par Sa Sainteté en audience secrète, dès le début de ce mois ?

– Je l'atteste ! dit le vicomte. Nous le savons depuis une semaine déjà.

– Le Saint-Siège juge sévèrement certaines initiatives, hardies, condamnables même. Il voit sans plaisir la place faite à nos chroniques religieuses dans quelques organes d'opinion très avancée. Je tiens d'ailleurs le renseignement d'une source sûre.

– Il est exact, dit M. Jérôme. À telle enseigne que j'ai supprimé dans ma dernière chronique le paragraphe sur les affaires de Syrie.

– Serait-ce donc, soupira M. Catani qui ne respirait plus qu'avec beaucoup de peine, mortifier encore inutilement notre jeune ami que d'attirer son attention sur la probable, la vraisemblable inopportunité de la grande enquête qu'il médite de publier prochainement dans son journal sur *l'Évolution de la conscience religieuse en France et en Allemagne ?*

– Mon enquête ! cria Pernichon.

Ce fut comme le cri de ses entrailles, le cri de stupeur d'un homme touché par un coup porté à fond.

– Mais enfin, pourquoi, messieurs... voulut protester une dernière fois l'évêque de Paumiers.

– Mon enquête ! reprit le grotesque, devenu terrible.

Il respira douloureusement, pressant des deux mains sa poitrine. Puis ses mâchoires remuèrent avec violence, sans qu'il proférât aucun autre son.

– Jeunesse ! dit M. Guérou.

– J'ai seulement prononcé le mot d'inopportunité, remarqua M. Catani, qui flairait de loin, avec inquiétude, le dernier sursaut de sa misérable proie. Sans doute qu'un peu de patience...

– La patience ! tonna Pernichon.

Il essaya vainement de ravaler sa salive. Sa gorge était serrée comme par une convulsion tétanique, et il y sentait à grands coups battre son cœur. Enfin les mots trouvèrent leur issue, sa colère jaillit ainsi qu'un flot de sang.

– L'inopportunité ! La patience ! cria-t-il. Je verrais donc perdre en un moment le fruit du travail de dix-huit mois ! Alors que dimanche encore, vous, monsieur Catani, vous-même, corrigiez de vos propres mains mes notes sur l'affaire de Haguenau ! La patience ! Quelle atroce plaisanterie ! Comme si vous ne saviez pas mieux que moi que ces sortes d'enquêtes, qui exigent un labeur énorme, doivent paraître à leur heure, sont étroitement liées aux événements qui les inspirent ! Comme si...

– Mais publiez-la quand même, jeune homme ! grinça le vicomte Lavoine de Duras dans le tumulte. Quel incroyable scandale !

– La publier ? dit Pernichon. Où la publier désormais ! Je vois clairement la manœuvre. On s'est joué de moi. Je suis étranglé. Car mon directeur ne supportera pas cette dernière déception : ma chronique disparaîtra des colonnes de *l'Aurore nouvelle*. On m'aura volé jusqu'à mon pain. Oui ! tandis qu'on m'encourageait à une initiative aussi dangereuse, aussi hardie, qui devait consacrer ma carrière ou la compromettre sans retour, toutes les précautions étaient prises pour retarder la publication, puis la rendre impossible au dernier moment.

– Je ne vous permets pas ! commença M. Catani. Mais il dut aussitôt serrer son mouchoir sur sa bouche pour étouffer un hoquet sinistre. La peur donnait à son visage une expression intolérable.

– Messieurs ! je ne comprends vraiment plus... De grâce, messieurs ! suppliait Mgr Espelette au désespoir.

– Pourquoi veut-on me perdre ! poursuivait Pernichon d'une voix déchirante. J'ai eu quelques succès, je les devais à mon travail, à la chance – que sais-je ? Ils n'ont fait de tort à personne. Mais depuis que M. Cénabre m'a congédié – car il m'a congédié – je sens qu'on a décidé ma ruine...

— C'est de la folie ! jeta M. Jérôme si froidement que le calme se fit tout à coup. Alors seulement on entendit la voix de M. Catani.

— Je vous pardonne une telle agression... si inattendue... si injuste... (il parlait dans un souffle). J'ai toujours aimé la jeunesse. Mais convenez-en vous-même : personne ici ne peut plus douter à présent que j'aie vu juste : vous ne vous possédez pas assez. Il faut se posséder... Qui ne sait se posséder n'apprendra jamais rien de ce que le dernier d'entre nous devrait savoir... Qui ne sait se posséder...

— Parlons-en ! s'écria Pernichon d'une voix si stridente que Mme Jérôme se boucha une oreille du bout de son doigt ganté.

— Pardonnez-moi... Je vous prie de m'excuser... Toutes mes excuses ! dit le comte Lavoine de Duras en agitant vers son hôte une main qui tremblait de lassitude et d'écœurement. Je crains... Je crains qu'il me soit impossible d'approuver le ton que va prendre... une discussion... D'ailleurs, ce tour provocateur, personnel...

— Asseyez-vous ! répondit M. Guérou, impassible. Vous ne comprenez pas. Qu'est-ce que cela peut vous faire, cher ami ?

Il était beaucoup plus pâle que de coutume, et bien qu'il souriât encore vaguement (par habitude), on eût pu deviner à un certain sifflement de ses narines, à un certain pli de ses énormes bajoues striées de rouge et de bleu, qu'il serrait fortement les mâchoires. D'ailleurs, personne ne parut remarquer cette espèce d'exaltation. Le vicomte Lavoine de Duras s'assit.

— N'insistez pas, Pernichon ! dit M. Jérôme. Vous répondrez plus tard... Vous expliquerez...

— J'approuve, j'approuve entièrement, paternellement... commença Mgr Espelette rose et confus.

Mais le publiciste auvergnat, pendant cette rapide passe d'armes, et toujours debout, n'avait fait que présenter tour à tour, à chacun des interlocuteurs, son front blême, ainsi qu'une bête acculée. M. Catani s'agita douloureusement sur sa chaise, puis se tint tranquille, et parut résigné à tout entendre. Le silence fut tel qu'on entendit distinctement M. Pernichon reprendre haleine.

— On ne me fera pas taire ! dit-il enfin... Mon enquête sera publiée coûte que coûte. Je me défendrai.

M. Catani interrogea des yeux Mgr Espelette, puis Jérôme, puis Guérou. Alors seulement, il murmura, et si bas qu'on l'entendit mal :

— Contre qui ?

– Contre vous ! cria Pernichon de la même voix glapissante qui avait exaspéré Mme Jérôme. Demain, il serait trop tard : je ne vous retrouverais plus. D'ailleurs ce que je fais est peut-être inutile : n'importe !... Monseigneur ! Monseigneur ! reprit-il en tournant d'une pièce tout son corps vers l'évêque de Paumiers dans un mouvement pathétique, je vous jure ! Je vous jure ! Depuis un an, je n'ai pas fait un pas, je n'ai pas écrit une ligne sans sa permission... Avant-hier encore... Oh ! j'ai commis des imprudences, je le sais ! J'ai mécontenté des gens puissants ! À qui la faute ? Il était, il était derrière moi. Je le jure ! « Je vous veux conduire les yeux fermés », voilà ce qu'il m'a dit. L'avez-vous dit ? hurla le malheureux.

– Incroyable ! Incroyable ! répétait le vicomte Lavoine. Intolérable !

– Une honte, une pure honte ! ajouta Mme Jérôme.

– Calmez-vous, je vous en conjure ! dit Mgr Espelette, plus suppliant que jamais. J'avoue que ce malentendu...

Et M. Guérou lui-même fit le geste d'un spectateur rebuté par un toréador maladroit.

À peine si Pernichon entendit ce murmure de dégoût, mais à travers ses larmes de colère impuissante, il vit son adversaire et comprit.

Il comprit qu'il arrivait trop tard, que l'homme qui était devant lui n'était plus une proie pour personne, et qu'à s'acharner encore, il se perdrait sans le perdre. En une seconde, et comme entre deux éclairs, il sentit l'indifférence profonde, insurmontable, l'énorme indifférence de ces gens rassemblés, polis par la sottise, l'illusion ou le mensonge, polis par la vie, comme des galets par le flot. La révélation d'aucune lâcheté, d'aucune trahison, n'était capable de ranimer en eux, même pour un instant, ce qu'ils s'étaient donné tant de peine à détruire, cette espèce de fierté humaine qu'ils méprisaient chez les autres, ainsi qu'une grossièreté, tour à tour dangereuse ou ridicule. L'élan désespéré du pauvre diable, sa sincérité mise à nu, loin de toucher leurs cœurs, les devait glacer, les fermait à toute pitié, n'était pour ces profonds calculateurs de choses frivoles qu'un spectacle répugnant. Si inconscients de leur propre faiblesse, mais ingénieux à la cacher, comment ne l'eussent-ils pas reconnue, avec honte et avec rage, chez le transfuge qui venait de sauter hors du cercle enchanté des convenances et fonçait droit devant lui – dans le public – pareil à un acteur devenu fou ?

– J'ai tâché de vous être utile, murmura dans un souffle M. Catani, de plus en plus livide. Mon... Ma pauvre expérience m'en donnait probablement les moyens... Je ne regrette pas de l'avoir fait... Mais votre... votre cruelle injustice... En vérité, il est moins possible que jamais de vous prendre au sérieux !

Il montra le creux de sa poitrine de sa misérable main maigre, luisante de sueur, et fit comprendre qu'il souffrait.

– Vous venez de commettre une mauvaise action, dit Mgr Espelette avec feu, en se tournant vers Pernichon. Il m'est pénible de le déclarer ainsi publiquement, mais je n'ai plus le droit d'être indulgent.

Une seconde, tous purent voir le malheureux Auvergnat flotter sur le silence qui suivit, ainsi qu'un bouchon de liège.

– Vous connaissez l'homme dont j'ai parlé, hurla-t-il. Aucun de vous n'ignore... Mais il prit peur avant d'avoir porté à fond ce dernier coup, et au fléchissement de sa voix, on respira.

– Monseigneur ! supplia-t-il, ne me condamnez pas ! Comprenez-moi ! Veuillez me comprendre ! Je n'ai aucune haine contre M. Catani, pas l'ombre ! Je m'en veux de l'offenser ! Mais enfin ! Mais enfin, voyons ! Je défends ma situation, mes moyens d'existence, ma vie ! Mes moyens d'existence ! L'attaque n'est pas venue de moi, rendez-vous compte ! Non ! L'attaque n'est pas venue de moi ! Je ne demandais rien à personne, j'avais une modeste ambition, je faisais honnêtement mon métier. Pourquoi celui-ci m'a-t-il perdu ? Car il m'a perdu... Il a montré pour me perdre une adresse, une perfidie ! J'en donnerai des preuves ! Oui, je le prouverai ! Je... Je... Je le prou...

Il bégayait affreusement, exprès, pour gagner du temps, car, dans le désordre de sa pauvre cervelle, il voyait peu à peu, distinctement, la vanité de son accusation désespérée, l'impossibilité de fournir des preuves, et qu'elles ne seraient reçues de personne. Il avait perdu la partie. L'indignité de ce moribond fût-elle démontrée, ne retarderait pas d'une minute le désastre inévitable : l'enquête ne serait pas publiée, ne pouvait déjà plus l'être. À quoi bon ? Et pourtant...

Alors il fit, pour regarder en face son adversaire, un effort inouï. Il lui cria dans la figure :

– Depuis des années, vous vous êtes ainsi servi de vos jeunes confrères, vous en avez fait vos instruments, puis vous les avez jetés les uns après les autres. Qui vous a lu ? Personne. Quel titre avez-vous ? Aucun. Je vous défie de citer un homme en place, capable d'être votre répondant, de répondre de vous publiquement. L'expérience dont vous disposez est un mystère pour tout le monde. Mais quoi ! Vous n'avez jamais manqué de niais comme moi à compromettre : Erlange, Rousselette, Dumas-Mortier – j'en pourrais citer vingt autres. C'est vous qui avez perdu l'abbé Delange, puis vous me l'avez fait exécuter dans le *Bulletin de Montmédy*. Chacune de vos entreprises, chaque effort que vous avez tenté, pour sortir de l'ombre où vous vous rongez d'envie, pour cesser d'être une sorte d'intermédiaire anonyme, a été payé d'un désastre pareil au mien... Le mien sera inutile comme les autres, entendez-vous ? Inutile ! Parfaitement inutile ! Jamais ! jamais, au grand jamais, vous ne forcerez l'entrée de la presse, c'est moi qui vous le jure ! Vous m'avez volé ma place, vous ne l'aurez pas pour autant. On ne voudra pas vous l'offrir, et vous ne l'oserez pas demander ! Non ! vous n'o-se-rez pas la demander ! Voulez-vous savoir pourquoi ? Hein ? Vous voulez le savoir ? C'est que vous êtes de moins en moins craint, et de plus en plus méprisé !

Il serait absurde de croire que ces paroles insensées furent écoutées en silence. À l'exception de M. Guérou, chacun des spectateurs avait plusieurs fois tenté d'interrompre, et un véritable gémissement, tantôt aigu et tantôt grave, n'avait cessé de sortir des lèvres de l'évêque de Paumiers. Enfin, aux derniers mots de l'auteur des *Lettres de Rome*, le désordre fut à son comble, et une espèce d'émeute eût sans doute éclaté si la curiosité la plus brûlante ne l'avait alors emporté sur l'ingratitude. Car tous les regards s'étaient portés vers M. Catani avec une impatience féroce.

Rien ne peut plus troubler ces cœurs cruels dont la légèreté est à l'épreuve de toutes les mauvaises surprises de leur incohérente vie, pourvu que soit préservé un certain accord indispensable, un certain rythme, que soient observées du moins certaines règles mystérieuses auxquelles leur faiblesse se conforme d'instinct. Leur petite société artificielle vit et prospère en vase clos, et les passions qui s'y développent, si violentes qu'on les suppose, ne s'y expriment qu'en signes conventionnels, sont soumises à un contrôle sévère, à une discipline formelle qui en modifie rapidement le caractère et les symptômes. À la longue, rien ne ressemble moins à un vice ouvert, intrépide, que le même vice transformé par une dissimulation nécessaire, cultivé en profondeur. On peut faire cette observation partout, mais jamais plus utilement que parmi ces hommes singuliers qui vivent à distance égale du monde religieux et du monde politique pour s'entremettre patiemment, diligemment entre l'un et l'autre, maintenus dans l'ombre par la nature même de leurs manœuvres toujours secrètes, intermédiaires officieux et sans cesse désavoués, esclaves-nés des circonstances et des conjonctures, démagogues honteux, orthodoxes suspects, n'ayant rien en propre, ni la doctrine qu'ils empruntent naïvement aux partis triomphants ni même le langage, calqué bizarrement sur le style des rapports et des mandements, avec ce tour impayable qu'une certaine littérature a propagé dans le monde. De servir une ambition démesurée, une envie exaltée jusqu'à la haine maladive du genre humain sous les apparences sacrilèges du zèle apostolique, quelle gageure ! Quelle entreprise à déraciner les âmes ! Comment ne pas prendre en pitié ces misérables que l'hypocrisie professionnelle, parfois presque inconsciente, a rendus si sensibles à l'air du dehors, au moindre choc, qui ne peuvent durer qu'à force de précautions et de soins minutieux, que le plus petit élan de sincérité détruirait sans doute, car ils ne sont plus en état de supporter une si forte dépense de leur être ! Et comment encore ne pas accorder quelque admiration, malgré tant de rivalités sournoises, à l'étroite solidarité qui les rassemble, à travers un monde hostile, ainsi qu'un malheureux troupeau !

Le premier cri de colère de Pernichon les avait d'abord frappés de stupeur, puis révoltés. D'ordinaire, un silence glacial, une muette réprobation eût suffi à faire rentrer le coupable dans le devoir, mais il avait, cette fois, passé outre. Alors, le groupe s'était senti menacé, faisait front contre un danger commun. Si surprenant que cela puisse paraître, aucun d'entre eux n'était plus capable de prêter la moindre attention aux preuves données par l'accusateur (à supposer qu'il en fournît), et la démonstration rigoureuse, irréfutable, de l'infamie de l'accusé, n'eût convaincu personne, n'eût pas même été entendue. Car toute violence leur est un outrage, les jette comme hors d'eux-mêmes, dans une espèce de délire sacré. Pareils à ces chiens qui, entre deux adversaires, sautent à la gorge de celui qui crie le plus fort, leur premier mouvement est de haïr et de réprimer l'audacieux, et ils attendaient, ils attendaient tous avec cette curiosité pleine d'angoisse que M. Catani rétablît l'ordre, exécutât ce fou périlleux, d'ailleurs prêts à se satisfaire de n'importe quoi, de n'importe quelle réponse, pourvu qu'elle fût traitée sur le ton qu'il faut, qu'elle permît de rentrer dans les convenances et la gravité.

– L'incident est clos ! murmurait déjà entre ses dents le vicomte Lavoine de Duras...

Et le nom même de Pernichon serait oublié à jamais, anéanti.

Mais il n'appartenait qu'au seul Catani de rendre possible une aussi heureuse conclusion. Or, la déception fut immense. Le publiciste ténébreux, sous le déluge d'outrages, perdait visiblement pied, se débattait, cherchait du secours. Ses yeux tristes se fixèrent un moment sur l'évêque de Paumiers avec une telle détresse, que Mgr Espelette, scandalisé, détourna les siens par pudeur. Enfin, il bégaya péniblement :

– On n'a jamais vu... Est-ce possible !... Après avoir tant fait pour ce jeune homme... Une telle intempérance de langage...

Puis Catani parut rassembler ses forces, vaguement conscient d'avoir trompé l'attente de tous, honteux comme un acteur qui vient de saboter son rôle, mais d'une voix molle, qui se rendait :

– Mon passé, la dignité de ma vie, la charité du chrétien me faisaient un devoir de laisser sans réponse une accusation calomnieuse, ramassée Dieu sait où ! On me reproche d'avoir fait mon œuvre en silence, de n'avoir brigué aucun honneur public... Oui ! j'ai fait ce sacrifice à mes convictions libérales et à ma foi religieuse, à mon respect du passé, à ma confiance dans l'avenir, de ne rien compromettre, de chercher constamment de ces formules d'union, de transaction, d'équilibre, qui gagneraient moins qu'elles ne perdraient à une excessive publicité. La petite influence dont je dispose...

– Vous m'avez fait perdre dans l'esprit de M. l'abbé Cénabre ! s'écria Pernichon.

Mgr Espelette se tordait les mains :

– Un nom comme celui-ci ne saurait être jeté dans un débat qui...

– Ce n'est pas moi qui l'ai prononcé le premier, dit l'Auvergnat. M. l'abbé Cénabre était mon appui le plus sûr, mon protecteur, j'ose ajouter mon ami. Par quels mensonges, par quelles insinuations...

– Laissez-moi, fit tout à coup M. Catani, avec une plainte lamentable... Je... Je ne suis pas en état de vous répondre...

Il porta aussitôt son mouchoir à ses dents, et, d'un geste brusque de son poing fermé, le déchira de haut en bas. Mais il le cacha si vite et si honteusement au creux de ses deux paumes, qu'à l'exception du vicomte de Duras, muet de surprise, personne ne remarqua ce geste singulier, si peu attendu d'un tel homme. Ils entendirent seulement le grincement aigu de la toile.

D'ailleurs, autour des antagonistes, l'agitation était à son comble, le désordre extrême. Mme Jérôme, pâle de rage, sommait l'ancien président du Consistoire d'intervenir, tandis qu'appuyé au dossier du fauteuil son mari lançait vers M. Pernichon quelques mots brefs et coupants que celui-ci ne pouvait entendre, tout occupé du vicomte qui le tirait brutalement par la manche et menaçait de le renverser. Enfin il échappa, et, dans le tumulte, à tue-tête, cria :

– Souvenez-vous de l'abbé Dardelle ! Souvenez-vous du 15 juin !

Il n'acheva pas, la main toujours gantée de Mme Jérôme s'étant appliquée avec force sur sa bouche. Un silence étrange, un silence stupide régna aussitôt. Nulle force au monde n'eût empêché les spectateurs de se tourner vers la victime, pour voir si le coup avait porté. L'histoire de l'abbé Dardelle est, en effet, l'épisode le plus tragique (le plus incroyable aussi) de la ténébreuse carrière de M. Catani. Le chroniqueur, alors connu surtout par ses intrigues auprès d'un évêque malheureux, exécuté depuis, passe, à tort ou à raison, pour avoir fait signer par ce jeune prêtre, inoffensif poète lyrique égaré dans la controverse moderniste, une petite brochure pleine de sucs et de poisons, qui, bien que tirée en secret, à un nombre minime d'exemplaires adressés tous à des amis sûrs, valut à son auteur supposé un blâme public et déshonorant, puis la censure et l'interdit. Son détestable et faible cœur n'en put supporter l'humiliation. Réfugié en Belgique, il acheva son désastre en épousant une maîtresse de piano wagnérienne, son aînée de vingt ans, laide et dure, qu'il aimait. Enfin, après avoir professé quelques mois dans une université populaire de Liège, fondée par l'apôtre socialiste Vandeverde, il se tua d'une balle au front, le 15 juin 1907. Il léguait, dit-on, sa bibliothèque, le manuscrit d'une thèse, des vers inédits et sa mandoline à M. Catani.

Le vicomte Lavoine de Duras, saluant gravement, mais de loin, M. Guérou, traversa lentement la pièce et sortit. M. Pernichon, atterré de sa propre audace, ou peut-être délivré, suivait docilement Mme Jérôme, se laissait faire ainsi qu'un enfant. Sur sa barbe brune, un mince jet de salive pendait comme un fil d'argent.

Mais la violence de l'injure parut rendre à M. Catani quelque chose de cette impassibilité célèbre, où étaient venues se briser jusqu'à ce moment de plus fortes haines que celle du publiciste malchanceux. Du moins, ses anciens amis purent l'espérer. Une minuscule tache rose s'élargit un peu sur sa joue, et son mince visage, après un ou deux frémissements, s'immobilisa, terrible.

– Je ne cherche aucune revanche, dit-il. Je vous plains. Vous n'êtes pas mûr. Vous n'êtes pas mûr, voilà le mot. Quel fruit pensez-vous tirer de votre puérile agression ? Je crains au contraire qu'elle ne vous ait, ce soir, compromis inutilement. Qui ne préférerait un ennemi déclaré à un ami tel que vous ? Je ne vous pardonne pas, du moins ici, en public. Mon pardon, en un tel moment, achèverait de vous écraser sans apaiser, je l'espère, le trouble de votre conscience...

Un murmure d'admiration déchargea toutes les poitrines.

– Je connais les jeunes gens, je les aime, reprit-il avec un sourire d'agonie. Lorsqu'ils cèdent à une colère injuste, dès qu'on les voit perdre le sang-froid, le respect des aînés, d'eux-mêmes, et jusqu'au sentiment de leur propre intérêt, il y a cent à parier contre un qu'ils ne font que se venger ingénument sur autrui d'un remords généreux qui les travaille. Ils nous font porter le poids de leurs fautes. C'est qu'à cet âge une faute est lourde à porter ! On ne vit pas en paix avec elle ! Cher Pernichon !

Il avança drôlement la lèvre inférieure et passa dessus sa langue.

– Cher Pernichon, vous vous êtes perdu par trop de hâte à jouir de certains biens de ce monde. Vous avez cru, en toute bonne foi, ne devoir qu'à votre intelligence, qu'à votre talent, un petit succès mérité plutôt peut-être, au jugement des meilleurs et des plus clairvoyants de vos amis, par votre réputation d'excellent jeune homme, votre bonne conduite, votre esprit sérieux et réfléchi. Vous venez de dissiper ce soir une partie de cet inestimable trésor, ce qui vous en restait, du moins, car nous sommes quelques-uns à connaître... à savoir... Enfin vous aviez rêvé un riche établissement... Ceci n'est un secret pour personne. Le nom que je ne prononce pas est sur toutes les lèvres... Une si grande espérance vous a tourné la tête... Votre âge, cher Pernichon, nous autorise, je le crois, à parler ici, entre nous, librement, paternellement, de vos petites affaires. Le patrimoine d'un jeune homme sans expérience est un peu la chose de tous, est sous le contrôle et la protection des gens de bien. Les soucis d'argent – alors qu'on est près de toucher le but, qu'on n'a plus devant soi que cet obstacle abject – durcissent le cœur, vous rendent capables de beaucoup d'imprudence, et peut-être d'infamies, telles que – n'en disons rien ! – Enfin...

– Vous êtes le plus indulgent, le plus noble cœur que j'aie jamais connu ! s'écria Mgr Espelette.

Et dans son enthousiasme, il prit la main luisante et la pressa sur sa poitrine. Mais M. Catani ne souleva même pas les paupières. Il parlait d'ailleurs avec une lassitude accrue, à grand-peine, comme s'il récitait une ennuyeuse leçon apprise par force, et qu'il eût hâte d'en finir au plus tôt. Bien que la riposte fût merveilleusement celle qu'on attendait de lui, ceux qui l'écoutaient y cherchaient en vain le ton, l'accent, ce je ne sais quoi qui donne à l'allusion perfide sa pointe et son fil, comme pour l'enfoncer dans le cœur. Les paroles enflammées du prélat ne dissipèrent point ce malaise étrange.

– ... Enfin, vous avez tort de penser que j'ai fourni sur vous le moindre renseignement défavorable. On ne m'en a pas demandé. À peine si l'occasion m'a été fournie de faire quelques réserves – d'accord avec votre éminent ami, M. l'abbé Cénabre, auquel j'avais avoué mon scrupule, touchant l'embarras momentané dont je parlais il y a un instant... Ces dépenses excessives... peu justifiées...

– Mes dépenses excessives ! gémit M. Pernichon. Non ! non ! fit-il en s'arrachant des mains de Mme Jérôme, laissez-moi ! laissez-moi tous ! C'en est trop ! Ah ! je sais ce qu'il prépare depuis cinq minutes. Je le vois venir ! Au moins, vous me permettrez... je vous expliquerai d'abord...

– Voyons ! voyons ! il sera temps de vous expliquer tout à l'heure, dit Mgr Espelette, avec une douceur impitoyable.

Et il ajouta ces mots dont sa candeur était loin de concevoir l'innocente barbarie :

– Vous criez avant qu'on ne vous écorche, mon cher enfant.

– Je crois néanmoins avoir assez éprouvé ma bonne volonté, reprit M. Catani, visiblement à bout de forces et qui achevait de vider son venin comme on meurt, en vous prêtant seize mille francs.

Un cri unanime le paya aussitôt de sa peine. Ce ne fut pas même un cri, ce ne fut qu'un profond soupir, une sorte de plainte plus décisive qu'aucun cri. Nulle révélation ne pouvait être aussi accablante en un tel lieu, devant de telles gens, et préparée avec tant d'art. Pernichon, qui l'attendait cependant, eut un gémissement horrible, une convulsion de tout son pauvre corps disgracié. Puis il éclata en sanglots.

– Vous les avez offerts ! Vous m'avez presque contraint de les recevoir ! Oui ! Il me disait que je devais quitter ma chambre garnie de l'hôtel Léon-XIII, m'installer convenablement, acheter des meubles. Que c'était un sacrifice à faire indispensable. Que le soin de ma carrière l'exigeait, qu'il était temps de m'imposer – bien d'autres raisons encore ! Je vous en prie ! Comprenez-moi ! La publication de mon enquête était décidée, le volume retenu par les éditions Fides, je m'étais engagé à rembourser avant la fin de cette année. Que risquait-il ? J'étais dans sa main. En la refermant, il me brisait. D'ailleurs... d'ailleurs mon entrée dans la famille de... du... Hé bien, oui, qu'importe ? Vous le savez tous ! – dans la famille Gidoux-Rigoumet m'aurait permis de lui être utile. Oui ! oui ! voilà dix ans que vous briguez la succession du comte de Verniers à la *Revue de l'Univers* !

– Quelle écume ! dit seulement M. Jérôme.

Alors la voix de M. Guérou s'éleva, cette voix grêle qui vibre dans son arrière-gorge, lorsqu'en pleine confusion, en plein désordre, délaissant une minute la mort attendue et urgente, il se dilate et s'épanouit :

– Permettez, jeune homme. Ce calcul n'a rien que de vraisemblable et de légitime de la part d'un écrivain dont nous savons qu'il a l'étoffe d'un homme d'État. Mais s'il est vrai qu'il a besoin de vous, pourquoi vous perdrait-il aujourd'hui ?

– Je ne sais... Je ne sais pas... balbutia le malheureux... Je sais qu'il me perd, voilà tout. Pour moi, cela suffit ! Quand même, rendez-vous compte !

Il épongea son front ruisselant.

– Seize... mille... francs... Seize... mille..., fit soudain M. Catani, avec un petit rire glacé.

Mgr Espelette et Jérôme échangèrent le même regard anxieux.

– Notre vénérable ami n'en peut plus, remarqua l'évêque de Paumiers. Cette scène l'a brisé. Monsieur Pernichon ! je vous en prie...

– Extrême imprudence... continua M. Catani du même ton. Dangereuse imprudence... Quelle pro-di-gieuse imprudence !...

Il s'agita sur sa chaise, convulsivement, comme si, dans le désastre de l'âme, le vieux corps s'opposait une dernière fois, de toutes ses forces, à l'imminente trahison de la conscience, prête à livrer son secret, le secret gardé tant d'années.

Mme Jérôme poussa Pernichon vers la porte, et revint s'asseoir avec autorité auprès du malade, dont elle prit la main dans les siennes.

– Il a eu mardi dernier une hémorragie des plus graves, confia-t-elle à Mgr Espelette. On peut s'attendre à tout. C'est une scène hideuse !

— Je m'en vais demander d'urgence une voiture, dit M. Guérou. Dénouez toujours sa cravate et faites-lui respirer un peu d'éther. Voilà le flacon.

— Laissez-moi... murmurait le moribond. Laissez-moi ! Ne m'interrogez pas... Vous me fatiguez horriblement... C'est inutile... absolument inutile... Je ne vous répondrai pas... La plus grande discrétion...

Il lança devant lui sa main ouverte, saisit au passage le bras de l'évêque de Paumiers, inclina dessus son visage :

— Écoutez-moi ! fit-il.

Mais presque aussitôt sa bouche se referma si violemment qu'on entendit le claquement de ses mâchoires. Alors, il se mit à secouer la tête de haut en bas, lentement, plus lentement, ainsi qu'un homme cède au sommeil, puis son menton retomba tout à fait sur sa poitrine, et les paupières, qu'il avait tenues jusqu'à ce moment baissées, se levèrent, découvrirent peu à peu un regard fixe, trempé de larmes, et tout débordant d'un rêve que personne n'avait jamais vu. Un caillot de sang jaillit de sa gorge et tomba sur le tapis.

— Il va mourir ! cria Mme Jérôme.

— Taisez-vous donc ! dit Guérou. La mort n'est pas si facile : j'en sais quelque chose. Le voilà déjà beaucoup mieux. Écartez-vous ! C'était ce crachat qui l'étouffait. Les couleurs revenaient en effet au front de M. Catani, qui, tout à coup, sans laisser paraître le plus léger embarras, mais avec une grande douceur :

— J'ai pu vous donner de l'inquiétude, fit-il. Les premières chaleurs m'incommodent énormément, et je dois me montrer plus vigilant qu'à l'ordinaire, à cette époque de l'année.

— Nous sommes guettés, Catani ! Nous sommes guettés ! cria M. Guérou d'un ton jovial. Pour vous et moi, chaque heure du jour est une embuscade, dont nous nous tirons de notre mieux. La pauvre carcasse n'en peut plus. Méfiance !...

— Je vais beaucoup mieux... beaucoup mieux... infiniment mieux..., protesta le moribond. Les mois d'été sont les meilleurs. Dès l'automne, vous me verrez partir pour la Corse, chez le comte Sapène, qui m'honore de son amitié. J'aurai à faire le printemps prochain. Les élections seront à gauche : il s'agit, dès à présent, de manœuvrer avec une prudence extrême. Nous touchons au but. Les socialistes sont extrêmement bien disposés. Le discours de M. de Reversot, au dernier congrès des Jeunesses, a eu les résultats les plus heureux. Ce sera la consolation de ma vie d'en avoir, sinon dicté les termes, du moins inspiré les meilleures formules, celles qui s'ouvrent sur un magnifique avenir, annoncent un renversement prochain des partis et des alliances qui sera la grande révolution des temps nouveaux.

– Reposez-vous, supplia Mme Jérôme, presque tendre.

Jamais, en effet, M. Catani n'avait parlé si longtemps, et ce bavardage fébrile, haletant, marquait plus qu'aucun autre symptôme sa faiblesse et son angoisse.

– Le grand tort de certains d'entre nous (en petit nombre) est de laisser intervenir, dans ces discussions délicates... (ici sa voix trembla) de... de ces imprudents qui..., pareils à celui que vous entendiez tout à l'heure... (depuis plusieurs mois il m'a, hélas ! si cruellement déçu !) ont... ont tendance... une certaine tendance à se hâter, à bouleverser... Ce n'est que trop vrai ! Ah ! oui, ce n'est que trop vrai... J'aime la jeunesse, et celui-ci n'est pas le premier qui m'a fait commettre des sottises... des folies... de véritables folies !... J'ai mis tant d'obstination..., d'entêtement même !... à trouver un jeune collaborateur, ardent, enthousiaste !... Ils me délaissent tous... Un autre que moi dirait qu'ils me trahissent... Vous venez d'en avoir la preuve.

Il s'agita sur sa chaise, serrant les dents pour ne pas gémir. Et il griffait doucement de ses ongles le velours de l'accoudoir.

– Je suis bien puni, Guérou, de m'être confié à autrui... J'avais horreur de la réclame, des querelles, du public. Et puis encore, ma faible santé. Voilà bien des années que j'attends ! Je me possède, voyez-vous... tout est là... Il faut se posséder... On finira par rendre justice à ma politique... une politique bien humble... bien concrète... Dès le printemps prochain...

– La voiture est à la porte, dit M. Guérou.

Mgr Espelette sortit le dernier.

Son émotion était encore si forte qu'il renvoya son chauffeur, et résolut de gagner à pied la rue de Bellechasse (il était l'hôte, à Paris, de l'ancien ministre Pupey-Gibon, député radical de la Côte-d'Or, son camarade de l'École normale). Il se reprochait – car le scrupule de cette âme désarmée est douloureux et incessant – de n'avoir pris parti avec plus de vigueur, il n'eût su dire d'ailleurs pour qui, le désespoir de Pernichon l'ayant profondément ému, bien qu'il sentît toujours pour M.

Catani la même estime mêlée de crainte, ou peut-être d'un secret dégoût. « J'aurais pu agir à temps sur le jeune homme, l'apaiser, l'éclairer sur son imprudence... » Chose étrange ! il ne doutait guère que l'infortuné publiciste n'eût dit vrai, et pourtant la perfidie de son redoutable adversaire ne révoltait pas son cœur. La sérénité de ce sot se distingue à peine du pessimisme le plus noir, et il a des hommes le même mépris qu'un notaire ou qu'un policier, mais inconscient, stupide, inaltérable. Une fois pour toutes, et malgré la réelle honnêteté de ses mœurs, sa juste sévérité pour lui-même, il a donné au mensonge, à la duplicité, à l'ambition, à l'envie, à la haine, des noms rassurants, il leur a trouvé des synonymes exquis dont il est la première dupe. Ce qu'il appellerait volontiers chez lui, si du moins il était assez vil ou assez hardi pour la commettre, trahison prend, dans sa bouche, à l'égard d'autrui, le surnom beaucoup plus favorable de tricherie ou d'excessive habileté. Pareillement, certains provinciaux s'imaginent qu'une Parisienne élégante ne saurait être que perdue de mœurs. Ainsi ce naïf compliqué croit dur comme fer qu'un homme de lettres, un journaliste, un député, même de l'espèce bien pensante, bénéficie d'une sorte d'alibi moral, a droit à un traitement de faveur, ne peut être tenu, avec le commun des êtres raisonnables, d'observer les règles élémentaires de la simple honnêteté. Il éprouve, à connaître, à fréquenter d'aussi près ces privilégiés, à s'en servir, la même équivoque fierté du fils de famille faisant honnêtement sa partie dans un tripot, et finissant par se lier d'amitié avec des grecs et des filles, qu'il montre de loin à de jeunes cousines stupéfaites. Cette indulgence souriante, ce scepticisme à fond de candeur, fait l'admiration de ses vicaires, et il passe avec honneur, dans sa petite ville, pour un Talleyrand démocrate, dont le directeur du grand séminaire et quelques vieux prêtres attardés déplorent (non moins candides !...) les compromissions et l'audace. C'est ainsi que ce niais a tenu l'invraisemblable gageure, restant lui-même sans reproche, de perdre, à l'égal d'un aventurier, un certain sens du juste, la pudeur de l'honnête homme.

Tel quel, il n'osait pas s'avouer, ce soir, qu'il était content d'en avoir fini, mais il en savourait, tout en marchant, l'allégresse. Il serait le lendemain à Paumiers. On ne le reverrait pas avant la Toussaint. D'ici là, le jeune Auvergnat serait oublié, après beaucoup d'autres, qui valaient mieux que lui ! Car les partis avancés, quels qu'ils soient, font une forte consommation d'hommes... Ou peut-être Catani ?... Mais il appartenait à la race de ces moribonds éternels... Il sursauta de déception et de colère en entendant la voix de Pernichon.

– Monseigneur !... pardonnez-moi... Je vous suis depuis un instant... Je vous supplie de m'écouter... Vous êtes mon seul espoir... Je ne puis plus compter que sur vous !

– Je... Je rentrais chez moi, dit mélancoliquement l'évêque de Paumiers (il réprima très vite ce premier mouvement d'humeur). Quelle aventure, mon enfant !

– Je suis perdu ? interrogea le pauvre diable, n'est-ce pas ?

Puis il fit quelques pas en silence. Sa fureur était aussi complètement tombée que possible. L'indignation est pour lui une dépense trop forte, intolérable. Tout son être, son regard inexprimable, tout son corps même, implorait le pardon, n'importe quel pardon.

– J'ai été trop loin... murmura-t-il.

– Mon enfant, reprit le prélat, je suis heureux de vous retrouver si sage, dans ces dispositions excellentes... édifiantes... vraiment chrétiennes... J'en rends grâce à Dieu.

– Je vais... Il ne reste qu'à me tuer, dit Pernichon.

Mgr Espelette s'arrêta stupéfait.

– Vous ne parlez pas sérieusement ? De telles paroles, à moi ! Je... vous venez de me faire une peine immense, mon enfant !... C'est... Enfin, c'est un blasphème... Vous !

Il s'était remis en marche, il hâtait le pas, fuyant presque.

– Qu'ai-je été faire aujourd'hui chez M. Guérou ? gémit-il. Ma place n'était pas là. Sans doute, mon cher ami (il passait paternellement son bras sous celui du chroniqueur), vous venez de parler dans un accès... dans un léger accès de délire. Vous regrettez déjà... Si ! Si ! je le sais ! Mais ce trait me confirme dans cette idée – qui m'est trop familière, hélas ! depuis quelque temps – que les luttes politiques et sociales ont pris un caractère... Oui ! même entre nous, si pleins de zèle et de bonne volonté ! – un caractère d'acuité... de violence... Ainsi vous-même, cher jeune ami !... cette passion...

– J'ai brisé ma carrière, interrompit le malheureux, sans entendre. Je suis perdu. Je suis absolument perdu. D'ailleurs, l'affaire était décidée depuis longtemps. J'ai été tiède, beaucoup trop tiède, trop prudent, à la dernière élection sénatoriale... J'avais voulu me ménager... Je me croyais capable d'être un intermédiaire utile, le moment venu... On pouvait craindre une certaine réaction... Le cardinal Riccoti...

Il se heurta rudement au parapet de pierre. Il chancelait comme un homme ivre.

– Un mot d'abord ! interrompit Mgr Espelette avec une grande autorité. Retirez, retirez devant moi, *à l'instant*, les paroles malheureuses, impies... que vous avez prononcées.

– Quelles paroles ? demanda l'Auvergnat, béant.

– Vous le voyez ! J'en étais sûr ! triompha l'évêque de Paumiers. Vous n'avez jamais été sérieusement tenté de vous livrer sur vous-même... de commettre le crime des crimes... Dieu ne nous abandonne jamais ! Vous pouvez poursuivre, conclut-il sur un ton de supériorité discrète. Je vous écoute.

– Hein ? dit Pernichon.

– Vous avez prononcé tout à l'heure le nom du cardinal Riccoti...

– Je pourrais évidemment faire des excuses, continua fauteur des *Lettres de Rome*... mais à quoi bon ? Il y a eu trop de témoins... D'ailleurs, M. Catani est désormais assez prévenu contre moi... Il devra se défendre... Son intérêt l'exige...

– Si vous croyez que mon intervention ait chance de vous être utile ? demanda Mgr Espelette. Je retarderais volontiers mon départ. Voyez-vous, mon cher enfant (car, après ce qui vient de se passer, je me sens autorisé à vous parler en père), il n'est rien de plus dangereux, de plus maladroit, que d'irriter vainement un ennemi, pour rien, pour le plaisir, pour la seule joie de l'humilier. Dieu seul est juge des intentions. Notre devoir est de ne jamais condamner – du moins jusqu'à la limite extrême où la bienveillance devient aveuglement ridicule – un adversaire sur ses intentions... Je puis essayer de faire comprendre à M. Catani que vous avez cédé à un entraînement excusable à votre âge, que vous avez été trompé par certaines apparences défavorables – ou peut-être imprudemment conseillé... que sais-je ?

Depuis une minute, Pernichon le fixait d'un regard indéfinissable, triste et sauvage. Il retira violemment son bras.

– Monseigneur ! dit-il (sa voix se brisait horriblement), il n'est pas possible que vous ne le méprisiez pas ! Dites-moi du moins que vous le méprisez ! Dites que vous le méprisez, j'endurerai tout. Je vous en conjure !

L'évêque de Paumiers haussa les épaules.

– À quoi cela pourrait-il vous servir ? Quel profit retirerez-vous d'une parole que mon goût, mes habitudes, l'habit même que je porte m'interdisent de prononcer ?

– Je suis las !... soupira Pernichon. Affreusement las. Je ne sais pas ce que j'ai... Je crois que je vais mourir.

Il passait dans sa barbe une main défaillante.

– Ne me quittez pas ce soir ! s'écria-t-il tout à coup.

– Quel enfantillage, dit Mgr Espelette, après un long silence. Vous êtes un enfant, un grand enfant. Cela passera. Ce soir même, je vous le promets, vous serez plus sage. C'est simplement une heure de votre vie pénible à surmonter. Accordons-le. Mais la réflexion, l'énergie viennent à bout de tout...

Il reprit le bras de Pernichon sous le sien ; il caressait de sa belle main la manche du pardessus, avec un ronron léger des lèvres.

– Je vous le jure, Monseigneur, poursuivait le malheureux... J'ai besoin... Oh ! j'ai besoin... comment dirais-je ? J'ai besoin... ah ! j'ai tellement besoin de... de sympathie !... de votre sympathie ! Depuis quelques semaines – je ne devrais pas vous l'avouer... je sens que je vais achever de me perdre dans votre esprit... depuis des mois, je ne sais absolument plus prier !

Une sincère émotion – et peut-être quelque chose de plus – apparut dans le regard du compatissant prélat :

– Vous devez vous ouvrir à quelque prêtre consciencieux, réfléchi – mais éclairé, sachant le monde... Le choix n'en est pas facile ! Hélas ! pourquoi tant de nos confrères, et parmi les plus zélés, manquent-ils si souvent de cette largeur d'esprit indispensable ?... Avant que de vous conseiller, je désire me remettre, peser le pour et le contre. C'est une entreprise délicate ! Accordez-moi que je ne pouvais m'attendre... Notre entretien vient de prendre un tour...

Il sourit, secoua gentiment le bras qu'il sentait frémir, allongea son index, tâta le maigre poignet.

– Vous avez la fièvre ! Du moins vous êtes en plein état fébrile... Quelle folie ! Comment une simple altercation a-t-elle pu vous bouleverser à ce point ? Ne prenez donc pas au tragique des malentendus... Oui ! oui !... ajouta-t-il aussitôt en rougissant légèrement, je pense aussi à ce malentendu d'ordre plus intime, cette crise de sécheresse qui vous détourne de la prière... Il y a péril, mon cher ami, à se laisser obséder par ces menus épisodes de la vie intérieure... C'est une des formes de la tentation qui... Non ! non ! croyez-le bien : je ne suis pas – grâce à

Dieu ! – de ces hallucinés qui voient le démon partout, en parlent à tout propos. Nous prêterions inutilement à rire aux maîtres de la psychologie moderne, dont je suis loin de repousser toutes les thèses... Les défaillances de notre nature suffisent, dans la plupart des cas... suffisent à expliquer des... des incidents... Ici le moraliste et le théologien sont d'accord (ils devraient toujours l'être !). Le travail, l'exercice, la pratique des devoirs d'état...

– Quels devoirs d'état ? fit Pernichon. Je n'ai plus de devoirs d'état. Je n'ai plus rien. Comprenez donc ! Ce qui vient de se passer il y a un moment pouvait être prévu, prédit à coup sûr. C'était la crise inévitable, la manifestation matérielle... concrète... Ah ! ma perte était déjà consommée !... J'ai cessé de plaire, parce que j'ai cessé d'être utile. Je suis brûlé, – voilà le mot, – je suis brûlé ici et ailleurs, je suis brûlé partout !

– Allons ! dit le prélat. L'appui de M. Gidoux... En quoi la rancune de M. Catani (je le dis entre nous... car enfin... M. Catani ?...) pourrait-elle changer quelque chose aux dispositions favorables de l'illustre professeur au Collège de France ?...

M. Pernichon tourna vers lui un regard égaré :

– Mais il n'y a rien... il n'y a rien, avoua-t-il avec une sorte de haine... Je n'ai aucune raison sérieuse de croire à un projet si avantageux, si honorable pour moi... À peine une certaine sympathie... les relations que j'entretiens... Oh ! voyez-vous... ce n'était qu'un rêve ! J'ai fait cette folie, voilà quelques semaines, de laisser croire à M. Catani... Je sentais qu'il se détournait de moi, qu'il m'échappait... Oh ! Monseigneur, ce mensonge m'a coûté cher ! Dès ce moment, il m'a pris en exécration. Comment pouvais-je me douter ? On m'a dit qu'il négociait le mariage de Mlle Gidoux avec Jean Delbos !

– En sorte... c'est prodigieux ! incroyable ! en sorte que vous vous êtes sacrifié – offert en holocauste ? – à une innocente vantardise ? À rien ?

Il contemplait avec ébahissement ce personnage fallacieux, ce fantôme qu'une semaine de Paris effacerait pour jamais, qui disparaîtrait sans avoir jamais rien eu en propre – pas même ce dernier désastre, dont le prétexte était aussi fallacieux que lui.

– Mon pauvre enfant ! Mon pauvre enfant ! Mais pourquoi...

– Ne me demandez pas pourquoi ! gémit le malheureux. Ce n'est pas le seul mensonge... J'avais quitté Aurillac plein d'illusion : je souhaitais être un journaliste – qui sait ? peut-être un écrivain... J'avais une recommandation du vicaire général... Je suis tombé en pleines élections, en pleine intrigue. J'ai soutenu brillamment à Châlons-sur-Marne la candidature d'un radical modéré, pour barrer la route au conservateur. J'ai réussi. C'est ce qui m'a perdu ! Hélas ! je me vois tel que je suis. Je n'ai pas de talent... Non ! je n'ai pas de talent. Sans l'intrigue, je n'eusse fait ombrage à personne... Mais je rédige un rapport à merveille : voilà tout le mal. Ces gens-là, ils passent leur temps à faire des rapports... Si ! Si ! vous le savez bien ! Ils les rédigent rarement ; ils ne les signent jamais... Oh ! c'est un monde si compliqué ! Je suis trop las pour commencer autre chose. Je suis perdu...

Il baissa la tête et parut sommeiller en marchant, poussant l'un devant l'autre ses pieds plats, indifférent, accablé... La Seine, à leur gauche, ruisselait d'une lumière dorée, qui venait mourir aux rives dans une double frange d'écume bleue, et l'air était déchiré de cris d'hirondelles.

L'évêque de Paumiers ne put supporter ce silence plus longtemps :

– Permettez ! cher ami, fit-il enfin, vous aviez choisi...

Mais Pernichon l'interrompit brusquement :

– *Que pensez-vous de l'abbé Cénabre ?* dit-il.

– C'est un homme d'une intelligence exceptionnelle... tout à fait exceptionnelle, commença le prélat – un homme hautement respectable, bien que discuté, âprement discuté, un historien dont la conscience, le talent...

– Ce n'est pas ce que je demande ! s'écria l'auteur des *Lettres de Rome* avec une irritation contenue.

Il fit quelques pas, agitant convulsivement les bras et les épaules, et tout à coup :

– J'irai à lui ! Je me jetterai à ses genoux !... Depuis qu'il m'abandonne !... Ah ! j'obtiendrai qu'il voie M. Jérôme ! Un mot bienveillant de M. Jérôme dans le *Bulletin* peut sauver ma malheureuse « Enquête ». Je vous demande pardon ! Je... J'y vais de ce pas !

– Attention ! fit Mgr Espelette, comme malgré lui.

Et déjà il regrettait ce cri imprudent. Mais le regard qu'il reçut de Pernichon, il ne l'oublierait jamais plus.

— Ho ! Ho quoi !... dit l'Auvergnat d'une voix profonde... Celui-là... Lui aussi !

— Voulez-vous vous taire ! supplia l'évêque de Paumiers au désespoir. Vous êtes fou, mon enfant ! Vous êtes dans un état d'énervement... d'exaspération... Le moindre mot a sur vous un retentissement ! Je vous conjure : n'interprétez pas, écoutez simplement. On vous sent prêt à tout, affolé. Je craignais pour vous une déception... M. l'abbé Cénabre est froid, très froid (en apparence, du moins)... peu sensible – enfin ! il me semble ! – à une infortune comme la vôtre. Voilà tout.

— C'en est assez, dit Pernichon, glacial. J'ai compris.

— Non ! vous n'avez pas compris. Votre plaie est encore si vive ! Quelle plaie ! N'en avez-vous qu'une ? Je crains que, pareil à ces blessés, qui, sous le choc, ne savent dire où ils ont mal, vous ne soyez pas capable en ce moment de renseigner sur votre véritable état qui que ce soit, et surtout mon illustre confrère... Enfin, il me semble que vous souffrez d'abord dans votre juste et légitime ambition, mais vous souffrez aussi dans votre conscience. Votre conscience est troublée, conclut-il d'un air fin.

Ils traversèrent le boulevard Saint-Germain en silence.

— Ne parlons plus de ce mouvement de révolte, des paroles insensées... Oui, oublions-les ! Je n'y reviens pas. Dès ce soir, vous en demanderez pardon à Dieu... Voyez-vous, mon cher enfant, il n'est qu'au ciel que Dieu soit servi par des anges, de purs esprits. Nous devons tenir compte ici-bas de certaines nécessités sociales, politiques... Sur ce point, je suis tenu à une grande réserve, je pèse les mots, mais enfin ! Une situation comme la mienne comporte des charges, de lourdes charges ! Puissiez-vous tirer de cet aveu une consolation dans vos peines... Nous avons à lutter contre des préventions, des méfiances... Veuillot et ses pareils nous ont fait tant de mal ! Les apôtres laïques sont de trop : chacun à sa place. Ce que nous avons voulu constituer, rassembler, c'est une petite troupe d'hommes sérieux, prudents, pondérés, aussi peu suspects que possible de préjugés de classe, de doctrine, favorables aux idées modernes, même ardemment démocrates... qui soient... qui nous servent... comment dirais-je ?... enfin qui soient nos intermédiaires officieux auprès du pouvoir. Car, sans le pouvoir ! Ne nous faisons pas d'illusions ! Restons en face des réalités. L'État est plus puissant que jamais...

Il avait repris le bras de Pernichon, et le serrait étroitement sur sa poitrine.

– Dans ces conditions, mon pauvre enfant, il n'est pas raisonnable de s'étonner... de se scandaliser... de certaines imperfections... Allez ! Allez ! elles m'apparaissent comme à vous... Ce sont des ombres... de petites ombres... Nous ne les verrons plus dans le rayonnement de l'œuvre achevée... amenée à son point de perfection... L'Église et la société moderne enfin d'accord... réconciliées...

Il baissa la voix.

– J'ai la réputation d'un prélat – pour parler comme une certaine presse – avancé. Cela se peut. Si vous saviez cependant avec quelle joie je me retrouve à Paumiers – ces vieux curés, ces simples prêtres, très simples... Tenez ! une idée me vient. Vous devriez faire une retraite de quelques mois, dans votre Auvergne, au sein de votre aimable famille...

– Quelques mois ! s'écria Pernichon amèrement. Ma chère Auvergne ! Mon aimable famille ! Et que ferais-je dans quelques mois ? D'abord, je n'ai plus de famille. Où prendrais-je seulement les frais de voyage et de séjour ? Mon installation m'a coûté horriblement cher. Je dois neuf mille francs à M. Catani, c'est vrai ; mais j'ai encore signé pour près de onze mille francs de traites à « l'Usine générale du Meuble ». Mon départ du journal, la ruine de mon enquête suffisent à consommer ma perte. Je ne me relèverai pas ! Je ne puis me permettre d'avoir des dettes... Sans la considération, je ne suis rien...

Il prononça ces derniers mots avec une gravité farouche.

– Écoutez ! dit Mgr Espelette. Nous voici bientôt rendus. Nous allons nous séparer... Oh ! pour cinq ou six semaines à peine ! rectifia-t-il aussitôt naïvement. Enfin ! je vous donne un dernier conseil.

Il se recueillit, sourit.

– Je ne vois à présent qu'un homme dont la situation... très particulière... l'indépendance absolue à l'égard de ceux dont nous parlions tout à l'heure... un certain goût du paradoxe, du défi... son scepticisme même (très exagéré par la médisance, croyez-moi !), mon ancien condisciple à l'École normale, auquel vous venez de rendre visite, M. Guérou...

– Oh ! fit Pernichon.

– Oui... oui... je devine ce que vous n'osez pas dire. C'est un homme un peu... mystérieux... énigmatique... Nul n'a déploré plus que moi l'immoralité de ses livres ! ... Mais il n'a plus écrit une seule ligne depuis des années... Son infirmité, sa patience, sa résignation – hélas ! tout humaine – le rendent digne de pitié, d'égard... D'ailleurs, il porte le plus grand intérêt au problème religieux, à ses solutions les plus neuves... Et puis son influence est grande... je le crois même un peu redouté.

À un signe de Pernichon, il rougit légèrement, et reprit d'un air piqué :

– Permettez-moi de ne faire aucune allusion à certaines calomnies... Je ne pense qu'à vous, mon cher enfant... Ne croyez jamais si aisément sur parole les gens bien informés. Jusqu'à ces toutes dernières semaines, vous le savez mieux que personne, M. Guérou menait, à la campagne, une vie très retirée, très secrète, qu'on m'a dit même austère... Je l'ai vu cinq ou six fois l'an passé sans que le plus petit indice... Enfin, j'ai appris son retour à Paris en quittant Paumiers... Pour moi, c'est la démarche d'un homme qui se sent condamné... se met en présence de la mort imminente... c'est-à-dire, en quelque sorte, devant Dieu... Laissons cela !

Il s'arrêta au seuil de l'hôtel Pupey-Gibon, tout frémissant de sympathie, de bonne volonté, d'impatience – et d'un geste de sa main gantée, il écartait, il dissipait déjà ainsi qu'une légère fumée, ainsi qu'une odeur importune, ce drame où il avait failli entrer, auquel il venait de fermer son âme, le tragique Pernichon.

– Vous avez tout à l'heure quitté la pièce en forcené, sans dire adieu à personne, et après une scène regrettable que notre hôte était en droit de juger inconvenante, conclut l'excellent prélat... Il me paraît indispensable que vous alliez d'abord lui présenter vos excuses, et le plus tôt sera le mieux... Vous avez là une excellente entrée en matière... Pour le reste, mon cher enfant, je m'en fie à votre naturelle droiture, à votre intelligence, à votre tact...

Il lui prit une dernière fois les deux mains, les serra de toutes ses forces, et disparut sous le porche vide et sonore, avec un parfum de verveine et d'encens.

L'Auvergnat descendit rapidement la rue. D'ailleurs, il n'allait nulle part : le nom même de M. Guérou avait traversé son cerveau sans laisser de traces. Il se sentait merveilleusement vide. Depuis un moment, la présence de l'évêque de Paumiers lui était devenue, à son insu, intolérable. Son désespoir n'en était plus à chercher un confident, mais un complice, et ce complice était en lui. Ce qu'il emportait en fuyant, c'était cette pensée, qu'il tenait dans son misérable cœur, sans avoir encore osé l'affronter, qu'il pressait étroitement, de peur qu'elle ne s'échappât, ainsi qu'un chasseur en maraude serre sous sa blouse l'oiseau volé dont il sent frémir les ailes. La rapidité de sa course l'oppressait, mais son délire était tel qu'il fuyait cette oppression comme tout le reste, en hâtant le pas. Il finit par s'arrêter dans une rue déserte, à bout de forces. L'asphalte, tout à l'heure éclatant de blancheur, lui apparut noir et luisant. Il avait les épaules glacées. Pourquoi ? Pourquoi cette rue déserte et noire ? À cet instant, il s'aperçut qu'une averse l'avait trempé jusqu'aux os, et qu'il était devant la porte de M. Guérou.

Le seuil à peine franchi, il regretta d'être venu, par une sorte de pressentiment ineffable. On l'avait introduit dans le salon une heure plus tôt retentissant des éclats de sa chétive colère, et le souvenir du grand et unique effort de sa pauvre vie achevait de l'accabler. Par quel mystère était-il ici plutôt qu'aux genoux de l'abbé Cénabre, auquel il avait gardé sa foi ? Il n'y comprenait rien et n'y voulait rien comprendre, étant à ce dernier tournant où la tyrannie des circonstances commence à paraître bienfaisante et douce, lorsque le hasard est invoqué comme un Dieu. Car jamais il n'avait senti pour l'homme célèbre, qui était en ce moment son dernier recours, autre chose qu'une admiration craintive et beaucoup de méfiance – la méfiance d'un petit provincial besogneux pour l'écrivain opulent, dont la réputation universelle était plutôt d'un voluptueux amateur, aux mœurs suspectes.

Rarement jeune ambitieux connut telle fortune que ce fils de magistrat obscur, candidat malheureux à l'agrégation ès lettres, mal noté par ses maîtres, presque renié par les siens, et qu'un livre étrange venu à son heure fit tout à coup célèbre, mais de cette espèce de gloire qui ne se ménage pas, qui se donne une fois pour toutes, à pleins bras, comme une fille. Par quelle rencontre ce garçon, alors si vivant, si insolemment vivant, retrouva-t-il sans l'avoir cherché – ainsi que son bien légitime – le secret perdu de la médisance assassine, d'une perversité si calculée qu'on n'en trouverait pas d'exemple depuis ces ténébreux petits-maîtres du XVIIIe siècle ? Le roman à clef, divertissement spécial désormais noté d'infamie, tombé à des entrepreneurs sans vergogne, se trouva soudain réhabilité par un jeune inconnu qui ne savait rien du monde que ce qu'il en traîne dans les cabarets à la mode, où l'avait introduit une gourmandise – pour mieux dire une voracité – mais si franche, si loyale, si bon enfant, qu'elle lui avait gagné des cœurs. On doit néanmoins ajouter qu'il rédigeait dans le même temps plusieurs chroniques gastronomiques fort savantes, dont il savait payer habilement son écot.

Lorsque *Mécène et ses suivantes* parut deux ans plus tard, la censure académique fit silence, et le public hésita quelques semaines à l'entrée du mauvais livre, dont il guettait les lumières et les cris à travers les fentes de la porte. L'hésitation dura jusqu'aux vacances, l'enthousiasme des casinos finit par l'emporter. Ce livre plein de lueurs, à la limite de la grande satire, où l'auteur n'atteignit jamais, car il est insensible, non pas seulement à l'indignation, mais au dégoût même, fut porté aux nues ; et il est juste de dire qu'il achevait de libérer le public de la tyrannie abjecte d'un vieillard obsédé d'une lubricité dégoûtante, accommodée au goût des professeurs grâce à un jeu de notes et de fiches reliées entre elles par des rosseries volées aux brasseries des boulevards, mais transformées par un emploi judicieux de la mythologie. *Mécène et ses suivantes* atteignit le trois cent soixantième mille en peu de mois.

Dès ce moment, M. Guérou fut un auteur à la mode, et chaque aube le vit sommeillant dans un de ces lieux de plaisir où se tient le sabbat de tous les démons de l'ennui. L'ancien chroniqueur fit la loi dans les cabarets où il n'était jadis que toléré. Il y rendit des arrêts sans recours, et son ventre pointait déjà sous la nappe.

C'est alors que cet homme singulier donna les premiers signes de lassitude, et la publication d'un second livre assomma ses thuriféraires, fit le vide autour de lui. Sur la foi de sa gourmandise, de son franc rire dont personne n'avait encore noté le hennissement, on l'avait tenu pour un amuseur inépuisable en malices et facéties, et il se dénonçait soudain. Son livre, écrit sous la forme d'un journal, notait avec une précision, une autorité, une cruauté sans égales non plus les faits divers de la vie parisienne, mais les événements de sa propre vie, et avec une telle minutie, une si froide impudence que la suite de ces aveux calculés, impitoyables, d'une effrayante monotonie, néanmoins impossibles à éluder, car on se trouve entraîné dans leur déroulement logique ainsi que dans la succession d'un cauchemar, causait une espèce de malaise qu'un petit nombre seulement des lecteurs de *Mécène et ses suivantes* fut capable de supporter... L'illustre éditeur, qui avait spéculé sur un triomphe, garrotté par un traité léonin, dut se résigner au désastre. Mais l'auteur n'y perdit que peu, car délaissé de son public, il vit aussitôt se ranger sous lui une troupe dévote qui le reconnut pour son chef. Et le succès, en Allemagne surtout, fut immense.

Son troisième livre décida probablement de son destin. C'est le chef-d'œuvre d'une âme aride, c'est la gageure d'une intelligence dont la recherche enragée a quelque chose d'héroïque, mais qui, livrée à elle-même, réduite à se dévorer ainsi que l'animal légendaire, s'épuise à mesure qu'elle avance et s'arrête condamnée sur la route affreuse qui aboutit ensemble à la perfection et au néant. Les vices, qui tenaient dans son second livre tant de place, ne sont évoqués cette fois que par allusion, avec méfiance. Il semble que l'auteur dédaigne déjà cette part encore trop positive de sa vie. Il nous condamne à n'en connaître que les intentions, et ces intentions n'aboutissent qu'à la vaine fécondation d'intentions nouvelles, qui se perdent elles-mêmes dans le vide.

Puis c'en fut assez pour jamais : M. Guérou n'écrivit plus rien. Après un temps de surprise, le silence finit par être accepté par tous comme l'aboutissement nécessaire d'une introspection creusée jusqu'au sacrifice total, jusqu'à l'absorption du regardé par le regardant. Dès lors, il reçut l'espèce de consécration universelle, si rarement donnée aux artistes vivants, et il sut porter avec esprit sa renommée. Riche sans doute de quelque héritage ignoré, traitant magnifiquement ses hôtes, providence discrète d'étrangers faméliques qui portaient au loin sa gloire, administrant son redoutable orgueil avec une prudence consommée, trop habile, ou indolent, pour se compromettre en rien, il vit peu à peu s'asseoir à sa table, qu'il avait somptueuse et généreuse à souhait, les convives les plus divers, et les renvoyait contents. Mais nul d'entre eux ne se vanta jamais de connaître le fond d'un tel homme. On lui donnait des vices sans pouvoir le convaincre d'aucun. Son dédain de l'argent était proverbial, son obligeance reconnue, sa tolérance infinie. Et néanmoins, le silence tout à coup gardé sur lui-même, après un double scandale, ne lui fut jamais pardonné. La dignité de cette vie en apparence publique, bien qu'elle ne laissât rien paraître de ses douleurs ou de ses joies, semblait un défi à la curiosité, jadis excitée avec tant d'art, et qui dévora ce qu'elle put atteindre de cette victime difficile et réservée. Elle assista, sans pitié, à l'incessante dégradation du misérable envahi par la graisse, étouffé par une obésité monstrueuse, et attendit impatiemment la mort pour ouvrir les secrétaires et cambrioler les dossiers. Mais elle n'apprit jamais rien.

M. Pernichon attendit vingt minutes. L'immense appartement, loué depuis peu, gardait les traces d'une installation récente et hâtive, la couleur des papiers, l'odeur de colle et de peinture fraîche, et cette autre odeur du molleton des draperies neuves. Le salon était encore tel que l'avaient laissé les invités à l'instant de leur brusque départ, et son extrême désordre semblait près de trahir un secret, comme si les choses inanimées eussent retracé, avec une implacable précision, dans leur immobilité sinistre, quelques-uns de ces gestes fugitifs qui, en dépit des paroles, dénoncent les âmes. Et bien que le trouble du malheureux publiciste l'empêchât de faire aucune remarque sérieuse, et qu'il se répétât tout bas, mécaniquement, la phrase d'excuse méditée sur le palier sans pouvoir y changer un mot, il sentit néanmoins confusément que cette suprême tentative était une faute de plus, probablement irréparable.

~

– Monsieur vous prie de passer dans sa chambre, dit une voix. Il est trop fatigué pour vous recevoir ici.

Pernichon l'entendit mal, mais obéit cependant. Il traversa en aveugle une pièce beaucoup plus sombre, une galerie, franchit le dernier seuil, et aperçut enfin l'hôte mystérieux, qui, levant à peine une main bénissante, les paupières mi-closes, la bouche tirée en dedans par l'imminente paralysie, ne lui donna d'abord en manière de bienvenue qu'un bredouillement presque indistinct. Puis, cette espèce de cadavre dans son linceul de graisse s'agita tout à coup, et les doigts gonflés serrèrent les siens avec une vigueur surprenante.

– Maître, fit d'un trait fauteur des *Lettres de Rome*, je viens vous supplier de croire que je regrette profondément, cruellement, d'avoir été la cause involontaire d'une scène fâcheuse à tous égards, et vous prier de me pardonner...

— Vous pardonner ! s'écria M. Guérou. Vous m'offrez des excuses ! Je pensais que vous veniez recevoir des félicitations.

Il contempla une seconde le petit homme tremblant, pinça les narines pour flairer de loin sans doute le vieux pardessus trempé de pluie, saisit tout d'un regard et dit :

— Vous les avez assommés ! Ils ont aujourd'hui trouvé leur maître. C'est un beau coup !

Pernichon, stupéfait, inclina la tête et se tut.

— Voyez-vous, reprit l'infirme avec une atroce ironie, tout homme digne de ce nom d'homme rencontre une fois dans sa vie l'occasion, la divine occasion... Vous avez sauté dessus, un peu brutalement, je l'avoue, au risque de la renverser. J'aime l'audace. À votre âge, c'est presque une forme de la prudence... Et maintenant, qu'allez-vous faire ? dit-il, après un silence, paternellement :

Le rouge vint aux joues du malchanceux. Il ne voulait pas douter d'être mystifié, il en sentait déjà la honte. Et pourtant, si féroce qu'elle fût, la curiosité de M. Guérou touchait inexplicablement son cœur... Il eût voulu le remercier.

— Je ne plaisante pas ! continua l'auteur de *Mécène*, comme s'il lisait dans le pauvre regard plein de larmes, je sais très bien qu'il faut faire la part du hasard, des circonstances... Votre mérite n'en est pas moins grand. Ne vous y trompez pas, mon cher jeune confrère. Le coup a été rudement porté. Achèverez-vous votre homme, oui ou non ? Vous voyez que je parle franchement.

— L'achever, maître ! dit Pernichon. Vous vous moquez de moi ? Je voulais justement... Enfin, je n'ai pas de haine contre M. Catani, et il me serait d'ailleurs bien difficile de lui faire aucun tort sérieux.

— Aucun tort ? Aucun tort sérieux... Qu'en savez-vous ? Une seule parole peut tout, pourvu qu'elle soit dite à propos... Entre nous, mon ami, les gens ne redoutent que le scandale. Quiconque est réduit par l'injustice au désespoir a toujours cette ressource-là ! Il est vrai que l'hypocrisie universelle est solide : pour la faire sauter, il faut une rude charge de poudre, et quatre-vingt-dix-neuf fois sur cent, le sapeur saute avec sa mine.

— Je voulais... c'est pourquoi je voulais justement... répéta Pernichon.

Puis il s'arrêta, étranglé par l'angoisse. Sûr d'avoir été deviné, il ne se sentait néanmoins plus le courage d'avouer sa faiblesse ; il savait qu'on attendait désormais de lui qu'il la montrât, qu'il la livrât sans pudeur... Elle était là, elle était prête, et le regard qu'il sentait toujours fixé sur le sien la réclamait impérieusement mais il n'osait pas la donner.

– Dites-moi ce que vous voulez, allons donc ! fit M. Guérou. Je me doute bien que vous n'êtes pas venu ici pour me présenter seulement des excuses : j'en ai déjà tant reçu ! Mais on me fait rarement l'hommage d'une douleur sincère, ingénue, sans détours – enfin, si j'ose parler ainsi – d'une douleur vierge, vierge comme l'or... Je vous sens profondément malheureux.

Sa voix s'embarrassa sur les derniers mots, et il reprit péniblement son souffle à petits coups.

– Ce que je viens de dire ressemble à une plaisanterie, une forfanterie un peu cynique. Ne le croyez pas ! La souffrance d'autrui ne peut plus rien pour moi, absolument rien... Ce sont des bêtises d'envieux. Car j'ai encore des envieux, moi ! (Il souleva pesamment son torse.) Vous voyez : on ne décourage pas l'envie.

– Maître, balbutia Pernichon, ce que j'attends de votre bonté...

– Ne me parlez pas de bonté ! s'écria M. Guérou. Vous êtes venu à moi... (mais si ! je le sais...) plein de préjugés, en désespoir de cause. Parions même que Ludovic vous y a poussé, hein ? Je devrais dire Mgr l'évêque de Paumiers, mon vieux camarade de Normale, quel imbécile ! Jeune homme, c'est sans doute une loi de ma nature : le prêtre médiocre exerce sur moi une espèce de fascination. Cela réveille en moi un appétit. Cela excite encore une cervelle qui n'est probablement plus qu'une petite pelote de graisse. Je parle du prêtre médiocre, car sitôt évadés, rendus libres, ce ne sont, entre nous, que des bonshommes ennuyeux. Témoin ce Loisy, que j'ai tant aimé, devenu un pédant rageur et qui m'assomme... Mais Ludovic !

– Mgr Espelette m'a donné ce conseil, en effet, avoua Pernichon. Il a toujours été très bon, très bienveillant...

– La bienveillance même ! cria M. Guérou d'une voix aiguë. N'allez pas prendre au tragique une plaisanterie amicale ! Venons-en plutôt aux choses sérieuses : Vous voulez vous venger de M. Catani ? eh bien, j'ai là dans un de mes tiroirs, pour vous, rien que pour vous...

Il appuya sur un timbre.

– Je vous jure ! protesta l'Auvergnat au désespoir.

– Ne jurez pas, continua paisiblement M. Guérou, vous me remercierez tout à l'heure. Les plus grands de nos plaisirs, jeune homme, sont ceux que nous repoussons d'abord, parce que nous craignons sottement pour notre fragile machine... Nous sommes encore plus paresseux pour jouir que pour souffrir, est-ce bête ?...

Il sonna de nouveau.

– J'appelle mon infirmier, expliqua-t-il, déjà oppressé sans doute à la pensée de l'effort qu'il allait tenter. Depuis des mois, je ne puis plus me passer de ses soins. C'est un serviteur dévoué.

À l'instant même, ce serviteur dévoué parut sur le seuil, et Pernichon vit avec stupeur un vigoureux gaillard, serré dans un tablier bleu de garçon jardinier, le visage barré d'une épaisse moustache d'un noir de jais, les manches retroussées sur des bras énormes et velus.

– Demandez Lucie, murmura tout bas M. Guérou à son étrange gardien, sur un ton presque suppliant. Elle tient les jambes, lorsque vous me soulevez par les épaules, et j'en éprouve un grand soulagement. Car vous m'avez un peu brutalisé hier, mon ami.

– Mademoiselle est en course, dit le géant d'une voix dont il s'efforçait pourtant de changer le timbre. Que Monsieur m'empoigne seulement par le cou, et je réponds du reste.

– S'il ne fallait que patienter une minute ?... reprit presque timidement l'infirme.

– Mademoiselle est en course à Saint-Leu, dit l'homme, chez l'ami que Monsieur sait, pour lui porter la lettre. Il est naturel, conclut-il avec un effroyable accent, qu'elle ne peut rentrer avant ce soir dix heures, ou onze ; si Monsieur peut patienter jusque-là.

Il n'attendit pas la réponse, s'arc-bouta. L'illustre écrivain lia péniblement ses bras autour du cou, en gémissant. Le garçon roidit les reins, et Pernichon vit sur les biceps gonflés se dessiner en sombre un tatouage compliqué, mal effacé par l'acide...

M. Guérou reprit lentement son équilibre, chancelant sur ses courtes jambes, les bras demi-tendus ou agités d'un mouvement convulsif à chaque faux pas, le regard rapide et anxieux dans la bouffissure inerte de la face. Il s'approchait de la fenêtre, tâchant de guider par petits coups, de biais, la masse molle de son corps.

– Monsieur va rudement mieux, dit l'homme. Dans six semaines, deux mois, Monsieur trottera comme un lapin, c'est couru. La jambe reprend, et, depuis quelques jours, la fesse est bien plus ferme, oh ! là là !

Sur un signe de M. Guérou, et après un dernier coup d'œil complice, il sortit.

– C'est un masseur extraordinaire, confia M. Guérou, avec un sourire navrant. Je vous demande pardon, il est affreusement mal élevé, mais sincère... Il a servi onze ans dans la Légion...

Des deux mains il avait saisi l'angle du meuble, puis, toujours geignant, il fit glisser la tablette, prit une liasse et regagna lentement son fauteuil. Mais Pernichon ne crut pas pouvoir supporter plus longtemps le spectacle du monstrueux marmot à cheveux gris dont chaque pas hésitant était comme une parodie sacrilège de l'enfance : il se leva d'un mouvement convulsif :

– Je désirerais... Je n'ai probablement pas le droit d'accepter de vous... un service dont je ne crois pas être en mesure de tirer le profit que vous pensez – du moins pour l'instant, dit-il sans oser lever les yeux.

M. Guérou éclata de rire.

– Vous n'en tirerez aucun profit, je le sais bien, que diable ! cria-t-il. Nous ne nous comprenons pas : laissez-moi faire. J'ai toute ma tête, cela ne m'arrive pas tous les jours. Asseyez-vous ou restez debout, ça m'est égal. J'en ai d'ailleurs pour cinq minutes. M'écoutez-vous ?

– Oui, monsieur, dit Pernichon, vaincu.

L'auteur d'*Eurydice* eut un véritable soupir de soulagement.

– J'aime votre franchise, fit-il. Vous êtes un bon, un excellent jeune homme de l'espèce la plus commune. Cela me rafraîchit de vous voir. Il y a là dedans (il frappa du plat de la main sur la liasse) de quoi gêner furieusement le vieux Catani, et quelques autres. Ne vous troublez pas : ce n'est rien, c'est le plus insignifiant de mes petits dossiers – une collection unique ! Depuis vingt ans, je classe, je mets en ordre, je bourre ma mine : voilà mon œuvre.

– Je ne comprends pas pourquoi... ce qui me vaut... protesta timidement Pernichon, rouge de honte.

– Nous y voilà, dit l'infirme. Vous êtes venu à propos, rien de plus... J'ai de tristes pressentiments, jeune homme, cela ne va guère, je ne vivrai pas longtemps ici, je n'aurais pas dû quitter Barfleur, j'ai rompu des habitudes. Bref, je me sens de la pitié pour vous. Je ne suis plus capable d'admirer grand-chose, mais j'ai apprécié votre audace, je vous ai trouvé courageux.

– Ne vous moquez pas de moi, murmura Pernichon. Je n'ai montré aucun courage : je me suis laissé emporter. Je suis réellement très malheureux.

– Le vrai courage s'ignore soi-même, déclara M. Guérou. Vous vous jugez mal. Pour moi, je vois votre pensée comme dans un miroir. Hein ? Vous n'en pouvez plus, vous êtes à bout. Vous iriez baiser la main de Catani, ramasser votre pardon avec les gencives, que sais-je ? Hein ? Vous iriez ? Ce serait bon. Au lieu qu'il vous faut entamer la lutte, rendre coup pour coup, faire le brave.

– Je ne ferai rien de pareil, monsieur, dit Pernichon, vous le savez bien. Même si j'étais capable d'utiliser les armes que vous mettez à ma disposition, on n'aurait pas beaucoup de peine à les retirer de mes mains. Et pour demander pardon à M. Catani, il est trop tard. J'ai perdu ma place. Je suis l'homme d'une place. La place perdue, l'homme n'est rien.

M. Guérou prit un journal sur la table, en fit une espèce de torche, qu'il acheva de tortiller soigneusement, l'alluma, saisit la liasse et jeta le tout, pêle-mêle dans la cheminée. La flamme jaillit et ronfla. Alors, mais alors seulement, les nerfs surmenés de Pernichon se brisèrent, et il éclata en sanglots, les yeux secs.

– Rien ne vous retient plus, c'est mieux ainsi, dit l'autre posément, avec un regard atroce. Oui, rien ne vous empêchera désormais de vous tuer, pour peu que vous en sentiez l'envie. Car vous en avez envie. Remarquez, en passant, que les circonstances ne justifient pas le moins du monde un suicide : la plupart de vos maux sont imaginaires, et vous exagérez les vôtres comme à plaisir. Il vous coûterait moins de vous tuer que d'avouer à présent que vous vous êtes affolé pour rien. Vous êtes vaniteux. Toutes les passions peuvent mettre un jour le revolver en main, mais à la fin du compte, c'est la vanité qui tue. Si j'étais vaniteux, je serais mort depuis longtemps. Notez encore qu'après tout, vous ne vous tuerez peut-être pas, vous êtes libre. Seulement, j'ai lu ça sur votre visage, dès votre premier pas dans ma chambre.

Chacun de ces mots, chargés de substance, venait frapper, l'un après l'autre, avec une horrible précision, le même point de la conscience, et l'angoisse de Pernichon s'en trouvait comme engourdie. En dépit d'un premier mouvement de terreur, il avait écouté cet aveu de sa profonde et secrète pensée, fait par une autre bouche que la sienne, et il en éprouvait à mesure un soulagement indicible. Le regard qu'il attachait sur M. Guérou était d'un esclave, mais ce regard, c'était à présent M. Guérou qui l'évitait.

– J'ai dit la même chose à Laudat, en 1918, reprit l'auteur de *Mécène* avec un rire forcé. Vous connaissez Laudat ? Il ne s'en porte pas plus mal aujourd'hui... Mais je serais désolé de vous avoir déplu.

– Vous ne m'avez pas déplu, murmura l'Auvergnat dans un rêve.

– Tant mieux ! s'écria gaiement M. Guérou. Vous sortirez de là, jeune homme ! Un bon coup de sonde est toujours le bienvenu, même s'il fait mal... Mais je ne voulais que plaisanter. Voyez-vous : je suis fabuleusement sensible à certains états comme le vôtre. Je vous désignerais dans la rue, à vingt pas, l'homme dont la résistance morale est à bout, l'homme qui va se rendre... À la veille d'une bataille décisive, entre deux généraux, je pourrais parier à coup sûr pour le vaincu... Ça n'est pas drôle !... Et maintenant, permettez !... Je voudrais que vous ayez l'obligeance d'entrouvrir la fenêtre, à votre gauche... là... oui ! Vous n'avez qu'à étendre le bras... Merci. Je ne me sens pas bien...

Il suait à grosses gouttes.

– Vous voyez ce petit tas de cendres ? reprit-il après un silence, en désignant du doigt la cheminée. Je suis satisfait de l'avoir détruit. Le reste suivra. Je n'en veux plus... Figurez-vous que j'avais écrit des... enfin, il faut bien l'avouer !... des Mémoires ! Est-ce assez bête ? Je les ai détruits aussi. Qui le saura ?

(Il jeta furtivement sur Pernichon un regard qui le condamnait, l'effaçait déjà du monde des vivants.)

– Qu'allez-vous faire en sortant d'ici ? interrogea-t-il tout à coup.

Le malheureux eût été incapable d'imaginer le moindre mensonge. Il répondit, fasciné :

– Je comptais écrire un mot à M. l'abbé Cénabre.

– Excellente idée ! triompha M. Guérou. Excellente idée ! Cénabre peut vous servir.

Un long moment, il mâchonna d'autres paroles indistinctes. La sueur coulait régulièrement de son front, et il l'épongeait parfois d'un geste nerveux, fatigant à regarder. Sans doute quelque chose commençait de l'emporter lentement dans son cœur sur la curiosité impitoyable, à peine soupçonnée d'un petit nombre, et dont il garderait à jamais le hideux secret. Enfin, il haussa les épaules, pour dire aussitôt, avec une espèce de tendresse :

– Comment diable êtes-vous venu me trouver ce soir ?

Mais l'Auvergnat, décidément apaisé, ne résistait plus, s'abandonnait. Sa pauvre âme, préparée à cette détresse voluptueuse par l'anxiété des dernières semaines, brisée par l'immense effort qu'il avait fait ce jour même, il se donnait à l'homme étrange qui lui parlait un nouveau langage, qui le traitait ainsi en égal. Tout le passé n'était qu'un rêve. Le présent même s'évanouissait. Jamais l'idée du suicide n'avait été dans son esprit plus vague, plus inconsistante, moins formulée, et pourtant jamais encore elle n'avait été si vivante. Le cerveau la concevait à peine, elle était comme la morose rumination de l'être tout entier. La conscience, déjà vaincue, faisait silence.

– Pour la raison que j'ai dite ; j'y avais été poussé par Mgr Espelette...

– Je m'en doutais ! s'écria M. Guérou. Cela donne la mesure de son bon sens... Vous avez connu l'abbé Dardelle ?

– Non, monsieur, dit Pernichon.

– Il vous ressemblait ; je crois l'entendre. C'était un de ces faibles de la pire espèce de faibles, de ces ambitieux qui ont besoin de sympathie, et pas de santé – un autre Pernichon. Je l'ai vu avant son départ pour la Belgique, un soir – attendez ! – non, c'était un soir de décembre, un soir d'hiver... Pourquoi vous autres, vous jetez-vous toujours dans la gueule du loup ?

Il s'arrêta brusquement, prêta l'oreille. Un cri aigu éclata non loin d'eux, dans le silence, s'éteignit aussitôt. L'Auvergnat n'entendit plus que la respiration de l'infirme, devenu rauque et brève.

– Jules ! cria-t-il tout à coup d'une voix tonnante.

Il fit, pour atteindre la sonnette, à quelques pas, un immense effort. Mais comme il étendait la main, la porte s'ouvrit doucement, et l'ancien légionnaire fit paraître dans l'entrebâillement une face transfigurée par l'insolence et la peur.

– Vous m'avez menti ! cria de nouveau M. Guérou.

Son agitation était si extraordinaire que Pernichon le crut d'abord frappé de démence. Malgré lui, son regard chercha celui de l'infirmier pour y trouver la même crainte, mais à sa grande surprise, il ne vit dans ce regard qu'une soumission désespérée, et il se sentit étreint par la déception des rêves, lorsque les visages qui passent ne reflètent rien de notre angoisse.

– Me voilà, monsieur, dit alors derrière lui une voix inconnue.

Ce qui venait d'apparaître se rencontre rarement en plein jour, en pleine lumière, dans un appartement à la mode. Peut-être cette disproportion faisait-elle d'ailleurs à elle seule la singularité du spectacle. Mais le contraste était trop fort, déchirait trop le cœur.

Le cou de M. Guérou s'empourpra, tandis qu'une tache blême s'élargissait autour de ses lèvres.

– Sortez ! qui vous appelle ? Sortez donc ! cria-t-il de la même voix tonnante. Pour fuir plus vite, la petite fille passa par-dessus la table basse où fumait encore la théière sa jambe maigre et son bas sordide. Pernichon vit la face lamentable couleur de peau morte où luisaient des yeux que la terreur rendait farouches. Avait-elle dix ans ou quinze ans ?... Elle disparut.

– Que t'ai-je dit ? reprit M. Guérou. Comment laisses-tu courir çà et là cette petite ordure ?

– On n'en est plus maître depuis que la garçonnière de la rue d'Ulm est fermée ! fut la réponse.

Pour la première fois depuis le début de cette scène bizarre, l'infirme parut se souvenir de la présence de Pernichon, et il se contenta de hausser les épaules avec une indifférence affectée.

– C'est la faute de Monsieur qui croyait que j'avais frappé Mademoiselle, remarqua le masseur en tablier bleu. Mademoiselle est bien là-bas comme j'ai dit. Voyons ! je n'ai jamais seulement touché Mademoiselle, c'est des histoires. Mais je ne puis pas venir à bout de celle-là. Elle m'a mangé la moitié d'un kilo de sucre : je fais Monsieur juge.

– Assez ! interrompit M. Guérou. Je suis las de toutes ces histoires. Allez-vous-en !

Il se laissa retomber dans son fauteuil, les deux mains croisées sur son ventre, la tête inclinée très bas. D'ailleurs, le silence de Pernichon visiblement l'exaspérait. Enfin, il éclata :

– Vous avez des vices, vous ?

– Moi ? balbutia Pernichon, épouvanté... Oui... non... c'est-à-dire...

– Ce que le vice a de bon, reprit fauteur de *Mécène*, subitement calmé, c'est qu'il apprend à haïr l'homme. Tout va bien jusqu'au jour où l'on se hait soi-même. Car enfin, mon garçon, je vous demande : haïr en soi sa propre espèce, n'est-ce pas l'enfer ? Croyez-vous à l'enfer, Pernichon ?

Il n'attendit pas la réponse.

– Moi, j'y crois, fit-il. Tenez, n'allons pas plus loin : ma maison est un enfer. Vous verrez que je n'aurai pas la consolation de mourir à Paris : je devrais retourner à Barfleur, je m'y fais mieux obéir. Ce que vous venez de voir n'est qu'un épisode entre mille. Depuis que je suis immobilisé par cette abominable enflure, ma pauvre vie reflue à la surface ainsi qu'un égout engorgé. Jules est trop bon : il n'a pas la poigne... Et quelles lettres atroces je reçois, mon ami !

Il s'arrêta, fixa sur son interlocuteur un regard étonné. Sans doute une part de ces paroles mystérieuses restait une énigme pour M. Pernichon, mais il venait de comprendre que l'infirme était, lui aussi, à une de ces minutes où le plus tenace ou le plus rusé se renonce. Et l'on doit dire que M. Guérou offrait en effet, à son tour, l'image même et comme le spectre de la déroute intérieure.

À présent la tête énorme semblait flotter de l'une à l'autre épaule, telle une épave sur une eau morte. Le lamentable écrivain parut même un instant absorbé dans une méditation grotesque, et M. Pernichon le crut d'autant plus aisément que le prompt relâchement des muscles de la face fit saillir la bouche en avant, dont les lèvres bleuâtres formèrent aussitôt une sorte de sourire. Néanmoins l'Auvergnat ne s'y trompa pas longtemps, car cette bouche s'entrouvrit tout à coup pour laisser échapper, avec un flot de salive, au lieu de mots intelligibles, un gargouillement confus. Il se leva, toucha du bout du doigt le torse inerte, gagna la porte d'un bond puis, la main sur la poignée, hésita, revint lentement vers la table et sonna.

~

– M... ! s'écria le légionnaire.

En une seconde M. Guérou fut hissé sur l'épaule et jeté plutôt qu'étendu sur un large divan de cuir. En une autre seconde ses vêtements arrachés s'éparpillèrent sur le tapis, et déjà l'homme frappait à tour de bras, d'une serviette mouillée, sur le corps nu.

Il frappa longtemps, poussant à chaque coup une plainte étouffée. M. Pernichon pouvait lire une véritable inquiétude – ou même quelque chose de plus – sur le visage dont il s'était détourné tout à l'heure avec dégoût. Cette inquiétude s'aggrava jusqu'à l'angoisse, puis les traits se détendirent, et à la grande surprise de fauteur des *Lettres de Rome* une sorte de sérénité s'y répandit, qui ressemblait à une affreuse tendresse... M. Guérou venait de respirer faiblement.

— Il s'en tirera ! dit le masseur, en passant sous son nez le dos de la main. Nom de Dieu ! j'ai eu chaud.

Il regardait avec douceur la masse de chair redevenue vivante, plaquée de rouge, où fumaient l'eau et la sueur. Mais la surprise de Pernichon devint de l'effroi, lorsqu'il vit la moustache noire tordue par une grimace significative... Jules pleurait.

— Malheur ! reprit-il après un clin d'œil cordial, quel tempérament ! On n'a jamais vu, depuis que le monde est monde, un tempérament pareil. C'est fort autant qu'un percheron. Ça voudrait tout arracher d'un seul coup d'épaule. Ça se ferait mourir pour rien, pour le plaisir. Quelle nature ! Sauf votre respect, monsieur, c'était un homme à crever dix femmes, vingt femmes – un colosse. Je l'ai connu, moi qui vous parle, sain comme la main, beau comme un dieu – je peux dire – un gaillard ! J'avais quinze ans, à l'époque. On se serait fait couper en morceaux pour un homme pareil... Et il faut que ça se laisse détruire par des femelles, des garces – respect de vous, monsieur – et qui n'ont pas l'âge, des vrais singes ! Dieu sait ce qu'il en consomme, et de pas ordinaires ! Ah ! monsieur...

Il s'essuya les yeux avec un coin de la serviette, retourna M. Guérou sur le ventre et frappa de nouveau à grands coups, bien que sans hâte.

— Voyez donc, disait-il à Pernichon, la méthode est bonne. C'est brutal, c'est maussade, mais c'est simple comme bonjour, inratable. Dans cinq minutes, il sera debout, solide comme vous et moi. Aussi fort que le voilà, il ne se meut plus aisément, le sang est lourd... C'est la circulation qui faut entretenir, et des massages, et tout... Un métier de forçat ! Notez que j'ai des rhumatismes depuis le Maroc. Il y a des jours que je crie comme un gosse, en le maniant. Il est si lourd ! Hé ! malheur : n'importe ! Sitôt mon temps fini, je suis venu le retrouver : j'aurais marché sur des tessons. J'étais infirmier légionnaire, j'ai appris exprès le massage, à cause... Ainsi ! Oh ! c'est un homme dangereux et qui a une manière de tenir son monde ! Impossible de s'en passer. Il a le vice si aimable ! Et une intelligence !

Il jeta la serviette, disparut, revint aussitôt avec une robe de flanelle dont il enveloppa son maître avec un soin maternel. M. Pernichon n'osait répondre, ni même lever les yeux. L'auteur de *Mécène*, enfin, soupira.

– Si c'était un effet de votre obligeance, dit l'infirmier, je vous demanderais de m'aider un peu à l'asseoir, sans le brusquer... Retour de ces crises, il est d'un susceptible ! C'est à ne pas croire...

Il rassembla les coussins autour des épaules, en glissa deux sous la nuque, ramassa la serviette, et enveloppant une fois encore son maître d'un regard indéfinissable, glissa sur ses savates et s'en fut.

L'Auvergnat rassembla son courage pour ne pas le suivre. La honte seule le retint un moment plutôt que la pitié. Le gros homme respirait lentement, les yeux mi-clos, ses bras étendus jetés au hasard, ainsi que d'un enfant surpris par le sommeil. Son visage était si calme, et le silence autour de ce visage si profond et si familier que Pernichon eût souhaité d'oublier ce qu'il avait vu et entendu. D'ailleurs, que savait-il au juste ? Qu'avait-il appris ? Mais il se sentait submergé de dégoût, et si las, si las !

Enfin le malade s'étira, gémit doucement sans ouvrir les yeux :

– Vous me croyiez mort, jeune homme, murmura-t-il. ... Rassurez-vous. Ces petits accidents sont au contraire les bienvenus : je dors si peu et si mal ! Il faut que le sommeil m'assomme d'un coup, comme ça, sans me faire attendre, ainsi qu'un pitoyable bourreau...

Il tâta de ses mains errantes la flanelle souple, et frémit.

– Ho ! Ho ! dit-il, je vous prie de m'excuser. Cela sans doute a été plus grave que je ne pensais...

Mais comme il ouvrait tout à fait les yeux, il s'aperçut que M. Pernichon avait disparu.

PARTIE III

À ce moment l'auteur de la *Vie de Tauler* quittait la Bibliothèque Nationale, et descendait la rue de Richelieu sous un soleil oblique, dans une poussière dorée. La ville, écrasée tout le jour par un brouillard impitoyable, aussi brûlant que l'haleine d'un four, se détendait ainsi qu'un animal fabuleux, grondait plus doucement, tâtait l'ombre avec un désir anxieux, une méfiance secrète, car les villes appellent et redoutent la nuit, leur complice. Cependant l'abbé Cénabre marchait de son grand pas égal, aussi indifférent à cette sérénité grossière qu'il l'eût été sans doute au désordre éclatant de l'après-midi, ou à la déchirante et pure haleine de l'aube, égarée parmi les pierres, pareille à un oiseau blessé. Car depuis longtemps, la pensée de l'abbé Cénabre était sans issue vers le dehors et il en épuisait la malfaisance avec une admirable cruauté.

Six mois plus tôt, dès son retour d'Allemagne où il s'était enfui, la première angoisse vaincue, il était entré sans débat, ainsi que de plain-pied, dans une paix profonde. Du moins, il l'avait ainsi nommée, car elle lui donnait l'illusion du calme absolu qui suit l'orage, d'une définitive immobilité. Des forces obscures dont il osait à peine supputer la puissance et le nombre, après s'être affrontées dans un chaos effrayant où il avait senti sombrer son âme, s'étaient non pas seulement apaisées, mais confondues, semblaient avoir contracté entre elles une monstrueuse alliance. Ainsi que la pauvre humanité dresse sa tente misérable entre des collines autrefois jaillies du sol dans un cataclysme inouï et gratte, pour manger, la pellicule refroidie d'un astre où mugit toujours l'abîme souterrain, il s'était installé comme au centre même de ses propres contradictions. Il y vivait seul et sauvage, loin des hommes, loin de son redoutable passé devenu maintenant plus mystérieux, plus redoutable que l'avenir, ce passé auquel il avait échappé par miracle, et qu'il entendait encore gronder, au-delà de son refuge, ainsi qu'une bête réclame sa proie. Et néanmoins la rupture semblait consommée.

De telles ruptures ne sont pas si rares, mais elles sont généralement le fait de circonstances particulières, imprévues, d'une révolte des sens, ou de l'orgueil, ou de la raison, qui emporte d'un coup toute résistance, et laisse après elle une déception si douloureuse que la volonté en reste affaiblie à jamais, garde en secret, comme un principe de mort, le regret de cette part de soi-même arrachée. Alors le doute insidieux renaît plus tenace qu'avant, car il prospère dans le milieu le plus favorable, en pleine décomposition. Peu d'hommes, en une telle conjoncture, évitent le double piège d'une tendresse équivoque et nostalgique pour ce qu'ils ont renié, ou d'une haine stérile qui n'est qu'une autre forme de leur remords, et les dégrade entièrement. Nul n'est dupe de leurs violences, tous les voient mendier, l'écume à la bouche, le pain qu'ils viennent de jeter, dont ils gardent une faim éternelle. Qu'importe si dans leur orgueil ils se flattent d'être affranchis, désormais uniques, solitaires : ils ont au contraire un immense besoin des autres. Ils ne sont que dépossédés.

Mais l'abbé Cénabre avait fait au désordre sa part, ainsi qu'un chef qui recule en bon ordre, et ne se laisse pas aborder. Les sens étaient intacts, – intact, inaccessible, son orgueil qu'aucune déception grave n'avait jusqu'alors entamé. Même la crise d'angoisse qui avait marqué la dernière étape de sa lente et presque méthodique séparation d'entre les hommes, il en était à la considérer comme un accident sans doute décisif, mais négligeable en lui-même, superflu. La honte qu'il en avait d'abord ressentie avait été vite regardée en face, abolie. Il évitait mêmement, avec une extraordinaire prudence, de tirer vanité, comme tant d'autres, d'un débat tragique, et il eût été bien certainement incapable d'y trouver matière à littérature. Par instinct, par un mouvement de sa nature la plus profonde, ainsi qu'une espèce hait une autre espèce, il détestait Renan, ou plus exactement, le méprisait.

Ce détail peut surprendre : il est révélateur. À quiconque ne recherche de ce mépris la raison secrète, l'abbé Cénabre restera sûrement toujours étranger. Les contradictions de Renan, sa sensibilité femelle, sa coquetterie, son égoïsme sournois, ses brusques attendrissements, tout dénonce une âme qui se dérobe par une volontaire dissipation. Ce dérobement perpétuel rend témoignage à Dieu, à peu près comme les détours de l'animal poursuivi révèlent la présence d'un chasseur qu'on ne voit point. La vie de l'abbé Cénabre est, au contraire, un des rares, et peut-être le seul exemple d'un refus absolu. Pour donner idée d'une âme ainsi désertée, rendue stérile, il faut penser à l'enfer où le désespoir même est étale, où l'océan sans rivages n'a ni flux ni reflux. Et certes, on ne peut croire que cet homme étrange fût né sous le signe d'une si effroyable malédiction. Quelque part que sa jeunesse ait faite au mensonge, une heure est venue entre toutes les heures où l'indifférence s'est muée en un renoncement volontaire, délibéré, lucide ; mais on ne connaît pas cette heure.

Il ne la connaissait pas non plus. Avec les symptômes les plus douloureux de son mal avait disparu, en apparence au moins, la colère qu'il avait un moment si puissamment exercée. Elle dormait. Sa conscience d'ailleurs ne formulait aucun reproche, et il ne sentait toujours aucun remords. La blessure s'était refermée, dès qu'il avait osé se regarder en face, se définir une fois pour toutes. Il ne croyait plus. Il avait totalement perdu la foi. Sa grande adresse, car la ruse chez lui n'est pas inégale à la force, avait été de résister à la tentation de retarder indéfiniment l'opération nécessaire, en ne rejetant pas tout à fait des symboles préalablement vidés de toute substance. Il avait rompu le contact, et de telle manière que le retour fût impossible, ne se pût même pas concevoir. « Le sens métaphysique, a-t-il avoué un jour, est chez moi comme aboli. » Et ce n'était pas assez dire. Un petit nombre de ceux qui lui ressemblent ont su s'arracher aux douceurs d'un spiritualisme nuancé pour atteindre aux rivages plus amers de l'agnosticisme. Là encore, à leur insu, ils vivent au milieu de visages familiers. L'abbé Cénabre pensait avoir réussi le coup d'audace de se vider en une fois non seulement de toute croyance, mais de tout espoir. À la limite de son effort, il n'y a plus rien. Cette pensée l'exaltait : il l'éprouvait sans cesse, ainsi qu'on retourne mille fois dans sa mémoire un souvenir délicieux, ignoré de tous. Cette âme, que son vieux crime avait depuis longtemps vouée à la solitude, enfin s'y donnait, s'y perdait sans retour. « Entre le néant et moi, se disait-il, il n'y a que cette vie hésitante, qu'un souffle peut abolir, la rupture d'un petit vaisseau. » Et il se sentait aussitôt le cœur cerné d'un trait de flamme.

Le néant est accepté le plus souvent comme l'unique hypothèse possible après la ruine de toutes les autres, possible parce que par définition invérifiable, hors de portée de la raison. On l'accepte avec désespoir, avec dégoût. Mais lui, il donnait vraiment au néant sa foi, sa force, sa vie. Il le voulait tel, ne voulait que lui. Dans ce choix extraordinaire, dans cette préférence surhumaine, il ne distinguait point la part d'une rancune accumulée par des années et des années de contrainte. Une telle découverte l'eût profondément humilié. Il se croyait sûr au contraire d'avoir agi sans violence, accepté virilement l'inévitable, et il mettait son honneur à ne se reconnaître aucune dette envers qui que ce fût, soit de haine, soit d'amour.

Néanmoins il se savait coupable d'une faiblesse, la seule, demeurée incompréhensible, l'appel à l'abbé Chevance. Désormais unique possesseur de lui-même, tirant de lui sa peine ou sa joie, dans une parfaite solitude, ce souvenir lui était insupportable. Tel un avare qui ne jouit plus de son trésor parce qu'on lui en a dérobé une parcelle, et dissipe sa rare et précieuse volupté à désirer ce qu'il n'a plus, M. Cénabre ne se consolait pas d'avoir laissé prendre, par mégarde, quelque chose de sa vie. Une brèche restait ouverte. Un certain pressentiment l'agaçait.

À cette inquiétude près, il se sentait sûr de lui, n'ayant jamais rien livré au hasard, ni commis aucune autre imprudence. À son retour d'Allemagne, afin de s'accorder quelques jours de réflexion, il avait consigné sa porte, et fait dire qu'il était malade. Mais alors même les rares intimes qui l'approchèrent n'eurent certainement pas de soupçons. Dès ce moment, d'ailleurs, sa décision était prise : il avait résolu de ne pas changer l'ordonnance extérieure de sa vie, de vivre et de mourir en prêtre.

Il peut sans doute paraître étrange qu'après avoir longtemps mordu son frein, l'occasion ne lui parût pas bonne de se libérer entièrement. Mais c'était de lui seul, c'était de lui-même qu'il avait prétendu se libérer, c'était devant lui-même qu'il prétendait ne plus rougir. Ayant consommé sa révolte, une dissimulation nécessaire, bien loin de diminuer la liberté reconquise, la lui rendait plus sensible, par un contraste matériel. On l'eût certes bien étonné en lui faisant connaître que la décision qu'il avait prise serait la cause de plusieurs événements tragiques que sa sagesse ne pouvait prévoir, dont son bon sens eût même écarté l'hypothèse. Il ne voyait pas le péril de cette dissimulation, il n'en sentait pas non plus la honte, depuis qu'il était en règle avec son orgueil. Au contraire, il s'acquittait de toutes les obligations de son état dans un vain zèle, mais ponctuellement, avec une dignité accrue, un sérieux, une tristesse même qui eût dérouté les plus perspicaces. Ainsi célébrait-il chaque matin le sacrifice de la messe à la chapelle des sœurs de Marie, et le vieux sacristain qui l'assistait depuis tant d'années ne l'avait jamais vu si recueilli.

Le cinquième tome des *Mystiques florentins* venait de paraître, et rien ne distinguait ce livre de ceux qui l'avaient précédé, sinon peut-être une méthode de critique plus prudente, une plus scrupuleuse objectivité. Un certain persiflage dans la discussion des points contestés, une veine comique un peu sombre, les impatiences et les insolences ne s'y retrouvaient pas. L'imprimatur avait été accordé dans le délai le plus court, et il avait néanmoins reçu, comme d'habitude, les félicitations d'un grand nombre de jeunes prêtres qu'enthousiasmait sa réputation de hardiesse et ce qu'ils appelaient dans un jargon naïf, et aussi par un détour habile, sa modernité. Le vrai est qu'il avait écrit les derniers chapitres en grande hâte, pressé seulement d'en finir. Son goût de la controverse avait disparu comme par enchantement, avec les derniers scrupules de sa conscience. Il formait le projet de s'en tenir désormais à son rôle d'historien, d'utiliser ses fiches. Il attendait.

Il attendait, mais non pas comme on pourrait croire, l'un de ces événements imprévus qui rétablissent tout à coup l'équilibre d'une vie bouleversée, mettent d'accord les apparences et la réalité, consacrent un mensonge. Non, il n'attendait rien de tel. Sa fierté était grande, au contraire, d'avoir réussi à renouer avec les habitudes anciennes sans rien briser de leur réseau délicat, de s'y retrouver tellement à l'aise, alors que tant d'autres auraient sans doute cédé au désir aveugle de tout rompre autour d'eux, de se venger ainsi de leurs angoisses, après les avoir surmontées. Au contraire, son destin était désormais fixé, et le cours de sa vie tracé jusqu'à la mort, qu'il ne souhaitait ni ne redoutait, car il en portait singulièrement l'image en lui-même ; elle était déjà sa certitude et son repos. Ce qu'il attendait ne se définit pas aisément, ou du moins il était bien loin d'imaginer que l'entreprise était à peine commencée – que d'ailleurs elle était probablement de celles qui n'ont ni commencement ni fin. La découverte de la solitude où il était tombé l'avait d'abord enivré, rempli de confiance, de force, de mépris. C'en était assez de rompre si parfaitement avec le reste des hommes, de ne vivre que pour lui, et par lui, et il avait cru de bonne foi n'épuiser jamais une si âpre et si rare volupté. Mais voilà que déjà il devait la rechercher, l'éprouver sans cesse, et il ne tirait plus d'elle qu'une joie avare, lente à venir. Il commençait de sentir que le mépris ne se suffit pas à lui-même, qu'il doit se retremper, se renouveler dans un sentiment plus absolu – mais lequel ? De ce sentiment, il n'était pas loin de deviner la nature, bien qu'il usât de ruses misérables pour ne pas prononcer son nom, car il sentait que le nouveau monstre, né en lui, ne voulait qu'être vu et caressé une fois pour croître affreusement, et rester seul, dans l'âme détruite, comme un chancre se moule parfaitement sur le membre qu'il a dissous, et en perpétue la forme hideuse. Sans doute il n'eût pas été capable encore de rendre clairement compte des craintes vagues, des pressentiments, de toutes ces choses aveugles et rampantes au fond de sa conscience, et il croyait simplement n'avoir qu'un dernier effort à faire pour se délivrer entièrement. Soit qu'il l'eût ainsi voulu, soit qu'il fût plus simplement arrivé au terme d'une lente mais incroyable dégradation, sa vie tout entière avait pris son appui sur l'orgueil, et il se flattait de lui avoir trouvé là une forte et sûre assise. Étrange erreur d'un homme qui ne savait point encore que l'orgueil n'a rien en propre, n'est que le nom donné à l'âme qui se dévore elle-même. Lorsque cette dégoûtante perversion de l'amour a donné son fruit, elle porte désormais un autre nom, plus riche de sens, substantiel : la haine.

Comme un amant s'avise tout à coup, avec épouvante, au creux même de ce qu'il appelle son extase, que le corps qu'il presse n'a plus rien à lui livrer de précieux, qu'il est vide et déjà délaissé, ainsi l'abbé Cénabre sentait parfois, et pour un instant, la précarité de son triomphe, l'inanité de sa possession. À de tels moments, le calme où il était tombé ne le rassurait pas assez, l'étonnait plutôt. Se regardant vivre, si pareil à ce qu'il était jadis, prêtre ponctuel, travailleur exact, visitant les mêmes amis, tenant sur toutes choses les mêmes propos, il sentait non pas le remords, mais la méfiance, et qu'une dissimulation si facile pouvait cacher un piège, n'était peut-être qu'une trêve. Il eût désiré ne pas avoir réussi d'emblée, apprendre avec peine et application son nouveau rôle, se faire violence. Au lieu qu'il s'y trouva d'abord à l'aise, et semblait n'avoir jamais connu rien d'autre. Ce bizarre scrupule n'était d'ailleurs généralement qu'une forme d'inquiétude vague, mais parfois aussi il jaillissait à la surface de la conscience, il se sentait atteint à l'un des points vifs de l'être. C'était, par exemple, à l'une de ces messes matinales qu'il célébrait d'ordinaire avec une indifférence absolue, attentif seulement aux gestes, aux paroles qu'il articulait soigneusement, même à voix basse, comme soucieux de ne pas s'abaisser à une ruse inutile, d'en donner aux auditeurs pour leur argent. Après avoir hésité quelques jours, il prononçait à présent la formule de la consécration non pas, à ce qu'il pensait du moins, par goût secret du sacrilège, mais parce qu'il lui semblait indigne de lui de duper, même par une inoffensive omission, les vieilles femmes qui, un instant plus tard, viendraient s'agenouiller à la Sainte Table... Et soudain ce point de souffrance aiguë l'arrêtait net, le clouait sur place pour une longue minute, parfois dans l'attitude la plus incommode, les bras levés présentant l'hostie à la croix, ou la main dressée pour bénir. Il sortait alors de lui comme on sort d'un songe, se regardait faire, non pas avec terreur mais seulement une immense curiosité. Curiosité impossible à définir, d'une nuance si pathétique à la fois et si délicate qu'on désespère d'en donner une analyse qui ne la trahisse point. Rien qui ressemblât moins à quelque repentir, même informe, à un mouvement de la grâce, ou simplement à la crainte. Bien au contraire il lui semblait alors que ce qui pouvait subsister en lui de douloureux ou de sensible se refermait brusquement et, dans la suspension d'une extraordinaire attente, il se sentait pétrifié. Attente est certes ici le mot qui convient, pourvu qu'on lui donne un sens absolu. À la fois acteur et témoin de ce phénomène étrange, il attendait quelque chose, il ne savait quoi, quelque chose qui allait peut-être naître de son orgueil exalté jusqu'au paroxysme, crispé ainsi qu'un muscle à la limite de son effort. Ainsi le prêtre révolté, face à son Dieu trahi, le regard fixe, attendait une nouvelle et imminente révélation, mais venue de lui-même, et non pas de cette figure de bronze, froide et muette, ou du petit disque blanc si frêle, à travers lequel il voyait danser la flamme des cierges... Quelle révélation ? Pourquoi détestait-il à ce moment le calme inouï, l'indifférence lucide, dont il était ordinairement si fier, pourquoi s'emportait-il contre sa volonté, et que désirait-il enfin ?... Quiconque eût alors observé attentivement son visage eût sans doute répondu.

Ces crises singulières, chaque fois plus violentes, étaient aussi chaque fois plus brusques et plus courtes. Si brusques et si courtes que la voix du prêtre, surpris parfois au milieu de la récitation d'un verset, accusait à peine un fléchissement. Et il les oubliait aussitôt, n'y pensait plus, jouissant inconsciemment de l'accablement qui les suivait, d'une bienheureuse fatigue dont tremblaient ses genoux sous la soutane. Et il regardait aussi sans comprendre la sueur ruisseler sur ses mains. Le sacristain qui, la messe dite, repliait l'aube avant de la glisser dans un tiroir, s'étonnait de la trouver trempée de sueur.

En traversant le Carrousel, il s'assit un instant sur l'un des bancs de pierre sculptés dans l'épaisseur même du mur, puis gêné par les passants, se remit en route presque aussitôt, mais plus lentement. Depuis six semaines il rassemblait des fiches, prenait des notes, travaillait péniblement, dressant chapitre par chapitre, avec sa minutie habituelle, le plan de son livre. La besogne lui apparaissait à présent fastidieuse, et il ne s'y accrochait plus qu'avec dégoût après en avoir espéré des mois de labeur paisible et un succès tranquille, si différent des anciens triomphes empoisonnés par la crainte d'un scandale, les discussions théologiques et les censures... Et voilà qu'il découvrait que cette crainte avait été une part de sa vie, une part de sa joie ! Bien plus ! La nécessité de ruser sans cesse, de calculer soigneusement ses chances, d'attaquer de biais, de rompre à temps une polémique où l'on va être entraîné à se découvrir dangereusement, les malices à la fois du chasseur et du chassé, tout cela lui avait été aussi cher que la gloire, et il le désirait de nouveau âprement. Et il avait en même temps la certitude que cela était détruit à jamais, et qu'il l'avait anéanti de ses propres mains.

Il avait encore pressé le pas, il courait presque le long du quai désert, il sentait monter le délire. Sa douloureuse impatience était celle d'un homme qui a longtemps cherché, presque à son insu, le chiffre ou le mot oublié, et qui s'aperçoit en même temps qu'il va surgir du fond de sa mémoire, et que de ce chiffre ou de ce mot dépend sa vie. Une foule d'idées, en nombre immense, se pressaient, s'affrontaient dans un désordre prodigieux et il croyait savoir, il savait maintenant que sitôt répondu à la question qu'il venait de poser cette confusion cesserait comme par enchantement. Presque à la même seconde une telle agitation lui fit honte, et par un de ces retours dont il était seul capable et où il se dépensait avec une violence étrange, il s'arrêta, se contraignit à rester un long temps immobile, les bras croisés sur le parapet, de l'air tranquille d'un passant qui regarde couler l'eau boueuse un soir d'été. Et pour tenter d'avoir raison de ce monstrueux rêve en l'amenant de force d'une zone obscure à une zone claire de la conscience, il essaya de l'exprimer en paroles intelligibles, il se mit à s'interroger et à répondre tour à tour, à voix basse, ainsi qu'il eût discuté avec un ami :

« C'est bien simple : j'abandonne décidément mon livre, je renonce à cette histoire, et pour commencer je brûle mes notes ce soir. – À quoi bon ? Tu es bête ! – Évidemment les sujets ne manquent pas, qui me sollicitaient encore il y a un mois. Je n'aurai que l'embarras de choisir. – Et pourquoi suis-je bête ? Pourquoi n'aurais-je plus de cœur à l'ouvrage ? – Je ne crois plus, – soit, – il est vrai. Je ne crois plus... Je ne crois plus à rien. Je ne crois plus à rien. Je ne crois plus à rien. Je ne... »

Il se surprit répétant machinalement la phrase stupide (combien de fois ?) et à dix pas de lui un vieil homme, la tête penchée sur l'épaule, le regardait avec tristesse, et s'éloigna aussitôt, en rougissant.

Il cacha son visage dans ses mains, s'efforça de reprendre la discussion au point où il l'avait laissée, se faisant mille reproches à voix basse, puis s'encourageant par des exclamations puériles, des « Voyons ! voyons ! » retrouvant au fond de sa mémoire les ruses du bon écolier qui cherche à fixer son attention sur un texte difficile. Ah ! que ne se vit-il alors tel quel, dans la profondeur de sa chute ! « Voyons ! voyons ! Serrons la question de près ! Ne restons pas en l'air. N'ai-je pas écrit tant de livres avec joie ? Oui. Oui, oui, oui ! Voilà donc un point acquis. Et pourquoi me suis-je cru forcé d'abandonner ces sujets, une matière si riche, inépuisable ? Voilà. Attention ! Ceci est un autre point délicat. Voyons : à la prendre en elle-même – ou plutôt objectivement – à l'étudier du dehors, avec un désintéressement absolu – la sainteté, par exemple... Non ! Non ! mille fois non ! s'écria-t-il cette fois à voix haute et en frappant du poing sur la terre. Il faut prendre parti ! Je dois prendre parti ! »

D'un regard furtif, jeté à droite et à gauche, il s'assura que personne ne l'avait entendu. Jusqu'au Pont-Neuf, le quai était désert. La sirène d'un remorqueur gémit doucement, puis haussa son cri funèbre, et la dernière note déchirante, en retombant, donna le signal du crépuscule.

• • •

Il fit un geste d'impuissance, et s'éveilla. Le ciel était pur et tout proche, cerné de l'orient à l'occident par une buée couleur de soufre. Les immenses platanes de la rive balançaient mollement leurs branches. Toutes à la fois, face au couchant, cent mille fenêtres allumèrent un fanal rouge, et qui sombra presque aussitôt. Alors seulement, le vent fraîchit.

Sa montre marquait dix heures, et il la remit brusquement dans sa poche, comme on supprime un témoin gênant. Déjà le débat qui venait de prendre fin, où il s'était engagé avec tant d'angoisse, n'était plus qu'un souvenir confus, s'effaçait comme un rêve, et il n'avait nettement conscience que du temps perdu. Bien qu'il en eût été ainsi, d'ailleurs, à chacune des crises précédentes, aucune d'elles ne l'avait encore si cruellement exercé, ni mené si avant à travers son dedans ténébreux. Et jamais non plus elle ne l'avait laissé si âprement tourmenté de colère, et si déçu.

Il traversa le pont des Arts, s'engagea dans la rue Bonaparte, prit à droite une rue déserte, puis une autre, et une autre encore. Son mauvais rêve était tout à fait dissipé, ne l'occupait plus. Il sentait seulement le besoin d'user par la fatigue l'agitation douloureuse dont il ne pouvait se rendre maître, et il choisissait au passage, pour sa promenade sans but, d'instinct, les ruelles plus étroites et plus noires. La dernière déboucha sur le boulevard Saint-Germain, déjà désert. Presque en même temps, il heurta de l'épaule un vieux pauvre, debout dans l'encoignure d'une porte, et sans doute endormi. La surprise le tint immobile un moment, puis il dit : « Que voulez-vous ? » – avec colère, et d'un tel accent qu'il eut honte.

Mais l'autre, dès longtemps rompu sans doute à ce genre d'escrime, répondit avec l'admirable à-propos des mendiants, sans se troubler :

– C'est le bon Dieu qui vous envoie, monsieur le curé. *Ave Maria ! Dominus !*

Il plongea sa main dans un trou de sa veste, en sortit un papier sordide.

– Voilà mon certificat. Et je vais vous dire. J'avais aussi un certificat du commissaire, avec mon billet de sortie de l'hôpital, épinglé dessus. Ah ! malheur ! Ah ! nom de Dieu de nom de Dieu ! Mais je les ai perdus, monsieur le curé. Voilà ma veine ! Preuve que je suis un honnête homme. Y a de la chance que pour la canaille et le parasite, c'est mon idée.

Il replongea mollement sa main dans un autre trou, la retira vide, et dit avec amertume et résignation :

– Ça va. Je ne demande plus que dix sous.

L'abbé Cénabre vit les petits yeux gris luire, entre deux bourrelets de crasse, et son cœur se tordit de dégoût. Mais à sa grande surprise, il répondit comme malgré lui, sur un ton de douceur étrange :

– Avez-vous faim ?

– Si j'ai faim ! j'ai toujours faim ! C'est de naissance. Ne me demandez pas si j'ai faim, ah, malheur ! Si... j'ai... faim !

Il prit, levant le bras, et dépliant sa main noire, le ciel à témoin, d'une telle candeur, jouant l'amertume à merveille, mais toute sa vieille face éblouie d'une immense rigolade intérieure. « Un curé de croquants, se dit-il. Y a du bon. »

– Je voudrais faire quelque chose pour vous, reprit doucement l'abbé Cénabre. Donner dix sous, ou dix francs, à quoi bon ? Vous n'en serez pas plus riche. Il faut que nous trouvions mieux, mon ami.

Le regard du pauvre diable n'exprima plus aussitôt qu'une méfiance infinie.

– Je dois travailler, essaya-t-il d'expliquer mollement. Seulement je devrai d'abord me requinquer. Faible comme un enfant, monsieur le curé. Plus de force, rasé. J'aime mieux crever.

Il glissa de nouveau dans l'encoignure, et y disparut. L'abbé Cénabre ne voyait plus que le bas du visage, éclairé en dessous. Et la mâchoire inférieure, si maigre, claquait de déception et de colère.

L'illustre historien fit le geste de désappointement d'un terrier qui rate sa proie. Une petite seconde encore il hésita, honteux de lui, impuissant à se dégager, cédant peu à peu à un entraînement irrésistible. De jour en jour, et presque à son insu, ces soudains fléchissements lui devenaient plus familiers, moins douloureux, inquiétaient moins sa raison. Il était fait à leur rythme singulier, toujours le même. Le premier choc, impossible à prévoir, ni à parer, de telle pensée tout à coup surgie, en apparence inoffensive, mais qui ne quittait plus le champ de la conscience, refusait de passer, arrêtait net le déroulement des idées et des images, ainsi qu'un corps étranger bloque un rouage délicat... Puis l'extrême attention de tout l'être, son absorption, comme d'un homme qui fixe stupidement l'angle d'un mur, et n'ose en détacher les yeux avant d'avoir retrouvé le mot perdu... Et enfin la délivrance, dans un accès de rage, une détente sauvage de l'âme humiliée.

« Petits accidents sans importance ! » se disait-il à lui-même, dès que le calme était revenu. Car la simplicité, la régularité de sa tâche quotidienne, sa monotonie, voulue, délibérée, entretenait en lui l'illusion que ces désordres n'étaient que le reliquat, les derniers symptômes d'un mal déjà ancien. Mais ils étaient sa vie même, poursuivant son cours, implacable, cherchant sa voie et son issue, ainsi qu'une eau sous la terre. La méditation commencée dans l'angoisse, puis brusquement interrompue, chassée des hautes régions de l'âme mais non vaincue, se continuait dans les ténèbres et reparaissait tout à coup, comme si, tout autre détour interdit, refoulée dans les profondeurs du sensible, elle eût sournoisement tracé sa route à même la chair douloureuse, suivi les réseaux mystérieux de la moelle et des nerfs, pour prendre la volonté par surprise, et forcer enfin la conscience.

Cette fois encore le même entêtement stupide le tint un moment face au misérable dont il ne voyait pas les yeux, comme s'il eût attendu de lui quelque réponse décisive. Le vieil homme, inquiet de ce silence, s'étira doucement dans sa cachette, ramena ses mains contre ses cuisses, au fond de ses poches, et retint son haleine. « Le frère est tapé ! » se dit-il, philosophe. Mais l'abbé Cénabre était si près de lui qu'il entendit battre son cœur... ... Alors, il allongea soudain la main, tâta la manche de drap raidie de crasse, referma les doigts, et sans effort, sans brusquerie, d'un geste au contraire lent et mesuré, il tira le bonhomme hors de sa cachette, et le regarda de nouveau, plus curieusement. Le vieux corps ne pesait pas plus qu'un sac de plume au bout de son bras tendu, et il sentait la peau glisser librement sur les os. Le regard, maintenant visible, à la fois narquois et terrifié, demandait humblement grâce, étrangement naïf et même enfantin. En même temps, les jambes esquissèrent un mouvement comique de défense impuissante, comme si elles eussent voulu prendre aussi leur part d'une excellente plaisanterie. « Pouce ! je ne joue plus ! » dit le cadavre, avec un affreux rire.

Le visage immobile de l'abbé Cénabre s'empourpra, il n'eût su dire si c'était de honte, de déception ou de colère. Mais la déception l'emportait sans doute. Il s'était surpris lui-même, dans cette espèce de frénésie à demi lucide où ses paroles, ses gestes, ses intentions mêmes avaient un sens double, comme ces textes dont la banalité apparente cache une signification plus haute et secrète, connue des seuls initiés. Toujours son bref délire se dissipait ainsi trop tôt, frôlant l'absurde sans y entrer, ne laissant après lui qu'un souvenir vague, confus, impossible à interpréter. Cette fois encore la raison, un temps défaillante et comme prise au dépourvu, s'efforçait de renouer la chaîne, construisait son hypothèse rassurante, ainsi qu'une araignée tisse sa toile autour d'une proie suspecte. Que ce mendiant eût troublé sa méditation, qu'il eût cédé à un mouvement d'impatience, ou même d'involontaire cruauté, quoi de plus naturel, de plus explicable ? Ces sortes de distractions ne sont point rares, et tous les rêveurs les connaissent bien. Ainsi parlait une voix intérieure, mais qu'il sentait pourtant étrangère, qu'il méprisait en l'écoutant, dont il connaissait trop l'accent insincère... Il ne la croyait pas. Il ne feignait même pas d'y croire. Le courage lui manquait encore de reformer le pauvre mensonge qu'une autre expérience jetterait sans doute bientôt à bas. Que voulait-il à ce grotesque ? Qu'attendait-il de lui ? Il n'en avait certes aucune idée ; il ne savait rien, sinon qu'il avait tiré de l'ombre ce vieux pantin, comme il eût voulu arracher de son misérable cœur l'angoisse vivante dont il se sentait mourir, et qu'il le contemplait maintenant du même regard avide qu'il eût regardé sa propre conscience. Et comme sa propre conscience, il eût voulu aussi le jeter hors de lui, revenir dessus, le piétiner, l'anéantir... Toute cette scène ne dura pas le temps d'un clin d'œil. Il desserra les doigts.

– Malheur ! dit le cadavre. On fait pas mieux. Crédieu ! quelle poigne !

Il soufflait par le nez un petit rire craintif, livrant humblement son regard d'affreux enfant quinquagénaire, ses prunelles pâles, dont l'abbé Cénabre ne put supporter l'appel. Il tourna le dos, et s'éloigna lentement, assez lentement pour se laisser rejoindre. Car il entendait derrière lui, d'abord hésitant, puis résolu, le pas de son ténébreux compagnon. Et soudain il vit à ses pieds, sur l'asphalte du trottoir, danser cocassement une ombre.

– Pas de blague, et mes dix sous ! demanda l'ombre d'une voix qui s'efforçait d'être brave. Dix sous seulement, monsieur le curé, et je mets les voiles ! Dix sous pour le vieux gosse qui comprend la rigolade. Et je vous plaque après, craignez rien ! Je fais suisse.

– Suivez-moi, au contraire, dit l'abbé Cénabre. Je n'avais pas l'intention de vous renvoyer sans un secours. Nous conviendrons peut-être en marchant de quelque moyen de vous être utile. Je suis attendu moi-même, mon ami.

Il parlait avec douceur, et même il sourit au visage inquiet levé vers lui. La rue où ils s'enfonçaient descendait de biais vers la Seine, et ils n'y rencontrèrent qu'un sergent de ville somnolent dont la vue remplit d'amertume le vieux pitre qui, tout soufflant et boitillant, – car il tirait la jambe, – en était déjà aux confidences, expliquait son caractère, alignant des mensonges énormes, à la fois subtils et ingénus, scandés de : « Vous êtes un type à comprendre... » – « Je vais vous dire encore sans charre... » – « Avec vous, pas besoin de boniment... », etc. Il déplorait sur toutes choses que sa famille lui eût fait cette injustice de lui donner le nom d'Ambroise, cause de ses malheurs : « Un sale nom, monsieur le curé, un nom de salaud, qui fait rigoler, un nom de cocu ! Pas moyen d'être seulement respecté avec un nom pareil. À l'école, ils m'appelaient Framboise, et l'instituteur ne pouvait pas m'encaisser, rapport aussi que je suis devenu orphelin. Au chantier, c'était le même tabac. Allez aux halles, vous ne pourriez pas l'ouvrir sur moi, sans faire tordre tous les copains. Mon père était un bon ouvrier, mais il manquait de jugement. Ma mère avait de l'intelligence, mais pas de conduite. Elle s'est ensauvée un jour avec un chef de la Garde, qui pour se débarrasser d'elle, l'a fait donner par les mœurs. Une belle vache ! »

Il avait peine à suivre, car l'abbé Cénabre allongeait le pas sans répondre, ni même tourner la tête. « Je crois lui en fourrer plein la vue, mais c'est plutôt lui qui me fait poser ! » pensait douloureusement le pauvre bougre, essayant courageusement d'échauffer sa sciatique, sans geindre. « Sale gueule de raie ! » Mais il n'aurait, pour rien au monde, lâché prise avant d'avoir le cœur net, sans doute par un obscur souci du travail bien fait, une sorte de conscience professionnelle léguée à sa misère par les ancêtres inconnus, les tenaces paysans beaucerons – ces croquants qu'il croyait mépriser, en pantruchard affranchi.

Par quel instinct de vieil esclave, par quelle clairvoyance sinistre devinait-il aussi que ce prêtre si grave, dont il osait à peine soutenir le regard lourd, lui demandait secrètement, attendait de lui, cela même qu'un mendiant cache ordinairement à la clientèle, le fonds sordide, ce qu'il nommait terriblement son « guignol » ? Car il avait laissé très vite le répertoire habituel des histoires attendrissantes, et il parlait à présent d'abondance, se dégradait comme à plaisir, avec une sorte de coquetterie obscure, un cynisme dont l'absurde et puéril mensonge eût crevé le cœur le plus dur. – « Le frère rigole en dedans », se disait-il pour s'encourager entre deux hoquets de son affreuse joie. Et il continuait à faire l'espiègle, recru de sommeil, cramponné à son rôle, ainsi qu'une fille exténuée joue les vicieuses. « Ah ! la rosse ! pensait-il. Si je l'embête, je suis foutu ! Il y a des types comme ça. J'en ai connu. »

D'ailleurs l'abbé Cénabre laissait paraître, sinon son plaisir, au moins quelque intérêt, l'encourageant parfois d'une réponse brève, d'un vague sourire furtif, dont le misérable se régalait. Ils descendaient les quais d'un pas un peu ralenti, vers la lointaine gare du P.-L.-M. et ils voyaient cligner dans le brouillard son œil énorme. L'aiguille avait déjà dépassé minuit, et l'auteur de la *Vie de Tauler* ne se décidait pas encore à rompre une fois pour toutes avec son singulier compère. Le hideux babil accompagnait, s'accordait non sans douceur à sa propre méditation, et il eût volontiers pris cette douceur pour de la pitié bien qu'il n'eût jamais été, à aucun autre moment de sa vie, moins capable de pitié. Mais la sévère contrainte qu'il exerçait depuis tant de jours contre lui-même venait de se relâcher à son insu ; il goûtait ce que l'orgueil à la torture recherche avec avidité, le court et précaire rafraîchissement de la honte. Car l'humilité n'est point, ainsi que la définissent les sots, un bien seulement céleste, fait pour les hommes divins. La nature déchue qui la hait ne saurait néanmoins en tarir tout à fait la source, aux dernières profondeurs de l'être, sans se frapper de stérilité. Il en est d'elle comme de ces éléments de la matière vivante, dont l'analyse ne découvre parfois que des traces imperceptibles. On la croit déjà tarie, et elle reparaît tout à coup, inattendue, méconnaissable, ainsi qu'un mince filet d'eau perce le sol, et fait à la surface une petite nappe de boue où le misérable qui meurt de soif peut encore enfoncer sa bouche. La pleine conscience dans le mal n'est pas de ce monde. Le remords parfait, absolu, ferait jaillir l'enfer dans l'homme, et le consumerait sur place.

L'abbé Cénabre goûtait une certaine espèce de honte, et il n'en éprouvait aucune peine, il s'y délivrait doucement. Il la goûtait sans arrière-pensée, tout à la joie d'échapper pour un moment à son perpétuel tête-à-tête, la silencieuse et tragique confrontation. C'était la première fois, après tant d'années, qu'il rompait le pacte d'une sévère, d'une impitoyable discipline extérieure, et il s'étonnait à peine de son audace, il en avait à peine conscience. Il ne cherchait même plus les rues obscures, il entraînait son compagnon en pleine lumière, comme s'il eût répondu à un défi, et c'était à présent le pauvre diable qui s'effaçait de son mieux, rasait les murs, étouffait son rire, souhaitait d'en finir, dût-il même y sacrifier une ventrée hypothétique, dont l'espérance désertait peu à peu son cœur. Mais il eût été peu sage de penser affliger ou attendrir l'abbé Cénabre cette nuit-là.

Car elle lui rappelait une autre nuit, déjà enfoncée bien avant dans le passé, néanmoins inoubliable. Elle l'évoquait avec tant de force qu'elle s'y juxtaposait, pour ainsi dire, la recouvrait exactement, bien que les deux images ne s'en pussent confondre, comme ces dessins subtils qui, par un imperceptible déplacement des lignes, ou de leur rapport, font d'un même visage une copie tragique ou cocasse. Et fixant par-dessus l'épaule son compagnon, il pensait à l'abbé Chevance, à ses yeux tristes, il le voyait rouler à terre, il ramassait son rabat troué. Alors il sentait gronder dans sa gorge le même rire furieux.

Insensiblement, l'espèce de curiosité anxieuse qui l'avait d'abord entraîné dans cette aventure singulière faisait place à un autre sentiment beaucoup plus profond dont il ne pouvait plus méconnaître l'entraînement irrésistible. Il touchait un nouveau but, il prenait sa revanche, il semblait qu'il se vengeât sur cette proie innocente d'avoir cru, de croire encore malgré lui, d'espérer toujours être le même homme qu'avant. – « Je n'ai perdu que Dieu, s'était-il répété cent fois déjà. Je n'ai donc rien perdu. Mais ma vie s'était constituée en fonction d'une telle hypothèse, tenait d'elle sa raison d'être, son sérieux. Dieu est nécessaire à mes habitudes, à mes travaux, à mon état. J'agirai donc comme s'il existait. C'est un parti à prendre une fois pour toutes. » Il l'avait pris ; et, à sa grande stupéfaction, cette attitude si simplement prise, si aisément gardée, contre laquelle ne se révoltaient pourtant ni sa sensibilité ni sa raison, s'accompagnait d'un travail intérieur inexplicable, d'une lente et progressive transformation des plus secrètes puissances de l'être. Il était vidé de toute croyance, net de tout le passé, sans remords et sans regret, à l'un de ces lieux privilégiés de la vie mortelle où l'homme atteint, sinon au repos, du moins à l'immobilité, n'ayant plus rien à perdre, ses gains désormais prévus, escomptés jusqu'au dernier liard. Et pourtant, il sentait toujours en lui ce glissement indéfinissable, cet écoulement – ou du moins il en prenait conscience par la bizarre tension de sa volonté, ainsi qu'un marin dans les ténèbres connaît la force d'un courant ou le rafraîchissement de la brise au raidissement des chaînes de l'ancre. Dieu ne lui manquait pas, car il croyait bien n'avoir pas rejeté la foi : elle s'était brusquement détachée de lui. Alors, quoi ?

Tout autre que lui n'eût sans doute attaché que peu d'importance à une promenade nocturne, aux côtés d'un vagabond, à travers un quartier de Paris déjà désert passé minuit. Quel prêtre n'a été ainsi abordé et suivi bien des fois ? Mais l'abbé Cénabre, sous sa morgue, a toujours eu plus qu'une répugnance, la terreur des gens mal vêtus, commune à tant de savants qui voient dans chaque pauvre diable un animal d'une race inconnue, toujours prêt à brûler les bibliothèques, lacérer les fiches, et bouleverser les laboratoires à grands coups de souliers ferrés. Chez l'abbé Cénabre, ce préjugé du petit bourgeois studieux se double d'une tenace rancune envers un troupeau dégradé dont il croit n'être sorti que par un miracle d'intelligence et de volonté, et qu'il n'approche jamais sans une crainte puérile où revivent toutes les humiliations de sa misérable enfance, et comme la vague épouvante d'être reconnu tout à coup et nommé par son nom. Car l'orgueil, chez les plus grands, a de ces naïvetés déconcertantes.

Jamais l'homme qui, à douze ans, implorait la faveur de passer ses vacances au séminaire, inventant pour l'obtenir des mensonges ingénieux qui édifiaient grandement ses maîtres, simplement par dégoût de la maison paternelle dont il ne pouvait retrouver sans rougir jusqu'aux oreilles, dès le seuil franchi, l'humble odeur, inoubliable, de gros velours et de lard fondu, n'avait réellement connu le pauvre. Passé du petit séminaire au grand, puis de là en Sorbonne, après avoir échappé à la caserne, il avait vécu la vie d'un étudiant besogneux et fier, intimidé par ses compagnons riches, dédaigneux des autres (mais s'appliquant soigneusement à celer ses goûts et ses dégoûts pour ne faire sa société que des plus travailleurs et des mieux notés de ses rivaux, dont il avait suivi prudemment l'ascension), respecté, sinon aimé, jusqu'à ce qu'un premier rayon de gloire eût rallié les hésitants. Chacun de ses pas en avant avait été une rupture avec le passé, la famille où il ne comptait à présent que de rares cousins aux noms oubliés, la province, qu'il n'avait jamais traversée, même en chemin de fer, sans une douloureuse crispation du cœur, le diocèse qu'il avait fui, et dont le vieil évêque était l'un de ses plus fermes et plus dangereux censeurs. De jour en jour plus solidement retranché dans sa vie laborieuse et austère, il s'était appliqué à n'inspirer aucune envie, témoignant en toute conjoncture la même prudence et le goût très sûr qu'il avait montré en s'entourant peu à peu d'un luxe presque invisible, ce mobilier rare, ces admirables pièces appréciées d'un petit nombre d'amis raffinés, peu remarquées des autres. Tous les actes de l'abbé Cénabre avaient eu jusqu'alors le même caractère de ruse un peu grossière, mais patiente, appliquée, méthodique, qui finit par triompher à la longue de toutes les méfiances, ou du moins par les lasser. L'unique point faible d'une défense aussi savante avait été, pendant de longues années, la volontaire équivoque entretenue en lui-même, l'indifférence à Dieu chaque jour plus profonde, à laquelle il avait enfin osé donner son vrai nom. Désormais il savait ce qu'il était : un prêtre sans la foi. La certitude en était acquise, le débat clos. L'hypocrite est avant tout un malheureux qui convient imprudemment de son attitude envers autrui avant d'avoir eu le courage de se définir soi-même exactement, car il répugne à se voir tel qu'il est ; il se cherche une sincérité, sacrifie à cette impossible gageure des avantages certains, et finit par se duper. Pour mentir utilement, avec efficace et sécurité plénière, il faut connaître son mensonge et s'exercer à l'aimer.

C'est ainsi que l'abbé Cénabre avait arraché avec une violence sauvage, cette part déchue de lui-même, dès longtemps condamnée, à présent morte. Son terrible, son féroce bon sens que nulle angoisse n'est assez forte pour détruire entièrement, lui avait inspiré de pousser l'expérience à fond, d'en finir une fois d'un seul coup. Ayant souvent médité sur le sort malheureux des renégats, même illustres, qui finissent dans une monotone et humiliante dispute, impuissants à se dégager tout à fait, et qui ont l'air, en l'injuriant, de traîner avec eux leur dieu outragé ainsi qu'un compagnon de chaîne, il s'était fait la solennelle promesse de rester jusqu'à la fin, jusqu'à la mort, impénétrable. Il pensait, non sans raison, que la maladresse de ces négateurs anxieux, bourrelés, est de n'avoir libéré que leurs cerveaux, tandis que la croyance n'en finit pas de se survivre et de se corrompre lentement aux replis les plus secrets, les moins faciles à atteindre, de leur sensibilité. Une telle contradiction, et si réservée, si profonde, les exerce d'autant plus cruellement qu'ils ne sauraient se faire d'elle une idée claire, ni l'exprimer, sinon par les vains et puérils bégaiements de la haine. Ils ne participent plus à une foi dont ils demeurent les esclaves écumants. Qu'importe s'ils pensent l'avoir tuée ? – « Ils restent liés à un cadavre », disait d'eux, avec mépris, l'abbé Cénabre. Car il s'était flatté de croire qu'il n'aurait jamais, avec ces misérables déclassés, rien de commun, et pour échapper lui-même, en quelque mesure, au sentiment de sa propre solitude morale, il se rassurait en pensant que le nombre était sans doute grand dans l'Église de ceux qui lui ressemblaient, âmes vigilantes et fortes, capables de tenir un secret, inflexibles.

C'est alors que son orgueil avait reçu le coup le plus dur.

Chose étrange, incroyable ! L'équivoque renaissait, mais plus subtile, plus perfide. En vain cherchait-il à se convaincre, par d'irréprochables arguments, qu'ayant décidément renoncé une certaine discipline intérieure, devenue inutile, son intérêt comme sa dignité lui commandaient d'y conformer néanmoins sa vie. La contrainte qui lui avait paru jusque-là si légère, en si parfait accord avec son goût de l'ordre, de la respectabilité, du travail, il l'endurait avec peine, il tentait d'y échapper sournoisement. Ç'avait été d'abord de ces petits manquements volontaires qui ressemblent à des distractions, et qui n'échappent jamais toutefois à l'œil d'un secrétaire ou d'une servante. L'abbé Cénabre laissait croître sa barbe, négligeait ses mains qu'il avait belles, prolongeait ses repas, sa sieste. Il lui arrivait de se jeter, tout habillé sur son lit, que sa gouvernante s'étonnait de retrouver le soir en désordre la courtepointe en satin grenat souillée de boue, gardant la marque de ses gros souliers. « Mon maître (elle disait mon maître, avec l'accent limousin), mon maître devient sale, confiait-elle à ses amies. Un homme si soigneux ! »

« À quoi bon ? » pensait-il sans oser avouer que la sinistre parole, qui est au principe de tous les abandonnements, n'exprimait sans doute qu'à demi sa bizarre transformation. Le peuple dit, en son langage, d'un homme qui ne résiste plus à l'écœurement, qu'il se laisse aller, qu'il s'oublie. Or l'abbé Cénabre ne s'oubliait pas, il se désertait volontairement, ou du moins il désertait peu à peu cette image de lui si patiemment formée. Il s'essayait, encore timidement et non pas sans un confus plaisir, à ce désordre qu'il avait cru jadis haïr, moins dégoûté que curieux, ainsi qu'une fille chaste trébuche au seuil d'une mauvaise pensée, avant d'y entrer pour tout de bon... Une journée de paresse le laissait anxieux, irrité contre lui-même ou convulsé de mépris, avec le désir absurde de retrouver le lendemain les mêmes douloureux loisirs. D'ailleurs il eût pu noter d'autres symptômes plus singuliers. Par exemple, certaines éditions rares qu'il avait le plus aimées, lui étaient devenues odieuses tout à coup, inexplicablement, comme si le luxe et l'éclat des reliures, la blancheur des marges, la bonne odeur du papier net, intact, l'eussent défié. Un soir, il avait posé, stupidement, ainsi qu'on écrase une bête inoffensive, sur une page de garde d'un Hollande immaculé, son pouce gras. Puis tremblant de honte, avec un geste d'assassin, il avait couru jeter dans le poêle le livre souillé.

Ceux qui se nomment d'eux-mêmes, avec une admirable modestie, psychiatres, eussent vu là sans doute les signes précurseurs du grand trouble sexuel dont la menace pèse sur la cinquantaine, et conseillé selon le rite antique, un voyage en Italie. Mais nul autre voyage qu'au pays des ombres n'eût apporté à l'abbé Cénabre le silence et la paix. Il allait et venait à travers une sorte de rumeur confuse, que le sommeil même n'apaisait pas tout à fait, désormais trop familière pour l'inquiéter sérieusement, bien qu'elle contribuât à entretenir en lui une irritation sourde qui finissait par exploser en violences soudaines, et dont il se rendait maître, toujours trop tard, au prix d'un effort inouï. De tels accès apaisaient pour un moment l'infatigable murmure, puis il reprenait doucement, prudemment, ainsi qu'un chœur docile qui voit se lever le bâton du chef... Et pourquoi, d'ailleurs, appeler murmure ce qu'aucune oreille humaine ne peut entendre ?

Car en s'appliquant à suivre d'aussi près, pas à pas, la lente et progressive dégradation d'une âme, sa chute oblique, on risque de paraître accorder une importance excessive à certains signes matériels qui passent inaperçus du patient, ou du moins ne le troublent qu'à demi. L'abbé Cénabre était alors tout à fait incapable de prêter à ces accidents divers une véritable attention, et ils se confondaient d'ordinaire en un même malaise, profond, mais supportable, plus supportable à mesure que la résistance faiblissait. On ne croit pas aisément à sa propre transformation, lorsque la volonté presque intacte commande encore aux muscles, et règle les gestes et l'attitude. Mais un autre piège, et que la plus extraordinaire malice n'eût pas réussi à déceler, car il était tendu au point le plus inaccessible et le plus délicat de son être même, et comme à la racine de sa vie, devait être fatal au malheureux. Il ne se transformait point, à vrai dire, il semblait plutôt qu'il reculât vers le passé, qu'il remontât vers sa source. Il ne découvrait pas un homme nouveau, il retrouvait l'ancien, il se retrouvait peu à peu. Telle avait été la conséquence inattendue, imprévisible, surnaturelle, de la plénière, de la définitive acceptation du mensonge ! La forte image qu'il avait formée, le personnage d'artifice et de fraude que tous – et lui-même – tenaient pour l'homme véritable et vivant, se désagrégeait petit à petit, se détachait de lui par lambeaux. Il semblait que cette laborieuse création de son industrie, amenée à son point de perfection, s'effondrât, comme si l'espèce d'âme qui l'avait animée jusqu'alors eût été justement ce rien de doute, ou du moins d'hésitation, l'équivoque détestable qu'il avait osé aborder de front et détruire. Ainsi qu'un soir d'émeute on voit surgir de toutes parts des hommes oubliés que les caves et les prisons dégorgent tout à coup sur la ville, éblouis par la lumière, prudents, furtifs, se hâtant vers la clameur et l'incendie d'un pas silencieux, ainsi l'abbé Cénabre eût pu reconnaître et nombrer, un par un, les mille visages de son enfance. Dans cette âme entre toutes prédestinée, l'orgueil et l'ambition avaient établi trop tôt leur empire, la volonté infléchissable avait moins vaincu que refoulé, rejeté dans l'ombre, les fantômes. Tous les coins obscurs grouillaient d'une vie féroce, embryonnaire – pensées, désirs, convoitises à peine évoluées, réduites à l'essentiel, au germe endormi mais vivant. Et ce petit peuple monstrueux, soudain tiré des limbes de la mémoire, s'avançait en chancelant au bord de la conscience, aussi difficile à reconnaître et à nommer que ces nains quinquagénaires, sans âge et sans sexe, obsession de peintres hantés.

L'homme qui voit se relever dans l'âge mûr, ou la vieillesse, la brutale adolescence, sait du moins à quelle sorte d'ennemi il a affaire, et quelle est sa force. Au lieu que le misérable prêtre ne rencontrait rien devant lui qui pût être saisi à bras-le-corps, et terrassé. À vrai dire, il n'avait été jusqu'alors nullement tenté, ou sa tentation avait le vague et l'indéterminé des curiosités de l'enfance. Cette part si sensible de notre être, si découverte, la première touchée, et dont les réactions profondes, si toutefois notre raison osait en tirer parti, nous mettraient le plus souvent en garde contre les entreprises plus poussées et plus perfides du mal, la chair restait chez lui froide, indifférente. On sait que son immense orgueil, plus encore que sa vie laborieuse, avait depuis longtemps comme frappé de stupeur, engourdi sa sensualité. Elle se réveillait pourtant. Et le premier signe de ce réveil fut aussi peu aisé à interpréter, non moins obscur. Alors qu'il s'était si souvent flatté jadis de ne laisser jamais ses plus hautes facultés sans exercice, toujours argumentant et méditant, même au cours de ses promenades solitaires, il se surprenait maintenant à laisser traîner sur tant de choses étrangères du dehors, jadis méprisées, un regard avide ou sournois. Il cherchait parfois, avec une sorte de nostalgie, un attendrissement indéfinissable, cela qui, jadis, ne lui eût assurément inspiré que mépris ou dégoût, par exemple le tumulte heureux des faubourgs, à midi, leur coudoiement brutal, la vie grossière et fraternelle qui a son flux et son reflux. Il souhaitait par moments se perdre en elle, puis il l'affrontait, il la défiait avec de sombres délices. Car il avait jadis redouté la foule et le bruit, et cette crainte absurde à surmonter était un des éléments de son capricieux plaisir. Tel regard méfiant d'un compagnon, telle injure entendue sans sourciller, jaillie d'une gargote, le rire d'une fille ou son timide appel, les mille petites aventures de la rue l'agitaient extraordinairement. Jamais il ne sentait mieux qu'alors sa solitude, jamais il ne souhaitait plus ardemment d'y échapper, de rompre le cercle enchanté à n'importe quel prix, de se rendre à discrétion, corps et âme. C'était comme un de ces coups de vent brusques qui volent le souffle jusqu'au creux de la poitrine et vous font plier les genoux. Il avait envie de crier à ces gens heureux, ou qu'il croyait naïvement tels : « – Recevez-moi ! Délivrez-moi ! ou du moins insultez-moi... » Car tout menteur a connu ce besoin de provoquer l'injure, qui ne va pas à lui, mais à ce qu'il paraît, aux apparences dont il est devenu l'esclave, à son masque.

– Non, monsieur, dit le pauvre bougre, j'ai ma claque. C'est surtout à cause de mon nerf forcé : il me tire comme le tonnerre de Dieu... Vous aimez la blague, j'en suis pas ennemi – mais permettez ! sans charre ! Il n'y a pas d'humanité chrétienne à me faire trotter comme un pur sang, avec une jambe pareille. Je connais le truc : c'est une balade histoire de rire, pour la rigolade de la chose à raconter à des copains. J'en peux plus, patron.

Sa misérable voix tremblait, non de colère, mais de fatigue. Le dos appuyé au mur, sa jambe malade repliée sous lui, pareil à un oiseau maléfique, enveloppé tout entier dans la grande ombre de l'abbé Cénabre, il le regardait humblement.

– Vous êtes fou, mon ami, répondit rudement le prêtre. Je ne me moque jamais des pauvres. J'ai d'ailleurs agi moi-même sans réflexion : vous deviez m'arrêter plus tôt, voilà tout.

— Il n'y a pas d'offense, dit l'homme. Vous m'avez toujours répondu gentiment, faut être juste. Oui, je connais le truc de la chose : le prêtre, c'est éduqué, c'est poli, ça sait le mal qu'on se donne. Je voudrais vous avoir fait mieux rigoler, mais je n'ai qu'à moitié le cœur à la rigolade, une déveine ! Ordinairement, il n'y a pas plus carnaval que moi. Les gens me tombent dessus, rien qu'à voir ma bobine sous un bec de gaz. Tenez, hier encore, rue Richer, en face des Folies-Bergère, j'ai fait comme ça deux Américains, saouls comme deux vaches...

— Allez-vous vous taire ! s'écria l'abbé Cénabre. Je vous défends de penser...

Il se ressaisit aussitôt et ajouta simplement :

— Je vous plains de me croire capable, mon ami, d'une telle cruauté. J'ai eu tort de vous imposer par étourderie une fatigue inutile, et aussi de vous laisser jouer cette absurde comédie comme si j'en étais dupe ou complice.

— Dupe ou complice ! Dupe ou complice ! répéta docilement le pauvre diable, avec un sourire idiot... Vous allez chercher ! Dupe ou complice ! Si on peut dire !

— Fichez-moi la paix, hein ? cria l'abbé Cénabre hors de lui. Si vous continuez, je ne vous donne pas un sou, avez-vous compris ? Voilà trois grands quarts d'heure que j'essaie de tirer de vous une parole raisonnable, sincère, et vous ne m'avez raconté que des mensonges qui ne tromperaient pas un enfant, ou d'abjectes plaisanteries. Je sais ce que je désirais savoir.

Il tira son portefeuille, y prit un billet de cent francs, le froissa du bout des doigts.

— J'ai pas de monnaie... dit le voyou, incorrigible.

Il fit le geste de rattraper sa plaisanterie au vol, comme une mouche. Mais quand il vit substituer au papier désirable une simple coupure de dix francs, il regarda le prêtre, fixement.

Ce n'était pourtant qu'un de ces regards de mendiant, après une longue attente, net de toute ruse, cynique. Le cœur de l'abbé Cénabre sauta néanmoins dans sa poitrine. Ce ne fut pas la peur, ce fut cela qui précède la peur, comparable à un coup de gong en pleine nuit.

— Vous n'aurez rien ! hurla-t-il. Je ne vous dois rien ! Et il lui tourna le dos, pour la seconde fois.

Il gagna presque courant la rue de la Harpe. Il fonça dans l'ombre comme un furieux. La nuit était si douce que dans un marronnier, derrière un mur, un oiseau réveillé fit entendre une espèce de chant. Déjà la pente assez raide contraignait le prêtre à ralentir le pas. Il pencha légèrement la tête. À la hauteur de la rue de Luynes son inoffensif ennemi se hâtait d'un trot inégal. Puis, sans doute dans l'excès de son désespoir, il prit une sorte de galop fourbu.

L'abbé Cénabre eût pu fuir. Il ne lui en eût coûté qu'un petit effort. Il ralentit au contraire, attentif seulement comme la première fois à ne pas se laisser rejoindre trop tôt. Sa colère n'était point tombée, mais il y sentait aussi la déception d'une curiosité impitoyable. Autour de ce vagabond hideux s'étaient pour un moment comme rassemblées, fixées, les images éparses de son angoisse, et par un phénomène plus inexplicable encore, il semblait qu'il eût reconnu quelques-unes de ses pensées les plus secrètes, informulées, dans la confidence ignominieuse. Ce flot de boue l'avait soulagé, comme s'il sortait de lui. Il souhaitait qu'il coulât encore, qu'il achevât d'entraîner avec lui d'autres aveux, d'autres mensonges, impossibles à atteindre jusqu'alors au fond ténébreux de sa propre conscience. Sans qu'il osât l'avouer, sans le savoir peut-être, il avait touché avec un affreux plaisir la vie abjecte qui venait de se découvrir à lui ; il l'avait maniée, soupesée, avec l'expérience et l'aplomb d'un connaisseur, et au travers des fanfaronnades ou des vantardises imbéciles, il en avait senti les mobiles et les intentions, la grossière malice. Il la désirait de nouveau.

Au traînement des semelles sur l'asphalte, il mesurait l'épuisement du malheureux, il entendait dans le silence son halètement rageur, obstiné. Puis il ne l'entendit plus. Alors, tournant la tête, il vit la silhouette grotesque, au ras du trottoir, dans un pan d'ombre, immobile. Et il revint doucement vers elle à petits pas.

– Voilà ce qu'on gagne à faire le sot, dit-il. Je voudrais que la leçon, du moins, vous servît. Il ne vous en aura coûté qu'une petite course inutile. Ce n'est pas acheter trop cher le conseil d'être désormais moins bavard, moins empressé de prendre, et plus poli... Êtes-vous vraiment si essoufflé ?

– Oui, patron, fit le voyou (d'ailleurs sans l'ombre de rancune). Seulement le coffre est bon (il frappa sa maigre poitrine). C'est mon nerf, toujours mon nerf ! Il me tire jusque sur le cœur, cet animal-là. Bon Dieu de bon Dieu ! – Ah ! patron !

Il prit le billet de cent francs entre les doigts de l'abbé Cénabre et le glissa sous sa chemise, à même sa peau. Puis il rassembla les talons, fit le salut militaire, et cria : « Fixe ! »

– Je vous devais cette sorte d'indemnité, dit le prêtre. Me voilà quitte. Vous ne recevrez pas un sou de plus de moi, sous aucun prétexte, retenez-le bien. Inutile de m'accoster désormais : je vous remettrais sans discussion entre les mains du premier sergent de ville venu. Avez-vous compris ?

– On sait vivre, répondit mélancoliquement le vieux pitre. Il accompagna cette déclaration résignée d'une grimace inexprimable.

– Un mot encore, continua l'abbé Cénabre, un seul mot. Tâchez de répondre sans mentir, une fois dans votre vie. Pourquoi jouez-vous ce rôle inepte ? Pourquoi vous avilissez-vous ?

– Je ne m'avilisse pas, dit l'homme. Je montre mon polichinelle.

– Trêve de bêtises ! Vous recommencerez demain la comédie avec un autre, tant que vous voudrez, peu m'importe ! Essayez seulement de retrouver, de retrouver une petite minute votre conscience, si vous en avez une. Regardez-moi bien en face. Nous avons passé plus d'une heure ensemble, je vous ai écouté patiemment, je vous ai même interrogé parfois. Vous n'avez pas prononcé une seule parole – entendez-vous : une seule ! – capable d'inspirer un peu de compassion pour votre misère. Vous ne cherchez qu'à dégoûter. Hé bien, quoi !

– Je vois ce que c'est, fit l'homme après un silence. Vous allez me reprendre mes cent balles.

– J'en donnerais plutôt cent autres pour tirer de vous une parole qui ne soit pas abjection pure.

– Abjection, objection, projection, dit l'idiot.

Et il eut un petit rire à décourager tout autre que le prêtre furieux, emporté malgré lui à la recherche de cette âme comme à la poursuite d'un ennemi. Et pourtant, il souhaitait ne la trouver jamais. Il souhaitait de toutes ses forces n'avoir devant lui que ce tas sordide, ce cadavre.

– Vous mériteriez, dit-il, une paire de gifles.

– Ça se peut, remarqua l'homme, avec une grande douceur. Comment pourrais-je bien savoir ce que vous me voulez ? Vous êtes un client pas commode. Il y en a de commodes, et il y en a de pas commodes. Ma petite affaire, c'est de ne pas vous priver de votre contentement : je ne sors pas de là. Mais, je vous demande, est-ce qu'on peut forcer son tempérament ? c'est de naissance ! À ça près, il n'y a pas plus facile que moi, plus docile. J'ai toujours fait rigoler : c'est ma nature. Une nuit, à Montmartre, ils m'ont entonné mon litre de rhum – une, deux – le temps de compter six. Puis j'ai encore fait le tour de la table sur les mains, les jambes en l'air, avec une soucoupe dans les dents, rapport à la quête, un truc que j'ai. Seulement, j'étais pas nourri à l'époque, vide comme ma poche, creux comme un ballon du Louvre : on m'aurait fait claquer en me marchant dessus, un dedans de poisson, pareil. Alors j'ai failli crever. D'accord et de bien entendu, ce n'est pas des choses à faire. Hé bien, là ou ailleurs, personne n'a jamais vu se dégonfler Framboise. Je suis un homme tranquille. Les marles, les femelles, la police, très peu pour moi : je suis habitué à la société, je connais la politesse, je m'exprime bien. J'aime obéir. Voilà le fait. On me paie, ça va. Une supposition qu'on me propose cent coups de pied au cul, cent sous par coup de pompe, une affaire : je baisse mon froc, et je fais le mort. Tenez ! j'ai servi de passe-boule, moi qui vous parle, un petit matin de l'été dernier, près de la porte Dauphine, en plein bois – un type et ses deux poules – des balles de tennis qu'ils disent – pif, paf, dans la gueule – ohé maman ! Vous aureriez ri ! J'avais les yeux plus gros que des pommes, je saignais du nez, de partout. « Ça va ! » dit le type. (Il était mûr comme de juste.) « Encore ! Encore !... qu'elles faisaient les poules. – Tu lui donneras cinquante balles ! Tu lui donneras cent balles ! » Il y en avait une – bon Dieu de bon Dieu quel oiseau ! – un fondant rose, patron ! toute jeunette, et frisée, une gosse, quoi ! Elle venait m'essuyer avec son petit mouchoir de soie et puis, vlan ! vlan !... c'est elle qui tapait le plus fort, et juste. Elle disait encore que je ressemblais à défunt son papa les jours qu'il s'était bu, après s'être assommé avec les copains. Mais où vous allez rigoler...

– Vous mentez, dit l'abbé Cénabre, de sa voix lente et basse. Je pourrais vous dire à quelle seconde exactement vous avez recommencé de mentir. Je lis votre mensonge à mesure, entendez-vous ! je le vois dans votre ignoble cœur, imbécile ! Gardez vos sales histoires pour un autre que moi. Mais attendez ! je n'en ai pas fini avec vous. S'il y a encore quelque chose là-dedans – il poussa son doigt si fort au creux de la poitrine encore haletante que le misérable ne put se retenir de geindre – je l'en tirerai.

Il sentait sous sa main frémir le pauvre corps sans défense, et il n'avait aucune pitié. Il fixait son regard dans les yeux pâles qui n'osaient même pas se détourner, se livraient tels quels, ainsi que d'un chien rossé, impatient d'obéir, et qui ne comprend pas. La stupidité du vieil ivrogne, son atroce candeur, ne lui apparaissaient même plus : il n'était sensible qu'à cette dégradation, cette forme réelle et vivante d'une abjection qu'il n'avait jamais connue, à peine devinée ou pressentie, enfin découverte, et dont il subissait l'effrayant prestige. Que pesaient, que devaient peser, devant un tel spectacle, les calculs, les ingénieuses hypothèses de l'historien psychologue si fier de ses travaux de laboratoire ? La même impatience, la même avidité de connaître, de pénétrer et de posséder la part réservée des âmes, cette même passion qui l'avait jadis tant de fois agité alors qu'au dernier terme de ses admirables déductions il interrogeait en vain ses saints et ses saintes, aussi impuissant à les condamner qu'à les justifier, le bouleversait de nouveau. Mais cette fois la proie convoitée n'était pas hors de lui, hors de sa portée : il la voyait comme au fond de lui-même, elle le fascinait, ainsi qu'un reflet dans l'eau noire.

– Hé là ! Ouille là là ! Pouce... Pouce, que je vous dis ! Une supposition que j'ai menti : l'histoire du passe-boules, tout de même, sans charre, voyons ! c'est une bonne histoire, une histoire crevante. Quand je n'ai rien à faire, aucune combine, je me la raconte à moi seul, elle me fait rigoler. Moi, je suis un pauvre homme, un homme innocent : j'ai pas de malice. Mon affaire (que je vous répète) c'est d'obéir. Vas-y, Framboise. Avec le riche, mon prince, faut être mou. Mais quoi, quand même, patron : soyez juste. Je ne peux pas m'ouvrir en deux pour vous faire plaisir ?

Il se mit à geindre, avec les profonds soupirs et les hoquets d'un enfant. Et il tâtait aussi, d'une main prudente, le précieux papier sous sa chemise.

– Ne faites pas de grimaces, dit l'abbé Cénabre. Vous savez très bien ce que je vous demande : répondez aux questions que je vais poser, sans mentir. Et d'abord, pourquoi pleurez-vous ?

– C'est... c'est... dit enfin le vieux voyou en sanglotant... c'est... que je ne peux pas... ah ! nom de Dieu de nom de Dieu !... que je ne peux pas... ah ! sacrée bête que je suis !... que je ne peux plus...

– Quoi ?

– Je sens que je vais mentir, fit-il d'une voix impayable. Ça sort tout seul. Ça coule comme une source : c'est pas à retenir. Vous pourreriez me casser la gueule. Vous reprendriez vos cent balles, je vous dirais la même chose. Je suis un malheureux, patron, un pauvre petit malheureux. Un autre – parole d'honneur ! – un autre comme moi, vous n'en trouveriez pas dans tout Paris... Un autre comme moi !

Il avait l'air de prendre l'immense ville à témoin, et les yeux pâles qui fuyaient ceux de l'abbé Cénabre étaient sans doute en ce moment pleins de ces perspectives de pierre, de ces routes innombrables où il avait tout perdu, jusqu'à sa vérité, jusqu'à son nom.

– Je m'en vais vous aider un peu, fit le prêtre (sa voix, tout de même, trembla). Enfin, mon garçon ! Vous avez été jeune. Vous avez été un enfant.

– Nature ! répondit l'homme avec un accent terrible.

Il tendit la tête en avant, remonta les épaules, et parut réfléchir profondément.

– Hé bien, continua le prêtre, impitoyable, vous n'avez pas toujours dormi sur les trottoirs, mangé dans les poubelles, ni servi la nuit de jouet à des femmes ivres ?

– On m'a déjà observé quelque chose comme ça, un jour, finit par dire le malheureux après un long silence. Et tandis qu'il paraissait rassembler ses souvenirs avec une peine infinie, d'un geste si vif et si précis que l'abbé Cénabre le devina plutôt qu'il ne le vit, sa maigre main de singe, sa patte noire, avait déjà fait passer le billet du creux de son giron dans la tige de sa chaussure, qu'il continua de tenir un moment du bout des doigts, d'un air d'indifférence et de distraction. À peine entendit-on l'imperceptible froissement du papier.

– Vous venez de prendre là une précaution bien inutile, dit tranquillement l'abbé Cénabre : je ne reprends jamais ce que j'ai donné. Mais écoutez-moi : vous en aurez peut-être un autre semblable, pourvu que vous consentiez à parler comme un homme et non comme une bête.

– C'est juste, fit l'homme (une espèce de rougeur inattendue, effrayante, parut et disparut presque aussitôt sur ses joues et sur son front). Puis il se remit à geindre, d'abord doucement, de plus en plus fort, et tout à coup si bruyamment que, pour le faire taire, l'abbé Cénabre dut le frapper rudement sur l'épaule. Le vieux corps était agité d'un tremblement convulsif, sans doute à demi volontaire, car une extraordinaire grimace exprimait autant la ruse que la douleur ou l'effroi.

– Je ne suis pas nourri, gémit-il. Ça n'est pas du travail pour un homme pas nourri. Des questions pareilles !... Et qu'est-ce que vous voulez que je vous raconte sur ma jeunesse, bon Dieu ! Je m'aurai tourné les sangs avant de vous avoir trouvé une histoire, comme ça, en cinq secs... A-t-on idée ! D'abord et d'une, défunte ma mère était une...

– Vous allez mentir encore, lui dit l'abbé Cénabre, de sa voix calme.

– Que je sois !... commença le voyou en levant solennellement la main pour un serment, mais il n'acheva pas : sa vieille face s'éclaira d'une surprise sincère. Il laissa retomber son bras.

– C'est bien possible, dit-il. Il faudra que je réfléchisse à ça...

Il renifla encore bruyamment, cracha par terre ses dernières larmes, et reprit, comme délivré d'un poids immense.

– J'ai eu tort de pleurer, je suis trop sensible. Tout ce qui n'est pas dans mon truc, vous comprenez, patron ? Ça me casse la tête.

Il soupira de nouveau, d'un air de soulagement indicible.

– J'ai vu des types, j'en ai vu... Mais vous !... Ah ! vous... Vous, bon Dieu de bon Dieu ! Vous m'avez arraché ça comme avec la main. Je suis un autre homme, je suis comme neuf.

– Qu'est-ce que c'est que cette comédie ? demanda l'abbé Cénabre. Arraché quoi ?

– L'histoire de moman, dit le vagabond, avec un sourire énorme. C'est une blague. Pour de vrai, je ne sais pas si elle était putain ou non : elle est morte. À l'époque je tétais encore mon pouce, ainsi ! Seulement j'ai raconté la même blague des fois et des fois : c'est toujours mon sacré polichinelle, une misère. Le vrai, le faux, voyez-vous patron, on mêle tout. Un bachelier ne s'y reconnaîtrait pas... Mais vous !... ah ! vous... Vous l'avez arrachée comme une molaire.

Il se tut un moment, passa la langue sur ses lèvres avec gourmandise, et faisant probablement pour comprendre le suprême effort de sa vie, il conclut :

– Vous n'êtes pas plus curé que ma pomme, voilà mon idée. Les curés, c'est tous des croquants.

– Une minute encore, demanda l'abbé Cénabre. Vous ne me ferez pas croire que vous avez tellement oublié le passé que vous n'y distinguez plus le vrai du faux : Oui, oui : vous entendez très bien ce que je vous dis ! Hein ?

– Bien sûr, oh ! la la ! répondit l'autre, vaguement.

D'ailleurs son visage avait repris aussitôt son expression habituelle de malice stupide, et il tirait doucement la manche de l'abbé Cénabre, pour s'en aller.

– Répondez-moi, répéta le prêtre. Répondez-moi doucement, gentiment. Je ne veux pas vous faire du mal. Si vous me donnez satisfaction, si vous parlez bien franchement, comme à un ami, je ne m'en tiendrai pas là, je m'occuperai de vous, hein ? Vous aurez à manger, à boire, un lit, pas une fois, pas deux fois, tous les jours.

– Pensez-vous ! dit le vieux pitre.

Il caressait néanmoins son front et sa nuque d'une main tremblante. La grimace singulière qui semblait faire converger vers la racine du nez les mille rides de ses joues s'effaça lentement. Jamais, depuis des années sans doute, la face obscure n'avait reflété un tel souci. Il parut comme hésiter au bord du passé sordide, puis s'y laissa glisser ainsi qu'on coule à pic. L'abbé Cénabre crut voir se refermer sur la carcasse famélique – si légère ! – une eau polie et sombre couleur de plomb.

– Vous allez comprendre, disait le malheureux. Je dois vous faire l'effet d'un ballot. Ça n'est pas mauvais vouloir : de nature, je serais plutôt finaud, mais je ne suis pas nourri, voilà le malheur. J'ai de l'air dans le ventre, et les boyaux en papier de soie... Pour la mémoire, notez bien, je crains personne. Seulement j'ai tant roulé, tant roulé !... On n'a plus sa couleur véritable, comme vous diriez mon paletot. Avec ça...

– Quel âge avez-vous ? dit l'abbé Cénabre.

– C'est sur mon certificat : cinquante-huit ans.

Il parut tout à coup stupéfait de l'énormité du chiffre, regarda ses dix doigts étendus avec une sorte d'épouvante, puis secouant la tête, il prononça gravement ces paroles peu compréhensibles :

– Vous êtes vache, sans offense... j'y avais pas réfléchi.

– Savez-vous lire ? demanda encore le prêtre, brusquement.

Il hésita.

– Des fois, finit-il par dire prudemment. Comme ça. Pour être juste, c'est l'occasion qui manque.

L'abbé Cénabre haussa les épaules.

– Allons donc ! On sait ou on ne sait pas, ne racontez pas d'histoires ! Et si vous savez lire, mon ami, vous avez été à l'école – oui – vous avez été à l'école – vous avez été un enfant comme les autres. Il n'y a pas de sauvages à Paris !

– Des sauvages, cette blague !... dit le voyou.

Il s'écarta un peu en chancelant, les mains replongées dans ses poches, la tête basse, le dos arrondi, les épaules jetées en avant, extraordinairement mince, pareil à une ombre sans épaisseur, faisant ce premier pas dans un passé mystérieux ainsi qu'il avançait, depuis tant d'années, à travers les rues sans commencement ni fin, pleines d'embûches de la ville au bruit souterrain.

– Je sais ce que c'est, reprit-il d'une voix sinistre : je ne suis pas si bête. Vous êtes un type à me voler mon polichinelle. Qu'est-ce que ça peut vous foutre que j'aie été jeune ou non ? Et vous me le prendrez, nom de Dieu ! J'ai pas de défense, je ne suis pas un homme. Pour dire le mot de la chose, je... je...

Il frissonna comme si un coup de vent glacé l'eût souffleté des profondeurs. Et ni l'abbé Cénabre ni personne, ne connut jamais le mot de la chose.

– À l'école – vous parlez – une belle saleté. J'étais pas nourri non plus à l'époque mais je savais déjà y faire. Sans me vanter, j'aime à être maltraité, c'est dans le sang. Je ne veux pas qu'on me respecte : leur respect, je l'ai où je veux dire. Ils me font rigoler. Est-ce que je me respecte, moi ? Des nèfles. Une supposition que je me respecte, je pourrais crever. Et ce n'est pas seulement pour la chose de ne pas crever, c'est pour l'agrément, quoi ? hein ? ça me plaît. Hein, patron ? Toujours à l'école, que vous dites, des gars comme moi, des pauvres gars mal foutus, ça se garait, ça vous filochait entre les jambes pareils à des rats, tout pareils, les deux mains sur leur petit der rapport aux coups de pompe, ah ! les vaches. Moi, je me collais aux grands, aux marles, aux rigolos – il y a toujours à prendre, il y a toujours profit, faut savoir, faut être mou. Une paire de claques, vous ne m'auriez pas seulement entendu renifler. C'était leur plaisir. Et puis après, des douceurs – vous comprenez, patron ? Une bille par-ci, une croûte par-là, autre chose encore. Ils m'avaient donné un nom de fille, et un surnom que je peux pas vous répéter, sans offense. Il y avait aussi un nommé Poitrine, Poitrine Amédée, le fils d'un marchand de viande de la rue Haxo, un vrai marle. J'y portais ses commissions à l'école des filles, et il me cognait la tête par terre quand la môme le faisait poser. Autrement, gracieux comme tout : il chipait à son vieux des bouts de barbaque que je mangeais crus, c'est plus meublant. Un vrai marle, je vous dis. Un gars qu'on se serait fait marcher dessus. Une fois, vous ne croirez pas, il m'a fait boire de l'encre, des blagues ! – j'avais le dedans de la bouche comme un roquet, et les boyaux sens dessus dessous. L'instituteur a fait des boniments, pour me défendre, soi-disant, de quoi je me mêle ? La pitié, je vas vous l'exposer tel que je le pense, patron : c'est un truc à seule fin de marmiter les pauvres bougres, voilà mon idée.

Et il cracha par terre avec dégoût.

L'extraordinaire parole retentit dans le silence et s'y enfonça la dernière, comme à regret. La curiosité dévorante, le désir aride et sans merci qui avait précipité l'abbé Cénabre au-devant du terrible et grotesque passant eut cette fois un fléchissement non de pitié sans doute, mais assurément de surprise et peut-être d'effroi. Car ce qu'il écoutait depuis une heure, la confidence ridicule ou détestable pour tout autre, avait un sens pour lui plus caché, une vérité plus urgente et plus profonde. Il ne reconnaissait pas encore quelque chose de sa propre misère dans l'insurmontable infortune de ce malheureux dépossédé de lui-même, bien que la soudaine révélation en eût néanmoins bouleversé une certaine part de son âme jusqu'alors calme et préservée. Telle quelle, sa propre angoisse s'en emparait à mesure, l'épousait étroitement, la prolongeait à l'infini. Elle lui imposait sa forme et son rythme. Mais la dernière parole parut avoir rompu net cet accord fondamental.

– Enfin, c'était votre ami ? demanda-t-il doucement.

L'homme errant pencha de côté la tête, releva et abaissa deux fois les sourcils, et dit enfin, avec un rire confidentiel :

– Un ami ? Pensez-vous !

Et il plongea de nouveau dans son rêve.

C'était maintenant l'abbé Cénabre qui le suivait, car il s'éloignait à petits pas, traînant derrière lui sa jambe infirme, vacillant et trébuchant sans bruit ainsi qu'une ombre. Avec une immense amertume, le prêtre contemplait la proie misérable, débuchée entre mille, désormais sans défense, si pareille à une bête épuisée, lorsque à la limite de leur effort la victime et son bourreau trottent et soufflent côte à côte à travers la plaine interminable où la nuit tombe, dans une espèce de poursuite lente et solennelle.

– Patron, disait-il, comme vous, comme vous voilà, j'en ai jamais vu. Je suis fatigué, patron. Hein ? d'où ça vient que je suis cuit ? Cinquante-huit ans, des pommes ! À bien raisonner, c'est bougrement long. Cinquante-huit tournées sur le comptoir, une paille. Hein, patron ? Mais voilà, elles ont filé droit aux boyaux, je les ai même pas senties.

— Racontez-moi du moins ce que vous savez, dit l'abbé Cénabre. Vous avez raison : je ne suis pas un homme comme un autre. Cela m'intéresse. Cela m'intéresse énormément. Et d'ailleurs...

Il posa un moment sa main sur la maigre épaule qu'il sentait frémir et plier sous ses doigts.

— Et d'ailleurs, cela vous soulagera, mon ami.

— Possible, dit l'homme.

Il avança encore du même pas craintif, avec de grands soupirs, les yeux fixés au sol, peut-être pour continuer d'y chercher dans la poussière quelques-uns des débris épars du passé si curieusement aboli, anéanti, perdu comme un navire... Puis il s'arrêta découragé.

— Ça voudrait venir, dit-il, mais ça ne peut pas.

L'abbé Cénabre joua la surprise.

— Sans charre, reprit le malheureux, je ne peux pas remonter la côte, c'est trop dur. Faut croire que je l'ai descendue d'un seul coup, sur le derrière. Vous rigolez ? Une supposition que j'aye tué ou volé, je me souviendrais, ça ferait corps. Mais je n'ai jamais eu la santé à faire le mariolle. Mes occases, à moi, je les cherche dans les poubelles. Et pour les combines, ah ! nom de Dieu, voilà le hic ! Je fais ce qu'on veut, je dis ce qu'on demande, on me tripote pareil une poupée en mastic, je change de peau. Vous pensez que je raconte encore des blagues ? J'ai rien à moi, parole d'honneur ! Dès qu'on n'a pas la force, faut être malin, faut se laisser manger. Il y a des ballots qui veulent faire pitié : c'est un truc qui ne rend pas, c'est un mauvais truc. Je ne m'en ressens pas pour m'asseoir dans les courants d'air et poser au joseph, à seule fin qu'une vieille pie me refile un rond en sortant de la messe. Le pauvre d'abord – je vous parle et réitère, – ça ne se caresse pas, ça se mange. Rien pour rien. Comprenez-vous ?

— Je commence, fit l'abbé Cénabre, mais vous pouvez continuer : je comprendrai mieux tout à l'heure.

— J'observe le riche, reprit l'homme errant. Moi, je le vois au grand air : je sors que la nuit. On ne peut se faire une opinion du monde que la nuit. C'est la nuit que le riche mange le pauvre, voilà mon idée.

– Mange le pauvre ? dit l'abbé Cénabre.

Le vieux le regarda de côté, avec méfiance. Puis il rit à petits coups, incrédule.

– Des fois ? Elle est bonne ! Et qu'est-ce que vous faites, patron ? Il y en a qui se contentent avec mon polichinelle. Vous, il vous faut le vrai, il vous faut l'homme. Qui êtes-vous ? D'où venez-vous ? Que faites-vous ?... Notez qu'il n'y a pas d'offense : je voudrais vous contenter. Seulement j'ai pas l'habitude, c'est dur, ça me fout le cafard, bon Dieu ! Je peux pas arriver à me tirer de ma coquille. Au lieu que d'ordinaire, je vas vous expliquer...

Instantanément sa face rayonna d'une joie terrible.

– C'est la première fois que je m'emballe sur un type dans votre genre : vous m'avez fait peur. Je préfère les rigolos. Je dors le jour du côté de l'Observatoire. Je me mets en route sur les minuit. Autrefois, je grimpais tout doucement vers Montmartre, à présent je descends plutôt vers la Concorde, ou ailleurs, n'importe où : je ne fais pas de plan, j'ai du flair. D'abord, patron, je repère mes types. Les types à poules, préféremment. Quand ils sont noirs, tant mieux ! Ça sort du dancinge, c'est échauffé. La difficulté de la chose, patron, c'est de les accrocher ; à première vue, j'ôte l'appétit. Mais au petit jour, voyez-vous, le type a marre de la musique, des soyes, des dorures, et de l'odeur à cent balles la bouteille : ça finit par lui tourner sur l'estomac. Au lieu qu'un vrai pauvre, ça a du montant, ça remet le cœur. On est content que le bon Dieu vous ait pas fait la peau trop courte, et d'être si à l'aise dedans. Vaut mieux dégoûter que faire pitié, d'accord. Et puis, il y a le coup de la surprise. « Ho ! mon chéri (qui disent, les poules) quel sale bonhomme ! Y sent mauvais. Quelle horreur ! » Alors je me mets à rigoler : c'est le moment. Quand je leur ai montré mon polichinelle, laissez faire ! elles ne s'en vont plus, elles en redemandent.

– Vous parlez sans cesse de votre polichinelle, demanda l'abbé Cénabre. Qu'est-ce que c'est ?

Il leva les épaules avec dédain.

– Ça n'est pas une idée, c'est de nature. Je trouve des mots, des histoires, je suis jamais à court, je vois ce qu'on veut dans les yeux. Des mensonges, vous ne croiriez pas ! À se cracher dessus, patron ! Mais dans ma combine, pas moyen d'y regarder. Faut la salir !

Il étendit devant lui sa main noire, comme pour un pacte ténébreux.

– Voilà le boulot !

Et il se tut, émerveillé.

Un moment l'abbé Cénabre le contempla sans désirer rompre le silence. En dépit de l'inavouable fierté du regard, l'homme errant laissait reparaître depuis quelques instants une inquiétude, une sorte d'impatience maladroite et fébrile, comparable à l'agitation, à la vague terreur des bêtes devant un danger inconnu ou la mort. Visiblement, pour la première fois sans doute, cet animal humain dégradé, ainsi qu'une épave monte à la surface avant de s'engloutir à jamais, s'interrogeait sans se comprendre.

Mais le prêtre n'y put tenir. La sauvage détresse l'avait saisi à la gorge. Il dit, en articulant chaque mot, ainsi qu'on parle à un sourd ou à un fou :

– Vous m'aviez promis de me raconter...

Il ne put achever. L'affreux vieil homme se mit à trembler de tous ses membres et le visage contre celui de son bourreau, ses yeux pâles agrandis par une souffrance à laquelle il n'aurait su donner un nom, il cria :

– Qu'est-ce que vous voulez que je vous dise ! Je ne sais rien. Je suis un honnête homme, entendez-vous ! J'étais paré, j'étais tranquille. Oui, monsieur ! j'aurais crevé tranquille ! Vous raconter quoi ? J'ai le droit pour moi. J'ai le droit d'être ce que je veux, et mon polichinelle, et tout, c'est la loi. Un pauvre bougre, comme vous voyez moi, ça n'a pas d'histoire. Pourquoi voulez-vous m'en donner une, eh ? face de cadavre ! Là-dedans (il entrouvrit le drap de son paletot sur sa peau ridée) ça remue – c'est que des mensonges. Où voulez-vous que j'aille démêler ça ? C'est trop vieux, ça ne fait qu'un tout ensemble, ça bloque, bon Dieu !... Cinquante-huit ans !

Il se cramponna les deux mains à la soutane de l'abbé Cénabre, il lui hurlait dans la figure :

– Je devrais vous faire coffrer, entendez-vous !

Le reste se perdit sur ses lèvres dans une mousse épaisse. Déjà sans doute l'épilepsie lui nouait autour des reins ses mains de marbre. Les prunelles s'agrandirent encore, devinrent fixes, puis tournèrent lentement sur elles-mêmes. Et, à sa grande stupeur, le prêtre y vit paraître et disparaître, ainsi que dans un remous de l'eau profonde, l'âme traquée, forcée enfin.

Il reçut entre les bras le corps léger. La tête était appuyée sur son épaule, le dos reposait sur sa main ouverte, et il ne sentit qu'un instant contre son mollet le frémissement des jambes qui se roidirent à leur tour, les pieds reposant sur leurs talons avec, au trottoir vide et blême, leur double ombre décroissante. Une longue minute le prêtre n'osa bouger, prêta l'oreille. Le faible râle, presque enfantin, se ralentit puis cessa brusquement. Il n'entendait plus que l'imperceptible frémissement de la salive, l'éclatement des petites bulles d'air entre les dents serrées... Deux passants qui les avaient devancés une minute plus tôt avaient disparu : la rue était déserte. Au fond du jardin des Plantes, très loin, un animal inconnu poussait par intervalles un cri ridicule. L'abbé Cénabre jeta un dernier regard alentour, puis ayant hissé sur son dos la chose légère, il descendit lentement.

Lorsque l'abbé Cénabre rentra chez lui à trois heures du matin sans avoir vu M. Guirou, il trouva une enveloppe soigneusement pliée dans un papier sur lequel sa femme de ménage avait écrit au crayon :

Aporté à Monsieur par un Comisionaire, à 8 (huit) heures. Praissé.

Il retourna d'abord la lettre entre ses doigts. C'était une de ces enveloppes telles qu'on en trouve dans les buvards des cafés pauvres, et elle était scellée de deux petits carrés de papier gommé. Il lut au verso, d'une écriture hâtive : *Extrêmement urgent, à remettre en mains propres. Pernichon, 98, rue Vaneau. Paris.* Il haussa les épaules, et jeta la lettre sur la table.

Il ne souffrait plus. Depuis longtemps même, il ne s'était senti si dispos, si impatient de s'examiner, de calculer ses chances. La rencontre de la nuit, ses épisodes cruels et absurdes, leur enchaînement détestable, tout, jusqu'au dénouement, l'avait prodigieusement délivré. La lutte soutenue contre l'homme errant, le débat furieux, inexplicable, poussé à fond, avec une atroce sincérité, une rage terrible à ne rien laisser dans l'ombre, lui semblait à présent comme une victoire remportée sur lui-même. En déposant, au milieu des rires du corps de garde, entre les mains d'un sergent de ville, le tas léger de haillons d'où sortait un gémissement enfantin, il avait senti une joie terrible, et telle qu'il n'en avait jamais rêvé. Le secrétaire du commissaire, retenu là par une affaire urgente, les yeux gonflés de sommeil et d'ennui, ayant reconnu le prêtre célèbre avant qu'il ne se fût nommé, cachait mal sa stupeur dans un flot de paroles banales, déplorant qu'un tel vagabond, gibier familier de toute la police parisienne, eût détourné de son chemin un homme éminent, qui avait mieux à faire. « Une épave, monsieur, une véritable épave... Nous le ramassons deux jours sur trois. Le dépôt n'en veut plus. Notez qu'il nous donne un mal de chien : il a perdu ses papiers, il n'a plus d'état civil, comprenez ça ? Votre profession... oui... enfin, je veux dire votre ministère... a ses devoirs pénibles, la nôtre est plus dure encore. Et on semble prendre à tâche de la compliquer. C'est à ne pas croire. »

Sans l'entendre, l'abbé Cénabre couvait du regard le tas de haillons toujours vagissant, jeté sur la planche, entre un ceinturon-baïonnette et une boîte vide de camembert. Il attendait qu'il en sortît on ne sait quoi, un gémissement plus aigu, peut-être, un cri de douleur intelligible. Il l'épiait, prunelles mi-closes, avec une sollicitude tragique. Il eût voulu le reprendre, le tenir de nouveau entre ses fortes mains, l'interroger encore, comme si le misérable eût caché tout au fond de sa honte, exprès, ainsi qu'un effroyable espiègle, la part la plus utile, la plus rare, de leur commun secret, sa part magique. Et, dans le même moment, il sentait que sa crainte était vaine, que l'occasion manquée ne se retrouverait plus, à supposer qu'elle eût jamais été. Il ne garderait que la joie amère, détestable, connue de lui seul, incommunicable, d'avoir touché le fond de sa propre conscience, d'avoir prodigieusement abusé de son âme... Le regard qu'il jeta du seuil, une dernière fois, à son compagnon fantastique, était moins de haine ou de pitié, que de volupté assouvie.

Il réfléchissait à toutes ces choses les jambes étendues, ses souliers posés sur un coussin lamé d'argent, laissant tomber les bras jusqu'à effleurer du bout des doigts la laine du tapis. Sa fatigue lui était douce, et il ne sentait pas le sommeil, les tempes battantes d'une légère fièvre, jouissant du silence, de la solitude, de la sécurité retrouvée, ainsi qu'après un long voyage. Il semblait qu'il commençât une nouvelle vie, qu'il se fût déchargé, en quelques heures, d'un poids énorme, comme après la longue obsession de l'abstinence, le débauché gorgé de joie.

À portée de sa main le tiroir gauche de son bureau, entrouvert, laissait voir entre deux tas de feuilles blanches, un étui de forme suspecte, qu'il connaissait bien, le pistolet Star, désormais inoffensif. Drôle d'histoire ! En le jetant ce soir-là si violemment, il avait fait sauter l'un des pignons, et il s'était amusé parfois, de ses mains maladroites, à tenter de remettre en place les ressorts délicats. À chaque mouvement la petite bête brisée faisait entendre le cliquetis des mécaniques mortes, la détente folle cédant sous le doigt, la culasse glissant à fond dans la rainure, et il finissait par remettre l'arme dans sa gaine, avec un frémissement de plaisir... Cette fois, il pinça fortement les lèvres.

Même le souvenir du péril couru jadis, à la même place, ne pouvait lui faire illusion : l'image de la mort ou du crime était impuissante à cacher à ses yeux la médiocrité du minuscule univers où il avait voulu enfermer sa vie. Mais il le défiait à présent, il se sentait plus fort que lui. Il n'était plus dupe du décor, d'aucun décor. Il contemplait celui-ci avec un dégoût lucide, dont il n'était pas près sans doute d'épuiser les délices. Fermant les yeux, il imaginait l'homme errant lâché tout vif entre ces murs sévères, il écoutait son pas inégal sur le parquet ciré, il pressait de nouveau contre sa poitrine le misérable fardeau. L'hallucination fut si forte qu'il cracha devant lui, entre ses deux souliers pleins de poussière, sur le coussin de soie. Ayant fait, il s'endormit.

PARTIE IV

Les fenêtres se vidèrent tout à coup de leur lumière, puis elle réapparut ainsi qu'une double raie livide qui s'évanouit à son tour. Alors la nappe grise instantanément répandue se mit en marche, défila majestueusement, noire vers son centre, éclairée vers les bords d'un jour blême, avec une extraordinaire lenteur... Mais presque aussitôt elle se piqua de points aveuglants, flotta une seconde, commença de tourner furieusement, s'ouvrit de haut en bas, et découvrit de nouveau la fenêtre calme, traversée du même rayon oblique, comme suspendue dans l'air du soir. L'abbé Chevance se frotta doucement les yeux.

– Quel ennui ! dit-il tout haut, quelle infirmité ! Que faire ?

Il s'assit au hasard, sur le lit, soupira. Son regard errant était plein de la tristesse innocente des enfants, si ingénue qu'elle ressemble à la joie, et sa bouche avait la même moue impatiente, qui annonce les larmes ou le rire, on ne sait. La porte s'ouvrit brusquement.

– Madame de la Follette, dit le pauvre prêtre, je viens d'avoir encore un étourdissement. À la fin, n'est-ce pas, ça m'inquiète. Hein, n'est-ce pas ?

Mais la concierge se contenta de hausser ses fortes épaules.

– M. de la Follette, dit-elle, est retenu ce soir à son bureau et dînera-t-en ville. J'ai fait réchauffer l'haricot vert, avec une petite saucisse. Je demande à Monsieur si je peux les monter. C'est déjà la demie de sept heures.

L'abbé Chevance devint pourpre.

— Je suis un peu en retard, avoua-t-il, je n'y pensais pas. Je suis réellement indisposé. D'ailleurs j'avais laissé la fenêtre ouverte pour être sûr d'entendre sonner l'horloge de Saint-Eustache.

— Alors ?

— Hé bien, madame de la Follette... comment dirais-je ? Vers le soir, voilà que j'ai des bourdonnements d'oreille à présent – la tête lourde, comprenez-vous ? En somme, je ne suis pas très bien, pas à mon aise, pas tout à fait dans mon état normal. Quel ennui !

— « Qui s'écoute trop, meurt bientôt », fit Mme de la Follette. Le fait est : depuis quelques jours, passé cinq heures, je vous vois rouge comme un coq.

Elle s'arrêta, tenant serrée contre sa poitrine, entre ses énormes bras, la petite table de bois blanc, et toisa son interlocuteur de haut en bas, avec une grimace de dégoût.

— M. de la Follette, dit-elle enfin, est d'avis que le prêtre devrait se faire saigner chaque quinzaine. Autrement, faut que le sang vous étouffe. Misère !

— Oh ! je ne suis pourtant pas sanguin, protesta l'abbé Chevance. Comme vous voyez, je mange fort peu ? Peut-être que je ne mange pas assez ? Néanmoins, je me force beaucoup.

— « Qui mange à contrecœur se prépare bien des douleurs », remarqua simplement Mme de la Follette, en dépliant la nappe. Je ne me mêle jamais des affaires d'un chacun. Liberté pour tous.

Elle tourna la tête, écouta :

— Zut et crotte pour le réveil ! Il ne se taira donc jamais cet animau-là !

Elle courut dans la pièce voisine, et reparut aussitôt, un réveil de nickel à la main, qu'elle jeta violemment sur le lit.

— C'est plus fort que moi : je ne peux plus l'entendre, il me tire le nerf de l'estomac, je deviendrais folle. Avec ça qu'il en est encore à marquer le quart moins de dix, l'imbécile bête !

— Madame de la Follette, dit sévèrement l'abbé Chevance, vous l'avez détraqué. Voyez-vous, il faut être juste, même pour les pauvres choses inanimées. L'ouvrier a fait de son mieux, madame de la Follette.

Il a dû monter cette mécanique avec grand soin, avec le plus grand soin. Nous n'en ferions autant, ni vous ni moi. Dès lors, il n'est pas permis de mépriser son travail, je vous assure. Ah ! madame de la Follette, nous ne sommes pas bons les uns pour les autres. Non ! nous ne sommes pas bons ! Je ne voudrais pas vous froisser, madame de la Follette, mais nous devrions nous attacher à vivre et mourir dans la paix.

– Vous parlez bien, dit généreusement la concierge, seulement vous agissez tout de travers. M. de la Follette n'aime pas le prêtre : c'est un homme qui s'est fait lui-même : à quinze ans, il suivait les cours du soir. Comme bien entendu, il en sait plus long que vous et moi. N'empêche que j'admire sa force d'âme à supporter les contrariétés, les rhumes, et tout. L'instruction fait pour beaucoup, d'accord. Mais M. de la Follette n'a pas toujours été ce qu'il est aujourd'hui, du moins sa famille. Son arrière-grand-oncle fut colonel ou capitaine sous l'Empire : ainsi, voyez-vous, c'est l'hérédité, c'est la nature. Au lieu que, passez-moi l'expression, vous geignez du matin au soir. Hier mal à la tête, aujourd'hui des étourdissements, comme on dirait des vapeurs, pas de sommeil, pas d'appétit, *et cætera*. Rapport à ces misères, non, vous n'êtes pas facile à servir ! Je n'en peux plus... Et tenez, d'abord, une : si c'est pour pas toucher à mon haricot, inutile que je vous le monte au cinquième, avec les varices que j'ai.

– Madame de la Follette, avoua l'abbé Chevance, il y a beaucoup de vrai dans ce que vous venez de dire. Je ne vais pas bien... Oh ! je ne suis pas dans mon assiette ordinaire...

– Encore !

– Hé bien... oui..., voilà ! fit-il avec un sourire désolé. N'en parlons plus.

– Bon ! Bon ! Je lis en vous comme dans un journal, reprit dédaigneusement la concierge. En politesse et manières, tout simple abbé que vous êtes, vous valez le jésuite. Seulement, vous gardez les choses sur le cœur, ça me dégoûte, à parler franchement. Dites quoi ? Dites-le donc ?

Jamais, du moins depuis bien longtemps, l'ancien curé de Costerel-sur-Meuse n'avait résisté à des sommations pareilles. Avant de répondre, il regarda tristement ses souliers.

– Madame de la Follette, déclara-t-il avec force, aux termes de notre petite convention, vous vous étiez engagée à cirer mes chaussures chaque matin...

– Engagée ! s'écria-t-elle, engagée ! Monsieur Chevance, votre mauvaise foi me fait honte. Pour cirer vos chaussures, il faudrait que je les trouve à votre porte, où vous négligez régulièrement de les mettre, par oubli ou par méchanceté. Quand j'arrive, elles sont à vos pieds. Monsieur Chevance, défaut d'éducation n'est pas vice. Je vous ferai observer néanmoins que je ne suis pas femme à me mettre aux pieds de personne pour décrotter des souliers. À présent, voulez-vous que je monte l'haricot, oui ou non ?

De surprise, le pauvre prêtre avait laissé tomber le mouchoir qu'il serrait entre ses doigts, et il contemplait son bourreau d'un air grave et attentif.

– C'est vrai, fit-il enfin, c'est la vérité. J'oublie de les déposer à la porte. Je dois vous dire, madame de la Follette, que je crains d'avoir jusqu'ici vécu dans le monde avec une excessive simplicité, qui finit par attirer l'attention. Or, pour être irréprochable, un prêtre doit passer inaperçu. Le clergé parisien, madame de la Follette, a une réputation de tenue, d'élégance même : ce n'est pas à un ancien desservant de campagne qu'il appartient d'avoir une opinion là-dessus. Mieux vaut se conformer aux traditions et aux usages. Je ne vous cache pas que cela me coûte un peu. Ainsi je me fais raser désormais deux fois par semaine, et c'est une grosse dépense. Il en sera ce que Dieu voudra. Je vous l'ai répété souvent, madame de la Follette, ma nomination est attendue d'un moment à l'autre. Je serai bientôt curé. Peut-être même aurai-je la responsabilité d'un vicaire. Je devrai faire honneur à mon petit monde.

– Vous m'avez dit, mais je ne vous crois pas. Du moins, reprit Mme de la Follette, je pense qu'on vous a raconté des blagues. Un curé de Paris, voyez-vous, c'est autre chose.

– Bien sûr, répondit l'abbé Chevance. Seulement, on manque de bras. Il faut faire vite. C'est prodigieux ! D'ailleurs, ma paroisse (il articula ces deux mots avec une douceur divine) ma paroisse est une de ces petites paroisses de banlieue, toute nouvelle. Songez ! elle n'a pas encore de nom... Si pauvre ! si pauvre ! pensez donc ! Pas même de nom !

Il croisa d'instinct ses deux bras, comme pour serrer ce trésor sur son cœur.

– Sûr qu'on vous a fait une blague, répéta la femme obstinée. Vous croyez déjà tenir la bonne combine, c'est fatal. Tout sérieux qu'il est, M.

de la Follette y a été trompé la même chose : il a cru passer l'année dernière employé principal au Mont-de-Piété de la rue de Rennes – bernique !

– Je vous affirme, madame de la Follette...

– Oh ! pour affirmer, vous affirmez... Mais à votre âge on sait vivre, on raisonne. Entre nous, tenez, autant régler maintenant nos petites affaires, les bons comptes font les bons amis. Une supposition que j'aurais écouté M. de la Follette, je n'aurais jamais loué à un fonctionnaire, surtout curé. Ce qui est fait est fait : ne revenons pas là-dessus. Je passe pour être mufle, mais de plus loyale dans le commerce, vous n'en trouverez pas. Réclamer son dû n'est pas tourmenter le client, hein ? Je vous préviens donc que le premier mois payé d'avance – deux cents francs du meublé, trois cents du manger – est, comme on dit, écoulé, depuis près d'une semaine. Reprenez-moi si je m'exprime mal.

– Je... vous... enfin, vous vous exprimez très bien ...Parfaitement !...Parfaitement ! ... balbutia le pauvre prêtre... Madame de la Follette, je m'excuse de... de mon oubli... de ma distraction... Oh ! je me suis mis des charges sur les bras, de grosses charges !

Il tira de sa poche un second mouchoir, le posa soigneusement sur la cheminée, puis ouvrit son porte-monnaie, et y fouilla longuement des deux doigts, avec un sérieux extraordinaire.

– Je paierai demain, dit-il enfin, je vous paierai demain soir sans faute, madame de la Follette. Je suis un peu gêné pour le moment...

Il reprit son mouchoir, et s'essuya convulsivement le front et les joues.

– C'est seulement malheureux que j'y sois de mes sous, conclut Mme de la Follette. Charité bien ordonnée commence par soi-même. L'honnête homme vit selon ses moyens ; à bon entendeur, salut. Maintenant, je vais me payer de monter et de descendre vos cinq étages jusqu'à demain soir, *gratis pro deo*, comme vous dites à la messe.

– Arrêtez, madame de la Follette... un moment ! fit le vieux prêtre, avec un profond soupir. Je sais que je gouverne très mal mon petit budget : je n'ai pas d'ordre. Oh ! je serais désolé que vous fussiez tenté de juger d'après moi mes confrères. En général nous sommes de bons clients, de très bons clients. Vous, vous êtes une femme économe, avisée. Le bon Dieu a béni aussi ces femmes-là, madame de la Follette. Ne croyez pas surtout que je méprise l'ordre ! Il est beau d'avoir de l'ordre. Il y a de l'ordre dans le Paradis. Pour moi, je me suis toujours contenté de peu, je ne suis pas ce qu'on appelle un homme d'argent. Mais je vous le répète encore une fois, madame de la Follette : je dois faire de gros sacrifices en prévision de ma nomination. Il y a un rang à tenir : j'ai reçu à ce sujet des instructions très précises, j'ai le devoir de m'y conformer. Lorsque mon presbytère sera bâti...

– Elle est bonne ! remarqua la concierge, amèrement. Il parle d'être curé, et il n'a même pas de presbytère !

– Certainement, certainement, c'est ennuyeux, concéda l'abbé Chevance, toujours rêvant. Du moins ai-je ici un domicile convenable, très convenable. N'est-ce pas ? Je puis recevoir dans la pièce à côté, c'est mon parloir. D'ailleurs, nous sommes à deux pas de la porte de Vanves : quarante-cinq minutes de tramway, je suis à pied d'œuvre. Le petit ennui, c'est de partir de bonne heure, parce que je ne peux voir mes paroissiens que très tôt, ou très tard, au choix. Le jour, ils dorment.

– Ils dorment le jour ! Et qu'est-ce qu'ils font donc, vos paroissiens ?

– C'est surtout des chiffonniers, avoua gravement l'abbé Chevance. Oh ! il y a chiffonniers et chiffonniers, notez bien, madame de la Follette !

– Des chiffonniers ! Je vois ça d'ici : un wagon réformé dans la zone, avec une cabane à lapins, des gosses autant que les lapins, et des poux en veux-tu en voilà ! J'aime mieux vous prévenir : M. de la Follette a épousé une simple ouvrière, mais s'il rencontre jamais un de ces pouilleux dans l'escalier, aussi vrai que Dieu tonne, il ira le déposer sur le trottoir, avec un coup de pied où vous savez. Vu !

– Je m'arrangerai, dit l'abbé Chevance. On peut toujours s'arranger. Je vous ai affirmé que j'allais prochainement être nommé curé, madame de la Follette. Naturellement, ce n'était pas curé de la Madeleine ! En conscience, je ne pense pas vous avoir trompé sciemment... Je suis à un tournant, c'est cela même, à un véritable tournant de ma vie. Si vous patientez un peu, tout ira bien. Le point noir, voyez vous, c'est ma santé...

– Huit heures qui sonnent ! interrompit cruellement la patronne. L'haricot est sûr d'attacher !

– Permettez ! Permettez ! dit l'abbé Chevance... Je voudrais... Enfin, si vous n'y voyez pas d'inconvénient, je me passerais bien de souper. Non ! reprit-il découragé soudain, avec une affreuse moue de sa bouche tremblante, je ne crois pas possible de manger ce soir. Je me sens trop mal.

– Oh ! vous êtes plus douillet qu'une femme enceinte, remarqua Mme de la Follette, sur le ton de l'indifférence absolue. Des gens qui se frappent comme vous ne vont pas loin. J'ai été fille de salle à la Pitié, moi qui vous parle, j'ai l'expérience. Vous filez un mauvais coton.

– Est-ce possible ? fit le pauvre prêtre, les larmes aux yeux. Je devais voir le médecin, n'est-ce pas ? C'était une dépense sans doute, mais c'était une dépense utile, nécessaire. Me voilà sévèrement puni. J'aurais bien de la peine à mourir, madame de la Follette...

Elle porta les deux mains à sa bouche, et gonfla les joues, toute jubilante d'un rire intérieur d'une atroce ingénuité :

– Ça n'amuse personne, dit-elle. C'est un travail que je donnerais de bon cœur à faire au voisin. Tout de même ! ajouta-t-elle après un silence, vous n'êtes pas ordinaire ! De la Follette vous avait jugé du premier coup. On dirait d'un gamin : pas de défense, et des réflexions qui n'en sont pas. Vrai – entre nous – j'aurais cru qu'un prêtre avait plus de connaissance... Et pourquoi donc que ça vous coûterait tant de mourir ?

– Oh ! madame de la Follette, je ne crains pas la mort, précisément, vous comprenez ? Seulement, j'étais content d'avoir beaucoup d'ouvrage, je m'étais tracé un petit plan.

Il regarda furtivement l'étroite glace de chevet, passa dans ses cheveux une main fébrile.

– Évidemment, nous n'en sommes pas là, bien entendu. Mais si j'étais malade, cela ferait le plus mauvais effet. Madame de la Follette, l'évêché veut pouvoir compter sur ses collaborateurs, je l'ai senti. Les circonstances ne permettent pas les demi-mesures : à la guerre comme à la guerre. Tant pis pour les éclopés !

Il eut de nouveau ce rire d'enfant, d'un accent si douloureux, mais sans aucune espèce d'amertume.

– Enfin, voyons, madame de la Follette (il s'approchait de la fenêtre, tâchait de se placer en pleine lumière), répondez-moi franchement : comment me trouvez-vous ?

– Comment je vous trouve ?

– Oui, physiquement...

– Physiquement ?

– Bah ! bah ! vous me comprenez très bien. Madame de la Follette, permettez-moi de vous le dire, vous avez tort de vous moquer de moi. Les malades sont bien à plaindre... oh oui ! c'est un état bien humiliant pour la nature : on ne fait rien de bon, le goût de la prière s'en va. On ne pense qu'au travail qui nous presse, aux occasions manquées, au temps perdu, à ce pain inutile qu'on mange... Je ne parle pas de petites douleurs çà et là. Grâce à Dieu, je ne souffre guère, je n'y porte pas trop d'attention... Mais voilà : je crois que mes forces déclinent. Je suis sur une pente, madame de la Follette.

Elle le fixait curieusement, de ses yeux calmes et plats, la bouche un peu crispée, avec ce rien de cruauté presque animale – telle qu'on pouvait la voir chaque dimanche, au Jardin des Plantes, face à la cage du boa, contemplant devant la bouche énorme et molle, le petit lapin hérissé.

– Je finis par croire que vous n'avez pas de méchanceté, dit-elle pensivement... Pourquoi faut-il que depuis une semaine vous me rompiez la tête avec vos maladies ?

– Oh ! depuis une semaine, vous exagérez un peu, madame de la Follette... Je ne souffre vraiment que depuis avant-hier... non ! mardi... mardi tout au plus. J'ai été surpris, bousculé, voyez-vous, pris de court. En somme, les étourdissements surtout m'inquiètent, la vue baisse, j'entends mal. Pourrai-je seulement prêcher, confesser ? Peut-être aussi vois-je les choses pires qu'elles ne sont ? Alors, je me permettais de compter sur vous : une personne non prévenue juge très bien des apparences, de la mine, que sais-je ? Le croiriez-vous, madame de la Follette ? J'ai si peu l'habitude de m'observer que mon propre visage même ne m'est pas – comment dirais-je ? – trop familier... Jusqu'à ces derniers jours, je me regardais rarement dans la glace, c'est un fait.

– Que voulez-vous que je vous dise, monsieur Chevance ? De plus mauvaise mine, il n'y en a pas. Après ça vous vivrez peut-être cent ans ? Sait-on ? Je vous le souhaite. N'empêche que vous n'avez pas beaucoup d'amour-propre pour aller demander de la sympathie, et des consolations, et des renseignements et tout, à une étrangère qui, elle, ne vous a jamais rien demandé que son dû...

Le pauvre prêtre porta vivement les deux mains au creux de ses reins et, se renversant légèrement, tendit vers le mur son misérable visage dont toutes les rides se creusèrent à la fois. L'espèce de souffrance hallucinée qui traversa tout à coup son regard fut telle que la concierge tourna la tête et fit mine, par décence, d'essuyer un verre avec le coin de son tablier.

– Vous voyez, vous voyez, disait l'abbé Chevance de sa voix douce et paysanne, c'est sérieux, madame de la Follette, c'est très sérieux... Ah ! si Son Éminence m'avait vu ainsi, j'étais perdu. J'ai tant répété à ces Messieurs que j'avais une santé de fer ! Cela me tient aux reins, madame de la Follette... qu'est-ce que ça peut bien être ?

Il s'essuyait gravement le front, de son mouchoir roulé et serré dans ses doigts.

– Pour moi, vous aurez fait un effort, probable.

– Mon Dieu ! je l'ai d'abord cru, fit-il piteusement. Mais il y a d'autres symptômes... Je dois vous dire, madame de la Follette, que les fonctions rénales me paraissent... me paraissent s'effectuer difficilement, parcimonieusement...

– C'est-y que vous ne pissez plus ? dit-elle avec une grimace.

Le bonhomme rougit, balbutia.

– Vous avez de l'audace, quand même ! reprit la grosse femme indignée. Parler de ça à moi, quelle horreur ! A-t-on idée d'un toupet pareil. Et voilà trois quarts d'heure que je passe à vous écouter causer. Ainsi !

Elle empoigna rageusement la porte, et d'une saccade de sa main énorme, l'ouvrit toute grande... Alors la voix de l'abbé Chevance la cloua littéralement sur le seuil.

– Madame de la Follette, disait-il, jusqu'à présent vous n'aviez offensé qu'un ver de terre comme moi, peu de chose, enfin rien du tout. Cette fois, vous venez d'offenser gravement le bon Dieu. Il faut réparer, madame de la Follette, il faut vous hâter de réparer. Oh ! nous sommes des étourdis, nous ne nous rendons pas compte. Il n'est pas toujours facile de prendre notre part de la souffrance du prochain, de la comprendre. Seulement, il ne faut jamais la tourner en dérision, la déshonorer, madame de la Follette, jamais, jamais. Dans notre pauvre petit monde, voyez-vous, la douleur, c'est le bon Dieu. On passe à côté de lui sans le reconnaître, bon ! Mais, l'ayant reconnu, l'outrager, oh ! cela est grave, très grave. Vous vous hâtiez de sortir, madame de la Follette, vous avez failli démolir la porte, vous croyiez avoir peur de moi – peur de moi quelle idée ! Ce n'est pas de moi que vous avez peur, pensez donc ! C'est de vous-même. Vous avez été cruelle exprès, comprenez-vous ? C'est comme si vous aviez tué votre âme, pour en finir, d'un seul coup. Oui, j'ai vu mourir votre âme, madame de la Follette. Et maintenant vous avez honte. Tant mieux d'avoir honte, mais en somme, hein ? ce n'est qu'un simple mouvement de la nature –

vous sentez ? Nous nous tenons devant les anges avec ce cadavre dans les bras, comme Caïn. Nous sommes bien embarrassés. Qu'est-ce que Dieu nous demande de plus ? Peu de chose. Le regret d'avoir fait le mal, le désir de le réparer, parfois un seul petit regard de rien vers le ciel, le souhait d'être meilleur, de savoir, de comprendre... À chacun selon ses forces, selon les lumières qu'il a reçues, les grâces – que sais-je ? Et pour moi, je vous bénis, madame de la Follette, je vous bénis de tout mon cœur.

La sueur ruisselait toujours sur ses joues, et il l'essuyait du même geste machinal, sa bouche enfantine plissée d'un pâle sourire anxieux, ses yeux magnifiques touchés de biais par la lumière dorée du soir, frêle et tragique, ainsi qu'une note déchirante à la cime de la symphonie. Son vieux corps gainé de noir, en apparence immobile, mais comme soulevé de dedans par une ferveur surhumaine, s'inclinait imperceptiblement à droite ou à gauche, tantôt ramassé sur lui-même, tantôt jeté en avant, portant ses coups invisibles avec une précision incomparable, une rapidité inouïe. Et cette espèce de dialectique mystérieuse, tout entière dans l'avidité sublime du regard, la prière muette des mains, l'élan presque terrible des maigres épaules était si pressante que la grosse femme obscure, dans son coin d'ombre, reculait lentement, hochait la tête, sa large face bouleversée par une sorte de mélancolie. Elle disparut.

Alors, l'abbé Chevance s'assit au bord de son lit, et ferma les yeux. Une petite brise entrait par la fenêtre ouverte, et il lui présentait son visage, il en cherchait humblement la caresse, avec un frémissement de fatigue. La souffrance vague, mais profonde, essentielle, qu'il endurait depuis un temps (il n'eût su dire quel temps) était à cette minute comme engourdie, ou plutôt il la sentait plus vague encore, diffuse insidieusement, répandue à travers le corps entier, charriée par le sang et la lymphe, partout présente. Un autre que lui eût sans doute épuisé tôt son courage dans une lutte inégale, gaspillé en quelques jours les réserves de l'âme dont chaque homme n'a ici-bas que sa juste mesure, mais il durait cependant, par un miracle de douceur et d'abandon, une docilité céleste. Ainsi qu'un enfant ouvre ses petits bras à la mort par un geste sacré, il s'était livré du premier coup, incapable d'imaginer nulle défense, non pas seulement résigné à souffrir, mais dans l'extraordinaire ingénuité de son cœur, à souffrir petitement, bassement, lâchement, et à scandaliser le prochain. Il ne se méprisait même pas : il se prenait simplement en pitié, il déplorait son mal, comme il eût déploré celui d'un insecte, ou d'une de ces plantes innocentes qu'il achetait parfois, et qui se flétrissaient vite parce qu'il oubliait de les arroser.

— Je suis naturellement frivole, aimait-il à répéter de sa voix grave et chantante, voulant probablement exprimer par là qu'il manquait totalement de cette force d'âme tant admirée, tant désirée. « Notre Seigneur, disait-il encore, envoie aux grands de son royaume la douleur privilégiée, mais aux petites gens la détresse et l'humiliation. »

Ayant reçu enfin officiellement l'annonce de sa très prochaine nomination à une nouvelle paroisse de banlieue, si pauvre qu'elle avait rebuté les plus hardis, il avait aussitôt formé le projet d'aller camper sur un terrain vague, lotissement acheté par l'archevêché en vue d'y construire une chapelle provisoire et un baraquement de planches goudronnées, baptisé presbytère. Mais le chanoine Mesurier, son protecteur, l'en dissuada vite, faisant craindre qu'un tel empressement parût fâcheux et comme inconvenant, à Son Éminence. « Prenez garde de trop vous hâter, conseillait cet homme sagace, vous auriez l'air de donner des leçons à vos supérieurs. » Or, ce que l'abbé Chevance pouvait redouter le plus, en un moment de sa vie qu'il imaginait si important, si décisif, c'était justement de passer pour manquer de prudence, vertu cardinale, qu'il prétendait avoir eu beaucoup de peine à acquérir, mais qu'il recherchait toujours en secret, tourmenté de doutes et de scrupules, avec une patience et une assiduité de fourmi. « Un bon curé doit être bon administrateur », concédait-il à chaque visite au chanoine son ami, avec un sérieux émouvant, bien qu'il se fît toujours de l'administration et de ses secrets l'idée la plus baroque. Mais on le savait aussi bon quêteur que mauvais comptable, étant de ces hommes simples nés pour traverser modestement la vie des riches et des voluptueux, tenant la pauvreté par la main.

Il avait donc quitté sa chambre de l'hôtel Saint-Étienne, et loué, tout près de la station du tramway suburbain, le hideux garni qu'il jugeait néanmoins fort décent. Levé avant l'aube, trottant jusqu'au soir par la plaine aride qui fermente sous le soleil d'août, il avait senti dès le premier jour, à sa profonde stupeur, que les forces lui manquaient déjà, que le vieux corps pris au dépourvu allait peut-être refuser sa tâche. Si un tel homme eût été capable de désespoir il se fût dès ce moment effondré. Mais le désespoir n'est pour lui qu'un de ces mots vagues et abstraits, sur lesquels il n'a jamais longtemps arrêté sa pensée. Les âmes si pures sont impuissantes à l'imaginer d'elles-mêmes, elles l'ignorent, du moins jusqu'à ce que la patiente sagacité de la haine ait fini par découvrir quelque imperceptible fissure à leur innocente sérénité.

Il ne connut pas le désespoir, mais une honte amère. Certain de n'avoir jamais rien fait de bon, ni même d'utile, c'est donc ainsi qu'il allait manquer l'occasion unique, inattendue ! D'avouer cette faiblesse à ses supérieurs l'eût tué sur place : il n'y pouvait songer sans une défaillance intolérable. Sa crainte était aussi qu'on la sût trop tôt, qu'on lui refusât la magnifique, la suprême chance de sa déplorable vie. Alors il résolut de fermer sa porte, ne se montra plus, rêvant d'épuiser peut-être sa misère, de la consommer en secret. Vain espoir ! En une semaine, cette solitude héroïque acheva de l'accabler. N'ayant jamais connu d'autre remède à ses peines que de prodiguer à autrui, au plus fort de la tristesse, les étonnantes consolations d'un cœur dévoré de paternité, ce repliement sur soi-même l'étouffa. Il en faisait parfois l'aveu à la hideuse compagne de son agonie, il tentait de forcer son indifférence stupide, prodiguant dans cette folle entreprise, jetant à pleines mains les puissances sacrées de son être, sa flamme insigne, tout le génie de sa charité. Ainsi achevait-il de se vider de son sang mystique.

Car il croyait s'établir dans la solitude, qu'il s'enfonçait déjà sous les ombres. La chair qu'il avait réduite, domptée avec une si implacable douceur, saisie déjà par le froid éternel, gémissait d'angoisse, et bien qu'une volonté presque surhumaine la retînt encore esclave, elle détachait sournoisement ses liens pour obéir une première fois à la loi de sa nature, pour faire à part son agonie. Cette espèce de plainte monotone, comparable au murmure, dans la nuit lointaine, du troupeau abandonné, humble, incessante, l'amollissait quoiqu'il y fermât d'instinct son âme. Et presque à son insu, il souhaitait le visage d'un ami.

Entre tant de présences désirables, celle de Mlle de Clergerie eût été plus douce à son cœur. La fille de l'historien servile, mort presque centenaire, et qu'on a vu survivre inexplicablement à tant de renommées rivales et haïes qu'il avait patiemment rongées de ses dents laborieuses, infatigables, n'est pour tous à présent qu'un pauvre fantôme évanoui. Le drame obscur dans lequel s'est perdue cette petite vie si claire l'a comme recouverte à jamais d'une nappe de boue, scellée dans un de ces mille faits divers, au goût ignoble. L'oubli qu'elle avait tellement désiré lui a été ainsi dispensé sous cette forme hideuse, et qu'elle y doit donc dormir en paix !

La tendresse de l'abbé Chevance pour la seule de ces filles, sans doute, qui risquât de lui faire honneur aux yeux du monde était connue de M. de Clergerie, et il n'y pensait pas sans inquiétude, tenant le bonhomme pour original, après l'avoir un moment vanté comme un autre Vincent de Paul. C'est le sort de l'ancien desservant de retenir ainsi l'attention des sots, et leur admiration même, par une simplicité dont ils croient saisir aisément le secret. Qu'une pareille fraîcheur est bonne ! Quelle fleur sauvage dérobée au jardin du Paradis ! Seulement, dès qu'il l'approche de près, le plus grossier ou le plus retors reçoit à l'improviste, avec stupeur ou avec rage, la brusque révélation d'une force mystérieuse à laquelle il ose à peine donner un nom, d'ailleurs toujours choisi à dessein, toujours faux. Ils s'avisent tous à la fois, mais trop tard, que ce prêtre est mal élevé.

M. de Clergerie s'en est avisé comme eux assez vite, et n'a pas celé à sa fille l'amertume de cette déception. Puis il s'est plaint, non sans dignité paternelle, d'avoir à prendre parti en un tel débat, car son autorité, il n'en doute, s'arrête au for interne. Il s'y décide néanmoins : sa conviction est désormais faite. L'abbé Chevance semble un prêtre excellent, ses supérieurs l'estiment, louent son zèle. Mais ce qui mérite d'être loué, ne vaut pas toujours d'être imité sans prudence. Une jeune fille est tenue à plus de réserve que personne, la malveillance la guette. Élire pour directeur un homme qui prête à rire, même innocemment, ne va pas sans risques, qu'une cervelle de vingt ans aurait du mal à imaginer. « Il y a de la présomption dans votre choix, je le crains. Prenez donc un autre directeur, conclut-il, du moins officiel. Je ne vous refuse pas la permission de visiter celui-là, je le crois inoffensif. Aidez-moi seulement à décourager la médisance. Que vous reprocherais-je ? J'ai moi-même été pris, un temps, au charme extraordinaire, évangélique, de notre vénérable ami. Je le respecte infiniment. Je le respecterai toujours. »

Elle ouvrit plus grand ses yeux calmes, un peu rieurs :

– Pauvre abbé Chevance ! Vous verrez qu'il aura de la peine !

– Ma chère Chantal... commença l'historien servile.

– Oh ! je veux dire seulement qu'il sera surpris, un peu, au moment même, voilà. Et puis, il oubliera très vite, rassurez-vous ! Il est si distrait !

– Non, non, ma chère Chantal, reprit gravement M. de Clergerie ; tu ne peux me tromper. Le sacrifice que je t'impose...

Alors elle secoua de nouveau la tête, en riant, se glissa plus près, mit une main sur chaque épaule de son père, offrit aux yeux étroits et clignotants son regard inaltérable.

– Je ne vous trompe jamais, dit-elle. Ce n'est pas vrai. Je suis heureuse ainsi, toujours, toujours. N'êtes-vous pas content que je sois heureuse ? Je n'ai jamais de peine, papa. M'en voulez-vous d'être heureuse ?

Il saisit au vol la petite main, aussitôt frémissante et docile entre ses doigts.

– Tu m'inquiètes, Chantal, au contraire, dit-il sincèrement. Je ne suis pas sûr de comprendre. Mon Dieu, certes ! tu es incapable de te dérober : pourquoi ai-je l'impression de te poursuivre sans t'atteindre, de te manquer d'un rien, d'un cheveu, comme en rêve ? Je te manque chaque fois d'un cheveu, voilà le mot.

Avant de répondre, elle fronça les sourcils.

– C'est peut-être, fit-elle, que vous calculez un peu trop... les historiens sont ainsi, je pense ? Alors je déjoue vos calculs, sans le vouloir. Vous me prenez pour un navire bien gréé, bien chargé, avec une riche cargaison, un capitaine étonnant, tout ce qu'il faut. Et je ne suis qu'un pauvre petit bateau vide qui va comme il peut.

– Si ! tu me trompes, reprit M. de Clergerie. Tu me trompes sans le vouloir, faute de t'astreindre une minute à voir par mes yeux, à parler mon langage, à te justifier par des raisons que je puisse entendre. Que veux-tu que je connaisse de toi, ma chère enfant, sinon ce que chacun de nous laisse paraître, dans la vie familiale, quotidienne, de ses habitudes, de ses goûts – ses préférences enfin ! Or, tu n'as pas de préférences, tu sembles contente de tout. Cela serait déjà monstrueux à ton âge. Mais il y a pis : tu ne saurais donner aucun prétexte à cette perpétuelle allégresse. Il faut la prendre telle quelle. Elle est parce qu'elle est.

– Mon Dieu ! prenez-la donc comme elle me vient, dit-elle. Je ne suis pas si compliquée...

– Nous y voilà. Oh ! mon rôle est facile à tenir, fit-il avec amertume.

Elle tourna vers lui un regard si limpide et si triste qu'il ne put le soutenir, et rougit légèrement.

– Accorde-moi, du moins, que j'ai le droit de m'étonner un peu ? Tu n'as jamais menti, tu es la loyauté même. Hé bien, supposons... tiens ! en vue de ton établissement, par exemple, supposons qu'il me soit posé certaines questions... très simples... je n'y pourrais répondre. Quelle espèce de femme seras-tu ? Bien malin qui le dirait. Tu te plais dans ta maison, soit ! tu parais plutôt casanière. Mais si je t'annonce demain notre départ pour les Indes ou le Canada, tu en recevras la nouvelle, je le parie, avec le même sourire content. Aimes-tu le monde ? Ne l'aimes-tu pas ? Ceci est encore un problème : je ne l'ai pas résolu. Tu y montres une vivacité, une sensibilité charmantes : juste assez pour plaire, pas assez pour que je sois sûr que tu t'y plaises réellement. Tu es fidèle à tes amis, jusque dans les petites choses, jusqu'au scrupule. Et pourtant tu ne parais pas souffrir de leur abandon, tu te laisses tromper avec bonne humeur, pour ne pas dire avec une naïveté déconcertante. Quelquefois la volonté se dénonce brusquement, comme par éclairs, puis elle reprend aussitôt sa place, docilement, dans le cours paisible de ta vie. Où va-t-elle ? Où la caches-tu ? Car tu la caches. Il faudrait être aveugle, il faudrait ne t'avoir jamais vue pour douter que tu ressembles à ta pauvre mère, que tu as le même cœur, la même passion... Je te regarde aller et venir avec un pressentiment si douloureux ! Oh ! tu n'es pas de celles, je le sens bien, qui évitent l'obstacle, ou au moins savent le tourner. Sur quel obstacle te briseras-tu ? Je me le demande... Ne pleure pas, Chantal ! s'écria-t-il tout à coup. Je suis un pauvre homme !

Elle ne pleurait pas, bien que sa bouche tremblât de fatigue.

– Mais je ne pleure pas ! fit-elle en tâchant de rire. Je voudrais tant vous contenter ! Seulement vous m'observez sans cesse : vous voyez en moi beaucoup de choses. Je ne les vois pas, moi. Non, je vous assure.

Elle ferma le poing, appuya dessus son menton, et les yeux mi-clos, son fin visage tendu par l'effort, elle dit doucement :

– Je suis très, très simple, voilà tout.

Et elle pâlit aussitôt, comme si on lui eût arraché ce secret enfantin.

– Je te demande pardon, reprit M. de Clergerie ; je te fais peut-être du mal. Il est si difficile d'interroger sans offenser ! Certes, tu as une nature exquise, mais non, mais non !..., cela n'explique pas tout... À dix-huit ans, on fait des rêves. Quels rêves fais-tu ?

– Des rêves ? demanda Mlle Chantal.

– Oui, enfin : des rêves d'avenir ?

– Oh ! je ne me soucie pas de l'avenir, fit-elle en secouant la tête. Vous y avez pourvu : à quoi bon ?

– Comprends-moi donc : tu n'es pas de ces têtes légères qui ne peuvent rien prévoir au-delà du lendemain. Tu as au contraire l'attitude, le regard, la voix, – que sais-je ? – la sérénité d'une femme qui a fait son choix, pris parti. Car enfin, cette espèce d'allégresse a un sens. Lequel ? Tu ne rêves pas, dis-tu ? Hé bien, ton silence même est plein d'un rêve qui te fait sourire à ton insu.

Elle laissa tomber ses bras, découragée.

– Que voulez-vous que je réponde, papa ? fit-elle. Je suis ainsi ; ne vous fâchez pas ; il me semble que je ne pourrais être autrement. L'avenir ne me fait pas peur, il ne me fait pas envie non plus. Les grandes épreuves sont pour les grandes âmes, n'est-ce pas ? Les petites passent tout doucement au travers... Hé bien ! je ne suis pas une grande âme. Comme disait ce vieux pauvre impitoyable que j'ai rencontré un jour :

– « Moi, ma vocation est de recevoir. Il me faut si peu pour vivre ! Alors, je me tiens sagement sous le porche de l'église, je tends la main au bon Dieu, je pense qu'il y mettra bien toujours deux sous... »

– C'est très joli, riposta froidement M. de Clergerie. Cela mène tout droit chez les Clarisses.

– Chez les Clarisses ! s'écria-t-elle en riant. Seigneur ! Où prenez-vous que je puisse être jamais Clarisse, ou seulement Carmélite !

Il passa nerveusement ses doigts dans sa barbe.

– Je ne te contredirai pas, fit-il, pas du tout. Je te crois une piété solide, éclairée même, néanmoins très calme, très raisonnable. Raison de plus pour ne pas emprunter si légèrement aux mystiques une règle de vie faite pour eux.

– Hélas ! (tout son visage frémissait de joie) je n'emprunte que ma part, la part du mendiant, vous avez mille fois raison. Ai-je l'air d'une jeune personne à rechercher l'humiliation, la pauvreté, l'obéissance ? Je n'irai jamais au-devant d'elles, rassurez-vous. Je mourrais de peur dès le premier pas. Ce que vous appelez ma sérénité, mon allégresse, c'est justement cette certitude de n'être bonne à rien, et aussi l'espoir d'être au dernier jour jugée comme telle, de bénéficier d'un traitement de faveur. Je ne veux pas me défendre. Voyez mon chien Tabalo : que je fasse mine de courir dessus, il se sauve. Que je le poursuive réellement, il se met tout de suite sur le dos, les pattes en l'air. Voilà. Je ne me défends pas. Je voudrais que Dieu n'en demandât pas plus. Je ne défie personne, ni la douleur, ni la mort, ni même le plus petit ennui : je craindrais de les réveiller, de les mettre en colère. Si l'épreuve s'avançait vers moi, je reculerais sans doute un peu ; d'abord, c'est naturel... Mais je me persuaderais aussitôt que je ne suis pas de force, je m'étendrais par terre, je rentrerais la tête dans les épaules, en fermant les yeux. Il n'y a peut-être, au fond, qu'un seul héroïsme, mais je suis sûre qu'il y a cent manières d'avoir peur, et je voudrais que le bon Dieu daignât m'enseigner celle qui lui déplaît moins. On a toujours assez de force pour recevoir les coups sans les rendre, et dès qu'on n'attend pas autre chose de soi, qu'on n'en demande pas plus, on finit par dormir tranquille. Ce n'est pas la crainte qui tient éveillé, c'est le calcul des chances.

M. de Clergerie l'avait écoutée sans un geste. Lorsqu'elle se tut, il l'observa longtemps encore, avec une attention extraordinaire. Puis, de ses deux mains ouvertes, il ramassa nerveusement les papiers épars sur la table, ainsi qu'un avocat battu fait de son dossier :

– Tu t'amuses ! dit-il.

Sa tête vénérable oscilla lentement, comme s'il se fût répondu à lui-même un « non » anxieux. Quarante années d'un labeur vide et têtu, poursuivi à travers tant d'intrigues non moins vaines que lui, l'expérience amère de son propre néant, la crainte puérile de toute vérité, de toute simplicité où sa méfiance ne voit qu'une ruse complexe, un mensonge d'une espèce moins facile à déceler, toute sa vie enfin, la médiocrité intolérable de sa vie, parut en clair dans ses yeux gris, vite dérobés. Il soupira profondément.

– Cela est bel et bon, dit-il encore. Mais vague, bien vague... Non ! ce n'est pas une règle de conduite ! Je te fais d'ailleurs remarquer que tu n'as pas répondu aux questions que je t'avais posées.

Il leva la tête, siffla rêveusement.

– Note bien que j'approuve... j'approuve ce qu'il est possible d'approuver. Seulement, j'appartiens – grâce à Dieu ! – à une génération qui a prouvé plus loin qu'aucune autre la perfection des méthodes de mesure, d'analyse, de contrôle. Je ne suis pas l'ennemi du surnaturel, j'entends rester même un catholique irréprochable, et pourtant je crois fermement qu'à quelques exceptions près (dont l'ensemble constitue le fait miraculeux, jusqu'à présent irréductible) nous restons, toi, moi – nous tous – dans la dépendance étroite des circonstances et des conjonctures, et ton rêve d'acceptation pure et simple m'apparaît irréalisable. Je doute fort qu'il ne t'apparaisse ainsi à toi-même, que ton attitude ne soit forcée. Allons donc !

Il frappa légèrement de la paume sur le bord de la table.

– Tu ne me feras pas croire que tu fasses si aisément le sacrifice... le sacrifice de ton directeur par exemple ?

– Pourquoi ? dit-elle. Oh ! vous m'avez mal entendue... Vous parlez de sacrifice : je n'en suis pas encore là, voyez-vous. Je ne saurais sacrifier personne. Vous me prenez trop au sérieux, papa, voilà le mal. Il m'en coûte si peu d'obéir que je suis bien forcée de croire que mes peines valent ce que je vaux, qui ne vaux rien. Je ne sais pas souffrir, j'en ai honte. Peut-être n'apprendrai-je jamais ?

– Cependant, fit-il, tu aurais pu montrer... témoigner de... Enfin, il me semble... C'est invraisemblable, mon enfant... L'abbé Chevance t'a toujours marqué une affection... Je voulais justement te prier sans doute de... de choisir un confesseur plus sage... moins... moins pittoresque... mais je ne pensais pas du tout d'interdire... enfin, il te suffira d'espacer tes visites, simplement.

– Je vous remercie, dit Chantal. Je suis heureuse pour lui...

– Tu vois ! s'écria-t-il, en la regardant de biais. Tu savais comme moi que cette rupture lui serait désagréable, douloureuse même... Il t'aime beaucoup.

Elle ouvrit la bouche, remua les lèvres, rougit. Puis avec un emportement mystérieux, qui n'effaça pas son sourire, elle dit, de sa voix douce, inaltérable comme son regard :

– Oh ! lui, papa, il ne tient pas beaucoup à ce qu'il aime !

– Voilà votre déjeuner, annonça Mme de la Follette tranquillement, bien que sur un ton d'exceptionnelle gravité.

Seulement, comme elle repoussait la porte d'une ruade discrète, de sa grosse pantoufle fourrée, elle vit à droite, étendu, immobile, le corps de l'abbé Chevance, la face tournée contre le mur.

– Sûr qu'il est mort, misère ! murmura la pauvre femme entre ses dents. Il est dit qu'il ne fera rien comme les autres, vieux fou. Une histoire à vous tourner le sang – et à mon retour d'âge encore !

Le haricot fumait sur la nappe. Le réveille-matin, tombé dans la ruelle, y battait aussi bêtement que jamais. Déjà elle regagnait le seuil à reculons, les yeux baissés, lorsque le plus naturellement du monde, le mort se souleva sur ses coudes, tourna lentement, puis réussit enfin à s'asseoir.

– Quelle sotte aventure ! bredouillait-il... J'ai glissé sur le carreau sans doute... fait un faux pas ? Je vous demande pardon.

– Glissé sur le carreau, ah la la ! dit Mme de la Follette, vexée. Avec ça que vous avez la mine d'avoir fait un faux pas, peut-être ? Je voudrais que vous vous regardiez dans la glace : vous ne savez pas encore où vous êtes, malheur !

– Mais si, je le sais, je le sais très bien, répliqua M. l'abbé Chevance, avec un peu d'aigreur. Croirait-on ? Ce n'est qu'un étourdissement, tout au plus. Je n'ai pas perdu connaissance une seconde : je me suis très nettement senti tomber.

– Entendu ! fit la concierge : tâchez de le croire si vous pouvez. Pour moi, vous vous en êtes allé de faiblesse, faut vous refaire du sang. Mangez toujours, tant que c'est chaud.

Il s'était mis debout et remuait douloureusement la tête, le regard ivre. Enfin, il gagna la table à petits pas, saisit une chaise de sa main pesante et s'y laissa brusquement glisser, un terrible sourire aux lèvres.

– Voilà, voilà ! disait-il de sa voix docile. Je vous remercie, madame de la Follette... Je crois nécessaire de réparer... réparer... réparer mes forces. Le jour baisse, madame de la Follette... le jour baisse terriblement... Je n'y vois plus guère, madame de la Follette.

– Que vous dites ! s'écria-t-elle, encore méfiante. Au lieu de plaisanter, mangez donc, ça vaudra mieux : j'attends que vous ayez fini pour descendre. M. de la Follette fait sa partie, mais il va rentrer d'une minute à l'autre, et il n'aime pas trop poser, cet homme-là !

Elle l'observait sournoisement, se régalait sans méchanceté d'un spectacle semblable à ceux de la rue, où l'horrible même est cocasse. Le sourire hébété du malheureux, la lenteur calculée de ses gestes, leur maladresse, un dandinement bizarre qu'il réprimait soudain, tout contribuait à donner au pauvre prêtre un air de solennité grotesque, et tel qu'on en voit aux ivrognes pensifs et laborieux, d'un trottoir à l'autre, traçant lentement leur route, à travers la foule frivole. Et justement, à cette minute même, par la fenêtre tout à coup immense dans le soir, et la grave rumeur du dehors allant s'affaiblissant, ainsi qu'à la pointe du jet d'eau qui tremble, une aigrette d'écume, l'atroce refrain d'une chanson de café-concert monta de la rue, assourdie, méconnaissable, inexplicablement pure, avec une bouffée de brise fraîche.

— Madame de la Follette, dit-il, vers quinze ans, au petit séminaire de Montligeon — excusez-moi — j'ai dû engloutir de grandes quantités de viande crue, sur l'ordre du médecin, sur l'ordre formel, comprenez-vous ? D'y penser, aujourd'hui encore, le cœur me manque. Quel dégoût !

Il atteignit le plat, remplit son assiette jusqu'aux bords, et tenant sa fourchette dans son poing fermé, commença de manger avec une hâte extraordinaire, voracement.

— Ça va, dit la concierge ; vous vous refaites. Vous avez déjà meilleure mine.

— Je sens un grand vide dans ma tête, avoua le pauvre homme, la bouche pleine. Mon récent étourdissement venait de là, peut-être ? Il y a de la faiblesse dans mon cas, c'est sûr.

Sa voix gardait une espèce d'enjouement qui rassurait Mme de la Fouette, tandis qu'elle ne pouvait détacher son regard du visage embrasé, étincelant, mais frappé de stupeur, où les mâchoires seules remuaient.

— J'ai très soif, fit-il encore.

Il se servit coup sur coup deux verres de vin, qu'il avala d'un trait. Un mince filet rouge glissa lentement de la commissure des lèvres jusqu'à son menton.

— Il faudra que vous allumiez la lampe, reprit-il doucement. Le soir vient tôt... Jadis... Oh ! madame de la Follette, sur les étangs de mon pays... sur les étangs, c'est curieux — le jour n'en finit pas de mourir — c'est très curieux... et il y a une heure fraîche, très fraîche, la plus fraîche, quand nous menons boire nos bœufs, les belles bêtes. La maison n'est pas loin, au bout du sentier, du sentier qui paraît noir dans les arbres, sous les arbres... C'est le paradis. J'y conduirai mes enfants, mes pauvres enfants... Jugez-en, madame de la Follette... Je connais des femmes qui nourrissent leurs bébés avec des soupes d'épluchures. Il faudrait beaucoup de lait... beaucoup de lait... Il y a du lait qui se perd, madame de la Follette. Il coule à côté du seau, dans l'herbe, une mousse blanche, la rosée l'efface peu à peu. Tant de lait gâché ! Je l'ai dit à la fille de Simon Clos, en revenant de l'école. Sylvie ! Sylvie ! Veille à poser ton seau d'aplomb, ma fille ! Elle a rempli son sabot dans la fontaine, et m'a jeté l'eau à la figure... attrape ! attrape !

en plein sur mon petit tablier neuf... Quoi, Éminence... Éminence, il y a de nos gens qui meurent de faim ! Qu'est-ce que vous voulez que je dise à des gens qui meurent de faim ?

Il remplit de nouveau son verre, le porta en tremblant jusqu'à ses lèvres, puis l'ayant flairé deux fois, le reposa gravement sur la table.

– Hé là ! Hé là ! cria Mme de la Follette.

Elle le vit tourner la tête comme s'il entendait, ou s'efforçait d'entendre, des profondeurs de son rêve, et elle écoutait aussi claquer les gencives dans la bouche vide.

– Voyons ! Voyons ! dit-elle ; vous dormez, s'pas ? C'est embêtant !

Il faisait signe qu'on ne s'inquiétât pas, qu'on le laissât. La vieille main traça dans l'air un signe obscur, puis s'abattit doucement vers la nappe, s'y blottit sur le dos, la paume en l'air, ainsi qu'une bête qui meurt.

– Madame de la Follette, murmura-t-il, vous pouvez sans inconvénient parler plus haut. Je le disais hier à M. l'archiprêtre : un peu de sommeil me suffit, très peu de sommeil. Quelle heure est-il ? Bah ! Bah ! je sais que vous vous effrayez à tort... si ! je vous assure ! Je comprends tout, madame de la Follette, absolument tout. Je vous aperçois très distinctement, la table, le verre... voilà même la nappe que je serre entre mes doigts, comme ça... tenez ! Ainsi ! Qu'il ne soit plus question de cette bêtise... Qu'on n'en sache rien, je vous en prie... Promettez-moi...

– Les yeux ! hurla Mme de la Follette. Il me rendra folle !

Car il venait de lever sa misérable face aux mâchoires infatigables, et deux globes gris, noyés de larmes, virèrent lentement, majestueusement, sous les cils, puis tournèrent sur eux-mêmes, et découvrirent de nouveau la prunelle hagarde et contractée.

– Mais qu'est-ce qu'il a ? qu'est-ce qu'il a ? gémissait la concierge, dévorée d'une curiosité plus forte que la peur. Qu'est-ce qu'il a, bon Dieu de polichinelle !

Elle recula vivement, se glissa le long du mur, y resta collée de tout son corps, les bras étendus, avec un rauque soupir d'attention. Le malheureux prêtre avait saisi les bords de la table à pleines mains, et courbé en deux, jetant les épaules en avant, comme arraché du sol par la suffocation inexorable, sa bouche ouverte mordant l'air perfide, il défendait terriblement sa vie, en gémissant. Elle voyait, sous la sueur, la peau ruisselante se tacher peu à peu de rouge sombre, le nez livide, le hideux ondulement du cou. Un long moment, l'homme et la mort se regardèrent ainsi face à face, front contre front, sans fléchir. Puis la vieille poitrine, comme crevée enfin, s'affaissa, se creusa sous le drap noir, le râle de la gorge s'éteignit, et un dernier haut-le-cœur jeta sur la nappe un petit tas de boue sanglante.

« Le cochon ! mais c'est qu'il est ivre ! » pensait Mme de la Follette, ses dix doigts pressés sur ses lèvres, fascinée.

Sans doute avait-elle parlé tout haut à son insu, car la même voix qu'elle eût reconnue entre mille répondit après un silence.

– Non ! je ne suis pas ivre, madame de la Follette... Écoutez plutôt écoutez bien... Cela va déjà mieux... cela s'arrange... Vous allez... vous irez de ce pas... appeler... retenir un fiacre... une voiture enfin... Immédiatement. J'ai une démarche urgente... excessivement urgente... Indispensable.

– Fait comme vous voilà, tout de même ! dit-elle, rouge de confusion. Reposez-vous. Je vais chercher M. de la Follette... S'il n'est pas là – voyons ! – le collègue du 12 *bis* ne me refusera pas un coup de main. On vous mettra au lit. C'est le lit qu'il vous faut, sûr et certain.

Elle attendit la réponse, une minute, puis deux, puis trois... Elle vint enfin, articulée avec lenteur, presque un murmure, mais du même ton de douceur inflexible :

– Je ne bouge pas... j'attends... c'est pour éviter une nouvelle crise... par prudence... comprenez-vous ? uniquement. Les forces reviennent... Courez vite retenir une voiture, madame de la Follette... L'abbé Cénabre !...

– Allons donc ! fit-elle. Soyez raisonnable. Ça peut se remettre à demain.

Il était resté à la place où la noire compagne avait desserré son étreinte, les bras croisés, la face appuyée sur la nappe. Il répondit patiemment :

– Non, non : pas demain, aujourd'hui. Je puis être alité cinq jours, une semaine... qui sait ?... Perdez-vous la tête pour si peu ? N'avez-vous pas honte, madame de la Follette ? Si vous tardez encore... mais j'irai la chercher moi-même, voyons, cette voiture ! Je serai debout dans cinq minutes : je me connais. Ah ! l'âge vient, madame de la Follette ; je dois me ménager. Sinon vous ne me verriez pas si accablé... Ces... ces sortes de crises me sont beaucoup plus familières que vous ne pensez...

J'avoue que la..., la durée de celle-ci... m'a un peu surpris... étonné... Là... là... là... c'est bon. Me voilà sur pied maintenant.

Elle recula devant lui, en frémissant. Il avançait d'un pas inégal, un bras légèrement tendu, l'autre inerte, sa face marbrée toujours ruisselante de sueur, les joues souillées d'une écume grise qui avait coulé jusqu'à son épaule, les yeux mi-clos. S'écartant pour lui livrer passage, elle le vit chanceler contre le mur, y appuyer ses deux mains, puis il revint droit vers elle, aperçut son propre visage dans la glace, et sourit.

– Je ne suis pas beau à voir, quelle horreur ! dit-il. Mais quoi ! nous ne devons pas juger les gens sur la mine, madame de la Follette... Un peu d'eau fera l'affaire il... n'y... paraîtra...

– Hé bien... s'écria Mme de la Follette... Hé bien !... Hé bien !...

La voiture fit une brusque embardée vers la droite, ralentit docilement, reprit sa course. Elle allait dans la nuit molle et légère, nouvellement tombée, encore retentissante de la rumeur du jour avant que s'éveille le féroce et sourd grondement de la ville nocturne qui ne s'apaise qu'à l'aube. Dans la glace, tour à tour reprise et lâchée par l'ombre, fouettée de biais à chaque coin de rue par une double gerbe éblouissante, l'interminable route qui, presque d'un trait, court du dernier faubourg au cœur de la cité-mère, se déroulait paresseusement, déjà désertée, fenêtres closes. Mais le regard de l'abbé Chevance n'y discernait plus qu'une espèce de danse vaine et cocasse, singulièrement accordée au rythme accéléré de son cœur. Car depuis un moment, quoi qu'il fît pour se reprendre, ce battement monotone, intolérable, l'absorbait tout entier. Ce qui lui restait de vie consciente était comme inexplicablement suspendu au furieux bondissement de ses artères. À peine reformé, au prix d'un effort inouï, dans sa pauvre cervelle confuse, le silence était aussitôt brisé, mis en pièces, émietté, par l'inexorable cadence dont l'imagination affolée répercutait l'écho à travers le réseau douloureux des nerfs. En vain étreignait-il la poitrine sonore, le corps exténué vibrait jusqu'à sa dernière fibre, avec de merveilleuses reprises, des silences étranges, des trous noirs où sombrait d'un seul coup l'angoisse glacée, tout un jeu de feintes subtiles, d'attaques brusques, de rémissions perfides, qui prenait la volonté en défaut, l'épuisait en violences inutiles, l'arrachait de l'âme par morceaux...

« Ce n'est qu'une palpitation, une simple palpitation », répétait-il à voix haute, avec ce doux entêtement qui l'avait si souvent secouru au long d'une vie pleine d'amertume. Mais la parole illusoire, à peine articulée, l'obsession revenait plus forte qu'avant. Bien plus, elle gagnait tous les sens, un par un. Il semblait parfois que le battement ridicule s'accélérât, jusqu'à n'être plus qu'un seul bourdonnement d'abord grave, puis aigu, qui à la limite de l'échelle des sons, crevait en mille bulles d'un rouge aveuglant. L'illusion était si cruelle que le malheureux serrait les doigts de toutes ses forces pour échapper à la tentation de saisir ces globes mystérieux, de les palper, d'éprouver leur résistance élastique. Alors il jetait furieusement sa tête dans l'angle capitonné, implorait, du même gémissement, le silence et la nuit... La résolution qu'il avait prise, l'acte qu'il avait juré d'accomplir, coûte que coûte, l'idée en subsistait sans doute quelque part, dans un coin secret de la mémoire, mais c'était comme une figure voilée, méconnaissable, immobile dans l'écœurant tourbillon du vertige, et il n'osait d'ailleurs l'interroger de peur qu'elle ne restât muette, qu'elle se détournât de lui en silence, emportant avec elle un bien plus précieux que la vie, à jamais... Ne pas perdre en un moment la chance suprême !... Quelle chance ? La chance de qui ?... Car dans le désordre de sa raison, une humble consolation lui était venue, tombée du ciel, angélique. Il savait, il était sûr de tenir entre ses vieilles mains non pas son propre salut, mais le salut d'autrui, d'un autre homme plus malheureux, plus abandonné que lui-même... Quel homme ?... Ah ! la réponse viendrait à temps ! Il avait oublié le nom, il ne distinguait pas le visage à travers tant de signes étranges, mais il allait vers celui-là ; il courait à son secours, il le presserait bientôt sur son cœur ! Par un phénomène singulier – non pas si rare – le délire partiel laissait intact tel souvenir, telle image récente, tel pan du passé, comme dans un brouillard épais l'arête d'un toit, l'angle d'un mur, une fenêtre solitaire. Mais il était incapable encore de relier ces souvenirs entre eux, selon les lois d'une perspective familière. Ils se présentaient un à un, s'éloignaient de même, reparaissaient tout à coup. Parfois même les mots précédaient la pensée, et il les prononçait machinalement, presque à son insu. Longtemps après – à ce qu'il lui semblait du moins – l'image montait lentement derrière eux, se dégageait à mesure... « Je devais m'attendre à cela, murmura-t-il. Je m'affaiblis chaque jour, les facultés baissent... baissent... » Puis il revoyait le salon vert Empire du chanoine Degrais, la table, le flacon d'éther apporté en hâte, la mine inquiète du bonhomme, son regard compatissant... il sentait de nouveau la crampe atroce du mollet, la douleur s'irradiant en un éclair jusqu'à la hanche, puis le bruit d'eau courante à l'oreille, et presque aussitôt l'effondrement dans la nuit... Alors, alors seulement, avec effort, il retrouvait le sens des paroles prononcées un moment plus tôt : c'est ainsi qu'il avait répondu à la question anxieuse de son ami, après la longue syncope, en ouvrant les yeux... D'ailleurs la vision précise était déjà dépassée, quittait le champ de la conscience, le cœur furieux sonnait plus fort contre les côtes, la ronde infernale liait et déliait ses anneaux étincelants, le corps allégé, vide, flottait comme un haillon, retenu au sol par la tête énorme, douloureuse, une masse de plomb. Le voilà couché au pied d'un peuplier, en plein midi, ses petits pieds nus hors des sabots, le poing fermé sur le manche du fouet... la vache Muguette promène gauchement son mufle sur sa blouse, il sent sa chaude haleine à travers la toile, il l'écarte d'une caresse, écoute son mugissement, reconnaît l'appel saccadé de la trompe, le ronflement du moteur, la vitre ouverte sur la rue illuminée, sa misérable agonie emportée à travers la foule, parmi tant de visages inconnus... « J'irai à lui... je le trouverai... je lui dirai... J'aurai sûrement la force de dire... » L'homme est devant lui, tout droit, tout noir, inflexible... Ah ! quelle pitié ! quelle détresse ! Il était temps !... Si du moins ce cœur pouvait ralentir une minute, une seule minute son galop frénétique – ou qu'il ne l'entendît plus ! « Non ! je ne paraîtrai pas devant Dieu sans vous avoir donné le baiser de paix... Moi... Moi qui sais... Moi seul ! Je puis vous pardonner en son nom... Ayez pitié de vous ! Je... Je... » Mais les mots se pressent en désordre, puis s'envolent comme un essaim de mouches, tous ensemble, dans un murmure immense... « Enfin, que me veut-on ? » lui demande l'homme, avec un sourire amical. Alors il rassemble ses forces, il tâche de former un cri, un seul cri, dans sa gorge serrée : « Votre vie ! Votre vie éternelle !... » Hélas ! c'est sa vie, sa propre vie, sa pauvre vie qu'il sent couler hors de lui, par mille canaux invisibles... Quel recueillement soudain... Quel silence ! Le cœur enragé, lui-même, hésite... va s'arrêter... s'arrête... tout se tait.

— M'entendez-vous, monsieur ? dit le chauffeur. M'entendez-vous maintenant ?

Car il vient d'entrer par le panneau avant de la voiture, qui a tourné silencieusement sur ses gonds, comme une porte ordinaire. En vain l'abbé Chevance soulève un peu la tête, essaie de jeter un regard à travers la vitre.

— Où sommes-nous donc, mon ami ?

Mais l'autre hausse les épaules sans répondre, prend une bougie sur la cheminée, l'approche, la promène un instant devant les yeux du vieux prêtre, si près que la flamme frôle les cils.

— J'aime mieux attendre, dit-il. Je ferai un nouvel essai tout à l'heure.

— N'attendez pas ! supplie l'abbé Chevance. Je suis très pressé : je n'ai pas une minute à perdre. Si votre voiture est en panne, monsieur, aidez-moi plutôt à descendre... Je ne vois pas clairement où nous sommes ? À... À Saint-Germain-des-Prés peut-être ? À Saint-Germain-des-Prés, n'est-ce pas ? C'est parfait. Laissez-moi partir !

Il serre de toutes ses forces le poignet de son interlocuteur, qui de la paume le repousse doucement sur la banquette, en disant :

— *Je m'en vais me laver les mains. Vous pouvez le laisser libre, à condition de ne pas vous éloigner.*

— Merci, ah ! merci... fait l'abbé Chevance, horriblement confus. Mais, monsieur, je dois vous avouer encore... j'ai de mauvais yeux... de très mauvais yeux... Enfin je ne distinguerai sûrement pas le chiffre marqué au compteur. J'ai dormi, monsieur, je m'éveille à peine... Qu'est-ce que je vous dois ?

Il s'éveille en effet. Du moins une part de lui-même, une petite part, et c'en est assez – pour traîner après elle l'autre masse pesante, inerte. Il retrouve peu à peu sa souffrance avec une espèce de joie, une souffrance vraie, efficace, non plus ce rêve affreux. C'est comme s'il se glissait de nouveau, prudemment, humblement en elle, avec des précautions infinies, ainsi qu'on endosse un vieil habit usé, mais fidèle. Tout autre que lui, en une telle conjoncture, avec un courage égal, eût sans doute par trop de hâte, gaspillé en vains efforts ces précieuses minutes. Il n'en a garde. Il a toujours tiré patiemment parti du bon, du médiocre ou du pire. Ce que Dieu refuse est superflu. Ce qui est donné suffit... Déjà il est debout, au bord du trottoir, face au chauffeur interdit.

— Qu'est-ce que je vous dois ?

– Onze cinquante, monsieur. Tarif de nuit.

– Ah !

Le trottoir a l'air de s'enfoncer sous ses semelles, la rue commence à virer lentement de droite à gauche, puis se balance imperceptiblement sur place, comme un navire retenu par ses ancres... Onze cinquante !... Du bout de ses doigts gourds, il tâte au creux de son porte-monnaie, avec une hâte fébrile, il additionne mentalement des nombres et des nombres, sans espoir, pour gagner du temps... Ah ! s'il pouvait seulement se recueillir une seconde, la tête entre ses mains ?

– Tenez, mon ami, fait-il en tendant sa bourse. Payez-vous ! Je n'y vois plus...

– *Rien de pis que ces formes convulsives ! répond la voix, mais lointaine, comme entendue à travers la cloison. Ne vous affolez pas ! Je reviens.*

– *Revenez ! hurle à tue-tête l'abbé Chevance. Faites appeler l'abbé Cénabre ! Je le veux ! Il viendra ! Je veux... j'exige !*

Mais le chauffeur rejoint sa voiture, à pas mesurés, sans l'entendre, et le pauvre prêtre est bien honteux d'avoir crié si fort. Qu'a-t-il crié même ?... Il ne s'en souvient pas.

Encore un long moment, il resta immobile, à la même place, de l'air d'un homme qui s'oriente avant de prendre parti, mais surveillant du coin de l'œil le lent démarrage de la voiture. Sa détresse était telle qu'il n'eût pas trouvé la force de répondre à une nouvelle question, n'importe laquelle, plutôt mourir ! Pour la première fois de sa vie peut-être, pour la première et dernière fois, là, en plein carrefour, l'ancien curé de Costerel se souvint des humbles délices qu'il avait jadis connues, laissées sans regret, perdues pour toujours. Entre deux angoisses, le vieux corps découvrait enfin la lassitude, et non pas le seul accablement de l'extrême fatigue, mais la molle paresse, irrésistible, le mol étirement de la paresse, pareil à une défaillance de l'âme. Les autobus accouraient de la lointaine gare de Montparnasse, traversaient d'un bond la place déserte, et venaient s'arrêter à deux pas de lui, en rugissant. Il revit la porte du presbytère couleur d'ocre, la courette envahie d'herbes, la niche en ruine du chien, l'étroit couloir sombre et frais, et il sentit – ah ! il sentit surtout – l'odeur de cretonne et de lavande du grand lit de plumes, au fond de l'alcôve. C'est vrai qu'il aurait pu mourir là, si tranquille ! « J'ai été curé de Costerel, jadis... » Il a répété cela tant de fois, comme on rapporte un fait légendaire peu vraisemblable, sans grand espoir d'être cru sur parole... Et maintenant, les mêmes mots reviennent humblement sur ses lèvres, et il n'ose les prononcer, de peur d'éclater en sanglots.

Il se remit en marche à petits pas, longea le parvis, disparut... Mais la brusque solitude de la rue de l'Abbaye lui fit peur, et on revit tout à coup, dans la foule rapide, son étroite silhouette lente et noire. Une minute il resta pensif, face au portail, sans oser lever les yeux, observant sournoisement, avec angoisse, l'ombre des passants sur le mur. Sa tête était de nouveau si douloureuse et si pesante que chaque mouvement brusque lui arrachait une plainte qu'il retenait à peine entre ses dents serrées, épouvanté à la pensée d'être entendu, remarqué, interrogé peut-être... Il gagna ainsi l'angle du boulevard, se glissa le long de la grille du square, jusqu'à la hauteur du chevet, et là, dans un coin d'ombre, ses doigts noués aux barreaux de fer, appuyant son menton sur les mains croisées, il aspira longuement, bruyamment, de toutes ses dernières forces, le silence du petit jardin.

Démasqué une seconde, le jet d'un puissant phare frappa de biais l'un des vitraux du transept, en fit jaillir une pluie d'étincelles. L'immense muraille de pierre parut frémir de haut en bas, puis se raffermit aussitôt sur son énorme assise et se retournant dédaigneusement vers la nuit reprit avec elle son formidable entretien.

– Mon ami, murmurait l'abbé Chevance, mon pauvre, mon malheureux ami !... Il répétait ses paroles, tout bas, sans y attacher peut-être aucun sens précis, mais elles soulageaient son cœur ; il ne se lassait pas de les entendre. Il était sûr qu'elles finiraient bien par éveiller, lentement, délicatement, au plus creux de la mémoire, ce souvenir rebelle, poursuivi en vain... Pourvu que rien n'en vînt briser la trame légère, à peine affermie, si fragile !... Derrière lui tout était bruit, lumière et mouvement, mais il tâchait de ne pas quitter du regard un petit coin d'ombre, dans un retrait de la pierre, protégé par un maigre et languissant laurier. La terre luisait faiblement tout autour, une herbe grêle perçait entre les cailloux, un vent léger, au ras du sol, y faisait tourner un peu de poussière, silencieusement... « Mon ami ! mon pauvre ami !... » Il se dissimulait de son mieux, pressant la grille contre sa poitrine, s'efforçait d'oublier un moment la ville énorme et vaine à laquelle il avait donné trente ans de son dur labeur, et qui venait lui arracher encore le seul bien qui lui restât, qu'il n'eût pas encore laissé prendre, son humble agonie. Et certes, il n'eût pas songé à la lui disputer, n'ayant jamais rien eu en propre, depuis si longtemps ! Mais ce don suprême était déjà réservé, il n'en pouvait plus disposer sans trahison... Un autre ! un autre !... Ah, tête vide !... Timidement encore, il essayait de refaire, étape par étape, le chemin parcouru, dans l'espoir de retrouver peut-être, à quelque détour oublié, la solution du problème dont sa mémoire exténuée ne parvenait même plus à retenir les termes. Tous les détails de sa chétive aventure se présentaient à la fois, ou se dérobaient pareillement, sur un plan unique, sans aucun lien d'effet à cause, à moins qu'ils ne se déroulassent soudain à contresens, selon l'absurde logique des rêves, et il n'en remontait alors le cours qu'au prix d'une cruelle contrainte. D'ailleurs le moindre obstacle, la moindre difficulté surgie à l'improviste remettait tout en question, l'arrêtait longtemps sur un point futile, jusqu'à ce qu'une image délirante fît dévier d'un coup la pensée, l'engageât dans un nouveau labyrinthe de déductions extravagantes, dont il cherchait laborieusement l'issue. Mais alors même, quand faiblissait jusqu'à l'idée du devoir impérieux, urgent, pour l'accomplissement duquel il allait donner le dernier souffle de sa poitrine, l'élan de sa pitié le portait toujours vers l'ami inconnu, dont le péril surpassait le sien. La pire angoisse, au lieu de le briser, resserrait ce lien fraternel. Le suprême secret du vieux prêtre était un secret d'amour.

À la fin, il cessa de lutter, moins découragé que vaincu. Dans le désordre de la conscience, la volonté, jusqu'à ce moment tendue à la limite de son effort, se relâchait aussi, demandait grâce. Il croyait sentir, sous le pariétal, sa cervelle douloureuse, pareille au moignon d'un membre amputé. Sa faiblesse était extrême. Pour se tenir debout, il devait s'appuyer de tout son poids sur la grille, heurtant des genoux le rebord de pierre. Dégageant ainsi sa main gauche, il l'appuya sur ses yeux, et le plus silencieusement possible, regardant avec terreur croître et décroître au mur l'ombre des passants, il pleura.

Il pleura comme pleurent parfois les enfants, non par lassitude ou dépit, mais seulement parce qu'il faut pleurer, parce que c'est la seule réponse efficace à certaines contradictions plus féroces, à certaines incompatibilités essentielles de la vie, simplement enfin parce que l'injustice existe, et qu'il est vain de la nier... Les lèvres usées retrouvaient d'instinct la même grimace puérile, ses vieilles épaules le même geste d'impuissance naïve, avouée, sans remède. Et c'était vrai qu'il ne pouvait plus rien, ni pour lui-même, ni pour autrui, consommant le reste de ses forces dans une lutte inutile pour ne pas tomber là, donner le dernier scandale d'une agonie publique, parmi les passants curieux. Ce sentiment d'impuissance ineffable, d'humiliation infinie, baignait son cœur. Nulle parole n'eût su l'exprimer, nulle prière même, du moins humaine, n'en eût su porter le témoignage à Dieu, car une telle certitude rayonnait bien au-dessus du misérable corps appesanti, bien au-delà du monde des symboles et des figures. Il ne distinguait plus, à travers ses doigts, qu'un mince filet de lumière pâle, glissant sur la pierre ; mais l'illustre église l'avait déjà reçu dans son ombre, elle était près de lui, familière, ses puissantes racines plongeant au cœur de la ville, indestructible. Que de fois, levé avant l'aube, il l'avait vue, jadis, de ses yeux alors vivants, de son vrai regard d'homme, toute nue et dorée dans le soleil, sévère et pure ! Mais il s'éloignait sans comprendre, parce que si sûr qu'il fût déjà d'être un serviteur maladroit, de petit service, il lui restait au moins la force de ses bras, et que cette force même n'est plus. Il n'est plus rien. Il peut entrer sans effort, comme de plain-pied, à jamais, dans la grande simplicité de Dieu.

– Retirez la cuvette, dit l'homme aux mains rouges. C'est inutile. Le sang ne coule plus.

Il essuie lentement ses doigts, un par un, puis se penche tout à coup, tâte gauchement le drap, pour retrouver son binocle.

La fenêtre blanchit à peine. Une bougie brûle encore sur la cheminée. La chambre s'emplit d'une rumeur légère, qui va s'affaiblissant.

Les genoux de l'abbé Chevance heurtent encore rudement la pierre... En vain, il a saisi au vol l'un des barreaux de fer et s'y cramponne. Une dernière secousse le lui arrache des mains... L'immense boulevard lumineux glisse à toute vitesse devant lui, s'arrête brusquement, sans aucun bruit.

Le vieux prêtre a roulé sur le trottoir, se lève, retombe. Personne ne l'a vu. Ce n'est qu'un faux pas... Mais qui donc ? Mon Dieu, qui donc l'a jeté à terre, d'une si rude poussée ?... Une fois, déjà... « J'aurais voulu que vous me bénissiez, dit-il tristement. J'aurais voulu vous demander cette grâce, avant de vous quitter pour jamais... » Ah ! mon Dieu !

Il appuie la main sur sa poitrine, il essaie de ne pas défaillir de joie. Avant de se remettre debout — car il en a désormais la force — il répète les mots sauveurs, et chacune des syllabes magiques rentre en lui avec l'air, la lumière, la chaleur, la certitude, la vie... « J'aurais voulu que vous me bénissiez... J'aurais voulu vous demander cette grâce... » Ce sont les mêmes paroles qu'il a prononcées jadis, il les a reconnues — bien plus ! il se reconnaît lui-même en elles, il se retrouve — intact, délivré, toujours vivant ! Un seul souvenir, mais net, lucide, jailli tout entier hors du rêve, avec ses contours précis, ses repères sûrs dans l'espace et le temps, un seul souvenir a suffi pour déchirer la trame ténébreuse. La mémoire s'en empare, ne la lâchera plus. Sur l'unique point fixe, comme par miracle, elle équilibre en un instant son laborieux et fragile édifice, disperse dans la nuit les images hagardes. Comme tout se simplifie, s'éclaire ! *Il allait chez l'abbé Cénabre*, lorsque cette crise l'a terrassé. À vrai dire, il n'avait jamais perdu de vue ce point capital : c'était le nom, le nom seul, toujours approché, toujours fuyant... Mais la décision n'en était pas moins prise, irrévocable. Rien — nulle force au monde — ne l'eût détourné longtemps de ce devoir urgent. L'heure est venue, voilà tout. Pourquoi donc aujourd'hui, plutôt qu'hier ou demain ? Qu'importe encore ? Il ne sait pas exactement d'où il vient, mais il sait où il va : que demander de plus ? « Il m'a appelé, dit-il, j'en suis sûr ! Il m'appelle... » Certains faits qui restent obscurs s'expliqueront d'eux-mêmes... Il revoit la haute silhouette impérieuse sortant de l'ombre, le bras tendu qui le repousse, le jette à terre, si brutalement... « J'aurais voulu que vous me bénissiez... j'aurais désiré vous demander cette grâce... » Il fallait — Dieu a voulu sans doute — que toute résistance vaincue, la raison vacillante au bord de l'abîme se redressât soudain, au seul écho des pauvres paroles sans gloire, mais du moins illuminées de charité. « J'étais fou, murmure l'abbé Chevance, avec un sourire de béatitude... J'avais perdu la tête. Quelle aventure !... » Déjà il traverse le boulevard à petits pas, évite prudemment une voiture, s'émerveille de trouver aux choses un aspect si rassurant, si plausible. Parvenu au coin de la rue Bonaparte, il s'accorde de souffler un peu. Sa soutane a une petite tache de boue qu'il essuie soigneusement, longtemps... Malheur ! dans sa chute, il a déchiré la manche, au-dessus du coude, il y porte la main, sent une douleur aiguë, qu'il écrase du bout des doigts, en gémissant...

– Empêchez-le de toucher au pansement, dit quelqu'un, derrière lui.

– C'est un vrai poison, répond Mme de la Follette. Il n'arrête pas de gigoter... (Pauvre Mme de la Follette !... Mais elle et son ombre s'éloignent déjà, s'effacent. Il est seul.)

La rue est déserte. Tout y invite au repos, au sommeil. Le silence est si profond qu'il doit prêter l'oreille pour entendre le bruit de ses pas : il a l'air de marcher dans du velours. En vrai paysan vosgien, il a toujours pensé d'accord avec ses jambes : à mesure que le corps se brise, l'idée s'allège, perd tout poids matériel, se lève à l'improviste, comme une alouette sauvage... Il allonge encore le pas sans fatigue, il voudrait courir. Jusqu'alors, il n'avait jamais songé à une nouvelle entrevue avec l'abbé Cénabre sans un grand serrement de cœur, et – pour tout dire – une angoisse surnaturelle. Qui pourrait tenir un tel secret sans dégoût ? Qui n'eût rêvé de l'oublier ? « Je suis le seul homme, se disait parfois l'abbé Chevance, devant lequel il puisse rougir. » Et il avait attendu des jours et des jours, puis des semaines, et des mois encore, avec le pressentiment qu'un échec serait irréparable, perdrait à jamais un misérable déjà cruellement humilié. Trop simple pour se croire capable de rien tenter par lui-même, le pauvre prêtre avait seulement espéré quelque signe mystérieux, l'appel si souvent entendu, et à sa naïve stupeur, la miséricorde était restée muette. Loin de les rapprocher, il semblait que les circonstances l'éloignassent de plus en plus du rival illustre qui, après une courte retraite, venait de reparaître dans le monde, non moins libre et audacieux, bien qu'avec une prudence accrue, et ce rien de gravité mélancolique, où ses dévots reconnaissaient la déception d'une grande âme.

Mais, pour l'abbé Chevance, ce qui allait et venait ainsi, recueillant son juste tribut d'admiration et d'honneurs, n'en était pas moins une vaine apparence d'homme, un homme creux. Le vrai Cénabre n'était qu'à lui. À lui seul, Chevance, l'aveu arraché au désespoir et à la honte... « J'ai perdu la foi ! » – moins qu'un aveu, un cri, un cri sincère.

De ce cri, n'était-il pas comptable à Dieu ? Presque chaque jour, par une admirable intuition de sa charité, il prononçait lui-même les paroles dont il avait horreur, comme s'il eût craint que ne fût oublié le dernier gémissement de l'orgueil terrassé, l'espèce de prière infirme telle qu'on en doit entendre au seuil même de l'enfer, et n'osant toutefois parler ainsi à son maître, il allait jeter ce secret au coin le plus obscur de la chapelle de la Vierge, en tremblant, parce que l'ineffable cœur maternel est incapable de rien refuser. Quelquefois même, dans l'excès de la tristesse, il avait rêvé d'un miracle, que la paix était de nouveau descendue sur le beau front impérieux, enfin courbé... « Je l'aurais revu, se disait-il. Je l'aurais revu ! Il m'aurait lui-même appelé ! » Son expérience des âmes, son humble sagacité ne pouvaient d'ailleurs lui laisser aucun doute : l'homme qu'il avait vu cette nuit-là n'était pas seulement exercé par une tentation ordinaire : il luttait pour la vie. L'issue d'une telle lutte ne saurait être équivoque. « Son premier mouvement, se disait encore l'abbé Chevance, eût été de me demander pardon. » Car il savait mieux que personne qu'il est presque toujours vain d'espérer forcer de telles âmes, ou les reprendre par surprise. Et il avait attendu, patiemment d'abord, puis avec angoisse, luttant seul contre le silence qu'il sentait se reformer autour du révolté, ainsi qu'une malédiction chaque jour plus pesante, seul confident, seul témoin. Sa terreur était de mourir trop tôt, d'emporter avec lui la dernière chance du vaincu, sa possible justification. « Je suis maintenant son unique ami ! » L'évidence de leur commune solitude l'écrasait. D'être lié ainsi, malgré lui, à l'insu de tous, au prêtre célèbre dont il ne prononçait jadis le nom qu'avec une admiration enfantine, de partager – en quelle mesure ? – son redoutable destin, lui avait longtemps paru comme un mauvais rêve, dont il allait s'éveiller. Alors il doutait pour un moment d'avoir vu et entendu. Il s'accusait d'être un homme grossier, sans nuances, que le seul hasard a rendu maître d'un secret quand sa simplicité n'en saurait faire aucun usage. Il se retournait avec rage vers son labeur quotidien, sans pouvoir étouffer l'humble voix intérieure, l'objection naïve, mais inflexible : « Pourquoi n'est-il pas revenu ? Il sait le mal qu'il m'a fait... » Puis, il se jurait d'en finir, se fixait un délai bientôt dépassé, tour à tour frémissant d'inquiétude, ou éperdu de honte à la pensée de tant de suppositions téméraires que l'abbé Cénabre pourrait tenir justement pour autant d'outrages. « Du moins, Dieu ne permettra pas que je meure sans avoir connu mon devoir, et sans l'avoir accompli. » De cette seule pensée, le pauvre prêtre avait reçu quelque apaisement. Mais il croyait l'échéance encore lointaine. Elle était venue.

Elle était venue, et après un court moment de lucidité, il ne le savait déjà plus. De la mort apparue brusquement, ainsi que derrière la vitre un visage amer, il n'avait retenu que cette assurance obscure que toute hésitation n'aurait plus désormais de sens, que la sagesse était d'aller vite, de courir au bout, d'un trait, parce que le temps même était mesuré. Sans doute se souvenait-il vaguement d'avoir souffert, souffert à la limite de ses forces, mais il n'eût su dire de quelle souffrance, et il ne se souciait pas de l'apprendre – à quoi bon ? – Il semblait plutôt qu'une excessive douleur, loin de l'abattre, l'avait renouvelé tout entier, purifié, comme si elle eût fait le vide en lui, d'une puissante succion de ses mille petites bouches laborieuses, d'un seul coup. Avec elle, s'était écoulé le passé, quel qu'il fût, bon ou mauvais, qu'importe ? Il restait le présent – mais libre, intact, aussi frais et neuf que s'il n'eût jamais reposé jadis dans le trouble et douteux avenir – et ce présent, c'était en somme le seul Cénabre, vers lequel ses vieilles jambes le portaient si vite, d'un pas étrangement silencieux... Cénabre !

À l'instant même, l'abbé Cénabre ouvrit la porte, et sourit.

Il tenait de la main droite un bougeoir de cuivre, pareil à ceux que Mme de la Follette astiquait chaque semaine. Sa main gauche tendue dans un geste d'accueil paraissait énorme. La petite flamme dansante, rebroussée par le vent, faisait tourner toute l'ombre de la pièce autour de son visage glacé.

– Je vous attendais, monsieur, dit-il. Il est bien tard.

– Permettez ! s'écria l'abbé Chevance, avec une extraordinaire vivacité : je vous attendais aussi ! Voilà longtemps que je désirais reprendre avec vous une... une conversation... interrompue... interrompue malgré moi. Je ne mérite aucun reproche, je n'en supporterai aucun, monsieur. Que cela soit dit une fois pour toutes : c'est une convention entre nous, un simple accord, de gré à gré ! D'ailleurs, s'il n'y avait ici des témoins...

– Êtes-vous fou ? dit sévèrement l'abbé Cénabre. Nous sommes seuls. J'exige que vous vous en assuriez vous-même.

Il referma violemment la porte, éleva le bougeoir au-dessus de sa tête et pénétra dans l'appartement, traînant son hôte à sa suite. Les pièces étaient nues, absolument nues, retentissantes. Chaque pas y soulevait un peu de poussière, vite retombée. À la dernière, l'abbé Cénabre s'adossant au mur, se tint longtemps immobile en silence. Puis il dit tout à coup, d'une voix égale et triste.

– Si vous le désirez, je vous montrerai la place même où je vous ai jeté à terre, l'autre nuit. Je la connais. Mais vous êtes passé dessus sans la voir, bien que vous soyez un homme juste, exact, et qui tient son compte, au denier près. Néanmoins, notez-le, je ne vous dois plus rien : je vous défie de tirer désormais quelque chose de moi, que vous le vouliez ou non. J'ai vendu mes meubles, mes tapis, jusqu'à mes livres – oui, mes livres ! – vous n'en trouverez pas un seul ici. Je vis dans une extrême pauvreté, monsieur, une pauvreté parfaite, une pauvreté vraiment évangélique. Pourquoi me persécutez-vous ? Oui. *Quid me persequeris*, Chevance ?

Il marcha vers lui, posa les deux mains sur ses épaules, fixant étroitement son regard sur les yeux du prêtre stupéfait.

– Je vous ai déjà pardonné, Cénabre, fit-il. Vous le savez bien. Comment donc osez-vous parler ainsi ?

L'illustre historien haussa les épaules, avec mépris :

– Je vois que nous ne nous comprenons pas, dit-il sèchement. Vous êtes un petit prêtre raisonneur. Je vous ai désiré des mois et des mais. J'ai fait pour vous ce que je n'aurais fait pour personne. En réparation d'un préjudice de rien, d'un simple accès de mauvaise humeur, je me suis dépouillé de tout, condamné à la misère. Je n'ai même plus d'amis. Je viens de renvoyer le dernier, cette nuit même, afin de vous attendre en paix. Me voilà comme à l'heure de ma naissance, dans un dénuement absolu. Dieu n'est pas plus pauvre que moi.

Il posa son bougeoir sur le parquet, puis se relevant brusquement, il étendit les bras, et étreignit le vieux prêtre en sanglotant. Mais le cœur déçu de l'abbé Chevance se contracta douloureusement dans sa poitrine, et il détourna la tête, sans un mot.

– Vous me haïssez, dit Cénabre, avec un sourire amer. Je le savais. D'ailleurs, j'étais derrière vous, il n'y a qu'un instant, et je vous ai suivi jusqu'ici, observant vos pensées. Ah ! cher ami, vous êtes plein de ruse : néanmoins, si je voulais en prendre seulement la peine, je vous déviderais comme un écheveau, brin à brin, tenez-vous-le pour dit. Voilà tout.

Il écrasa du pied la bougie, furieusement, et le dernier son sorti de sa bouche parut happé au vol par la gueule béante de la nuit.

— Non ! non ! gémit doucement l'abbé Chevance, je ne vous crois pas. Je sais très bien que je rêve, il n'y a pas l'ombre d'un doute... Madame de la Follette, je vous prie – j'exige – je vous supplie, madame de la Follette, d'allumer les lumières, toutes les lumières, pas une de moins... Le paquet de bougies est au fond du tiroir... Allongez le bras, madame de la Follette.

— Il a les yeux grands ouverts, dit Mlle de Clergerie. Je crois qu'il parle. Ah ! dites-moi, monsieur, qu'il ne mourra pas sans nous avoir au moins bénis !

— C'est un tempérament prodigieux... véritablement prodigieux... commença l'abbé Cénabre, mais le reste de ses paroles se perdit dans un murmure indistinct.

— Écoutez-moi... où êtes-vous ?... Cénabre ! cria l'abbé Chevance, d'une voix tremblante.

— Cette comédie a assez duré, ne trouvez-vous pas ? reprit le prêtre aigrement. Je pensais argumenter posément, raisonnablement, et depuis un moment, vous vous conduisez dans cette maison honorable comme un insensé. Oui, il faut que vous soyez fou, fou à lier, pour douter un instant que nous soyons seuls ici, alors que le moindre examen des lieux peut vous convaincre de ma parfaite loyauté. Je suppose, cher ami, que vous avez le délire. Mais agonisant ou non, – écoutez bien, Chevance ! – je vous défends de mourir chez moi.

— Oh ! je ne demande pas mieux de mourir, dit l'abbé Chevance. Seulement je vous supplie de ne pas me laisser mourir ainsi, dans ce noir, en aveugle. Que je voie encore une fois, une petite fois, rien qu'une fois, Cénabre ! Que je voie au moins vos yeux ! J'ai toujours été un homme inutile, et me voilà maintenant vide, tout à fait vide, à votre merci. Mais vous savez aussi bien que moi qu'une telle nuit, c'est comme l'enfer.

— Détrompez-vous, répondit l'abbé Cénabre : je poursuis une expérience des plus intéressantes, et voilà pourquoi je ne saurais approuver en aucune façon un absurde entêtement qui menace de tout gâter.

D'ailleurs, à vous entendre geindre, il m'est aisé de connaître que votre ridicule santé n'a jamais été meilleure. Vous n'êtes pas plus malade que moi.

Tandis qu'il parlait, l'abbé Chevance s'était mis en marche lourdement, l'oreille au guet, se guidant de son mieux vers la voix. Elle se tut. Alors il enfonça ses deux bras dans les ténèbres, et en retira une main inerte et molle, qu'il pressa sur sa poitrine, en gémissant.

– Laissez ma main tranquille ! grogna Cénabre, moitié riant, moitié fâché. Lâchez-la ! Quel fou !

– Je suis votre ami, je suis votre dernier ami, suppliait le vieux prêtre. Quand vous m'aurez poussé au désespoir, vous y tomberez avec moi. Mon Dieu ! je ne trouverai pas un mot à vous dire, ma tête se perd. Si vous voulez que je ne vous sois pas tout à fait inutile jusqu'à la fin, sortons d'ici. Allons ailleurs, n'importe où, que vous puissiez au moins me voir mourir.

– Je ne le refuserai pas, dit Cénabre, quoique j'aie de sérieuses raisons de craindre un piège. Et d'ailleurs, cher ami, à supposer que je vous voie mourir, j'ignore quel avantage vous pouvez espérer que j'en tire ? Tout cela paraît bien singulier, bien étrange, pour ne pas dire plus.

Il battit le briquet, souffla sur l'amadou, comme le petit garçon Chevance l'avait fait tant de fois jadis, à la lisière du Pâquis, lorsqu'il allumait son feu de brindilles où il jetait les châtaignes, une à une... Mais la chandelle rallumée n'éclaira que l'angle du mur nu, puis aussitôt après la tête rusée de l'abbé Cénabre, et enfin sa main rose, dont il protégeait la flamme.

– Hé bien ? dit-il.

– Vous êtes un homme dur ! cria l'abbé Chevance, hors de lui.

– J'ai pitié de vous, au contraire, reprit Cénabre. S'il est vrai que vous êtes dangereusement malade, il importe que nous réglions nos comptes, exactement, sans plus tarder. Je suis entièrement à vos ordres.

– Qui vous parle de compte à rendre ? demanda le vieux prêtre, tout tremblant. Vous vous moquez de moi comme toujours. Au point où nous en sommes, Cénabre, vous ne devez plus rien qu'à Dieu.

– Je vous ai jeté à terre, fit l'imposteur d'une voix morne. Je donnerais mille vies pour ne vous avoir jamais touché. Quoi que je fasse, je ne saurais plus me dégager de vous, je suis lié à votre détestable petite personne pour l'éternité, que l'enfer vous écrase.

— Pourquoi maudissez-vous Dieu, imbécile ! bégaya l'abbé Chevance. Pourquoi voulez-vous me perdre avec vous ?

Il s'élança, mais le sol manqua sous ses pieds, et il ne réussit qu'à se traîner sur les genoux, vers la haute silhouette noire impassible.

— Je suis en règle avec Dieu, dit Cénabre, de la même voix sombre. Je me suis dépouillé de tout, mon dénuement est total. Qui n'a rien ne doit rien, je vous prie de remarquer la parfaite correction de mon calcul. S'il me restait la moindre bagatelle, je la détruirais sur l'heure, car il est selon ma nature de détruire plutôt que de donner. Cependant nul n'y pourrait trouver à reprendre, puisque je suis la première victime de mes infaillibles déductions. Ainsi qu'un débiteur insolvable, j'échappe à la justice par l'excès de ma propre misère. Je crois que personne n'a jamais tenu devant Dieu une position plus forte : de ce côté, ma sécurité est parfaite. Et à l'égard de mes congénères, morts ou vivants, je ne serais pas moins irréprochable, n'ayant d'obligation à aucun d'entre eux, vous excepté. *Vous seul* pouvez me demander compte du *seul* acte de violence que j'ai commis, j'ose dire du seul acte déraisonnable. Tel quel, si insignifiant qu'on le suppose, il introduit dans une opération délicate, une espèce d'élément irréductible. Votre pardon, pourvu que j'aie la naïveté de le recevoir sans contrepartie, achèverait de la bouleverser de fond en comble, car on ne saurait faire figurer le pardon à un poste quelconque d'une comptabilité bien tenue. Si vous n'étiez pas au monde, petite vipère, je serais désormais hors de jeu.

Il leva le flambeau à la hauteur du menton, et l'abbé Chevance vit, juste entre les yeux fixes et tristes, jaillir une pointe déliée, d'un blanc éblouissant. La flamme aiguë, ténue comme un fil, s'étira brusquement, gagna le front, puis les cheveux, cerna la nuque d'un trait aussi net que le fil d'une lame, et presque aussitôt la tête tout entière se mit à brûler silencieusement.

Avant que le vieux prêtre ait pu faire un geste ni pousser un cri, elle avait perdu toute ressemblance humaine, bien qu'elle parût toujours d'aplomb sur les épaules, et il vit, à sa grande surprise, cette espèce de sphère éclatante se tourner lentement vers lui, s'incliner deux fois comme pour un geste d'adieu. Il n'éprouvait d'ailleurs aucune crainte, mais seulement une lassitude extrême, un alanguissement comparable à celui qui précède le réveil.

L'un de ses bras étendus reposait mollement, il sentait sur l'autre, à la hauteur du coude, la pression d'une main frémissante, et laissant alors retomber sa nuque, il s'aperçut, qu'il était couché sur le dos.

– Cénabre ! dit-il doucement, Cénabre !

De la silhouette noire, il ne voyait plus qu'une ombre vague et décroissante, à peine distincte de la pâle lumière qui allait s'élargissant au mur. Puis cette ombre même se dédoubla, et il referma un instant les yeux pour ne pas suivre son cheminement bizarre à travers la pièce où s'éveillait peu à peu le murmure de la vie.

– C'est tout ce que je peux faire : n'en demandez pas plus, fit une voix lointaine qui semblait suspendue dans le vide. Je pense qu'il gardera maintenant sa lucidité jusqu'à la fin.

L'écho de ces dernières paroles se prolongea longtemps, parut s'éteindre pour se ranimer encore, jusqu'à se confondre dans une autre rumeur plus vaste, où finit bientôt par ne plus tinter qu'une seule note, une vibration un peu monotone, mais d'une inexprimable pureté, qui acheva de se perdre elle-même dans la réelle lumière du matin... La chambre tout entière venait d'émerger d'une brume bleue, pareille à une eau impalpable, aérienne, dont le regard atténué du moribond recueillit toute la fraîcheur avant de se poser, à regret, sur les choses familières, et il retourna aussitôt, avec une plainte déchirante, vers le gouffre limpide de la fenêtre grande ouverte. Alors seulement, quand il eut dilaté une dernière fois sa poitrine, il acheva de soulever ses paupières et fixa longuement, sans la reconnaître, la muraille blême de l'alcôve. Enfin, il aperçut le lit bouleversé, la cuvette posée sur les draps, une tache vermeille, et tout à coup, sa main osseuse, aux ongles cernés de violet, déjà cadavre. L'aube misérable flottait au plafond. L'âcre odeur de la pluie matinale venait jusqu'à lui par bouffées.

Il voyait tout cela, mais d'une vision confuse : ses yeux allaient d'un objet à l'autre, comme s'il eût perdu le pouvoir de commander à leurs muscles délicats, puis ils glissaient de nouveau, insensiblement, vers la baie lumineuse de la fenêtre, où montait le disque pâle du soleil, dans un brouillard floconneux. Cependant, alors qu'il détournait un peu la tête, au prix d'un effort immense, il rencontra ce regard attentif, patient, volontaire, qu'il sentait posé sur lui, depuis des heures peut-être, à travers l'épaisseur de son rêve, et il s'y retint de toutes ses forces, ainsi qu'au seul point fixe dans l'universel écoulement. Même avant que d'y lire quoi que ce fût d'intelligible, il subissait sa douce contrainte, il entendait son appel muet. Le cercle de la vie se rétrécissait à mesure, et il ne restait plus sans doute au centre de la dernière spire que ce reflet pensif, suspendu entre le jour et la nuit, guetteur vigilant à la surface des ténèbres... Un moment, le silence parut s'approfondir encore, puis se déchira brusquement. Une voix – et non plus un vague murmure – mais certaine, indubitable, dont il reconnut en un éclair le timbre et l'accent, venait d'éclater à ses oreilles. La surprise du vieux prêtre fut telle, et si douloureuse la brutale résurrection de la conscience, qu'il essaya de se jeter hors de son lit sans réussir à soulever la couverture de son faible bras glacé.

– Ne vous agitez pas, disait Mlle Chantal. Dans un instant, vous pourrez parler, j'en suis sûre. M'entendez-vous ?

Il fit signe que oui. Mais il rassasiait d'abord ses yeux du désordre ignoble de la petite chambre, un pardessus jeté en travers de la table, une paire de manchettes souillées de sang, les serviettes éparses, ses pauvres vêtements roulés en boule sur le parquet, un long bas de laine noire pendu à l'espagnolette, et au coin même de la cheminée, les reliefs du dernier repas, le litre vide, un morceau de pain. L'humble désastre de sa misérable vie était là, écrit partout.

– Je vais mourir, ma fille, dit-il.

À ces mots, elle se laissa glisser doucement à genoux, appuya son menton sur ses deux mains jointes, et soutenant toujours le pauvre regard errant de toute la force de ses yeux calmes et fiers.

– Je le crois, fit-elle. Du moins *ils* l'ont dit. Je suis bien heureuse. Ce matin vous étiez si faible que nous pensions que votre cœur ne battait plus. J'avais tant de fois souhaité de mourir la première, vous souvenez-vous ? et que vous me bénissiez une dernière fois. Mais c'est un grand honneur que vous faites à votre petite fille de la garder près de vous jusqu'à la fin.

– Je vais mourir, répéta-t-il avec une espèce de dureté. Puis il tourna lentement la tête vers le mur et se tut.

Par la porte entrouverte de l'étroite pièce que l'abbé Chevance nommait son parloir, un rire discret vint jusqu'à eux, recouvert aussitôt d'un murmure de voix. À chaque bouffée de vent, la bouilloire sifflait et crachotait sur le poêle.

– Désirez-vous que je ferme la fenêtre ? Avez-vous froid ? demanda Mlle Chantal.

Elle le vit remuer péniblement la langue, rejetant à petits coups une salive épaisse. Et presque aussitôt l'air roula dans sa poitrine. Mais il fit un geste de surprise, serra violemment les mâchoires, et le râle cessa.

– Qu'est-ce que j'ai ? fit-il après un nouveau silence. N'y a-t-il rien à tenter ?

Une longue minute, Mlle Chantal le regarda fixement, sans parler, d'un air d'étonnement inexprimable.

– Je vais appeler le médecin, dit-elle. Il est dans votre parloir, avec papa.

Mais le moribond l'arrêta d'un regard impérieux, reprit sa rumination bizarre, et prononça enfin quelques mots dont elle n'entendit que les derniers :

– ...personne... vous seule... je veux savoir.

Elle hésita, les sourcils froncés, son mince visage tendu et comme vieilli par une révélation intérieure, l'imminence d'une découverte si déchirante et si pathétique que toute candeur parut s'effacer instantanément dans ses yeux sombres.

– C'est une crise d'urémie, dit-elle enfin avec lenteur, tenant sa bouche au plus près de l'oreille de l'abbé Chevance. Vous avez déliré cette nuit. Vous m'avez demandée sans cesse, et aussi M. Cénabre, peut-être ? On a prévenu papa vers six heures. Nous avons ramené ici notre médecin, le docteur Glorieux.

Elle recueillit ses forces, et ajouta non moins distinctement :

– Il dit qu'il y a peu de chose à tenter désormais, que vous serez bientôt devant Dieu.

Il parut ne pas entendre, mais l'oreiller se creusa un peu plus sous la nuque, et l'air roula de nouveau dans sa poitrine. Puis comme la première fois, ce râle cessa subitement. L'abbé Chevance venait de tourner les yeux vers l'entrée de son parloir, et les reportait sur Mlle de Clergerie avec une expression indéfinissable de terreur et de volonté.

– Je vous comprends, dit-elle à voix très basse. J'y vais.

Elle traversa la chambre, glissa la tête par l'entrebâillement de la porte, la ferma, et revint s'agenouiller à la même place, sans aucun bruit.

– Je crois qu'ils dorment, murmura-t-elle. Votre concierge a prêté deux grands fauteuils. Ils ne nous ont pas entendus. Que désirez-vous encore ?

– Rien, dit-il.

Les épaules se déplacèrent par petites secousses maladroites, puis il s'immobilisa, les paupières closes. L'affreuse détente de tous ses muscles fut visible sous le drap, et le râle qui sortit de sa gorge n'avait plus l'accent d'aucune plainte humaine : il était le creux soupir d'une bête harassée. Mlle de Clergerie cacha son visage dans ses mains.

– Est-il vrai que vous n'ayez rien à me dire ? demanda-t-elle. Rien ? Êtes-vous mécontent de moi ? Ne recommanderez-vous pas votre fille à Dieu – tout à l'heure – dans un moment ?

Elle se tut, prêta l'oreille, appuyant fortement sur ses yeux ses dix doigts réunis, dans un geste d'angoisse enfantin. Elle n'entendait que le même gémissement monotone tour à tour aigu ou grave, mais il s'accéléra tout à coup, et les paroles en sortirent une à une, mêlées au barbotement des artères, dans les poumons noyés.

– Je ne veux pas... disait-il. Je ne veux pas... Je... ne... veux... pas...

– Quoi donc ? fit-elle.

– Je ne voudrais pas mourir, ma fille, reprit-il distinctement.

Elle baissa les mains, le regarda bien en face, avec une curiosité candide, plus terrible que le mépris. La voix n'était qu'un souffle, et elle en devina plutôt qu'elle n'en perçut l'extraordinaire âpreté. Dans le visage gris, une rougeur dessina un moment le relief des joues, puis s'effaça.

– Mon Dieu ! dit-elle naïvement, est-ce donc si difficile ? Je ne le croyais pas. Ils m'assuraient que vous ne souffririez plus, que la phase délirante était passée, que sais-je encore ? Si, si, je vous jure ! Une agonie très calme, très douce, très lucide, c'est ce qu'ils ont dit. Songez donc ! il ne faut qu'un peu de patience. Parlez-moi, cela vous aidera. J'ai l'oreille fine, souvenez-vous. Si vous remuez seulement les lèvres, je comprendrai. Pensez qu'ils peuvent entrer d'un moment à l'autre, et d'ailleurs, je devrai bien finir par les appeler : nous n'avons plus en ce monde, vous et moi, que ces pauvres petites minutes. Ai-je tort de vous les demander ? Êtes-vous fâché ?

Elle tenait dans le sien le regard du vieux prêtre, elle essayait de plonger jusqu'au fond. Mais elle n'y lisait toujours qu'une obstination inflexible, qui ressemblait à la stupeur. Alors, elle prit délicatement la main déjà raidie, la plaça doucement sur son front.

– Bénissez-moi du moins, dit-elle. Cela vous fera du bien. Bénissez-moi comme vous l'avez fait tant de fois, une fois encore, une fois pour toujours.

Elle sentit les doigts glisser de sa tête à la nuque, sans plier, comme cinq petites spatules de bois.

— Taisez-vous, souffla le moribond. Vous ne pouvez me tirer d'ici, ni vous ni les autres. À quoi bon ? Il est dur de mourir, ma fille.

— On ne meurt pas volontiers, ajouta-t-il, après un silence.

Elle essaya encore bravement de sourire, les yeux pleins de larmes.

— Vous ne m'avez pas bénie, dit-elle. Me refuserez-vous cela aussi ?

— Que vous importe ? répondit-il sèchement, d'une voix soudain raffermie. Quel prix pouvez-vous bien attacher à la bénédiction d'un homme qui ne sera plus demain que de la terre ? Pourquoi ne me laissez-vous pas finir en paix ? Qu'auriez-vous à me donner, ma fille ?

— Je voudrais vous donner ce que j'ai, dit-elle doucement, ce que vous aimiez si fort, et dont je n'ai plus besoin maintenant – je n'en aurai jamais plus besoin, jamais – ma joie, ma pauvre joie qui vous plaisait. Je vous ai toujours obéi sans peine, comme vous désiriez l'être, avec allégresse. Et après tout, il est bien possible que cette allégresse fut vaine, mais quoi ! N'est-ce pas vous qui vous étonniez un jour des grandes choses que Dieu sait tirer pour lui seul du rire d'un petit enfant ?... Peut-être est-il bon aussi que j'apprenne à ménager la merveilleuse espérance dont je croyais la source intarissable, que je prodiguais sans y songer, follement, comme un présent de nul prix. L'espérance, après tout, c'est la parole divine, et la parole divine est à la fois suave et terrible. J'ai trop souri à la mort, ainsi qu'à tout le reste : il est juste que je voie aujourd'hui son vrai visage. Je l'ai vue. Je l'accepte ainsi, telle que vous me l'avez montrée : je la reçois véritablement de votre main... Et maintenant... Et maintenant... comment vous dire ?... Maintenant je vous supplie de n'être plus qu'heureux... heureux comme j'étais heureuse, ce matin, en vous regardant dormir, si calme, déjà hors de notre présence, à moitié dans l'ombre et à moitié dans la lumière. Ne vous détournez pas de moi ainsi, pour toujours, sur une dernière parole de tristesse. M'entendez-vous ? Après Dieu, c'est à vous que je devais ma joie, vous dis-je. Reprenez-la. Daignez la consommer tout entière, d'un seul coup, seulement pour franchir ce petit passage. S'il vous plaît de me laisser dans le doute, ne m'épargnez pas. Mais s'il est vrai que... par impossible... vous ayez besoin de moi, il me semble que je trouverais le moyen de vous être utile, peut-être... si vous vouliez du moins... Le voulez-vous ?

Il fit signe qu'il ne pouvait parler, porta peu à peu la main jusqu'à sa bouche, l'appela sa fille du même regard impérieux. Alors, d'un coin du drap, elle essuya les lèvres collées par l'écume, pressa légèrement les doigts sur les mâchoires contractées.

– Il ne vous est pas bon de me regarder mourir, dit-il enfin. Cela ne vaut rien du tout. Allez-vous-en !

– Je m'en irai donc ! dit-elle. Ne parlez plus. Réservez un peu vos forces. Nous avons fait demander le curé de Saint-Paul, ce matin, à cinq heures. Son vicaire de garde est venu vous donner l'extrême-onction. Mais il a promis de revenir lui-même, dès que vous auriez repris connaissance. Je puis le faire prévenir : notre voiture est à la porte.

– Non ! dit l'abbé Chevance.

– J'irai donc chercher qui vous voudrez, fit-elle sans oser élever la voix, n'importe où. Le docteur prendra ma place. J'ai déjà trop tardé à l'appeler.

Il la regarda, et son visage roidi reprit un moment son expression ancienne de candeur et d'humilité. Elle comprit qu'il lui donnait ce dernier regard, et qu'elle n'avait plus rien à lui demander en ce monde.

– Vous êtes un enfant, dit-il. C'est ma faute. Je l'étais aussi. Je dois entrer dans la mort comme un homme, un homme vraiment nu. Je ne suis même plus un pécheur, je ne suis rien qu'un homme, un homme nu. N'essayez pas de trouver un sens à tout ceci. Il n'est pas bon d'approcher trop près d'un moribond tel que moi. Arrachez-moi de votre cœur, ma fille, jetez-moi ainsi qu'Il m'a jeté lui-même, sans daigner se retourner encore une fois vers son serviteur humilié.

Elle le vit hésiter une seconde, comme s'il eût livré à regret, par force, une parole inintelligible pour tout autre, impossible à partager avec les vivants.

– Marie, dit-il, servante des mourants.

Puis il referma les yeux, et après avoir lentement, patiemment, rempli d'air sa poitrine, il reprit sans lever les paupières, avec une espèce de confusion qui fit monter un peu de sang à ses joues :

– Je voulais vous prier d'amener ici, Monsieur... Monsieur l'abbé Cénabre, car je désirais recevoir une dernière absolution de sa main. Cela n'est plus possible. Il ne me paraît pas convenable de le déranger inutilement. Veuillez aussi m'excuser auprès de M. le curé de Saint-Paul. Voilà ma fin.

La couverture qu'il étreignait de ses dix doigts eut une ondulation imperceptible, puis se creusa. Elle le crut mort. Et tout à coup sa voix s'éleva de nouveau, extraordinairement haute et claire.

— Ma petite fille, dit-il, j'ai pris ce que vous m'avez donné.

Alors seulement elle s'aperçut qu'elle tremblait, d'un tremblement convulsif, intolérable. Dès qu'elle voulut le réprimer, ü redoubla. Ce n'était pas la crainte, et non plus la pitié, c'était cela ensemble et quelque chose de plus, qui ressemblait à une satiété surnaturelle, à l'écœurement de l'âme elle-même. Depuis l'aube, elle veillait amoureusement cette agonie, attendant d'elle on ne sait quoi de plus céleste, un signe divin, pour lequel elle avait tenu ouverte son âme claire, et une déception inattendue, imprévisible, faisait pénétrer son amertume, irréparablement, à la source ignorée de sa joie. Elle n'y put tenir : elle se dressa, toujours tremblante, sa tête lumineuse baissée vers la terre, dans un solennel silence. Nulle parole ne sortit de ses lèvres, car elle venait de se placer en chancelant au-dessus de toute parole : toute parole eût désormais menti. Ce moribond avait été son espérance, son honneur, sa fierté, la chère sécurité de sa vie, et elle les perdait à la fois. Il s'enfuyait à la dérobée, comme un voleur. Qu'importe ! Le doute perfide avait passé sur elle, mais il l'eût tuée sans la ternir. Elle se tenait devant Dieu, aussi dépouillée qu'aucune créature, mais inébranlable dans sa volonté d'accepter sans réserves, de subir sans se plaindre. À cet instant décisif, son grand effort n'allait qu'à se placer humblement pour que le coup divin fût porté à fond, commodément, jusqu'au cœur. Timidement, sa petite main blonde alla chercher à tâtons, sur la poitrine de son vieil ami, le battement ralenti, à présent presque imperceptible, et sans un mot, elle reçut innocemment, elle fit sienne, elle épousa pour l'éternité la mystérieuse humiliation d'une telle mort.

— Chantal, disait le soir même M. de Clergerie, après une telle épreuve, la plus grave que tu aies connue, et qui va retentir sur ta vie tout entière, je pense que la nécessité s'impose du choix d'un conseiller ferme et sagace, d'un véritable clinicien des âmes. Je t'avoue que la volonté de l'abbé Chevance m'apparaît désormais clairement. Ce n'est pas sans raison que nous l'avons entendu prononcer si souvent le même nom dans son délire ! Pour moi, il te confiait à l'abbé Cénabre. Je parlerai dès demain à ce cher ami. Puisses-tu occuper dans ce cœur incomparable, si discret, si méconnu, la place laissée libre par la mort absurde, incompréhensible, de ce pauvre petit fou de Pernichon !

La suite de ce roman a paru sous le titre :
La joie

LA JOIE

1928

PARTIE I

1

Elle ouvrit doucement la porte, et resta un moment sur le seuil, immobile, tenant levée sa main à mitaine noire. Puis elle reprit sa marche à pas menus, furtive, éblouie, sa vieille petite tête invisible sous le triple bandeau d'un châle de laine, aussi seule qu'une morte dans le jour éclatant. Un rayon de soleil traversait la pièce obliquement, de bout en bout. Quand elle s'arrêta, l'ombre lumineuse du tilleul continua de flotter sur le mur.

– Qui vous a laissée venir ici, maman, pourquoi ? dit M. de Clergerie. À une heure pareille ! De si bon matin. Que fait donc Francine ?

Il était apparu à l'autre extrémité de la salle, avec ses lunettes d'écaille et son petit bonnet de drap, un veston de chambre à brandebourgs sur sa chemise de nuit. Mais elle ne cessait pas de le regarder fixement, comme pour le mieux reconnaître et lui trouver une place dans la mystérieuse et implacable succession de ses pensées. Il s'approcha d'elle, en haussant les épaules, et lui serra un peu le bras sans parler.

– Les clefs ? dit-elle.

– Peut-être les avez-vous laissées sur votre table de nuit ? Hier déjà, maman, souvenez-vous... Et tenez, je les sens dans votre poche : les voilà.

La main ridée sauta dessus, avec l'agilité d'une petite bête. Elle les approcha de son oreille, les fit cliqueter, puis sourit malicieusement. La voix de son fils, une pression de ses doigts, sa seule présence réussissait toujours à l'apaiser. Mais ses traits ne se détendirent cette fois qu'un instant, et elle se mit de nouveau à parler pour elle seule, à voix basse.

— Je sais ce qui vous inquiète, oui, oui, dit-il, sans lâcher le bras dont il sentait à travers l'épaisseur de l'étoffe la résistance impuissante. Je sais. Ne vous mettez pas en peine... *Elle* ne se lèvera pas encore aujourd'hui, *elle* ne sortira pas de sa chambre. Je compte absolument sur vous, maman.

— Quelle faible santé ! Pauvre ami, reprit la vieille dame après avoir réfléchi profondément. Quelle faible santé... N'importe : je veillerai à tout, mon garçon, laisse-moi faire. Je me sens aujourd'hui si active, si gaillarde, c'est à ne pas croire. Nous surveillerons la lessive. Edmond a-t-il rendu la clef du grenier à foin ? Oh ! c'est une lourde charge pour moi qu'une maison comme la nôtre... Ton père est très bas, très bas.

Elle avait écarté un coin du châle, et montrait son regard gris, encore plein de méfiance, mais néanmoins déjà raffermi. Et tout à coup son bras cessa lui-même toute résistance, s'abandonna. Elle se mit à rire, délivrée.

— Pourquoi me caches-tu qu'*elle* est morte, mon garçon ? fit-elle. Voilà son trousseau de clefs. Elle ne se lèvera pas encore aujourd'hui, dis-tu, pauvre fille. Hé non ! elle ne se lèvera pas, bien sûr. Quelle affreuse comédie ! Est-ce que tu me crois folle ?

— Mais non, maman, mais non ! reprit Mlle Clergerie, en rougissant. Je vois au contraire que vous êtes à présent tout à fait réveillée, ne vous creusez plus la tête. Avez-vous écrit notre menu pour la journée ? Je le ferai porter à la cuisine.

— Voilà, voilà, dit-elle, en tirant vivement de son giron un carré de papier couvert de signes incompréhensibles. J'ai très faim. J'ai fameusement faim. De son temps – je ne lui reprocherai rien, pauvre enfant, c'était ainsi, voilà tout – la cuisinière n'en faisait qu'à son bon plaisir ; quelle nourriture !... Et à ce propos... et à ce propos, mon ami...

Elle frappa plusieurs fois son menton du bout de l'index, avec une colère soudaine qui fit monter le sang à ses joues. Son regard dansa de nouveau :

— Elle a mangé hier, à elle seule, la moitié du plat, je l'ai vue – le morceau du rognon, si gras, si luisant, à elle seule – un péché, un vrai péché. Est-ce que les malades ont cet appétit, je te demande ? Mais tu es aussi simple qu'un enfant.

Il n'osait l'interrompre, il n'osait même plus porter la main sur le corps fragile, tout tremblant de colère. Cette voix, que la vieillesse avait bizarrement aigrie sans toutefois en changer le timbre, c'était celle que petit garçon il avait appris à redouter, mais c'était celle encore qui avait toujours apaisé ses terreurs, tranché d'un mot ses scrupules, répondu de lui devant les hommes, et il semblait qu'elle gardât, qu'elle dût emporter un jour du côté des ombres le médiocre secret de sa vie, ses joies tristes, ses remords. Il l'aimait. Il l'aimait surtout parce qu'elle était la seule chose vivante qu'il comprît pleinement, qu'il comprît comme on aime, par un élan de sympathie profonde, charnelle. Il eût désiré de pouvoir l'entendre, à l'heure de la mort – telle quelle – non pas amollie, mais avec cet accent particulier, cette même vibration de fureur contenue ou de mépris, qui avait tant de fois jadis calmé ses nerfs, lorsque au temps de sa chétive adolescence il s'éveillait brusquement la nuit, dans un délire d'angoisse, « Imbécile ! disait la voix espérée, libératrice. Tu n'as rien vu du tout. Et si tu réveilles ton père, tu auras affaire à moi. » Alors il savourait sa honte, le nez sous les draps, soulagé d'un poids immense.

M. de Clergerie est un petit homme noir et tragique, avec une tête de rat. Et son inquiétude est aussi celle d'un rat, avec les gestes menus, précis, la perpétuelle agitation de cette espèce. Douze volumes ennuyeux sont écrits, sur sa face étroite que plisse et déplisse sans cesse une pensée secrète, vigilante, assidue, toujours la même à travers les saisons de la vie, et si étroitement familière qu'il ne la reconnaît même plus, ne saurait désormais l'exprimer en langage intelligible : il rumine le malheur de ses rivaux, mais sans aucune dépense de haine, d'un cœur exact et laborieux. Ainsi croit-il seulement peser ses chances. Car il a l'honneur d'appartenir à l'Académie des Sciences morales, et il brigue un siège à l'Académie tout court.

Mais la pitié divine, qui de rien n'est absente, n'a pas voulu que le petit homme fît mieux que grignoter et ronger, selon la loi de sa nature. Il n'exerce ses dents ferventes que sur des biens de nul prix. Toute grandeur l'étonne, et il s'en écarte avec stupeur. À peine l'ose-t-il contempler de loin, sans appétit, en passant dans sa courte barbe grise une main fébrile. Sa méchanceté, qui n'a que les traits d'une ingénieuse sottise, n'est mortelle qu'aux sots moins ingénieux que lui. Car la seule farce de cet ambitieux minuscule est de n'admirer rien, ni personne, se tenant lui-même pour un pauvre homme, avide de déguiser son néant. Ainsi va-t-il d'instinct aux médiocres qui lui ressemblent, et il les traite comme tels avec une sorte d'ingénuité terrible ; il entre dans leur mensonge sans se laisser détourner un moment par de pauvres obstacles, dont il connaît la fragilité. Chaque être, si misérable qu'on le suppose, a néanmoins sa vérité. Mais qu'importe la vérité des êtres à qui n'a jamais entrepris de rechercher sa propre vérité ?

Parmi ses confrères de journalisme ou d'académie, qu'émeut favorablement le vaste escalier de son hôtel de la rue de Luynes, il passe assez pour grand seigneur. Ainsi est-il : noble à la ville, et rustre aux champs. Les vieux philosophes de cabaret, tout fleuris d'expérience et de magnifiques ribotes, experts à évaluer d'un coup d'œil le poids d'un sac de farine ou la généreuse capacité des flancs d'une génisse, ne s'y sont pas trompés : il est un paysan comme eux, trop faible seulement, devenu simple spectateur, spectateur aigri, inconsolable, de l'énorme fécondité de la terre. Sa ladrerie les enchante. Sa poltronnerie légendaire – car il passe pour craindre également les ivrognes et les braconniers – les attendrit. Ce qu'ils apprennent de ses travaux et de ses succès, ce qu'ils en lisent dans les gazettes, les remplit d'une joie maligne, et ils n'en croient pas un mot, supputant les frais d'une telle publicité. « Quoi ! disent-ils, c'est son pé craché ; pas sot de rapports, mais mal vivant » – sans pouvoir exprimer leur pensée trop subtile autrement que par un rire muet, ou même un simple battement des paupières.

La méprise de la gloire, lorsqu'elle se refuse incompréhensiblement au génie, est sans doute une tragique aventure : la médiocrité méconnue a aussi son calvaire. La charge en est si lourde à M. de Clergerie, l'accable à son insu depuis tant d'années, qu'il lui arrive d'évoquer, pour son plaisir, par une sorte de morose délectation, les souvenirs pourtant cruels de sa jeunesse, alors qu'il n'était au collège de Cautances qu'un maigre garçon, chétif et sournois, inhabile à tous les jeux. Il ne croyait rien souhaiter de plus en ce temps-là que l'humble revanche, sur ses camarades plus vigoureux, d'une vie de propriétaire opulent, maire de son village, peut-être conseiller général.

Mais ses premiers succès universitaires en avaient décidé autrement. Après la brillante soutenance d'une thèse sur la querelle des Investitures, l'évêque de Bayeux, en tournée de confirmation, avait daigné faire le voyage de Courville, pour féliciter de vive voix le jeune docteur. Dès ce moment, secrètement effrayé d'une promotion si soudaine, il commença de jouer, bon gré mal gré, son rôle de gentilhomme érudit, conseiller bénévole de la société bien pensante, et futur académicien. L'admiration paternelle ne lui laissa plus de repos. Né pour faire une carrière et non pas une vie, il n'en dut pas moins épouser à trente ans Louise d'Alliges, petite fée provençale au regard marin, sacrifiée sur l'autel de l'histoire et de l'archéologie par un tuteur imbécile. Elle l'aimait, d'un cœur sans tache. Elle mourut peu après, d'ennui à ce qu'elle crut, mais c'était du remords de le trouver, malgré elle, sot et laid, d'être indigne de lui. Elle laissait une fille âgée de dix-huit mois, Chantal, dont la grand-mère s'empara aussitôt comme on retrouve un bien volé. Car la vieille femme avait toujours méprisé – mais avec une prudence et un ménagement villageois, sans une seule parole injurieuse, ni même un geste hasardeux – l'étrangère aux yeux tristes qui n'avait jamais pesé son beurre, et laissait son trousseau de clefs sur un coin de la table – les clefs...

– Maman, dit-il enfin, vous me faites beaucoup de peine. À quoi bon ? Dès que vous le voulez un peu, vous êtes aussi raisonnable que moi. Allez-vous donc faire rire Francine ? Elle peut nous entendre.

– On entre ici comme dans un moulin, remarqua la folle, sentencieusement. Il en a toujours été ainsi. Tu n'as aucune méfiance. Non plus que ton père... De son vivant, quel désordre ! Et dis-moi donc encore, mon garçon : qu'ai-je à trembler comme ça ? Ai-je froid ?

– Vous venez seulement de vous mettre en colère, oui.

– Je ne me souviens plus, dit-elle après un silence. Contre qui ? Dois-je le croire ? Je n'ai jamais parlé sans réflexion. Écoute-moi, tu es malheureux, très malheureux, je le sais : tu n'as pas de caractère, voilà le mot, pas plus de caractère que mon petit doigt. *Elle* non plus.

– De qui parlez-vous, maman ?

Elle le regarda un moment d'un air rusé.

– La saison n'est pas bonne pour toi, mon garçon, fit-elle. Tu as les oreilles rouges, le sang à la tête. Tout le mal vient de là. Ce n'est rien, rien du tout. Bah ! Bah ! tu n'es occupé que de toi, de ta santé. Je parie que tu prends encore ta température deux fois par jour, comme à vingt ans, te souviens-tu ? J'ai jeté le thermomètre par la fenêtre. Une femme malade, chez toi, bonté divine ! c'était la ruine de la maison.

— De qui parlez-vous, maman ?...

— Ne fais donc pas le nigaud. Quelle question !

Il saisit au hasard, sur la table, la main à mitaine noire, et la garda dans la sienne :

— Taisez-vous du moins. Soyez sage. Je vais sonner Francine et elle vous promènera un peu, jusqu'au déjeuner. Allons !

— Tu évites de répondre, dit-elle, tu es un finaud... (Elle le menaçait de sa main restée libre.) Mon Dieu, je suis lasse ! Vois-tu, je ne comprends pas toujours tes malices du premier coup, mais elles me reviennent après, j'ai l'habitude. Ainsi voilà dix ans que Louise est mariée, vingt ans peut-être ? Lorsque tu m'as dit tout à l'heure : « Ne vous mettez pas en peine : elle ne se lèvera pas aujourd'hui... » pourquoi t'aurais-je cru ? Pauvre chérie ! Je ne risque pas de la rencontrer dans le couloir, avec ses belles dents, et mon trousseau de clefs à la main. L'innocente ! Un trousseau de clefs, à quoi ça pouvait bien lui servir, je te le demande ? Elle ne fermait pas un placard, jamais rien.

— Pourquoi revenir là-dessus ? Vous ne l'aimiez pas. Voilà tout.

— Comment, je ne l'aimais pas ! s'écria la vieille dame, en croisant convulsivement sur sa poitrine les deux pointes de son châle. Elle était gourmande, c'est vrai. Que de bons morceaux elle a pris dans le plat, sous mon nez ! Je n'y faisais même pas attention, alors... et maintenant j'y pense toujours : je les revois, ils me font faim, c'est une manie. À mon âge... Et toi, veux-tu que je te dise, tu n'as pas l'espèce de santé qu'il faut à un homme. Tu manges aussi comme un glouton, mais sans profit, ça se tourne en bile. Elle avait horreur de ton teint jaune, pauvre chérie. Une mère voit tout. Elle se le reprochait, sûrement, elle devait s'en accuser à confesse. Tu n'as jamais rien compris aux femmes, mon garçon.

— Cela se peut, dit-il en haussant les épaules, et regardant vers la porte avec impatience. Je me demande seulement quel plaisir vous pouvez prendre à me tourmenter. J'ai énormément à faire, maman, vous le savez ; beaucoup de travail.

— Baste ! fit-elle, le travail ? Tu dois travailler. Tu dois briser tes nerfs : le travail est ta santé. Autrement ton foie t'étoufferait, je l'ai toujours dit. Tu ne ressembles pas à ton père, c'est de nous que tu tiens.

Elle s'arrêta brusquement, prêta l'oreille, et lorsque la porte s'ouvrit, elle baissa vers la terre un regard glacé.

– Francine, dit M. de Clergerie en rougissant, Madame fera son tour de promenade aujourd'hui un peu plus tôt que d'habitude. Prenez garde au grand soleil, veillez bien à suivre le côté gauche de l'avenue. Vous tournerez au carrefour, et vous reviendrez tranquillement par la charmille et le bois de noisetiers. Si Madame veut s'asseoir à l'ombre, il sera bon de porter sa capeline et de la jeter à ce moment sur ses épaules.

Tandis qu'il parlait, la vieille dame, soudain livide, et probablement humiliée jusqu'au fond de sa pauvre âme obscure, redressait sa petite taille, s'efforçait de cacher sous son châle le tremblement de ses mains. Elle parut enfin se calmer.

– Je regrette de vous déranger de si bonne heure, Francine, dit-elle, et un jeudi encore ! Il y a tant d'ouvrage ! Nous aurons la lessive demain. Je...

Elle se caressait lentement les tempes du bout de ses doigts pointus, peut-être pour retenir une minute de plus, ou ressaisir, dans sa cervelle exténuée, les idées devenues si légères, sans forme, sans poids, sans couleur, ou tout à coup impétueuses et bourdonnantes, comme des mouches.

– Je verrai où en est le maçon. Qu'il attende une semaine et le voilà pris par son travail en ville, nous ne l'aurons plus. C'est chaque fois ainsi, à cette époque de l'année, tu sais bien... Jadis nous allions chercher nous-mêmes notre provision à la briqueterie ; juge un peu : le cent de briques nous revenait à dix sous. La grange des Deruault, avec la toiture, nous a coûté trois mille francs.

De nouveau ses mains se mirent à trembler de fatigue, et disparurent sous le tricot de laine. D'un dernier effort qui fit sourire cruellement la fille aux cheveux jaunes, elle pinça fortement les lèvres pour arrêter les paroles absurdes, les mots dangereux qu'elle sentait venir, que sa volonté ne contrôlerait plus, et, le front moite, le regard trouble mais encore dur, elle salua son fils d'un sourire et disparut à petits pas, impénétrable.

M. de Clergerie rappela Francine d'un geste, et à voix basse :

– Laissez Madame prendre les devants, à son aise, n'ayez pas l'air de la surveiller, n'approchez qu'à bon escient. Une fois de plus, je vous prie aussi de ne parler devant elle, entre vous, qu'avec précaution. La vieillesse a sans doute beaucoup affaibli sa mémoire, mais l'intelligence et la volonté restent intactes ; elle comprend tout, peut tout comprendre, au moment même où vous vous y attendrez le moins. N'est-ce pas ? Je sais que je puis avoir confiance en vous, Francine... Et veuillez aussi prévenir Mademoiselle que je désire la voir, dès son retour de la messe.

– Bien, monsieur... Je promets à Monsieur... Monsieur peut compter... répétait la fille en agitant comiquement sa tête ronde, d'un air sagace.

Elle s'échappa, rejoignit sa maîtresse sur le seuil de la cuisine, et avec le plus grand calme, sans élever ni baisser la voix, dit simplement :

– Tu finiras l'escalier, François, il faut que je promène le chameau.

Le valet de chambre montra un instant son visage blême, et fixa de nouveau les yeux sur ses belles savates de cuir grenat :

– Ça va, dit-il. Tâche de la flanquer dans la mare aux grenouilles. T'auras le bonjour d'Alexis.

La vieille dame s'était arrêtée docilement à sa place ordinaire, dans l'angle obscur de la pièce, la face tournée vers la fenêtre, attentive. Visiblement, depuis des jours et des jours, elle prenait sa part de ce divertissement matinal, le cœur défaillant d'angoisse, recevant dans sa misérable poitrine, comme autant de coups, chacun de ces mots injurieux, dont elle entendait le sens à merveille. Mais bien qu'elle s'y appliquât de toutes ses forces, il lui était impossible de les séparer de son rêve intérieur, de la monotone rumination de sa mémoire engourdie. Étaient-ils vraiment prononcés ? Les pensait-elle seulement, comme elle pensait tant de choses, connues d'elle seule, incommunicables ? En vain, sous les paupières mi-closes, par prudence, son regard avide épiait les lèvres, tâchait d'y surprendre, d'y saisir l'insulte au vol, à peine formée, en vain dépensait-elle à cette entreprise immense sa patience et sa ruse. Peine perdue. Elle voyait le pli sardonique de la bouche dans les visages impassibles, et longtemps, longtemps après, à ce qui lui semblait, le mot féroce venait l'atteindre, trop tard, beaucoup trop tard. Le mensonge des attitudes déférentes lui en imposait malgré elle. L'invraisemblance d'un tel supplice lui donnait l'illusion du cauchemar. D'ailleurs, hors de la présence de son fils, la vie quotidienne ne lui proposait plus que de telles énigmes, qu'elle osait à peine essayer de résoudre, de peur de sentir aussitôt chanceler sa raison. Un jour, à bout de patience, elle avait giflé la fille aux cheveux jaunes, et la consternation générale, la pitié qu'elle avait cru lire dans tous les yeux avait plus cruellement blessé son orgueil qu'aucune insulte. Elle souffrait désormais sans se plaindre, avec la vigilance et la ténacité d'un animal.

– Écoute bien, reprit le valet de chambre, retiens ce que je vais te dire, ma toute belle. En plus du chameau, la maison va devenir intenable : vivement l'hiver et Paris ! J'ai été sonné au poker par Fiodor, nous avons joué toute la nuit.

– Tu peux te regarder dans la glace, répondit tranquillement la fille sur le même ton, tu es jaune comme un coing, tu t'épuises la santé. Vise-moi le gars de Falaise avec sa lanterne, qui veut faire la pige à M. Fiodor.

– M. Fiodor... M. Fiodor... Pourquoi monsieur ? Pourquoi Fiodor ? Parfaitement... Un ancien officier russe, qu'est-ce que ça me fait ? Je ne suis pas arrivé hier de mon village, ma petite, avec du foin dans mes sabots. Chez la baronne Voinard, tiens, j'ai vu des copains aussi distingués, le maître d'hôtel par exemple, un type de Mont-de-Marsan, un ancien séminariste, qui payait cinq louis ses cravates.

– Allons, François, dit une voix douce et chantante derrière la porte, ne vous en faites pas pour moi, mon vieux. À quoi ça sert de se rendre jaloux : c'est bas... Mademoiselle vient de rentrer. Je pense que vous devriez emmener la vieille dame, Francine ?

La femme de chambre rougit, haussa les épaules, et prenant le bras de sa maîtresse remonta lentement les marches, vers le jardin.

– Idiote, cette gosse, remarqua François, en secouant l'une de ses précieuses savates pour en faire tomber la poussière.

– Pas du tout, répondit M. Fiodor. Pourquoi idiote ? Seulement, elle perd son naturel – comment dites-vous ? – enfin elle perd sa nature. Comme c'est laid ! Je l'aimais tant ! On aurait cru qu'elle sortait d'une boîte à joujoux, avec une métairie, des arbres, et des petites vaches en bois. Positivement, elle sentait le sapin verni.

De surprise, le valet de chambre faillit lâcher sa savate :

– Quand même, vous allez fort ! s'écria-t-il. C'est vous qui lui payez son pastel Heurtebise, sa poudre et son rouge. Farceur ! Et voilà maintenant que vous lui avez fait boire de l'éther. Elle a failli s'empoisonner.

– À qui la faute, reprit l'autre de sa voix douce. Cela est ma nature, je l'avoue. Chacun doit défendre sa nature, telle est la morale. Pourquoi n'a-t-elle pas défendu la sienne ? Personne ne défend ici sa nature, j'en ai mal au cœur. Ni Francine, ni vous, ni le patron, personne. Oui, parlez-moi du patron, j'ai lu ses livres ; c'est sans doute un homme considérable, mais combien aveugle ! (... Laissez les odieuses pantoufles, écoutez-moi...) Hé bien ! cette maison bourgeoise paraît digne et honnête : elle est rongée par les insectes.

– Dites donc !

– Par les insectes, répéta le chauffeur en colère. Parfaitement !

– Monsieur Fiodor, dit François, vous vous suicidez avec vos stupéfiants ; il faudrait vous enfermer – oui – pour votre bien. Selon moi, le devoir du gouvernement serait de protéger l'homme contre sa faiblesse de caractère. Un type supérieur comme vous, donner dans ces bobards-là, non !

– Vous me suivez mal, répliqua l'ancien officier russe, en étouffant un bâillement du bout de ses doigts, vous ne comprenez rien aux insectes. Notre immense pays lui-même a été dévoré par les insectes. Les insectes finiront pas avoir raison de toute la terre, souvenez-vous. Cher ami, vous êtes un garçon naturellement distingué, mais vous manquez d'éducation, permettez-moi... Je crains de ne pouvoir continuer à parler aussi franchement.

– Quels insectes ? Le mildiou ? Le charançon ? Ou quoi ?

– Ne blaguez pas... À mon sens, il y a ici deux êtres qui vivent selon leur nature bonne ou mauvaise : cette vieille dame, et la mademoiselle, ni plus ni moins. Les autres sont des insectes.

– Vous vous payez ma tête, monsieur Fiodor.

– Nullement, je vous prie. En aucune façon. Ils sont simplement hors de la vie. Je suis moi-même dehors, volontairement d'ailleurs, notez-le bien. Peut-être y rentrerai-je un jour ? Actuellement, nous ne pouvons que nous dévorer les uns les autres. Tel est le pouvoir du mensonge. Quelle idée a eue ce vieux respectable monsieur d'introduire dans sa maison un serviteur comme moi ? Je vous demande : suis-je ici à ma place ? Et il ne mettrait pour rien au monde les pieds dans un salon de danse ; il se couche à neuf heures et demie ! Mais je lui ai été recommandé par la comtesse Daveluy, cela est chic, il veut être généreux, entendez comme il me parle. Et néanmoins, il a peur de moi... Je pousse la voiture terriblement, lorsque j'ai besoin de me délasser. Quelle misère ! Vous autres, vous avez aussi peur de moi, et moi, en un sens, j'ai peur de vous. Nous nous faisons peur mutuellement, parce que nous ne connaissons que nos mensonges, et quoi derrière ? Quel piège ? Pourquoi jouez-vous au poker, mon vieux ? Pourquoi vous exercez-vous à boire du whisky et du champagne affreusement sec, comme au club ? Pourquoi cette petite, l'éther ? Pourquoi ces mensonges ? Ni la vieille dame ni la demoiselle n'ont peur, je l'avoue. C'est que la première, ami, est pleine de haine et de péché ; l'autre est un enfant. Qu'elle siffle entre ses dents de lait, vous verrez paraître un ange sur la crête du mur, un vrai petit ange, aussi léger qu'une fleur de chardon.

– Vous êtes saoul, dit tranquillement le valet de chambre qui depuis un moment curait ses ongles avec la pointe de son couteau. Chacun son vice. Tout de même, le vin abîme moins son homme, avouez-le.

M. Fiodor ouvrit ses lèvres rouges, dans un rire muet :

– Je ne redoute pas le vin non plus, fit-il, quelle blague ! J'ai seulement bavardé un peu trop : je regrette de vous avoir ennuyé. À présent, je m'en vais voir la bagnole ; il faut que je fasse le train de 6 h. 30, ce soir : une arrivée.

– Qui donc ? Je n'ai pas d'ordre, ni Francine non plus. Personne.

– Ça viendra, ne vous agitez pas, restez tranquille, mon vieux. Vous devriez plutôt me plaindre : j'ai un démontage embêtant, je vais barboter dans la graisse. Et puis, tenez, voulez-vous que je les donne, moi, les ordres ? Hé bien, mettez des draps à la chambre – comment diable l'appelez-vous ?... – la chambre canari, c'est ça, oui !... Quelle idée ? Enfin la chambre dont le cabinet s'ouvre sur la bibliothèque, la chambre des travailleurs, quoi !

– Je comprends, dit le valet de chambre, je vous vois venir. Il n'y a pas de travailleurs ici. Vous ne pouvez parler que de deux types, puisque l'Auvergnat est mort : Mazenet ou M. Cénabre.

– Vous avez gagné : c'est l'abbé Cénabre. Je dois même le conduire en passant jusqu'à Dorville. Et entre nous, mon vieux, pourquoi Mazenet tout court, pourquoi M. Cénabre ?

– Je ne sais pas, fit l'autre en rougissant. Une idée. Ça m'est venu comme ça. Oh ! vous êtes trop malin. Vous allez chercher des choses...

M. Fiodor s'étira, les bras levés au plafond, avec un petit gémissement de plaisir, et s'approcha brusquement de la fenêtre encore dans l'ombre. Le reflet de la pelouse inondée de soleil faisait paraître un peu plus pâles ses joues rasées, son front triste. L'immense jardin épanoui se peignit une seconde au fond de son regard dormant. Puis un gros bourdon vint heurter la vitre, comme une balle.

— Voyez-les, dit-il, de sa voix redevenue si douce. Voyez-les, ami, là-bas ; elles sortent de la charmille, toutes les deux. La vieille dame écoute sûrement les oiseaux, et elle se dépêche de les aimer, car jamais son vieux cœur dur ne s'est ému pour personne, en vérité... Sérieusement, que pensez-vous de cette maison et de ces maîtres, vous, François ?

— Ce que je pense ? Mais rien. Que voulez-vous que je pense ? C'est une maison mieux tenue que bien d'autres. Des savants, des académiciens, de gros propriétaires solides, presque pas de femmes, ça va.

— Je vous déclare qu'elle est rongée par les insectes, poursuivit M. Fiodor, sur le même ton de confidence. Oui, je le répète, et que vous y verrez des choses épatantes.

— C'est déjà rigolo de vous y voir, remarqua le valet de chambre, en rougissant de nouveau.

— François ! dit Mlle Chantal.

Elle avait seulement passé la tête dans l'entrebâillement de la porte, et ne montrait que ses cheveux cendrés, son regard lumineux, la tache plus vive de ses dents.

— Je voulais vous prier d'aller chercher Francine, dit-elle encore, mais elle est sans doute auprès de grand-mère ? Il s'agit simplement de tenir prête pour ce soir la chambre canari. C'est tout. Fiodor vous aura prévenu, peut-être ?

Elle s'était avancée en parlant jusqu'à la table, une main posée sur le rebord, et elle interrogeait le beau Russe de ses yeux tranquilles.

— Je regrette, mademoiselle, fit-il sèchement. Ce n'est pas mon service. Je n'ai pas d'ordres.

— Mon Dieu ! s'écria-t-elle, on va sans ordres ! Et puis, je suis sûre que vous avez fait pour le mieux, il en est toujours ainsi. Est-ce vrai, François ? Ne le saviez-vous pas déjà ?

— Mademoiselle a deviné juste, parfaitement, répondit aussitôt le valet de chambre avec un petit rire sournois. Je sais que M. l'abbé Cénabre arrive au train de 18 h. 30.

— Bien ! n'en parlons plus ! Voilà donc cette affaire réglée. Vous trouverez les draps sur l'armoire de la lingerie, le nécessaire de toilette et les savons. Mais ces savons, quelle horreur ! Ils empestent.

— Francine les a choisis elle-même, à Falaise, l'autre jour. Je lui en ai fait l'observation. Oh ! j'ai l'habitude du service, Mademoiselle peut croire. Mais le dernier envoi de Guerlain nous est arrivé hier : la caisse n'est pas ouverte encore. Je vais la déclouer et vérifier tout de suite.

Il disparut si vite (sans doute à dessein) que Mlle Chantal ne put retenir un geste de surprise, ou peut-être d'effroi. D'ailleurs elle reposa presque instantanément sur la table sa petite main toujours calme.

— Je dois dire, commença l'étrange chauffeur, sans qu'une seule ride remuât dans son visage muet, je dois vous rendre compte que...

— Vous ne me devez aucun compte, Fiodor, interrompit-elle. Mon père est satisfait, cela suffit. Avez-vous à vous plaindre de quelqu'un ?

— Non pas, dit l'homme. Daignez seulement remarquer que je ne puis sans votre permission m'exposer à vous offenser par un excès de franchise, une franchise maladroite.

Elle secoua doucement la tête :

— Il n'y a pas de franchise maladroite, fit-elle. Aucune franchise ne m'offense. Il reçut dans le sien ce regard si pur, à peine tremblant. Il essaya de le soutenir, et ne réussit qu'une sorte de grimace à la fois douloureuse et cruelle.

— Je ne puis quitter cette maison, murmura-t-il, et cependant il m'est impossible aussi de supporter plus longtemps votre mépris.

Un flot de sang vint aux joues de Mlle Chantal.

— Et moi, dit-elle sans daigner dissimuler l'altération de sa voix, je n'ai rien fait pour mériter d'entendre des paroles telles que celles-ci. Non, je n'ai rien fait. Mon Dieu ! comprenez du moins que votre ton seul est une humiliation bien cruelle, et que je la souffre injustement. N'avez-vous pas honte d'abuser ainsi d'un secret prétendu, qui d'ailleurs est à vous comme un bien volé ? Allez-vous-en ! Allez-vous-en ! Il fit un geste d'insouciance :

— Où irais-je ? répliqua-t-il, de sa voix au chant puéril, qui contrastait si étrangement avec l'expression têtue et rusée de ses traits. Où voulez-vous que j'aille ? S'il me reste une chance de retrouver jamais mon âme, cette chance est ici. Vous ferez ce miracle quand vous voudrez. Tout est possible à ces saintes mains.

— Ces saintes mains ! murmura-t-elle en s'efforçant bravement de sourire, bien que ses yeux fussent pleins de larmes.

Tout à coup, elle rougit fortement de nouveau, et un sentiment qui ressemblait sans doute autant à la colère qu'à la honte gonfla ses lèvres.

— Vous n'avez rien dit ! Non, il n'est pas possible que vous ayez osé parler. Si vous l'aviez fait, vous ne prendriez plus autant de plaisir à me tourmenter.

— À qui aurais-je parlé ? Qui donc ici saurait comprendre ? Et daignez encore me permettre : vous disiez tout à l'heure « aucune franchise ne m'offense », je l'ai cru. Mes paroles peuvent vous déplaire, mais j'agis avec simplicité. Ce que j'ai vu, je l'ai vu. Qu'importe si j'étais digne de le voir ou non ? Suis-je déjà réprouvé en ce monde, pour n'avoir pas même le droit d'admirer les œuvres de Dieu ? Nous autres Russes, nous sommes des enfants.

— Dieu sait, fit-elle à voix basse, Dieu sait le mal que vous faites en prononçant exprès son nom, à cause de moi. Les œuvres de Dieu ! S'il reste un peu de sa grâce dans votre âme baptisée, le remords devrait maintenant vous fermer la bouche. D'ailleurs, il s'agit bien des œuvres de Dieu ! Il n'y a qu'une pauvre malade, que vous avez surprise un jour par hasard, et que vous épiez depuis sans cesse, avec une infernale malice, oui !... ou du moins une curiosité bien cruelle. Je ne crains pas tant d'être ridicule ! Je ferais bon marché de tout cela. Mais on a besoin de moi ici, comprenez-vous ? Je suis encore pour mon père le bon sens, la raison, une alliée sûre. Je le sais si facile à effrayer, si craintif ! Il me croirait tout à fait folle, et il n'aurait pas tort, sans doute... Mais vous ! Vous ! Quel intérêt pouvez-vous prendre à des... des...

— Des miracles, dit-il. De vrais miracles, qui tombent de vous comme des fleurs. Je suis un homme vil, et je ne crois nullement en Dieu. Pourquoi néanmoins vous ai-je trouvée, cette première nuit, sans vous chercher, pourquoi moi plutôt qu'un autre ? Oui : n'importe quel autre aurait pu aussi bien pousser la porte. Pourquoi moi ? Et si les mots de sainte et d'extase ont un sens, vous étiez cette sainte en extase.

Elle secoua la tête, découragée, mais sans colère.

— Quelle confiance puis-je avoir en vous ? Les sottises que vous taisez encore aujourd'hui, vous les direz demain, par intérêt, par vanité, ou par le seul goût de nuire. Quelle lâcheté me pousse à vous disputer ce misérable secret ? Mieux vaudrait tout avouer, dès maintenant, si j'avais plus de courage. Ma pauvre maman souffrait de ces crises nerveuses, m'a-t-on dit, de celles-là, ou d'autres, qu'importe. Alors ? Mais voilà, je n'ai pas de courage, la moindre épreuve me lasse.

Elle essaya des deux mains ses yeux ruisselants de larmes, dans un geste enfantin.

– Et puis quoi, je ne peux plus, reprit-elle, non, je ne peux plus vivre dans cette perpétuelle contrainte. Je n'ose même plus respirer librement. De jouer à mon insu, malgré moi, cette absurde comédie, quelle horreur ! Je ne suis pas une petite fille, je sens très bien ce qu'un tel abus de confiance a de déshonorant pour un homme. Si vous étiez celui que vous prétendez être, ne seriez-vous pas déjà loin d'ici ?

Il la vit pâlir si fort à ces derniers mots que la compassion l'emporta en lui un moment, et il détourna son regard par une sorte de pudeur.

– Humiliez-moi, dit-il. Évidemment, je suis un homme vil, sans mœurs, mais je suis aussi un homme malheureux. Vous avez pitié de tout, vous souriez à tout, même aux feuilles des arbres, même aux mouches. Et cependant vous n'avez jamais pour moi que des paroles de mépris.

– Non pas de mépris, s'écria-t-elle. De pitié. Parce que je vous connais menteur, et il n'y a rien que Dieu déteste autant. Oui, monsieur, je n'ai ni expérience ni esprit, mais je sais que vous haïssez votre âme, et que vous la tueriez, si vous pouviez.

– Elle est, en effet, un fardeau assez lourd, répliqua-t-il froidement. Ce que j'ai vu ici depuis trois semaines m'aide néanmoins à la porter. Il vous plaît de dire que je vous espionne. Daignez plutôt convenir que, sans moi, ce que vous désirez tant cacher serait peut-être déjà connu. Hier encore...

– Ce n'est pas vrai ! fit-elle d'une voix tremblante. Vous voulez seulement me faire peur.

– C'est assez, c'est bien, je me tais. J'ajouterai simplement ceci : je ne suis après tout, dans votre maison, qu'un serviteur comme un autre. Que votre père me chasse : un mot de vous y suffira. Les prétextes ne manquent pas.

Elle le força de nouveau à baisser les yeux.

– Je ne suis pas capable de cela, dit-elle tristement, vous le savez. D'ailleurs, mon père n'est pas homme à chasser qui que ce soit... Et puis... Et puis, qui donc sans moi penserait à son repos ? Le plus petit ennui est encore trop gros pour lui. Cela aussi, vous le savez.

Son regard s'adoucit tout à coup, et il y vit monter avec surprise, ou presque avec terreur, une malice indéfinissable, aussi étrangère que le mot d'une langue inconnue.

– Vous vous lasserez d'attendre des miracles, dit-elle, vous vous lasserez même d'en inventer... Vous vous lasserez de tout, même de la peine des autres. Il me semble que le mal est beaucoup moins compliqué que vous ne voulez croire. Ailleurs, ici, toujours, partout, il n'y eut qu'un seul péché.

– Quel péché ?

– Tenter Dieu, fit-elle. Et à quoi bon ? Je pense que vous êtes bien maladroit... Dieu regarde qui lui plaît. S'il ne vous regarde pas encore, à quoi bon ? À quoi bon le tenter ?

– Je... en vérité... Je... Je n'y avais pas songé.

Il essayait de rire, bien que la même grimace douloureuse tirât drôlement sa joue. Mais le calme était revenu sur le visage de Mlle Chantal, et ses yeux brillaient d'une eau si pure qu'elle paraissait n'avoir jamais été émue.

D'ailleurs la cuisinière entrait au même instant, portant sous son bras une botte énorme de carottes, encore tachées de belle terre brune.

– Ah ! non, s'écria la jeune fille en riant. Ah ! non, Fernande. Plus de carottes à la crème, c'est fini. Monsieur les exècre.

– J'ai pourtant présenté le menu à Monsieur, dit la rusée Normande, aussi rose et dorée que ses carottes.

– Et il a approuvé sans lire, oh ! je sais. Ma pauvre fille, faisons notre deuil, vous et moi, de la cuisine à la crème. Il faut respecter le goût d'autrui. Ce n'est pas à vous que je vais l'apprendre peut-être ? une cuisinière de l'ancienne école !... Et d'abord, entre nous, Fernande, n'est-ce pas ?... la manière normande est parfois... un peu – comment dirais-je – un peu naïve, un peu molle. On nous reproche d'abuser des recettes de ménagère, de manquer d'inspiration, quoi ! Trop de beurre et trop de crème, cela sent sa fermière, voyez-vous. On se régale avec ça, on ne mange pas.

– On ne mange pas... Qu'est-ce que ça peut bien faire à Monsieur, je vous demande ? Il casse une biscotte du bout des dents, puis la noie dans un litre d'eau minérale. Et vous-même, mademoiselle ! Est-il croyable qu'une personne aussi raffinée prenne si peu son plaisir à table ? Depuis deux mois, vous vous nourrissez comme un oiseau.

— C'est que je suis plus gourmande qu'on ne pense, voilà tout.

— Gourmande ! Et ces filets de sole au chambertin, vendredi dernier ? Les fameux filets de sole au chambertin ! J'en ai eu les oreilles rebattues toute une matinée. Attention à ci, attention à ça. Et puis, à peine y avez-vous goûté... Hé bien ! voulez-vous que je vous dise, mademoiselle ?...

— Ne dites rien. Mon père tient maintenant beaucoup à la réputation de sa table, et il a bien raison. Mon Dieu, Fernande, il ne faut rien mépriser, il faut toujours faire de son mieux. Avez-vous remarqué combien nous sommes, combien les hommes surtout sont tristes, dès qu'ils se taisent, dès qu'ils sont seuls ? Jadis, lorsque j'étais petite – imaginez, ma pauvre Fernande ! – je pleurais quelquefois de les voir si malheureux... Et c'est vrai qu'ils sont très malheureux, pensez donc ! Nous avons tant de désirs, et des joies de rien du tout ! Alors, une cuisinière qui a de l'amour-propre, et sait son métier, n'est pas inutile, non ! Nos bons dîners ne valent sûrement pas un sermon, mais est-ce que cela nous regarde ? À chacun son devoir d'état. Et le nôtre, aujourd'hui, n'est pas si aisé. Onze convives ce soir, ma pauvre Fernande, un vendredi ! N'importe. Monsieur sera content, vous verrez. Voilà notre menu : je n'y changerai plus une virgule. D'abord le potage de carême...

— Celui-là !

— Chut ! vous réussirez mieux cette fois. Et il ne faudra pas oublier les croûtons au parmesan. Ne laissez pas refroidir tout à fait la pâte, prenez garde, sinon elle est trop cassante et ne se taille plus : c'est hideux ! Vous devez aussi mouiller de vin blanc le beurre où cuiront vos laitances de carpe et vos foies de raie. Assez pour le potage. Après quoi nous aurons l'alose grillée à l'oseille, et le pâté de saumon, ce dernier en l'honneur de Mgr Espelette, qui en raffole.

La cuisinière releva méthodiquement les manches de sa chemisette de coton au-dessus de ses coudes et, sans quitter sa jeune maîtresse de ses yeux vairons, elle dit simplement :

— On ne m'ôtera pas de l'idée que Mademoiselle se moque bien de ces choses là. Elle fait semblant.

— Semblant de quoi, Fernande ?

— C'est mon idée, répéta la grosse femme en secouant la tête. D'ailleurs la maison ne sera bientôt plus habitable, non... Que Monsieur ait le droit de choisir son personnel, d'accord. Seulement, pourquoi s'en va-t-il le recruter – tout de même ! – dans les bureaux parisiens, plutôt que par ici, comme feu son père ? Je suis d'expérience, Mademoiselle peut croire. J'ai été veuve deux fois, je connais la vie. Mais je ne connais rien à ces gens-là. Tenez, celui qui sort d'ici, par exemple, hé bien ! c'est un fou, mademoiselle, un vrai fou : on devrait l'enfermer. Oh ! les belles phrases ne m'en imposent plus, pensez donc ! à mon âge. Naturellement, ils se taisent, moi présente, ils font les innocents. J'ai l'oreille fine. On verra ici des choses extraordinaires, mademoiselle, des choses comme on n'en voit pas dans les livres.

— Allons, Fernande, je vous en prie ! dit-elle d'une voix étranglée.

Elle n'avait pu retenir un geste trop brusque d'énervement ou d'angoisse, et restait debout, très pâle, le regard sombre, et presque dur.

— Vous m'avez fait peur, murmura-t-elle. Je ne sais ce que j'ai. C'est vous qui êtes folle, Fernande !

Mais la cuisinière l'observa un moment sans répondre, la tête penchée, avec une curiosité ingénue, paysanne.

— Vous venez de me rappeler votre mère, fit-elle enfin. J'aurais juré la voir, dans les derniers temps, pauvre Madame, si impressionnable, bouleversée d'un rien, et toujours sa triste petite main sur son cœur – une sainte. Votre grand-mère était haute et forte femme en ce temps-là... Oh ! la santé, on a beau dire, il n'y a que ça. La santé vient à bout de tout.

— Vous m'appellerez pour le déjeuner, conclut Mlle Chantal. (Sa voix tremblait encore.) Vous m'appellerez à onze heures juste.

Et elle referma la porte sans bruit.

2

La joie du jour, le jour en fleur, un matin d'août, avec son humeur et son éclat, tout luisant, – et déjà, dans l'air trop lourd, les perfides aromates d'automne, – éclatait à chaque fenêtre de l'interminable véranda aux vitraux rouges et verts. C'était la joie du jour, et par on ne sait quelle splendeur périssable, c'était aussi la joie d'un seul jour, le jour unique, si délicat, si fragile dans son implacable sérénité, où paraît pour la première fois, à la cime ardente de la canicule, la brume insidieuse traînant encore au-dessus de l'horizon et qui descendra quelques semaines plus tard sur la terre épuisée, les prés défraîchis, l'eau dormante, avec l'odeur des feuillages taris.

De son pas juste et léger, rarement hâtif, la jeune fille traversa toute cette lumière, et ne s'arrêta que dans l'ombre du vestibule, les volets clos. Elle écoutait battre son cœur et ce n'était assurément ni de terreur ni de vaine curiosité, car depuis des semaines et des semaines, sans qu'elle y prît garde peut-être, chaque heure de sa vie était pleine et parfaite, et il lui semblait que toutes ses forces ensemble n'y eussent rien ajouté ni moins encore retranché... C'étaient les heures de jadis, si pareilles à celles de l'enfance, et il n'y manquait même pas la merveilleuse attente qui lui donnait autrefois l'illusion de courir à perdre haleine au bord d'un abîme enchanté. Délices profondes, plus secrètes qu'aucun battement du cœur profond ! Au flanc des Pyrénées, sur un sentier vertigineux, regardant par la portière du coche le gouffre rose où tournent les aigles, la petite fille préférée de sainte Thérèse s'écrie joyeusement : « Je ne puis tomber qu'en Dieu ! »... C'étaient les heures de jadis peut-être, mais elle avait perdu jusqu'au goût de les retenir en passant, pour y chercher la part de joie ou de tristesse enclose, ainsi qu'on ouvre un fruit.

Elle avait cru d'abord, elle aurait voulu croire toujours, que l'espèce d'indifférence heureuse, ce sommeil heureux du désir, n'était rien d'autre que la miraculeuse insouciance des enfants, leur pureté. Mais la mort de l'abbé Chevance[1] marquait irréparablement, marquait pour jamais le pas décisif ; et quelque effort qu'elle fît pour l'écarter, le cadavre veillait au seuil de la nouvelle paix, ainsi qu'un gardien vigilant, silencieux. « Je vous donne ma joie ! » Elle lui avait en effet donné sa joie, et elle en avait reçu une autre, aussitôt, des vieilles mains liées par la mort. Sans doute, elle s'accusait intérieurement d'indifférence, de sécheresse, elle essayait bien d'en éprouver du trouble, du remords. Mais sa raison était trop droite, sa conscience trop claire : elle ne sentait pas sa faute, ou alors c'était la faute de la nature, son indicible pauvreté. Qui peut s'émouvoir d'être pauvre entre les mains d'un Seigneur plus riche que tous les rois ? Bien avant qu'elle en eût fait confidence à personne, ou même qu'elle fût capable de la concevoir clairement, la pauvreté, une pauvreté surnaturelle, fondamentale, avait brillé sur son enfance, ainsi qu'un petit astre familier, une lueur égale et douce. Si loin qu'elle remontât vers le passé, un sens exquis de sa propre faiblesse l'avait merveilleusement réconfortée et consolée, car il semblait qu'il fût en elle comme le signe ineffable de la présence de Dieu, Dieu lui-même qui resplendissait dans son cœur. Elle croyait n'avoir jamais rien désiré au-delà de ce qu'elle était capable d'atteindre, et toujours cependant, l'heure venue, l'effort avait été moins grand qu'elle n'eût osé l'imaginer, comme si l'eût miraculeusement devancée la céleste compassion.

Aucune épreuve n'avait jusqu'alors, jusqu'à ces dernières semaines du moins, mis en péril l'humble allégresse, la certitude d'être née pour les travaux faciles qui rebutent les grandes âmes, ni cette espèce de clairvoyance malicieuse qui surprenait d'abord les moins réfléchis, et dont l'abbé Chevance savait seul le secret. D'ailleurs le vieil homme simple et têtu n'avait pénétré ce secret qu'à la longue, car il redoutait d'interroger, craignant surtout, par une vaine impatience à connaître et à admirer, de blesser une telle âme au point le plus sensible, là où se consomme, à l'insu de tous, dans un silence plus pur que l'immense silence stellaire, l'union divine, l'incomparable acceptation. Peut-être même risqua-t-il un temps d'être pris au piège innocemment tendu par cette conscience claire et profonde ; peut-être jugea-t-il sa petite pénitente moins indifférente qu'il n'eût pensé au monde, à ses succès véniels, au luxe bourgeois du salon académique que l'ancien curé de Costerel-sur-Meuse tenait naïvement (et par ouï-dire) pour admirable. Un autre que lui se fût sans doute ému trop tôt des robes signées Berthe Hermance, des chapeaux Rose et Lewis, et même du manteau de petit-gris qu'elle savait croiser si gentiment sur sa poitrine d'un geste un peu vif et hardi de ses bras minces... Mais déjà il avait reconnu en elle, comme par un pressentiment du génie, ce qu'il cherchait depuis si longtemps à travers le monde bruyant et vide où il errait en étranger : l'esprit, le rayonnant esprit de confiance et d'abandon. « Que voulez-vous que je fasse ? lui disait-elle. Suis-je capable de choisir ! Je n'oserais jamais. Je reçois chaque heure que Dieu me donne parce que je n'aurais même pas la force de refuser ; je la reçois en fermant les yeux comme jadis, en pension, le samedi soir, j'écoutais la lecture de mes notes de la semaine. Quand je les ouvre, je m'aperçois qu'elle m'épargne encore, que j'en suis quitte pour cette fois. » Et elle disait aussi : « En somme, c'est une chance d'avoir le souffle un peu court : on est bien forcé de monter les côtes au pas. »

Ce qu'elle disait alors, elle le pensait toujours, mais à qui l'eût-elle dit maintenant ? Le vieux prêtre avait emporté quelque chose avec lui, ou du moins une part précieuse d'elle-même s'était comme abîmée dans la silencieuse et solennelle agonie, pour elle incompréhensible. Non pas la divine espérance, qui était la source de sa vie. Non pas cette sécurité innocente, plus subtile et plus sûre qu'aucun calcul des âmes inquiètes. Mais le rude maître n'était plus qui recueillait à mesure sa joie mystérieuse pour qu'elle n'en sentît pas le poids surnaturel. À présent, elle la devait reconnaître, en prendre possession, la posséder tout entière. Ô fontaine de suavité !

Elle avait accueilli cette épreuve avec la même grâce ingénue, sans nulle crainte. La certitude de ne tenir la paix que d'un admirable caprice de Dieu, c'en était assez pour la préserver d'apporter quelque complaisance à cette découverte imprévue dont elle ne soupçonnait pas le péril artificieux. Si longtemps elle avait mis son soin et sa peine à ne rien garder, à dépenser au jour le jour l'aumône tombée du ciel – et pourquoi l'eût-elle pesée, qu'importe ? Il était seulement nécessaire qu'elle en rendît au vieux prêtre un compte exact. Et lui, plus impénétrable dans son extraordinaire douceur, attendait patiemment que la mesure fût comble, et que Dieu se révélât lui-même à ce cœur qui déjà débordait de lui, et ne s'en doutait pas. Parfois le confesseur des bonnes haussait les épaules, moitié sérieux, moitié riant, disait avec l'accent meusien : « Que vous êtes donc née prodigue, ma fille ! Nous autres, voyez-vous, nous connaissons trop d'âmes dévotes qui ont besoin d'apprendre à dépenser, qui thésaurisent. Cela gâte un peu le jugement, quelle misère ! Il n'y a rien de pis que mépriser la grâce de Dieu, mais il ne faut pas non plus l'épargner sou par sou, non ! Parce que, comprenez-vous, ma fille ? notre Maître est riche. »

Il avait dit encore un jour une parole plus singulière, dont elle n'avait pas saisi d'abord tout le sens, mais qui l'avait merveilleusement consolée, comme si entrouvrant l'avenir, elle lui avait découvert, au-delà des épreuves inévitables, dont elle ne pouvait imaginer la nature ni la durée, la certitude et le repos : « Certaines gens me trouveraient envers vous trop timide ou trop présomptueux ; cela me va très bien, je ne suis pas mécontent. Ma fille, si je vous manquais trop tôt, je vous défends de rien changer brusquement à l'ordonnance de votre petite vie. Notre vie est petite, souvenez-vous. Notre vie doit s'écrire en un style très familier dont Notre-Seigneur a seul la clef, s'il y a une clef. »

Une ou deux fois, elle s'étonna qu'il parût la blâmer d'avoir adroitement évité certaines occasions de plaire ou d'être louée, car elle était si malicieuse et si vive qu'on l'écoutait volontiers. « Mais enfin, s'écriait-elle, que savez-vous du monde, vous, un vieil ermite ? Vous voulez que je devienne vaniteuse, coquette, ou quoi ?

– Eh bien, avait-il répondu en rougissant, je sais ce qu'est le monde, ma fille. J'ai eu parfois grand souci qu'on m'admirât, ou du moins qu'on m'aimât. Voilà le monde. » Et avec cette profonde finesse, que jamais personne ne s'était avisé de reconnaître chez l'ancien desservant de Costerel-sur-Meuse, il ajouta aussitôt : « J'avais plus à craindre du monde que vous. »

C'était un soir du dernier hiver. Le jour blême luisait aux vitres de sa pauvre chambre, se coulait jusqu'à la table boiteuse où il appuyait les coudes, sa main maigre traçant en l'air un signe vague. Et soudain toute la lumière du jour mourant avait éclaté dans son regard, tandis qu'il disait d'une voix haute et forte :

— Ma petite fille, je sais ce qu'il vous faut. La chose viendra en son temps, parce qu'il y a des saisons pour les âmes. Oui ! il y a des saisons. Je connais chaque saison, je suis un vieux paysan meusien. La gelée viendra, même en mai. Est-ce que ça empêche nos mirabelliers de fleurir ? Est-ce que le bon Dieu ménage son printemps, mesure le soleil et les averses ? Laissons-lui jeter son bien par les fenêtres. Je ne suis qu'un bonhomme sans beaucoup de jugement ni d'expérience, mais je sais encore ceci, à quoi le Révérend Père de Riancourt n'avait pas songé... C'est-à-dire, il n'y songeait peut-être pas... Oh ! les jésuites, qu'ils sont fins, subtils ! Ils font honneur à l'Église, sûrement ; mais voilà : ce sont comme des ingénieurs agronomes, ils ont des méthodes, beaucoup de science, ils ont leurs méthodes... Le pauvre métayer a de bonnes idées aussi, quand il ne dépasse pas son petit champ. Hé bien, oui, ma fille, il y a un temps où il convient d'aider Notre-Seigneur dans ses prodigalités. Nous recevons cent grâces pour une. À quoi bon payer trois fois son prix une vie si simple, si commune, qui semble à la portée de tous ? Ainsi raisonne le monde. Ne hâtons rien quand même. On ne paie jamais trop cher la grâce de passer inaperçu – ou du moins, Dieu veuille qu'on ne voie en vous, pour l'instant, que les fleurs ! Oui, Dieu veuille que vous fleurissiez d'abord de toute votre floraison, ma fille ! Il n'y a pas de fruit sans peine, cela viendra, et si douce que soit la main qui les cueille, vous sentirez l'arrachement. D'ici là, exercez-vous à être si docile et si souple entre les mains divines que nul ne s'en doute. Car c'est la marque d'un grand amour d'être tenu longtemps secret... Voyez les filles de mon pays, les filles lorraines...

Comme elle éclatait de rire, faisant signe que sa vue était trop faible, qu'elle ne pouvait les voir de si loin, il avait haussé les épaules, avec une impatience feinte.

— Bah ! Bah ! vous pouvez vous moquer. De jeunes Parisiennes, pensez-vous, cela se presse, cela chante toujours avant que le soleil ne soit levé, comme les merles. Mais nos filles lorraines, ah ! combien réfléchies, combien sages ! Ma mère défunte, trois ans avant ses épousailles – oui, trois ans ! – disait à notre grand-oncle le doyen de Mondreville : « Je ne me marierai jamais qu'avec Gilbert le tonnelier, ou pas ! » (Feu mon père était tonnelier.) Et lui, Gilbert, n'en savait rien ; elle n'avait seulement jamais osé le regarder en face, sainte fille de Dieu ! Mais ils ont fait de bons époux, à la vie et à la mort, jusqu'au bout, parce que la racine était profonde ; la racine avait poussé longtemps sous la terre avant que la tige n'eût fleuri. Ainsi Dieu veut qu'on l'aime. Puisse-t-on dire de vous : « Quelle est bonne, et douce et gaie ! Qu'on est aise de la voir ! Qu'elle donne le goût de bien faire ! Puissiez-vous être déjà toute à Notre-Seigneur que personne ne sache encore en quelles mains vous êtes tenue ! »

Hélas ! elle avait vu depuis noircir peu à peu, puis glisser tout à fait de l'autre côté des ténèbres le regard de son vieil ami. Elle avait entendu sa voix mêlée au râle, devenue soudain comme étrangère, et c'était vrai que rien de cette mort si abandonnée, si nue, n'avait ressemblé à l'image qu'elle s'en était d'abord faite. Avait-elle été la suprême épreuve réservée au saint obscur, à l'homme délaissé, ou seulement la dernière, la décisive leçon du maître à sa petite élève, son avertissement solennel ? Redoutait-il, si vite emporté vers la nuit, que le temps lui manquât de préparer l'enfant héroïque aux dures expériences de la vie intérieure, à la déception fondamentale qui doit tremper, un jour ou l'autre, un cœur à Dieu prédestiné ? Sans doute elle s'était refusé jusqu'alors, par un instinct très sûr, à fixer trop longtemps sa pensée sur un problème dont elle savait bien que la solution lui échapperait toujours – au-delà de toute raison et toute hypothèse humaine – ne se trouverait qu'en Dieu ; mais cependant, qu'elle le voulût ou non, de ce vertige de tristesse, de cette immense solitude à peine entrevue, pressentie auprès du cadavre qu'elle honorait comme celui d'un saint, une sorte de fantôme avait surgi, qui n'avait pas tous les traits de l'homme vivant, dont elle n'était pas aussi sûre de comprendre l'appel muet. Elle se rappelait certaines phrases prononcées jadis, et qu'il lui avait dit un jour, par exemple, que si l'amour divin est mille fois plus strict et plus dur que la justice, Dieu peut néanmoins nous faire longtemps la grâce de nous aimer ainsi que nous aimons les petits. Mais l'heure vient où nous apprenons – au prix de quelle angoisse ! – que la plus inhumaine des passions de l'homme a en Lui son image ineffable et qu'Il est, comme les vieux Juifs l'avaient deviné sans comprendre, un Dieu jaloux.

Un Dieu jaloux... En Dieu ce désir pensif, sévère, cette âpreté, cette avidité de la créature ? Elle n'y pouvait croire encore – ou c'était là une vision trop hardie, trop sublime, dont elle devait détourner son regard. Et puis le mot lui-même était pour elle vide, presque insensé. Elle ne jalousait personne, et si profondément qu'elle s'interrogeât, il lui semblait que nulle jalousie, même divine, ne trouverait en elle son objet, car elle se sentait de jour en jour moins capable de refuser rien, sûre de ne rien posséder. Elle croyait sa vie trop simple, trop étroitement commandée par des devoirs monotones, quotidiens, pour qu'elle risquât de s'éloigner jamais beaucoup, moins par vertu que par une humble nécessité, de la place exacte où l'eût cherchée le maître le plus exigeant. Car c'était encore l'une des profondes et sagaces leçons de l'abbé Chevance qu'il importait avant tout de s'écarter le moins possible de ce point précis où Dieu nous laisse, et où il peut nous retrouver dès qu'il lui plaît. L'incomparable détresse de notre espèce est son instabilité.

C'est ainsi que, dans sa nouvelle solitude, elle s'était d'abord appliquée de tout son cœur, minutieusement, à ne pas quitter d'un pas le chemin familier, jusqu'à ce qu'elle eût trouvé un autre guide comparable à celui qu'elle avait perdu. Faire parfaitement les choses faciles, tel était non pas le souhait, mais le besoin de cette volonté inflexible et douce, que l'abbé Chevance avait pourtant assouplie avec tant d'art. Certes, elle n'avait assurément aucune idée d'une force si merveilleuse, et néanmoins la voix inoubliée s'était tue qui en disposait à son gré. Quel cœur intrépide discernerait aisément le facile, alors que l'impossible même paraît à sa mesure ? Et quelle tentation eût été plus subtile, plus perfide ? Comment eût-elle su que depuis des mois et des mois, le souci de son humble ami n'avait été que de modérer l'élan de sa puissante ascension, ou du moins de dérober à son regard la courbe immense de son vol, le vide peu à peu creusé sous ses ailes ? À présent, elle commençait à redouter cette quiétude qu'elle avait acceptée jusqu'alors comme le signe de la faiblesse, de la médiocrité de sa nature. Et l'équilibre une fois rompu, dès qu'elle avait fait effort pour s'en arracher, elle la cherchait de nouveau, puis la fuyait encore, épouvantée d'y reconnaître des délices hier ignorées.

Quelles délices, sinon d'une tristesse surnaturelle, où la sensibilité n'avait point part, mais consommée tout entière, au plus secret de l'âme. « Tu n'as jamais été si gaie ! » disait parfois M. de Clergerie, avec humeur. Était-ce donc vrai ? Quelle était cette source invisible, cette fraîcheur amère, pour elle seule ? Quel nom lui eût donné l'abbé Chevance ? Lorsqu'elle essayait d'interroger le pauvre mort, inutile désormais, toujours surgissait dans sa mémoire, au point précis, à sa place encore douloureuse, la suprême image qu'elle en avait gardée, les yeux sombres, comme vidés de larmes, le pli de la bouche, l'énorme fatigue de ses bras jetés sur la couverture rouge de sang. Non ! ce n'était pas là qu'il le fallait chercher... Alors, sans le vouloir, sans comprendre, parce qu'elle refusait cette tristesse ardente, ce don vain des pleurs dont elle craignait l'illusion, parce qu'elle ne pouvait plus espérer trouver le vieil homme ailleurs qu'en son éternel repos, en Dieu, elle glissait dans l'oraison, comme dans un sommeil enchanté.

Était-ce l'oraison ? À vrai dire, elle n'en savait rien, et d'ailleurs elle n'eût pas osé appeler ainsi ce qui n'était encore pour elle qu'une étrange suspension de la douleur et de la joie, ou le lent évanouissement de l'une et de l'autre en un sentiment unique, indéfinissable, où semblaient se fondre la tendresse, la confiance, une recherche inquiète et pourtant suave, et quelque chose encore qui ressemblait à la même pitié sublime qu'elle avait vue resplendir tant de fois dans les prunelles usées de son maître. D'ailleurs elle s'avouait volontiers incapable de faire oraison, déplorant de ne pouvoir se fixer longtemps sur ces petits thèmes proposés par de pieux auteurs dont l'imagination n'égale pas le zèle, enragés à définir et à formuler. « Ne m'interrogez pas, lui disait alors l'abbé Chevance. À quoi bon ? Que vous importe d'apprendre si vous faites, ou ne faites pas oraison ? Et que m'importe à moi de le savoir, pourvu que je m'applique à réaliser en vous, au jour le jour, l'ordre de la charité ? *Ingressa igitur cuncta per ordinem ostia*... Lorsque Esther eut passé par ordre toutes les portes, elle se présenta devant le roi, où il résidait. »

Hélas ! qui lui ouvrirait les portes maintenant ? Qui lui tendrait à chaque nouveau seuil une main amie ? La dernière angoisse du mourant n'avait-elle pas été de découvrir trop tard que la douce ignorance où il avait si longtemps laissé sa fille allait se changer tout à coup, lui disparu, en une affreuse solitude ? « Que Dieu s'est bien caché en vous ! Qu'il y repose ! » s'était-il écrié un jour, d'une voix tremblante. Il avait emporté sa part de ce secret sous les ombres, et elle était désormais incapable de rien découvrir de la sienne à personne, car elle était très loin d'avoir la moindre idée de ce qui s'accomplissait en elle. Sans doute l'apparente médiocrité de ses confessions, leur insignifiance la rebutait un peu, et elle s'accusait intérieurement de renseigner si mal le doyen d'Idouville qui, la connaissant depuis l'enfance, la traitait comme jadis, chaque été, ainsi qu'une écolière en vacances...

Mais que lui dire ? Que dire d'une soumission à Dieu si parfaite, si ingénue, qu'elle se distinguait à peine du cours modeste de la vie ? Elle ne trouvait rien de nouveau qui valût la peine d'être révélé, sinon cette espèce d'agitation de l'âme, trop profonde, trop essentielle, comparable à un orage lointain qui n'est plus qu'une lueur furtive, dans le ciel limpide, une vibration presque imperceptible de l'air embrasé.

Et cependant, à son insu, voilà qu'elle avait fait déjà le pas décisif, voilà qu'elle s'avançait maintenant à travers un pays inconnu, hors des frontières de son ancien paradis, seule. Une autre que cette petite fille sans peur eût sans doute été accablée du sentiment de sa solitude et se serait jetée au cloître, éperdue, ainsi qu'en un dernier asile. Mais elle avait été trop longtemps formée à ne demander qu'à Dieu son repos, incapable de fuir ou même de se dérober avant l'heure, prête à faire face, et son regard aussi ferme et aussi sûr, dans son implacable pureté, que celui d'un homme intrépide. Son admirable effort, presque inconscient, spontané, pour ne pas se replier sur soi-même, se diminuer, la nécessité d'engager à la fois, ainsi qu'un chef de guerre, ses régiments contre un ennemi dont il ignore la position et les desseins, toutes les forces de son cœur, l'avait, en quelques semaines, transformée. Comme un homme endormi à l'aube, qui s'éveille dans la brutale lumière de midi avec encore dans ses yeux la sérénité de l'aurore, le monde, le monde qui n'était jusqu'à ce moment pour elle qu'un mot mystérieux, se révélait, non à son expérience, mais à sa charité – par l'intuition, l'épanouissement, le rayonnement de la pitié. Il appartient aux esprits aveugles de croire que le mal ne se découvre qu'aux misérables qui s'en laissent peu à peu dévorer. Ceux-là n'en connaissent pourtant, au terme de leurs lugubres travaux, que les précaires voluptés, la tristesse stupide, la rumination obscure et stérile. Ô chute vaine, ô cris faits pour n'être entendus d'aucun vivant, froids messagers de la nuit sans rives ! Si l'enfer ne répond rien au damné, ce n'est pas qu'il refuse de répondre, car plus stricte, hélas ! est l'observance du feu impérissable : c'est qu'en vérité l'enfer n'a rien à dire et ne dira jamais rien, éternellement.

Seule une certaine pureté, une certaine simplicité, la divine ignorance des saints, prenant le mal en défaut, pénètre dans son épaisseur, dans l'épaisseur du vieux mensonge. Qui cherche la vérité de l'homme doit s'emparer de sa douleur, par un prodige de compassion, et qu'importe d'en connaître ou non la source impure ? « Ce que je sais du péché, disait le saint d'Ars, je l'ai appris de la bouche même des pécheurs. » Et qu'avait-il entendu, le vieil enfant sublime, entre tant de confidences honteuses, de radotages intarissables, sinon le gémissement, le râle du désir exténué, qui crève les poitrines les plus dures ? Quelle expérience du mal l'emporterait sur celle de la douleur ? Qui va plus loin que la pitié ?

Ainsi Mlle Chantal pouvait croire que rien n'avait troublé sa paix, terni sa joie, et déjà la plaie mystérieuse était ouverte d'où ruisselait une charité plus humaine, plus charnelle, qui découvre Dieu dans l'homme, et les confond l'un et l'autre, par la même compassion surnaturelle. Transformation trop intime, trop profonde de la vie de l'âme, pour qu'en paraissent au-dehors les signes visibles. Cela était venu par degrés, insensiblement, cela s'était levé lentement dans son cœur. Sans doute, elle n'ignorait pas le mal et n'avait jamais feint de l'ignorer, trop sensible et trop vive pour se dissimuler à soi-même, comme tant d'ingénues volontaires, certaines méfiances et certains dégoûts, mais sa droiture était la plus forte. Ce pressentiment du péché, de ses dégradations, de sa misère, restait vague, indéterminé, parce qu'il faut la déchirante expérience de l'admiration ou de l'amitié déçue pour nous livrer le secret tragique du mal, mettre à nu son ressort caché, cette hypocrisie fondamentale, non des attitudes, mais des intentions, qui fait de la vie de beaucoup d'hommes un drame hideux dont ils ont eux-mêmes perdu la clef, un prodige de duperie et d'artifice, une mort vivante. Mais qui peut décevoir celle qui croit d'avance ne posséder ni mériter rien, n'attend rien que de l'indulgence ou de la charité d'autrui ? Qui peut décevoir la joyeuse humilité ? L'agonie du vieux prêtre avait pourtant fait ce miracle.

C'était réellement la seule déception qu'elle eût jamais connue, et nulle autre que celle-là n'eût été capable de l'atteindre au point vif, de prendre en défaut sa naïve allégresse. Elle ne pouvait imaginer que Dieu lui manquât jamais, et cependant ne l'avait-elle pas cherché en vain, cette nuit mémorable ? Il s'était fait invisible et muet. Comme les très petits enfants qui ne connaissent du visage humain que le sourire soutiennent le premier regard sévère sans aucun effroi, mais avec une sorte de curiosité pleine de stupeur, l'amertume d'une telle mort n'avait pas affaibli sa confiance, bien que le souvenir qu'elle en avait gardé restât ainsi qu'une ombre entre elle et la présence divine qui était la source unique de sa joie. Quelle était donc la puissance du mensonge pour qu'il fût capable d'altérer à ce point, au misérable regard des hommes, le visage même des saints ? Et soudain, pareil à ces paysages trop lumineux, trop vibrants, que submerge d'un coup le crépuscule, et qui réapparaissent lentement, méconnaissables, semblent remonter de l'abîme de la nuit, l'étroit univers familier dans lequel elle était née, où elle avait vécu, prenait un aspect nouveau. Il semblait que les choses elles-mêmes lui fussent devenues étrangères, jusqu'à cet ameublement prétentieux et désuet, d'une richesse sans fantaisie, d'une sévérité sans noblesse, académique et bourgeois, de professeur millionnaire. Elle en avait souri déjà bien des fois, mais avec une malice indulgente, comme on sourit de vieilles personnes, inséparables des souvenirs de l'enfance.

Et voilà que sous les damas et les ors perçait leur pauvreté lamentable, leur bassesse. Elle ne les voyait plus sans un malaise indéfinissable, une espèce de méfiance craintive. Que de confidences perdues, faites jadis à ces témoins froids, circonspects, ces faux témoins ! Se doutait-elle que vingt ans plus tôt ils avaient reçu d'une jeune femme aux yeux tristes les mêmes confidences vaines ? Certes, elle ne songeait pas à les haïr, ou les mépriser ; elle était seulement tentée de les plaindre, comme des esclaves dressés à mentir, qui mentent par ordre. Elle les sentait plus que témoins, complices – complices d'une vie à leur image, étroite, têtue, calculatrice, sans honneur, sans amour, d'une gravité sournoise, d'une décence suspecte. Et à mesure que se transformaient ainsi sous son regard les lieux et les aîtres, les figures, les gestes, les voix se dénonçaient à leur tour, livraient une part de leur secret. Trop passionnée pour en concevoir la médiocrité, ou trop pure pour en jamais réaliser l'ignominie, elle ne sentait que leur tristesse, la tristesse de tant d'heures perdues, d'entreprises inutiles, de rancunes, d'inimitiés, d'ambitions, dures comme la pierre, et plus légères que des songes. Sa tendresse filiale elle-même avait résisté un temps, puis s'était changée en un sentiment moins simple, et sans qu'elle y pensât, l'image de son père avait perdu un à un ses traits familiers, s'était pour ainsi dire fondue dans l'ensemble, achevait de s'effacer parmi les ombres. Qu'ils étaient loin d'elle, tous ! Qu'ils étaient errants et malheureux !... Pourquoi ? À ceux-là, comme au moribond, elle n'avait à donner que sa pauvre joie, sa joie aussi mystérieuse que leur tristesse... Et, certes, elle la leur donnerait, dût-elle la donner en vain !

D'ailleurs, on aurait tort de croire qu'une telle révélation intérieure eût rien changé d'abord, en apparence, au cours égal de son humble vie. Elle avait accepté cette tristesse comme elle acceptait toute chose, prenant garde d'y arrêter inutilement sa pensée. À la voir, à écouter son rire clair, à suivre, lorsqu'elle courait derrière ses deux grands chiens Pyrame et Thisbé, son ombre bleue sur le mur, l'observateur le plus attentif eût été bien en pleine d'imaginer qu'elle venait de découvrir un monde où le moraliste n'avance qu'avec des pieds de plomb, de pénétrer d'un coup, d'un élan, comme par un jeu divin, si loin dans la douleur des hommes. Elle-même croyait toujours voir des mêmes yeux les personnages comiques ou tragiques dont elle savait familièrement les noms et les visages, et s'émerveillait d'y penser avec tant de pitié. Mais comment repousser une pitié à la fois si déchirante et si suave qu'elle finissait maintenant par éclater dans son regard, la transfigurait au point d'inquiéter quelques-uns de ses amis plus perspicaces ? Elle ne s'y abandonnait pas sans réserves, elle cherchait parfois à lui fermer, un moment du moins, son âme – et peu à peu, insensiblement, pareille à une petite source diligente, la même compassion surnaturelle, inutilement contenue, venait jaillir en prière. Car jamais son oraison n'était si douce, son union à Dieu si étroite qu'après ces luttes vaines, où s'exerçaient, à son insu, toutes les puissances de son être. Ô prière qui n'est plus qu'un déliement ineffable, ou comme le gémissement de la nature tirée hors d'elle-même, épuisée par la grâce ! Qui lui en eût dit, à présent, la perfection et le péril ?

Cependant des semaines et des semaines passèrent, après la mort de l'abbé Chevance, sans qu'elle s'avisât que sa prière s'était elle aussi transformée, accordée à une expérience si nouvelle, tout intérieure, transcendante, de réalités dont elle n'avait jadis aucune idée. La méprise fut d'autant plus facile qu'elle avait continué à s'acquitter de ses devoirs et à gouverner sa maison avec la même allégresse qui ressemblait si fort à celle des enfants, et désarmait jusqu'à l'insolence d'une invraisemblable domesticité recrutée par le caprice de M. de Clergerie, au hasard des recommandations les plus saugrenues, et d'ailleurs incessamment renouvelée. Le petit homme témoignait, en effet, dans le choix de ses serviteurs, d'un optimisme absurde, que la méfiance ou l'avarice avaient tôt fait d'aigrir, mais pourtant si légendaire qu'un certain nombre de perfides amies s'employaient à le fournir chaque saison d'extraordinaires recrues dont elles avaient pu apprécier les mérites à leurs dépens, et qu'elles ne se souciaient pas de jeter à la porte sans cérémonie, car le renvoi de tel personnage énigmatique, au nom riche en consonnes, au regard noir et attentif, venu de trop loin, de villes introuvables sur les mappemondes, n'est pas une affaire à négocier étourdiment. « Tu es lasse, disait parfois le futur académicien à sa fille. C'est une charge si forte pour toi ! Ta pauvre mère s'y est usée ! » Mais elle riait de son beau rire intrépide, et il se consolait aussitôt en pensant : « Qu'elle est jeune ! »

Alors elle sifflait ses chiens, ou courait jusqu'à sa chambre, pour mieux songer à son vieil ami. Que ce silence était frais et pur ! Comme elle l'aimait ! Trop peut-être ? Aucune de ses prières de jadis ne ressemblait tout à fait à celle-là. « Je parle à Dieu sans cesse, disait-elle autrefois à l'abbé Chevance, je sais très bien lui parler, il me semble. Je lui parle infiniment mieux que je ne le prie. » Mais aujourd'hui, du moins à ces rares moments de bienheureux repos, les paroles s'évanouissaient d'elles-mêmes sur ses lèvres, sans qu'elle y prît garde. La tristesse refoulée, la pitié, ou plutôt l'espèce de crainte douloureuse, pleine de compassion, qu'elle sentait désormais devant chaque visage humain, tout ensemble éclatait dans son cœur en une seule note profonde. Elle n'avait d'abord attaché aucune importance à cette nouveauté singulière : « Je m'endors en priant, songeait-elle, voilà tout... » Car elle ne pouvait trouver une autre explication qui la rassurât. Jusqu'au jour...

Entre tant d'autres visages inquiétants, celui du Russe l'avait émue, d'une méfiance irrésistible, qui ressemblait au dégoût, si Chantal eût été capable de dégoût. Deux fois, trois fois peut-être, il était venu, humble et distant, le regard bas, ses longues mains inquiètes aux ongles vernis pétrissant d'énormes gants de peau de chien, la voix changeante et comme voilée, où l'imperceptible accent de la langue natale n'était plus qu'une sorte de chant grave, trop nuancé, trop caressant. Il apportait, avec beaucoup d'autres, un certificat élogieux de la vieille baronne de Montanel qui dispose, chacun le sait, d'au moins six belles voix académiques et abreuve de thé léger, chaque quinzaine, toute la rédaction de la *Revue internationale*. Elle répondait de sa parfaite éducation, de son honnêteté, surtout de sa merveilleuse prudence qui en faisait un chauffeur unique, aussi sûr qu'un cocher de douairière. Enfin, il avait appartenu au régiment des Pages, servi dans la Garde, puis sous Denikine, et vendu, pour ne pas mourir de faim, d'inestimables bijoux de famille. Mais son plus grand mérite était de garder le souvenir d'une longue étude parue, avant la guerre, au *Messager russe* et consacrée aux importants travaux d'érudition de M. de Clergerie.

En ce silencieux personnage, Mlle Chantal avait senti, dès le premier jour, un ennemi, un homme à craindre, moins dangereux pour elle que pour ces naïfs qu'il avait apprivoisés aussitôt par une douceur inaltérable, une complaisance infinie. Elle ne savait rien de lui, n'en pouvait rien connaître, n'en connaîtrait jamais rien, aussi invulnérable dans sa vérité que lui-même dans son mensonge, et cependant elle le haïssait, à son insu, d'une haine jalouse – quel autre nom, hélas ! donner à la révolte d'une conscience trop pure, si défendue à la fois, si désarmée ? – elle le haïssait d'instinct, comme s'il eût disposé déjà contre elle, contre Dieu même, d'un incomparable secret. « Que lui reproches-tu ? disait M. de Clergerie. Il paraît un peu sournois, je l'accorde, c'est sans doute un déclassé ; je ne pense pas que ces Slaves soient des anges. Mais on ne peut pas non plus se fournir de domestiques dans les patronages, mon enfant. Du moins, je le trouve parfaitement bien élevé, discret, obligeant. Et ce qu'il est, ou n'est pas, une jeune fille de ton âge est bien incapable d'avoir une opinion là-dessus. »

Elle ne trouvait rien à répondre, car son jugement si sûr, sa jeune sagesse, son horreur naturelle si clairvoyante de toutes les formes du mensonge, et même une certaine gaieté un peu railleuse, qui suffisaient à la mettre en défense, ne pouvaient la fournir d'aucun argument précis. D'ailleurs, elle s'accusait parfois d'être injuste à l'égard du dernier venu, probablement ni meilleur ni pire qu'aucun de ses compagnons, et elle faisait un grand effort pour surmonter sa crainte, en user envers lui avec les mêmes grâces, la même charité subtile. Mais à la différence de tant d'autres, de tous les autres – un seul excepté, qui n'était plus – cet inconnu suspect, dont on voyait le mensonge remuer au fond du regard blême, ainsi qu'une épave sous une eau morte, cet homme vil ne se contentait pas de subir l'enchantement, il cherchait à en pénétrer les causes secrètes. Quel cœur vraiment pur ne se protège de lui-même contre la curiosité d'un ami ?

Mais quelle épreuve inattendue de se sentir, par qui l'on méprise, devinée ?

Car elle s'était crue aussitôt devinée, par une naïve ignorance de sa propre vie intérieure, qu'elle jugeait trop humble et trop facile pour se défendre longtemps contre la curiosité de personne. Et puis, d'être devinée, après tout, qu'importe ? C'était cette curiosité patiente, assidue, inexplicable, connue d'elle seule, si adroite qu'elle n'aurait pu la dénoncer sans ridicule, et si furtive qu'elle n'en surprenait qu'à l'improviste, et par hasard, la vigilance calculée, – oui, c'était cette curiosité dont elle sentait obscurément la trahison. D'être recherchée, même par le désir d'un tel homme, ne l'eût pas autant émue, parce qu'en ce vieux pays latin la plus innocente des filles ne se croit jamais à bout de ressources ni d'esprit, et la douce pénitente de l'abbé Chevance se fût tirée aisément de ce pas, avec cette fierté malicieuse que toute femme de notre race tient de ses grand-mères. Mais le désir n'est pas si calme, si attentif, et surtout si insoucieux de plaire. Ce qu'elle lisait dans les yeux froids, c'était plutôt cette même curiosité qu'on voit au regard des bêtes savantes ou corrompues par des maîtres trop indulgents, lorsqu'elles flairent de loin, sur les routes, leurs congénères libres et heureux. Que contemplait-il ainsi avec envie ? Que cherchait-il qu'elle fût capable de lui donner ? Elle avait souvent ri de ses craintes et les jugeait alors absurdes, dans l'impuissance où elle se trouvait de les justifier, ou même de les exprimer en un langage sensé. N'importe. Elle sentait se resserrer autour d'elle un réseau tissé prudemment fil à fil – et non pas autour d'elle seulement, car elle avait vaguement conscience que de plus faibles étaient déjà dans le même filet. Qu'elle eût voulu les défendre !

En exigeant que sa fille, dès sa sortie du couvent, gouvernât sa maison, M. de Clergerie ne savait pas de quel pesant devoir il allait charger de telles épaules, ni que la surveillance quotidienne de six ou sept domestiques recrutés à la diable, congédiés de même, est une rude et périlleuse école pour une enfant de dix-sept ans qui ne sera jamais tout à fait dupe de sa propre candeur, plus souvent et plus cruellement blessée de ce qu'elle devine que de ce qu'elle voit. Mais elle s'était protégée à sa manière, par une ingénieuse bonté, sans bruit, sans effort visible qui risquât d'attirer l'attention, de lui valoir louange ou blâme. Et maintenant, il semblait qu'elle fût prise au piège de cette même bonté, dont elle seule avait cru savoir la source enchantée, toujours fraîche, intarissable. Cet inconnu, d'ailleurs en apparence sans reproche, qu'elle ne pouvait convaincre d'aucune faute précise, d'aucun manquement volontaire, délibéré, qui n'était enfin pour tout le monde qu'un serviteur à gages, c'est-à-dire un anonyme, un passant, auquel elle eût rougi d'accorder tant d'attention, si elle eût été moins pure, celui-là entre tous les autres lui inspirait pour la première fois la crainte anxieuse d'être encore au-dessous de son humble tâche, sous la menace de forces obscures, impitoyables, que la simple douceur ne suffit pas à réduire, de ne disposer contre une certaine malice, jusqu'alors ignorée, que d'une arme d'enfant, d'un jouet... Crainte aussitôt repoussée par toutes les forces de son âme ! Crainte d'ailleurs sans amertume, qui finissait par se fondre en délices, lorsque plus pauvre et plus seule que jamais, parmi ces visages hostiles ou clos, elle donnait, elle prodiguait, elle jetait à pleines mains, ainsi qu'une chose de rien, son espérance sublime. Et tel était alors le bienheureux épuisement de sa charité, sa suave détresse, qu'elle courait se réfugier dans sa chambre, refoulant ses larmes, et là, comme ivre de fatigue et de supplication, les lèvres encore occupées d'une prière qu'elle n'entendait plus, n'osant quitter des yeux son crucifix, elle croyait glisser lentement, puis tomber tout à coup dans le sommeil... Seulement elle tombait en Dieu.

Et c'est ainsi qu'il l'avait vue un jour, lui, cet étranger, debout près d'elle, les traits bouleversés, le bras étendu, car il vient de lui toucher l'épaule... Quelle heure est-il ? La fenêtre est pleine de nuit, le couloir brille derrière la porte entrouverte.

« Comment êtes-vous là ? dit-elle. Pourquoi ? » Elle cherche en vain des mots, un cri d'indignation, de colère, et ne trouve qu'une surprise stupide. Il ne détourne pas son regard, elle n'y lit aucune injurieuse curiosité, nulle surprise égale à la sienne, mais en dépit de son calme étonnant, une sorte de complicité sournoise, qui brûle de s'avouer, qui va s'avouer... « Comment êtes-vous... qui vous a permis ?... – Le dîner est servi depuis longtemps. On n'a pas eu l'idée d'entrer, la porte n'était que poussée. Ils cherchent Mademoiselle dans le parc, on a même envoyé le jardinier chez le petit Arnaud. » Elle s'est levée toute tremblante, elle a balbutié : « Je... je m'étais endormie. » Alors il l'a fixée longuement, trop longuement, avec un reproche – oui, un reproche – dans ses yeux menteurs : « J'ai fait de mon mieux. Que Mademoiselle juge. Ils auraient pu vous trouver... Personne ne comprendrait... Ils ne comprendraient pas... Ce sont de simples animaux, d'heureux animaux. Que Mademoiselle prenne garde, si elle daigne me croire. Moi, je sais... Les anges seuls dorment comme vous, de cette manière. Permettez-moi : j'ai vu à Goutchivo une religieuse orthodoxe, une petite fille de Dieu, qui vous ressemble ; nos Russes lui avaient brisé les jambes, elle était étendue par terre, devant l'icône, presque nue, sans boire ni manger depuis des jours, ravie au ciel, un doux prodige, un conte d'enfant, plus blanc que la neige... Je ne crois pas en Dieu, mais comment ne pas croire à cette blancheur, ne pas l'aimer ? Car il y a plus de blanc qu'on ne pense dans ce monde noir. D'ailleurs je parle un langage qui n'est assurément pas celui que je dois tenir devant vous ; et il m'est impossible de faire autrement – excusez-moi – afin que vous sachiez du moins quel est celui qui a surpris vos secrets, non pas aujourd'hui, mais voilà bien des semaines, parce qu'il vous arrive... il vous est arrivé – que dirais-je ? – enfin cela, cette chose s'est faite devant moi, à votre insu, une minute jadis, rien qu'une minute, le temps d'un clin d'œil, et à présent si fréquemment que, tout bêtes qu'ils sont, je me demande par quel miracle (aucun miracle ne vous coûte), par quel miracle ils ne s'aperçoivent de rien. »

Puis il l'avait saluée très bas et s'était glissé dehors, sans attendre de réponse, laissant exprès la porte grande ouverte derrière lui, pour que la lumière achevât de l'éveiller, peut-être... Elle n'avait que longtemps après entendu son pas assourdi, les voix lointaines, et tournant la tête, pâle de honte, elle avait vu dans la glace ses yeux immenses, obscurs, méconnaissables. Ses yeux ? N'était-ce pas plutôt un autre regard, qu'elle connaissait trop, dont elle avait tant de peine à supporter la fixité ténébreuse, où flotte un rêve informe qui n'a plus ni couleur, ni contour, un cadavre de rêve, un rêve décomposé ? Mais oui ! c'étaient les yeux de sa grand-mère, de Mama, ses yeux mêmes ! Le brusque éclair de l'angoisse éclata au creux de sa poitrine, resplendit jusqu'à la dernière de ses fibres. De tous les coups qu'elle eût pu redouter, attendre, celui-là était le plus dur, imprévu, imparable. L'extrême, la surnaturelle simplicité de sa vie, sa piété si humble, son horreur ingénue de la confusion, du désordre, de ce qui peut troubler la sincérité limpide des paroles, des actes, des intentions, la ferme sagesse, l'agile raison que le vieux prêtre avait formée avec tant de prudence et d'amour, rien ne la préparait à cette extraordinaire épreuve. Sans doute la folie de Mama, ce bizarre délire silencieux traversé de lueurs, avait-il marqué son adolescence plus cruellement qu'elle n'eût osé l'imaginer ? Le doute qui venait de naître dans sa pauvre cervelle encore noyée d'extase, s'enfonçait comme un fer juste au point blessé, si avant d'un seul coup que l'idée ne lui vint pas de douter, de discuter au moins l'unique témoignage d'un inconnu. Ni les paroles, ni les desseins de ce personnage, également suspects, son insolence tranquille, son audace ne la retinrent un moment : elle ne fut sensible qu'à l'accablante, l'énorme vraisemblance d'un cauchemar dont elle voyait encore dans la glace le signe tragique. « Nous sommes des nerveux, nous sommes de grands nerveux », aimait à répéter M. de Clergerie, qui justifiait ainsi sa dyspepsie, et d'ailleurs raffolait de la psychiatrie à la mode... D'ailleurs le P. de Riancourt, son ancien aumônier du Sacré-Cœur, ne l'avait-il pas mise en garde, jadis, contre un mysticisme enfantin, une piété trop tendre dont il lui avait appris à rougir en lui dénonçant le péril d'une certaine ostentation, qu'elle était déjà trop portée elle-même à mépriser ? Comme l'abbé Chevance l'avait, depuis, rassurée ! Comme il avait su toucher ses scrupules, les dénouer d'une main légère, la remettre doucement en route, par un petit chemin sûr, discret, qui ne fait envie à personne ! Certes, elle n'avait tenu sa paix fragile que de la tendre sollicitude du vieux prêtre... Au chevet même du lit de mort de ce juste, elle s'était sentie, non pas déjà révoltée sans doute, mais tirée hors d'elle-même, tentée par elle ne savait quoi de si grave et de si fort, un sacrifice total, ô chimère ! Et dès lors...

« J'étais ici à cinq heures, se disait-elle sans oser quitter la glace des yeux, comme si elle eût craint de perdre ainsi la preuve, l'unique preuve, la preuve décisive, de son affreuse aventure. Je venais de donner à Mama son thé et ses rôties. Voilà maintenant huit heures et demie... Pourtant je suis bien sûre de n'avoir pas dormi... Et je me suis retrouvée tout à l'heure, quand il m'a touché l'épaule, à la même place, les bras en croix, est-ce possible ! » La contracture de ses muscles était encore si douloureuse qu'elle ne pouvait remuer les jambes, de peur de tomber. Son misérable regard obscurci, incertain, sitôt qu'elle déplaçait le globe oculaire, était zébré d'éclairs fulgurants. « Jamais je ne pourrai descendre l'escalier toute seule, jamais ! Ils me trouveront là, ils vont venir ? » Elle se souvenait d'avoir entendu dire par le docteur Michauld que Mme de Clergerie, quelques semaines avant sa mort, au dernier degré de l'épuisement nerveux, avait souffert de crises léthargiques, les mêmes sans doute, ou de même nature. Pas une minute, bien que l'incomparable joie remuât toujours au fond de son cœur, elle n'aurait pu songer à donner un sens moins humiliant à la découverte qu'elle venait de faire. Elle savait trop l'excellence des dons de Dieu, leur rareté. Elle n'ignorait rien de leurs contrefaçons grossières qui troublaient si fort l'honnêteté de l'abbé Chevance, et dont il parlait avec tant de mépris – trop de mépris peut-être ? – les simulacres, les attitudes demi-sincères, et pis encore : les tares plus secrètes, mi-spirituelles, mi-charnelles, comme à la jointure du corps et de l'esprit, que la science a gravement classées, cataloguées, dévastant pour les nommer le jardin des racines grecques, et néanmoins déjà si familières aux vieux mystiques néerlandais du XIIe ou du XIIIe siècle, qui ne devaient rien à l'étrange érudition de Sigmund Freud. Trop simple aussi, trop indifférente à soi-même, trop protégée contre un premier mouvement de l'amour-propre déçu pour imaginer de mettre l'ange noir en tiers dans sa lamentable aventure. D'ailleurs, elle ne s'était jamais beaucoup souciée du diable ni de ses prestiges, assurée de lui échapper par l'excès de sa petitesse, car celui dont la patience pénètre tant de choses, l'immense regard béant dont l'avidité est sans mesure, qui a couvé de sa haine la gloire même de Dieu, scrute en vain, depuis des siècles, de toute son attention colossale, retourne en vain dans ses brasiers, ainsi qu'une petite pierre inaltérable, la très pure et très chaste humilité.

Ce que fut pour elle ce court moment, qui le sait ? La seule surprise peut prendre en défaut une volonté magnanime, mais en plein désordre de son cœur et de sa raison, par un mouvement de l'âme plus fort que sa terreur ou sa honte, la pauvre enfant crut comprendre qu'elle était perdue, si elle ne rompait aussitôt le cercle enchanté. Elle s'approcha plus près de la glace, posa ses coudes sur le marbre et toute tremblante encore s'efforça de sourire, sourit à son image livide. Ce visage tragique, tendu par l'angoisse, lui inspirait moins de pitié que de dégoût. « J'aurai pris parti avant de descendre, se dit-elle, il faut que je prenne parti, maintenant ou jamais... D'abord, je suis ridicule... Cette histoire est ridicule. » Elle se souvint d'une tentation qu'elle avait eue, confiée jadis à l'abbé Chevance avec tant de larmes – et il l'avait écoutée en souriant, exactement comme elle venait à l'instant de sourire elle-même. Puis il lui avait dit, si doucement : « Allez dîner ! Voilà sept heures. Ne faites pas attendre M. de Clergerie pour ça ! » Et elle l'avait quitté en paix. « Pourquoi prendre parti ? Je ne prendrai pas parti du tout, à quoi bon ? C'est aussi l'heure de dîner ! » Elle savait la charmante réponse de Louis de Gonzague à ses petits camarades qui, à la récréation, s'interrogeaient entre eux : « Que ferions-nous si l'on nous annonçait la fin du monde, dans un quart d'heure ? – Je voudrais finir cette partie de marelle », disait-il. Le sang battait de nouveau à ses tempes, et elle frottait ses joues, pour les rougir plus vite, du bout de ses doigts aigus. « Ce n'est rien, peut-être moins que rien. Cela m'a seulement bien humiliée. Je me croyais encore trop sage. Qu'importe à Dieu une courbature de plus ou de moins ? Il est bon d'être faible entre ses mains... Il est meilleur d'être faible. Et qui est plus faible que moi désormais ? Je ne puis plus espérer de me conduire seule, à la lettre. Je suis à la merci de ce Russe ! » Elle essaya de rire, mais elle avait cette fois trop présumé de ses forces : en un éclair, elle revit l'inconnu debout près d'elle, le regard louche, et le déchirement de sa pudeur fut si douloureux qu'elle étouffa un cri : « C'est ma faute, balbutia-t-elle, tandis que ses doigts tremblaient sur la houppette à poudre, il faut tout prévoir, il faut prévoir le pire, s'y résigner par avance et n'y plus songer. À présent, quoi, ce qui est fait est fait. Naturellement, il n'est pas si facile qu'on croit de garder la simplicité de sa vie, mais les complications viennent du dehors, toujours. La simplicité vient du dedans. Qu'ai-je à faire de plus simple que d'aller rassurer mon monde, et dîner ? Me voilà maintenant présentable. Heureusement, Annette a laissé ici son rouge : je suis fardée comme une danseuse... Pourvu que Mama ne s'aperçoive de rien, ni Francine ! Elles se ressemblent un peu : elles ont un œil sur chacun de nous, et pas tellement indulgentes non plus. Jeudi, j'avouerai tout au doyen d'Idouville, à la grâce de Dieu : il va dire que j'ai rêvé, que je suis folle, que le pauvre abbé Chevance m'a tourné la tête. Tant pis ! cela vaut mieux que d'honorer Dieu par des crises de nerfs et des pâmoisons, comme les maniaques, et de scandaliser le prochain... *Un doux prodige, un conte d'enfant, plus blanc que la neige.* Quelle horreur ! »

. . .

Elle descendait déjà l'escalier en chancelant, sa petite main si crispée sur la rampe qu'elle devait faire effort à chaque marche pour en desserrer les doigts. Par la porte ouverte du vestibule, le bruit discret des conversations venait jusqu'à ses oreilles, étrangement grossi. Elle continuait à se parler à elle-même, tout bas, presque tendrement, comme on rassure un enfant ou un fou. Était-elle alors sincère, absolument ? Condamnait-elle avec tant de dureté, rejetait-elle sans remords, une fois pour toutes, ce qui – elle le sentait bien à présent – avait été depuis tant de semaines sa nourriture mystérieuse ?... « Méfiez-vous de ce qui trouble ! » L'ordre si souvent répété de son vieil ami l'abbé Chevance retentissait encore dans son cœur. Rien n'égale en profondeur la première révolte d'une âme pure contre les entreprises de l'Esprit. Qu'elle fût troublée, qu'elle l'eût été depuis longtemps à son insu, elle n'en pouvait maintenant douter. Que demander de plus lorsque le corps vient d'attester la défaillance de l'être ? Trop sage pour s'emporter en vains scrupules qui eussent resserré ses chaînes, elle ne souhaitait que reprendre sa tâche quotidienne, l'exercice des devoirs simples, définis, authentiques, rentrer dans la vie mortifiée, asile universel, lieu unique, ouvert aux saints et aux pécheurs, où elle sentait le repos, ainsi qu'une brebis perdue sous l'orage... Mais tandis qu'elle descendait lentement vers les lumières et les voix, l'idée de la solitude où elle allait s'enfoncer malgré elle, où sans doute elle devrait mourir, lui revint avec une telle force qu'elle s'arrêta naïvement, comme si son misérable destin eût dépendu de ce pas. Hélas ! s'il était vrai qu'elle ne fût qu'une malade, l'une d'entre ces pauvresses que trahissent la chair et le sang, qui amusent la curiosité des psychologues et des médecins, et dont les vraies servantes de Dieu parlent avec moins de pitié que d'aversion, que lui resterait-il donc en propre ? Rien. Pas même sa prière, pas un seul battement de son cœur. Cette pensée la traversa d'outre en outre, elle en sentit littéralement le trait éblouissant. Il n'était rien d'elle qu'elle pût désormais offrir à Dieu sans crainte, sans réserves, ou même sans honte. La perfection, l'excellence de ce dénuement, la toute-puissance de Dieu sur une pauvreté si lamentable, la certitude de dépendre presque entièrement de ce que les hommes ont nommé hasard, et qui n'est que l'une des formes plus secrètes de la divine pitié, tout cela lui apparut ensemble pour l'accabler d'une tristesse pleine d'amour, où éclata tout à coup la joie splendide... Alors elle se mit à fuir vers la lumière et les voix, ne s'arrêta qu'au seuil de la porte, une main sur sa jeune poitrine, les joues roses, les yeux brillants, et si claire que M. de Clergerie s'écria :

– Je n'ai pas le courage de te gronder. Comme tu lui ressembles ! Comme tu ressembles à ta mère ! Ce long sommeil t'a fait du bien.

Mais comme Fernande se plaignait trop amèrement d'un retard qui lui avait fait rater son dîner, elle courut en riant à la cuisine et recommença le soufflé au chocolat.

---

1. Voir l'*Imposture*.

3

Depuis cette nuit décisive, des semaines avaient passé, aussi courtes que des jours. Elle n'avait parlé à personne, pas même au doyen d'Idouville. La nouvelle d'une prochaine visite de l'abbé Cénabre[1], éloigné de Paris pendant quatre mois, et qu'elle n'avait pu voir après la mort de M. Chevance, au grand regret de M. de Clergerie qui ne croyait pas sa fille trop indigne de recevoir les directions de ce puissant esprit, l'avait décidée à se taire jusque-là. Elle n'avait, certes, aucune prévention contre l'illustre biographe de Tauler qu'elle connaissait d'ailleurs à peine, bien qu'il parût souvent à l'hôtel de la rue de Luynes, et qu'il l'eût toujours traitée avec une sorte de bienveillance sévère, dont elle appréciait la courtoisie, car cette petite fille, pourtant si simple, haïssait la familiarité. De ses livres, elle ne savait guère que les titres, mais en dépit des bavardages, ou de médisances plus perfides, elle se sentait une sympathie obscure, un peu craintive, pour un homme célèbre et qui paraissait néanmoins mépriser la gloire, vivait libre et seul, et pauvre aussi peut-être, dans une indépendance sauvage. Pourquoi le nom de son ancien condisciple, qu'il avait prononcé si rarement devant elle, était-il revenu tant de fois sur les lèvres de l'abbé Chevance à l'agonie ? Lui confiait-il, en esprit, sa fille, comme le croyait encore M. de Clergerie ?... « Je devrais l'aimer », se disait-elle.

Il serait là ce soir, prolongerait son séjour une semaine, et voilà qu'au lieu d'attendre en paix, comme jadis, l'occasion toujours offerte à temps, le secours bénévole de Dieu, elle venait de se troubler pour quelques paroles échappées à la malice ou à la sottise de Fernande. *On verra ici des choses extraordinaires, mademoiselle, des choses comme on n'en voit pas dans les livres.* Pourquoi ? Y a-t-il vraiment place pour de telles choses dans une maison familiale, où tout nous rappelle l'enfance, et par un beau jour d'été ? À Paris passe encore, mais ici ! Et quelles choses ? « Comme je suis nerveuse, inquiète, c'est honteux. Extraordinaire, d'abord, c'est un mot qui n'a pas de sens, de ceux dont l'abbé Chevance disait qu'ils n'ont pas dû être donnés par Dieu dans le Paradis, mais enseignés au premier homme, de l'autre côté des sept Fleuves, par l'expérience quotidienne de la domination du malheur. Rien n'est hors de l'ordre, tout finit par rentrer dans l'ordre de Dieu. Et puis, est-on jamais seule ? Peut-on avoir peur ? Peur de quoi ? » – « Que votre père me chasse, les prétextes ne manquent pas... » avait dit l'autre. À quoi bon ? La première surprise vaincue, Chantal éprouvait pour lui autant d'horreur que de pitié. Était-il même si différent de ceux qui l'avaient précédé, ou qui le suivraient un jour, tant d'étrangers louches et hardis, à la fois insolents et serviles qui plaisaient au maître une semaine et partaient un matin comme ils étaient venus, l'œil haineux, la barbe longue, veston court et chaussures jaunes, une valise de toile à la main ? Car M. de Clergerie avait engagé tour à tour, au gré de son humeur, et aussi par une haine secrète pour les valets français, race moqueuse, des Tchèques osseux, aux longues jambes, des Polonais tondus, un Hongrois recommandé par le nonce, et jusqu'à un Grec du Levant, plus suspect que tous les autres ensemble, et qui avait disparu sans aucun bruit, avec une torpédo neuve. Au moins ce Russe parlait peu, bien qu'avec une adresse singulière il eût réussi plus d'une fois à imposer à sa jeune maîtresse ces conversations au sens double, pleines d'allusions perfides, qui font, à la longue, de deux interlocuteurs deux complices, les complices d'un même secret. À la première tentative, elle avait cru mourir de honte... Mais qu'était-elle, après tout, qu'une enfant ? « Dieu fait bien ce qu'il fait, disait souvent M. de Clergerie ; une autre que toi, plus légère, par exemple, plus romanesque, se fût passée moins aisément des soins maternels. » Hélas !

. . .

Non, ce n'était ni celui-là, ou tel autre, ni cette médiocre aventure, ni même la crainte étrange qu'elle avait maintenant de son propre regard, de sa bouche pâle, de ses mains souvent tremblantes, de tout ce corps enfin, de cet appareil compliqué de chair, de sang, de nerfs, dont elle n'était plus sûre désormais de se faire obéir, bête sournoise, humiliée, mélancolique, à laquelle elle imposait son allégresse, la foi, l'espérance et la charité, comme un frein d'or. Dix fois, vingt fois peut-être, elle avait failli céder au vertige, rouler jusqu'au bord du gouffre de lumière, et n'avait sagement achevé son oraison qu'au prix d'un effort intolérable. Mais n'était-elle pas tombée à son insu ? « Daignez plutôt convenir que sans moi ce que vous voulez tant cacher serait déjà connu. Hier encore... » Ainsi avait-il parlé tout à l'heure, et, se fût-il tu, tel était le sens de son impassible sourire. Elle rapprochait ces paroles énigmatiques de la stupide prédiction de Fernande : *Des choses extraordinaires, des choses comme on n'en voit pas dans les livres...* Quoi donc ! la part de sa vie qu'elle aurait voulu cacher en Dieu, en Dieu seul, à jamais, livrée par dérision, en même temps que le pauvre secret de son mal héréditaire, aux bavardages, aux curiosités de l'office. *Des miracles, de vrais miracles qui tombent de vous comme des fleurs.* « Je les scandalise, pensait-elle, c'est ainsi qu'on se moque de Dieu ! »

Pourquoi – par quel prodige – cette crainte suprême, sitôt qu'elle cessait de la raisonner, de s'en défendre, ouvrait-elle en elle une source plus fraîche, plus pure, comme si elle eût trouvé le principe même de sa consolation, dans l'idée de la détresse totale sans remède, la ruine de toute espérance humaine, une féroce désillusion ? D'être ridicule à ses propres yeux achevait de briser les derniers liens de l'amour-propre, la libérait. « J'étais contente que Dieu eût pris la peine de me dépouiller lui-même avec tant de soin qu'il me fût devenu impossible d'être plus pauvre. Je me comparais à un malheureux, qui n'aurait que quelques sous en poche, et s'aviserait tout à coup que ce sont, justement, de ces sous qui n'ont plus cours. »

L'ombre d'un nuage adoucit une par une les premières vitres rouges et vertes de la véranda, puis elles s'éteignirent toutes ensemble et l'immense jardin parut derrière, décoloré. « Je rêve là depuis dix minutes, songeait-elle, c'est absurde. Vais-je me décider à entrer ou pas ?... » À travers la porte, elle entendait la petite toux nerveuse de M. de Clergerie, et jusqu'au tintement régulier de la plume dans l'encrier de cristal. « Si j'étais courageuse, je lui devrais tout avouer peut-être ?

dès maintenant ? Ai-je le droit de lui cacher ainsi, depuis des semaines, que je suis malade ? N'est-il pas juste qu'il en soit informé avant l'abbé Cénabre lui-même, un étranger ? Car j'aurai beau faire et beau dire, il faut voir les choses comme elles sont. Quoi ! d'être malade, ce n'est pas une affaire de conscience ! » Et elle entra.

M. de Clergerie leva au-dessus d'un rempart de livres et de fiches un front sourcilleux :

— Voilà peut-être un quart d'heure que j'entends trotter dans le vestibule, comme une souris. Quelle chose singulière ! Lorsque je suis épuisé de fatigue et retombé dans mes insomnies, j'observe aussitôt une surexcitation extraordinaire du sens de l'ouïe. Je ferai part de cette remarque au professeur La Pérouse. Pourquoi ris-tu ?

— Mon Dieu, pour rien ! Parce que le seul nom du professeur La Pérouse me donne envie de rire : Jean-François de Galaup, comte de La Pérouse, commandant *la Boussole* et *l'Astrolabe*, et mangé par les naturels de l'île de Vanikoro.

— Allons ! allons ! Chantal...

— Et puis, pardonnez-moi, mais toutes les théories du professeur La Pérouse, vraies ou fausses, n'ont rien pu contre vos migraines. Vous aviez meilleure mine à Paris.

— Tu trouves ? Oh ! je ne me fais pas illusion : ces thèses sur l'influx nerveux, les ondes cosmiques, les radiations telluriques, ces nouveaux modes de traitement où le médecin proprement dit semble le céder au physicien... Je suis un peu dérouté, je l'avoue. Peut-être devrais-je essayer de l'homéopathie ? En matière scientifique, nous sommes des naïfs. L'homme le plus distingué de ma génération s'en laisserait conter par un simple lycéen de première, c'est ridicule. Et pourtant l'humaniste, un véritable humaniste, dressé aux bonnes méthodes de l'exégèse grammaticale, juridique ou historique, est plus qualifié qu'aucun autre pour aborder ces grands problèmes : mon vieux maître Ferdinand Brunetière l'a bien montré ! Comment appelles-tu, par exemple, un fil de cuivre roulé en spirale ?

— Mais... hé bien, c'est un fil de cuivre roulé en spirale, voilà tout.

— Je te demande le nom scientifique, qui m'échappe.

— Un solénoïde, si vous voulez.

— C'est cela même ! *solèn* – tuyau, *eidos* – forme...

– Et il est dit en circuit ouvert, ou en circuit fermé ! Je ne me croyais pas si savante. Mais j'ai eu au baccalauréat un examinateur étonnant, sportif, tout à fait dans le train : il m'a dit : « Faites-moi la théorie de la magnéto. »

– Tu es de ton temps. L'idée de La Pérouse est, paraît-il, très ingénieuse. Dorval lui-même en convient. À moi, profane, elle semble... comment m'exprimer ?... bizarre. Enfin, il s'agit de soustraire le grand sympathique à faction d'ondes inconnues, mais dont l'existence est certaine. La Pérouse propose donc de placer le malade – l'anxieux surtout – à l'intérieur d'un fil de cuivre enroulé en spirale, formant un solénoïde protecteur en circuit ouvert, qui jouerait le rôle d'isolant à l'égard des radiations cosmiques.

– Il propose !...

– Oui, tu trouves cela ridicule. Il a cependant obtenu des résultats – il est vrai dans un tout autre ordre de recherches. Il a guéri les tumeurs végétales du pélargonium, une sorte de cancer. Ne hausse pas les épaules ! Le pélargonium n'est pas, comme tu penses, une plante qui ne pousse que dans les laboratoires de ces messieurs : c'est le géranium, simplement.

– Mes pauvres géraniums ! Est-ce qu'ils ne vont pas laisser nos fleurs tranquilles, au moins ?

– C'est le point de vue du poète. Ma pauvre enfant, ne crois pas que je prenne au tragique ces spéculations de l'esprit. Elles me troublent seulement. Le paradoxe d'hier est la vérité de demain. Les vieilles gens comme moi ont beau se débattre et gronder : il faut qu'ils s'adaptent, vaille que vaille. L'âge vient, les infirmités, les rhumatismes, l'insomnie, les affreux symptômes de l'épuisement nerveux, que sais-je encore ? Au moment d'atteindre le but, la vie défaille. À vingt ans, nous donnons toujours raison au poète ; à soixante, le médecin n'a jamais tort. Il a le secret de nos misères.

– Quelles misères, mon Dieu ! Je serais si heureuse d'être vieille ! Ah ! je voudrais être une vieille, avec des lunettes et un bâton, tout près, tout près du cimetière et de sa petite tombe, qui tricote un bas de laine, avec son pauvre regard malicieux.

– Oui, oui, mais en attendant, tu chantes toute la journée.

– Il y a tant de vieilles qui chantent ! On a tort de ne pas les écouter, voilà tout.

– Tu es extraordinaire. Mais oui ! si je ne te connaissais pas si bien, je croirais à de l'affectation. Vois-tu, ma chérie, chaque homme se trace d'avance un chemin, fait sa carrière, attend la consécration d'une réussite suprême, décisive : un emploi, une charge, un titre, parfois la gloire. Pour moi, quoi qu'il arrive, je t'aurai du moins rendue heureuse, j'aurai fait de ta jeunesse un enchantement, une fête un beau matin d'été, comme celui-ci. Les épreuves viendront assez vite. Ah ! si ta chère maman avait su ! Si elle avait su sourire ! Je ne serais pas ce que je suis. J'avais, sous des apparences fâcheuses, une forte santé, la santé de mon père, une santé paysanne, une santé normande. Mais aussi un système nerveux si fragile ! Alors, tu comprends, mon enfant, ce deuil, une longue agonie, vingt mois de tristesse... Pourquoi pleures-tu ? dit-il naïvement.

— Je ne pleure pas ! s'écria-t-elle en secouant sa jolie tête. Où prenez-vous que j'ai pleuré ? Ah ! vous êtes un père trop facile, j'aimerais autant que vous fussiez plus sévère ! Non : il n'est pas aisé de vous dire... enfin de vous dire autre chose que celle-là que vous avez précisément dans la tête, au moment même... Et vous m'en voulez encore d'être trop gaie ! Pourtant, vous venez de l'avouer, j'ai dû sourire pour deux.

Elle reposa tranquillement sur lui son regard limpide, et d'une voix dont il ne reconnut ni l'accent, ni l'âme :

— Il vaut mieux que je continue, fit-elle.

Comme jadis — à la même place peut-être — comme aux jours d'un autre été, lorsqu'une vie, sous ses yeux, achevait doucement de s'éteindre, plus fragile qu'une abeille de novembre, à travers l'épaisseur de son égoïsme appliqué, minutieux, il crut sentir le malheur proche, le froid de l'acier, et à sa droite ou à sa gauche, prête à redoubler, une haine sans peur. Quel nouveau coup allait l'atteindre ? Mais ce ne fut qu'un éclair.

Sa fille s'était levée, traversait déjà la pièce, en silence. Une main passée au-dessus de sa tête, soulevant les rideaux, elle regardait par-delà les pelouses encore assombries, l'éclatant jardin dessiné par Jeumont, avec ses bosquets dans le goût du second Empire, d'une grâce un peu échevelée, son parterre Impératrice et sous la lumière trop dure, les larges allées fauves, tigrées de violet. À travers la charmille grêle, on voyait, à petits pas, précédant l'ombre plus légère de Francine, Mama, toute noire.

— Chantal, dit M. de Clergerie (il était pris tout à coup d'une bizarre envie de s'émouvoir, de se détendre), je me reproche parfois de te délaisser. En somme, je vis isolé dans mon travail, mes ennuis – car j'ai des ennuis, de gros ennuis. Ta grand-mère ne peut plus m'être utile à rien, pauvre femme ! D'ailleurs, tu sais quelle est ma confiance en toi, l'estime – oui ! l'estime – que j'ai pour ta raison précoce, ton jugement, ta loyauté. Mais si ! au fond, tu n'as besoin de personne : tu pousses tout droit, comme un lis. J'ai l'expérience de ces âmes-là, je les admire. Il n'est pas question de peser sur ta volonté. Heureusement, tu es de celles qui savent merveilleusement tirer profit de la direction d'un être sage, pieux, éclairé. Tes décisions s'inspireront toujours de motifs élevés, surnaturels... Quelle sécurité pour un père ! J'avais la plus haute estime pour M. l'abbé Chevance, je lui reprochais seulement – avec des dons magnifiques – son inexpérience du monde, une excessive timidité. Entends-moi bien : il ne s'agit pas ici de l'éducation, des manières, qu'importe ! Je craignais un peu son goût des solutions moyennes et qu'il manquât, le moment venu, de résolution, de fermeté, d'audace. Il t'a traitée comme une enfant. Ne le nie pas.

– Mais je ne nie rien ! Je ne sais pas. Voyons, papa, soyez juste. Si j'en avais su plus long sur l'abbé Chevance, que l'abbé Chevance sur moi, je... Hé bien, j'aurais fait l'économie d'un directeur... Mais je ne veux pas non plus vous défendre de m'admirer : cela vous donne tant de plaisir !

– Je t'admire... enfin, je t'envie. On m'accuse volontiers d'être ambitieux. Certes ! il y a des ambitions légitimes ! Les miennes le sont. N'est-ce pas ? Tu les connais. Je ne demande à l'Académie que la consécration définitive d'une carrière plus qu'honorable, d'une vie donnée à la science, au culte désintéressé de la science. Un homme de mon éducation, de mon rang social, qui dispose d'une certaine fortune, doit nécessairement faire la part du monde, de ses usages, de ses préjugés, si tu veux. Au regard d'un Cénabre, d'un Chevance (je ne sépare pas les deux noms), cette sorte de devoirs paraît frivole. Elle l'est moins qu'on ne pense. Elle impose des sacrifices sans nombre. Une contrainte de tous les instants – salutaire – oui ! salutaire. Une discipline. La discipline est belle en soi. Cela mérite ton respect, mon enfant. Crois-tu qu'on puisse se résigner aisément, de gaieté de cœur, à certaines concessions que les étourdis ont vite fait de qualifier avec leur habituelle dureté ? Concessions ! Mais il y a des concessions plus pénibles, plus méritoires que certaines intolérances, payées d'ailleurs au centuple par l'admiration du public, qui va d'instinct aux oui et aux non, aux attitudes théâtrales. Ta pauvre mère s'est crue jadis sacrifiée. Elle était si jeune – et provençale encore ! Une fauvette de mai, un poète, je ne sais quoi de fragile et de chantant ! Elle ne comprenait pas que je me sacrifiais aussi, moi. Je me sacrifiais par avance au but que je m'étais proposé. N'est-ce pas ? Chacun apporte sa part. Je n'ai rien à reprocher à ta grand-mère : elle m'a tout donné, absolument tout, Dieu la récompensera : c'était une femme exceptionnelle. Dans le désordre de sa raison, elle retrouve parfois encore une parole sensée, judicieuse, de ces remarques dont je puis tirer profit. On te dira qu'elle n'a aimé que moi, dure pour tous. C'est vrai qu'elle m'a défendu comme elle défendait sa maison, ses champs, tout son bien. Tu dois la respecter aussi, mon enfant. Plus que moi. Qu'elle ait fait souffrir injustement ta mère, ainsi que les malveillants l'insinueront peut-être, je crois que c'est une légende. Du moins elle n'a jamais laissé paraître le moindre remords, et elle emporte ce secret, s'il y a un secret, avec une admirable dignité. Certes ! tu n'as eu, pour parler le rude langage du peuple, que de bons et beaux exemples autour de toi.

– Mon Dieu ! papa, s'écria-t-elle, tournant vers lui ses yeux mi-clos, éblouis par la lumière du jardin, que vous êtes grave ! Et disert ! Je suis sûre maintenant que vous avez de la peine. Mais si !

– Laisse-moi achever, fit-il. (Elle remarqua soudain la pâleur de ses joues et de son front.) J'ai besoin de t'entendre dire aujourd'hui que je t'ai rendue heureuse.

– Je le dirais cent fois pour une ! Cela ne se voit pas assez ? Non ? Oh ! papa, je parle sérieusement. Je n'ai jamais espéré d'être une fille irréprochable, ni même une très bonne fille. Mais si vous avez pu douter que j'étais heureuse, c'est alors que je vaux encore moins que je ne pensais...

Il vit la petite main serrer convulsivement la poignée de la fenêtre, et s'étonna :

– Es-tu donc nerveuse, toi aussi ? Toi !... Et puis ne sursaute pas comme ça, tu me fais mal. Je dois garder mon calme, mon sang-froid. Non par égoïsme : par nécessité. Fâcheuse nature ! Je paie une seule émotion par une nuit d'insomnie. Est-ce juste ? Mais les gens ne se fient qu'aux apparences. Enfin je t'ai rendue heureuse, c'est bien, c'est l'essentiel. D'ailleurs, tu es facile à contenter, je l'avoue. Tu as le sens de l'abnégation, du sacrifice, je dirais même l'instinct. Quelle grâce de

Dieu ! Savoir prendre sa joie dans la joie des autres, c'est le secret du bonheur. À sept ans, lorsque tu passais l'assiette de gâteaux, il t'arrivait d'oublier de te servir, comme sans le faire exprès, par étourderie, comprends-tu ? Mama disait, avec son bon sens un peu terre à terre : « Elle me ressemble, elle n'aime pas les sucreries, voilà tout. » Mais je savais bien que tu les aimais, pauvre chérie ! Oui. Tu te satisfais d'un rien. Le père t'en remercie. J'ai pu donner tout mon effort au travail de chaque jour, à mon œuvre, à ma carrière. Si je t'avais moins aimée, j'aurais oublié ta présence. Ce temps n'est plus. Ne le regrettons pas. Soyons sages. Je crains seulement que le cher abbé Chevance ne t'ait point préparée à d'autres devoirs.

– Mais si ! Je suis préparée..., c'est-à-dire, il n'aimait pas qu'on tirât ses plans de trop loin... (Je crois l'entendre !) Oh ! vous savez, il est aisé d'obéir, papa !... Évidemment, je suis un peu vive, un peu romanesque, j'ai un peu d'esprit, j'amuse : cela fait illusion. Et pourtant, ne me prenez pas, non, ne me prenez pas pour une de ces filles énergiques, déterminées, qui ont une bonne fois repéré le point sur la carte, tracé l'itinéraire et calculé la dérive. Je ne marche pas au compas ! On ne m'a donné que des recettes très simples, empiriques, sans doute parce que je ne suis pas née pour les grands voyages : il faut que je ne perde jamais la côte de vue... Moi aussi, papa, j'ai des peines – à ma mesure, bien entendu ! Tout de même, n'est-ce pas ? ce sont des peines ! Je porte ce que je peux. Quand vous parlez de ma raison précoce, cela me glace, cela me vieillit instantanément, je me sens des poches sous les yeux, des rides, je me ratatine. La vérité, c'est que je ne suis pas bonne à grand-chose ; non. Je sais obéir, je tire un petit parti de ce qu'on me donne, je travaille à façon, comprenez-vous ? Oh ! papa ! n'allez pas imaginer de me mettre ainsi, sans ordre – sans préparation même, sans un conseil – à la tête de ma vie, comme une héroïne américaine. Faites encore un petit effort, papa ! Je suis sûre que si vous vouliez me regarder, – oui, vous occuper un peu de moi, quelques semaines, – vous ne m'admireriez plus autant...

Elle ajouta, presque à voix basse, avec un sourire triste et tendre :

– Mais vous m'aimeriez mieux peut-être.

– Allons, allons, fit-il... Tu n'es pas seulement raisonnable, ma chérie, tu es l'énergie même, voyons ! Est-ce que beaucoup de jeunes filles de ton âge auraient été capables de pousser notre vieille Voisin, sur la route de Tantonville, un soir, à plus de cent vingt m'a-t-on dit, compteur calé ? Le chauffeur lui-même n'en revenait pas.

– Il n'en revenait pas, en effet : il était resté en panne à la sortie de Riaucourt, comme ça ! Le moteur partait très bien, mais cent mètres plus loin, il ne donnait plus sa force, il s'étouffait, quoi ! Le silencieux était bouché. Je suis revenue vite parce que nous attendions à dîner la comtesse Walsh, souvenez-vous ? Mais je vous ennuie, vous détestez les voitures. L'abbé Chevance les détestait aussi.

– Je ne te comprends pas. Ces histoires de silencieux bouché, ces courses à la mort et puis ton effacement, ton goût de la vie intérieure, une piété que je sens si vive – tiens, jusqu'à ce discernement qui t'est venu tout à coup de certains raffinements culinaires dont tu ne t'étais jamais souciée... (oui, c'est pour mon plaisir, par obéissance, je le sais, mon enfant... N'y faut-il pas néanmoins, ce semble, une disposition naturelle, une inclination ?) Enfin les contrastes m'étourdissent. Où veux-tu que je prenne le temps de m'occuper sérieusement de toi ? J'ai confiance. La confiance m'est nécessaire. Conviens-en : elle devrait être dans l'air même que je respire, avec ma pauvre santé... Fais aussi ce petit effort, toi, ma chérie : laisse-moi t'aimer aveuglément. Quel repos parmi tant de soucis !

– Hé bien, alors, papa, regardez ailleurs, que voulez-vous ? Je suis très heureuse comme ça, pourquoi changer ?

– Pourquoi changer ! Comme si tu ne savais pas que la vie n'est que changement, devenir, un perpétuel devenir... Les circonstances... Oh ! tu me rendras justice... Je n'ai pas cédé à un entraînement... J'ai réfléchi...

Il essuya son front livide.

– Le moment présent est l'un des plus pénibles que j'aie connus depuis la mort de ta mère, reprit-il. Et encore, j'étais moins impressionnable alors, moins surmené, oui ! moins surmené. Finissons-en ! La Providence m'a pris dans ma jeunesse une compagne tendrement aimée. Il lui plaît de rendre à mon âge mûr mieux qu'une compagne et une amie, une associée, une véritable alliée intellectuelle. J'ai demandé la main de Mme la baronne de Montanel.

Il baissa aussitôt les yeux, et comme perdu dans le silence qui venait de tomber entre eux, promenant les cinq griffes un peu jaunies de sa main droite sur les feuilles du livre ouvert, les oreilles pleines du battement inexorable de l'horloge, il ne trouva que ces mots, qu'il répétait avec une sorte d'indifférence stupide :

– Aucun entraînement... J'ai réfléchi..., aucun entraînement : pas le moindre. Le même silence durait toujours : il eut l'impression de se jeter dedans, tête baissée.

– Tu connais Mme de Montanel. Nos âges s'accordent et aussi nos goûts, nos vues d'avenir. Au point où nous en sommes, à la veille de trois élections académiques importantes, qui décideront peut-être de la mienne (le duc de Janville ne se présentera pas l'an prochain au fauteuil de M. Houdedot, l'occasion est excellente), je dois sortir de ma réserve. Une véritable maîtresse de maison est indispensable ici. Nous recevrons énormément cet hiver. Ma... ta... enfin Mme de Montanel m'apporte quelques voix de gauche, infiniment précieuses, car sa mère était née Lepreux-Cadaillac, et touchait de près aux meilleures familles de tradition radicale. Elle-même est la filleule de Waldeck-Rousseau. Évidemment, mon mariage n'est pas simplement une affaire, j'écarte exprès d'autres motifs plus désintéressés, personnels...

À sa grande surprise (car il n'avait pas encore osé lever les yeux) il venait de sentir autour de son cou un bras frais – si puéril ! – et sur ses épaules le corps tremblant de sa fille, ainsi qu'un fardeau léger, tout vivant.

– Chantal, ma chérie ! s'écria-t-il, en prenant une petite main glacée qu'il serra nerveusement entre les siennes.

Mais elle se dégagea doucement, et il reçut au passage l'odeur de ses cheveux fins, leur caresse.

– Je vous en prie, cher papa, fit-elle, ne dites plus rien... N'ayez pas l'air d'expliquer, de justifier... Cela me fait trop de mal... Vous ne pouvez pas savoir combien cela fait mal...

Il répliqua sèchement :

– Me justifier ? Pourquoi, s'il te plaît ?

– Ne vous fâchez pas. Puisque votre résolution est prise, laissez-moi du moins le petit mérite d'obéir sans discussion, de ne songer qu'à vous, qu'à la sécurité de votre vie. Vous avez tant besoin de calme ! Le reste viendra de lui-même... Quoi ! Vous craignez de me faire du mal, et je crains de vous en faire aussi, n'est-ce pas comique ? Alors, à quoi bon poursuivre deux monologues, chacun de notre côté ? J'ai conclu par un baiser...

Un éclair de malice brilla dans ses yeux :

— Il n'y avait peut-être pas d'autre moyen d'en sortir, fit-elle.

— Mon enfant, je te croyais plus sage. (Sa voix tremblait.) Ne parle donc pas de la sécurité de ma vie ! Les circonstances m'ont été souvent favorables, je l'avoue. Mais la Providence m'a fait porter une croix, une lourde croix. Oh ! je ne fais aucun reproche à qui que ce soit, c'était ainsi, voilà tout, une fatalité. Chacun la sienne. Il est tout de même étrange que je n'aie jamais pu partager, sans arrière-pensée, la joie de mes réussites avec personne ! En dépit des meilleures intentions, ne recherchant que des biens modestes, solides, et par les moyens les plus légitimes, faisant enfin ce que tout le monde ferait à ma place – il semble que mon bonheur soit l'envers du malheur des autres, que je ne sois capable d'être heureux qu'aux frais d'autrui.

Elle le regarda tristement (tristesse ou consentement d'un cœur aujourd'hui sans défense ?...).

— Vous avez raison, papa. Beaucoup d'êtres se sacrifient, qui n'auraient pas le courage de se donner.

L'agitation de M. de Clergerie se marquait de minute en minute, moins au tremblement de ses jambes sous la mince couverture de laine qu'on voyait sur ses genoux en toute saison, qu'à ses yeux fixes et troubles.

— Je sais, je sais ! dit-il. Cette parole est émouvante, mieux qu'émouvante : elle est vraie, profondément vraie. Se donner, se donner de cette façon comme par une sorte d'élan spontané, mon Dieu ! si ce n'était la plus noble manière de vivre, ce serait encore la plus raisonnable, la plus sage ? Puisqu'il faut, bon gré mal gré, en venir là, puisqu'on ne fait jamais ce qu'on veut !... Enfin, bref, ma chère petite, ce ... cet heureux événement, loin de nous désunir, ne fera que nous rapprocher l'un de l'autre. Une place était restée vide depuis bien des années. La voilà occupée maintenant.

Il frappa du plat de la main sur la table, avec une fausse bonhomie. Le visage calme de Chantal s'était contracté légèrement, et le sourire qui tendait encore l'arc pâle de sa bouche parut se flétrir sur ses lèvres.

— Vous voyez, papa, fit-elle après un silence, je ne m'attendais pas... Réellement je n'avais pas songé... Peut-être aviez-vous raison tout à l'heure ? Pauvre vieil abbé Chevance ! Il m'a gâtée. On va, on va, on croit se laisser porter par le bon Dieu, on se dit : a J'aurai toujours assez d'esprit pour ne pas me débattre, me faire la plus légère possible, comme à Trouville, quoi ! au bras du maître nageur... » Les petites vagues vous amusent. Et qu'importe une vague de fond ? Elle ne nous lèvera que plus haut. Mais le moment vient où il ne s'agit plus seulement de flotter. On ne flotte pas pour flotter, mais pour finir par aller quelque part, prendre un point de direction. Où ? Que dois-je faire à présent ? Une place vide, une place occupée, cela paraît simple... C'est pourtant une aventure, ça, une aventure énorme, mon pauvre papa. Vous n'avez pas l'air de vous en douter.

– Non ! Je ne m'en doute pas ! s'écria-t-il. Tu ne vas pas prétendre que ta présence est impossible ici parce que Mme de Montanel...

– Oh ! ce n'est pas cela, reprit-elle en secouant la tête. Seulement, vous oubliez un peu trop ce que nous sommes – nous autres ! – les jeunes filles... Hélas ! mon pauvre papa, c'est une espèce très malheureuse. Et, comme les espèces malheureuses, elle est en train de disparaître. Les gens sont si occupés qu'ils ne savent plus que faire de nous. Ce n'est pas l'argent qui manque, c'est le temps... Nous exigeons des soins minutieux, toujours les mêmes, depuis des siècles, plus lentes à croître et à fleurir que les tulipes de Hollande. C'est un défi aux lois économiques. La vie moderne bat tous les records de vitesse, et nous allons encore le petit trantran[2] des aïeules. Nous sommes aussi ridicules et désuètes parmi vous qu'un pauvre cocon dans une fabrique de soie végétale.

– Chantal, dit-il avec une surprise non feinte, que veux-tu me faire entendre par là ? Je ne te reconnais plus. Quelle amertume !

– C'est fini. Je ne recommencerai plus jamais. Il me semble que j'allais être un peu jalouse – oh ! pas de Mme de Montanel ni de vous – de personne en particulier... Je suis jalouse comme on a faim lorsqu'un serveur trop pressé oublie de vous repasser le plat qu'on aime... C'est fini... Oh ! sans doute, papa, je ne vous serai pas moins chère demain ou après-demain : il n'y a pour vous rien de changé. Mais quand même ! nous ne sommes pas de purs esprits ! On a besoin d'occuper sa tête, ses bras, ses jambes, et aussi quelquefois son cœur... Parce que je n'en suis pas encore, hélas ! à savoir aimer comme les anges. J'ai besoin de me donner de la peine, et quand j'ai bien travaillé tout le jour (il y a beaucoup de travail ici, vous savez, les domestiques sont si étourdis, si négligents !) je mesure ma tendresse à la fatigue de mes reins, de mes genoux, et même à ce rhumatisme de l'épaule gauche, qui ne veut pas guérir. Vous venez de supprimer mon emploi, vous faites de moi un ministre sans portefeuille.

Elle sourit de nouveau.

– Méfiez-vous ! Le chômage démoralise les masses ouvrières, vous l'avez écrit au dernier numéro de la *Revue*. Je l'ai lu !

– Voilà ce que je craignais par-dessus tout, gémit M. de Clergerie. Des complications, toujours, toujours... Qu'est-ce que je te demande, en somme ? Tu prétends ne souhaiter que mon bonheur, mon repos. Serez-vous trop de deux pour l'assurer ? Remarque que je ne parle ainsi que pour entrer dans ton argumentation, parler ton langage. Ce n'est d'ailleurs qu'une solution provisoire. Tôt ou tard, il te faudra choisir, mon enfant. Puis-je ajouter – tu sais combien j'ai le respect des consciences, je n'ai pas le droit d'insister, je propose, je suggère, – enfin j'aurais cru volontiers, je crois encore que Dieu t'a faite pour la vie religieuse... Oh ! je ne te parle pas d'un ordre contemplatif, bien entendu... Mais ta piété me paraît trop sincère, trop profonde, trop réfléchie pour... pour...

Il frappait du pied sous la table, avec une fureur singulière, incompréhensible, qui éclata tout à coup :

– Je reproche à l'abbé Chevance de t'avoir maintenue exprès, par un entêtement ridicule – oui, ridicule ! – dont il aura répondu devant Dieu, de t'avoir maintenue dans un état d'indifférence, d'ignorance absurde, puérile – oui, puérile ! – toi, pourtant si calme, si sensée... si judicieuse même... (Il bégayait.) Tu as l'expérience qu'il faut pour gouverner une maison telle que celle-ci, de la décision, une volonté magnifique, et il semble que tu aies fait cette gageure de vivre dans le monde avec la simplicité, l'innocence, l'esprit de soumission d'un petit enfant. Quelle contradiction ! Quelle responsabilité pour un père ! Je suis accablé de tant de charges ! Je devrais m'appuyer sur toi et tu te dérobes, avec ton sourire inaltérable. Ma parole ! il y a des jours où je voudrais te voir pleurer...

Elle le regardait, stupéfaite, et déjà dans ses yeux fixes l'ombre d'une souffrance si aiguë qu'elle ressemblait à la terreur.

– Mon Dieu, papa, qu'avez-vous, qu'ai-je fait ? dit-elle d'une voix tremblante. Mais rien n'eût arrêté M. de Clergerie, car il sentait sa propre honte, et s'emportait contre elle.

– Je ne suis pas un saint, moi, je suis un homme ordinaire. Je ne te comprends pas, tu me dépasses, soit ! Je ne discute plus, j'ai le dessous, les rôles sont renversés, et veux-tu encore que je te dise ? Hé bien, ta douceur, ta patience finiraient par me rendre injuste, méchant. J'aimerais mieux des reproches. Vois ta grand-mère : elle m'a toujours traité durement. Rien qui ressemble plus à la pitié qu'une certaine obéissance aveugle, et au mépris que la pitié. Que diable ! à dix-huit ans, on sait ce qu'on veut. Et tu le sais, cela est clair, tu tiens au monde par un fil. Depuis deux ans, presque de semaine en semaine, j'attends une parole décisive qui fixera ton avenir. Pourquoi la refuses-tu ? Je ne parle pas ainsi en égoïste : un établissement convenable m'eût servi, eût servi ma carrière ; tu pouvais prétendre à n'importe quel parti. Mais ta vocation ne fait doute pour personne. Hier encore, notre vénéré doyen d'Idouville...

– Laissons cela, je vous en prie, fit-elle d'un accent dont elle ne put assez tôt réprimer la fierté. J'étais heureuse ici – où est le mal ? Je croyais aussi vous être utile – et pourquoi mentir ? Je l'étais en effet. Je vous dois la vérité, papa. Ni vous, ni le doyen d'Idouville, ni personne au monde, et pas même un ange, ne me convaincraient d'entrer en religion une heure trop tôt. Que j'accomplisse de mon mieux les petits devoirs, au jour le jour – hélas ! selon mon humeur et mes forces, – qu'est-ce que cela prouve ? Les couvents ne sont pas des asiles, des infirmeries. Du moins, je ne suis pas de celles qui peuvent y trouver le repos parce que je ne l'y chercherai pas. Seulement, vous avez raison de penser que le moment est venu de faire mon choix. Je le pense comme vous, et je vous l'ai dit la première. Dans tout ceci, il n'y a pas l'ombre d'un prétexte à parler comme vous faites du pauvre abbé Chevance, ni de moi.

Il l'avait écoutée, avec une agitation croissante.

– Ne dirait-on pas que je te chasse ! cria-t-il. Où veux-tu en venir ?

– Laissez-moi partir, supplia-t-elle. Du moins laissez-moi attendre que vous ayez repris votre sang-froid. Comment ai-je pu vous irriter à ce point ?

Mais il souffrait lui-même trop cruellement pour entendre ce cri douloureux, ce dernier appel à sa pitié. Sans le vouloir, elle venait de prendre en défaut un égoïsme aussi rigoureusement préservé, recouvert, qu'une nymphe dans sa gaine de soie.

Certes, il croyait aimer sa fille. Il l'aimait peut-être ? Peut-être avait-il aimé aussi jadis l'ombre silencieuse, encore présente mais voilée, la douce et brillante étrangère ? Assurément, de loin, hors de sa présence, il les eût aimées toutes deux, vénérées, priées comme des anges. Ce qui le déchire, c'est de se découvrir lui-même, de reconnaître sa misère et ses tourments, sa propre vie couleur de cendre, à travers ces destins jumeaux...

Elle revient vers lui toute pâle, pose une main sur son épaule, lui ferme la bouche de ses doigts.

– Ne soyez pas injuste, ne me faites pas de peine, vous le regretterez tant...

– Je ne suis pas injuste, je prends ta défense... Je prends ta défense contre toi-même. Parfaitement. C'est vrai que tu as plus de bon sens que tous les abbés Chevance du monde ; tu appartiens à une lignée de propriétaires qui savaient le prix des choses, et dans l'ordre du surnaturel, il n'est pas si indifférent qu'on croit de faire de bons ou de mauvais marchés. Tu n'es pas naïve, non, mais tu es pure, incroyablement pure. Tu as la témérité des cœurs purs. Je ne suis qu'un affreux petit bonhomme, soit ! qui ne comprend rien à la vie des âmes, qui a fait déjà le malheur d'une sainte et s'apprête à faire le tien ; on le dira, on l'écrira. Je dois porter ainsi qu'un honteux fardeau trente ans de travail acharné, d'humiliations subies en ravalant ma salive, d'affreuses déceptions, et ils m'appellent le rat pesteux.

Et parce qu'elle venait de s'écarter de lui, qu'il sentait encore sur ses lèvres la caresse tremblante de sa main fraîche, il laissa échapper son secret, presque à son insu, ivre d'une jalousie obscure qu'il n'aurait pas su nommer.

– J'avais décidé de me taire. À quoi bon te troubler ? Mais il n'est pas inutile non plus de te mettre en garde contre... des... des périls que le simple bon sens, et même la plus fine raison, ne discernent pas toujours. Hélas ! il y faut une certaine expérience du mal... du moins son pressentiment... Enfin parlons net : tu vois le colonel Fiodor tous les jours... tu n'as rien remarqué ?

– Si... oh ! si... Je me méfie beaucoup de cette sorte de colonels ! Papa, ce n'est pas moi qui l'ai engagé.

– Oui, oui, fit-il avec aigreur. Je l'ai engagé, en effet, sur la recommandation de Mme de Montanel... Hé bien, il te compromet à plaisir, cet imbécile.

La terreur l'emporta sur la honte, et Chantal ne put retenir un cri d'angoisse.

– Qu'est-ce qu'il a dit ?

– Qu'est-ce qu'il a dit ? Que veux-tu qu'il dise ? Ma parole, il ne manquerait plus que ça ! Quelle naïveté ! Non, il se contente de donner à nos gens un spectacle odieux, ridicule. On le voit derrière toi comme ton ombre. Il exagère, jusqu'à la dérision, les égards, le respect, une soumission d'esclave volontaire à tes moindres désirs. Il te dévore des yeux, paraît-il.

– Comment, paraît-il ? Ce n'est... ce n'est donc pas vous qui... Oh ! papa, que vous êtes méchant !

– Je ne suis pas méchant. J'ai cru, en conscience, devoir tenir compte d'un rapport, d'une dénonciation si tu veux, mais qui m'a paru désintéressée, car une jeune servante sait ce qu'elle risque en... en s'entremettant... bref Francine a parlé. Que voulais-tu que je fasse ? C'est une bonne petite fille, très saine, très simple, qui nous est dévouée. Elle aime énormément ta grand-mère. D'ailleurs, n'exagérons pas, mon enfant ! Gardons-nous de prendre les choses au tragique... L'aventure est plus banale que tu penses.

Mlle Chantal avait tourné vers la fenêtre, vers la lumière dorée comme vers un regard ami, ses yeux secs, cernés d'une tache blême qui s'élargissait jusqu'aux joues. Le bégaiement du vieil homme n'était plus, à ses oreilles, qu'une rumeur sans aucun sens précis, une espèce de plainte puérile. Elle se raidissait de toutes ses forces, non pour refouler ses larmes, mais pour dominer sa fierté.

– Je pense, dit-elle tout à coup de sa voix calme, que vous avez eu tort d'écouter Francine, papa, et aussi de vous inquiéter pour moi.

– Tu ne sais rien du monde, tu n'en veux rien savoir, c'est tellement plus simple ! Ta mère prétendait déjà marcher à travers les chemins boueux avec la petite pantoufle de Cendrillon. Oui, il fallait que tu l'apprisses un jour ou l'autre, le monde n'est pas fait pour les anges. Je suis un catholique irréprochable, j'ai consacré une partie de ma vie à l'histoire de l'Église et je dis : le monde n'est pas fait pour les anges. J'ajoute même : tant pis pour les anges qui s'y hasardent sans précaution ! Tu as beau me regarder de ce regard limpide ! Il est limpide parce qu'il n'a rien vu, rien pénétré. Chacun de nous a son secret, ses secrets, une multitude de secrets qui achèvent de pourrir dans la conscience, s'y consument lentement, lentement... Toi-même, ma fille, oui, toi-même ! si tu vis de longues années, tu sentiras peut-être, à l'heure de la mort, ce poids, ce clapotis de la vase sous l'eau profonde... Hé ! que voudrait-on de nous ? Des choses impossibles. Il faut d'abord tracer la route, pas à pas, de l'enfance à la vieillesse, tâter chaque pouce de terrain, détendre les pièges, ramper, ramper, toujours ramper. Que diable ! pour se faire entendre, reconnaître, on doit se mettre au niveau des autres, on ne parle pas debout à des gens couchés. Qui se redresse se voit seul tout à coup. Sommes-nous donc faits pour vivre seuls, je te demande ? Et d'abord, le pouvons-nous ? Ah ! ah ! ah ! oui : le pouvons-nous ?

Je te disais qu'à certains jours ton espérance, ton allégresse, ton invraisemblable sécurité me jettent hors de moi, m'enragent... C'est un sentiment bas, n'est-il pas vrai ? Des plus bas, hein ? Je suis sûr que tu le trouves bas ? Allons, réponds donc !

Elle serrait les paupières pour ne pas voir l'infortuné petit homme, enragé d'on ne sait quel dégoût de soi-même, et qui s'ouvrait comme un fruit mûr.

– Tu ne veux pas répondre ?... C'est un sentiment bas, peut-être... en un sens... D'ailleurs, qui te dit que je ne l'ai pas combattu ? Mais les circonstances sont telles, je suis à un tournant si décisif de ma vie, qu'on a besoin de franchise, d'air pur... Réponds donc !

– Mais, papa... oh ! papa, je vous aime ! s'écria-t-elle, éperdue.

Car elle venait d'étouffer, par un effort immense, la révolte de son cœur. Les faibles mains frémissantes faisaient, à son insu, le geste d'effacer, de couvrir, et son regard resplendissait de cette sorte de pitié qu'on ne voit qu'aux yeux des mères.

L'exaltation nerveuse de M. de Clergerie tomba brusquement, et il se mit à frotter d'un coin de son mouchoir, avec beaucoup de soin, son crâne écarlate.

– Moi aussi, je t'aime, fit-il d'une voix brisée. Pardonne-moi. Où sommes-nous déjà ? Où allions-nous ?... Que de sottises. L'excès de travail, mes insomnies, cet air d'orage... Ne vois en ton père qu'un malade, ma pauvre enfant... Je suis un malade, un sensible. Je voudrais ne rencontrer que des visages heureux, n'entendre que des paroles de joie, de gratitude... Un sensible est toujours déçu.

Il l'observait timidement, avec crainte, à travers ses cils mi-clos. Il s'étonnait qu'elle fût encore devant lui, la tête penchée sur l'épaule droite, et – dans les traits du fin visage toujours tendu, les sourcils hauts, la ride légère du front – le signe d'une volonté si pure, impossible à rompre, une espèce de fermeté militaire... « Ce n'est qu'une enfant, songeait-il, mon enfant... » Mais il eût souhaité, dès ce moment, souffrir par elle ou qu'elle l'humiliât.

– Parle-moi, dit-il. Je t'ai offensée. Aussi, tu es trop confiante, trop claire ! On craint que tu n'aies pas assez de pitié pour les malheureux qui piétinent, comme moi, dans la boue du temporel... L'histoire de Fiodor est banale et ridicule, je le répète... N'y pensons plus... J'aviserai... Parle-moi, seulement, ma chérie ? Réponds-moi ?

– Je réfléchissais, papa, fit-elle tristement. Vous ne me laissez pas beaucoup de temps pour ça... N'importe. On ne voit pas toujours le détail des choses faciles, mais les plus difficiles sautent aux yeux du premier coup. Prenez garde, au moins, de ne pas vous appuyer trop fort sur moi, papa. Il ne faut pas tant peser sur mes pauvres épaules. La sécurité, l'allégresse, c'est bien joli ! Je vois maintenant... c'est-à-dire, je crois comprendre que Dieu nous les donne à crédit, parfois, jamais pour rien. Et alors... si nous devons payer le capital et l'intérêt jusqu'au dernier centime ! Mais quoi ! Vous finirez tous par exiger de moi, non pas même que je décroche les étoiles – que je me baisse pour les ramasser ! Je me moque bien de Fiodor et des histoires de Francine : au fond, je ne suis pas si niaise... Ce qui me fait tant de peine, là, vous voulez le savoir ? Hé bien, c'est d'être aussi impuissante à vous rendre heureux, vous, vous tous, tous ! Il me semble que je travaille à ça depuis des siècles, et me voilà comme au premier jour. De vous l'entendre dire, j'ai failli perdre mon courage, en une seconde, en un clin d'œil... Oh ! papa, moi aussi, je puis donc être triste – non pas affligée, douloureuse ou même désolée car, enfin, Notre-Dame était désolée au pied de la Croix – mais triste, de cette tristesse aussi froide que l'enfer ! À présent, je l'ai senti, je ne l'oublierai plus jamais, il y a un vertige dans la tristesse, un sale vertige ! C'est comme une écume sur la langue ; j'ai mâché le fruit défendu, quelle horreur... Tant mieux pour ceux-là qui réussissent à aimer la tristesse sans offenser Dieu, sans pécher contre l'espérance. Je ne pourrais pas, moi. Avec Satan, la tristesse est entrée dans le monde. Le monde pour lequel Notre-Seigneur n'a pas prié, le monde que vous prétendez que j'ignore, bah ! il n'est pas si difficile à reconnaître : il préfère le froid au chaud. Qu'est-ce que Dieu peut trouver à dire à qui incline de soi-même, par son propre poids, à la tristesse, se tourne d'instinct vers la nuit ? Ah ! papa, nous calculons le temps qui me reste à passer près de vous, nous faisons mille projets d'avenir, et pourtant nous descendons, nous sommes dans un creux, notre pan de ciel se rétrécit, l'horizon monte. Je devais vous prévenir : ne vous appuyez pas trop sur moi, je ne suis plus si solide que ça sur mes jambes. Oui, oui, vous pouvez sourire, allez ! Je demande grâce – pas grâce, non :

mais une trêve, une simple trêve, la trêve d'usage pour enterrer les morts. Mais oui, les morts ! Il n'y a pas de bataille sans morts. Vous avez tous l'air de me croire une sainte, c'est prodigieux ! Une sainte est à l'aise n'importe quand, n'importe où... Quelle drôle d'idée... Ainsi votre mariage est à peine convenu, et déjà vous me poussez doucement vers le couvent, par prudence... Quel couvent ? Personne n'en sait rien. Le nom n'a pas beaucoup d'intérêt ; il suffit que ce soit une grande bâtisse de pierre jaune, avec des murs de vingt-cinq pieds, une porte énorme et la sœur tourière à son guichet. Est-ce que je pourrai emmener mes chiens ?

Vingt fois M. de Clergerie avait levé vers sa fille une main tour à tour interrogatrice, irritée, implorante. De tels propos, cette voix presque dure, cette tendresse révoltée, mystérieuse, étaient pour lui autant d'énigmes. Et néanmoins il connut en un éclair, une fois encore, l'étrange pressentiment qui l'avait déjà bouleversé. Que défendait-elle de si précieux, avec une énergie sauvage ? Quelle part inconnue de sa vie ? Aux derniers mots, ce fut la stupeur qui l'emporta.

– Est-ce toi qui parles ainsi, Chantal ? Sur ce ton ? Tes chiens ?

– Oui, mes chiens, s'écria-t-elle en riant d'un rire qui visiblement la déchirait. Mes chiens ont besoin de moi, comme vous tous. Et retenez bien ceci, papa, mon pauvre papa ! Il est très possible que je ne puisse bientôt plus rien pour eux ni pour vous.

Elle fit un geste d'adieu, et disparut sans lui laisser le temps de répondre, ou seulement de la rappeler.

---

1. Voir l'*Imposture*.
2. Train-train.

4

M. de Clergerie l'eût sans doute rappelée en vain ; Chantal était entrée déjà sous l'ombre des tilleuls, de l'autre côté de la pelouse. Il ne vit plus qu'un instant sa jupe claire. Les deux chiens passèrent comme des flèches, épaule contre épaule – et derrière eux, dans l'herbe épaisse, un double sillon d'argent. Elle allait, ainsi qu'on s'échappe, d'un pas rapide, et pourtant calculé, furtif, le long du sentier étroit qui, à travers les buissons de laurier-rose et de seringas, tourne court vers les pâturages et la vieille petite ferme en ruines, au creux d'un vallon puéril, avec son unique peuplier, l'auge moussue, la mare envahie par les joncs. La pluie du dernier orage luisait encore dans l'ornière. Un gros merle surpris s'évada, parut rouler longtemps de feuillage en feuillage, à grand bruit et, libre enfin, éclata de son rire strident. Pour la première fois, peut-être, elle renvoya brutalement ses chiens, sans une caresse. Et comme ils descendaient le plus lentement possible vers la claie de bois qui fermait le chemin, s'arrêtaient sur le seuil, et s'y couchaient en gémissant, elle fit même le geste de chercher une pierre imaginaire parmi les aiguilles de sapin. D'ailleurs, elle ne sentait aucune colère, mais à sa grande surprise (car sitôt troublée ou seulement inquiète elle avait toujours haï d'instinct la solitude, l'oisiveté), tout à coup, profondément, elle éprouvait un besoin de silence, de repos, on ne sait quelle crainte d'être vue. À mi-route, l'impatience la prit de tant de détours inutiles, elle franchit la haie par une brèche, déchira ses bas, se retrouva hors du parc, dans la prairie brûlante qu'elle acheva de traverser du même pas, jusqu'à l'ombre du peuplier. Elle se laissa tomber dans l'herbe, avec un soupir de fatigue.

Encore un long moment, ses oreilles s'emplirent du bourdonnement de la terre surchauffée. Depuis l'aube, les oiseaux avaient regagné les couverts, les grillons mêmes s'étaient tus. Rien ne bougeait qu'un papillon grêle, à la pointe des folles avoines. Elle ferma les yeux.

Les mots prononcés n'avaient déjà plus pour elle aucun sens ; il ne restait que le souvenir d'une souffrance aiguë, à présent presque aussi incompréhensible qu'eux, un remords aussi vague qu'un songe – mais c'était justement ce remords qu'elle s'efforçait d'amener peu à peu dans la lumière de la conscience. Ce qu'elle avait dit n'importait guère, à supposer même qu'elle eût manqué de patience, ou de douceur. Comme les âmes très pures, elle se résignait vite aux fautes commises, ne pensait qu'à en réparer de son mieux le dommage. « De toutes mes filles, vous êtes assurément la moins scrupuleuse », disait parfois l'abbé Chevance.

Oui, qu'importent les paroles ? La faute même, une fois que la volonté s'en détache, cesse d'en nourrir la sève, a tôt fait de se flétrir, meurt stérile. C'est dans le secret des intentions, ainsi qu'au cœur d'un humus décomposé, la noire forêt des fautes à venir et des fautes non pardonnées, demi-mortes, demi-vivantes, que se distillent d'autres poisons. Et sans doute, elle n'eût su le dire, parce que, jusqu'à cet instant, chaque fois qu'elle l'a voulu ainsi, son âme s'est ouverte sans effort à la lumière de Dieu, comme un homme prend toute sa part d'air respirable, respire à fond. Pourquoi, aujourd'hui, une tache d'ombre ? « Qu'ai-je fait ? » dit-elle.

Dix heures sonnent au loin, gravement. Mais c'est en vain qu'elle essaie de fixer sa pensée à l'humble besogne du jour – le déjeuner à mettre en train, les provisions rapportées de Lillebonne, les comptes de Fernande, et aussi ce panier de bigarreaux – les cerises brunes qu'il faudra trier soigneusement, une à une, à cause des vers dont Mgr Espelette a horreur. Quoi ! le travail ne lui serait à ce moment d'aucun secours, parce qu'elle l'accomplirait sans joie, à regret. Qui mesure, ne donne rien. Et depuis le matin, elle n'a fait en somme que calculer, mesurer – pis encore : elle s'est si fort embrouillée dans ses mesures, dans ses calculs, qu'elle ne sait décidément plus ce qu'elle veut, où elle va. Elle est allée à M. de Clergerie par lassitude, par terreur d'un péril incertain ; elle a désiré lâchement se décharger d'une part de sa peine et, juste dérision, son fardeau s'est accru des hésitations, des remords, des pauvres secrets du petit homme. Elle a cru se délivrer, mais c'est lui qu'elle a délivré aux dépens de sa propre paix.

D'un geste impatient, elle écarte les hautes herbes qui lui piquent les joues, car elle est couchée sur le ventre, au bord de la mare. L'ombre du peuplier a tourné peu à peu, le soleil tombe d'aplomb sur ses épaules, les brûle au travers de la légère blouse de soie. Aussi loin que porte le regard, la dure lumière n'a pas un fléchissement, pas une ride ; elle ne tremble même plus au-dessus des joncs, autour des autres murs de pisé qui ont pris la couleur des roches rousses de la vallée d'Avre. Le chaume pâli des toits, les seuils béants, une persienne encore pendue à sa charnière, l'immobilité surnaturelle de ces murailles jadis vivantes, leur nudité, font un paysage de désolation qu'écrase de tout son poids l'immense azur... « Qu'ai-je fait ? répète-t-elle tristement. Quelle faute ai-je commise ? »

L'idée ne lui vint pas qu'elle souffrait peut-être sans raison, sans but, que la question posée n'a pas de réponse possible, que son angoisse est faite pour se perdre, avec tant d'autres, dans la sérénité universelle, ainsi qu'un cri ne dépasse pas un certain cercle de l'espace, et, hors de ce cercle, n'est rien. Elle examine, avec une attention singulière, chacun des événements de cette matinée, un par un, et – chose étrange ! – il lui semble qu'ils s'ajustent si étroitement, si solidement, qu'aucune volonté n'en aurait pu briser la logique implacable, qu'il les faut subir tels quels, dans leur succession rigoureuse. Et d'autres vont suivre, suivront sûrement, non moins futiles en apparence (car sa petite destinée si légère n'importe à personne qu'à Dieu), contre lesquels son âme est aussi désarmée. N'a-t-elle pas jusqu'alors cru qu'à chaque jour suffit sa peine ? Mais le jour vient où la vie brise pour jamais la céleste insouciance des petits, impose tout à coup le choix décisif, substitue instantanément la résignation à la joie.

« Je ne suis pas résignée ! disait-elle jadis à son vieil ami. La résignation est triste. Comment se résigner à la volonté de Dieu ? Est-ce qu'on se résigne à être aimée ? » Cela lui paraissait clair, trop clair. Seulement, il y a sans doute dans la volonté de Dieu une part que le triste amour humain ne saurait réduire tout entière, incorporer parfaitement à sa propre substance. La grande soif, la Soif éternelle s'est détournée des sources vives, n'a voulu que le fiel et le vinaigre, n'a désiré que l'amertume.

D'ailleurs, ce n'est pas la première fois que Chantal s'est sentie portée ainsi à la frontière d'un monde nouveau, trop différent de celui où elle essaie de vivre, mais elle s'en détournait aussitôt, elle n'en voulait rien connaître. Il lui semble à présent que les événements l'y poussent, qu'elle y entre, qu'elle y est entrée déjà. Les épreuves de ces derniers jours lui en ont ouvert les portes. Faut-il avancer, reculer, rester sur place, attendre ? Nul n'est moins capable que cette petite fille sincère d'une certaine emphase qui dramatise à plaisir la plus insignifiante aventure. Au contraire, elle s'est toujours appliquée, non sans malice, à découvrir dans chacune des peines ou des déceptions de sa vie ce rien de comique que le malheur lui-même recèle – auquel n'échappe jamais tout à fait la majesté du malheur. La gaieté des saints qui nous rassure par une espèce de bonhomie familière n'est sûrement pas moins profonde que leur tristesse, mais nous la croyons volontiers naïve, parce qu'elle ne laisse paraître aucune recherche, aucun effort, ni ce douloureux retour sur soi-même qui fait grincer l'ironie de Molière au point précis où l'observation des ridicules d'autrui s'articule à l'expérience intime. « Oh ! ma fille, s'écriait l'abbé Chevance, un seul sourire parfois soulage, il rend la paix, l'âme respire... Gardez-vous, comme les orgueilleux – pauvres gens ! – de vous ajuster par avance à la mesure des grands périls qui ne viendront pas, peut-être ?... Il n'y a pas de grands périls, c'est notre présomption qui est grande. »

— Voyons, dit-elle tout haut d'une voix qu'elle essaie de raffermir, j'avais trop de confiance aussi ! On ne passe pas éternellement à travers les mailles du filet ; l'important est de savoir se dégager doucement sans rien casser. Cela m'a réussi toujours... Il suffit de prendre son temps, de ne pas s'affoler... Évidemment, ce mariage va tout compliquer – pour un moment –, j'aurais dû m'y attendre, suis-je bête ! Enfin Mme de Montanel me supportera bien six mois, un an ? Mais papa est si jaloux de sa liberté, si soupçonneux, si susceptible ! Je devrai encore lui laisser l'illusion qu'il ne me perd pas, lui glisser entre les mains, à son insu, comme une ablette... Où irais-je ? Le couvent me fait peur, c'est peut-être une tentation du diable ? En somme, je ne tiens pas à être protégée trop visiblement ; je n'ai pas de goût pour la guerre de forteresse, il ne me déplairait pas de me battre au grand air, de marauder un peu, de dormir au bivouac, roulée dans mon manteau, à la grâce de Dieu... Est-ce aussi une tentation ? Après tout, je pourrais aller en Afrique, ou en Chine ! Il y a les missions, juste pour de pauvres filles telles que moi, que la Providence ne peut employer qu'à des besognes simples, qui recommencent tous les jours – balayer la case du missionnaire, sarcler le potager, faire le catéchisme et moucher les bébés nègres... Mais voilà ! aurais-je la force ?... Et, bien entendu, je ne l'ai pas, inutile d'insister.

Elle fit le geste d'éloigner d'elle, de rejeter une fois pour toutes un rêve insensé. Ce n'était pas qu'elle se préoccupât autant qu'on pourrait le penser des bizarres crises nerveuses dont elle avait laissé surprendre le secret car elles l'avaient toujours plus humiliée encore qu'effrayée. À vrai dire, elle ne redoutait désormais que le scandale et la curiosité des médecins. Si loin qu'elle remontât, d'année en année, elle ne se souvenait pas de s'être jamais révoltée contre quoi que ce fût, n'en tirant nul avantage, assurée qu'elle était faite ainsi, que la résistance l'eût brisée, que l'événement imprévu, si fâcheux qu'il paraisse, peut être ramené par douceur et par ruse aux proportions favorables, à la mesure d'une simple et diligente sagesse. « Il me semble, confia-t-elle un jour à l'abbé Cénabre, qu'il est possible d'agir comme une grande personne, tenir sa petite place dans le monde, défendre des intérêts légitimes, et ne voir néanmoins les choses essentielles, élémentaires, la joie, la douleur et la mort, qu'avec le regard d'un enfant. » Cette fois encore, en effet, une espèce de curiosité aussi fraîche, aussi neuve que celle des enfants devait finir par l'emporter sur le premier mouvement du dégoût, et elle essayait d'assister en spectatrice à sa propre aventure. « Ce pauvre Russe, pensait-elle, est pour le moins aussi fou, car il va me demander un de ces matins à changer l'eau en vin, ou à ressusciter les morts. Qu'importe s'il parle ou non ! Une grande nerveuse de plus, ça ne comptera guère dans la famille. Et s'il fallait en croire papa, nous sommes tous de grands nerveux, c'est fatal ! »

Elle s'efforça de rire, puis étouffa ce rire entre ses petites mains jointes. Elle regardait obstinément, stupidement, à la crête du talus, juste au ras de l'herbe rousse, la cime immobile d'un if, et à l'extrême pointe de l'arbre noir, au loin, l'arête éclatante du toit, une molle fumée transparente... Le choc d'un seau contre la pierre de la fontaine, une porte qui se ferme, l'appel d'une voix jeune et claire, un moment suspendue dans le ciel limpide... Et tout à coup, par un mouvement de l'âme si brusque, si peu attendu qu'elle pensa défaillir, la maison jadis tant aimée lui devint étrangère, presque ennemie. Pour la première fois il semblait qu'elle se fût arrachée d'elle, qu'elle échappât au mystérieux prestige des choses trop familières, comme usées par le regard, insoupçonnables, qui finissent par lasser toute vigilance, trahissent à coup sûr. Bien avant qu'elle eût pu donner un nom à une impression si nouvelle, elle sentit, au déchirement de son être, la force des liens qui venaient de se briser. C'était comme la soudaine révélation de l'indignité d'un ami, le mensonge non pas surpris, mais seulement perçu par la clairvoyance surnaturelle de l'amour, des yeux qui se détournent, une main dérobée, l'ombre d'un visage... Jadis, aux belles vacances de jadis, lorsqu'elle découvrait du haut de la dernière côte, à la sortie d'Arromanches, les larges pentes d'ardoises parmi les dômes verts des tilleuls, elle voyait aussitôt les dalles noires et blanches du vestibule, l'escalier de pierre, la cretonne fleurie de sa chambre – elle respirait l'odeur fraîche, un peu sure, des couloirs aux volets toujours mi-clos, elle s'emparait de la maison tout entière, à travers l'espace, ainsi que le seul geste d'une main chérie est déjà pour l'amant la certitude de la présence, cette présence elle-même, une possession. Aujourd'hui, elle contemple avec méfiance le déroulement de la mince fumée dans l'azur, le signe imperceptible de la demeure vivante, la demeure qui lui est encore un abri, qui ne lui sera plus jamais un asile, où d'autres vont et viennent, qu'elle a cessé de comprendre, qui poursuivent entre eux leurs desseins obscurs. Et sans doute, elle les aime encore, mais sa pitié ne les trouvera plus au premier élan, elle ne s'en approchera désormais qu'avec prudence ; elle craint leurs pièges. Avec moins de remords qu'une sorte de curiosité déchirante, elle s'avise peu à peu que depuis longtemps, à son insu, elle jugeait son père, que la racine profonde du sentiment mi-filial, mi-maternel – si désespéré, si tendre – plonge juste à ce point exact de l'âme, trop douloureux, où dort le germe du mépris, et que ne purifie tout à fait la flamme d'aucune charité. La voix qu'elle a entendue, la voix d'un pauvre homme, tour à tour lâche et dure, résonne toujours à ses oreilles, ainsi qu'un horrible aveu. Il semble qu'à regarder seulement le toit dans les arbres, elle va l'entendre de nouveau. Mon Dieu ! Pourquoi cette frayeur, ce dégoût ! Elle le savait aussi faible qu'un enfant, avec ses ambitions frivoles, ses rancunes, son égoïsme ingénu, sa terreur de la mort. Mais elle ne l'avait jamais redouté. Pitié ou mépris, qu'importe ? il suffisait bien qu'elle l'aimât. Elle ne songeait qu'à le servir, les servir tous, et d'abord les plus déshérités, dont sa tendresse infaillible avait éprouvé le néant, qu'elle sentait vides. « Pauvres pécheurs ! comme ils sont vides ! » disait le vieux Chevance. Quels pécheurs ? Sa charité ne les nommait pas, elle ne séparait aucune unité de ce pâle troupeau de fantômes. À quoi bon ? Pourvu qu'elle restât seulement docile à Dieu, qu'elle se fît chaque jour plus claire pour ouvrir et réjouir tant de misérables regards encore clos, plus fervente pour les réchauffer sous leurs suaires, éveiller leurs cœurs dormants. « Si Dieu se laissait voir, pensait-elle tristement, ils l'aimeraient plus que moi, peut-être ?... » Mais ils se traînent et s'appellent en vain dans la nuit, jusqu'à ce que l'un de nous recueille et réfléchisse un seul reflet de l'astre divin... Non, non, elle ne les avait jamais redoutés, son indulgence envers chacun d'eux avait été celle d'un enfant, aussi spontanée, aussi libre, aussi pure. Et bien que des vies pour elle si singulières, inutiles et comme superflues, fussent un spectacle à révolter sa jeune raison, elle était restée jusqu'alors trop étrangère à leurs mobiles secrets, aux passions qui les dévorent ; elle n'en craignait ni l'exemple ni le contact... D'où vient donc cet éloignement soudain ? Qui a poussé ce cri de terreur ? « Vous ne savez pas grand-chose du péché, répondait parfois son vieil ami, avec un sourire triste. Non ! vous ne savez véritablement pas grand-chose de lui. » Et dans son impuissance à trouver une de ces métaphores plus sublimes, familières aux prédicateurs, il ajoutait, du ton d'un paysan qui défend son grain contre la vermine : « Voyez-vous, les péchés sont avides et cruels comme des rats. Et qui les aime est cruel autant qu'eux, ou le devient à la longue. La cruauté, ma fille... »

La cruauté ! Il n'allait pas plus loin, serrait ses lèvres sur le mot mystérieux. Mais elle l'écoutait attentivement sans comprendre. Quelle âme pure distinguerait aisément la cruauté de la folie, et ne serait tentée de les confondre ? Comment croire que l'homme puisse partager avec l'enfer ce pain horrible ? Certes, elle ne pouvait douter de la parole du prêtre, ni de l'humble expérience dont elle avait éprouvé tant de fois le bienfait, et néanmoins elle n'osait alors poursuivre, l'interroger. Il lui semblait qu'elle n'eût pas supporté sans mourir une déception si profonde de son innocente charité, que de tous les vices imaginables celui-là était le seul qu'elle n'eût pu s'empêcher de haïr. Le péché est cruel, soit ! Que dire de ses victimes misérables ? Qu'ils étreignent entre leurs bras, qu'ils pressent sur leurs poitrines déchirées, par une erreur hideuse, une bête ainsi armée, n'est-ce donc pas assez, peut-on faire mieux que de les plaindre ? La seule pensée de cette méprise absurde, lamentable, crevait son cœur de pitié. S'ils savaient ! Sans doute elle n'était pas assez naïve pour entretenir l'illusion qu'il suffit d'éclairer les consciences pour les réformer à coup sûr, car sa compassion délicate ne lui inspirait que méfiance des conseils ou des discours trop faciles. Elle espérait seulement les gagner par la douceur, la patience, comme on apprivoise un animal farouche et blessé. « Ma fille, disait encore l'abbé Chevance, l'orgueil à vif n'a cure ni de patience ni de douceur... C'est une goutte d'eau sur un fer rouge.

– Alors, répondait-elle, en le défiant de ses yeux paisibles, où la douceur et la patience ne peuvent rien, la joie suffit, la joie de Dieu, dont nous sommes avares. Oui, qui la reçoit est trop tenté de la garder, d'en épuiser les consolations, alors qu'elle devrait rayonner de lui à mesure. N'est-ce pas... n'est-ce pas... vous comprenez ? Combien les saints se font transparents ! Et moi, je suis opaque, voilà le mal. Je réfléchis un peu de clarté, quelquefois, chichement, pauvrement. Est-ce que Dieu n'en demande pas plus ? Il faudrait n'être qu'un cristal, une eau pure. Il faudrait qu'on vît Dieu à travers. » Ainsi chaque déception l'avait laissée jusqu'alors plus forte dans sa paix fragile. Et à vrai dire c'était de l'idée même de cette fragilité qu'elle tirait sa force ; elle ne désirait aucun de ces points d'appui solides, de ces constructions logiques où tant de faibles et de présomptueux enferment leurs vies : elle eût cru y mourir étouffée, comme entre des murs d'airain. Pareille à ce qui vole, son équilibre exquis était un miracle d'adresse et de volonté, un jeu aérien. La trahison d'une amie, ou pis encore, la surprise d'une certaine bassesse ne l'avaient jamais éprouvée à demi, bien qu'elle n'en laissât rien paraître. « Je suis si légère, avouait-elle... Je voudrais n'être qu'un petit grain de poussière impalpable, suspendue dans la volonté de Dieu. »

Mais aujourd'hui, à cet instant, il semblait, comme un oiseau au creux de l'orage, qu'elle eût perdu le sens même du vol. De quelle hauteur était-elle donc retombée pour qu'elle se sentît peser d'un tel poids sur la terre qu'elle étreignait de ses mains et de ses genoux ?

Dans son étonnement, elle n'osait se lever, quitter ce lieu désert, intolérable. Elle osait à peine ouvrir les yeux, fixer son regard sur les lignes nettes et dures des collines, qu'elle craignait tout à coup de voir se refermer sur elle. Les coteaux coupés de haies vives, la route blanche, l'ombre déliée de la minuscule vallée de la Souette, à peine distincte, jusqu'à la crête plus lointaine, coiffée de travers par les derniers taillis de la forêt de Seigneville, tout ce paysage paisible lui apparut transfiguré dans la lumière immobile, énorme, attentif, ainsi qu'un animal géant qui guette sa proie. Jadis, elle avait senti le même sursaut de terreur, vite réprimé, devant l'immense amas des villes. Mais cette terre même n'était pas moins puissante, avide, formée aux désirs de l'homme, pétrie et repétrie par le péché, terre de péché. « J'étais si naïve ! Il ne faut pas être naïve ! » répétait-elle tristement, sans pouvoir exprimer mieux une angoisse trop nouvelle. Et sans doute, à cette minute encore, sa peine était celle d'une enfant, bien que ce qui allait être révélé, à son insu, sous ce ciel torride, c'était la force de l'homme, sa cruauté, les ressources infinies de la ruse, et la férocité du mal.

Ce fut là peut-être l'unique tentation de sa vie, et le coup inattendu fut porté avec une telle vitesse qu'elle ne put absolument l'esquiver. En une seconde, elle reconnut sa solitude effrayante, fondamentale, la solitude des enfants de Dieu. Et certes, elle était bien loin encore d'en avoir la connaissance abstraite, à supposer d'ailleurs qu'il soit possible de concevoir l'absurdité magistrale, le défi sublime de ce petit nombre d'animaux pensants qui n'apportent, en somme, au monde, que la bonne nouvelle de la Douleur divinisée ! Mais elle sentit au profond de l'âme, et jusqu'à la moelle des os, le délaissement sacré, seuil et porche de toute sainteté. Sa surprise fut si grande qu'elle se releva sur les genoux, et par un calcul enfantin mesura la distance qui la séparait de la route de Seigneville où passe le train d'Avancourt, Oui ! le temps d'un clin d'œil, la jeune fille intrépide et sage, si tendre à tous, eut cette folle pensée de fuir, telle quelle, n'importe où, comme une voleuse. « Je ne les reverrai plus, balbutiait-elle, je ne veux plus les voir, je ne peux plus ! » Et elle voyait quand même, avec une vérité surnaturelle, chacun de ces visages qui le matin encore étaient si étroitement, si doucement liés aux autres images de sa vie qu'ils semblaient lui appartenir au même titre que sa propre pensée. Maintenant ils apparaissaient dans une lumière crue, qui ne fait grâce d'aucune ride suspecte, change en grimace un sourire sournois, découvre la taie d'un regard.

Ils lui faisaient peur, et non pitié. Telle parole, souvent lue et relue, tel verset du livre de Job, le cri terrible arraché au dur cœur juif par la malice universelle, l'ironie désespérée des psaumes, ce témoignage venu du fond des âges, avec l'odeur du sépulcre, que la dévote épelle en somnolant, au ronron de l'harmonium, reprirent leur sens éternel. Elle se laissa tomber en avant, plongea sa tête dans l'herbe épaisse, et pleura comme elle n'avait jamais pleuré.

∽

– Quel désastre ! dit à ce moment derrière elle une voix sans timbre... Je m'en doutais. Il faudrait avoir l'œil à tout. Notre bien s'en va, ma fille...

Chantal se leva d'un bond, essuyant ses larmes à pleines mains, toute tremblante.

– Mon Dieu ! mama, comment vous a-t-on laissée venir jusqu'ici ? Où allez-vous ? Ce soleil peut vous tuer... Francine...

– Laissez Francine en paix, reprit posément la vieille dame. Qui appelez-vous Francine, d'abord ? Mon fils engage plus de servantes que nous n'en saurions payer. Je ne veux pas de ces sottes qui dévorent notre pain. Elles mangent comme des lionnes. Les deux mains ruisselantes de sueur restaient pâles, presque grises, dans les plis du châle noir. Le bas de sa longue jupe était blanc de poussière, et aussi ses souliers de drap, dont on n'apercevait que les bouts arrondis. Par l'entrebâillement du fichu de laine qu'elle tenait, malgré la chaleur, serré autour de son cou, elle montrait un mince visage aux joues enflammées, tachées de rouge sombre, et le regard d'un seul de ses yeux, aussi net et tranchant qu'une arête de glace.

– Mama, je vous en prie ! balbutia Chantal, soyez raisonnable, laissez-moi vous conduire jusqu'à la maison. En quel état vous êtes ! Où avez-vous laissé Francine ? Que se passe-t-il ?

– Tâchez d'abord de reprendre un peu de sang-froid, répondit la folle sur le même ton. Est-ce que je vous dérange ? Que de cris ! Il n'y a pas là de quoi fouetter un chat. Ne suis-je pas libre d'aller et venir ? Vous voyez ce bâtiment : à l'automne, il n'en restera rien que des poutres. De plus la mare est inutilisable désormais : ce n'est que boue et grenouilles. S'ils m'avaient écoutée, ils auraient fait la dépense d'un puits, lorsque au temps de la grève de Seigneville le prix de la main-d'œuvre était tombé si bas. Quelle occasion nous avons perdue ! La propriété des Vallette a doublé de valeur, en deux ans – des pâturages inondés chaque printemps, un marécage, qui gonflent les vaches, et font plus d'eau que de lait !... Mais va te faire fiche ! On n'a vu chez nous cette année-là que médecins, pharmaciens, gardes-malades, toutes gens qui, pour ruiner les maisons, en remontreraient au curé et au notaire.

Elle parlait très vite, avec une précipitation grandissante, d'une voix mécanique, qui épuisait ses dernières forces. Visiblement elle ne tenait debout qu'à peine, et Mlle Chantal, qui avait timidement passé une de ses mains derrière l'épaule, voyait frémir les vieilles jambes sous la jupe noire.

– Vous me l'avez déjà dit, mama, vous l'avez dit cent fois, soyez sage. Seulement, vous ne pouvez rester dehors par un temps pareil. Nous allons marcher tout doucement jusqu'à la maison, et vous vous étendrez à l'ombre une minute ou deux, le temps que je prévienne Francine ?...

– La maison, votre maison ? Les pierres vont m'en tomber sur la tête. Je préfère m'asseoir au bord de la mare, sous le marronnier. Puis je rentrerai seule. La marche me fait rudement de bien, ma fille ! La fatigue lave le sang.

– Le marronnier ? Quel marronnier ? Il n'y a plus de marronnier.

– Bon, bon, répliqua la vieille dame. Telle quelle l'ombre de ce marronnier me suffit.

Elle eut un petit hoquet de colère, s'appuya de tout son poids sur la jeune fille.

– Je n'ai jamais été si vivante, je me sens à l'aise, le soleil pique... Nous aurons du regain, que de regain !... Et qu'est-ce que vous faisiez donc là, ma fille, sur le ventre ? La terre vous plaît, hein ? Vous y viendrez, tout le monde y viendra... Une terre à soi, qui travaille à votre profit, pour une vraie femme, une ménagère, cela parle, c'est doux à tenir, cela vaut mieux qu'un homme. Que de fois me suis-je étendue là où vous êtes... non ! plus loin, d'où l'on voit la grande pièce de la Loupe, et les deux prés en contrebas. La terre vaut un lit de plume : on colle après.

– Justement ! supplia Mlle Chantal, suivez-moi au moins jusqu'à la lisière du parc. Nous traverserons le pré ensemble, le pré seulement, je vous jure ! Vous ferez ensuite ce que vous voudrez.

– Taratata ! je connais l'antienne... Croyez-vous qu'à mon âge je puisse aller seule par les champs ? Je suis folle, ma belle, folle à lier. Ainsi, dans ce moment, je vous parle, et je vois aussi une grosse mouche bleue – oui, bleue !... Dis-moi encore, ma jolie : savez-vous comment ils m'appellent à l'office, ces grands gaillards, de beaux hommes ?... Le chameau. Hein ? J'observe tout, j'entends tout, malheureusement, je ne suis jamais sûre, vous comprenez ? Jamais. Je ne suis pas sûre de mon fils : il biaise, il se traverse, comme un jeune cheval au brabant. On ne doit se fier à personne, en ce monde, pas même aux morts. Oh ! j'ai l'expérience : nos pires ennuis viennent d'eux, ce sont des malins, de fameux malins !

– Mama ! s'écria la pauvre fille, ne m'effrayez pas, soyez sage ! Vous m'entendez ! Si, si, vous entendez très bien quand vous voulez, je le sais... Mama, vous n'êtes pas méchante, vous êtes malheureuse, ce n'est pas ma faute. Je voudrais tant vous aimer.

– Malheureuse ? Moi, malheureuse ! N'en croyez rien surtout, ma fille, je suis fâchée de vous détromper, je suis moins malheureuse que vous : j'ai duré. J'ai duré, moi ! Savez-vous seulement ce que c'est que durer ? Vous aviez choisi de chanter – des fichaises ! Un jour, souvenez-vous, j'ai voulu que vous récuriez les casseroles, c'était une question de principe, et vous vous êtes cassé les ongles. Et qui donc vous parle encore aujourd'hui, solide sur ses deux jambes ? Tandis que vous voilà plus grêle et plus frêle que je ne vous ai jamais vue.

Elle s'arrêta, secouant et baissant vivement sa tête étroite, d'un air de mépris.

– Mais, mama, pour qui donc me prenez-vous, pour qui allez-vous me prendre ? supplia Chantal, aussi pâle que sa collerette. Voyons, n'avez-vous pas assez de ce jeu horrible ? Car c'est un jeu, un affreux jeu, j'en suis sûre. Regardez-moi. Regardez-moi bien en face... Oh ! mama, ma chère mama, ne me tentez pas.

Elle fit le geste de se jeter à genoux, mais l'humiliation lui en parut sur-le-champ tellement vaine, puérile, presque niaise, qu'elle se releva d'un bond, interrogea derrière elle les prés déserts, l'horizon, le feu liquide du ciel, d'un même regard suppliant. Pour la deuxième fois, l'idée lui vint de s'échapper, de s'enfuir, coûte que coûte, sauvagement, ainsi que le condamné fuit son destin. Et déjà elle n'en avait plus le pouvoir. Alors d'instinct, comme par un réflexe vital, parce qu'elle sentait sa résistance à bout et qu'un effort de plus risquait de briser son cœur, elle essaya naïvement de tenir tête, pour dissiper, s'il était encore possible, l'affreux rêve à peine ébauché, avant qu'il n'apparût, sinistre, dans la lumière de midi.

– C'est à moi que vous parlez, à moi, Chantal. Ce n'est pas à maman, vous le savez bien. Si ! vous le savez !... Oh ! mama, vous avez joué cette comédie à papa, à Françoise, à beaucoup d'autres, jamais à moi, – non, jamais ! Vous n'avez jamais osé. Je vous défends... Je ne veux pas savoir, je n'ai pas le courage d'entendre... du moins, pas aujourd'hui. Est-ce que vous ne voyez pas assez que je suis malheureuse ? Je n'en pouvais déjà plus et voilà que vous me venez surprendre, m'achever – oui, c'est comme si vous me frappiez dans le dos. Mon Dieu ! qu'avez-vous contre moi tous ? Que vous ai-je fait ?

– Êtes-vous folle ? dit sèchement la vieille dame. Dois-je en croire mes oreilles, ma fille ? Une scène de vous ! Sans doute, il m'est arrivé de vous imaginer mourante, ou morte, que sais-je ? Où est le mal ? Est-ce que nous choisissons nos rêves ? Depuis que vous êtes entrée ici, on n'y parle plus que de médecins, de potions, de cataplasmes, brrr-rouou !... Comment voulez-vous que je ne rêve pas de mort, d'agonie, d'enterrement, pouah !... Vous me cherchez querelle, ma fille... Je ne vous donnerai pas le contentement de me voir tomber dans le piège ; le piège est grossier, permettez-moi de vous le dire. Je préfère céder la place.

Elle tenta de reculer d'un pas, chancela, se releva rouge de honte, s'efforçant maladroitement de cacher à son interlocutrice le grelottement sans cesse accéléré de ses genoux. Chantal ferma les yeux.

– Mama, fit-elle d'une voix désespérée, taisez-vous ! Je ne dois rien connaître de ce que vous allez dire, ce sont des histoires du temps passé. Oui, elles vous font mal, je sais... Elles remuent dans votre pauvre cœur. Croyez-vous qu'elles remueront moins lorsque je les aurai apprises à mon tour ? Pas aujourd'hui, du moins, mama, pas tout de suite !

Elle appuyait les doigts sur ses paupières, cruellement. Car, à son insu, elle craignait moins les aveux attendus, menaçants, quels qu'ils fussent, que la minuscule silhouette noire, au centre du paysage hostile, comme au centre de sa propre tentation, le corps fragile, mystérieux, sur lequel elle eût cru toucher, sentir – pareil à cette espèce de mousse élastique qui recouvre chaque caillou ramené des grands fonds par la sonde – l'humble et tragique secret, englouti depuis tant d'années, remonté tout à coup à la surface des ténèbres.

— Louise, reprit la folle, avec une certaine emphase, je hais les grimaces, je vais droit au but, j'ai toujours été franche en affaire, autant qu'un homme. Oui ou non, ma fille, vous ai-je fait tort ?

Elle toussa, comme elle toussait jadis, à l'issue d'interminables marchandages, lorsque le métayer, abruti de chiffres et de gros cidre, trempe la plume dans l'encre et l'essuie sur son coude, vaincu.

— Il faudrait pourtant le savoir, il ne s'agit pas seulement de se taire. Je lis dans votre tête. Oh ! vous ne me cacherez jamais rien, résignez-vous... On ne m'a jamais trompée, les grands mots ne m'en imposent pas, je vais droit au fait — j'interloque, comme on dit. Vous aurez beau inventer cachotteries sur cachotteries, baisser les paupières, tenir votre langue, ça m'est égal. Chaque fois qu'il me plaît, je n'ai qu'à pousser la porte, et j'entre chez vous, ma mignonne, je me promène à travers vos petits mystères. Vous ressemblez à ces gens qui s'enferment à double tour, et laissent leur fenêtre ouverte. Au fond, vous me tenez pour une méchante femme, hein ? Que dites-vous maintenant tout bas ?

— Maman, pauvre maman, répétait Chantal, à bout de force, pauvre maman ! Elle serrait plus étroitement les doigts sur ses yeux comme si la nuit qu'elle faisait ainsi en elle l'eût rapprochée de la chère morte, dont cette voix grêle — ainsi qu'une main va traînant sur le clavier à la recherche d'un air perdu — tirait de l'ombre, un par un, les humbles secrets trempés de larmes.

— Pauvre, dites-vous ? Comment, pauvre ? Vous ai-je jamais reproché votre pauvreté, ma chérie ? Nous ne sommes pas des milords, mais nous épousons volontiers des filles sans dot... Le mal n'est pas grand, on a du travail assez... Tatata — suis-je une cannibale, un dragon ? Je ne parlerai même pas de votre triste santé : mon garçon est un étourdi, un nigaud, il n'a que ce qu'il mérite. Nous faisons les frais qu'il faut... C'est-à-dire, nous avons fait — dans le temps... Enfin, nous faisons... Oh ! mâtine ! voyez-vous, j'ai toute ma tête. Vieille femme en remontre au diable. Même un revenant ne me ferait pas peur. Bah ! Bah ! pourquoi le cacher ? Le... L'enterrement nous a coûté deux cents écus, et folle ou non, ma petite, ce n'est pas devant vous que je m'en dédirai.

Ni la colère, ni même le dégoût n'eussent dénoué les doigts de Mlle de Clergerie et, à la vérité, elle ne sentait à présent ni colère, ni dégoût. Il semblait plutôt qu'un surnaturel silence se fût fait tout à coup dans son cœur — mais si différent de celui qui prélude aux grands débats de l'âme – un silence qu'elle ne connaissait pas encore, d'une autre espèce. Chaque parole venait jusqu'à ses oreilles, intacte, entière, elle en pénétrait le sens, et néanmoins elle l'accueillait avec une indifférence stupide, ou pis encore : le sentiment d'une attente déçue. La créature dont l'image restait fixée derrière ses paupières closes, si ridiculement noire et menue devant cet horizon immense, sous ce ciel torride – était-ce là sa grand-mère, ou quelque insecte ? Elle eût cru volontiers pouvoir écraser d'un coup de talon cette voix chevrotante, elle eût effacé cette forme misérable, d'un revers de la main, comme une ligne tracée au charbon, une phrase extravagante, sur l'implacable écran de l'azur... Mais elle ne désirait rien. Elle n'éprouvait qu'une curiosité morne, dont sa conscience endormie connut obscurément le péril. Car la haine elle-même ne referme pas, sur un faible cœur d'homme, deux bras si glacés. Le cadavre même de la haine est plus chaud.

Non, ce ne fut ni la colère ni le dégoût qui lui firent tomber les mains, ouvrir les yeux. Elle obéit seulement à la loi de sa nature, à sa fierté. Elle fit face. Depuis une heure peut-être, depuis trop longtemps enfin, elle était là, on ne sait pourquoi, dans ce champ désert, humiliée par d'insaisissables fantômes, dupe d'images familières, devenues ennemies, prise dans les rets de flamme du paysage, comme une petite mouche au centre d'une toile éblouissante... Elle fit face.

La vieille dame n'avait pas bougé d'un pouce, toujours debout à la même place, sa petite ombre à son côté, ainsi qu'un nain difforme, mais fidèle. Et bien que ses traits mobiles continuassent de dérouler la succession de ses pensées, elle ouvrait et fermait la bouche sans proférer aucun son.

L'unique ruse de Chantal est justement celle d'un Chevance : une foudroyante simplicité. Alors que le faible ou l'imposteur est toujours plus compliqué que le problème qu'il veut résoudre, et, croyant encercler l'adversaire, rôde interminablement autour de sa propre personne, la volonté héroïque se jette au cœur du péril et l'utilise, comme on retourne l'artillerie conquise pour frapper dans le dos une troupe vaincue. Elle s'approcha brusquement, posa les deux mains sur les épaules de Mme de Clergerie, saisit dans le sien l'affreux regard vide, traversé d'ombres, et dit :

– Je n'ai pas peur, mama. Je n'ai pas peur de vous. Pourquoi auriez-vous peur de moi ? Vous me ferez inutilement du mal, vous ne me réduirez pas au désespoir, même aujourd'hui, même à cette heure, parce que je trouverai toujours la force de vous pardonner. Oh ! vous n'êtes pas si insensée que vous voulez paraître, n'est-ce pas, ni si méchante non plus. Il y a quelque chose, je ne sais quoi, qui pèse trop lourd en vous, dans votre pauvre âme, est-ce vrai ? Quelque chose qui vous étouffe, que vous ne pouvez plus garder – mais personne n'a la charité de le recevoir, personne n'a l'air de vous comprendre... Et justement, vous me l'apportez à un moment de ma vie où j'ai à peine assez de courage pour moi seule, vous venez vous accrocher à un malheureux petit navire en dérive. Où allons-nous toutes deux ?

La vieille dame s'était d'abord agitée terriblement sans répondre. Puis, les mille rides de ses joues se froncèrent toutes ensemble, et leur inextricable réseau parut rejoindre les deux plis profonds de la bouche, tandis qu'une lueur vague commença de se mouvoir au fond de son regard dormant. Et presque aussitôt les deux mains sèches partirent comme des balles, si vite que Mile de Clergerie pour ne pas les recevoir en plein visage, dut détourner vivement la tête. En même temps le vieux corps creux et léger se roidit d'un effort immense.

– Laisse-moi aller, Chantal ! supplia la folle. Laisse-moi aller ! Je te reconnais, ma chérie. Que voulais-tu que je te donne ? Je n'ai absolument rien à donner, voilà le mal. Rien à donner, plus rien à donner, ma mignonne... On ne peut pas savoir ce que c'est.

Dans son émoi, elle avait dénoué son long châle de tricot, qu'elle retenait d'une main à la hauteur de ses genoux, l'extrémité traînant dans l'herbe, à ses pieds. Nul n'eût su dire à quelle profondeur de la conscience avait éclaté la parole simple et claire, ni quel était le principe même du sentiment qui venait de transfigurer le visage épuisé, comme vidé du dedans par la plus dévorante des passions de la vieillesse : un regret stérile. Pareille à tant d'autres survivantes au milieu d'un monde tout neuf, aussi inconnu d'elles qu'Orion ou Sirius, lentement repoussées de l'univers des vivants par une pitié meurtrière, complice de leurs inutiles mensonges, depuis combien de jours, d'années, de siècles attendait-elle la parole libératrice, la parole vivante ? Évidemment, le ton, l'accent l'en avaient d'abord frappée au cœur, bien avant que sa misérable attention, désormais si lente à se mouvoir, eût cherché à en pénétrer le sens. Mais elle y avait aussitôt reconnu cette sorte de vérité jadis insupportable à son orgueil, et elle tâtonnait pour s'en emparer, pour en exprimer la substance précieuse, devenue nécessaire à ses os.

Un moment, un long moment, Mlle de Clergerie épia le visage ainsi tendu vers elle, tourné tout entier vers son regard, à sa merci. La violence même de son trouble lui donnait l'illusion d'un calme intérieur absolu, d'une paix profonde, surnaturelle. L'aventure de la matinée perdait peu à peu son sens, comme une phrase entendue dans un rêve et que l'esprit retrouve à l'aube, au fond de la mémoire, inerte, décolorée, pareille à un oiseau mort. La pensée que la créature minuscule, perdue avec elle dans la chaleur et la lumière d'un jour d'été, eût été jadis l'ennemie de sa mère, sa rivale, lui semblait extravagante. Un moment plus tôt, elle avait esquivé le double soufflet sans colère, ainsi qu'on écarte une mouche qui bourdonne, un brin d'herbe. À présent elle eût offert sa joue, elle eût désiré de recevoir le coup en plein visage. Puis elle regagnerait la maison désormais étrangère, là-bas, derrière les arbres, elle dirait à tous : « Frappez-moi aussi, je le mérite, je n'ai jamais été des vôtres, je feignais de vous appartenir par ignorance ou par lâcheté. Vous n'avez rien à me donner, je ne possède rien qui vous convienne – quel rêve ai-je fait d'échanger quoi que ce soit ? Je ne puis vous aimer ni vous haïr. Mais du moins vous pouvez m'écraser. Délivrez-moi de vous tous ! »

– Ne me regarde pas comme ça, dit la vieille dame (sa voix grêle prit dans le silence une extraordinaire netteté). Tu as l'air d'une martyre, j'ai ces façons-là en horreur, ma pauvre enfant. Évidemment... Évidemment...

Elle fit vers Chantal deux petits pas, toute branlante, comme si elle eût marché avec des entraves.

Évidemment, vois-tu, soyons justes (Mlle de Clergerie sentait son aigre haleine sur sa gorge)... J'ai eu tort ce dimanche, – oui, – il fallait fermer la porte, ta mère a tout entendu... D'ailleurs, je l'avais fait exprès ; on a ses moments de malice, la colère te fond dans la bouche, tu croirais qu'elle coule jusqu'au cœur... Je ne suis pas plus mauvaise qu'une autre, j'aurais volontiers flanqué le thermomètre par la fenêtre... Trente-huit cinq, trente-neuf cinq, quelle ritournelle, quel casse-tête ! Et ton père jaune comme un citron avec son foie, ses reins, je ne sais quoi !

Elle s'approcha encore, leva vers sa petite-fille un regard de nouveau obscur :

– Crois-tu qu'elle ait tant pleuré, toi ? Es-tu sûre ? J'écoutais d'une oreille en pliant mes draps, j'avais toujours l'oreille au guet. Elle faisait de gros sanglots. Mais j'étais au second, dans la lingerie, il faut le dire. Sa fenêtre était grande ouverte, le son monte... Hein ? Qu'est-ce que tu penses ? Et, puis, si vieille... on s'imagine, on invente. D'ailleurs, pauvrette ! elle est morte dix jours après. À quoi ça lui aurait-il servi que je me taise ?

Le châle glissa tout à fait, la face comique et douloureuse apparut dans l'impitoyable lumière comme la menace même de la nuit. Alors le cœur de Mlle de Clergerie cessa de battre. Mais à ce moment encore, la fille intrépide qui toujours vit clair en elle refusa de perdre pied, s'emporta contre les rêves ténébreux qu'elle sentait monter, un par un, du fond de sa conscience, ainsi que des bulles de boue. L'angoisse, avec son visage sans yeux, émut chacune de ses fibres, sans réussir à forcer son courage, ni seulement à abattre ce rien de fierté malicieuse qui est la fleur de sa jeune sagesse. « Vais-je me sauver devant ma grand-mère ? se dit-elle. Je suis ridicule. Elle n'aimait pas maman, et puis ? Est-ce que je ne le savais pas ? Qu'ai-je découvert de nouveau ? J'ai été folle de venir jusqu'ici, devant ces quatre vieux murs. Je suis plus folle d'y rester. Je n'ai rien fait ce matin que des folies ! » ... Mais ce n'était qu'une voix, perdue à travers l'orage.

Car elle n'arrivait pas encore à détacher ses yeux de la tête ennemie, assaillie par toute la puissance du jour, dépouillée même de cette ombre secrète, immatérielle, dont la vieillesse enveloppe les êtres. Les passions qui l'avaient modelée s'y survivaient, pétrifiées, ainsi que ces crânes polis qui nous découvrent tout à coup le sinistre envers d'un visage anéanti depuis des siècles. Elle pouvait lire dans ces reliefs et ces creux, comme sur une stèle funéraire, l'histoire même de sa race, la dure empreinte marquée par les siens dans la cire informe du temps. Cette double ride de la joue, c'était celle de l'oncle Antoine, le rire pincé, grimaçant, dont il accueillait le fermier prodigue, la servante enceinte, un braconnier. La courbe provocante du menton, la pesanteur des deux mâchoires trop basses, c'était l'arrière-grand-père Ferdinand, mort centenaire, qui porta une vache bretonne sur sa tête, à la foire de Saint-Guénolé. Voilà le front strict des Clergerie, la nuque lourde du père, son arcade sourcilière fuyante, qui donne au regard du petit homme on ne sait quoi d'infirme, de suspect... Voilà encore... mon Dieu ! Quel est ce sillon léger, toujours si jeune, enfantin, qui finit sur chaque joue en une imperceptible fossette, marquée d'une ombre mobile, vivante et que la douleur ou le plaisir, un choc de l'âme, efface et creuse tour à tour ?

En un éclair, elle revoit sa propre image, une mauvaise petite photographie qu'elle a glissée dans son vespéral parce qu'elle porte, dit-on, la trace des lèvres maternelles qui l'ont pressée tant de fois... « Ta mère adorait ces fossettes, déclare gravement M. de Clergerie. N'avait-elle pas imaginé de demander au maître Bourdelle, un soir, de prendre un moulage de tes joues ?... » ... Ses joues !

∼

« *Je n'ai rien,* aimait à dire l'abbé Chevance. *J'ai mis trente ans à reconnaître que je n'avais rien, absolument rien. Ce qui pèse dans l'homme, c'est le rêve...* »

... Il ne se fit aucun signe au ciel, nul prodige. La mince fumée montait toujours à travers les arbres, dévorée presque aussitôt par l'azur. L'herbe sèche crépitait doucement, un caillou glissa de la crête du mur jusqu'à la mare, la dernière étape du papillon grêle fut la pointe jaunie d'un sureau.

— Mama, dit Mlle de Clergerie après un long silence, il nous faut rentrer là-bas, vous et moi. Il nous faut rentrer en Dieu.

Elle ramassa le châle, et pour s'en débarrasser le noua autour de sa taille, pardessus la blouse de soie.

— N'ayez pas peur, fit-elle encore. Je suis maintenant assez forte pour vous porter ; je voudrais que vous soyez lourde, beaucoup plus lourde, aussi lourde que tous les péchés du monde. Car voyez-vous, mama, je viens de découvrir une chose que je savais depuis longtemps : bah ! nous n'échappons pas plus les uns aux autres que nous n'échappons à Dieu. Nous n'avons en commun que le péché.

Elle approcha sa bouche du front ruisselant, elle y jeta brusquement ses lèvres. La tête docile roula mollement, s'abandonna, les yeux clos. Déjà Chantal emportait, précieusement serrée sur sa poitrine, la proie lamentable. L'atroce soleil brûlait sa nuque et ses mains, aspirait l'air dans ses poumons, absorbait jusqu'à sa pensée, mais elle sentait qu'aucun soleil au monde ne pourrait désormais tarir sa joie.

– Mama, murmura-t-elle tout essoufflée, reprenant haleine, j'ai l'air de te porter : c'est toi qui me portes... Ne me lâchez plus !

Son regard, ivre de fatigue et de lumière, était plein d'un tranquille défi.

5

— Laissez donc mes oignons, s'écria la cuisinière furieuse. Vous n'êtes plus bonne à rien. Allez vous coucher, – oui ! – allez vous coucher. Quelle maison !

— C'est pas vrai ! dit Francine en essuyant de l'avant-bras ses yeux rouges. Je ne peux pas éplucher des oignons sans pleurer, est-ce ma faute ?

— Ne mentez donc pas, imbécile ! Vous sanglotiez. Je vous entendais de la buanderie. Vous me faites pitié : je devrais vous flanquer des gifles.

— Ça ne serait pas un mal, je voudrais être morte, madame Fernande. Si je meurs, je demande à être incinérée – brûlée, quoi ! les os, aussi, tout. J'ai fait un écrit qu'on trouvera sous le marbre de ma commode. Et même j'ai envie de vous le donner, rapport à M. Fiodor : il fouille partout.

— Gardez-le, petite dinde, je ne me mêle pas de ces choses-là... Les romans vous tournent la tête. Faites comme moi, n'en lisez jamais. À votre âge, on pense bien assez aux hommes sans risquer de s'échauffer encore le sang par des inventions. Mais vous n'avez pas plus de défense qu'un enfant, et du vice à revendre, avec vos yeux couleur de plomb fondu. Des yeux gris ! ça n'est pas humain.

— Du vice ? Dites plutôt du malheur : je ne suis pas chanceuse, je n'ai pas seulement de ligne de chance dans la main, je suis une enfant du malheur. Et pour faire voir du pays à M. Fiodor, laissez-moi rire ! Un homme de cette espèce-là, caressant et rusé comme une femme, aussi féroce qu'un petit chat !

– Féroce ! Taratata ! Des hommes féroces, vous voyez ça dans vos films. C'est pareil à votre histoire d'incinération, votre ligne de chance et le reste : des visions. Une bonne soupe épaisse le matin vers six heures, du quinquina avant les repas et la tisane d'herbes chaque soir, avant de se mettre au lit, pour combattre l'humeur du sang, voilà le conseil d'une mère de famille, et je suis sûre d'avance que vous n'en ferez pas plus cas que de votre première dent de lait. Ainsi va le monde : l'expérience est une invention des vieux qui met les jeunes en colère, sans profit pour personne. Une chance encore, que vous ne m'éclatiez pas de rire au nez !

– Je n'ai pas envie de rire, non.

– Riez quand même. On n'a pas trouvé mieux contre les folies du sentiment. Autrement vous rirez trop tard, et Dieu sait où ça mène de rire trop tard, quand on a le cœur pris par un désespoir d'amour ! Droit au puits pour s'y jeter, tête première.

– Pourquoi pas ?

– Taisez-vous donc, vicieuse ! À force de ruminer cette bêtise, jour et nuit, vous finirez par la faire. J'en ai vu de plus malicieuses que vous chipées par le suicide, l'idée fixe à ce qu'on dit, gobées comme des mouches... Ni vous ni moi ne sortons de la cuisse de Jupiter, peut-être ? On doit vous parler franchement. Hé bien, les gens du grand monde se détruisent moins souvent que nous, c'est un fait. Des oh ! des ah ! des vapeurs et des attaques de nerfs, ils ne sortent pas de là, juste assez pour mettre le personnel sur les dents, et enrichir les spécialistes du genre de ce professeur La Pérouse qui fait tourner Monsieur en bourrique. Une petite bonniche n'a pas le moyen de se payer des mélancolies de millionnaire, voyez-vous !

– Pas le moyen ? C'est ce qui vous trompe, madame Fernande. Pensez de moi ce que vous voudrez, je ne suis peut-être pas si bornée que j'en ai l'air. Je m'exprime mal – oui – mais un peu plus, un peu moins, l'amour fait bafouiller tout le monde. D'ailleurs on ne dit rien de bon là-dessus dans les livres – des blagues. L'amour, voyez-vous, c'est dur, ça n'a pas d'entrailles, ça pourrait même rire de tout, comme une tête de mort. Je n'ai plus d'égards pour moi, plus de coquetterie, une robe neuve me dégoûte. On ne voudrait pas être aimée pour sa robe ! Au début, oui, sans doute, vous montrez volontiers un manteau – moins encore : un bonnet, un bout de ruban, un joli petit soulier avec une boucle neuve. Et vous riez, vous serrez vos doigts, vous trouvez des bêtises à dire. On croit l'amour riche, gracieux. Il faut ça pour nous tenter, il nous prend par la douceur, les manières. Mais en réalité, madame Fernande, sitôt le poisson ferré, adieu les douceurs ! L'amour se montre tel qu'il est, nu comme la main, nu comme un ver.

De surprise, la cuisinière avait laissé glisser sur la table ses bras énormes, et lorsque la pauvre fille se tut, elle remua les épaules, ainsi qu'un baigneur saisi par le froid.

— Vous me faites peur, Francine, dit-elle, je vous crois folle. Il y a un vent de folie dans cette satanée maison, sûrement ! Le pis est qu'on ne peut pas douter de vous ; il faut vous croire sincère, j'en ai les jambes coupées.

Elle renifla bruyamment, essuya ses yeux, où brillait déjà, sous les larmes, la sauvage curiosité femelle, plus forte qu'aucune compassion.

— Je vous tirerai de là, ma petite, je ne vous laisserai pas manger par un sale Russe, un vrai démon. Qu'est-ce qu'il a bien pu vous mettre dans la tête, à vous, une étourdie qui me chipait encore l'été dernier mon sucre et mon chocolat et qui chantait du matin au soir ? Nom d'un sac ! vous n'êtes pas abandonnée, vous avez des amis, on devrait prévenir la police. Soyez franche, hein ? Je parie qu'il vous menace, le vampire !

— Me menacer, moi ! Osez donc le répéter, grosse boule de son, hypocrite ! Il n'a jamais menacé personne. Il est malheureux, voilà tout. Malheureux à un point qu'on n'imagine pas, qui vous donne mal au cœur, au ventre, le vertige, quoi !... Quand il bâille, vous diriez un roi, un dieu. Il explique que c'est ainsi dans son pays, sous un ciel blanc, la terre blanche, avec de petits bouleaux, les cabanes, des lacs gelés, un gros soleil rouge, et des loups... Puis il parle de la mort d'une manière si douce, si affectueuse, et il avoue qu'il ne m'aime pas, qu'il ne pourra pas m'aimer. Pauvre chat !

— Imbécile ! Triple imbécile ! *Son pays !* De quel ton elle a dit ça ! Et *malheureux !* Il en a l'air, il joue aux cartes jusqu'à des deux heures du matin, il est vêtu comme un prince, il fume des cigarettes dorées qui sentent le poivre et la lavande. Des malheureux ! Parle-moi de ton père, imbécile, qui s'est gâté la poitrine en soufflant le verre, une fois ta mère défunte, pour vous élever tous les six. A-t-on idée d'adorer à deux genoux un mendiant russe quand on l'a traité dix minutes plus tôt de rusé, de féroce et quoi encore ?

— Madame Fernande, je regrette de vous avoir injuriée, pardonnez-moi, j'ai mes nerfs. Seulement ne soyez pas injuste, allez ! Au début, je l'étais aussi. Je voudrais bien vous expliquer, mais c'est trop difficile, les mots manquent... D'ailleurs je ne suis même pas à plaindre du tout. Il ne m'aime pas, bon. Je ne peux pas lui en vouloir, il est trop malheureux, je dois être malheureuse avec lui, à cause de lui. Je suis son égale maintenant, voyez-vous, il l'a dit. Je me fiche du reste, je ne veux pas qu'on se mette en peine de moi, je mourrai comme une mouche. Naturellement ça vous paraît sombre, triste, ça fait froid de m'entendre. Et justement c'est ce froid-là qui me repose, je suis lasse. Le soir est triste aussi, madame Fernande. Pourtant lorsque le soleil vous a rôti les épaules et sorti les yeux de votre tête, n'est-on pas bien aise de voir les fonds noircir et les gros papillons de nuit ?

— « Les fonds noircir et les gros papillons de nuit, je crois l'entendre, elle répète sa leçon mot pour mot, l'innocente ! Et il la mènera tranquillement jusqu'au fond de la rivière, avec ses belles phrases creuses comme un turlututu. C'est ce qu'il veut, sotte que vous êtes ! Oui, il n'en veut qu'à vos sous. Ne mentez pas : il vous a volé plus de mille francs.

— Et puis après ? Vous en verrez bien d'autres, madame Fernande. Je ferai un testament, il aura tout.

— Bon, bon, restons-en là... Seulement, ma belle, vous saurez que j'ai un travail, ici... je ne suis pas rentière. Vous irez vous pendre ailleurs, foi de moi, je ne vous supporterai pas plus longtemps. Est-ce que Monsieur vous paie pour geindre tout au long du jour, ou débiter des horreurs, sur un ton de première communiante à vous donner le bon Dieu sans confesse ? Je vous ferai flanquer dehors par Monsieur, oui, moi qui vous parle, entendez-vous ? et dans l'intention de vous servir. À votre égard, une mère n'agirait pas mieux. Rentrée à Paris, on saura si le Russe court après vous ; je suis tranquille. Et pas plus tard qu'à l'instant même, faut que je le voie, rapport au fût d'huile d'olive... Je m'en vais lui dire deux mots qui me brûlent la langue depuis longtemps. Si vous ne voulez pas l'appeler, je le ferai prévenir par François.

— François est à la ferme, il répare la lessiveuse. Croyez-vous que ça me gêne d'appeler M. Fiodor ? Cette malice ! Vous verrez quel homme il est, madame Fernande. Il vous retournera comme un gant, le mignon.

– Bon, bon, parle toujours ! riposta la cuisinière offensée. Et dites-lui d'apporter le fût sur la brouette du jardinier, comme tout le monde, au lieu de jouer à l'hercule. Il a failli me laisser tomber sur les pieds la dernière barrique de porto – cent litres !

Elle reprit son couteau d'un air grave. Fille d'un forgeron-cabaretier de la vallée d'Avre, qui donnait des bals à la jeunesse chaque dimanche, elle ne croyait pas petite son expérience des choses du cœur. Mais dressée dès sa jeunesse à la jovialité normande, qui ne songe guère à cacher aux domestiques, ni même aux voisins, une débauche honnêtement calculée, selon la prudence héréditaire, en proportion des ressources et des libertés de chacun, elle commençait de trouver irrespirable l'air de cette maison trop secrète, apparemment dédaignée des hobereaux chasseurs et des gras curés villageois, si différente des châteaux où elle avait servi, maison hantée seulement de médecins, de prêtres, d'historiens, de journalistes suspects, austère jusqu'à la tristesse, mais qu'elle sentait travaillée néanmoins de beaucoup de vices et d'humeurs. Par-dessus tout, elle méprisait la faible santé du maître, ses remèdes, les répugnances puériles de son estomac, d'autres manies encore, qu'elle prétendait femelles, indignes d'un homme. Ayant connu jadis, du temps de sa jeunesse et au hasard d'un « extra », Mme de Clergerie déjà mourante, elle avait reporté, presque à son insu, discrètement, sur Mile Chantal, une espèce de pitié dévote, qui n'était pas sans délicatesse ni clairvoyance. Le goût de sa fille pour cette forte commère (il détestait les gens gras) faisait le scandale de M. de Clergerie. « Elle sue, disait-il, je ne puis la voir sans haut-le-cœur. » Mais il devait toujours ignorer que dans la solitude tragique où la mystérieuse petite fille allait donner le suprême effort de sa vie même, elle ne trouverait nulle part ailleurs que dans cette sollicitude grossière un peu d'aide et de repos. « Elle n'est pas trop fine, répondait Chantal, ni trop dévote non plus, et elle me raconte des histoires étonnantes où elle a mis tout le sel de sa cuisine. Si je l'aime ainsi, c'est qu'elle ne ment pas. »

. . .

— Je vous avais fait prier de prendre la brouette, monsieur Fiodor. La porte de la buanderie est si basse ! Sûrement vous aurez encore abîmé le chambranle.

— Qu'importe ? (Il déposa le petit fût à la place ordinaire, et tourna vers Mme Fernande un visage calme et triste.) Oui, qu'importe ? Je n'ai reçu d'ordre de personne, je n'ai voulu que vous plaire, rendre service. Pour le reste, n'est-il pas juste que j'agisse à ma guise, selon ma fantaisie, au risque d'égratigner en passant une pièce de chêne ? C'est une chose qu'une femme ne peut comprendre, on a parfois besoin d'éprouver ses muscles.

— Il faut que vous ayez toujours raison, répliqua la cuisinière d'un ton bourru, où il sentait très bien frémir l'impatience, la curiosité, un dépit qui lui plut. À la moindre observation, que de phrases !

— Nous sommes ainsi, fit-il. Nous sommes bavards. Et cependant je suis capable de parler comme un Français, plus brutalement même. Vous pensez beaucoup de mal, madame Fernande, trop de mal... On ne doit pas... on doit délivrer son cœur... Moi aussi je veux vous dire un mot de Mlle Francine.

— Vous avez peut-être écouté aux portes, ne vous gênez pas, remarqua la grosse femme furieuse et déçue. Je m'en moque. J'ai assez de vos manières, voilà le mot. Une mère de famille n'a pas à vous cacher ce qu'elle pense. Votre place, monsieur Fiodor, n'est pas dans une maison sérieuse, dans une maison d'honnêtes gens. Il y a de la bêtise ici, je ne prétends pas le contraire, mais il n'y a pas de méchanceté. Vous, vous êtes méchant. Je connais Francine. Vous l'avez rendue folle exprès, par vice ; vous êtes malin comme un singe. Elle finira par se détruire, vous l'aurez assassinée... On en guillotine qui sont moins coupables que vous.

Elle s'attendait à un cri de colère, ou peut-être à un éclat de rire, un défi. Le Russe l'écoutait en silence, immobile, aussi pâle qu'un mort. Elle se tut.

— Est-ce possible ? dit-il tout à coup de sa voix chantante. Regardez cette poitrine, madame Fernande (il écarta violemment sa chemise de soie, découvrit une peau nue et lisse, marquée de cinq cicatrices profondes). Voyez la trace des balles. J'ai été fusillé à Vrosky, devant le mur de l'école, moi qui vous parle, les cinq canons de fusil à quelques pas (je les aurais presque touchés de ma main), et la neige était rouge de sang. Ils avaient allumé un feu avec les bancs et le tableau noir, ils y brûlaient nos effets, nos papiers, nos pauvres culottes raccommodées avec du chanvre et un bâton pointu, nos bottes... Je voyais monter cette fumée sale dans le ciel. Quel homme a contemplé sa fin de plus près, face à face ? Hé bien ! par ce souvenir qui m'est plus sacré que n'importe quelle femme, que ma mère même (Il se signa sur les lèvres), je n'ai pas voulu faire le mal, j'ai agi avec simplicité, sottement... J'aurais désiré que la fille fût mon amie, ma camarade. Où est mon crime ? Elle était jadis simple et fraîche, champêtre, elle sentait le foin, je l'eusse volontiers embrassée ainsi qu'un petit frère. Aujourd'hui, voyez-la, que puis-je ? elle a renié sa nature, elle est entrée dans le vieux mensonge. D'elle ou de moi qui a changé ?

– Oh ! vous parlez bien, vous êtes rusé, je connais vos malices... Seulement, avouez que depuis des semaines vous tourniez autour de la petite, vous parliez bas... Elle était là comme un oiseau, tellement blottie, fascinée, elle aurait tenu dans le creux de la main. Et puis vous l'avez appris à jurer en russe, à fumer, à boire de l'éther... des saletés.

– Devais-je me moquer d'elle, la rudoyer ? Je ne vous le cacherai pas, madame Fernande (l'expression de son regard devint tout à coup si vague que la cuisinière en soupira de surprise et de dégoût), vous semblez ne savoir nullement ce qu'est le malheur. La fille, elle, le sait. Car pleurer un mort, la perte d'un procès, jurer contre le Christ, blasphémer, ce n'est pas le malheur. Le malheur est calme, solennel, ainsi qu'un roi sur son trône, muet comme un suaire. Quant au désespoir, il nous donne un empire égal à celui de Dieu.

– Et c'est ce que vous contiez à une gamine, farceur ?

– Madame Fernande, dit le Russe sans cesser de sourire d'un sourire humble, innocent, détrompez-vous : une femme comprend aisément le malheur. Oui, il y a sans doute en chaque femme comme une source de tristesse. Ainsi cherche-t-on l'eau sous la terre. Voyez, cependant : Mlle Francine l'a épuisée d'un coup, c'était une petite source de rien. Aujourd'hui, elle ne sait que pleurer, s'enivrer, décacheter mes lettres, ou boire dans mon verre aussitôt que je tourne le dos pour allumer une cigarette. Ce sont des enfantillages.

– Et si elle se tue, appellerez-vous ça encore un enfantillage, hypocrite que vous êtes !

– Assez ! fit le chauffeur d'une voix grave. Je gagne ma vie honnêtement, je fais mon service, je ne souffrirai pas que vous m'insultiez. D'ailleurs, je désespère de me faire comprendre de vous, madame

Fernande. Certes, j'ai commis bien des actes téméraires qui vous paraîtraient incroyables. Le plus téméraire de tous sera probablement d'être entré un jour dans cette maison.

– Hein, quoi ? Quelle maison ?

M. Fiodor pâlit, croisa nerveusement les mains.

– Vous savez ce que cela signifie, madame Fernande. Sur ce point du moins, vous voyez clair. Le mensonge est ici plus vivace qu'ailleurs, il jette sa graine partout, il finirait par ronger la pierre. La vieille dame est née de lui, c'est sûr. Elle ressemble à un champignon poussé entre les racines d'un arbre, au crépuscule... Notez qu'elle n'a commis aucun crime, je suppose ; mais son âme est avec son trousseau de clefs, la mère avare ! Et pour lui, qui donc l'a jamais vu rire d'un rire d'homme ? Avec sa barbe de pauvre, ses mains molles, la peau grise de son cou, son haleine ? Écoutez, madame Fernande, excusez-moi : je le crois mort depuis longtemps.

– Quelle horreur !

– Il y a encore ses amis – les *intimes amis* en français, n'est-ce pas ? Christ ! À Paris, d'abord, ils m'ont fait rire. Ici, je les déteste. L'évêque Espelette ressemble à n'importe quelle dame professeur à l'Institut des jeunes filles d'Ostrov. Son âme à lui doit être une petite flûte. Comme il caresse des mains, du regard, comme il souhaite plaire ! Il joue avec le médecin La Pérouse, avec le journaliste, avec le juif, avec tous... Ils jouent entre eux, ainsi que des enfants tristes, dans la cendre, un jour d'hiver. Ils ne savent assurément ce qu'ils veulent. Chacun désire un rang, une place, la renommée, l'or, et sitôt la place occupée, je suppose, elle est trop grande pour lui, il désire humblement plus bas. Oui, madame Fernande, personne ici n'a le courage du bien ni du mal. Satan lui-même s'y dessinerait comme une traînée de poussière sur un mur.

Ses longs yeux brillaient de plaisir ; il alluma une cigarette.

– D'ailleurs, n'avons-nous pas maintenant assez parlé, madame Fernande, à quoi bon ? Je dois remplir mon réservoir, j'ai cent kilomètres de route à dévider avant sept heures.

– Attendez un peu ! supplia la cuisinière presque humblement. Voyez-vous, j'ai servi des maîtres qui ne valaient pas ceux-là pour les manières, l'éducation, la fortune, et le reste. Cependant, parole d'honneur, je n'ai jamais été si mal à l'aise. Je rêve les nuits, il faut que je rallume ma bougie, j'ai même des tremblements. Ça ne m'était pas arrivé depuis la mort de ma troisième fille... Tenez ! la vieille dame est ce qu'elle est, d'accord. Seulement j'ai du mal à l'entendre traiter de chameau, en face, sans baisser la voix – je fais la sourde, je voudrais me fourrer dans un trou... Notez qu'elle comprend, j'en jurerais, mais elle n'est pas sûre ; autrement elle leur sauterait aux yeux, la vilaine ! Et puis le patron a horreur de la jeunesse, c'est connu. Sa femme est morte d'ennui. Positivement, il resserre le cœur. Sans plus parler de Francine, monsieur Fiodor, ni me mêler autrement de vos affaires, votre place n'est pas ici. Non, croyez-moi, l'air d'ici ne vaut pas grand-chose pour vous.

– Allons donc ! dit le Russe d'une voix douce. Il est trop tard, madame Fernande. Je dois voir la fin de cette aventure, vous le savez. Peut-être les gens ne sont-ils pas ici pires qu'ailleurs, médiocres seulement, ridicules et bas... mais l'air qu'ils respirent suffirait à les rendre plus noirs que des démons. Moi-même, j'ai perdu mon sens, je suis pareil au mot d'une langue oubliée. Hélas ! madame Fernande, le secret de cette maison n'est pas le mal – non – mais la grâce. Nos âmes maudites la boivent comme l'eau, ne lui trouvent aucun goût, aucune saveur, bien qu'elle soit le feu qui nous consumera tous éternellement... Que dire ? Chacun de nous s'agite en vain, se débat ; nous sommes pris entre les mailles d'un filet qui nous emporte pêle-mêle où nous ne voulons pas aller. Excusez-moi de parler devant vous ce langage insensé... Je vous parais fou, délirant, vous me croyez ivre...

– Que non. Tout finaud que vous êtes, vous n'en remontrerez pas à une fille de la vallée d'Avre. Je suis votre pensée depuis un moment, monsieur Fiodor, je ne la perds pas de vue, comme une tanche au fond de l'eau. Bah ! vous parleriez bien encore, je lis ça dans vos yeux... Un homme ordinaire, quand il a quelque chose à dire, ses yeux brillent. Les vôtres languissent. Il n'y a pas moyen de se tromper.

– Moi aussi, s'écria le chauffeur avec une impatience presque convulsive, moi aussi je connais votre pensée. Qu'importe Francine, hein ? Nous nous moquons bien de la fille ! Il y aura bientôt deux semaines – je pourrais donner l'heure exacte, vous avez pensé me prendre en défaut, me surprendre... Oui, c'était le jour où la vieille dame s'est perdue. Monsieur grondait, hochait la tête, il n'a jamais paru plus petit, plus mesquin. Il sentait le rat. Quelle chaleur ! Le mastic coulait le long des carreaux de la véranda... Vous avez tort de rougir, madame Fernande !

– Et pourquoi donc voulez-vous que je rougisse, insolent ?

Les yeux du Russe se vidèrent instantanément de toute lumière.

– Parce que vous me croyez l'amant de la Mademoiselle, fit-il sans élever la voix, mais si nettement que les paroles sonnèrent aux oreilles de Fernande comme si elles venaient d'être criées à tue-tête. Vous m'avez vu sortir de la chambre, ce jour-là. J'ai reconnu votre jupe, au coin du couloir, dans l'ombre, bien que les persiennes fussent closes.

Pour ne pas répondre, la grosse femme fit sans doute un effort désespéré. M. Fiodor s'était tu depuis longtemps, qu'elle semblait l'écouter encore, ses deux larges avant-bras posés sur la table, le visage penché, et si attentive que la grossièreté même de ses traits en était comme ennoblie.

– N'avez-vous pas honte ? reprit-il. Le mauvais rêve est en vous, en nous, dans nos consciences. La Mademoiselle est trop pure, elle va, elle vient, elle respire et vit avec la lumière, hors de nous, hors de notre présence. Et néanmoins elle rayonne à son insu, elle tire de l'ombre nos âmes noires, et les vieux cruels péchés commencent à s'agiter, bâiller, s'étirent, montrent leurs griffes jaunes... Demain, après-demain – qui sait ? – une nuit, cette nuit même, ils s'éveilleront tout à fait. Je l'ai déjà prédit, madame Fernande : la maison est vile, chétive. Vous y verrez cependant des choses étonnantes. Voici qu'elle tombe en poussière.

PARTIE II

1

M. de Clergerie n'est ni meilleur ni pire qu'un autre, mais toute grandeur l'efface, n'en laisse rien. La méfiance originelle où ses rivaux croient voir la marque de la race, l'empreinte normande, n'est que l'acte de défense d'un être faible qui serait, tour à tour et peut-être tout ensemble, l'esclave de ses admirations ou de ses haines, s'il était jamais capable d'une telle dépense de son être. En bref, il ne souhaite pas l'éclat de la renommée, il n'en veut que les profits. Entre ces mille profits que se disputent les ambitions serviles, ce sont au reste les plus petits qu'il recherche ; et sa patiente industrie sait en user avec tant d'art qu'il fait de ces bagatelles des riens désirables que ses émules enragent d'avoir jadis dédaignés. Par malheur, nul homme n'a jamais cédé impunément à la tentation de tirer parti de sa propre médiocrité, nul n'établit sa vie sur la part la moins noble de son être sans courir, un jour ou l'autre, le risque d'une sorte de déclassement moral qui lui fera connaître l'angoisse de la solitude intérieure et comme l'image contrefaite de cet exil spirituel où le génie trouve la rançon de la gloire. À mesure que l'auteur de l'*Histoire du Jansénisme* se rapproche du but modestement entrevu depuis l'adolescence – un fauteuil à l'Académie –, il voit se rétrécir peu à peu le cercle où il a lui-même rêvé d'enfermer son destin. La multiplicité, l'enchevêtrement de ses intrigues, atteint maintenant ce point critique, au-delà duquel toute démarche devient dangereuse, toute décision irréparable. Il a épuisé ses amitiés ; il ne pourrait même plus rien tirer d'un ennemi. Serviteur d'une ambition minuscule, en apparence inoffensive, il a fait pour elle le vide dans sa vie, et voilà que ce vide l'aspire : il s'y sent glisser comme au néant.

– Qu'est-ce qu'ils ont ? dit-il à Mgr Espelette, familier des mêmes angoisses, car il n'a pas osé présenter sa candidature à la succession du duc de Listrac et n'attend rien de bon, à la vacance prochaine, de l'inimitié du directeur de la *Revue internationale*. Oui, qu'est-ce qu'ils ont ? Nous n'avons commis aucune imprudence, nous avons fait pour le mieux, donné à chacun sa juste part. Enfin, nous fûmes laborieux. D'où vient qu'on se retire de nous ? Faut-il qu'un honnête homme fasse, une fois au moins, scandale, pour se ménager une vieillesse ? Hélas ! cher ami, l'ambition discrète, qui se réserve, n'est plus appréciée par personne. Je crains même qu'elle ne demeure incomprise. Aujourd'hui, qui peut se vanter d'être entendu à demi-mot ! Solliciter n'a plus de sens. On doit abattre grossièrement ses cartes, montrer son jeu.

Mais l'évêque de Paumiers le rassure :

– Cher monsieur, toute existence a sa phase critique, son point mort. On retrouve ce trait de la nature jusque dans la sainteté ; la sainteté elle-même a ses passages déserts, arides. Ne vous plaignez pas ! Le bruit fait autour de votre nouvelle union, si parfaitement assortie, va réveiller la sympathie, assurer une position qui n'a jamais été bien compromise... D'ailleurs, madame la marquise de Montanel vous apporte son influence personnelle, et quelque chose de mieux encore, l'expérience d'une femme du monde.

Ces derniers mots retombent dans le silence ; et M. de Clergerie semble ne les avoir pas entendus.

– Quel triste été ! fait-il. Je n'eusse point cru le beau temps si monotone à la longue, si accablant. Que d'orages !

Du matin au soir, en dépit des persiennes closes, on entend le crépitement presque imperceptible du gravier sous le soleil torride, et quand vient la nuit, l'espèce de brise qui monte sent la fièvre ou l'étable. Toutes les puissances du jour s'y retrouvent décomposées, ainsi que les sucs des racines et des feuilles au fond d'une eau dormante. Dans les pâturages, le long des haies encore tièdes, les taureaux normands à l'encolure courte, qui ont somnolé tout le jour, dressent lentement leur tête crépue et, frissonnant de plaisir du garrot à la croupe, aspirent cruellement cet air épais, en retroussant leurs lèvres noires.

– Je crains que la saison n'éprouve terriblement mes nerfs, confie M. de Clergerie à ses hôtes, chaque soir, à l'heure où l'on allume les lampes.

Il désire cette heure et la redoute, car l'âge ne l'a jamais tout à fait guéri de ses anciennes terreurs nocturnes. Dans un appartement désert, à minuit, il redevient l'enfant chétif, qui regarde de biais les portes closes, efface les épaules au moindre bruit. Ou, la joue au creux de l'oreiller, il écoute le battement de l'artère temporale, suppute le durcissement possible des tissus, la fatigue du cœur, une lésion. Parfois il se lève, ouvre la fenêtre, interroge le parc ténébreux, reçoit en plein visage son haleine chaude, animale. Une nuit, il a vu à l'angle d'un mur, sous la lune, la haute silhouette de l'abbé Cénabre, immobile, démesurément prolongée par son ombre. La surprise l'a tenu éveillé jusqu'au jour.

D'ailleurs, sa déception est profonde, menace réellement sa santé. Elle a des causes diverses, dont quelques-unes restent secrètes, incommunicables. Cette année, il a fui Paris dès le mois de juin, recru de fatigue, écœuré par son dernier échec à l'Académie. L'annonce officieuse de son prochain mariage faisait déjà courir à travers les salons bien pensants un petit rire, dont il a perçu l'écho, et qui l'a glacé. Des mois pourtant, à l'insu de tous, il avait calculé ses chances, pesé les avantages, les risques, résigné qu'il était par avance aux humiliations nécessaires, assuré de vaincre l'ironie ou la médisance à force de patience ou d'effacement. Et il s'est avisé tout à coup qu'une épouse est encore quelque chose de plus qu'une amie vigilante, une alliée. À mesure que le terme approche, il découvre aussi la personne de Mme de Montanel, son existence physique, et il ne baise plus qu'avec ennui, satiété, la petite main ronde à fossettes.

Jamais la maison familiale, où l'attachent un respect craintif et des habitudes plus fortes que l'amour, ne lui a paru moins faite pour la véritable sécurité, le repos. Le passé n'y vit plus, mais il semble achever d'y pourrir. L'historien en sent la menace obscure. On le voit raser les murailles, le visage prématurément flétri par une gravité sans cause. « Monsieur n'est plus jaune ici, il est vert », déplore la cuisinière Fernande. Les premiers jours surtout avaient paru intolérables, parmi les malles et les caisses, avec l'odeur des cretonnes moisies, sous le regard des domestiques, perfides et compatissants. Vainement le malheureux faisait-il ouvrir les fenêtres : le vent pouvait ronfler à travers les couloirs, le grenier retentir du grincement de la vieille charpente, l'immense demeure n'en finissait pas de s'éveiller, de redevenir vivante. Ramassée sur elle-même, on eût cru qu'elle défiait l'été précoce, le ciel déjà torride. « Je sors d'une cave pour entrer dans un four », écrivait alors M. de Clergerie à son médecin La Pérouse qui soigne depuis vingt ans ses phobies, et qu'il a d'ailleurs fini par convaincre de venir le rejoindre, dès juillet, à Laigneville, pour y essayer un nouveau traitement de la névrose d'angoisse, dont l'illustre psychiatre entend bientôt entretenir ses confrères.

Car, chose étrange, depuis trois mois, M. de Clergerie, comme éperonné par un pressentiment mystérieux, ne songe plus qu'à remplir sa maison vide. Dans sa hâte à rassembler autour de lui, vaille que vaille, ce qu'il a pu trouver d'amis bénévoles et qu'il accueille avidement pour les délaisser le lendemain, il fait penser au moribond qui tire à soi, contre sa poitrine, une présence invisible, s'en recouvre. Cette insolite marotte a donné d'abord à rire, et puis les rieurs se sont tus. Le monde aime à comprendre, ou du moins veut s'en donner l'illusion. Or, les hôtes qui se sont succédé à Laigneville ont laissé se répandre peu à peu le bruit que tout n'était pas clair là-bas. « Pourquoi ce brusque départ, si peu de temps après la mort de M. Pernichon ? a demandé le vieux Clodius Poupard dans un couloir de l'Académie des Sciences morales. Clergerie est inattaquable... Mais il a tort de prêter le flanc aux calomnies intéressées, il paraît craindre un scandale. Sa fille n'était même pas fiancée... »

Ce qui descend lentement sur le pauvre homme, ainsi qu'un brouillard du glacial novembre, ainsi que l'oubli sur un mort, c'est l'ennui. Il ennuie. Malgré tous ses soins, la grande épargne qu'il a faite de lui-même, une merveilleuse adresse, il n'aura pu prolonger jusqu'à la fin, jusqu'aux obsèques, le laborieux mensonge de sa renommée.

Mais sa vie a un autre secret, un autre principe de mort. Ce vide étrange, où achève de se perdre un labeur de tant d'années, gagne sans cesse, et voilà que le sol même manque sous ses pieds. « Chantal m'a déçu, confie-t-il à Mgr Espelette. J'attendais d'elle autre chose. Je ne comprends plus.

— Cher ami, objecte le sage prélat, je crains que depuis la mort du bon Chevance, vous ne soyez victime d'une sorte d'idée fixe. Qu'attendiez-vous donc de Mlle Chantal ? Qu'avez-vous à reprocher au saint prêtre, dont la simplicité reste, au contraire, une si grande leçon pour nous ? En dépit d'inoffensives manies, que je remarque moi-même assez souvent chez les meilleurs sujets de mon séminaire – ceux-là du moins dont l'origine est modeste –, c'était un homme sensé, qui laissait faire la Providence. Certes, discrétion n'est pas lâcheté. Cependant, que de responsabilités prenons-nous, dont de plus avisés sauraient s'épargner le fardeau ! Pour moi, il n'est ras douteux que Mademoiselle votre fille n'ait déjà donné les signes évidents de la vocation religieuse. Toutefois Dieu n'a sans doute pas dit son dernier mot à ce jeune cœur. »

Mais M. de Clergerie riposte aigrement, avec une inconsciente cruauté :

– Ne nous payons pas de formules ! Votre Grandeur sait si j'étais fier de Chancal ! L'année dernière encore Mme la supérieure de Sainte-Gudule, qui m'a élevée, me parlait d'elle en termes qui eussent rempli de joie le père le plus exigeant. Oui, il y avait chez cette enfant une espèce de force surnaturelle pour le bien : je l'ai vue en imposer à des hommes graves, qui n'ont pas l'habitude de céder à un premier mouvement irréfléchi, n'admirent qu'à coup sûr. Dans le petit cercle de la baronne Mellac, qui a bien voulu l'associer un moment à sa belle œuvre de la « Crèche sociale », elle avait séduit tout le monde : ces dames l'écoutaient comme un oracle ! Évidemment, certains scrupules ne me sont pas aussi étrangers qu'on pense ; je sais qu'une âme délicate craint la louange. J'eusse approuvé que ma fille s'effaçât modestement devant des aînées trop indulgentes, attendît, pour donner sa mesure, des circonstances plus favorables. Mais la vérité est tout autre ! M. l'abbé Chevance paraît avoir soumis la pauvre enfant à la règle de vie la plus étroite, la plus terre à terre, celle que n'importe quel confesseur propose à une pensionnaire. J'aurais cru qu'une personnalité si forte finirait par briser ce cadre. Point du tout. La chère petite y semble à l'aise... Oh ! le regard d'un père ne s'y trompe pas ! Elle y étouffe. Certains signes le prouvent assez. Oui, il y a dans chacun de ses gestes, dans son rire même qui m'est devenu presque intolérable, la marque d'une illusion volontaire, d'une innocente duplicité.

– Permettez-moi de voir en cette excessive sollicitude, un peu de complaisance paternelle, dit Mgr Espelette.

– C'est ce que vous pensez tous ! proteste amèrement Clergerie. D'où vient donc que vous partagez avec moi ce malaise, cette inquiétude ? Mais si ! Pourquoi le nier ? Avouez plutôt la singulière place que peut tenir ici, dans cette solitude, au milieu d'hommes instruits par la vie, une jeune fille en apparence aussi simple. Que nous cache-t-elle ? Que cache-t-elle à ses meilleurs, ses seuls amis ?... Quelles heures étranges sommes-nous en train de vivre ?

Mais l'évêque de Paumiers assure qu'il n'en est rien, que M. La Pérouse, sans doute, est cause de tout le mal :

– Je crains qu'il ne compromette gravement votre santé par trop de complaisance à de menus incidents nerveux, rançon de toute vie intellectuelle. On le dit lui-même fort souffrant. Dieu me garde de prendre à mon compte ce qui n'est peut-être qu'une médisance intéressée. Cependant j'ai entendu rapporter de lui des... des excentricités déconcertantes...

Il rougit, efface d'un revers de sa belle main, dans le vide, ces paroles imprudentes. Qu'importe ? La soirée prochaine sera pareille à celle qui l'a précédée, aussi morne, les fenêtres ouvertes sur la nuit d'août qui ne dort jamais. La table de bridge délaissée reste couverte de livres et de journaux ; l'unique ampoule électrique ne tire entièrement de l'ombre qu'un cercle étroit, où danse un papillon de nuit qui s'éloigne en titubant, de ses grandes ailes lasses. Depuis deux semaines le professeur Abramovitch est parti pour Prague, et on ne l'entendra plus désormais, avant l'hiver, nasiller le sanscrit, l'index rivé à son menton gras de Levantin. L'évêque de Paumiers a retenu sa place à l'hôtel du Sagittaire, à Vichy, et s'apprête à faire bientôt sa cure annuelle. La Pérouse lui-même ira présider la séance de clôture au Congrès international de psychanalyse, à Brême. Et M. de Clergerie pense, avec une secrète terreur, qu'il risque de rester seul, en compagnie de M. l'abbé Cénabre.

Le célèbre auteur de la *Vie de Tauler*, dont le prestige n'a cessé de grandir auprès des lecteurs, achève, en effet, de dérouter ses meilleurs amis. Lui aussi s'enfonce lentement sous les ombres. Autour de certains êtres exceptionnels, faits pour les grandes passions solitaires, l'ambition, l'avarice, les formes les plus secrètes du mensonge, l'air devient vite irrespirable, pourvu que viennent à se corrompre les puissantes réserves d'être que chacun d'eux porte en soi, et qu'ils ne peuvent épuiser que lentement, au hasard des circonstances, ou selon un plan rigoureux. Or, depuis qu'il a cessé de feindre envers lui-même, qu'il n'a plus à redresser chaque jour, à chaque moment, sa propre image, ainsi qu'en un miroir déformant, depuis que la stricte discipline de sa vie n'impose sa contrainte qu'à l'homme extérieur, le malheureux a senti se creuser un vide que le labeur acharné, presque dément de ces derniers mois, n'a pas réussi à combler : il n'a plus à nourrir son imposture, elle est en lui comme un fruit mort. Sans doute, le dernier tome de ses *Mystiques florentins* a surpris par une construction rigoureuse, une vigueur accrue, un certain accent volontaire qui atteint parfois à une sorte de pathétique dont on interroge en vain le mystère. Et pourtant le travail n'a pas, cette fois, comme jadis, même pour un moment, délivré Cénabre. Au contraire, l'effort a mis sa plaie à nu. Quoi qu'il feigne désormais, il s'est fait à lui-même l'aveu décisif : il ne saurait plus jouer ce jeu terrible de fuir ou de poursuivre tour à tour sa vérité, sa propre vérité, dans les ténèbres de son âme.

Les rares intimes dont il se laisse approcher l'ont plaint d'abord, et ils finissent par être tentés de le haïr, tant est dur, compact, intolérable, le silence qui tombe autour d'un tel homme. D'ailleurs, il a prolongé trois mois son séjour en Allemagne, puis a quitté son appartement de la rue de Seine, vendu une partie de ses livres. À son retour de Carlsbad, tout le monde a pu noter l'amaigrissement du visage, auquel la saillie des os et des muscles donne un singulier caractère de force brutale, presque aveugle. La voix surtout a changé ; elle est rauque, courte, s'altère vite. On chuchote que la fatigue a fini par avoir raison de cette puissante nature, qu'il est atteint de laryngite grave, probablement tuberculeuse. Et comme pour donner raison à ces augures, il a quitté Paris, fait l'achat, près de Draguignan, d'une bicoque aux tuiles vernies, cachée dans les palmes, à l'entrée d'un hameau de six feux. Par les premiers beaux jours du printemps, il allait s'asseoir sur le talus poussiéreux, en plein soleil, et revenait au soir tombant. Une vieille femme faisait son ménage, et couchait dans un appentis. « Lui malade ? s'écriait-elle, allons donc ! Pauvre cher homme, j'en suis encore à l'entendre tousser ! » L'église la plus proche est à une lieue et demie, par un chemin peu praticable. On ne l'y a jamais vu.

C'est de ce pays lointain que plusieurs lettres pressantes de M. de Clergerie avaient ramené l'abbé Cénabre en Normandie. L'historien s'y ouvrait à lui de son prochain mariage, et déjà incapable de dissimuler tout à fait sa blessure chaque jour plus vive, il s'y plaignait de la solitude morale où le laissaient, en un moment si grave, sa mère tombée en enfance, et une fille que la mort de l'abbé Chevance semblait avoir frappée d'une espèce de stupeur. Il ajoutait fort habilement que la longue absence de Cénabre laissait le champ libre aux malveillants, qu'il devenait utile, sinon de rentrer à Paris, du moins de s'en rapprocher. D'ailleurs, l'été s'annonçait torride, et personne ne comprendrait qu'il prolongeât son séjour dans le Midi.

Huit jours après, à l'étonnement de Clergerie lui-même qui ne s'attendait pas à un triomphe aussi facile, l'abbé Cénabre annonçait sa prochaine arrivée à Laigneville.

Hélas ! Au premier regard échangé, M, de Clergerie sentit avec angoisse que l'entreprise serait vaine : il faillit regretter son imprudence. En quelques heures, l'auteur de la *Vie de Tauler* eut achevé de décourager jusqu'à l'inlassable bienveillance de Mgr Espelette. Il ne quittait guère sa chambre, restait muet aux repas (il suivait un régime sévère) et, se plaignant d'insomnies, faisait chaque nuit les cent pas autour de la pelouse, à la grande fureur du psychiatre que le grincement du gravier empêchait de dormir. Il n'était sorti de cette humeur que pour interroger avidement Chantal sur les derniers moments de l'abbé Chevance, puis, après un bref débat, était rentré dans le silence, comme déçu.

Depuis, c'est à peine si M. de Clergerie osait prononcer devant lui le nom de sa fille, par une pudeur étrange, qu'il eût été bien incapable de définir. Dans cette maison solitaire, par cet été trop éclatant, trop lourd, au milieu de ces hommes attentifs, la douce voix de Chantal, si simple, si nette, son rire, entendu par hasard, résonnaient presque cruellement, semblaient factices. D'ailleurs les scrupules de l'historien, les confidences ingénues qu'il avait faites successivement à chacun de ses hôtes, n'étaient point pour dissiper ce malaise. Il s'aggravait au contraire à leur insu, prenait peu à peu la force d'un pressentiment, un sens augural. L'invisible filet se refermait sur la belle proie.

∼

2

— La grande chaleur m'est funeste, avoua tristement M. de Clergerie.

Presque invisible au fond du fauteuil de molesquine, il agitait de droite à gauche une main mourante. Il tamponnait, de l'autre, à petits coups, d'un morceau d'ouate imbibé d'éther, sa cuisse nue. À travers les volets clos, un rayon de soleil vint luire au dos de M. La Pérouse essuyant avec une gravité sacerdotale la mince aiguille de platine. Une tristesse absurde pesait sur les choses.

— N'est-ce pas ? reprit l'historien, déjà inquiet.

L'illustre psychiatre tourna vers lui, lentement, son visage triangulaire, où les deux pommettes luisent d'un éclat suspect.

— Funeste est un bien gros mot, cher ami, fit-il. À peine supposerais-je une infection légère. Ne vous en plaignez pas ! L'infection légère nous immunise contre de plus graves, en favorisant la multiplication des anticorps, si précieux. La santé n'est qu'une chimère. Ce vocable introduit dans nos hypothèses la notion d'équilibre, de beauté. Or j'estime qu'un biologiste, un médecin qui travaille avec l'illusion d'une sorte d'harmonie universelle ne fera jamais que des sottises. En effet la vie n'a ni méthode, ni principes, rien qu'une ignoble obstination. Pour un résultat de néant, voyez ce qu'elle gâche !

Il éleva les bras, ouvrit et ferma les mains comme s'il brassait une matière molle et gluante, avec une frénétique grimace de la bouche, déjà imperceptiblement déviée. M. de Clergerie s'efforçait de rire.

– Allons, allons ! maître, cher ami... Lorsque tant de malheureux vous bénissent ! À quoi bon vous calomnier ? Quelle amère plaisanterie !

Mais La Pérouse recommençait de pétrir et de malaxer une boue invisible :

– Je suis un chaste, reprit-il de la même voix douce, rêveuse... je suis un chaste comme beaucoup de laborieux, Balzac, Zola. Le désir empoisonne le sang du commun des hommes. Que voulez-vous ? On peut prendre les choses en long, en large, de biais, il n'y a jamais qu'un enchaînement de saloperies !

Il s'arrêta net, rougit et fourra brusquement les mains dans ses poches, afin de cacher sans doute ce léger tremblement des doigts, signe tragique qui, depuis des mois, n'échappait plus aux internes de son service.

– Je ne vois pas... non ! je ne vois pas ! répétait M. de Clergerie avec un accent plaintif.

Il sentait obscurément la déchéance, chaque jour plus profonde, désormais irrémédiable, de l'extravagante et puissante nature dont il avait si longtemps subi l'ascendant. Mais il n'eût pas encore osé renier en face le sorcier bienfaisant, maître des angoisses et des obsessions, auquel il avait remis son âme. Les paradoxes écumants, les contradictions tour à tour féroces ou naïves, ces injures obscènes, et jusqu'à ces cris de douleur, n'était-ce pas comme les ruines éparses de dix volumes d'observations cliniques irréprochables et de généralisations assez hardies pour avoir retenu un moment l'attention des sages ? L'œuvre tout entière avec le coûteux et trompeur arsenal bibliographique, ses tables, ses schémas, ses statistiques, était sortie sans doute des ruminations d'un adolescent timide et chimérique, incapable de surmonter les terreurs, les envies ou les dégoûts de la puberté. Misérables paradoxes, si misérables depuis que la volonté agonisante ne savait plus les retenir, les livrait tels quels à la curiosité malicieuse des élèves et des rivaux... D'ailleurs, lequel parmi les confrères impitoyables qui se répétaient, en souriant, les derniers propos du maître déchu, eût été capable de marquer le point exact, l'heure fatale, où l'imagination à la fois puissante et puérile, accélérant son rythme, avait commencé d'empoisonner la pensée au lieu de la féconder ?

— Ah !... vous ne voyez pas ? s'écria La Pérouse, sur un ton d'une profonde surprise.

Il redressa le buste, les bras toujours appuyés aux accoudoirs, s'étudiant visiblement à rester calme, impassible, avec ce mouvement impérieux du menton qui avait rendu l'espoir à tant de lâches. Et dans son visage raidi, rien ne bougeait plus qu'une ombre sur la joue droite, le tic imperceptible d'un nerf rebelle, pareil à une ride de l'eau.

— Vous êtes un noble cœur déçu ! protesta M. de Clergerie au désespoir.

— Non... per... permettez... Je radote, fit La Pérouse, après un long silence... Je radote certainement... C'est le temps... sept cent quatre-vingt-cinq millimètres de pression, pensez donc ! reprit-il avec une gravité sinistre.

Et comme si le son même de sa voix ne fût parvenu que lentement à ses oreilles, venu d'une bouche étrangère, il écouta curieusement, eut un sursaut léger, pâlit. Son visage reprit peu à peu l'air de douceur rêveuse, presque égarée qui contraste si étrangement avec son modelé un peu brutal, les reliefs et les creux, le grain même de la peau gercée par le soleil ou la pluie, le grand air, les saisons, et dont on ne reconnaît qu'à la longue le gonflement suspect, la flétrissure bouffie particulière aux malades de son espèce. Puis il se fit un nouveau silence...

M. de Clergerie toussa, cracha, et de guerre lasse essuya soigneusement son binocle.

— Je suis si surpris, si étonné, dit-il. Je voulais justement, ce matin, vous entretenir d'une affaire sérieuse, très sérieuse... enfin de celles que nos ancêtres appelaient des affaires de famille : il n'en est point d'indifférentes.

Il tourna vers La Pérouse, à la dérobée, deux yeux inquiets qu'il abaissa presque aussitôt vers le tapis.

— Voilà. J'avais besoin de m'habituer peu à peu à l'idée d'un nouveau mariage... Jusqu'ici, je me suis d'ailleurs très habilement ménagé... Oh ! grand ami, vous avez raison ! À défaut de volonté, une certaine prudence, une attention minutieuse atténuent merveilleusement tous les chocs. On me croit beaucoup plus émotif, à mesure que j'émousse au contraire une sensibilité dont les excès m'ont fait tant de mal... C'est que, sur vos conseils, je m'applique, le cas échéant, à dissiper en gestes, en attitudes, les impressions dangereuses pour mon repos. Ma fille elle-même s'y trompe... Je regrette de l'inquiéter... Pourquoi froncez-vous les sourcils ?

– Je n'aime pas beaucoup vous entendre parler de Mademoiselle votre fille, dit simplement La Pérouse qui se mit à marcher de long en large à travers la pièce. Médicalement, je ne sais rien d'elle, je n'en veux rien savoir. J'aurais seulement souhaité, jadis, en raison de certaines influences héréditaires, que vous consultiez Baour, ou Duriage, peut-être... à l'époque critique, à l'époque de la formation. L'occasion est manquée, n'en parlons plus.

– Alors vous croyez... vous craignez... vous pouvez craindre ? implora Clergerie, déjà bouleversé. Craindre quoi ?...

Il bégayait, bredouillait, sans réussir à se taire, comme si le regard prodigieusement attentif du maître lui eût arraché ce pauvre aveu. Car c'était bien le maître autrefois honoré, rival heureux de Charcot vieillissant, le grossier mais tout-puissant forceur de secrets, le cruel redresseur d'énergies défaillantes, berger d'un troupeau hagard, qui la tête un peu penchée sur l'épaule droite, transfiguré par une curiosité impitoyable, inassouvie, furieuse, ainsi que par une jeunesse éternelle, l'invitait doucement à poursuivre...

Mais, avant même qu'il n'eût répondu, La Pérouse jeta par-dessus son épaule, d'une voix dure, cette voix célèbre dont la vulgarité n'arrivait pas à déshonorer le timbre impérieux :

– Parlons franchement, comme toujours. Vous vous laissez arrêter par un fétu. À la vérité, vous redoutez quelque chose sans savoir quoi, et il arrive que ce malaise obscur, indéfinissable, s'est peu à peu fixé sur la personne de votre fille, dont vous vous plaignez d'ignorer l'opinion touchant votre mariage, bien que vous supposiez, d'ailleurs gratuitement, qu'elle ne l'approuve pas. Mais n'y a-t-il pas autre chose ? Et mon métier n'est-il pas, justement, d'amener cela, cette autre chose, dans le petit faisceau du regard, par l'interprétation la plus simple, la plus simple possible, je ne dis pas la plus rationnelle, notez-le. Oh ! je ne vais rien vous apprendre d'effrayant, je vous demande seulement de la sincérité, du sang-froid... Hé bien ! cher ami, vous doutez de votre fille, voilà le point à toucher du doigt. Est-ce que cela vous fait mal ? Remarquez que je ne parle même pas en médecin... Mon observation serait celle de n'importe quel témoin de bon sens.

Si cruel que fût au malheureux Clergerie un coup de lancette trop brutal, il ne sentit d'abord que la délicieuse rémission de la honte qui suit l'aveu, et dans sa joie d'être enfin délivré d'un secret qu'une volonté plus forte venait d'arracher de sa conscience, les larmes lui vinrent aux yeux. Il prononça le nom de Chantal avec une véritable ferveur.

–Douter de Chantal ? Allons donc !... D'ailleurs, comment l'entendez-vous ?

– Fort naïvement, reprit La Pérouse, déjà fixé sur l'issue d'une lutte inégale et qui observait distraitement son patient, d'un air d'ennui. Il est peu de pères au monde qui n'aient fait un jour ou l'autre la même expérience. On s'aperçoit toujours trop tard que les enfants ont une vie propre, particulière, à laquelle nous n'avons pas accès. Voudraient-ils nous y introduire qu'ils s'y efforceraient en vain.

– Non, je ne doute pas d'elle ! répéta M. de Clergerie. En aucune manière. La seule supposition en est absurde. À peine pourrais-je avouer – oh ! par un scrupule de sincérité absolue ! – que, depuis quelques semaines, j'ai le sentiment confus de certaines obligations... certains devoirs peut-être auxquels je me suis jusqu'ici dérobé... en quelque mesure... à mon insu. Oui, peut-être ai-je trop compté sur la sagesse précoce, l'expérience, l'esprit de modération, de mesure... Peut-être ma fille est-elle moins défendue que je ne l'eusse pensé contre les entraînements, les illusions d'une admirable générosité de cœur.

– C'est ce que je disais, répondit La Pérouse paisiblement. Certes, vous n'êtes que trop enclin au soupçon. On commence par des ruminations bénignes, on y prend goût, et on finit par devenir insensiblement un véritable paranoïaque. La chose est banale.

– Permettez, permettez... protesta faiblement l'historien, moi aussi, j'ai des droits, des devoirs... Il ne m'est pas possible de me désintéresser entièrement...

– Laissez-moi ajouter quelques mots, reprit le psychiatre, car il faut conclure. Vous n'avez jamais trouvé ni dans votre fille, ni jadis dans votre femme, l'être complémentaire que chacun recherche, le témoin privilégié de notre vie, juste assez au-dessous de nous pour ménager notre orgueil, envers qui l'indulgence est aisée, facile, devant qui nous n'aurons jamais à rougir. Or à l'âge où vous êtes, les déceptions, les humiliations de jadis ont tendance à reparaître à ce seuil de la conscience, comme ces plaies chroniques qui entrent en suppuration à chaque équinoxe d'automne. Il est de plus en plus clair que l'image de votre fille se superpose dans votre pensée à celle de feu Mme de Clergerie. Je vois là un danger, un danger grave. On n'en finit jamais avec les morts, les morts sont tenaces... Vous comprenez que je plaisante ? C'est nous qui ressuscitons les morts. Les morts sont nos vieux péchés. Allons, un peu de courage : ne cherchez pas à ruser, à biaiser avec ce sentiment humiliant de la supériorité d'autrui. Regardez-le sans rougir. Convenez même qu'il inspire votre conduite. Votre femme, votre fille ne furent jamais ni meilleures ni pires que vous : on a la morale de ses glandes. Vous manquiez seulement, à quelque degré, du sens poétique, grâce auquel nous donnons à nos actes leur couleur morale. Finissons-en... Vous n'oubliez pas nos petites conventions ? Certes, je ne nierai pas les bienfaits de la confession, telle que l'Église catholique la propose à ses fidèles ! Vous êtes libre d'en user ; elle n'est dangereuse que pour un nombre restreint de patients... Néanmoins vous savez que notre conception, à nous psychiatres, est assez différente. Nous entreprenons de vidanger non seulement le conscient, mais l'inconscient ; l'opération est plus rude. Une fois de plus, ne vous effrayez donc pas d'avoir à exprimer grossièrement, cyniquement, des intentions qui vous auraient paru, il y a dix minutes encore, presque ignobles. Allons ! Vous allez répéter après moi, bien exactement, à voix haute, en appuyant sur chaque syllabe...

– Non, dit M. de Clergerie, non et non ! Je ne méconnais pas vos intentions, cher ami, ni l'efficacité de vos méthodes – elles m'ont servi, je l'avoue. C'est là un remède héroïque... héroïque..., héroïque...

Il répéta trois fois le mot, ainsi qu'un puissant exorcisme. Il le jetait de ses dernières forces, à la face de son bourreau :

– Vous savez que je ne me refuse pas... d'ordinaire... à forcer ainsi... sur vos conseils... jusqu'à l'absurde... jusqu'à l'odieux... des sentiments – de ces sentiments involontaires, spontanés, qu'un honnête homme évite de juger, d'examiner de trop près. Mais j'estime que votre science – votre sollicitude même... doit s'arrêter au seuil... au seuil sacré... enfin au seuil de la famille. N'est-ce pas ? Je vous supplie de réfléchir...

– Assez ! interrompit La Pérouse fort sèchement, bien que ce laconique adverbe fût prononcé de telle manière qu'il fit plutôt penser à l'intervention décisive d'un chirurgien brutal et bienfaisant. Nous perdons chaque fois du temps. Parlez-moi comme on parle à un mur. Que vous importe, puisque nous ne sommes moralement responsables que de notre conscient – l'inconscient est incontrôlable. D'ailleurs, j'en ai entendu bien d'autres !

– Vous... vous risquez d'abuser, supplia M. de Clergerie. Réellement vous abusez... d'une dépression physique... Ma... ma fatigue...

– Excellent symptôme, dit La Pérouse presque riant. Votre malaise prouve que j'ai deviné juste... Nous sommes en train d'ébranler des racines diablement adhérentes, profondes... Ah ! cher ami, nous sommes bien payés de nos peines lorsque nous arrachons, mettons au jour...

Il arrondit les lèvres, et aspira l'air entre ses dents jointes, avidement.

– Quel cauchemar... gémit Clergerie, quelle grossièreté ! Où voulez-vous en venir ? Où m'entraînez-vous ?

Mais il est douteux que La Pérouse l'entendît, et d'ailleurs la misérable plainte ne dépassa probablement pas le rempart de livres et de feuillets blancs. Jusqu'alors, jamais l'illustre professeur n'avait ainsi abusé d'un avantage remporté sur sa fragile victime. Cette fois, il parut perdre un moment toute retenue, tout contrôle de son dangereux plaisir.

– Si, si ! je comprends votre dégoût, fit-il. Pas d'enfantillage, par exemple ! Restons calmes, sérieux. La vie psychique, c'est encore la vie – je veux dire une manœuvre sournoise, ignoble, contre la pureté, la majesté de la mort. On a beau rêver le froid, le blanc... Tenez ! mieux encore : la nuit sidérale, impolluée, le noir absolu, lisse, vide, stérile... Hélas ! les espaces interstellaires sont eux-mêmes fécondés, la lumière froide transporte le germe d'un ciel à l'autre, le berce au rythme absurde de cinq cents milliards de vibrations par seconde sans le tuer. Ni le froid, ni le chaud n'auront raison de l'abjecte sécrétion de la vie, un dieu ne réussirait pas à cautériser d'un coup, à la fois, tous les points de suppuration... Le prix inestimable que j'attache...

Il frappa doucement du plat de la main sur la vitre, la caressa.

– J'allais m'emballer, fit-il. Qu'est-ce que cela peut bien vous faire ? Ne retenez qu'une chose : la petite violence que je m'apprête à vous faire subir n'a qu'un but ; rien de pire qu'une obsession qui emprunte le caractère d'un scrupule religieux, moral. Je vous prouve que celle-ci est suspecte, puis je vous contrains de l'avouer en ma présence, afin de fixer un sentiment de déception, de honte, exactement comme le photographe fixe une image fugitive sur la plaque sensible, par un lavage approprié.

Il marchait à travers la chambre, scandant chaque syllabe d'un geste vigoureux du bras droit. Faisant demi-tour, il s'arrêta brusquement devant son singulier client. Clergerie laissait voir entre ses dix doigts écartés son visage luisant où les larmes et la sueur mêlées faisaient une espèce d'écume... Il pleurait.

— Je suis un fou, bredouillait-il, un fou... un malheureux fou... névrose héréditaire... peur de souffrir... Tout de même !... Jouer cette affreuse comédie... l'abdication... l'abdication de ma dignité... Ai-je le droit ?

Mais en entendant prononcer le mot de fou, l'extraordinaire psychiatre venait de jeter la tête en arrière, avec un furieux mouvement des épaules :

— Fou ? Comment, fou ?... Qu'est-ce que c'est que cette plaisanterie ? Fou ! (Son front et son cou s'étaient instantanément teints d'écarlate.) J'ai les plus grands égards pour mes malades. Néanmoins je ne dois pas tolérer — entendez-vous ? — je-ne-dois-pas, dans leur intérêt, tolérer qu'ils perdent le respect. Où irions-nous ? Remarquez que je n'ai même plus la ressource de vous priver de mes services, monsieur. Non, monsieur ! Je ne puis vous donner à l'un de mes confrères dans l'état où vous êtes, en plein traitement, alors que nous commençons seulement à établir la psychogenèse de votre névrose. Abuser de ce scrupule professionnel serait d'un lâche, monsieur, oui — d'un lâche... Parfaitement.

— Voyons, voyons... supplia Clergerie... vous m'avez laissé chaque fois le temps nécessaire... fort courtoisement... humainement. Croyez bien que je ne vois là, sans doute, qu'une sorte de rite — sans conséquence — un rite ingénieux... enfin une simple formalité... Néanmoins...

— Alors, allez au diable ! Vous porterez la responsabilité de ce qui va suivre. On n'abandonne pas impunément une cure comme celle-ci, à la période de transfert. Je tiens à ce que vous n'ignoriez pas qu'une névrose de l'espèce de la vôtre peut constituer le noyau de cristallisation, ou l'étape préparatoire d'une véritable psychonévrose. Il n'est pas si rare de voir un anxieux devenir hystérique, et un hypocondriaque obsédé.

— Permettez, cher ami... vous ne me ferez pas croire que la moindre résistance à l'une de vos suggestions ait nécessairement des conséquences aussi graves. Je crains que vous n'ayez pris au tragique de ces inquiétudes vagues que connaissent bien tous les pères de famille... Peut-être ai-je prononcé des paroles imprudentes ?... Vous passionnez terriblement le débat... conclut-il avec un douloureux sourire. La Pérouse venait de cacher hâtivement ses mains derrière son dos. Il hurla :

— Vous m'avez cependant demandé mon avis sur le cas particulier de Mademoiselle votre fille.

— Sans doute... Je ne retire rien.

— Hé bien, nous sommes d'accord. Je ne prétends que vous renseigner. J'agirai avec une prudence extrême, je ne propose aucun traitement. Traiter quoi ? La jeune personne paraît normale, absolument normale. Très pieuse, dites-vous ? Et après ? Je n'ai pas à distinguer ici l'introversion religieuse des autres cas de sublimation. Nous ne tenons nullement l'introverti pour un névropathe, mais pour un esprit en état d'instabilité. Il est seulement indispensable que nous agissions de concert... Pourquoi ne vous avouerais-je pas que ce cas m'intéresse ? J'ai raté l'abbé Chevance d'un rien, d'un cheveu, Mme d'Arpenans a failli me le faire rencontrer chez votre ami Tissier. Il était alors — comment dites-vous ?... prêtre auxiliaire ? habitué ? n'importe ! à Notre-Dame-des-Victoires. Mon collègue Dubois-Danjoux prétend qu'on voyait se succéder là-bas, à son confessionnal, toutes les cuisinières hystériques, d'où son nom, incompréhensible jusqu'alors pour moi, de confesseur des bonnes... D'ailleurs un maniaque exquis, une sorte de saint.

— Je déplore sa perte, dit gravement Clergerie, reprenant courage à mesure que semblait se détourner de lui l'attention de son bienfaisant bourreau. Je l'ai entendu regretter lui-même, devant une nombreuse assemblée, l'indiscrétion de ses pénitentes.

— Vraiment ? Vous êtes sûr ? riposta M. La Pérouse, avec un prodigieux intérêt. Le feu de son regard s'éteignit aussitôt ; il se mit à branler la tête avec douceur, en retroussant bizarrement la lèvre, jusqu'à découvrir non seulement les dents, mais les gencives.

— On m'accuse parfois d'un matérialisme grossier, brutal. Quelle sottise ! J'ai passé ma vie à chercher des sources pures, il me semble que je les flaire à travers le monde, les hommes. Qu'avons-nous à apprendre de nos malades, je vous le demande ?

Presque rien. Tous nos résultats sont faussés. Neuf fois sur dix la simulation est évidente, sans que l'interrogatoire le plus minutieux réussisse à cerner le mensonge.

– Cher grand ami, reprit l'historien, redoublant (à son insu peut-être) de gravité, d'autorité ; je ne suis pas un père irréprochable, mais je ne crois pas être, du moins, un père aveugle. Si injustement, si cruellement que vous ayez incriminé mes modestes intentions, je vous remercie. La lutte que je soutiens avec moi-même, depuis des semaines, doit prendre fin. J'y compromettais ma raison, ma santé, le pain de notre famille, ma chance d'un prochain établissement. Enfin j'allais commettre les mêmes fautes qui ont rendu mon premier ménage si malheureux. Bref, je vous fais volontiers délégation d'une part de mes droits paternels. Retenez seulement que ma fille est la sincérité même. Vous allez vous trouver (si j'ose hasarder cette image incorrecte) devant la conscience la plus délicate, la plus nuancée... Oh ! certes, j'admire votre respect du fait religieux. Tout croyant que je m'honore d'être, je n'ai garde de sous-estimer les services rendus à un catholicisme modernisé, progressif, par des savants tels que vous ! Aujourd'hui la psychanalyse – une psychanalyse assagie –, hier le pragmatisme de James, l'anti-intellectualisme bergsonien... et pourquoi pas ? M. Renouvier lui-même !... un certain idéalisme, en somme, réconcilie toutes les croyances ! Mais on n'épargne jamais assez une sensibilité trop fragile... Vous êtes psychiatre. Il vous arrive de demander l'avis d'un confrère spécialiste de la gorge, des reins, du cœur... Hé bien, j'avais prié notre éminent ami, M. l'abbé Cénabre, de mener de son côté, par ses propres moyens, sa petite enquête... Ma tranquillité serait parfaite si vous consentiez à... vous aider de... son expérience. C'est un des maîtres de la vie spirituelle. D'autre part, sa loyauté d'érudit, de savant... Le front et la nuque de M. La Pérouse se colorèrent de nouveau, aussi brusquement que la première fois.

– Votre Cénabre, bredouilla-t-il, votre Cénabre !... Mais qu'est-ce que vous me chantez là ? Cénabre ! Vous voudriez que dans ma situation, à mon âge...

Il ne songeait plus à dissimuler ses mains : elles tremblaient sous le nez de M. de Clergerie épouvanté par l'explosion de cette incompréhensible fureur.

– Mon Cénabre ! voyons ! grand ami... La personne même de M. l'abbé Cénabre...

– Je n'ai jamais accepté de partager avec qui que ce fût la responsabilité d'un traitement, dit le psychiatre, en apparence un peu calmé, bien qu'il parlât d'une voix monocorde, insupportable. Comprenez ce mouvement d'humeur. Vous m'avez confié votre fille. Elle m'est désormais sacrée. Oui, monsieur, on ne toucherait pas un cheveu de cette jeune personne sans ma permission, hors de mon contrôle. Je joue ma réputation, moi, monsieur, dans cette affaire... Cénabre, lui !...

Il se dirigea vers la porte, que déjà l'infortuné Clergerie couvrait de son corps.

– De grâce ! supplia-t-il, on peut nous entendre... Comment me serais-je douté ? Que se passe-t-il ? Enfin, vous m'expliquerez plus tard... Ces messieurs sont à deux pas de nous, dans la bibliothèque... pensez donc ! Derrière cette cloison de papier ! reprit-il en frappant le mur du coude, avec désespoir.

– Je ne lui reproche rien, continuait La Pérouse sans baisser le ton. Vous paraissez ignorer combien cette sorte d'enquête à laquelle je procède auprès de chaque nouveau malade est une opération délicate, intime – du caractère le plus intime... La moindre erreur de manœuvre risque de nous faire tomber dans l'absurde, ou dans l'odieux. Suivre le réseau si fin, si délié, si fragile des complexes, démonter pièce à pièce les systèmes d'ingénieuses compensations aux tendances hédoniques, trouver l'imperceptible point d'arrêt, la césure d'un développement trop tardif ou trop précoce, – quel sang-froid cela réclame ! quelle pureté d'intention, quelle pureté ! Oui, quelle pureté ! Il y faudrait le génie des deux sexes à la fois, la puissance de l'un, la pudeur, la délicatesse de l'autre – une espèce d'androgynat, mon rêve !

– Et vous me proposez la collaboration, que dis-je ! la surveillance d'un homme qui sue la virilité par tous les pores...

Il pâlit de dégoût.

– Je vous adjure..., commença Clergerie.

La surprise et la colère, en même temps que la terreur d'être entendu, donnaient à son humble regard, ordinairement si furtif, une fixité désagréable. La Pérouse éclata de rire.

– Comment n'y avais-je pas pensé plus tôt ?... Laborieux, austère..., oui, oui !... Austère est bien vite dit ! Seulement, il s'agit de ne pas confondre l'austérité avec une des formes de la mélancolie que nous connaissons tous – le pressentiment de la paralysie de la moelle, mon cher. Ah ! Ah !

– Je vous adjure de reprendre votre sang-froid... La Pérouse, comment osez-vous parler ainsi d'un maître... d'un maître exemplaire... dont la vie privée est au-dessus de tout soupçon ? Si ! écoutez-moi... encore un mot ! Je crois devoir vous répéter... Mais où diable allez-vous ? Qu'allez-vous faire ? C'est une véritable provoca...

Le reste se perdit dans un murmure confus, car le psychiatre venait de refermer la porte. Sa dernière vision fut d'un Clergerie si béant de stupeur, que, dans le tumulte de ses pensées, il eut le sentiment vague d'une erreur commise, ce pincement du diaphragme particulier aux distraits, lorsqu'une présence étrangère, à peine distincte, déjà s'impose à leur songe. Mais le système d'images demi-délirantes que la fureur et la déception avaient formé un moment plus tôt restait trop cohérent pour ne pas l'emporter, une fraction de seconde du moins, sur le témoignage même des sens. À ce retard presque imperceptible, à la brisure du rythme intérieur, on eût pu sans doute mesurer le progrès de sa démence. Car bien avant que l'intelligence, enfin pétrifiée, ne se fixe pour jamais dans une immobilité monstrueuse, vraiment minérale, et qui fait un si cruel contraste avec la vaine agitation des membres, les images ont une viscosité singulière, s'agglutinent, n'en finissent plus de quitter le champ de la conscience, y laissent une traînée brillante. Et pourtant, cette fois encore, le geste de La Pérouse devança la pensée, en sorte que son attitude fut réellement celle d'un étourdi qui s'est trompé de porte et se retrouve dans la pénombre d'une bibliothèque aux volets clos, quand il croyait déboucher sur un jardin. Sa voix seule l'eût trahi, peut-être.

– Je vous présente mes excuses, fit-il. Où ai-je la tête ?

– Sur vos épaules, monsieur, répondit l'abbé Cénabre. Permettez-moi une innocente plaisanterie. À en croire quelques-uns des administrés du gouverneur Pescennius, le premier évêque de Paris et ses compagnons Rustique et Éleuthère n'eussent pu en dire autant.

On entendit le rire unique, que Lagarrigue compare au roulement du petit tambour d'écorce soudanais, et qui sembla monter tout d'un trait de cette poitrine profonde. Il faillit faire perdre contenance au médecin.

Mais La Pérouse n'est pas homme à céder la place. Il a mieux que le sang-froid du courtisan que rien n'embarrasse, l'impassible grossièreté du maître de tant de secrets honteux ou lamentables, dressé à forcer, comme d'un seul coup de bélier, en quelques mots impitoyables, des âmes d'avance rendues, qu'il serait dangereux de ménager.

– J'ai la voix trop haute et trop claire, dit-il avec une franchise sauvage, et vous avez eu tort d'écouter. Sur le chapitre de certains syndromes d'un caractère spécial, un prêtre est toujours un peu secret. La vieille morale empirique voyait à tort dans l'hypersexuel l'homme dangereux, l'homme de désordre. On devrait se souvenir que toutes les révolutions ont été faites par des eunuques : Jean-Jacques, Robespierre, Cromwell, étaient des pisse-froid.

L'abbé Cénabre posa sans hâte le livre qu'il tenait à la main, et dans le mouvement qu'il fit pour se lever, sa tête et ses épaules rentrèrent dans l'ombre. Un mince rayon de soleil jouait sur sa pauvre chaîne de montre.

– Je devine que vous désirez éviter un malentendu possible grâce à un excès de sincérité, dit-il. Mais je ne comprends pas un traître mot à ce que je viens d'entendre. Qu'ai-je à faire avec Jean-Jacques, Robespierre ou Cromwell ? Ce sont là des propos de médium. Rassurez-vous d'ailleurs : il est impossible de surprendre une conversation ici, d'une pièce à l'autre. L'expérience vous en convaincra très aisément. Il se rassit doucement. La lumière venait maintenant au ras de ses épais cheveux, à peine gris. Son regard attentif luisait au-dessous. La tristesse inexorable en frappa La Pérouse. Une réplique insolente qu'il préparait sécha sur ses lèvres. Il haussa seulement les épaules, fit un geste de doute ou d'impuissance et rentra dans le bureau qu'il traversa sans tourner la tête. Derrière son rempart d'in-quarto, Clergerie n'adressa qu'à la porte trop vite refermée un vague sourire douloureux.

3

Le jour glissait du zénith, par larges nappes obliques qui venaient ruisseler le long des hautes pierres blanches, pour rejaillir en grappes multicolores aux quatre coins des pelouses – jaunes et pourpres avec les dahlias, roses et blanches avec les œillets – jusqu'à se perdre dans le vert assombri des bordures. Mais ce n'était là, si l'on peut dire, que le motif principal de la symphonie serti dans la trame serrée de l'orchestre. La nappe immense s'était déjà brisée en l'air sur quelque récif translucide, et le vent invisible en éparpillait l'écume comme par jeu, aux endroits les plus inaccessibles, au creux d'un talus plein d'ombre, à la dernière feuille d'un buisson de lilas, ou à l'extrême pointe du pin noir. On eût dit moins la vaste, l'universelle explosion du jour que l'embrasement insidieux d'un taillis bien sec, lorsque l'ondulation instantanée de la flamme court d'une brindille à l'autre, ainsi qu'une minuscule langue écarlate. Car à certaines heures d'un été trop lourd, la nature, au lieu de s'ouvrir et de s'étendre sous la caresse brillante, semble au contraire se replier sur elle-même, muette, farouche, dans l'immobilité, la résignation stupide d'une proie qui a senti se refermer dans son flanc, au point vital, la pince des mâchoires du vainqueur. Et c'était bien, en effet, à la morsure, à des milliards et des milliards de petites morsures assidues, à un énorme grignotement que faisait penser la pluie raide tombée d'un ciel morne, l'averse des dards chauffés à blanc, l'innombrable succion de l'astre.

M. Fiodor, ses longues jambes gainées de cuir, les manches retroussées jusqu'à l'épaule, lavait sa voiture. Il ne se retourna même pas.

– Prenez garde, cher, fit-il entre ses dents. L'idiot est à la pompe.

Il recula de deux pas, saisit le seau, le balança doucement, sans effort, comme il eût fait d'une légère botte de foin.

– Gare là-dessous ! cria-t-il en montrant ses dents blanches. L'eau claqua sur le mur, dix mètres plus loin.

– Quel idiot ? demanda La Pérouse. Quelle pompe ?

– Vous êtes enfant ! C'était une blague... Je déteste qu'on m'approche ainsi par surprise, à l'improviste. Voilà tout...

Il lança le seau derrière lui, sur un tas de chiffons gras, et décrocha son veston pendu au mur.

– Jolie saleté, hein ! fit-il. Ami, cela me rappelle ma jeunesse. La maison de la grand-mère n'avait pas de fenêtres non plus ; seulement une large porte, cloutée, solide, à l'épreuve de la hache et de la balle, avec un creux pour l'icône. Mais après la mort du père, imagine, elle avait brisé l'icône et craché dessus, la vieille juive ! Et par terre, aussi, des chiffons – que de chiffons ! Cinq mille, dix mille, vingt mille roubles de chiffons, peut-être ?... Des torchons dévorés par les vers, tout raides de suif, des linges pourris, et dessous, ami, tu aurais vu de ces riches galons turcs ou persans, les belles broderies du Caucase à peine ternies, des dalmatiques sans prix, de hautes tiares byzantines en drap d'or... Jour et nuit, elle était assise, accouvée comme une vieille poule sur ses richesses, et elle avait une habileté merveilleuse pour dépecer, en un instant, de ses mains noires, les aigres petits poissons salés, qu'elle poussait un à un dans ma bouche, avec son pouce.

– Je jurerais qu'il n'y a pas un mot de vrai dans ce que tu viens de dire, fit La Pérouse. N'importe... J'ai deux ou trois questions à te poser.

– Pas un mot de vrai ? répliqua le Russe avec insolence... Mais où ai-je l'esprit ? Noble ici, juif là, hier prince cosaque, gouverneur de district, général, demain autre chose, la femme d'un pope perdrait le fil de tant de mensonges... Souviens-toi, petit père, le jour où la bonne dame Artiguenave t'a fait venir : elle pensait que j'allais me tuer. « Sauvez-le, docteur, illustre maître, monsieur le professeur... Je l'avoue : il est mon amant. Je donnerais la moitié de ma fortune pour le sauver. Guérissez-le !

. . .

Il doit vous parler franchement, il le faut. S'il ment, ce n'est pas sa faute, il a perdu le goût de lui-même !... » Et en effet, j'avais perdu ce goût.

Il tira de sa poche une cigarette, l'ouvrit, souffla la feuille légère, roula le tabac blond entre ses paumes, et du bout des doigts, le glissa soigneusement sous sa langue.

– Maintenant, je t'écoute, reprit-il après un silence. Que me veux-tu encore ? La Pérouse fit ce brusque mouvement de la nuque et des épaules qui trahit sa colère ou son embarras, et du ton qu'il eût pris pour mettre à la raison un enfant têtu.

– Qu'avez-vous tous, toi et les autres ? fit-il. Cette fille vous rend fous, ma parole. Personne ne l'avait jamais distinguée, elle ne tenait pas plus de place qu'un chien ou qu'un canari... À présent, voilà cette petite pensionnaire qui ne songe peut-être, après tout, qu'à ne pas rater ses confits d'oie, ses garbures, et cinq maniaques l'observent avec une anxiété comique, épient ses paroles, ses gestes... Franchement, ils ont l'air d'en avoir peur.

– Moi, je m'en fiche, interrompit Fiodor.

– On dit ça, fit La Pérouse... Bah ! je sais mon faible. J'ai toujours volontiers prêté l'oreille à des histoires de bavards, j'adore les potins. Et puis, tu es fin, sagace, un vrai renard... N'importe ! il vaut mieux nous en tenir là. Des filles bizarres, on en trouve partout, l'espèce n'est pas rare. D'ailleurs, entre nous, ce que tu m'as rapporté est curieux, très curieux, mais je n'en tirerais rien de réellement neuf.

– Et moi, je répète que je m'en fiche, dit le chauffeur. J'ai vu des choses étranges, incroyables – c'est assez. Pourquoi devraient-elles être neuves ?... Maintenant, répondez-moi. Aurai-je aujourd'hui la poudre, oui ou non ?

– Vous êtes tous les mêmes, déclara La Pérouse, sans broncher. Il vous faut une provision, un vrai stock. Après ça, vous gâchez la drogue, vous la partagez avec les copains, – des gamineries... Allons, veux-tu cinq grammes ?

– C'est trop ! dit le Russe, étourdiment. J'ai assez de deux grammes, merci. Voilà ma journée faite.

Si rapide que fût son regard, il ne réussit pas à éviter le regard plus aigu du vieux maître, et il laissa échapper son secret.

– Je t'y prends, mon garçon, fit La Pérouse avec son terrible sourire d'enfant. Deux grammes suffisent, en effet. Me crois-tu si bête ? Je suis du même avis que la bonne dame Artiguenave, et je pense que tu veux te tuer. Ne te fâche pas : tu as eu la langue trop longue, mais de toutes les obsessions, celle du suicide est la plus facile à dépister... Vous inventez des ruses de femme, des ruses de sauvage, et chacun de vos muscles nous fait ses confidences, malgré vous, à votre insu. Oui, vous répétez le geste cent fois par jour, impossible de s'y tromper. Il faudrait être aveugle...

– Brute ! murmura Fiodor entre ses dents.

– D'ailleurs, je ne crois pas beaucoup au suicide de gens comme toi, continua le médecin, d'un ton paternel. Vous êtes trop intelligents, trop curieux ; le plus petit obstacle vous arrête, vous retient le temps nécessaire ; l'image morbide n'arrive pas à se fixer... Sinon, tu serais mort depuis deux ans. Qu'est-ce que tu nous donnais, alors, mon petit, quelles belles crises ! Va ! tu es trop vicieux pour te tuer.

Mais M. Fiodor avait retrouvé son calme :

– Parlons de choses sérieuses, dit-il. Savez-vous pourquoi je suis ici, ami, à cette heure ? La grosse éponge, cette cotte bleue, les seaux, cela n'est rien, c'est du chiqué : j'avais lavé la voiture hier... Seulement, je la verrai passer, elle, dans un instant, lorsqu'elle reviendra de la messe... Vendredi déjà, ... Figure-toi : je sors du garage ainsi qu'un diable, il me semble que je me jette encore dans le fleuve, avec mon cheval, du pont de Grodno, comme jadis, ivre. L'air siffle dans mes narines, je perds le souffle... Qui la protège ? D'où vient que pour l'aborder maintenant, lui parler, je doive faire un tel effort, serrer les dents ? Et elle me lance un regard d'effroi, de mépris, de pitié – que dirais-je ?... Alors, la honte m'inonde, frère, elle coule à travers mes veines, toutes les racines de ma chair en sont rafraîchies, délassées. Qu'importe si ces choses sont neuves ou non ? Pour moi elles sont neuves. Ce sont les seules choses vraiment neuves que j'aie jamais vues.

– Assez, assez, fit La Pérouse brutalement. Laisse ça, Fiodor, hein ? Il n'y a pas de miracle ici, entends-tu, pas d'autre miracle que les fantasmagories d'un cerveau russe gelé par l'éther... D'ailleurs, le père s'inquiète, les domestiques jasent ; Francine s'est laissé voir l'autre jour imbibée de morphine par tes soins, j'ai dû l'envoyer coucher ; elle faisait peur. Joli spectacle, à trois cents kilomètres de Paris, en plein décor bucolique ! Il faut que tu fiches le feu partout, selon ta nature ; tu appartiens à la race de ceux qui jouent avec les allumettes... Mais je te défends de parler de la jeune fille ; malade ou non, elle m'est confiée ;

je l'interrogerai moi-même, si le cas m'intéresse. Inutile désormais de l'observer par le trou des serrures... Pourquoi me regardes-tu ainsi ?

– Je vous regarde, en effet, dit le chauffeur. Je vous regarde avec plaisir. (Il avait grimpé comme un chat sur une pyramide de caisses d'essence, et les coudes aux genoux, le menton posé dans le creux de ses paumes, on eût cru voir son regard attentif s'éteindre et s'allumer tour à tour.) Jadis, lorsque nous avions passé la nuit ensemble, chez le pauvre petit prince Vassiloff, Couprine, Dorolenko, et ce chauffeur d'autobus, Alexis... Alexis Séméneioff – avec son long peignoir dessiné par Drecoll, et dans ses cheveux déjà gris les tubéreuses et les lis –, je lâchais l'usine Renault pour aller vous entendre, au grand amphithéâtre de l'École, le lendemain, parmi les maîtres, et je jouissais de vous connaître mieux qu'aucun d'eux, car je ne vous ai jamais aimé. Non, je ne vous ai jamais aimé. Il y a trop de faiblesse en vous, ami. Êtes-vous des nôtres ou non, nul ne sait. Peut-être n'avez-vous jamais vu en nous que des bêtes dont vous partagiez les jeux ? La curiosité des savants est si étrange, si puérile... Peut-être aussi ne savez-vous mentir qu'aux animaux de notre espèce ?

Il cracha aux pieds de La Pérouse sa cigarette, dans un jet de salive blonde.

– Cher, reprit-il d'un air de mépris, je ne songe nullement à vous offenser : permettez-moi néanmoins d'ajouter qu'avant de vous occuper de moi, de mon suicide, vous devriez prêter l'oreille à ce qui se dit de vous, ici ou là, même à l'office... Hier, François, cet idiot, imitait devant nous votre voix, vos gestes. Il paraît que vous ne prenez plus un verre sans le casser, vos doigts tremblent. Fi ! se vanter d'aller impunément parmi les fous, les classer, trouver à chacun sa place dans la vitrine, avec sa fiche, son numéro – fi ! fi ! « L'ours est réjoui lorsque le chasseur tombe sur son propre épieu », a dit notre vieux Pouchkine. Ah ! ah !...

– Tu parles comme un sot, Fiodor, répondit La Pérouse, sans un seul frémissement dans son visage blême. Je me moque des racontars.

Il respira bruyamment, serra les lèvres.

– Regarde si mes doigts tremblent, imbécile !

Il mit sa large main sous le nez du Russe, en fit jouer lentement les phalanges.

– Hein ? Tremble-t-elle, animal ? Ils éclatèrent de rire tous les deux.

– Possible, murmura Fiodor qui venait de descendre de son

perchoir, ne vous fatiguez pas, cher, vous êtes pâle... Tu es pâle, reprit-il à mi-voix. Méfie-toi. Laisse donc en repos une sainte de Dieu, visitée par des anges. À quoi bon ? Elle a fait de moi un malheureux...

— La paix ! dit La Pérouse. Parce que j'ai eu le tort de t'interroger une ou deux fois, tu te crois précieux, indispensable. Pauvre nigaud ! À supposer que tu aies vu, réellement vu ce que tu racontes, j'ai observé, j'observe presque chaque jour d'autres phénomènes autrement curieux que ces balivernes. Mais un exalté comme toi suffit pour mettre une maison sens dessus dessous. Je finirai par en dire deux mots à Clergerie. Et d'abord, pourquoi m'as-tu refusé d'entrer chez Devambèze, à sa clinique ? Ta place n'est pas ici.

— Parle toujours, dit le Russe du bout de ses longues dents, avec plus d'insolence que jamais. J'ai commis une faute, je l'avoue. Néanmoins, j'aurais voulu voir la fin de tout ceci, le dénouement.

— Le dénouement ? On va te flanquer dehors, à la rentrée, mon petit. Heureusement pour toi ! La paix bourgeoise, une maison calme, la province et de bonnes mœurs, il n'en faut pas plus pour te tuer... Mais les soirées chez Moyses, les nuits blanches, la musique, et le frisson de l'aube dans la rue vide qui remet les nerfs en train, c'est ton régime ; cela te va comme un gant... Vois-tu, les gens de ta sorte inventent leur vie au jour le jour, ils la composent ainsi qu'un livre, ils voudraient nous en distribuer les rôles... À t'entendre, ce malheureux coin de Normandie est un vrai rendez-vous de sabbat... Nigaud ! Chaque famille a ses petits secrets : nous en savons quelque chose, nous ! Le rassurant, c'est que tous ces secrets se ressemblent. On passe de l'un à l'autre, comme dans les petits jardins qui entourent les maisons de brique des cités ouvrières : on doit regarder le numéro. Un excellent homme tourmenté de scrupules, une vieille dame avare et gâteuse, une jeune fille exaltée, sentimentale, des amis peu sûrs... Mon Dieu ! la domesticité est encore, grâce à toi, ce que je trouve de plus cocasse ici. Et encore ! À Paris, il n'en paraîtrait rien...

Tandis qu'il parlait, M. Fiodor avait achevé de brosser soigneusement son veston, ses bottes. Il répondit le plus naturellement :

— Gardez votre poudre, ami, gardez-la. Vous ne me ferez pas chanter pour deux ou même cinq grammes de poison, je puis m'en passer. Non ! vous n'apprendrez désormais rien de moi, inutile de ruser. Agissez donc à votre guise, de votre côté, librement. Pourquoi tourner autour du pot : vous ressemblez à un gros chat noir. Oui, vous ressemblez...

Il fit un bond en arrière, si brusquement qu'il heurta la double porte du garage qui tourna sur ses gonds, s'ouvrit toute grande. L'énorme voiture, ses flancs vernis, ses cuivres, jaillit de l'ombre, comme si elle venait de tomber du ciel dans la lumière, au milieu d'un jaillissement d'écume.

Le cri qu'ils venaient d'entendre restait suspendu au-dessus d'eux, trop particulier, trop différent pour se confondre avec la pacifique rumeur du jour. À peine s'éleva-t-il plus haut que les mille bruits familiers qui s'élancent et retombent en un perpétuel échange, selon un rythme défini, toujours le même peut-être, bien que l'oreille n'en perçoive que l'apparente confusion (et pourtant, qui n'a reconnu à travers la brume et le goudron, l'odeur de la boue, telle ville marine géante rien qu'à son souffle puissant, le prodigieux battement de son cœur, je ne sais quoi de terrible et d'enfantin ?). À peine s'éleva-t-il plus haut, mais il ne retomba pas. Ils se regardèrent en silence, un long moment, plus surpris qu'effrayés, l'oreille tendue, les nerfs si ébranlés par cette conclusion inattendue, mystérieuse, apportée du haut des airs, du creux de l'espace, à leur dispute obscure, qu'une détente soudaine, une explication rassurante les eût fait éclater de rire. Déjà un autre cri s'élevait vers le premier, comme s'il allait le rejoindre au même point précis de l'espace. Mais il s'arrêta sans doute à mi-chemin, parut s'achever en un râle plus faible, à peine distinct, et ils entendirent presque aussitôt, sur le gravier d'une allée, le grincement inégal d'une course exténuée.

— La vieille dame s'est échappée, dit Fiodor. Une fois de plus... Sacrée Francine !

Le bruit venait à eux à travers la mince cloison de briques et les carreaux de faïence. Pour voir, ils durent sortir en hâte par une porte des écuries, longer les communs, et débouchèrent à l'extrême aile droite du petit château, un peu en retrait, ombragée d'immenses tilleuls, solitaire. Le coin du parc qu'ils avaient sous les yeux ne s'étendait guère au-delà des pelouses voisines, limité à gauche par la brusque pente des terres, à droite par les derniers bosquets échevelés de la charmille, lieu favori des promenades quotidiennes de Mme de Clergerie. Sur le mur du potager récemment recrépi à la chaux, tout vibrant de soleil, une ombre glissait, mais plus noire que l'ombre, à peine plus dense, une silhouette bizarre, précise et menue, avec les arrêts mystérieux, les départs soudains, l'équilibre paradoxal d'un pantin disloqué. Ils la perdirent de vue un moment, la retrouvèrent, la perdirent encore au hasard des détours du chemin. Enfin elle surgit, à vingt pas d'eux, avec un dernier cri plus faible, aigu et rauque à la fois, un cri de vieille femme ou d'oiseau.

– Ne bouge pas ! N'appelle pas ! souffla M. La Pérouse à son compagnon. Laisse-la nous reconnaître tout doucement. Pas de bruit !... Le pauvre Clergerie n'aurait qu'à se montrer, quelle belle crise !

La folle s'était arrêtée, à bout de forces, essayant de fixer sur les deux hommes un regard tour à tour furieux et craintif que la volonté expirante laissait échapper sans cesse. Son visage enflammé restait sec, ses mains tremblantes, aussi rouges que ses joues, retenaient encore, inconsciemment, la lourde jupe de laine, qu'elle avait retroussée pour courir, découvrant ses bas épais, déformés par des genouillères. Une seconde ou deux, sa tête oscilla violemment sur ses épaules, tandis qu'elle s'efforçait en vain de lutter contre ce silence terrible qui étouffait sa colère, le vide muet où achevait de se perdre le débile faisceau des pensées et des images que la toute-puissance de la haine avait un moment rassemblé. Mais le silence fut plus fort. Elle appela une dernière fois, des profondeurs de sa détresse, les deux témoins impassibles, et la maison, la chère maison elle-même, aussi indifférente que les hommes... Puis le même brouillard qu'elle connaissait bien commença de recouvrir lentement les êtres et les choses, de moins en moins saisissables, sans relief et sans poids, pareils à leur propre reflet dans l'eau. Et désespérant par avance d'imposer sa loi à un univers de fantômes, en perpétuel glissement, elle dit d'une voix rapide, entrecoupée, comme si elle eût récité sa leçon :

– La fille m'a frappée... La fille m'a frappée...

Elle trépignait, tenant toujours à poignée sa jupe noire, sans avancer d'un pas, car à sa colère impuissante se mêlait déjà la crainte enfantine de ces deux inconnus barrant la route, debout au seuil de sa maison, voyant de si près sa honte.

— Reste là, dit La Pérouse, toujours à mi-voix. Non ! non ! n'appelle personne. Il est d'ailleurs possible que cette fille l'ait battue... Vois la trace des doigts sur la joue. Trempe dans le baquet une serviette, un torchon, ton mouchoir, n'importe quoi... Je vais lui parler.

— Ne parlez pas, dit tout à coup derrière lui la voix un peu tremblante de Mlle de Clergerie. N'essayez pas de lui couvrir la tête surtout !... Mon Dieu, Fiodor, allez-vous-en... non... c'est-à-dire, prévenez Francine, elle doit être cachée quelque part, pas loin d'ici. Qu'elle ne se montre pas !... Monsieur La Pérouse, il vaut mieux que vous me laissiez seule un moment... oh ! rien qu'un moment... Ces crises sont si laides, affreuses ! Pourvu que papa ne se doute de rien...

— Mama, reprit-elle plus bas, pauvre mama...

Brusquement, elle saisit la folle entre ses bras, l'enleva doucement, pressant sur la bouche misérable sa joue fraîche.

—Passez devant moi, dit-elle à M. La Pérouse (elle soufflait un peu). Ne la touchez pas encore, qu'elle ne vous voie pas... Montez l'escalier, en face. Je vais la porter jusqu'à la chambre de Fernande... Oh ! elle ne pèse pas bien lourd...

Ils l'étendirent sur le lit de la cuisinière, mais elle leur échappa deux fois, sans crier, avec une plainte qui passait maintenant de l'aigu au grave, pour s'achever en une sorte de soupir modulé, jusqu'à ce qu'ayant touché du dos l'angle du mur, elle s'y blottît, ramassant autour d'elle les draps et les couvertures, en frissonnant de fatigue et de plaisir.

— Pardon, mama, disait Chantal, pardonnez-moi... C'est moi qui vous ai blessée, souvenez-vous ? Je ne l'ai pas fait exprès, je n'ai pu vous retenir, nous sommes tombées toutes les deux.

La vieille dame hésita, haussa les épaules, visiblement confondue, déconcertée par une intervention si soudaine, la pièce obscure, les murs nus, ce silence.

— Bah ! Bah ! La fille m'a frappée — oui, vilaine ! — elle m'a frappée... Là... là... ici même.

Elle posa brutalement, à plusieurs reprises, son doigt sur sa joue.

— Mais non ! mama, voyons, vous avez rêvé. Rêvez-vous donc toujours ? Vous avez eu peur, un peu peur... cela passera. Cela va passer tout de suite. Regardez-moi, mama. Vous laisserais-je frapper, moi, Chantal, votre petite-fille.

– Jure-le, dit la vieille rusée, après un court silence. Jure-le que je n'ai pas reçu ce... cette..., que je n'ai pas été battue. Je te croirai, mon petit, tu ne mens jamais.

– Jurez donc, pas d'enfantillage ! fit La Pérouse presque sans baisser le ton (il parlait ainsi à ses internes devant les malades, d'une voix monocorde, intelligible aux seuls initiés). Méfiez-vous : elle va essayer de vous enjôler.

Mais la folle n'attendit pas la réponse et, à la stupeur du médecin, elle reprit :

– Tu ne voudrais pas me tromper, tu es une bonne fille. Mets ta petite main derrière mon cou, aide-moi à allonger les jambes ; je dois te faire peur, j'ai l'air d'une démente. Retiens-toi bien, ma jolie. Je pense à notre promenade, l'autre, souviens-t'en, tu m'as portée dans tes bras...

Elle ramena doucement ses deux poings fermés jusqu'à son menton. Puis les yeux parurent se fermer, ses traits se détendre, bien que la méfiance se marquât encore à chaque coin de sa bouche mince. Et déjà M. La Pérouse reculait vers la porte, sur la pointe des pieds. La voix de Chantal le cloua au seuil, stupéfait.

Jusqu'alors il n'avait connu que le rythme familier de cette voix, sa cadence, mais soudain il en découvrait l'accent, le timbre, on ne sait quoi qui n'était qu'imperceptible dans la conversation ordinaire. Et le découvrant, il croyait l'avoir toujours connu ; mais il n'eût pas su dire si Mlle de Clergerie avait haussé ou baissé le ton, et l'espèce de saisissement dont il s'était trouvé pris n'était pas de ceux que provoque une surprise heureuse de l'oreille, une consonance parfaite. Ce qui l'avait mis en un instant hors de lui-même, c'était la tristesse comme augurale de cette voix, tristesse comparable à nulle autre, parce que l'observateur le plus subtil n'y eût rien décelé qui ressemblât au dépit, à la contrariété de l'amour déçu qui aigrit toute tristesse humaine. Tristesse désintéressée, surnaturelle, pareille au reproche des anges. Et si simple à la fois, si claire, d'un tel frémissement d'innocence et de suavité, qu'elle venait d'atteindre en La Pérouse la part réservée, la part intacte de l'âme, et qu'il ne la distinguait plus qu'à peine du brusque et délicieux déchirement de son propre cœur.

– Voyons, mania, disait-elle, à quoi bon ? Vous n'êtes pas folle, l'avez-vous jamais été ? Je me le demande. Mais, en somme, vous l'êtes tous... Oui, vous l'êtes tous, je le sens bien. Il faudrait des siècles et des siècles, il faudra le temps dont Dieu dispose pour vous apprendre à être heureux. Oh ! vous pouvez me regarder, faire l'étonnée : vous me comprenez parfaitement, ma pauvre mania. Pourquoi ruser avec moi ? Je sais tout, je sais même ce que vous m'avez caché l'autre jour, absolument tout, je ne suis pas si sotte. Mais à quoi bon ! Vous voilà comme il y a vingt ans, vous vous agitez, vous inventez mille prétextes, vous refusez de céder, vous tenez votre triste petite vie serrée sur la poitrine, avec vos clefs... On vous arracherait les deux bras pour les prendre... Seulement, voyez-vous, vous avez beau rire, vous avez peur de moi, comme vous aviez peur de ma mère, est-ce assez extraordinaire ? Et le pis, c'est que vous êtes tous ainsi, que vous ai-je fait ?

Elle pressait toujours le bras de la folle sur sa poitrine ; mais – d'un mouvement si inattendu, si libre que La Pérouse ne put songer à en esquiver le trait – elle tourna vers lui son visage pensif avec une expression indéfinissable, et comme une sorte de malice désespérée :

– Oui, vous tous. Je le sais, à présent, j'ai fini par le comprendre. On attend quelque chose de moi, mais quoi ? Personne ne s'en doute... Je commence à deviner ce que c'est... Papa lui-même s'intéresse prodigieusement à sa fille, comme ça, tout à coup ; j'ai l'air de rendre des oracles. Je me disais : « Est-ce qu'ils deviennent tous fous ? » Hé bien non. Vous vous intéressez à moi comme Thisbé s'intéresse aux alouettes !... Une alouette, ce n'est qu'une touffe de plumes avec une chanson dedans, ce n'est pas du gibier. Mais, justement pour ça, ma chienne adore de les gober... probablement parce qu'elles ne ressemblent pas aux autres ; il y a le miracle de leur petitesse, de leur légèreté, et qu'elles ne sont pas utiles à grand-chose, un dessert, une fantaisie... Méfiez-vous ! je me défendrai... Est-ce ma faute, à la fin, si vous avez tant de fois menti au Bon Dieu ? Suis-je ainsi faite que vous me deviez donner vos mensonges à garder ? Je ne porterai pas vos mensonges... Je n'ai qu'une pauvre petite vérité de rien du tout, ma vérité ; je ne m'en vais pas vous la donner, elle ne vous servirait à rien.

Elle cacha son front sur la couverture et au frémissement de ses épaules, La Pérouse devina qu'elle pleurait.

– Mademoiselle, fit-il, j'ai honte de moi.

Elle releva brusquement la tête, elle lui commanda le silence d'un de ces regards de tristesse intrépide, où il crut lire son destin. Et presque aussitôt elle reprit, pour parler à sa grand-mère, son accent de prière enfantine :

– Nous allons vous porter dans votre chambre, mama. Vous voyez bien que vous êtes dans celle de Fernande ? Il faut promettre d'obéir, jusqu'à ce que vous ayez passé une bonne nuit.

– Obéir ? demanda la folle, pensive. Dois-je obéir aussi à Francine ?

– Ne pensez pas à Francine, vous ne la verrez plus, je vous promets.

– Je ne la verrai plus ? C'est mieux ainsi. Ni celle-là, ni une autre, je dois me cacher, je n'ai plus la force, n'est-ce pas ? Et garde ça pour toi, ma petite fille ! Les ouvriers vont revenir, et l'acheteur de Beaumesnil pour les pommes à cidre... Nous ferons le marché d'avance, nous traitons cette fois à forfait... Dis-leur que je suis souffrante.

– Je dirai que vous êtes vieille, mama, bien vieille... Oh ! vous savez, cela n'apprendra rien à personne qu'à vous !... Et encore ! Parce que vous n'êtes pas si sûre que ça d'attendre aujourd'hui l'acheteur de Beaumesnil, ni lui, ni les autres, car, et il y en a beaucoup, beaucoup, je voudrais vous débarrasser de ces gens-là... Que ferez-vous de ces cadavres ? Pouah ! Ils sont tous morts le jour où nous nous sommes rencontrés là-bas, sous le soleil, un matin, vous souvenez-vous ? Je vous ai portée en effet, dans mes bras, légère comme une plume, telle que vous pèserez dans la main de Dieu – une fourmi, une pauvre fourmi... Une fourmi passe son temps à remplir ses greniers, et puis elle s'en va mourir, seule, derrière un petit caillou... Nous devrions bien l'imiter.

– Seule ? fit la vieille dame curieusement. Vraiment seule ? Est-ce possible ? Tout cela s'agite, murmure... Je ne suis jamais seule.

Elle passa délicatement la main sur l'épaule de Chantal et dit après un silence, les yeux clos, avec un profond soupir d'attention :

– Pourtant, lorsque tu parles, je n'entends plus que toi... Je perds le goût de me défendre, ma tête se délasse. Bien sûr que je suis vieille, allons ! Mais j'ai quand même plus de jugement qu'eux... Tu ne mens pas, toi, ma jolie... On t'écoute, on respire ; que cela est frais !... Tu as raison, tiens ! À mon âge, je devrais tout lâcher... Mes doigts ne serrent plus, je me tracasse pour des sottises.

Elle laissa couler entre ses paupières, vers sa petite-fille, un regard indéfinissable, à la fois anxieux et rusé :

– Qu'est-ce que tu veux que je te donne ? Il y a bien la parure d'émeraudes, qui vient de ta tante Adoline... À quoi ça sert, tu ne pourrais pas la porter... Choisis plutôt du solide.

— Bah ! fit Chantal, ne cherchez pas... Je sais ce que je m'en vais vous demander. Vous pourrez dormir après, dormir sur vos deux oreilles, dormir comme vous n'avez jamais dormi.

La folle ouvrit tout à fait les yeux.

— Donnez-moi vos clefs, mama, vos chères clefs.

— Mes clefs !

— Mais oui, vos clefs. Ce sont vos clefs qui vous empêchent de dormir. Chacune d'elles est un petit démon, et chacun de ces petits démons est, à lui seul, plus lourd qu'une montagne. Avec un poids pareil, ma pauvre mama, quand les anges s'y mettraient tous à la fois, ils n'arriveraient pas à vous traîner jusqu'en paradis.

— Mes clefs ! répéta la vieille dame, livide. Que viens-tu là me parler des anges et des démons ? Pour une manie que j'ai ! Tu es finaude, ma mignonne, mais vois-tu, cette fois, tu te trompes. Je les ai sous mon gilet de laine, ici, au creux, tu peux sentir... J'aime le cliquetis qu'elles font — écoute — tac, tic, ticquetic et tic, et tac... Hé bien, oui ! cela m'amuse. Où est le mal ? Des clefs ! Je me moque des clefs...

— Alors, justement, donnez-les-moi, rendez-les. Vous disiez, il y a une minute, qu'à votre âge les doigts ne serraient plus, qu'il fallait tout lâcher. Oh ! mama, il y a beau temps que les morts vous ont pardonné ! C'est vous qui vous accrochez exprès au passé. Quoi ! si le bon Dieu donne des remords, ce n'est pas pour que nous en fassions, à la longue, de vieilles habitudes ! Vos vieilles habitudes, ce sont vos clefs. La folle écoutait avec une attention extraordinaire, marquant chaque mot d'un léger hachement de tête, et La Pérouse voyait se concentrer à mesure les lueurs éparses du regard.

— On n'a jamais rien vu de pareil, fit-il entre ses dents.

Mais si bas qu'il eût parlé, Mme de Clergerie avait sans doute saisi au vol un murmure suspect. L'effort qu'elle fit pour se reprendre déforma de nouveau ses traits, où parut instantanément la même expression de détresse et de ruse.

— Mes clefs ! Crois-tu que je prenne un malheureux trousseau de clefs pour le Saint-Sacrement ? Je t'étonnerais beaucoup, ma petite, si je te disais ce qu'il en est...

Mlle de Clergerie posa doucement sa joue sur l'oreiller.

— Pas tant que ça, peut-être, fit-elle. Vous savez très bien que vos clefs n'ouvrent pas une porte ici, pas un tiroir ; vous ne vous en servez jamais, ce sont des clefs pour rire. Seulement, vous ne voulez pas avoir l'air de vous en apercevoir... Oui, mama, laissez-moi vous dire, ne vous fâchez pas... À votre âge, si près de Dieu, c'est encore trop d'un petit mensonge ! L'âme n'est plus de force à le supporter. Et il y a encore les autres mensonges, pensez donc, ceux de toute la vie !... Il en reste toujours quelque chose ; ils doivent empoisonner les vieilles gens. Arrachez du moins celui-là, les autres viendront, avec, tous ensemble, comme les liserons d'un groseillier... Alors, vous serez réconciliée avec les vivants et les morts, c'est moi qui vous le jure... Vous pourrez dormir en paix.

– Tu as deviné ! Est-ce possible ! dit la folle d'une voix qui tremblait de joie. Tu devines tout, c'est merveilleux. Oui, oui, je le savais... *Elles* ne sont bonnes à rien... Je pourrais te dire quel jour on les a mises sur ma table, à la place des vraies. Elles sentaient encore la rouille, l'homme les avait frottées la veille, au sable, sous ma fenêtre... N'importe, prends-les, je te les donne... À présent que tu sais, à quoi veux-tu qu'elles me servent ? D'ailleurs je suis lasse... Mon cœur lui-même s'endort, mignonne. Désormais, vois-tu, je m'en vais pouvoir être lasse tout mon saoul.

Ses épaules eurent à peine un léger frisson. Elle dormait.

– Que pensez-vous ? demanda Mlle de Clergerie. Mieux vaut la laisser ici jusqu'au soir. Elle se réveillera pour souper, je la connais.

Elle essaya peut-être de sourire, mais il ne vit que ses joues creuses, les rides de ses yeux, sa pauvre bouche exténuée.

– Mademoiselle, dit-il, votre grand-mère ne soupera pas ce soir. Vous l'avez poussée à bout, elle n'en peut plus.

– Et moi, donc ! fit-elle. Je suis aussi bien fatiguée.

Elle s'approcha de la fenêtre, appuya son front sur les carreaux, en silence, et il crut voir remuer ses lèvres. L'idée qu'elle priait lui fut tout à coup insupportable.

– Votre méthode est ingénieuse, reprit-il. (En même temps, il épiait le sursaut de la nuque blonde au brusque éclat de sa voix.) Je la trouve un peu cruelle. Pourquoi lui retirer ce hochet ? Chaque âge a le sien.

Elle se retourna aussitôt.

– Vraiment ? C'est votre opinion ? interrogea-t-elle d'une voix anxieuse. Non, vous ne parlez ainsi que pour me faire de la peine, m'offenser. En quoi ma méthode est-elle ingénieuse ? Ma méthode ! Je n'ai pas de méthode, monsieur. On ne m'a rien appris, et je suis bien incapable de rien inventer. N'importe qui eût agi comme moi... Je connais mama mieux que vous. Elle a trop aimé la vie, voilà le mal : la vieillesse l'humilie, elle refuse de céder le pas, elle serre ses pauvres vieilles dents... C'est vrai que la tête n'est plus très solide, mais elle a tant de malice pour tirer parti de tout ! Elle a construit son histoire ainsi, brin à brin, comme un oiseau son nid, mensonge par mensonge, et vous faites semblant d'y croire, vous refusez de la délivrer. Mon Dieu, il me semble pourtant qu'il n'y a pas de mensonges plus redoutables que ceux-là qu'on commet contre soi-même ?

Elle acheva presque à voix basse. Ses mains qui repoussaient délicatement la couverture jusqu'aux bras de l'infirme frémissaient d'impatience et de fatigue. En se penchant vers la ruelle, ses genoux plièrent, elle n'eut que le temps d'appuyer son coude au chevet du lit, mais si adroitement que le regard de La Pérouse surprit cette défaillance comme au vol. Il crut lire un défi dans les yeux fiers et tristes.

– Votre tour viendra, mademoiselle, dit-il. Oui, l'heure viendra où vous chercherez avidement, parmi tant d'autres aujourd'hui dédaignés, le dernier misérable mensonge pour vous aider à vivre et à mourir. J'ai vu des jeunesses plus insolentes que la vôtre, et elles ont fini par se rendre... Elles se sont rendues corps et âme.

– Est-il possible ? fit-elle, en regardant le psychiatre avec une surprise indicible. Peut-on se rendre ?

Il se mit à rire de façon si basse, si féroce, avec un tel désir de l'humilier qu'elle devint pourpre. On n'entendait plus que le souffle menu de la vieille femme, et le grincement d'une branche sur la vitre.

– Comprenez-moi, dit-elle. À qui se rend-on ? À qui rendrait-on son âme ? Je crois qu'on se refuse ou qu'on se donne, mais se rendre ?

Sa voix s'épuisait de plus en plus, et s'éteignait sur ce dernier mot.

– Oh ! s'écria La Pérouse, le vocabulaire d'un vieux médecin n'est pas riche, excusez-moi... Se donner, se refuser, ce sont là pour moi des expressions vides de sens. Je n'ai jamais vu personne se refuser à ce qu'il aime et se donner à ce qu'il hait ; l'homme et son désir ne font qu'un. Mais je prétends qu'on finit toujours par se rendre, dès que les forces déclinent, et avec elles le désir de plaire. Et puisque cette discussion vous intéresse, j'ajouterai que le rôle du redresseur de mensonges est sans doute plus avantageux qu'utile. D'ailleurs, l'expérience a été faite déjà bien des fois, la méthode est connue. Pour mon ancien maître Durault de Séverac, la simulation...

– Je vous en prie ! dit Mlle Chantal. J'ai agi spontanément, sottement, au petit bonheur. Je serais bien confuse de me rencontrer tout à coup, comme nez à nez, avec ce professeur illustre. Sérieusement, reprit-elle aussitôt, ne croyez pas que je me moque, je suis une ignorante, voilà tout, et je n'entends pas l'être à demi, je veux m'en tenir là : il n'y a pas plus bête qu'un amateur de médecine, sinon un amateur de peinture.

– Il y a plus bête et plus cruel encore, fit M. La Pérouse, c'est celui que j'appelle l'amateur d'âmes, le maniaque qui vous attribue une conscience pour avoir le plaisir de descendre dedans, d'y apporter son propre mobilier... Chacun de nous s'arrange avec sa part de vérité et de mensonge... Moi-même...

– Pourquoi parler de vous ? demanda doucement Mlle de Clergerie. Je ne suis certainement pas capable de forcer la conscience de personne ! Que vous ai-je fait ? À quoi bon vous défendre ?...

–Permettez, je ne me défends pas ! Je refuse d'être dupe, simplement. Oui, mademoiselle, j'ai passé l'âge où l'on subit l'ascendant du premier venu, et après trente ans de ma vie employés à refaire une âme à tel ou tel grotesque avec les déchets de l'ancienne, je me méprise assez pour avoir le droit de m'épargner certaines expériences inutiles et humiliantes. Soyons francs : il m'est arrivé plus d'une fois de vous observer avec une curiosité... un intérêt dont votre sagacité s'est d'ailleurs avisée depuis longtemps ; et soit par indifférence, soit par mépris, vous l'avez adroitement stimulée sans penser un moment la satisfaire. Un curieux, pour vous, pour ceux qui vous ressemblent, qu'est-ce que c'est ? Un malotru. Aujourd'hui, ce matin même, Clergerie me questionnait à votre sujet... oh ! comme on interroge un vieil ami ! Parbleu ! je vous ai connue gamine, avec vos cheveux sur le dos, et des mains de bébé, d'incroyables petites mains blanches, aiguës. Que lui répondre ? Vous n'avez assurément besoin du secours de personne...

Déjà elle avançait vers lui, le front haut, avec son regard doré, presque impérieux – et toujours cet éclair de malice auquel l'extrême lassitude, la tristesse résignée du visage prêtait un sens unique, déchirant.

— Papa vous a questionné ? fit-elle. Questionné ? Décidément j'aurai tout vu ! Que me reproche-t-il ? Ma vie est des moins singulières, je la veux ainsi, je la tire même en bas autant que je peux, et sous prétexte que ma pauvre maman avait le gouvernement de son ménage en horreur, je finirai par passer à la cuisine le plus clair de mon temps. N'est-ce pas assez ? Que pense-t-on que je cache ? Un secret, un vrai secret, mais c'est un luxe ! Je n'ai pas de loisir pour ça... Avouez d'ailleurs que papa est extraordinaire. Depuis deux ans, à peine s'était-il avisé de ma présence, et le voilà soudain qui passe aux extrêmes : il compte mes pas, il vous questionne, il imagine de me faire examiner par un professeur de psychiatrie. Vous-même... Oh ! ne m'interrompez pas, inutile de réveiller grand-mère... Je ne suis pas tellement sotte, je vous vois resserrer le cercle autour de ma modeste personne, je ne vous échapperai plus... Tant pis pour vous... Il arrive qu'on croit cerner dans la haute luzerne un coq magnifique, et c'est une faisane toute grise qui s'envole. Vous ne vous doutez pas à quel point je suis grise...

— Et après ? fit grossièrement La Pérouse.

— Après... Vous n'aurez que la ressource d'inventer une belle histoire pour vous consoler : les légendes ne servant pas à autre chose. Aujourd'hui, vous en êtes encore à tâcher de surprendre un fait caractéristique, n'importe quoi qui vous permette de me classer. Je vous vois tendre de ces pauvres petits pièges innocents, avec la candeur du bonhomme entomologiste qui mettra vingt fois de suite sur le dos un malheureux scarabée. Il s'agit de savoir d'où je viens, où je vais... On me laisse libre, mais toutes les issues sont repérées ; on verra bien ! La porte du temporel est sous votre garde, et si je veux me sauver en paradis, c'est M. l'abbé Cénabre qui m'attend, à l'entrée du spirituel... Tout de même ! Supposez qu'il me plaise de rester là, moi, et de n'aller nulle part ? Je suis née pour vivre au jour le jour, comme un vieux corbeau sous la neige, qui lisse ses plumes et attend le printemps. Oui, un vieux corbeau ! Ne me croyez pas tellement jeune... Je voudrais que vous ne vous affoliez pas plus que moi ; je perds rarement la tête, j'appartiens à une espèce très commune, très résistante, mûre avant l'âge, qui prend le bon de l'air en toute saison. Et puis, voyez-vous, je vais vous dire : il y a encore un détail que vous oubliez – vous êtes étonnant ! Je vous observe, moi aussi, à la fin des fins ! Si d'y penser de temps en temps pouvait vous donner un peu de discrétion, de prudence ! Vous risqueriez moins de me faire souffrir sans profit.

— Qui donc vous fait souffrir inutilement ? Pourquoi ?

Elle hésita, haussa les épaules, l'éclair de malice parut s'éteindre, recula au fond, tout au fond, de son regard triste et tendre.

— Vous auriez peur d'être ridicule, fit-elle, suivant sa pensée. Oui, vous rougiriez de mettre, sous un prétexte ou sous un autre, même par amitié pour moi, du désordre dans ma vie... Il y a très peu de choses dans ma vie, entendez-vous ! Elle ressemble à une chambre d'étudiante, — le lit, la table, les deux chaises, — je puis la tenir propre et claire... De quel droit en ferait-on un bric-à-brac, un de ces magasins de curiosités que je déteste ? Hé bien, je fermerai ma porte, voilà tout... On devra dire son nom, son vrai nom, montrer son visage... Désormais, n'entrera pas qui voudra.

— Vous auriez sagement agi, dit La Pérouse, en prenant cette élémentaire précaution plus tôt, et envers d'autres que moi.

Il avait lancé l'injure froidement, posément, avec une rage appliquée, lucide. Et néanmoins, dans la même fraction de seconde, il sentit monter en lui, comme de ses entrailles, une colère bien différente, une sorte de délire panique et furieux qui ressemblait à la révolte contre la mort.

Elle le regarda longtemps, d'un air de surprise inexprimable. Il eût cherché en vain le moindre signe de crainte ou d'embarras. Elle ne rougit même pas, l'arc de sa bouche resta tendu, rien ne frémit dans le fin visage attentif que l'ombre dorée des cils. Elle dit enfin :

— Monsieur La Pérouse, vous avez parlé trop tard. Oui, il est trop tard maintenant, vous ne m'offenserez pas. Mais si vous connaissez ce pauvre secret, que demander de plus ? Vous en savez assez long.

— Non, fit-il. Fiodor est un imbécile, un fou. Ce qu'il a vu, ou n'a pas vu, qu'importe ? C'est de vous, c'est de votre bouche que j'apprendrai s'il a menti.

Il venait d'approcher son visage du sien, presque à toucher sa joue. Son sourire était d'un maniaque, ou d'un homme qu'une déception fondamentale vient d'atteindre aux sources de la vie. Elle voyait peu à peu bouger son regard comme si deux minces lames de cristal, à peine brouillées, eussent lentement glissé l'une sur l'autre.

— Écoutez ! dit-il. J'ai été médecin, c'est vrai, je ne le suis plus ; demain, je ne serai plus rien... Oui, on vous verra encore jeune et forte, aussi fraîche, avec cette odeur de mûres sauvages, ce parfum, et moi j'entendrai l'eau tomber goutte à goutte sur mon cercueil, l'innombrable tassement de la terre, peut-être le bruit d'une petite source, à travers des mètres et des mètres de craie ou d'argile, qui s'en va, qui monte, qui se hâte vers le jour, qui sautera comme une petite bête entre deux pierres moussues, dans l'herbe... Je me moque de la science, des savants et, en vérité, d'ailleurs. Je n'ai jamais été des leurs ; qu'ils crèvent tous ! Réellement, je n'ai rien aimé... qu'aurais-je aimé ? J'ai passé ma vie à me regarder dans la figure de mes toqués ainsi que dans un miroir... Je sais le sens particulier, immuable, de chacune de mes grimaces, je ne puis plus me faire rire ni pleurer... Mais je leur en remontrerais encore, mon enfant. Jadis un seul regard, un seul coup de pompe de ces yeux-là vous auraient vidé de son idée fixe un persécuté, un obsédé, comme d'une ponction à l'épigastre, vlan ! Les élèves voyaient sortir la chose par la bouche, ils se poussaient le coude, ils n'avaient plus envie de rigoler... Ce sont les bons moments de la vie. Bref, je sais ce que c'est qu'une malade, peut-être ! Hé bien, quand vous disiez tout à l'heure à la grand-mère : « La fourmi remplit son grenier, puis elle s'en va mourir derrière son petit caillou » – quelque chose comme ça –, je pensais : « Elle a joué la comédie à Fiodor, elle se fiche de nous. » Allons, avouez-le, vous vous êtes payé la tête du Russe !

– Oh ! monsieur La Pérouse, avez-vous donc juré de me pousser à bout, tous ! Quoi ! j'ai essayé de patienter, d'attendre, de cacher quelques semaines, quelques malheureuses semaines un... une... enfin des malaises... (Je ne suis pas la seule, voyons ! Marie de Saint-André était bien somnambule, elle, en pension ; vous l'avez soignée ; elle se sauvait sur les toits, puis elle restait une heure, deux heures, inerte, évanouie, que sais-je, raide comme un bâton.) Et voilà que tout me retombe sur la tête, parce qu'un vrai personnage de ballets russes s'est avisé de me suivre pas à pas, comme on suit le dompteur, dans l'espérance de le voir mangé. Car, enfin, je ne suis pas plus prude qu'une autre, mais il y a des moments où de plus solides que moi perdent le contact, s'affolent... Alors, on envie celles qui peuvent aller faire ces sortes de confidences désagréables à leurs mamans... Raconter une histoire pareille à un père comme le mien !... Et même à supposer que j'aie été un peu hésitante, un peu lâche, j'en suis bien assez punie, je suppose ? D'ailleurs, vous devais-je la vérité, à vous ? Suis-je comptable de vous à Dieu ?

– Nullement, dit La Pérouse. Comment vous feriez-vous la moindre idée de la dernière illusion d'un condamné ? J'ai cru en vous. Le mot aimer n'a plus aucun sens pour moi, et cela ne saurait s'exprimer dans un autre langage : j'ai cru en vous. Même aujourd'hui, même à cet instant, je chercherais en vain dans votre visage une marque, un signe, la flétrissure imperceptible du passé ! Pour vous, il n'y a pas de passé, ô merveille ! Lorsqu'on a scruté tant de lippes qui ont de loin l'air d'être vivantes, qui ne sont pourtant que des grimaces figées, depuis des siècles peut-être, par quelque mal héréditaire, quelle surprise de découvrir tout à coup un être, le plus humble des êtres, du moins en accord profond avec lui-même, libre, intact ! Vous étiez cet être. Je vous connaissais ainsi. Je n'ai rien vu de semblable, jamais... Vous étiez... vous étiez...

— Je sais ce que j'étais, fit-elle avec un si pathétique frémissement des lèvres que son admirable regard en parut s'assombrir. J'ai compris... Alors ? C'est donc vrai ? Quoi ! dans vingt ans, je serai peut-être l'une de ces malheureuses qu'on rencontre dans votre antichambre ? Vous souvenez-vous ? Mme Ascott, la pauvre Hélène Walsh, ou pis encore : une affreuse bigote de l'espèce qui faisait le désespoir de l'abbé Chevance : « Elles sont tout de même ennuyeuses !... » disait-il... Mon Dieu !

Elle l'interrogea des yeux, un instant, avec un misérable sourire qui, à son insu, l'implorait. Ce fut là son unique faiblesse.

— Hé quoi ! reprit-elle en secouant la tête, de ce même geste qu'elle avait lorsque, sur la large route en palier de Dombreville à Trévières, elle lançait sa voiture, se penchait de côté pour mieux entendre monter peu à peu le grondement de l'air dans ses oreilles. Monsieur La Pérouse, nous aussi, il nous faut rendre les clefs.

Il la regardait avec stupeur ; il balbutia :

— Je n'ai rien dit de pareil... Vous êtes... vous êtes...

— Allons, fit-elle, ne cherchez pas, il n'importe pas du tout de savoir qui je suis ; les définitions trompent toujours... Oui, j'eusse désiré une vie sans histoire, la plus claire possible, et d'être à la fin une petite vieille aux joues roses, qui rit toute seule dès le matin, rose comme une praline, et meurt aussi tranquillement qu'elle mettait jadis ses souliers dans la cheminée, la nuit de Noël. Me voici maintenant une espèce d'héroïne, je ne sais quoi de tragique, de suspect, condamnée à traîner dans son sillage des fols et des monomanes, ainsi que des mouches. Ce n'est pas le chauffeur russe qu'il faut chasser, voyez-vous, c'est moi qui devrais m'en aller. M'en aller où ?

– Vous en aller ! s'écria-t-il. Et nous ? Et moi ? Aurez-vous la prétention de me faire croire que vous ne vous êtes aperçue de rien ? Non ? Allons donc ! Passe encore à Paris, mais ici ! Cela crève les yeux. Vous disiez vous-même il y a un moment : « On attend presque quelque chose de moi. » Parbleu ! Vous avez fini par avoir raison de nous tous, un par un, nous sommes tous à votre merci. « Une vie sans histoire, une petite vieille aux joues roses. » Vous vous moquez de nous...

Elle ne semblait pas l'entendre, bien qu'elle ne le quittât pas de son regard sérieux, attentif. Et tout à coup sa voix s'éleva, remplit le silence – d'un timbre si pur, si déchirant, qu'il ferma les yeux malgré lui, pour mieux en sentir la profonde vibration dans sa poitrine.

– C'est vrai, fit-elle. J'aurais dû être plus prudente, puisque je n'avais rien à donner. Oh ! ce sont là des choses que vous ne comprendrez pas aisément, je n'espère pas beaucoup de me justifier ! Au fond, je ne pensais qu'à Dieu, je n'étais simple et gaie que pour lui..., un enfant, un petit enfant... Mais les saints seuls sont des enfants ! Il y a les hommes, monsieur La Pérouse, vous tous... Les hommes sont tristes, si tristes ! Est-ce bizarre ? J'ai mis des années et des années à l'apprendre, figurez-vous... On est trop habitué, on ne voit pas comment les hommes sont tristes... Du moins, je ne voulais pas le croire ; je ressemblais à ces imbéciles qui prennent un air de gaieté complice pour parler à des malades, on a envie de les gifler. Bien sûr, il y a la joie de Dieu, la joie tout court – chacun de nous s'en fait une idée... Mais les grands, les très grands saints gardent le secret de la laisser paraître sans dommage pour le prochain. Je me disais : « Que ferais-je de mieux ? Je suis aussi insignifiante que possible, je ne peux tout de même pas me rendre invisible ! Qu'est-ce qui les étonne ? » Parce que, vous pensez bien, nous distinguons aisément dans l'attention d'autrui la part qui revient à la figure, à la taille, à la toilette – et l'autre, la part privilégiée, la part sacrée... Mon Dieu, je n'avais aucune expérience, aucune charge, et pas la moindre ambition non plus... J'étais simple, je l'étais trop. Vous autres, vous avez vécu, souffert, offensé Dieu, que sais-je ? Vous avez vos regrets, vos remords, vous êtes comme de vieux militaires, avec leurs cicatrices... NotreSeigneur ne se lasse pas de vous pardonner ; vous êtes tout ruisselants du sang de la Croix. Qu'avais-je à faire dans cette bataille d'hommes ? Je ne réussis que les choses faciles. Et parce que je n'en tente jamais d'autres, on s'imagine que tout m'est possible, on voudrait de moi des merveilles. Alors, un jour vient forcément où l'on m'éprouve, et je ne suis à l'épreuve de rien.

– Taisez-vous, je vous en prie, dit-il. Je n'avais pas le droit de vous éprouver, je ne mérite que votre mépris.

– Vous ne me faites pas peur, reprit-elle, c'est le principal. Parce que je suis absolument sûre de ne mépriser personne. Oh ! non ! je ne méprise personne. Quoi que je fasse, moi-même je n'arriverais pas à me mépriser. Le mépris est le poison de la tristesse, monsieur La Pérouse. La tristesse bue, c'est lui qui reste au fond... une boue noire, amère. Et si malheureuse que je puisse être un jour, la tristesse n'aura pas de part en moi, jamais... Vous ne me faites plus peur, monsieur La Pérouse, ni vous, ni les autres. Jadis je craignais le mal ; non pas comme on doit le craindre, j'en avais horreur. Je sais à présent qu'il ne faut avoir horreur de rien. Une fille pieuse, qui entend sa messe, communie, cela vous paraît bien sot, bien puéril ; vous avez vite fait de nous prendre pour des innocentes... Hé bien, nous en savons parfois plus long sur le mal que bien des gens qui n'ont appris qu'à offenser Dieu. J'ai vu mourir un saint, moi qui vous parle, et ce n'est pas ce qu'on imagine, cela ne ressemble pas à ce qu'on lit dans les livres ; il faut tenir ferme là-devant : on sent craquer l'armure de l'âme. Alors, j'ai compris ce qu'était le péché... Le péché, nous sommes tous dedans, les uns pour en jouir, d'autres pour en souffrir, mais à la fin du compte, c'est le même pain que nous rompons au bord de la fontaine, en retenant notre salive, le même dégoût. Sans doute, vous aviez tort d'attendre de moi quelque chose... Mais je vous donne ce que j'ai, le peu que j'ai, ni plus ni moins. Je disais tout à l'heure qu'il fallait vous méfier, que je ne porterais pas vos mensonges, que je me défendrais. Non ! je n'ai plus envie de me défendre, c'est fini... On n'a pas le droit de se défendre... Dieu ne garde aucun de nous comme un oiseau précieux, dans une volière... Il livre ses meilleurs amis, il les donne pour rien, aux bons, aux mauvais, à tout le monde, ainsi qu'Il a été donné par Pilate : « Tenez, prenez, voici l'homme ! » Oh ! monsieur La Pérouse, quelle chose extraordinaire, parmi ce carnaval de soldats, de prêtres juifs et de filles fardées, la première communion du genre humain !

Elle s'échappa sur la pointe des pieds jusqu'au seuil de la petite chambre, poussa doucement la porte.

– Entendez comme elle dort, pauvre mania, c'est effrayant... Monsieur La Pérouse, croyez-vous que je puisse à présent la réveiller sans risque ? Je voudrais qu'elle rentrât tranquillement chez elle, par le vestibule, et se recouchât jusqu'au déjeuner. J'aurais le temps de me débrouiller.

– Vous oubliez seulement Fiodor, dit-il.

– Mon Dieu ! s'écria-t-elle, c'est, ma foi, vrai... Il était là, il a tout entendu, il aura mis la maison sens dessus dessous. D'ailleurs, pauvre maison, elle est toujours sens dessus dessous... Telle est la nature de son équilibre, on n'arrivera pas à la mettre d'aplomb tout à fait, c'est une habitude à prendre. Je finirai par marcher exprès la tête en bas...

Elle posa la main sur son bras, et il reconnut, avec une émotion indéfinissable, un pressentiment cruel et délicieux, la tendre malice du regard, son sourire muet.

– Quel bonheur d'être un jour couchée à plat, dans la terre, sur le dos, les bras croisés, comme tout le monde, nos malheureux os un peu délabrés, mais bien en ordre ! J'aime tellement l'ordre, monsieur La Pérouse, je l'aime trop peut-être ? Personne n'ose l'aimer autant que moi.

– Comment riez-vous, dit-il, par quel prodige ? Quand il n'est pas un être ici – non pas un seul être – auquel vous puissiez vous fier sans risque. Et même...

– Même vous ? Hé bien non. C'était vrai il y a une heure, parce que vous ne saviez pas qui j'étais. Vous me croyiez hardie, tenace, ou même, qui sait, conseillée par les anges ? Or, je ne suis qu'une pauvre fille très embarrassée. Embarrassée, il n'y a pas d'autre mot – les grands mots brouillent tout. J'aurais un séraphin à mon service, ou le don des miracles, que je serais encore embarrassée. Voyez-vous, monsieur La Pérouse, un bon chrétien n'aime pas tellement les miracles, parce qu'un miracle, c'est Dieu qui fait lui-même ses affaires, et nous aimons mieux faire les affaires de Dieu. Ainsi, j'ai commis faute sur faute, j'ai agi en étourdie, il faut maintenant que je me tire de là toute seule. Papa ne me sera d'aucun secours, vous pensez bien... Oh ! vous non plus, monsieur La Pérouse, vous moins que personne : nous nous sommes tout dit, nous n'avons plus rien à nous dire. Oui, vous et moi, nous sommes désormais hors de jeu... Mon Dieu, pourquoi pleurez-vous ?

– Vraiment, dit-il, je pleure ? Hé bien, ne regardez pas, ce sont des larmes de honte. Depuis cinq minutes, figurez-vous, je cherche en vain un moment, un seul moment de ma vie à vous offrir, qui soit digne de vous. Je ne me rappelle que des niaiseries ou des saletés. Toute la vie d'un homme ne ferait pas seulement de quoi remplir le creux de la main.

– Qu'est-ce que ça peut vous faire ? reprit-elle doucement. Il n'y a que le présent qui compte. Et tenez, pour l'instant, il serait déjà très utile que vous alliez prévenir papa. Dites-lui que grand-mère s'est trouvée mal au retour de sa promenade du matin, que nous l'avons couchée ici, qu'il ne se mette pas en peine, que nous la ramènerons dans sa chambre. Cela tiendra bien jusqu'au déjeuner ? Après déjeuner, ce sera mon tour.

Elle s'arrêta sur le seuil, et hochant sa tête rieuse, les bras serrés sur sa poitrine, elle dit en haussant les épaules :

– Bah ! monsieur La Pérouse, à quoi bon se débattre ? Notre tour est venu.

~

– Si j'avais attendu Mademoiselle, remarqua la cuisinière, j'aurais pu me fouiller pour les champignons. Fiodor vient de filer à Verneuil, il en trouvera chez Jeanne Marchais. Quant à Francine, qu'est-ce qui se passe donc ? Elle est rentrée furieuse ; impossible seulement de l'approcher.

Elle alla fermer la porte, revint s'asseoir, et d'une voix qui s'efforçait de rester calme, bien qu'elle tremblât de l'impatience de convaincre, d'être crue :

– Tous pareils ici, voyez-vous. Pas de bon sens, et des vices de milliardaires. On accepte à présent dans des maisons honnêtes, on couche dans des lits du gibier de bagne, des vrais arlequins. Je me demande de plus en plus si Mademoiselle se doute à quelle sorte de pirates nous avons affaire ? Pour ne parler que d'un seul, le Russe est capable de tout.

– Mon Dieu ! dit Mlle Chantal, assez ! Ma pauvre Fernande, est-ce que j'ai l'air en état de disputer avec vous de ces sottises ? Je n'en puis plus, la tête me tourne ; je suis lasse, lasse, lasse à mourir.

Elle haussa les épaules, et reprit, avec un sourire si humble, si triste, qu'il effaça pour un moment le rayonnement du regard, sa fierté :

— Capables de tout ? Je les crois plutôt capables de rien. Mon Dieu, mon Dieu, ils mentent trop, c'est vrai. À la fin le cœur vous manque. On ne sait plus ce qu'ils sont. Il me semble qu'ils font semblant de vivre, qu'ils n'arriveront jamais à faire une mort, une vraie mort, à mourir pour de bon. Oui, on voudrait au moins leur apprendre à mourir comme de malheureuses créatures de Dieu, à mourir comme des hommes !

Elle effleura les lèvres de la cuisinière de sa petite main tendue :

— Chut ! Taisez-vous ! ne me racontez pas d'horreurs, ma pauvre Fernande, j'aurais bien plutôt besoin d'être rassurée... Tenez ! regardez-moi seulement bien en face, sans rien dire, avec vos bons yeux bleus. Même quand vous voulez faire la finaude, ils sont encore trop clairs, ils ne peuvent rien garder ; on les croirait polis à neuf chaque matin. Que vos filles (oui, même la méchante, celle qui est partie avec le cantonnier), que vos filles étaient donc bien aises de se regarder dans ces yeux-là !

Avant que la cuisinière stupéfaite eût pu faire un geste, elle l'embrassa sur les deux joues, et disparut aussi vite. Derrière la porte refermée on entendit sa voix, son rire un peu tremblant :

— Je vous expliquerai tout à l'heure... Et puis, vous savez, tant pis ! je sens qu'aujourd'hui je ne serai bonne à rien.

4

« Quand vous vous croirez perdue, disait le vieux Chevance, c'est que votre petite tâche sera bien près de sa fin. Alors, ne cherchez pas à comprendre, ne vous mettez pas en peine, restez seulement bien tranquille. Même la prière est parfois une ruse innocente, un moyen comme un autre de fuir, d'échapper – au moins de gagner du temps. Notre-Seigneur a prié sur la croix, et il a aussi crié, pleuré, râlé, grincé des dents, comme font les moribonds. Mais il y a quelque chose de plus précieux : la minute, la longue minute de silence après quoi tout fut consommé.

Il était revenu là-dessus bien des fois, avec un entêtement mystérieux, comme s'il parlait non d'un péril probable, mais d'une conjoncture certaine, et qu'il ne craignît rien pour sa fille chérie qu'un geste suprême de défense, presque involontaire, un dernier sursaut. N'était-ce pas d'ailleurs la leçon de sa mort, le sens caché d'une agonie si humble, si délaissée qu'elle avait frappé de terreur Mlle de Clergerie elle-même ? Car elle s'était souvenue, longtemps après, d'une autre parole non moins singulière : « J'ai trop méprisé la peur, avouait-il un jour, j'étais jeune, j'avais le sang trop chaud. »

– Comment ! c'est vous qui parlez ainsi, s'était-elle écriée, vous ? Est-ce que vous allez maintenant faire entrer la peur dans le paradis ?

Et il l'apaisait d'un geste de sa pauvre main déjà rouge et gonflée, il riait de son rire silencieux.

– Pas si vite ! Pas si vite ! En un sens, voyez-vous, la peur est tout de même la fille de Dieu, rachetée la nuit du Vendredi saint. Elle n'est pas belle à voir – non ! – tantôt raillée, tantôt maudite, renoncée par tous... Et cependant, ne vous y trompez pas : elle est au chevet de chaque agonie, elle intercède pour l'homme.

~

– Que je suis lasse ! Dieu que je suis lasse ! murmurait Chantal en montant l'escalier, laissant traîner sa petite main grande ouverte sur la paroi plus fraîche du mur. Je ne me suis jamais sentie si lasse. Le pauvre M. La Pérouse disait vrai, peut-être ? Il y a des jours où l'on ne saurait refuser ni donner rien, où l'on est tenté seulement de capituler, de se rendre, se rendre à merci.

Elle se laissa tomber sur une chaise basse, au pied de son lit, se releva d'un bond avec crainte, avec dégoût. Elle s'était surprise elle-même dans ce geste de fatigue accablée, qui demande grâce. « Non et non ! fit-elle entre ses dents, non ! » Et elle commença de marcher à travers la chambre, ainsi qu'elle l'avait vu faire tant de fois, jadis, à l'ancien curé de Costerel lorsqu'au terme d'une de ces noires journées du dernier hiver, souffrant de terribles crampes d'estomac, il disait à Mme La Follette : « J'endors mon foie. »

Elle eût voulu se jeter à genoux, cacher sa tête entre ses mains, disparaître – oui, disparaître, rentrer dans ce merveilleux silence dont la seule pensée faisait défaillir son cœur. Et en même temps l'ordre montait, impérieux, du plus profond de son être, de cette part de l'être qui toujours veille, de résister encore une minute, une heure, un jour (qui eût su le dire ?), enfin d'attendre, debout, le coup fatal. Elle avait beau aller et venir du lit à la fenêtre, soulever le rideau d'une main tremblante, déplacer distraitement les coussins, ou même siffler tout bas les premières mesures de l'*Arabesque* de Claude Debussy qu'elle aimait tant, elle savait déjà la lutte sans issue, qu'elle s'était désormais, de gré ou de force, avancée trop loin, au point précis où l'emportent des lois inconnues, quand la volonté n'est plus qu'une pierre de fronde au sommet de sa trajectoire, reprise peu à peu par la pesanteur. Qu'importe ? Alors, elle assisterait du moins en spectatrice à la chute inévitable. Une pierre tombe, mais l'homme subit son destin.

Peut-être, d'ailleurs, Mlle de Clergerie se fût-elle trouvée plus émue devant un péril mieux défini, certain. Au contraire, l'absurdité du pressentiment à la fois si vague et si fort la délivrait de tout autre souci. Sûre d'être frappée à l'improviste, d'un coup imparable, elle n'imaginait nulle défense, n'était tenue qu'à cette même docilité stoïque qui donne tant de noblesse au sacrifice d'un condamné, même vil, parce que ses derniers pas obéissants vers la mort rappellent trop ces autres premiers pas qu'il fit vers la vie entre les frémissantes mains maternelles, découvrent on ne sait quelle majesté enfantine faite de terreur, de hâte, de confiance, une surprise éblouie, une maladresse sacrée. Car il ne songe plus qu'à user une à une chaque minute de grâce, seulement attentif à déjouer une suprême tentative de la chair, de la terreur charnelle, la révolte, la démence féroce de la panique ou du désespoir. Et dans l'effort qu'il tente ainsi pour détruire à mesure, repousser dans le néant les dernières secondes qui prolongent inutilement son agonie, par ce grand élan vers le vide, il entre dans la nuit qu'il appelle, déjà il n'est plus vivant.

Certes, Chantal était encore bien loin de pouvoir donner son nom à l'espèce de stupeur qui venait de la saisir, ni à cette impatience où elle s'obstinait à ne voir qu'un signe de faiblesse, d :, lâcheté. « Ai-je vraiment peur ? se demandait-elle. Il n'y a pourtant rien de nouveau, rien... Vais-je aussi croire aux présages ? » Mais à peine réussissait-elle à sourire, ainsi qu'elle avait souri au vieux Chevance agonisant, d'un misérable sourire anxieux qui implore, s'efforce à comprendre. « Hé bien, justement, se dit-elle tout à coup, je ne dois pas comprendre ! Pourquoi faire ? Évidemment, le pauvre La Pérouse m'a un peu tourné la tête, il avait l'air trop malheureux. J'ai parlé, parlé, cela ne vaut rien. » Elle chiffonnait du bout des doigts le rideau de tulle, elle voyait grandir son pâle visage dans la vitre. « Que suis-je venue chercher ici ? Voilà maintenant que j'ai l'air d'un rat pris au piège, je mords les barreaux de ma cage, c'est honteux ! Voyons : je suis libre, libre, absolument libre. Tous les enfants de Dieu sont libres. » Elle alla d'un trait jusqu'à la porte, l'ouvrit, recula, revint encore, resta tremblante sur le seuil, un long moment... Un long moment, elle flaira l'ombre tiède, étouffante, avec une grimace involontaire des lèvres, un froncement de dégoût. Puis, avant même que ne se fût effacé son sourire étrange, elle referma la porte doucement, minutieusement, et rentra vaincue dans la chambre.

· · ·

– L'abbé Chevance avait raison, fit-elle : mieux vaut rester tranquille en un moment pareil ; je ne ferais que des sottises. Au fond, je ne sais pas très bien ce que c'est qu'une grande épreuve, une vraie : celle-ci vient brusquement, tout s'éteint à la fois, je n'arriverais jamais à trouver ma route – mais il y en a une ! Mon Dieu, que j'étais donc heureuse, par comparaison, voilà seulement une heure ou deux ! Comment croire qu'on puisse être laissée si seule, à l'improviste, en un clin d'œil ? Jadis, du moins, je serais tombée ici ou là, au pied de mon crucifix, n'importe où... (Elle crispait ses deux petites mains sur la poignée de la fenêtre pour ne pas tomber en effet.) À présent, je ne dois même plus prier le bon Dieu qu'avec ménagement, prudence. Tant pis. Je ne bougerai pas d'un pouce jusqu'à ce que la lumière revienne ; je ne suis pas faite pour marcher à tâtons. J'ai besoin de savoir où je pose le pied.

« Jusqu'à ce que la lumière revienne », disait-elle, et déjà pourtant elle ne l'attendait plus, elle n'attendait que la nuit, c'était la nuit qu'elle défiait de son regard patient : la nuit, le vide, la chute, ce glissement rapide et doux. L'illusion devint si forte qu'elle sentait réellement ses muscles se détendre, ses reins se creuser, le râle profond de sa gorge et comme le froissement de l'air sur sa poitrine. L'humble assurance, qui avait inspiré chacun des actes de sa merveilleuse vie, la certitude de n'avoir jamais été, en n'importe quelle conjoncture, qu'une petite chose vaine et légère, faite pour servir un moment, pour la joie d'un seul moment, puis qu'on jette sans regret, prenait ici tout son sens. Elle était jetée, en effet.

Soudain, l'idée lui vint qu'elle avait déjà connu un tel vertige, face au corps gisant du vieux Chevance. Et presque à la même seconde, la vision monta des ténèbres à sa rencontre, avec une vitesse horrible. Le lit souillé parut d'abord, grossit brusquement, s'arrêta net, maintenant tout proche, encore balancé d'une houle invisible. Elle aurait pu toucher des deux mains le coin pendant du drap, la couverture grise où le sang séché faisait une tache d'un violet sombre. « Est-ce vous ? dit-elle tristement. Est-ce vous ? » D'ailleurs elle ne sentait ni curiosité, ni terreur, elle se retrouvait simplement à la place ancienne, pour y soutenir le même combat. Aujourd'hui comme hier, elle ne devait attendre de l'ami de son âme aucune aide, aucune parole de consolation. Il fallait simplement qu'elle restât de nouveau ferme et tranquille, ainsi qu'elle avait fait jadis, bien droite, attentive, couvrant de son ombre le vieux maître incompréhensiblement foudroyé. À peine osa-t-elle porter à la hauteur de l'oreiller un regard d'avance éperdu, qu'elle abaissa aussitôt vers la terre. La toile bise gardait encore, marquée au creux de la plume, ainsi que le sceau même de la très parfaite misère, l'empreinte de la nuque, des épaules. Le lit était vide.

En vérité, elle n'avait jamais attendu rien d'autre, elle le savait vide. Elle savait écrit de toute éternité qu'elle arriverait seule au dernier tournant de la route, qu'il manquerait le suprême rendez-vous. Et elle savait aussi que ce lit mystérieux, arrêté maintenant si près d'elle, ainsi qu'un minuscule navire, encore mollement secoué sur son ancre à la surface de la nuit, n'était qu'une hallucination demi-volontaire, une image à peine plus forte que les autres, dont son angoisse s'était emparée au passage. Mais elle acceptait tout cela comme un signe, le symbole probable de son humble destin. Les grandes épreuves n'étaient pas faites pour elle, ni les grandes joies, et ce qu'elle appelait, faute de mieux, son angoisse, devait ainsi garder jusqu'à la fin le caractère de ces déceptions enfantines qui ressemblent tellement à des songes... Elle aurait ainsi veillé, toute sa vie, soigneusement, héroïquement, sur des êtres médiocres, à peine réels, ou sur des biens de nul prix. Et maintenant, il fallait peut-être qu'elle montât sa dernière garde pour l'inutile souvenir d'un mort, près d'un lit vide.

Elle fit un pas du côté de la vision, en souriant. L'image commença de s'effacer aussitôt, rentra dans une ombre laiteuse, s'évanouit. En dépit des fenêtres closes, de la triple épaisseur des rideaux de tulle, elle entendait à présent la voix furieuse de Fernande, le choc des seaux sur la pompe, un rire aigu. Elle écouta d'abord avec une sorte de surprise exténuée, presque incrédule, comme si ces bruits fussent venus d'une autre rive, à travers une immense étendue d'eau murmurante. Puis il lui sembla que chaque fraction de seconde l'éloignait irréparablement de ces êtres qu'elle avait chéris. La pensée que, dans un instant, elle ne pourrait sans doute plus rien pour eux, qu'elle aurait perdu mille fois plus que leur chétive présence, le secret de leur tristesse, de leur misère, de leur mensonge, que le céleste lien de la pitié serait entre eux à jamais rompu, qu'elle ne pourrait plus les plaindre, partager leur souffrance obscure, la traversa comme un éclair. Elle put se croire jouée de nouveau par quelque surnaturelle malice. Le découragement de ces dernières semaines, les désillusions successives, la lutte qu'elle venait de soutenir contre Mme de Clergerie, La Pérouse, contre elle-même, lui apparurent comme autant de pièges, d'obstacles dressés sous ses pas afin d'user ses forces, de la réduire à l'impuissance dans le moment même qu'elle allait accomplir l'œuvre unique pour laquelle elle était née : le salut des faibles êtres dont elle se sentait comptable à Dieu. En choisissant la part la plus commune, une tâche à la mesure des moins adroits, des moins hardis, elle n'avait réellement songé qu'à sa sécurité, son repos. « Donnez à Dieu ce qu'on demande aux petits enfants », disait l'abbé Chevance. Et lui aussi avait vécu comme un enfant, il avait tenu la gageure avec elle, soutenu ce défi jusqu'à ce que – la ruse se dévoilant tout à coup – il se fût enfoncé dans la mort, sans une parole, sans une larme, redevenu un homme entre les hommes, dans un abandon solennel.

Alors le « trop tard », les deux mots inconsolés où tient tout le malheur de notre espèce, vint aux lèvres de Mlle Chantal, avec une plainte étouffée, un cri rauque, qu'on eût dit arraché au sein maternel. Elle se revit, portant la vieille femme au creux de ses bras, sur son cœur, dans la poussière et l'éblouissement de midi, sous le soleil immense. Dieu l'avait faite patiente et forte, pour assumer de tels fardeaux, et elle avait choisi les feux innocents de la grâce divine, la tâche quotidienne, l'humble joie entretenue avec tant de soins et d'amour, et qui n'aurait été utile à personne, que personne n'aurait compris !... Ainsi le vieux Chevance usait lentement sa vie à des besognes serviles, puis achevait de mourir abandonné, méconnu de tous, resté pour la fille même de son âme une énigme, un secret, presque un remords. « J'aurais pu, j'aurais dû..., balbutiait-elle, les joues enflammées, les yeux secs. Oui, s'il est vrai qu'ils attendaient tout de moi, qu'ai-je donc donné ? »

Elle pencha la tête, écouta de nouveau à travers la fenêtre toujours close, avec la crainte absurde de ne plus rien entendre, comme s'il eût été possible que ce petit univers, qu'elle n'avait pas réussi à sauver, se fût englouti d'emblée, perdu dans l'oubli. L'oubli... « Hélas ! ils n'avaient que moi, dit-elle. Dieu les oublie ! »

L'idée de cette solitude sans recours, éternelle, à peine eut-elle osé la concevoir, brisa d'un coup toute résistance, l'acheva. Elle leva vers le Christ pendu au mur un regard avide, et sans pouvoir se détourner plus longtemps de la source ineffable dont la soif la dévorait, elle glissa sur les genoux, se jeta dans la prière, les lèvres serrées, les yeux clos, comme on tombe, ou comme on meurt.

∼

Jusqu'alors, elle n'était jamais entrée dans le monde étrange où elle avait seule accès que par une pente insensible : cette fois, elle s'y sentit couler à pic. Littéralement, elle crut entendre se refermer sur elle une eau profonde, et aussitôt, en effet, son corps défaillit sous un poids immense, accru sans cesse et dont l'irrésistible poussée chassait la vie hors de ses veines. Ce fut comme un arrachement de l'être, si brutal, si douloureux, que l'âme violentée n'y put répondre que par un horrible silence... Et presque dans la même incalculable fraction de temps, la Lumière jaillit de toutes parts, recouvrit tout.

« Qu'ai-je donc cherché ? se dit Mlle de Clergerie. Où étais-je ? (Elle croyait reconnaître un à un chaque objet familier, il semblait qu'elle pût désormais les envelopper et les étreindre de ce regard intérieur qui baignait dans un autre jour.) Était-il donc si difficile de me remettre entre Ses mains ? M'y voici. »

Car à présent, l'idée, la certitude de son impuissance était devenue le centre éblouissant de sa joie, le noyau de l'astre en flammes. C'était par cette impuissance même qu'elle se sentait unie au Maître encore invisible, c'était cette part humiliée de son âme qui plongeait dans le gouffre de suavité. Lentement, avec des soins infinis, elle achevait de consommer amoureusement cette lumière éparse ; elle en concentrait le faisceau en un seul point de son être, comme si elle eût espéré faire ainsi sauter un dernier obstacle et se perdre en Dieu par cette brèche. Encore un court moment, le flot fut étale. Puis la vague flamboyante commença de baisser doucement, insidieusement, jetant çà et là son écume. La douleur venait de reparaître, ainsi que la dent noire d'un récif entre deux colonnes d'embrun, mais dépouillée de tout autre sentiment, réduite à l'essentiel, lisse et nue, en effet, comme une roche usée par le flot. À ce signe, Mlle, de Clergerie reconnut que la dernière étape était franchie, son humble sacrifice reçu, et que les angoisses des dernières heures, les doutes, et jusqu'à ses remords, venaient de s'abîmer dans la prodigieuse compassion de Dieu.

Elle n'osait faire un geste ni seulement baisser les yeux qu'elle gardait ouverts sur le même point de la muraille, un peu au-dessous de son crucifix. Elle sentait nettement la fatigue de ses genoux et de ses reins, la pesanteur de sa nuque, cette espèce de durcissement du globe oculaire qui paralysait son regard. Et néanmoins sa propre souffrance ne lui appartenait déjà plus, elle n'eût su la retenir en elle : c'était comme l'effusion hors de sa chair brisée, anéantie, du sang précieux d'un autre cœur. « Je ne possède plus rien, pensait-elle avec une joie encore naïve et pourtant grave, auguste, qu'elle aurait voulu serrer farouchement sur sa poitrine, ainsi que le fruit sublime de son extraordinaire union... S'Il voulait, je pourrais mourir. »

Mais ce fut moins l'attente de la mort, ou sa lucide délectation, qui fit défaillir son âme, que la certitude surhumaine d'un anéantissement si profond qu'elle ne pouvait non plus vivre que mourir ; en sorte que s'il plaisait à Dieu de détruire une misérable petite créature si parfaitement dépossédée, il devrait partager avec elle sa propre agonie, laisser prendre le dernier battement exténué de son cœur, le dernier souffle de sa bouche. Oui, elle recevrait la mort de cette Main qui ne peut plus se refermer sur rien, tenue ouverte par les clous, à jamais. Ainsi qu'un enfant répète sans les comprendre, avec une docilité sacrée, les mots qu'il reçoit, un par un, des lèvres maternelles, elle avancerait pas à pas parmi les ténèbres d'une Agonie dont le seuil n'a encore été franchi par aucun ange ; elle recueillerait chaque miette, à tâtons, de ce pain terrible... Et dans la même minute, le Silence qu'elle appelait roula sur elle, la recouvrit.

Certes, l'image de Chevance, son nom même, semblait bien loin de sa pensée... Pourtant, par un prodige unique, d'un mouvement de l'âme aussi pur, aussi innocent qu'aucun de ces gestes inhabiles qui ravissent d'amour et de pitié le cœur des mères, elle craignit vaguement d'avoir désobéi ; elle se retourna vers son vieux maître, ainsi que gémit, en dormant, un nouveau-né. Qu'eût-il dit ? Qu'eût-il pensé ? Ne l'eût-il pas arrêtée depuis longtemps, d'un de ces sourires anxieux qu'il avait, si tristes, si tendres ? Aurait-il permis qu'elle le précédât sur de tels chemins ? Car, ô merveille ! ce ne fut pas l'élan de l'extase qui lui fit franchir le dernier pas, mais au contraire l'effort à peine conscient qu'elle tenta pour s'en arracher, se reprendre. Qu'importe ? Elle était allée désormais trop loin dans la Présence que rien ne limite, elle ne put que se laisser glisser ainsi qu'un coureur au bout de sa course, et tandis qu'elle croyait refuser encore le don sublime dont elle se jugeait indigne, l'Agonie divine venait de fondre sur son cœur mortel et l'emportait dans ses serres.

D'ailleurs, à peine eût-elle osé distinguer ce nouveau prodige de la simple oraison où elle avait si souvent retrouvé le sens de sa propre vie, son équilibre, son secret. Bien des fois, en effet, depuis l'enfance, elle s'était sentie portée par la pensée auprès du Dieu solitaire, réfugié dans la nuit comme un père humilié entre les bras de sa dernière fille, consommant lentement son angoisse humaine dans l'effusion du sang et des larmes, sous les noirs oliviers... Un autre ira demain jusqu'à la Croix, qui épie à cette heure, à travers les fentes de la porte, avec le chant du coq, le reflet du clair de lune qu'elle prend pour la première lueur de l'aube cruelle. « Quoi ! cette nuit ne finira donc pas !... » Mais ce que veut seulement Chantal, c'est ramper doucement, sans aucun bruit, le plus près possible de la grande ombre silencieuse, la haute silhouette à peine courbée, dont elle croit voir trembler les genoux. Alors, elle se couche à ses pieds, elle s'écrase contre le sol, elle sent sur sa poitrine et sur ses joues l'âcre fraîcheur de la terre, cette terre qui vient de boire, avec une avidité furieuse, l'eau de ces yeux ineffables dont un seul regard, en créant l'univers, a contenu toutes les aurores et tous les soirs. La brume cesse de tomber. La brise se lève sur la misérable petite colline. Le chemin pierreux, avec ses flaques de boue, suit un moment la crête, puis descend brusquement, plonge dans le vide... Une fenêtre brille encore sur les pentes. D'où va venir la trahison ?

Car c'est à la trahison qu'Il pense, et elle y pense comme lui. C'est sur la trahison qu'Il pleure, c'est l'exécrable idée de la trahison qu'Il essaie vainement de rejeter hors de lui, goutte à goutte, avec la sueur de sang... Il a aimé comme un homme, humainement, l'humble hoirie de l'homme, son pauvre foyer, sa table, son pain et son vin – les routes grises, dorées par l'averse, les villages avec leurs fumées, les petites maisons dans les haies d'épines, la paix du soir qui tombe, et les enfants jouant sur le seuil. Il a aimé tout cela humainement, à la manière d'un homme, mais comme aucun homme ne l'avait jamais aimé, ne l'aimerait jamais. Si purement, si étroitement, avec ce cœur qu'Il avait fait pour cela, de ses propres mains. Et la veille, tandis que les derniers disciples discutaient entre eux l'étape du lendemain, le gîte et les vivres ainsi que font les soldats avant une marche de nuit, – un peu honteux tout de même de laisser le Rabbi monter là-haut, presque seul – criant fort, exprès, de leurs grasses voix paysannes en se donnant des claques sur l'épaule, selon l'usage des bouviers et des maquignons, Lui, cependant, bénissant les prémices de sa prochaine agonie, ainsi qu'Il avait béni ce jour même la vigne et le froment, consacrant pour les siens, pour la douloureuse espèce, son œuvre, le Corps sacré, Il l'offrit à tous les hommes, Il l'éleva vers eux de ses mains saintes et vénérables, par-dessus la large terre endormie, dont il avait tant aimé les saisons. Il l'offrit une fois, une fois pour toutes, encore dans l'éclat et la force de sa jeunesse, avant de le livrer à la Peur, de le laisser face à face avec la hideuse Peur, cette interminable nuit, jusqu'à la rémission du matin. Et sans doute Il l'offrit à tous les hommes, mais Il ne pensait qu'à un seul. Le seul auquel ce Corps appartînt véritablement, humainement, comme celui d'un esclave à son maître, s'étant emparé de lui par ruse, en ayant déjà disposé ainsi que d'un bien légitime, en vertu d'un contrat de vente en due forme, correct. Le seul ainsi qui pût défier la miséricorde, entrer de plain-pied dans le désespoir, faire du désespoir sa demeure, se couvrir du désespoir ainsi que le premier meurtrier s'était couvert de la nuit. Le seul homme entre les hommes qui possédât réellement quelque chose, fût pourvu, n'ayant plus rien désormais à recevoir de personne, éternellement.

Ce qu'alors Mlle de Clergerie vit, ou ne vit pas, de ses yeux de chair, qu'importe ? La terreur qui l'avait saisie restait lucide, ne ressemblait à aucune de celles qui naissent des songes et s'effacent avec eux. Tandis que la commune angoisse ne saurait se séparer d'une certaine honte secrète qui délie nos dernières forces et achève de nous dégrader, celle-ci suppliciait l'âme sans y apporter aucun trouble. La douleur fulgurante en était à ce degré de transparence et de pureté qui la fait rayonner bien au-delà du monde charnel. Et pourtant l'extraordinaire jeune fille reconnut la compagne fidèle, l'amie humble et sincère de sa vie, sa propre souffrance, dans cette espèce de miroitement prodigieux, insoutenable, qui était la souffrance même de Dieu. Comme elle eût reçu n'importe laquelle des épreuves quotidiennes, familières, jamais recherchées, jamais refusées, la confusion d'une parole railleuse, un plat manqué, elle s'offrit naïvement, elle fit une fois de plus ce don ingénu de soi-même. Aucune des martyres qu'elle aimait n'embrassa le glaive ou la hache d'un plus gracieux abandon. À peine son visage eut-il une rougeur légère tandis que, du profond de l'extase, ses bras et ses épaules esquissaient le geste de protéger, de couvrir une présence chérie, d'aller au-devant du coup fatal...

Elle voyait, à quelques pas, face au Dieu trahi, à l'amour méprisé, dont elle entendait le halètement solennel, la créature étrange, incompréhensible, qui a renoncé à l'espoir, vendu l'espoir de l'homme pour trente deniers comptant, puis s'est pendue.

Elle ne la voyait pas dans l'acte dérisoire de sa trahison, alors qu'elle n'était encore qu'un petit juif famélique et malicieux, qui éprouve les pièces d'argent au fond de ses poches, du bout de ses ongles crasseux, tremblant dans sa peau malsaine à chaque tintement de l'épée du centurion sur le fourreau, mais à l'heure qu'il eut accompli son destin, qu'il fut dressé à jamais, fruit noir d'un arbre noir, à l'entrée du honteux royaume de l'ombre, sentinelle exacte, incorruptible, que la miséricorde assiège en vain, qui ne laissera passer aucun pardon, pour que l'enfer consomme en sûreté sa paix horrible. L'arbre monte lentement au-dessus de l'horizon, fait du ciel deux parts égales, s'en va tremper dans la nue son front décharné. Elle ne voit plus qu'un tronc, une énorme colonne recouverte d'écorce, comme si l'arbre venait de se refermer sur son fruit. Toutes les larmes qu'elle écoute maintenant tomber sur la pierre ne rendraient pas une goutte de sève à ce gibet colossal.

Alors, elle écouta une dernière fois la plainte ineffable, elle la recueillit dans son âme, ainsi qu'un plongeur remplit d'air sa poitrine. Elle n'osa pas tourner la tête vers la vision merveilleuse, de peur de ne pouvoir plus en détacher son regard avant d'avoir achevé sa tâche ! Non ! elle ne recevra rien, tant qu'il lui reste encore quelque chose à donner !... L'idée ne lui vint même pas qu'elle accomplissait un acte bien différent des actes ordinaires de sa vie, et d'ailleurs aucune idée ne lui vint. Simplement, comme elle s'était offerte tant de fois pour les pécheurs, d'un même mouvement elle alla vers ce pécheur des pécheurs les bras tendus ; elle s'offrit à ce désespoir impénétrable avec un sentiment mystérieux, qui n'était tout à fait ni l'horreur ni la compassion, mais une sorte de curiosité sacrée.

Dès le premier pas, aussi furieusement qu'il avait grandi, ce gibet commença de décroître, ne fut soudain devant elle, à portée de sa petite main, qu'un olivier noir et tordu. L'enfourchure, placée fort bas, en était déformée par une grossière cicatrice, pareille à la tête d'un saule, couverte d'écailles grises, et d'une espèce de lichen desséché par l'hiver. Bien que sur ce plateau désert le silence fût absolu, la brise tombée, Mlle de Clergerie croyait entendre peiner et craquer sous l'écorce les membres noués mais puissants de l'arbre, et ses racines profondes. Puis elle vit frémir la pointe extrême des branches, et la vibration s'en transmit de feuille en feuille jusqu'à ce que la tête monstrueuse, déchirant lentement sa carapace de mousse et d'écorce, se mît à tourner sur elle-même, avec une gravité hideuse... Mais ce qui jeta Chantal en avant fut moins l'horreur d'une vision si grossière que la crainte vague, à demi consciente, qu'un tel cauchemar ne marquât la fin de son extase. Elle mesura des yeux, une dernière fois, l'obstacle, et marcha dessus.

— Où allez-vous ? dit une voix très lente, dont elle reconnut aussitôt l'accent. Est-il convenable que je vous laisse sortir ainsi ?

L'abbé Cénabre était devant elle.

L'abbé Cénabre venait de refermer sa main sur le bras de la jeune fille, et ne songeait pas encore à la retirer, son regard triste toujours posé sur le sien. Le visage impérieux, légèrement adouci depuis ces derniers mois par l'empâtement des joues et du menton, une certaine flétrissure du front, jadis magnifique, n'exprimait ni embarras ni surprise, mais plutôt une lassitude extrême, qui ressemblait au dégoût.

— Je vous demande pardon, reprit-il, je vous prie de m'excuser, si du moins cela vous semble nécessaire. Est-ce nécessaire, vraiment ?

Chantal avait d'abord reculé d'un pas ou deux, appuyant son dos au mur. Et presque aussitôt elle retrouva son calme habituel, ou parut l'avoir retrouvé. Ses yeux firent le tour de la pièce, s'arrêtèrent un moment sur la place du lit où se marquait encore en creux l'empreinte de ses bras et de son dos, et posément, du bout des doigts, elle l'effaça.

— Oh ! non, cela n'est pas du tout nécessaire, dit-elle en haussant un peu les épaules. À quoi bon ? Je voudrais seulement qu'on en finît. Mon Dieu, oui ! qu'on en finît une fois pour toutes.

— Je le souhaite aussi, répondit Cénabre après un silence. Cela dépend de vous, peut-être ? (Il poussa un profond soupir.) Non pas de moi, ajouta-t-il, en aucune façon. De vous expliquer comment et pourquoi ne vous apprendrait rien qui méritât d'être su. Et d'ailleurs de tels propos seraient pour vous sans importance. Il me semble que nous sommes déjà beaucoup trop loin, vous et moi, d'une conversation ordinaire.

— Oh ! il ne s'agit pas d'une conversation ordinaire, fit Chantal avec amertume, mais d'une voix aussi calme que la sienne. Il y a beau temps que je ne sais plus ce que c'est qu'une conversation ordinaire ! Et pourtant, voyez-vous, la nature l'emporte : je voudrais parler comme tout le monde, parce qu'en dépit des apparences je souffre comme tout le monde et même un peu plus. Quoi que vous puissiez penser de moi, je ne mérite pas ce traitement exceptionnel.

— Soit, dit-il. D'ailleurs il est convenable que vous appreniez comment je me trouve ici, par hasard, bien contre mon gré, soyez sûre. La chose en soi n'a peut-être pas grande importance, désormais : il devrait sans doute suffire que vous me sachiez incapable d'espionner qui que ce soit. Votre père...

— Pardonnez-moi, reprit-elle, je sais tout cela par avance. Le ridicule particulier à ma pauvre histoire, c'est que chacun la connaît mieux que moi, ou s'en vante. En somme, je n'ai jamais eu qu'un secret, mais ce prétendu secret est l'aventure la moins secrète de la maison... Il faut que je ne sois pas faite pour les secrets.

— Quel secret ? demanda l'abbé Cénabre, toujours impassible. Oh ! mademoiselle, vous avez devant vous un homme bien différent de ceux qui vous entourent, je me sens contraint de vous le dire, un homme qui du moins sait par expérience le poids d'un secret. Car l'importance d'un secret se mesure à son poids, à la manière dont il pèse sur votre vie, l'engage. Or, je vous ai vue porter le vôtre, s'il existe, avec une admirable liberté. En ce moment même, votre parfait sang-froid m'est une preuve nouvelle que cette liberté n'était pas feinte. Excusez-moi de vous parler moins en prêtre qu'en homme, et peut-être même en homme malheureux : je crois fermement que ce langage vous convient, convient à l'épreuve que vous subissez. Je n'ai aucun droit sur votre conscience, et vous savez, d'autre part, que ma mauvaise santé, l'importance de mes travaux, mon besoin d'indépendance et de solitude m'ont amené à renoncer depuis des mois, bien qu'à regret, aux soucis et aux consolations du ministère des âmes. J'avoue que M. de

Clergerie m'avait entretenu plus d'une fois de ses scrupules un peu naïfs, et de périls imaginaires. Cependant ma conduite envers vous, au cours de ces dernières semaines, atteste assez que j'ai fait peu de cas de ces confidences ; je ne les ai reçues que par politesse. Il y a quelques minutes encore, je me suis trouvé mêlé à une discussion ridicule entre monsieur votre père et le docteur La Pérouse, qui paraissait avoir perdu tout contrôle de lui-même et tenait sur vous des propos absurdes, dangereux. Je sais quelles imprudences peut commettre un imbécile de bonne volonté qui s'est fait de la vie intérieure les idées les moins cohérentes, souvent grotesques. Aussi, pour éviter un plus grand mal, ai-je accepté de vous communiquer certaines propositions de M. de Clergerie. J'ajoute que la servante, sur ma demande, a frappé plusieurs fois à votre porte, sans obtenir de réponse, bien qu'elle se prétendît assurée de votre présence ici. Elle parlait d'entrer quand même, craignait que vous ne fussiez évanouie, ou morte...

L'abbé Cénabre s'arrêta brusquement, baissa les paupières, et conclut sèchement :

– Le zèle de cette personne m'a paru bien peu sage. De plus, elle semble dangereusement informée de ce qui vous touche. J'ai craint quelque scandale, et je me suis permis de venir moi-même.

Jamais l'homme extraordinaire dont la volonté tragique, toujours à son plus haut point de tension, ne devait se rompre qu'à l'improviste et pour ainsi dire par surprise, ne sentit mieux sa force qu'à cette minute irréparable où il engageait sa dernière chance, glissait, sans le savoir, à son destin. Bien que depuis longtemps, il eût fermé son âme à toute joie profonde, repoussé la joie comme une faiblesse indigne de lui et le seul mensonge qui fût réellement capable de briser son cœur, il ne put maîtriser une soudaine effusion d'orgueil dont son regard décela aussitôt l'ivresse.

Chaque mot de ce discours nu et terrible, lourd de sens, venait de frapper Chantal en pleine poitrine, et le prêtre pouvait maintenant la croire à sa merci. Du moins, quoi qu'il advînt désormais, par ce premier et brutal coup de sonde, il se sentait assuré de rester, jusqu'à la dernière parole échangée, maître d'un débat qu'il avait refusé d'abord puis longtemps retardé, pour s'y jeter aujourd'hui tête baissée avec une violence inouïe. Insensible aux pressentiments vulgaires, ou d'ailleurs à n'importe quelle superstition, cette colère inattendue, cet ébranlement de tout l'être vers un obstacle en apparence si fragile, n'éveillait pas sa méfiance. Il n'y reconnaissait point la même frénésie qui l'avait précipité sur l'abbé Chevance, ou traîné une nuit entière aux talons d'un vieux mendiant, en proie à toutes les fureurs d'une curiosité homicide. Et, sans doute, il avait souhaité jadis d'approcher Mlle de Clergerie, mais c'est qu'alors il ne doutait point qu'elle n'eût reçu la confidence du vieux prêtre mourant, l'aveu arraché à la détresse de son agonie, détresse dont il devinait la cause. Ainsi expliquait-il la singulière réserve de la jeune fille et qu'elle prît tant de soin de l'éviter.

« M. l'abbé Chevance, au témoignage de Chantal, n'a cessé de parler de vous dans son délire », avait répété cent fois M. de Clergerie. La pensée qu'un être faible et désarmé, irréprochablement pur, dont il n'avait à craindre aucune trahison, garderait quelque chose de ce secret si lourd, et mourrait avec ce fardeau, lui était douce. Évidemment, elle ne sait rien de précis, qu'importe ? » Mais Cénabre rêvait souvent à cette invisible fissure dans la muraille, ce pâle reflet du jour dans la tombe où il avait enfermé sa vie. D'ailleurs, maintenant, ce reflet n'était plus ; sa solitude était de nouveau parfaite. Dès le lendemain de son arrivée à Laigneville, à la fin du repas, tandis que le professeur Abramovitch épelait une inscription sanscrite de son affreuse voix nasale, Cénabre avait repoussé doucement la jeune fille jusqu'à la fenêtre, en pleine lumière, et sa tasse de tisane à la main, fixant Mlle de Clergerie d'un regard où elle n'aurait pu lire, si toutefois elle l'eût osé, qu'une espèce de tristesse implacable : « Est-il vrai, lui dit-il, que M. l'abbé Chevance vous ait entretenue de moi avant de mourir ? – Oh ! non, avait-elle répondu aussitôt, c'est une idée de papa, il a fini par y croire. Notre pauvre ami pouvait à peine parler ; il avait rendu énormément, sa bouche était pleine de sang coagulé. Il a seulement prononcé votre nom, à plusieurs reprises, en faisant chaque fois un geste de la main que nous n'avons pas compris. »

Oui, chaque mot de ce discours venait de frapper Chantal au cœur. Ni la curiosité, ni la colère n'inspiraient visiblement l'homme qui parlait ainsi, d'un tel accent. Sans doute l'avait-il patiemment observée des jours et des jours, en silence, et semblait avoir mûri à loisir le jugement qu'elle sentait désormais sans recours. Les reproches ne l'eussent point autant émue, le mépris l'eût trouvée prête, et contre l'ironie même elle ne se fût pas sentie désarmée. Ce qui la troublait alors, si profondément, c'était comme la révélation soudaine, imprévue, déchirante de sa propre infortune, où elle n'avait jamais voulu voir qu'une épreuve à sa mesure, et presque un chagrin d'enfant. À sa mesure, et aussi à la mesure des êtres faibles auprès de qui elle avait vécu, et qui ressemblaient si peu à l'arbitre impartial dont elle sentait peser sur son âme l'attention sans complaisance, une sorte de compassion glacée. Que pouvait-elle attendre de lui, sinon une justice exacte ? Et qu'avait-elle à attendre d'une telle justice ? Ni devant lui ni devant aucun autre, elle n'eût réussi en ce moment à se justifier, car elle venait de s'apercevoir tout à coup, en un éclair, que l'interrogatoire le plus indulgent l'eût perdue, qu'elle ne savait absolument rien de sa propre aventure, ayant trop vécu au jour le jour, heure par heure, qu'un seul homme au monde avait recueilli peu à peu et, pour ainsi dire, brin à brin, l'humble vérité de sa vie. Mais il était maintenant sous la terre, il y avait emporté ce secret. Lui seul – lui seul du moins eût su présenter sa défense !... Alors Chantal fit, pour retenir ses larmes, un effort immense.

– Je vous demande pardon, dit-elle. Pensez de moi ce qu'il vous plaira, je ne voudrais inquiéter personne. Cela paraît bien sot à dire, et pourtant c'est la vérité : toutes les apparences sont contre moi et j'ai l'air de jouer une affreuse comédie. Mais vous comprendrez plus tard que je ne pouvais poser cette question qu'à vous. Et il faut que vous répondiez, parce que j'ai déjà trop tardé à prendre parti. Je prendrai parti aujourd'hui même, j'en ai assez de mentir par omission. Qu'est-ce que je faisais, lorsque vous êtes entré ici ?

– Ce que vous faisiez ? dit Cénabre.

Son regard se porta successivement aux quatre coins de la pièce, et il l'arrêta paisiblement sur le mince visage où il pouvait lire une attente désespérée :

– Pour qui que ce soit, mon enfant, je vous ai trouvée endormie. Profondément endormie, ainsi qu'on peut l'être en une telle saison, par une température aussi exceptionnelle. Vous vous êtes étendue un moment, le sommeil vous a surprise, quoi de plus simple ?

Il réfléchit une seconde encore, serra les lèvres, puis un singulier sourire commença de se dessiner au pli de ses joues, rayonna lentement jusqu'à son front, et presque aussitôt s'effaça.

– Les apparences ne sont jamais pour ou contre, dit-il, les apparences ne sont rien. Du moins elles sont ce que nous voulons qu'elles soient. Et, premièrement, il ne faut pas les craindre, elles ne trahissent que les faibles. Ma chère enfant, je n'aurais garde d'embarrasser d'un nouveau scrupule une conscience que je ne sens déjà que trop prompte à s'alarmer, je vous dirai simplement ceci : soyez d'abord ce que vous êtes.

Mlle de Clergerie écoutait, les yeux mi-clos, comme absorbée dans une sorte de vision intérieure, avec une attention prodigieuse. Et son visage, soudain amaigri, creusé, livide, prenait peu à peu, par degrés, mais probablement à son insu, cette dureté presque virile qui trahissait chez elle, en même temps que le pressentiment d'un péril encore incertain, la détermination d'y faire face.

– Ma conscience est en repos, fit-elle, je ne suis pas si prompte à m'alarmer. Non. Je ne comprends pas, voilà tout. Oh ! cela est encore bien plus simple que je ne saurais le dire ! Que je marche à tâtons, soit ! Mais je... je ne puis me résigner à faire du mal. Je n'ai jamais rien entrepris que de simple, de facile, et loin d'apporter la paix à personne, je suis une cause de désordre, ou peut-être une occasion de péché.

– Quel péché ? dit Cénabre.

– Je crains vraiment qu'ils ne désespèrent, répliqua Chantal de sa voix douce comme si elle eût prononcé la parole la plus ordinaire, et qu'ils ne désespèrent à cause de moi. Leur ai-je donc menti ? Quelle promesse ai-je faite que je n'ai tenue ? Mon Dieu ! voilà ce que je craignais depuis longtemps, mais je n'osais pas l'avouer, n'est-ce pas ? C'était une supposition si absurde. Que peut avoir à faire avec le désespoir une pauvre fille de ma sorte ?

Un moment, l'abbé Cénabre parut hésiter, tourna son regard vers la porte, puis de nouveau fit face. Ses traits immobiles semblaient creusés dans la pierre.

– N'en croyez rien, reprit-il. On ne donne jamais à autrui ce qu'on croit donner.

– Mais c'est que je ne donnais rien ! dit Chantal. Qu'aurais-je donné d'abord ? Dieu est juste.

Elle se tut. Et soudain par un mouvement presque brutal, sans néanmoins cesser de sourire du même sourire douloureux :

– Que voulez-vous dire ? demanda-t-elle.

– Ma chère enfant, reprit-il, de vous répondre m'entraînerait trop loin. Je n'avais à remplir près de vous qu'une mission des plus insignifiantes. Or, vous me parlez depuis un instant comme si j'avais été le témoin ou le confident de faits que j'ignore, ou dois ignorer. Oui ! je les dois ignorer. D'où vient cette singulière assurance ? Avez-vous l'illusion de voir clair dans mes intentions ? Prétendez-vous que je manque aujourd'hui, pour une vétille, à la règle que je me suis imposée dès la première minute de mon séjour ici ? Je puis vous paraître dur, inhumain. Néanmoins, je fais pour vous ce que nul autre que moi n'est en état de faire ; je vous donne un avertissement dont vous pouvez tirer profit.

– Ce n'est pas d'avertissement que j'ai besoin, dit Chantal d'une voix tremblante. Quel langage me parlez-vous ? Je n'ai pas voulu offenser Dieu, j'ai désiré de le servir. L'ai-je servi ou non ? Peu m'importe le reste. Et si vous me refusez une réponse à la seule question qui vaille la peine d'être posée, permettez-moi de me taire. Je n'ai pas trop de toutes mes forces, je préfère me débattre ainsi seule. D'être seule jusqu'au bout, de faire seule le dernier pas, j'imagine très bien ce que c'est.

– Moi aussi, fit Cénabre.

Une seconde, Mlle de Clergerie l'interrogea des yeux, avec surprise, avec méfiance, et tout à coup son pauvre visage parut se détendre, les mains qu'elle tenait serrées s'ouvrirent :

– Je n'en peux plus, murmura-t-elle, la tête me tourne. Ce que je vais vous dire est probablement stupide, mais tant pis !... Parlez-moi doucement, voulez-vous ? Ne me faites pas souffrir. J'en impose un peu, comme ça, j'ai l'air de tenir bon, et je ne vaux déjà plus rien, plus rien du tout. Certes, je ne crois pas avoir jamais menti à personne ; le malheur seulement est que je fasse illusion sans le vouloir, malgré moi. Encore en ce moment, je vous fais illusion à vous, même à vous, c'est inimaginable ! Oui, vous espérez connaître quelque chose de moi. Pas grand-chose peut-être, mais quelque chose tout de même. Oh ! naturellement, vous ne pensez pas aux bêtises de La Pérouse, ou du malheureux Fiodor, ce sont des maniaques ! Vous vous dites simplement que je dois en savoir plus long que je n'en ai l'air, qu'un abbé Chevance ne se serait pas tant soucié d'une fille extravagante, et qu'enfin j'ai du moins quelque idée de ce qui s'est passé ici, dans cette chambre, il y a dix minutes, avant que vous n'y soyez entré ? Hé bien non, je n'en ai pas la moindre idée ; j'en sais là-dessus moins long qu'avant. Lorsqu'on tire de l'eau un malheureux noyé, on ne lui demande pas ce qu'il a vu, et d'ailleurs il n'a probablement rien vu. Hélas ! on voudrait pouvoir laisser dire les gens, ou bien disparaître sitôt qu'on nous regarde, rentrer dans sa pauvre vie comme font les petits crabes qui piquent le nez dans le sable, s'effacent.

Cénabre l'interrompit d'un geste agacé de la main, haussa les épaules. Mais son regard restait fixe et triste.

– Mademoiselle, dit-il, votre père m'avait envoyé vers vous pour vous prier d'intervenir auprès de M. La Pérouse, qui prétendait nous quitter ce soir même, et s'est répandu en propos absurdes au sujet de votre dernière conversation. J'ai tenu à vous transmettre la requête moi-même, car il m'est ainsi possible d'y joindre un conseil : ne vous prêtez à aucune explication en présence de La Pérouse, ni de personne. Il est bien tard pour réparer tant de généreuses imprudences ! Gardez un peu mieux vos secrets. J'en ai trop appris moi-même, sans l'avoir aucunement cherché. Cela sort de vous, à votre insu ; cela est dans l'air que vous respirez, méfiez-vous...

Il avança d'un pas, brutalement, comme s'il eût voulu s'arracher d'un coup à quelque obstacle invisible.

– Ce témoignage d'intérêt vous étonne peut-être ? reprit-il. Hé bien, supposons seulement que nos routes se croisent aujourd'hui, que nous nous rencontrons au passage... Ah ! mon enfant, on ne sait guère à quelle profondeur entre en nous le caractère du sacerdoce ! Il m'est difficile d'oublier qu'en d'autres conjonctures, et selon le désir de monsieur votre père, vous m'eussiez sans doute été confiée. Cette pensée remue en moi tant de souvenirs ! Vingt ans de réflexions et de travaux jaillissent comme de terre, tout à coup, vivent sous mes yeux... Avez-vous lu mes livres ?

– Non, fit Chantal. Aucun.

– Pourquoi ?

– Excusez-moi, reprit-elle, après un silence, mais sans détourner de lui son regard limpide, M. l'abbé Chevance ne me l'avait pas permis.

– Ah ! oui... Chevance..., répéta Cénabre d'une voix rêveuse (et elle croyait voir, en effet, à chacun de ses pas hésitants, vaciller la haute silhouette noire, comme un homme qui cesse peu à peu de lutter contre le sommeil, dort debout). Oui... Chevance... Oh ! c'était un cas bien singulier... Mais à ce point précis, tout contrôle devient impossible, les textes manquent, les témoignages eux-mêmes... Il n'y a plus de témoignages. Où les chercher ? D'ailleurs, qu'apprendraient-ils ? Tout se perd dans une lumière vague... Je me reproche à son égard une violence stupide, la seule méchante action de ma vie, pourquoi l'ai-je chassé ?... Ma chère enfant...

Il se tut, ouvrit les yeux.

— Qu'avez-vous décidé enfin ? dit-il rudement. Qu'allez-vous faire ? Nous ne pouvons prolonger indéfiniment cette discussion. Ma présence ici devient absurde, et l'entretien n'a que trop duré.

— Ce n'est pas ma faute, répliqua Mlle de Clergerie, je souffre assez, vous ne m'épargnez guère. Quel projet voulez-vous que je retire de certaines paroles ? Elles ne serviraient plutôt qu'à m'accabler. Mon Dieu ! je ne demande pas d'être plainte, qu'on tâche seulement de me voir telle que je suis : pour vous, assurément, ce n'est qu'un jeu. Là où nous en sommes, voyez-vous, cela m'est parfaitement égal de ne rien comprendre. À quoi bon revenir sur le passé, ou tirer des plans pour l'avenir ? Je ressemble à ces malades qu'on prolonge de douze heures en douze heures, jusqu'à ce que le bon Dieu ait décidé de leur sort. À présent, qu'importe même l'abbé Chevance ? Que pourrait-il pour moi ? De bévues en bévues, ma malheureuse vie de rien du tout va finir par me paraître aussi compliquée que sa mort, à lui — et c'était la mort d'un saint ! Alors, ce que je puis inventer de mieux, maintenant, est de rester tranquille coûte que coûte ; je vais me laisser descendre avec le reflux, comme ça, en attendant que la vague remonte, si elle doit jamais remonter.

Elle rougit un peu, hésita, puis le fixant tout à coup :

— N'est-ce pas ? Elle ne remontera jamais... Oh ! j'ai bien échoué mon petit navire ; on ne réussirait pas mieux... Les voilà tous avec moi sur le sable, je dois vous paraître un peu comique.

Chantal essaya encore de sourire, mais incapable de maîtriser plus longtemps l'espèce de terreur dont elle sentait depuis le matin le pressentiment funèbre, elle jeta en arrière sa tête lumineuse, comme pour aspirer une dernière gorgée d'air pur, et glissant peu à peu contre le rebord du lit, où elle accrochait désespérément ses petites mains, elle tomba sur les genoux.

— Calmez-vous, mon enfant, dit Cénabre (sa voix tremblait, mais d'une sorte de rage à peine contenue). Depuis la mort de M. Chevance, ne vous êtes-vous donc confiée à personne ? Et Chevance, comment vous a-t-il laissée dans une ignorance si complète de... enfin du véritable état de votre... de votre véritable état ?

— Mon état ! s'écria Mlle de Clergerie (les larmes ruisselaient sur ses joues). Croyez-vous donc que j'étais jadis ce que je suis aujourd'hui ? Non, je ne pense pas qu'on m'ait jamais vue si lâche ; tout cède sous moi, il me semble que je marche dans la vase. Si j'avance, sûrement je m'enfonce, et si je ne bouge pas, je m'enfonce aussi... Mon Dieu ! j'avancerais quand même, je m'enliserais jusqu'aux yeux pourvu que ce fût réellement utile à quelqu'un. Mais, j'ai beau faire, il me semble que la souffrance est maintenant vide, vide, vide comme un rêve ; ma mort elle-même ne pèserait rien. Je suis une chose creuse dont Dieu ne se soucie plus. Pensez donc ! Qu'y a-t-il dans mon histoire ? À peine de quoi fournir un récit extravagant, qui ne servirait d'ailleurs de leçon à personne ! Grand-mère, papa, Fiodor, le pauvre M. La Pérouse, cette maison tranquille, ce bel été, comment ai-je pu faire tant de désordre avec ça ? Autrefois, vous le savez bien, voyons, vous souvenez-vous ? j'étais tellement plus simple, j'étais une fille si simple ! Le bon Dieu ne m'eût pas ainsi délaissée. N'est-ce pas ? N'est-ce pas que j'ai bien changé ?

– Non ! fit-il de sa voix toujours rauque. Vous étiez simple, vous l'êtes restée. Il y a peu d'êtres simples. On devrait dire de la simplicité ce que les juifs disaient de Yaveh : Qui l'a vu en face peut mourir !

L'abbé Cénabre branlait doucement la tête, d'une épaule à l'autre, de l'air d'un homme qui s'apprête à soulever un fardeau, éprouve ses forces. Elle le regardait avec stupeur, et bien qu'il eût lui-même les yeux fixés sur elle, il semblait qu'il ne la vît point.

– Comment êtes-vous ici ? reprit-il. Pourquoi ? Oui, pourquoi ? Qui a pu vous donner l'idée absurde de vivre la vie commune, d'aller et venir, parmi ces gens, avec l'espoir de passer inaperçue. Inaperçue ! Vous les rendrez furieux ! Et d'abord, de quel droit ? Oui, je sais ce dont je parle, moi, je ne parle pas à la légère. De quel droit pose-t-on un problème sans tenter au moins de le résoudre ? Car vous ne pourrez jamais que le poser.

– Un problème, moi ! s'écria-t-elle livide. Vous aussi ! Quel problème ? Monsieur l'abbé... non ! non ! ce n'est pas vrai, je ne défendais que ma vie !

Elle s'était relevée en chancelant ; elle oubliait d'essuyer ses larmes. Sa bouche tremblait si fort qu'elle ne put prononcer les premiers mots qu'à grand-peine. Mais son visage changeant venait de s'immobiliser tout à coup, comme si, en effet, elle eût rassemblé ses forces et défendu sa vie.

— Ne puis-je donc vivre ? reprit-elle. Veut-on que je désespère ? N'y a-t-il donc nulle part une place pour moi ?

— Ni pour vous ni pour moi, dit-il après un silence, avec un calme affecté. Vous savez trop de choses, et je crains que vous en ignoriez d'essentielles. Bref, pour des raisons différentes, nous sommes de ces gens qui ne peuvent subsister à découvert, doivent chercher un abri, et nul abri n'est sûr si un autre que vous en connaît le chemin. Qu'on le veuille ou non, la nécessité nous oblige à tenir compte un jour de la curiosité des hommes, de leur malice.

— Hé quoi ! fit-elle, qu'est-ce que cela signifie ? Devons-nous mentir ? Cénabre ne pouvait plus éviter désormais les yeux fiers, encore brillants de leurs dernières larmes, il appuyait sur eux un regard pensif.

— Mentir ! Mon enfant, il est des retraites légitimes, honnêtes, auxquelles les sots ou les malveillants donnent aisément le nom de mensonges. Ce sont les derniers réduits où peuvent tenir ceux d'entre nous qui ne se donnent point à garder, qui se gardent eux-mêmes, ont retrouvé par leurs propres moyens l'axe de leur vie, leur point fixe et secret. Je suis de ceux-là, et je ne crains pas, en le disant, de blesser votre conscience : ma façon de vivre écarte, je le suppose, tout soupçon de calcul intéressé ; mon existence n'est pas indigne du prêtre que je demeure. Je me tiens à l'écart de certaines indiscrétions, voilà tout. Ne donnez pas un autre sens à des... à de simples suggestions dont je voudrais que vous puissiez tirer profit.

Il respira fortement :

—Du moins si... si vous n'êtes pas capable de vous défendre vous-même, cloîtrez-vous. Je ne parle pas ici en directeur de conscience, notez-le. Je parle en homme, humainement.

— Je ne le sens que trop ! dit-elle. Vous n'avez pour moi qu'une pitié humaine. Est-ce donc cela que vous m'êtes venu porter jusqu'ici ? Est-ce pour si peu de chose que vous rompez le silence ? Hé bien, le silence était meilleur. Ni mon père, ni vous, ni personne ne me convaincrez d'entrer en religion, comme les lâches jadis se réfugiaient dans les églises pour s'y mettre en sûreté et sauver leur peau. Votre conseil, d'ailleurs, arrive trop tard. Il me semble que je n'ai plus rien du tout à sauver : je n'ai plus rien.

Elle s'arrêta. Cénabre venait de pousser en avant sa puissante main brune, il lui serrait le bras si cruellement qu'elle retint à peine un cri.

— Plus rien ! dit-il. Le croyez-vous ? Oui, vous le croyez, vous êtes incapable d'un mensonge. Mais, humaine ou non, ma pitié ne va pas d'abord à vous, ma fille. Oh ! je ne veux même pas penser aux gens d'ici, que m'importe ! Et pourtant, voyez déjà ce que vous leur avez donné, voyez quelle espèce de joie sort de vous ; ne sont-ils pas plus à plaindre qu'avant ? Cette fatalité peut paraître mystérieuse, injuste, absurde : n'accusez pas du moins celui qui vous la dénonce. Elle est. Nous la connaissons. Nul doute que Chevance ne la connût aussi. Pour l'ignorer, il n'est que des prêtres médiocres, sans expérience et sans cervelle. Peut-être rencontrerait-on encore, çà et là, de vieux chanoines somnolents... Mais cela ne vous intéresse pas. Le premier devoir de quiconque vous veut du bien est de vous mettre en garde, non pas contre autrui, mais contre vous, contre vous seule. C'est de vous, c'est d'êtres tels que vous, non moins innocents, non moins purs, purs comme le feu...

Peut-être n'osa-t-il poursuivre ?... Ou plutôt peut-être le rêve indécis qui s'ouvrait depuis un moment dans son regard, ainsi qu'un grand porche d'ombre, se remplit-il tout à coup de ces figures demi-vivantes, impénétrables, dont l'intolérable fixité l'éveillait parfois à l'aube, en sursaut ?... Une minute, une longue minute, il demeura sur place, fixe lui-même, et pourtant comme environné de mouvement, ainsi qu'un tronc noir au bord de l'eau. Un peu penché vers la droite, l'épaule effacée, le bras replié collé à la hanche, il eut l'air de se retenir de toutes ses forces, de s'accrocher de tout son poids, l'équilibre instable déjà rompu, pareil à l'épave que le courant serre un instant contre la rive et dont on voit bouger l'ombre sur le sable clair des fonds. Mais les premières paroles de Mlle de Clergerie vinrent l'atteindre à l'improviste, et il y répondit par une espèce de gémissement douloureux, dont il surprit sans doute trop tard l'accent sinistre, car il porta lentement la main à sa bouche en pâlissant.

— J'ai compris, disait Chantal, il est inutile de poursuivre. J'ai entendu cela d'un autre, bien des fois. Lui aussi parlait de miracle et d'extases... *un miracle, un doux prodige...* Je sais tout cela.

Cénabre haussa les épaules.

— Détrompez-vous, dit-il avec beaucoup de calme, vous ne m'avez pas compris. D'ailleurs ce que j'ai dit n'était pas pour vous, mais pour moi seul. J'aurais dû me taire, en effet.

— Oh ! tout de même, s'écria Chantal, c'est ainsi trop facile ! M'accusez-vous vraiment de vous avoir arraché de telles paroles ? Vous ai-je rien demandé ?

— Arrachées ou non, elles sont dites, reprit-il de la même voix sombre. Vous pouvez penser que vous faites de moi ce qui vous plaît, de moi et des autres. Oui, que vous le vouliez ou non, cela demain vous déchirera le cœur, mon enfant. Quel que soit le don que vous ayez reçu, son importance, son caractère, il vous faudra bien en venir à le partager, et ce premier partage risque d'être pour vous pire que la mort, une espèce de mort beaucoup plus difficile que l'autre, une plus affreuse solitude. Cela aussi je le sais. Il y a une duperie grossière dans ce que nous appelons les passions honteuses de l'homme, mais le péché n'est pas seul à mentir ; une autre déception vous attend, que j'aurais pu vous épargner peut-être, ou du moins vous aider à surmonter.

— Je ne veux pas ! s'écria-t-elle avec une violence désespérée, une révolte de tout l'être. Non ! je ne veux pas être épargnée !

— L'heure viendra pourtant où vous souhaiterez l'être, ma fille, dit-il, et vous regretterez de n'avoir pas voulu écouter le dernier conseil d'un ami. Oui, vous regretterez avec des larmes un défi si puéril. Nul autre que moi, entendez-vous ? nul autre que moi n'est capable de vous aider à voir clair en vous. Si vous daigniez m'entendre... Il poussa un âpre soupir, une sorte de râle, qui ressemblait à un gémissement de plaisir. Elle voyait, avec stupeur, trembler ses larges épaules et l'immense fatigue de son regard.

— Je n'ai plus besoin de voir clair en moi, dit-elle, il est trop tard. Que m'importe ce que je suis, ou ne suis pas ? Me voilà maintenant jetée dans le pressoir : Dieu tirera de moi par force ce que je n'aurais pas le courage de donner. Rien désormais ne l'arrêtera. Il me semblait tout à l'heure que sa sainte pitié s'éloignait de moi, avec un sourire si triste, et je sens bien que je ne la retrouverai plus qu'en paradis. Dès lors tout m'est égal, voyez-vous, absolument. Il est possible que vous puissiez dire le chemin que j'ai suivi pour en arriver là, les raisons et les causes. À quoi ça m'avancerait-il de vous entendre ? Je ne saurais répondre ni oui ni non. Plus j'approche du but, moins je souhaite le connaître. Il est probable que Dieu m'a déchargée de ce souci. Et même, à parler franchement, au risque de vous paraître bien téméraire, quand je devrais mourir dans dix minutes, je voudrais que ce fût avec la permission de Notre-Seigneur, ainsi qu'un enfant, non pas même, ainsi qu'une petite bête innocente qui prend sa dernière gorgée d'air frais, d'eau fraîche, et marche vers sa pauvre fin sur les talons de son maître. Le maître tient la corde, il n'y a qu'à suivre... Dès lors, qu'est-ce que ça me fait d'être sage ou folle, sainte ou visionnaire, ou même environnée d'anges ou de démons, aussi incapables les uns que les autres de me détourner de mon chemin plus loin que la longueur de la corde ? Ce que vous venez de dire, ou de laisser deviner, m'eût, hier encore, peut-être émue, ou même tentée. Mais à présent...

– Ne parlons que de ce présent, voulez-vous ? interrompit Cénabre. Ce présent seul m'intéresse. Il m'intéresse prodigieusement. Faites un effort, ma fille, oubliez ce que j'ai dit. Consentez à m'ouvrir votre conscience. D'où vous vient ce pressentiment de votre solitude prochaine, cette tristesse, dont je pourrais dire qu'elle a quelque chose de surprenant, d'équivoque ?... À quel signe croyez-vous reconnaître que vous la tenez de Dieu, et non des hommes ? De telle ou telle circonstance qu'un peu d'attention vous ferait retrouver ? La mort de Chevance, par exemple...

– Taisez-vous ! s'écria Chantal. Je vous défends ! Si le choix m'en est jamais laissé, c'est une mort pareille à celle-là que je désire. Et, d'ailleurs, que savez-vous de la mort de l'abbé Chevance ? Lui qui avait tant donné, tant laissé prendre, du moins s'était-il réservé cela, je suppose, cela seul. Il n'a daigné en faire part à personne, pas même à moi, sa fille... Et vous voudriez, vous...

Elle s'arrêta, car il venait de pâlir, si l'on peut appeler pâleur une transformation aussi soudaine, aussi totale, d'un visage humain.

– Chevance..., bégaya-t-il, eh ! oui, Chevance... Je l'ai vu... je l'ai vu...

Il montrait le sol de sa main grande ouverte, il semblait caresser de la paume, avec lenteur, une vision trop fragile, déjà prête à s'effacer :

– Je l'ai vu ainsi, à mes pieds, demander grâce, m'implorer... Oui, mon enfant, il m'a demandé grâce, en pleurant. Lui, Chevance. Qu'importe le reste ! À quoi m'eût servi de le voir mourir ? Qu'aurais-je appris de plus, je vous demande ?

– Du moins, dit Chantal d'une voix tremblante, eussiez-vous appris peut-être à ne pas abuser de la simplicité d'une pauvre fille pour la tenter au-delà de ses forces.

— Au-delà de vos forces ? répéta-t-il avec un rire amer. Nous sommes toujours tentés au-delà de nos forces. Et qui de nous deux tend des pièges ? Ne tirez-vous pas de moi, depuis une heure, ce qui vous plaît ? Hé bien ! prenez donc encore tout le reste, prenez la vérité tout entière. Avez-vous peur ?

— Mon Dieu ! fit-elle livide, je n'ai peur que pour vous. Faites de moi ce qui vous plaît. Usez de moi comme d'une chose qui ne vous était pas destinée, mais qui vous appartient quand même maintenant, parce qu'elle est sans valeur, et que vous vous êtes trouvé le dernier, voilà tout. Le dernier l'emporte, et c'est fini.

— Arrêtons-nous là, dit Cénabre après un silence. Comprenez seulement que vous venez de jouer, comme un enfant, depuis un quart d'heure, avec un secret trop lourd pour vous. D'ailleurs, je ne vous le refusais pas, ce secret ! Ni à vous, ni à personne. Dès le premier jour, j'étais résolu à le donner à qui me l'eût demandé ; je ne suis pas un comédien. Mais avant que j'eusse ouvert la bouche, avouez-le, vous saviez tout. Chevance a parlé. Oh ! je ne l'accuse d'aucune trahison ! Avec vous, Chantal, c'était la seule créature vivante qui m'ait paru digne d'attention, d'une espèce d'attention particulière, celle qu'on s'accorde à soi-même. Il a simplement déliré. Vous l'avez entendu malgré vous. Ne récriminons donc pas sur le passé. Je ne regrette rien. Il fallait que cela fût ainsi. Pour moi, je n'en éprouve ni tourment ni consolation d'aucune sorte ; mon repos ne peut plus être troublé par rien. Il m'en eût coûté cependant de m'éloigner de vous sans vous avoir regardée en face, sans vous avoir parlé ce langage. Vous êtes probablement seule capable de l'entendre dans le sens qu'il me plaît de lui donner ; je ne trouverais ailleurs qu'indifférence ou colère.

« Je vous connais bien, continua-t-il, j'ai passé ma vie penché sur des êtres qui vous ressemblent. Je pourrais vous retracer ligne à ligne l'essentiel du drame dont vous vivez aujourd'hui le dénouement, car c'est aujourd'hui, à cette minute même, que se consomme votre destin, je le sais. Nous devions nous rencontrer ainsi, de cette manière, une fois pour toutes. Qui pourrait dire ce que le spectacle de l'agonie d'un saint homme, et ses divagations dernières, avaient su inspirer à un cœur comme le vôtre ! J'étais l'obstacle qu'il faut forcer, la pensée secrète, intolérable, le scandale intérieur qui empoisonne jusqu'à la prière, et que cet entretien met au jour, arrache de vous. Car, vous le voyez, je suis un homme semblable aux autres. Je vis dans une paix dont vous ne sauriez vous faire une idée, parce que votre nature est toute chaleur et toute passion ; je vis dans un silence plus favorable, plus accordé aux besoins profonds de mon être que toute espèce d'harmonie, céleste ou non. Qu'importe ! Vous et moi, nous demeurons d'accord avec nous-mêmes, cela suffit. Je ne vous demande pas d'envier mon repos, et il est juste que vous en ayez horreur. Toute vie surnaturelle a sa consommation dans la douleur, mais l'expérience n'en a jamais détourné les saints. Ni Chevance ni vous, ne me rendrez Dieu, et cependant, à ne considérer du moins que les apparences, et tant d'inutiles tourments, il vous manque plus qu'à moi. »

Sa voix frémit à peine sur ces derniers mots, tandis qu'un sourire indéfinissable passait sur ses traits, et venait se fixer au pli amer de la bouche, dans une sorte de grimace tragique. Alors seulement il leva tout à fait les yeux. Et du premier regard, avant même qu'il eût formé aucune pensée, ainsi qu'on sort d'un rêve, il reconnut l'énormité de sa faute, et qu'il s'était une deuxième fois livré en vain, livré pour rien à Chantal comme jadis à Chevance, dans un de ces horribles accès de fureur glacée dont sa volonté saisissait toujours trop tard le péril.

Avec une lucidité décuplée par la honte, Cénabre lisait maintenant sur le visage de Mlle de Clergerie, dans leur succession foudroyante, chacune des images impitoyables qui venaient de déchirer tour à tour ce cœur enfantin. C'était comme s'il eût feuilleté rapidement, rageusement, les pages d'un livre, ou plutôt les feuillets d'un dossier, jusqu'à la dernière, celle où s'écrit le jugement sans appel. Car la curiosité de l'abbé Cénabre n'est pas de celles que l'angoisse même pourrait rassasier, et elle survit à tout.

Soudain pourtant cette curiosité fut déçue, demeura sans objet. La mince petite figure contractée de Chantal n'exprima plus qu'une résignation si humble, si mystérieuse qu'il en sentit comme une espèce de terreur. La parole qu'il allait prononcer sécha instantanément sur ses lèvres.

– Je vous demande pardon, disait Mlle de Clergerie ; il est faux que l'abbé Chevance m'ait parlé de vous ; il est mort sans volontés dernières ni confidences, vous savez ? très petitement, très petitement, comme on voudrait vivre... Mais j'aurais dû comprendre plus tôt... j'aurais... je...

Elle se tut.

— C'est bien, reprit rudement Cénabre, ne revenons pas là-dessus ; ce qui est fait est fait.

— Non, dit-elle. J'ai encore une grâce à demander. Croyez qu'il est dur pour moi de penser que ce... cela... ce que vous appeliez un secret enfin, vous a été en quelque sorte arraché par surprise... dérobé. Oui, dérobé. Je voudrais maintenant...

— Vous voulez que je le donne ? Hé bien, prenez-le, fit le prêtre. Il est à vous. De toutes les créatures que je connais, il n'en est pas d'autre à qui je le puisse remettre si librement. Vous ne m'avez donc rien dérobé. Soyez en paix.

Il la regardait de haut en bas, avec une sorte de pitié farouche.

— Qu'allez-vous en faire ? reprit-il ; ce n'est rien. Ou plutôt, il y a un instant, ce n'était rien encore qu'un secret bien ordinaire. Que va-t-il devenir entre vos mains ? Ce que vous touchez se transforme aussitôt en quelque chose qui vous ressemble, merveilleusement habile à vous torturer.

— Moi ? fit-elle. Pouvez-vous le croire ? Ce que je touche se détruit, tombe en poussière. Vous disiez tout à l'heure une parole si juste, si vraie ! Plus qu'à personne, c'est à moi que Dieu manque. Hélas ! on ne me connaît pas bien ! J'appelais Dieu, voyez-vous, je l'attendais, je ne l'ai pas assez cherché ; je ne m'étais pas encore jetée en avant. Et maintenant je serais sans doute plus pauvre, beaucoup plus pauvre que vous, si vous ne m'aviez donné miraculeusement cette... cette chose à garder.

Elle gagna lentement la fenêtre, l'ouvrit toute grande, respira l'air brûlant et revint vers lui, du même pas, en souriant.

— Quel été, dit-elle, n'est-ce pas ? On finit par regarder la lumière avec rancune, comme une ennemie. L'hiver n'en paraîtra que plus noir.

— C'est ainsi, répondit-il avec autant de calme. Nous haïssons la nuit, et le jour n'est pas moins dur à surmonter.

Elle rougit.

— Je m'en vais descendre avec vous, reprit-elle après un silence. Réflexion faite, il est préférable que je parle à papa aujourd'hui même. Cette histoire de M. La Pérouse est si ridicule ! Voyons, rendez-moi justice : je ne puis être responsable de tout ce qui se passe ici ? Est-ce qu'ils ne feraient pas les mêmes sottises sans moi ?

Ils avaient quitté la chambre, et traversaient ensemble la galerie aux volets clos. Elle le précédait de son pas tranquille, à peine hésitant, sur le parquet ciré. Et comme ils allaient atteindre l'escalier, elle s'arrêta brusquement au seuil, lui fit face. Il vit en un éclair son visage décomposé, l'effrayante contraction de ses traits, et s'avança pour la soutenir. Mais à peine eut-elle vu, posée sur sa poitrine, cette main sacrée, qu'elle poussa une sorte de gémissement lugubre, s'arracha de ses bras, et, tournant sur elle-même, alla tomber sans bruit dans l'angle du mur.

Une minute, une longue minute, il hésita, fit à deux reprises un pas vers la porte, prêta l'oreille. Puis prenant parti tout à coup, il enleva sans aucun effort le corps léger, regagna la chambre, l'étendit sur le lit, écouta un moment le cœur battre. Mlle de Clergerie ouvrit les yeux.

— Ne bougez pas, dit-il à voix basse. Ce n'est qu'une syncope très légère. Désirez-vous que j'appelle ou non ?

Elle fit signe que non et, comme elle tournait la tête, il écarta vivement sa main droite qu'il avait appuyée sur l'oreiller. Mais elle la retint au passage, et, l'amenant jusqu'à ses lèvres, la baisa.

5

— J'ai vu Chantal, dit M. de Clergerie. Elle n'a pas voulu descendre ce soir. Une bonne nuit arrangera tout.

Les fenêtres de la salle à manger venaient de s'ouvrir sur le vieux parc déjà plein d'ombre. L'herbe épuisée des pelouses, marquée çà et là de taches rousses que la nuit recouvrait d'une encre aubergine, avait l'air, vaguement cernée par le gravier livide des allées, d'un immense étang d'eau morte, perdu dans le brouillard d'automne.

— Cher ami, reprit Clergerie à voix basse lorsque la porte se fut refermée sur Francine, je ne suis pas dupe de votre affectueux mensonge. Il est clair pour moi que votre entretien de ce matin n'a pas été si insignifiant que vous dites. Mais hélas ! c'est l'habitude de ceux qui m'aiment le plus de ne songer d'abord qu'à m'épargner.

— Je n'y ai pas songé cette fois, dit Cénabre. Et à vrai dire, je n'y ai peut-être jamais songé.

M. de Clergerie leva sur son interlocuteur un regard stupéfait.

— Quelle mouche vous pique ! fit-il. Vous avez été le plus sincère et le plus discret des amis — je devrais presque dire le juge et l'arbitre de toute ma vie... Faut-il donc que les caprices... Allez-vous-en, Francine, cria-t-il d'une voix suraiguë au moment où la fille rousse entrouvrait de nouveau la porte. Posez le plateau sur la table. Allez-vous-en ! Je ne prendrai pas de tilleul ce soir.

Elle disparut.

— Pardonnez-moi ce mouvement d'impatience, reprit-il. Cette fille regarde à travers les serrures. Depuis qu'elle m'a dénoncé certaines extravagances de mon chauffeur russe, je rencontre à chaque pas son regard larmoyant, ce sourire d'absurde complicité.

Il pliait et dépliait sa serviette avec une agitation convulsive.

— Répondez-moi quelque chose, je vous en prie : on ne saurait dire à quel point le silence ici, dans cette maison, agace mes nerfs. Me voilà seul, ou presque... Car je n'espère pas vous retenir longtemps. Or, rentrer à Paris, en pleine canicule, serait me tuer. Pourrai-je seulement attendre sans nouvelles crises la fin de cet abominable été ?

— Cher monsieur, dit Cénabre, j'ai moi-même un pressant besoin de repos, de calme. La petite phrase qui tout à l'heure a paru vous déconcerter n'avait aucun sens injurieux. Je n'ai jamais épargné ni ménagé personne, et personne ne m'a ménagé. Croyez bien qu'il me serait indifférent de vous parler de Mlle Chantal avec une franchise entière, mais je crains de vous tourmenter sans profit. Peut-être même avez-vous trouvé, il y a un instant, la conclusion naturelle du débat où je refuse de m'engager : « Une bonne nuit arrangera tout. »

Cénabre faisait siffler cruellement chaque mot entre ses dents serrées, tandis que ses longs doigts caressaient la nappe distraitement. Mais M. de Clergerie se révolta.

— Oh ! dit-il avec amertume, pour vous aussi je ne serai donc qu'un père trop insoucieux, trop timide !... Et pourtant que se passe-t-il ? Qu'a-t-on observé de nouveau, d'extraordinaire ? Il me semble que ma fille est aujourd'hui ce qu'elle était cet hiver, un peu moins libre et gaie, peut-être ? mais la ridicule histoire de Fiodor, mon intervention inévitable, mes conseils, l'expérience qu'elle a dû faire ainsi, hélas ! d'une certaine malice que sa pureté ne soupçonnait pas, toutes ces vétilles ensemble font un drame pour jeune personne, un drame blanc. Elle est si pure ! Soyons justes. L'inquiétude dont je parle s'est formée autour d'elle, à son insu. Elle n'a été entretenue que par nous tous.

Cénabre frappa doucement la table de son poing fermé.

—Permettez, fit-il, je ne suis intervenu que sur vos instances. D'autre part, vous vous trompez étrangement lorsque vous me prétendez moi-même inquiet. Inquiet de quoi ?

— Cher ami, nous connaissons votre énergie : toute conjoncture vous laisse maître de votre volonté, de vos nerfs. Ne suis-je pas en droit, ce soir, de prendre au sérieux une espèce d'impatience dont vous avez donné rarement l'exemple. À quoi bon le nier ? Un obscur malentendu nous éloigne les uns des autres. M. Abramovitch a fui le premier, le cher Espelette l'a suivi, La Pérouse change à vue d'œil. Après plusieurs conversations singulières qui m'ont cruellement déchiré, il m'a fait aujourd'hui une scène plus singulière encore.

– M. La Pérouse me semble à demi fou, dit Cénabre en se levant. Que nous importe ?

– Une minute encore, cher vieil ami, supplia Clergerie. Vous ne savez pas tout. Je n'ai pu parler librement, j'attendais une occasion favorable. Si je devais prendre à la lettre certains propos... Bref, La Pérouse m'a fait sur Chantal, sur mes gens, sur Fiodar en particulier, les rapports les plus étranges. Il prétend avoir connu le Russe chez Mme Artiguenave, et le croit capable des actions les plus déshonnêtes ou même d'un crime. Pour un peu, il eût exigé de moi que je congédiasse ce malheureux. Sans doute ai-je eu tort de m'échauffer, mais je suis un vieux libéral, je ne rougis point de mes préjugés, je hais ce qui ressemble à un acte illégal de gouvernement, au fait du prince. D'ailleurs, je ne puis condamner sans l'entendre un ancien serviteur de Mme la baronne de Montanel, et qu'elle a particulièrement recommandé à ma bienveillance. Néanmoins vous avouerai-je que le départ si précipité, pour ne pas dire incorrect de M. La Pérouse, m'a prodigieusement surpris et me laisse dans un grand embarras ? Que dois-je retenir de ses propos incohérents ? Ma fille vous a-t-elle...

Il n'osa poursuivre, conclut d'un geste indécis, détourna vers la fenêtre ouverte un regard tour à tour méfiant, puis éperdu. Le silence était tel qu'il entendait, ou croyait entendre la respiration égale du prêtre, et il écoutait ce râle imperceptible comme l'artificier regarde la mèche allumée, la petite flamme qui sautille entre les cailloux.

– Je ne suis pas loin de trouver ces racontars stupides, dit Cénabre, toujours calme. Et néanmoins vous paraissez bien dangereusement ignorer le caractère et les habitudes de M. La Pérouse. Je le crois assez bon juge en la matière qui nous occupe.

Il tira de sa gorge un petit rire sec. M. de Clergerie sentait littéralement peser sur lui, au niveau de ses tempes, le regard inflexible, où il devinait avec une profonde stupeur, une colère inexplicable.

– Vous pouviez faire l'enquête vous-même, reprit Cénabre, et depuis longtemps. Mais il serait ridicule de penser une seconde que j'ai entretenu votre fille d'une affaire dont le règlement n'appartient qu'à vous.

– Sans doute, sans doute, protesta Clergerie au désespoir. D'ailleurs, ce n'est qu'un rêve, un méchant rêve... Les psychiatres sont étonnants ! Ils sacrifieraient à leurs hypothèses la réputation de n'importe qui... (son visage anxieux s'éclaira tout à coup d'un sourire absurde). Hélas ! les historiens eux-mêmes... Il est vrai que nous faisons rarement tort aux vivants, les morts suffisent à nos travaux. Cher ami, j'ai pris ce soir, avant dîner, une résolution dont vous approuverez, je pense, le caractère de fermeté, d'énergie...

Il posa les deux coudes sur la table, le menton entre ses mains tremblantes et reprit :

– Mme de Montanel traversera demain Paris, venant de la Bourboule. Elle regagne son château de Lérinville, où il serait peu convenable que j'allasse me présenter, puisque cette propriété sera, dans quelques mois ou quelques semaines, notre habitation commune. Mais j'ai résolu d'arrêter, pour ainsi dire, ma fiancée au passage. Je la verrai probablement chez Mme Marais-Courtin. Voilà pourquoi, cher ami, j'ai décidé d'emprunter le train de onze heures neuf, cette nuit même. Je serai de retour la nuit suivante. Ainsi mon absence sera très courte. Dieu veuille que ces quelques heures me suffisent pour convaincre Mme de Montanel de la nécessité où je me trouve d'avancer coûte que coûte la date de notre union ! La présence ici d'une femme intelligente, sa mesure, son tact, une expérience exceptionnelle du cœur des jeunes filles qu'elle a prouvée par des travaux délicieux, son charme enfin arrangerait tout... Cher ami, la malveillance m'accusera sans doute, une fois de plus, de fuir les responsabilités du père, mais j'ai jadis accepté celles de l'époux, et je ne puis risquer de voir reparaître les déplorables malentendus qui ont gâté la paix de mon premier ménage, assombri les derniers jours de Mme de Clergerie, et détruit ma pauvre santé.

Tandis qu'il parlait, Cénabre s'était avancé vers la porte, à petits pas. Il se retourna brusquement, comme s'il allait mettre fin moins au stupide monologue de son hôte qu'à un débat intérieur dont il savait seul le secret. Une espèce de lueur douce traînait dans son regard, et le malheureux Clergerie, à bout de forces, y crut voir un présage sinistre.

– Dois-je partir ? demanda-t-il d'une voix sans timbre. En raison de... des circonstances exceptionnelles, m'excuserez-vous de vous laisser seul un jour ? J'avoue que la disparition inattendue de La Pérouse a ébranlé cruellement mes nerfs. Quoi que je fasse, je ne puis m'empêcher de tenir ma fille pour responsable d'un... d'un incident oui va... qui risque de compromettre le succès d'un traitement commencé depuis deux mois, et jamais interrompu. Car enfin, tout de même, cela compte !

– Cela compte, en effet, dit Cénabre. Partez donc. Peut-être réussirez-vous la seule entreprise qui vous tienne vraiment au cœur, bien que vous négligiez d'en parler ? Peut-être ramènerez-vous La Pérouse ? Hélas ! je ne saurais blâmer l'attachement d'un malade à son médecin ; j'ai connu jadis quelque chose d'assez semblable, et les liens noués par l'espérance sont les plus durs à briser... Hé bien ! ne les brisez pas, voilà tout.

Il se mit à rire, comme il avait ri la nuit d'hiver, l'affreuse nuit du dernier hiver... Mais cette fois, il appuyait solidement sur ses lèvres son poing fermé, en sorte que M. de Clergerie n'entendit qu'un ricanement bizarre qui d'ailleurs offensa cruellement sa fierté.

– Vous vous trompez, fit-il. À quoi bon me justifier ? Un proche avenir s'en chargera, et je vous connais assez pour ne pas mettre en doute les intentions amicales de votre apparente sévérité. Peut-être avez-vous raison ? Peut-être La Pérouse a-t-il pris sur moi trop d'empire ? La faute en est aux miens, à vous tous. Un nerveux gouverne si mal sa vie ! À l'homme simple et fort que vous êtes, mes hésitations, mon scrupule, ma perpétuelle inquiétude doit inspirer moins d'intérêt que de pitié. Mais enfin ! Un mot me rendrait la paix. S'il est vrai que mes craintes sont vaines, que puis-je faire pour les surmonter ?

– Vaines ? répliqua Cénabre. Non. Je les crois seulement inutiles, non pas vaines.

Il s'approcha de Clergerie, lui toucha doucement l'épaule.

– Permettez-moi encore d'ajouter ceci : votre fille ne sait peut-être pas où elle va, mais elle y va... Et où elle va, vous irez. Nous en sommes tous à ce moment décisif où chacun se tire d'affaire, selon sa chance et ses forces.

Sur ces étonnantes paroles, il sortit, laissant M. de Clergerie béat.

∼

Les avait-il réellement prononcées, ou n'étaient-elles qu'un murmure au-dedans de lui, aussi vague, aussi trompeur que ces images mystérieuses qui sans cesse, au cours de ce paisible entretien, s'étaient merveilleusement substituées à la vision du réel, à moins qu'elles ne le recouvrissent, ainsi qu'une buée translucide, pour en effacer insidieusement les reliefs et les contours, et transformer peu à peu cette salle campagnarde, si nette et si tranquille, en un petit univers instable, aux plans superposés, tels les feuillets d'une ardoise. Car tandis que par une douloureuse tension de tout l'être, il opposait au petit homme, de plus en plus inquiet, une contenance ferme et même impérieuse, l'abbé Cénabre avait senti plus cruellement que jamais son impuissance chaque jour grandissante à se dégager entièrement de sa monotone rêverie, comme s'il eût été condamné à poursuivre, de gré ou de force, avec lui-même, une discussion désormais inutile, cent fois interrompue, cent fois reprise. Depuis longtemps d'ailleurs, il connaissait d'expérience cette difficulté singulière à suivre le rythme de la vie d'autrui, retardant toujours sur le geste fait, la parole dite, traînant derrière lui un fardeau invisible, un poids mort, l'obsession d'un acte inachevé – lequel ? Par un prodige de volonté, il croyait parfois rattraper ce retard étrange, retrouver l'équilibre perdu. Vain espoir ! La solitude même ne dissipait qu'un temps ce malaise fondamental, ou du moins il en gardait la conscience obscure, souhaitait de nouveau la présence d'autres êtres, dans l'illusion du joueur qui s'entête, refuse de s'avouer vaincu. Quelques heures plus tôt, tandis qu'il s'appliquait de toutes ses forces à retenir devant Mlle Chantal les paroles dangereuses, équivoques, capables de le trahir, il semblait qu'elles sortissent d'elles-mêmes, vinssent d'elles-mêmes se ranger en ordre, pareilles à des soldats disciplinés. Et c'était justement celles que l'instant d'avant il avait essayé, sans y réussir, de formuler pour lui seul, pour son propre soulagement, sa délivrance. De même le suprême avertissement qu'il venait de donner à M. de Clergerie était venu comme à son insu ; il ne l'avait distingué que trop tard des paroles banales ou prudentes. À présent, il doutait presque de l'avoir prononcé. Il se le redisait, à voix basse, tout en grimpant l'escalier jusqu'à sa chambre ; il le répétait encore, penché sur l'appui de la fenêtre, au-dessus du parc frémissant...

Quelle nuit ! L'odeur des écorces et des résines surchauffées, l'odeur des arbres centenaires, vigoureux et musqués comme des bêtes, avait détruit tous les parfums plus fragiles composés par la délicate alchimie du jour, et flottait seule à présent, dans l'ombre complice, s'y déroulait lentement, pesamment, ainsi qu'un épais brouillard, qui avait la tiédeur des choses vivantes, laissait sous la langue un goût de sueur ou de sang... « Quelle absurde impatience me pousse à risquer sans cesse par ennui, par bravade, pour je ne sais quelle revanche, un repos si chèrement conquis ? pensait Cénabre. Vais-je recommencer les sottises de cet hiver ? Ne puis-je donc vivre comme tout le monde ? Qui m'en empêche ? Quelle folie ! »

Une fois de plus, mais avec une attention languissante, il refit les étapes franchies, et une fois de plus encore la vulgarité, l'insignifiance des épisodes le révolta jusqu'à l'écœurement. Il avait beau faire, il ne trouvait dans ce passé tranquille, régulier, d'écrivain, de savant, d'érudit laborieux, rien qui justifiât une fatigue profonde, essentielle, un épuisement si grave qu'il semblait compromettre irréparablement non seulement l'équilibre moral dont il était jadis trop fier, mais la liberté même de son esprit, ses facultés. Enfant taciturne, honteux de sa naissance et de sa pauvreté, déjà résolu à l'emporter sur des rivaux plus heureux par ses mérites solides, le sérieux précoce, l'opiniâtreté du petit paysan, puis un peu plus tard élève assidu, séminariste exact, prêtre en apparence irréprochable, il semblait n'avoir connu d'autres passions que l'austère ambition de l'homme d'études. Les seules joies vraiment fécondes qu'il eût jamais tirées de la croyance étaient justement celles d'une curiosité tournée tout entière vers le problème de cette vie surnaturelle dont il ne songeait pas plus aujourd'hui que jadis à nier la réalité. Oui, aujourd'hui comme jadis les thèses du rationalisme, les ridicules et prétentieuses rêveries de la psychophysiologie, ou pis encore de la psychiatrie à la mode, l'exaspéraient par leur grossièreté, leur misère. L'unique problème qui l'intéressât restait donc posé, le resterait toujours ; il ne dépendait que de lui de poursuivre des années et des années encore, jusqu'à la fin, les recherches et les observations qui l'avaient rendu célèbre. La contrainte même d'une autorité soupçonneuse, la nécessité de composer habilement avec elle, d'échapper aux pièges qu'elle tend, le préservait merveilleusement de tout parti pris doctrinal, n'avait réussi qu'à discipliner et assouplir un génie parfois un peu rude. Que désirait-il encore ? À aucun moment, il n'avait connu le grand déchirement d'une brusque rupture avec le passé, c'est-à-dire avec soi-même. La foi, qui n'avait jamais été en lui qu'une habitude, d'ailleurs profonde, s'était évanouie doucement, et lorsqu'il avait eu le mouvement de recul inévitable, un dernier sursaut, il était engagé déjà trop avant dans le doute, ou l'indifférence, il s'était senti couler comme une pierre, en fermant les yeux. N'eût-il pas dépendu que de lui de reprendre silencieusement sa place, l'épreuve passée ? Oui, sans doute. Mais il s'était livré à Chevance.

C'était sa première faute, ou plutôt sa faute unique. L'écart imperceptible, hors de la route si soigneusement repérée, avait faussé depuis tous ses calculs. Pourquoi ? Qui pourrait le dire ? Car il n'eût voulu voir, il n'eût désiré de toutes ses forces ne voir dans cette démarche insensée qu'une imprudence vénielle. Oui, ce n'avait été qu'un cri d'angoisse, l'appel involontaire arraché à un homme moins par terreur que par surprise et qu'une autre oreille avait entendu par hasard. Ce qu'il ne pouvait avouer, en effet, sans compromettre l'espèce de paix si chèrement reconquise, si fragile, c'était que par ce seul cri dans la nuit, il avait fait bien plus que donner son secret à un vieux prêtre indigent, il s'était découvert à soi-même, il avait connu une fois, rien qu'une fois, l'accent profond de sa nature, la plainte de ses entrailles que la prodigieuse adresse de son mensonge n'avait pu réussir à étouffer. Il croyait ne penser qu'à Chevance. Avec une attention maladive, un soin puéril, il se retraçait chaque détail de la scène, ainsi qu'un auteur difficile remet vingt fois sur le métier un dialogue important, mais il n'y faisait paraître qu'un seul acteur. Le seul Chevance allait, venait, parlait, pleurait, dans un monologue pathétique. L'autre présence restait muette. Non par calcul sans doute, mais par un curieux instinct de défense, il refusait le risque de pousser de nouveau un tel cri, même en songe.

À présent, à cette heure, le souvenir du dernier entretien avec Mlle de Clergerie entrait lentement dans sa mémoire, à la même place douloureuse, et son angoisse familière s'en trouvait si bizarrement accrue qu'il la reconnaissait à peine. Avec ce nouvel aveu, il semblait qu'il eût laissé échapper une part plus précieuse de son être, un sang plus chaud, plus riche. À la lettre, il ressentait l'épuisement lucide, la sensation de faiblesse lumineuse, éblouissante, qui suit les grandes pertes de substance. Et en même temps les images à peine délirantes, à mi-chemin du délire et du rêve, qui étaient comme les fantômes de ses propres méditations, reprenaient sous ses yeux leur ronde étrange et transparente, leur morne glissement silencieux. Il ne délirait pas. Il déplorait seulement depuis des semaines l'extraordinaire sensibilité d'un cerveau surmené dont les constructions abstraites finissaient par avoir quelque chose du relief et du mouvement de la vie. Un moment il réussit à s'éloigner de la fenêtre, se jeta sur son lit, ferma les yeux. Mais la tête au creux de l'oreiller, ruisselant de sueur, il n'y put tenir, et revint s'accouder sur la barre d'appui, en frissonnant.

Quelle nuit !... La haute cime des pins ne se distinguait plus qu'à peine de l'écran ténébreux où une seule étoile n'en finissait pas de mourir. Tout ce qu'un soleil terrible avait pu pomper en douze heures d'une lutte implacable au flanc aride de la terre venait de monter lentement, aspiré par le crépuscule, formait à mille pieds au-dessus du sol un nuage invisible, dont le regard découvrait pourtant à la longue, vers l'ouest, la frange encore cuivrée par le couchant. Sur la main de Cénabre, une goutte de pluie tomba, chaude, pesante, parfumée comme une goutte de nard, et qui était l'essence même du jour évanoui.

En se penchant un peu, il pouvait voir la fenêtre encore éclairée du bureau de Clergerie, et tout à coup il reconnut le grincement du gravier sous les semelles, le pas à la fois vif et incertain, saccadé du petit homme, sa toux nerveuse. Une porte s'ouvrit, le moteur de l'automobile ronfla, puis se tut, ronfla de nouveau, après un gémissement humain qui ébranla la nuit jusqu'en ses profondeurs. Et presque en même temps le double pinceau des phares s'élança, rejaillit vers le ciel, hésita une seconde, puis les deux immenses antennes, tournant majestueusement sur elles-mêmes, plongèrent brusquement, disparurent.

Pourquoi l'abbé Cénabre fit-il mentalement ce calcul ? Il n'eût su le dire. Et d'ailleurs il n'attachait aucune espèce d'importance à ces chiffres, ils se présentaient d'eux-mêmes. Il calcula que la gare n'étant éloignée que de huit cents mètres à peine, l'auto de Fiodor serait de retour avant cinq minutes. Il tira sa montre. Et à la cinquième minute en effet la lumière errante, comme fidèle au rendez-vous mystérieux, surgit au haut de la côte, tandis que les peupliers de l'avenue, s'allumant tous ensemble apparurent blêmes et frissonnants, sur un fond de velours noir... « Me voilà débarrassé de ce sot pour un jour ! » dit Cénabre à voix basse. Et il crut en éprouver un soulagement inexprimable.

. . .

C'est alors, c'est à cette minute même d'oubli, de rémission, comme il refermait sa fenêtre pour mieux jouir du sentiment retrouvé de sa solitude, que la chose étrange commença de le travailler, ébranla doucement chacun de ses nerfs, courut le long de la moelle, insidieusement, puis se mit à briller dans sa pensée, d'un éclat fixe, insupportable. Pour effacer, pour écraser ce point fulgurant, il ne put même pas retenir un geste imbécile : il porta vivement la main à son front, il le serra entre ses larges paumes. D'ailleurs, ce premier mouvement de surprise dura le temps d'un éclair : le choc avait été trop dur, trop imprévu, pour que l'énergie de l'homme indomptable n'y répondît aussitôt de toute sa puissance. Et en pleine déroute de ses facultés inférieures, le rappel impérieux de la raison parvint jusqu'au cerveau, suspendit l'instant fatal. « Une crise analogue à celle de cet hiver, pense-t-il. Est-ce que je deviens fou ? »

Il courut à la fenêtre, l'ouvrit de nouveau, plongea son regard dans la nuit. À peine résista-t-il à la tentation de s'y jeter, d'y tomber les bras étendus, de s'y perdre enfin, avec son haïssable secret. Et, néanmoins, ce n'était pas ainsi qu'il avait désiré mourir jadis, quand il appuyait froidement, fermement, le canon de l'arme sur sa face. La chair seule, cette fois, appelait le néant comme un repos, ou même n'appelait rien : elle fuyait. Il fuyait. Il fuyait devant un péril inconnu, dont la cause n'était pas en lui. Ou, pour mieux dire, il échappait.

Maintenant, les poings crispés à la barre de bois, il la secouait à petits coups, sournoisement, comme s'il eût voulu l'arracher de son scellement. Cette dépense grossière de force l'apaisa. Tout tremblant encore de l'effroyable assaut, le regard exténué, la bouche amère, il reprenait possession, une à une, des idées et des images que la soudaine explosion de terreur avait éparpillées ainsi que des feuilles mortes : il essayait de raisonner avec ces pauvres débris sauvés du désastre, ainsi qu'un navire englouti à demi utilise ses derniers foyers.

« Que s'est-il donc passé ? bégayait-il. Rien. Je n'ai rien vu, rien entendu, je ne pensais même à rien. Cela m'a comme frappé dans le dos. » Et, en effet, il avait dû réprimer le geste de se retourner, de faire face. Si désireux qu'il fût de ne voir dans cette crise subite qu'une rechute peut-être atténuée de la première, il ne pouvait néanmoins s'y tromper plus longtemps. L'angoisse n'était pas, cette fois, montée lentement de lui-même, au terme d'une interminable rumination, d'un examen périlleux poussé jusqu'à la partie vive de l'âme : le coup avait été porté du dehors... Oui, hors de lui, hors de son pouvoir, un événement venait de naître – qu'il ne connaissait point, qu'il ne connaîtrait peut-être jamais –, aussi réel pourtant, aussi sûr qu'aucun de ceux qu'il avait vus de ses yeux. Lequel ?

Car il avait beau promener son regard sur les humbles témoins de sa singulière aventure, la cretonne fleurie des murailles, le lit massif, il n'y découvrait aucun des fantômes dont il eût souhaité la présence, car l'orgueil vient à bout des fantômes ou du moins les peut défier en face. Au lieu que grandissait en lui une certitude, une évidence mille fois plus absurde que n'importe quel fantôme et qui humiliait bien autrement son orgueil. Il semblait que tout contrôle lui fût retiré de sa propre conscience, qu'il ne fût plus désormais le maître d'aucun de ces secrets que le plus grossier des hommes sait encore défendre contre la curiosité d'autrui. Nulle preuve ne lui était naturellement donnée de cette évidence. Cependant, il ne pouvait la mettre en doute : elle éclatait d'une lueur furieuse. Et c'est bien lueur qu'il faut dire, puisque cette parfaite dépossession avait eu, dès le premier choc, son signe physique, contre lequel la raison ne se révoltait même plus, qu'elle acceptait du moins avec une espèce de résignation désespérée : un flot de lumière était entré en lui, et il serrait les paupières pour n'en pas voir le rayonnement sur ses mains pâles.

À cette minute, tout autre que l'abbé Cénabre eût appelé la folie comme un secours, ou bien fût tombé à genoux. Mais sa puissante nature refusa encore de se rendre, ou peut-être il n'y songea même point. Il ne pensa qu'à se délivrer lui-même, par ses propres moyens, c'est-à-dire à entrer volontairement, résolument, dans cette lugubre partie dont il était sans doute l'enjeu. Trop familier, depuis tant d'années, de cette vie secrète, impénétrable, où son étrange génie s'était dépensé à animer les personnages de son rêve, ses saints et ses saintes, il était d'ailleurs bien au-dessus des surprises ou des terreurs d'un spectateur non initié. L'image de Mlle de Clergerie, ses dernières paroles, l'humble baiser de sa bouche, ce triple souvenir n'avait cessé un moment de flotter au-dessus de ces apparences extravagantes, et il était désormais sûr que c'était là, et non ailleurs, à ce même point de son cerveau déjà blessé, qu'avait éclaté l'embrasement. « Singulière petite fille, pensait-il, je la reverrai demain. Je saurai... J'expliquerai... J'expli... »

Tout murmurant, il jeta son manteau sur ses épaules, s'engagea dans l'escalier, chercha posément la rampe, à tâtons, descendit les marches de son pas lourd. Encore à tâtons, il fit tomber la barre de la porte d'entrée, poussa machinalement les verrous, sentit grincer le sable sous ses semelles, entra dans la nuit, haute silhouette toujours magnifique de calme, d'équilibre, et déjà pourtant vidée de sa force, prête pour le désespoir ou pour le pardon. Ce qu'il gardait d'énergie et d'orgueil, sa suprême réserve, il la prodiguait, la jetait comme à pleines mains, avec une indifférence magnifique, pour tenir debout une heure, deux heures, la nuit entière, décidé à user le temps, minute par minute, jusqu'à l'aube. Car il ne pouvait désormais supporter l'idée de rentrer dans sa chambre, d'y reprendre la lutte silencieuse, écœurante. « Cela sera fini demain, pensait-il. D'ici là j'userai mes nerfs... » – Demain !

Il allait droit devant lui, en aveugle, seulement guidé par le reflet pâle du mur des communs récemment blanchi à la chaux, ses deux mains posées à plat sur la poitrine, pareil à un blessé qui tourne le dos à son assassin, et fait quelques pas, tout droit, l'air béant, avec un poignard dans le cœur. Heurtant la bordure d'un massif il chancela, tomba sur les genoux, reprit sa route sans rien sentir, tout absorbé dans sa pensée, qui était à peine une pensée, comme un cadavre n'est pas tout à fait un objet, mais non plus un être, image unique, hors du mouvement de la vie. Et, cependant, il eût cru volontiers que cette application de l'esprit annonçait plutôt sa délivrance, car il sentait se desserrer un peu son mensonge ; il échappait en quelque mesure, par une espèce d'immobilité intérieure, à l'effroyable contrainte subie patiemment, héroïquement, depuis des mois. L'événement mystérieux, mais certain, dont le pressentiment venait de l'atteindre, sans qu'il sût encore rien de lui, n'en était pas moins de ceux qui rompent l'équilibre du malheur, ne peuvent être qu'heureux, même s'ils consomment une ruine dont l'attente est devenue peu à peu intolérable.

Comme un moribond qui a une fois senti au creux de sa poitrine, contre son cœur, le premier frisson de l'agonie qui s'annonce, en désire le retour sans se douter que le temps d'un clin d'œil, d'un geste irréparable, il vient de s'ouvrir à la mort, le misérable prêtre à bout de forces ne se défendait plus, s'abandonnait épuisé par cinq mois d'une lutte dont il ne soupçonnait pas qu'elle n'était qu'un défi risible à sa propre nature, une gageure inutile depuis que le premier coup avait été porté dans l'édifice de son imposture, quand il avait laissé échapper son secret. Car l'hypocrisie n'est qu'un vice pareil aux autres, faiblesse et force, instinct et calcul, à quoi l'on peut faire sa part. Au lieu qu'un mensonge si total, qui informe chacun de nos actes, pour être supporté jusqu'à la fin doit embrasser étroitement la vie, épouser son rythme. Que s'insinue entre nous et lui le plus léger désaccord, et déjà l'attention s'éveille, la volonté se raidit, la conscience braque au point sensible son regard fixe. Quelle volonté soutiendrait longtemps un tel effort ? Celle de l'abbé Cénabre venait de se briser, et il ne s'en doutait pas. Il ne s'en doutait pas parce que cette volonté magnifique cédait trop tard, après avoir usé la résistance d'un cerveau déjà touché d'une tare ancienne. Et croyant sentir s'alléger peu à peu son insupportable fardeau, c'était lui qui ouvrait les mains, s'enfonçait.

D'ailleurs il n'eût pas commis cette fois l'imprudence d'appeler à l'aide, il ne désirait la présence de personne. Le brusque sentiment de solitude qui l'avait saisi jadis lorsque le nom de Dieu était venu de lui-même sur ses lèvres, et qui n'avait fait depuis que s'accroître, s'était évanoui peu à peu au long des dernières semaines. Le cercle se trouvait trop étroitement fermé autour du prêtre impitoyable pour qu'il eût désormais à chercher sa route. Mais il ne s'en souciait pas. Son aveuglement était celui d'un homme hors de péril, déjà perdu. Quelques semaines plus tôt, pendant une promenade au bord de la mer, entre Ollioules et Toulon, il avait dit à un médecin de village, rencontré par hasard à l'auberge, et qui l'écoutait sans comprendre, une parole horrible qui fut répétée depuis au P. Domange : « Il est certaines conjonctures où l'homme ne sent plus Dieu que comme un obstacle, une dernière épreuve à surmonter. »

À ce moment, c'était bien contre un tel obstacle qu'il marchait, les yeux mi-clos pour tâcher d'oublier l'espèce de lueur vague qu'il avait cru voir sortir un moment plus tôt de ses mains tremblantes, comme s'il en eût été intérieurement saturé, au point qu'elle débordât de lui. D'où venait-elle ? Comment était-elle entrée dans sa poitrine ? Par quelle brèche ? Sans doute, si terriblement que chancelât sa raison, il n'était pas encore dupe d'une hallucination si grossière. Mais il ne pouvait néanmoins la rejeter entièrement parce que l'angoisse qu'il en éprouvait s'accordait à merveille avec cette certitude nouvelle, imprévue, d'être désormais percé à jour, incapable de retenir aucun mensonge, livré sans défense à ce qu'il avait craint toute sa vie plus qu'aucun péril : la curiosité d'autrui, la cruauté du jugement humain. Et moins pour échapper à la clarté mystérieuse que dans l'humble espoir de retrouver peut-être le secret si brutalement perdu, la sécurité de son mensonge, il tournait le dos à la haute maison dont la muraille luisait vaguement dans l'ombre et s'avançait d'instinct du côté de la nuit. Soudain, tournant autour d'un massif d'ifs, il heurta de la poitrine un corps vivant, et la surprise lui arracha non pas un cri (car il en était à ce point de l'hémorragie nerveuse où le corps exténué ne saurait plus réagir à la crainte) mais un gémissement lugubre.

– Monsieur l'abbé m'a fait peur, dit la cuisinière Fernande à voix basse. Monsieur l'abbé ne m'avait donc pas vue ? Vous veniez droit sur moi, ajouta-t-elle aussitôt avec un accent de dépit, je pensais réellement que vous m'aviez vue ? La nuit n'est déjà pas si noire, la lune se lèvera d'ici dix minutes.

Cénabre distinguait mal le visage tourné vers lui, mais il y lisait cependant une sorte d'impatience et de terreur qui réveilla un moment son attention défaillante.

– Que me voulez-vous ? fit-il rudement. Qu'est-ce que c'est que cette comédie ? Elle le repoussa doucement de la main et il sentit que la grosse femme tremblait.

– Le bon Dieu vous envoie, dit-elle simplement. Je vais vous dire... Et puis, non, tenez ! c'est trop long, il faut maintenant que vous me croyiez sur parole... Voilà Monsieur parti ; est-ce qu'une pauvre femme comme moi devrait se mêler d'histoires pareilles ! Mais la satanée maison est devenue pis qu'un nid à rats, monsieur... Hé bien, aussi vrai que le bon Dieu m'entend, il y avait un homme dans la chambre de Mademoiselle, je l'ai vu !

– Et c'est pour ça que vous m'arrêtez ? dit Cénabre avec dégoût. L'orage vous a donné sur les nerfs, ma pauvre femme. Allez vous coucher.

– Me coucher ? riposta-t-elle en ricanant. C'est bien vite dit ! Je l'ai fait plus d'une fois, moi qui vous parle, alors que j'aurais dû ouvrir les yeux et les oreilles. Si je me trompe aujourd'hui, tant pis pour moi, je sais que je n'oserai plus seulement vous regarder en face. Oui, monsieur, vous aurez le droit de me tenir en mépris ! À présent, pensez ce que vous voudrez, mais ne me laissez pas aller seule là-haut ; j'ai déjà essayé vingt fois, je n'oserai jamais. Qu'est-ce que cela vous fait ! Rien que dans l'escalier, monsieur ! Vous resterez dans l'escalier, vous écouterez si j'appelle.

– Lâchez-moi ! commanda Cénabre d'un accent déjà étrangement vibrant. Pour m'effrayer, ma fille, vous choisissez mal votre temps : j'ai ce soir un autre fardeau à porter.

Perçut-elle la déviation pourtant presque insensible de la voix sur les dernières syllabes de ces mots, d'ailleurs obscurs ? Avant de répondre elle approcha son visage de celui du prêtre, et l'interrogea du regard, silencieusement.

– Hé bien, fit-elle, ce n'est pas le moment de perdre la tête, non, je ne m'affole pas pour des bêtises. Le chauffeur était ivre, monsieur, ivre à froid... Sa saleté d'éther lui sortait par les yeux, vous auriez dit un vrai démon. Il a battu Francine, je l'ai trouvée à plat ventre sur le lit ; pauvre imbécile, elle crachait le sang à pleine bouche... Attention à Mademoiselle ! » qu'elle m'a dit, la malheureuse ! On l'écraserait pour en tirer autre chose ; elle ne vendra pas son mignon. Alors la voiture du patron rentrée, j'ai cherché le Russe partout, bernique ! On croirait qu'il passe par le trou des serrures, l'animal ! Je pensais : « Puisque je n'ai pas perdu de vue l'escalier, faut donc qu'il soit resté dehors, à la fraîche. » Seulement, voilà ! On peut gagner l'étage parle petit grenier, rien qu'en enjambant la fenêtre... Oh ! monsieur ! quand je vous ai rencontré, la minute d'avant, j'ai... j'ai...

– Je vous accompagne, dit Cénabre tout à coup d'une voix douce. Marchez lentement. Il est très possible que cela ne soit qu'un rêve ; je dois ménager mes forces.

Il soupira profondément, puis la suivit de son pas toujours mesuré, toujours calme. Mais au pied des marches, Fernande n'y put tenir, grimpa l'escalier quatre à quatre. Elle entendit un moment le souffle court du prêtre, une espèce de plainte enfantine, puis plus rien. Et d'ailleurs, juste à cette seconde, elle poussait la porte, entrait dans la chambre d'un trait. La lumière jaillit, et en même temps son cri :

– Monsieur ! monsieur ! Ils sont là tous deux. Ils sont là !

Elle courut jusqu'à la rampe, s'y pencha encore éblouie, incapable de rien distinguer dans ce gouffre noir.

– Monsieur... Monsieur... il faut que vous m'aidiez, il ne faut pas qu'on vienne avant... Que nous la remettions au moins sur son lit !... Mademoiselle est morte. Un silence. Puis la voix monta de l'ombre, méconnaissable.

– Tâchez d'abord de vous calmer. Que voulez-vous dire ? Votre voix résonne horriblement, je vous entends mal.

Elle descendit quelques marches, ayant d'un geste instinctif repoussé doucement la porte, comme pour renfermer la lumière avec les deux morts. L'obscurité parut de nouveau si profonde que la grosse femme ne se dirigeait qu'avec peine, étourdie par le brusque détour de la rampe, s'appuyant de tout son poids contre le mur. Deux marches... trois marches... cinq marches... Et soudain elle sentit sur sa joue le souffle brûlant de l'abbé Cénabre.

– Êtes-vous aveugle ? fit-il. La nuit n'est cependant pas si noire... Que venez-vous de dire là, ma fille ? Perdez-vous le sens ? Mlle de Clergerie morte ! Comment morte ? Qui est-ce qui l'a tuée ?

La cuisinière, comme fascinée par cette voix sortie de l'ombre, immobile, n'osant pas même tourner la tête, recevait chaque parole en pleine face, avec la chaleur de l'haleine.

– Le fou, dit-elle enfin. Oui, monsieur, le Russe... Et il s'est suicidé après, bien sûr. Le voilà maintenant qui barre le seuil avec son grand corps de démon, si mou, si lourd, je n'arriverai jamais à déplacer ça toute seule... Et il a encore sa cochonnerie de revolver entre les doigts, il est encore capable de nuire, la sale bête.

Elle eut un petit gémissement de dégoût, et reprit sur un ton de prière enfantin :

– Non, monsieur, je ne veux pas qu'on le trouve là, c'est impossible, pensez donc ! Si vous ne m'aidez pas, j'emporterai plutôt Mademoiselle, j'aimerais mieux la voir n'importe où, pauvre chérie, elle serait plus à l'aise au coin d'une haie, oui, à même dans l'herbe, comme un oiseau mort. En plus du Russe, voyez-vous, la maison ne lui valait rien, je le sais.

Elle étouffa un sanglot, puis se tut tout à fait, soudain craintive. La nuit où elle enfonçait son visage ruisselant de larmes semblait plus vide que jamais. La respiration même du prêtre était devenue imperceptible. Un moment, elle crut discerner le contour du visage si proche du sien, la mobilité du regard, sa lueur pâle, mais la voix partit d'un autre côté, sur sa gauche. Elle semblait sortir du mur.

— Ayez donc la bonté de me donner la main, dit Cénabre. Je crains de ne pouvoir faire un seul pas.

Elle se sentit saisir le bras avec une force convulsive. Aussitôt il se mit à monter à ses côtés, lentement, pesamment, comme s'il eût repoussé du front, à grand-peine, un poids immense. Et lorsque, la porte ouverte de nouveau, la lumière vint frapper ce visage pétrifié par une anxiété plus qu'humaine, si grande que fût la terreur de la pauvre fille, elle ne retint pas un cri de pitié.

— Mon Dieu ! laissons cela, je m'en tirerai bien moi-même... Aidez-moi seulement à mettre la chérie sur son lit. Seigneur ! sa pauvre petite tête n'est qu'une plaie. Prenez-la sous les bras, monsieur, le cœur me manque aussi ; je n'aurai pas la force toute seule.

— Un instant, permettez..., dit Cénabre avec calme. Oui, patientez encore une minute ou deux. Pour l'instant, je ne puis être encore utile à rien ; je ne vous vois même plus, madame.

À genoux près du misérable corps étendu, la cuisinière essayait de soutenir au creux de son bras replié la nuque fracassée, mais à travers sa stupeur et son désespoir, la voix de Cénabre vint la frapper en pleine poitrine. Elle se leva d'un mouvement instinctif, absurde, comme pour faire face à la douleur souveraine qui venait de parler plus haut que la mort.

À peine le prêtre avait-il, en entrant, debout sur le seuil, embrassé la scène d'un regard, ainsi qu'un homme qui sait ce qu'il cherche, ne se laissera plus détourner. À présent, il examinait le corps étendu de Mlle de Clergerie avec une attention sévère, qui glaça d'abord Fernande. Mais, s'approchant, elle remarqua presque aussitôt, avec son habituel sang-froid, que le regard qu'elle croyait fixe flottait au-dessus de la petite victime, ne s'attachait plus à rien.

Alors la cuisinière haussa les épaules, saisit brutalement Chantal entre ses bras. Lorsqu'il entendit rebondir sur le lit le lamentable fardeau, Cénabre eut une espèce de gémissement sinistre et fit un pas en avant.

— Il le fallait bien, excusez-moi, dit la grosse femme tout honteuse. Même si légère, j'ai eu du mal, j'ai les bras cassés. On voudrait plutôt la porter à genoux, comme un Saint-Sacrement. Et encore, voyez-vous, pauvre chérie, elle est à présent seule entre nous deux ; elle peut être contente. Demain les journaux vont parler, les langues marcher, pouah ! Monsieur, on ne m'ôtera pas de l'idée qu'elle a voulu cette mort-là – pas une autre –, celle-là. Elle n'était jamais assez humiliée, elle ne désirait que le mépris, elle aurait vécu dans la poussière. Ce Russe, c'était le plus méchant de nous tous, sûrement. Alors c'est de lui qu'elle aura souhaité recevoir sa fin... Jamais elle n'a raisonné comme vous ou moi, pauvre ange... Et maintenant les gens vont hocher la tête, faire des cancans, on dira qu'elle était folle ou pis... Elle aura tout renoncé, monsieur, je vous dis, même sa mort.

Le prêtre restait debout, sous la lumière dure. Aucune sagesse humaine, ni même le génie de la compassion, n'eût rien trouvé à lire sur les traits immobiles qu'une volonté prodigieuse, à l'agonie, sculptait du dedans, marquait du signe de l'éternel. Une minute, une longue minute, la balance oscilla entre la morte toujours vivante, et ce vivant déjà mort.

– Approchez-vous, madame, dit-il enfin, à voix basse, comme s'il ménageait jusqu'à son souffle.

Il tourna vers elle sa face aveugle, et tout à coup elle crut voir se détendre l'arc de sa bouche, le pli de ses joues s'effacer, le visage entier s'assombrir. Mais il remua ses épaules, ainsi qu'un homme qui reprend son fardeau, et presque aussitôt elle entendit ces paroles surprenantes :

– Madame, êtes-vous en état de réciter le *Pater* ?

– Oui, monsieur l'abbé, fit-elle humblement. *Notre Père, qui êtes aux cieux, que votre nom...*

Il avait posé sa main sur son bras, elle la sentait peser de plus en plus.

– Répétez, dit-il avec douceur. Je ne peux pas.

– *Notre Père, qui êtes aux cieux*, commença-t-elle doucement, avec l'accent du pays d'Auge.

– PATER NOSTER, dit Cénabre, d'une voix surhumaine.

Et il tomba la face en avant.[1]

---

[1]. M. l'abbé Cénabre est mort le 10 mars 1912, à la maison de santé du docteur Lelièvre, sans avoir recouvré la raison.

Copyright © 2022 par Alicia Editions
Design couverture et mise en page : Alicia Ed.
ISBN Ebook : 9782357289956
ISBN Livre broché : 9782357289963
Tous droits réservés

www.ingramcontent.com/pod-product-compliance
Lightning Source LLC
LaVergne TN
LVHW032003070526
838202LV00058B/6279